U0927913

万象文库
长篇小说

大路直行

刘一飞 著

著名军旅作家王宗仁、周大新、党益民联袂推荐

人民日报出版社

图书在版编目（CIP）数据

大路直行 / 刘一飞著．—北京：人民日报出版社，
2017.11
ISBN 978－7－5115－5071－2

Ⅰ.①大…　Ⅱ.①刘…　Ⅲ.①长篇小说—中国—当代
Ⅳ.①I247.5

中国版本图书馆 CIP 数据核字（2017）第 270735 号

书　　名：大路直行
著　　者：刘一飞

出 版 人：董　伟
责任编辑：曹　腾　高　亮
装帧设计：中联学林

出版发行：人民日报出版社
社　　址：北京金台西路 2 号
邮政编码：100733
发行热线：（010）65369509　65369846　65363528　65369512
邮购热线：（010）65369530　65363527
编辑热线：（010）65369523
网　　址：www.peopledailypress.com
经　　销：新华书店
印　　刷：三河市华东印刷有限公司

开　　本：710mm×1000mm　1/16
字　　数：360 千字
印　　张：20
印　　次：2018 年 5 月第 1 版　　2018 年 5 月第 1 次印刷

书　　号：ISBN 978－7－5115－5071－2
定　　价：68.00 元

愿你我不忘初心,保持本真,大路直行!
更愿天下无贪无腐!

1

李守仁敲门走进公司经理马昇官办公室，看见马昇官和牛饷美两人正紧挨着坐在沙发上嬉笑着，不知说笑着什么。他们看见他进来先是一愣，顿时马昇官脸上的笑容凝固住了，面部肌肉就像痉挛在了一起，显得很不自然，不过很快就舒展开来，顷刻间又拉了下来，阴沉着脸对李守仁爱理不理，只是用眼睛的余光冷冷地瞟了他一眼，啥话也没说，就径直把头扭向牛饷美那边。李守仁从从容容地笔直地站立在门口，朝着马昇官用温和而谦逊的口吻说："马经理，我一会儿到新项目报到去，您还有啥指示？"他的声音很宏厚，底气也很足。

"哪敢指示你——李经理！你现在是总公司的人啰！你去那里也不是我安排的，谁安排你去，你找谁去。"马昇官的眼睛始终看着别处，完全不用正眼看李守仁，背对着李守仁慢腾腾地拉着长长的声调阴阳怪气地说。

"马经理，您这是啥话，我还是一公司的人，还是您部下呐……"

"别，别，别，千万别这么说，我可没有你这样的部下。"马昇官边说边朝李守仁摆着手，话音刚落，觉得还没说明白，稍做停顿后又接着补充道，"我可管不了你。"

马昇官的话尖酸刻薄，只要是深谙世事的人都能够听得出他的这些话是多么地难听，听起来又是多么地别扭，李守仁这么大年纪的人，经历了那么多的风风雨雨，怎能听不出马昇官这些酸不溜秋的话就是说给自己听的呢！这分明是带着气，话里有话，谁听到这样的话心里肯定不舒服，会有种蒙羞受辱的感觉，如果没有一点包容大度的胸襟的话就该马上驳斥了，可是李守仁显得很从容淡定，直静静地站在那里，不动声色，好像根本就不是说他的。他知道马昇官心里有气，对他当这个项目经理意见很大。

马昇官是公路工程建设一公司的经理，最近一公司拿到一个近两亿元的工程，本来他决定让自己的外甥到那里当项目经理，可是令他万万没想到的是公司把人选报到总公司后，半路杀出个程咬金，总公司把他的外甥直接换成了李守仁。马昇官得知后认为是李守仁背着他"活动"了，十分懊恼生气，本来过去就对李守仁有点陈见，这样一来对李守仁的意见就更大了。李守仁接到到项目经理部报到的通知后，在报到前特地向公司两个主要领导逐一道别，顺便想听听他们对这个项目和他本人还有什么指示要求，不料让他的热脸贴了个冷屁股。

马昇官坐在那里跷着二郎腿不停地摇晃着，头始终朝向牛饷美的一边，牛饷美挨坐在他的旁边就像一只乖顺的羔羊，嘴里咬着苹果，手里玩着手机，始终没和李守仁说句话,好似李守仁不存在似的,更好似根本就不认识这个因修路而出了名的公司“名人”。李守仁站了一会儿,看着马昇官没有再和自己说话的意思,就主动告辞了。

李守仁从马昇官的办公室出来,又来到公司党委书记范昊天的办公室。范书记的办公室没有马昇官的大,充其量也就其一半大,而且办公设备非常简单,也非常简陋,与马昇官的办公室形成了鲜明的反差。李守仁推门进来的时候范书记正坐在办公桌前看文件,看到李守仁进来急忙起身热情招呼他坐在办公桌对面的椅子上,边张罗着沏茶边笑呵呵地说:“老李啊! 不请自到,咱们真是心有灵犀啊!我正打算找您,想和您聊几句呢!”

范昊天和李守仁两人认识多年,而且曾有一段时间在一起共事,加上年龄相近,爱好相似,脾气又相投,彼此都很欣赏,因此交情比较深,在没有别人的情况下,相互间总是以兄弟相称。

“哈哈,我报到之前肯定要见见两位领导,悄悄地不辞而别,那不是不讲政治吗?”

“嗯嗯,其实我猜您也一定会来的,您是从部队出来的,讲政治、守规矩。”

“老哥过奖了,谢谢您的厚爱,您这是在鞭策鼓励我。”

“老李啊! 我们俩也就不用绕了,我始终相信您、信任您,如果真不相信您、信任您,也就不见您了。今天我见您,只是想把这个项目的基本情况和我的一些不成熟的想法与您沟通沟通,特别是这个项目的情况您还不是太了解,提早让您知道了,思想上好有个准备,就像您过去在部队带兵打仗一样,咱们不打无准备的仗。”

李守仁流露出真诚的表情,连说了两个“是”,说完又接着说:“老哥,您有啥指示和要求就尽管讲!”

“老李,那我就直接说吧!”

李守仁真诚地点了点头。

“老李,您也知道,这个项目是咱们公司近一年来拿到的唯一一个,如果再拿不到,恐怕整个公司就要‘断炊断粮’了,拿到它是多么及时和重要,可以说这个项目挽救了一公司,也挽救了我们大家。这个项目也是咱们省里确定的重点工程,省领导非常重视,总公司王总点名让您当这个项目的经理,要求只能干好,不能干坏。这个项目地处老区,也是国家级集中连片特困地区,自然环境恶劣、施工条件艰苦,经济条件也很差,环境和条件估计比您在青海、西藏时好不到哪里去。这是专门为老区修的一条脱贫路,当地政府争取了好多年才得以批准修建,很是来之不易。因此,这个项目上上下下都很关注。大家关注是好事,咱们一定要正确认识，我想大家关注的不仅是这个项目，也关注我们这个参建集体，更关注您这个项目经理。”

范书记用真诚信任的眼神看着李守仁，停了停又接着说：“这个项目有桥梁、有路基，关键还有两条双向加起来近7000米长的隧道，隧道经过的一些地段埋层很浅，有黄土、有岩石，地质情况极为复杂，施工难度极大，因此您要做好啃硬骨头的准备。这是工程情况。我重点想和您说的是人员的培养锻炼问题，按照咱们以往的惯例和我的想法，给您那里配三十几个人就够了，主要是管理，干活还是依靠协作队，可是老马不同意，非要把机关里的那些闲杂人员和待在其他项目没事做的都安排到您那里当管理人员，这样一来估计人数要达到120左右。尽管说人多力量大是好事，可是这样一来，项目经理部的管理费就要增加，上交管理费的数额又不减，您的压力也就更大了；还有这些人大多数又没干过工程，有的对工程施工和项目管理几乎啥都不懂，加上平时在机关没事做散漫惯了，这就要看您怎么把这些人管好、用好，让他们发挥点作用。既然老马已经做出了决定，那就按他说的办吧！您也看到了，平时公司在册领工资的人倒是不少，可是一到干活的时候就显得捉襟见肘，捏吧来捏吧去，找不到合适的人，像您这样全面过硬的人才实在是太少了。”

范书记面带难色地摇了摇头，看了一眼李守仁，停了一会儿端起水杯往高举了举提醒李守仁也喝点，他自己轻轻地抿了一口，继续说道：“我们一方面叫着没人才，另一方面又不注重培养人才，如果继续这样下去的话，公司后继无人就会走上绝路，生存发展会面临更大的挑战和压力。老李，说句心里话，当时拿到这个项目的时候，我的心里很忐忑，也很纠结，谁去干，干了，能不能圆圆满满、顺顺利利地干下来，真还是纠结了一阵子。当时老马让别人去负责我就很担心，现在总公司点名让您去，我这颗悬着的心才总算平稳地落地。希望您在带领大家干的同时要发现和培养人才，多给那些能吃苦、肯学习、有潜力的年轻人压担子，让他们在实践中边干边学，摔打锻炼，争取为公司培养更多的管理人才和工程技术人才。磨刀不误砍柴工，也只有这样了。”说完范书记坐在那里保持着沉默，过了一会儿好似突然想起了什么，说，“老李，咱们都五十几岁的人了，说内心话，我确实不忍心让您像个小伙子一样，常年在工地上没明没夜地干了，可是眼下又没有合适的人，只能按照总公司的安排，委屈您继续给咱顶着，争取把这个工程干下来、干好它。”范书记语重心长的话语深深地打动了李守仁，他也能够看得出，在整个谈话的过程中范书记忧心忡忡的，显得既无奈又纠结。

最后，范书记动情地说：“一句话，老李！成败全靠您了。”

李守仁起身要从范书记办公室出来的时候，范书记特地提醒他到马经理那里看看,看马经理有啥吩咐。

李守仁回答说已经去过了。

范书记微笑着连连点头,说:“哦,那就好! 老马没说啥吧!”

“也没说啥!”

范书记轻轻地拍了拍李守仁的肩膀,说:“老李,大胆地干吧! 我支持您,也相信您,出了问题有我呢!”

李守仁离开范书记办公室下楼梯的时候,提着文件袋的左手猛然间又颤抖了起来,他不禁自言自语道:好家伙,又等不及了,我们马上又要到工地了,到了那里就有活干了,看你还抖不抖。

说起手抖,李守仁自己都感到有点莫名其妙,近半年来怎么就患上了这么一种“怪病”——一旦离开工地几天左手就会发抖。大前天,他为了出席省里召开的军转干部表彰大会,才从一个完工项目赶回来,在会上当他从省领导手里接过荣誉证书的时候,左手不停地颤抖。每每想到当时的情景,他就感到自责和难过,埋怨那只不争气的手没一点出息,偏偏在那种场合和那个时候发抖,差点让他在大庭广众面前出了“洋相”。当时他生怕颁奖的那几位领导看见,极力地想控制住,可是那只曾经能拎起近百斤重物的粗笨大手,怎么也不听使唤,就连荣誉证书都拿不住,手抖得险些把那个荣誉证书掉到地上。晚上回到家躺在床上,他向妻子杜娟说起颁奖时手抖的事。杜娟温柔地用手抚摸着他的那双粗黑的大手,认真地对他说:“是不是因为当时太激动了?”他听了后,只是“嘿嘿”一笑,摇了摇头,又细细地回忆起了当时的情景。当时自己也没觉得有啥可激动的,毕竟已经这把年纪了,就因领个奖都能激动成那样,连自己都不太相信。类似那样上台领奖从18岁当兵到现在不知有过多少回了。二十几年前,他还是连队技术员的时候,就被国务院、中央军委表彰为“拥政爱民”先进个人,当他走上人民大会堂那庄严神圣的主席台的时候,欣喜若狂,内心激动不已,颤抖着双手从党和国家领导人手中接过荣誉证书,他至今都忘不掉当时的激动场面。这么多年过去了,这样的场合也经历得多了,再加上岁月的积淀和世事的磨炼,时过境迁,应该说更从容淡定了。不过还好,不管是紧张,还是激动,好像给他颁奖的那位领导和主席台上就座的其他几位领导并没看出他的那只手在抖,那位领导用双手把那个红红的、烫着金色大字的荣誉证书递到他的手上,面带着慈祥和蔼的微笑,紧紧地握住他的手动情地说:“我也是‘军转’,可干得没你好,你为‘军转’争光啦!”听了“老战友”的话,他非常感动。

他曾听人说过,也是一个在工地干活的人,因为常年在工地上干活儿,生活枯燥烦闷,经常用饮酒来解闷,最后惹上了“酒瘾”,一旦“酒瘾”上来手就不停地颤抖,必须得把手头的活儿停下来抿上一口。难道自己这也是“酒瘾”发作了,每每想起这些就感到非常好笑。

对一个几十年都一直坚持在施工一线摸爬滚打的筑路老兵来说,手抖真还算不上啥!特别是当年他在青藏高原施工的时候,因为高山反应差点把命都搭进去了,都没惧怕过。其实那天他是有点紧张,他怕万一有领导们看见他的手抖,提出不让他继续在一线修路,那他怎能割舍得下一生都钟爱的筑路“事业”呢!那一定比“酒瘾”发作起来还难受,“酒瘾”一旦发作起来还可以喝口酒,可是不让他修路,一旦想修路到哪修呢?总不能在城市里的某条街上或某个院子里随便把路面挖开、填上,填上、再挖开吧!如此这般,那别人不仅会认为他患上了神经病,而且还会说他是“破坏分子”,损毁公共财物呢!

李守仁对修路的酷爱,可以说达到了痴迷的程度,也是有缘由的。

在他的家乡有个传统习俗,男孩儿满周岁的时候,要举行一个“抓周儿”仪式。就是把一些生产和生活用具摆放在小孩儿面前,让小孩儿随意抓,抓到哪个预示着长大后就会从事与其相关的活计。说来还确实有点意思,在“抓周儿”的时候,他不抓离他最近的那些用具,偏偏舍近求远抓了把“铁锹”,而且还是用左手抓的。当然他当时抓的并不是一米多长的大铁锹,那个年代孩子们的玩具也少,不像现在模仿各种用具的玩具应有尽有。没有“抓周儿”用的用具,他的爷爷就把铁锹啊、斧头啊、铁锤啊、算盘啊、大勺啊等这些生产和生活用具用废纸裁剪折叠成各种小模型让他抓。当他抓住“铁锹”的时候,他那倾其一生把全部的汗水都献给土地的父母亲欣喜若狂,可望有了接班人,他长大后可以子承父业了。

果真他的前半生,与铁锹结下了不解之缘。18 岁到青藏高原当了一名筑路兵,当初大伙梦想着当兵就能够扛枪打仗,可是不承想,到了部队后枪是扛了,不过只是在新兵连扛了那么几天,新鲜劲儿还没过就把枪换成了铁锹,大伙都为之感到有点失落,唯独他不动声色好似无所谓,把枪一上缴愉快地扛起了铁锹。他的心里明白,修好路也是为了打胜仗,大方向并没有错,因此他就把铁锹当成“枪”来扛。后来转业地方又一直从事公路施工这个老本行,前前后后的经历拿来一印证,真还应验了当初的“抓周儿”。可是,大伙不能忽略一个细节,在“抓周儿”的时候,李守仁用的是左手,他长大后也并非左撇子,如果“抓周儿”真能说明问题的话,是不是可以这样分析认为,他长大后与铁锹为伴确实没错,不过铁锹只是他的辅助性工具,不是真正挥舞着它干活,他是管理铁锹的,因此,就进一步地推演为管理工程。

前段时间他还为公司没有工程项目,自己没地方修路而发愁呢!好多人都说,干工程特别是管项目能捞到好处,因此都盼着干工程管项目,而他的目的很简单,就是为了有事做,现在他又多了一条理由——为了手不抖,这就是他与别人的差别。突然参加完省军转干部表彰会还没来得及好好调整一下,公司便通知他到新项目任项目经理,要求抓紧组织开工,他听到这一消息的那一刻非常激动,仿佛那只颤抖的手也听到了这样的好消息,激动地颤抖了一下。

李守仁要去的是海(海州)西(西山)工程项目经理部,地处西山县境内。公路工程项目经理部是自20世纪90年代初期为了加强对公路工程项目建设的组织管理,而组建的市场化运作组织管理机构。可以说,工程项目经理部是市场经济的产物。施工企业拿到工程任务后,为了完成工程任务而临时组建的融工程施工、组织管理为一体的施工组织管理机构,通常配备有项目经理、党委(支部)书记、总工程师,下设工程管理、计划、财务、物资材料和办公室等科室。工程项目经理部实行项目经理负责制,项目经理是公司法人的委托人,必须具有国家承认的"注册建造师证",对工程施工和组织管理负有主要领导责任;书记与项目经理同为项目经理部主要负责人,主抓党组织建设、内部教育管理和外部协调等;总工程师主抓工程技术和质量。

李守仁原来在部队当兵,当的是筑路兵,常年在青藏高原施工,后来转业到省公路工程建设一队,也就是现在的一公司。转业地方工作快12个年头了,几乎都在施工一线干,先后在工程项目经理部担任工程科长、总工程师、党委书记、项目经理等。

他转业到地方的这十几年里,已当过两个工程项目的经理,干得都不错,得到了大家的公认。事实上也确实是这样,他无论过去在部队,还是现在在地方,也无论过去在高原,还是现在在内地,不管在任何时候和任何地方他都把每一项工程当成良心工程来做,把它们都干成了"优质工程"或"精品工程",不仅为公司树立了形象,创造了丰厚的利润,而且也为自己获得了名声,赢得了掌声,在整个总公司产生了很大的影响,可能有的人甚至不知道一公司经理——马昇官,可是大家几乎都知道一公司有个特会修路的李守仁。

此时,李守仁眯着双眼仰躺在车子座椅靠背上,回想范书记与他谈话的情景仍历历在目,范书记的顾虑一点没错,他非常能够理解其良苦用心。李守仁自己对类似一公司这样的企业,也有着自己深刻的认识,可以说他和范书记的认识有点不谋而合。他认为,所谓企业,人才是关键。就是要发现人才、培养人才和使用人才,把人才培养放在重要的位置。可不是吗,"企业"的"企","人"字下面有个"止"字,如果没有人才了,企业也就自然而然地止步不前了,还谈什么发展呢!

要做强做大企业,就要好好学习和引进先进的现代企业管理理念,坚持人本意识,把培养人、使用人和管理教育人放在第一位。他初步打算,这个项目既然来了那么多人，就要多给那些年轻人压压担子，让大家更多地熟悉项目经理部工作，争取干一个工程，带出一大批专业技术人才；总公司作为省内公路工程建设的“龙头企业”，在这个有一定影响的高速公路工程建设项目，要竭尽全力、想尽一切办法干好，努力把总公司这个“牌子”举好，绝对不能给总公司丢脸。同时，通过大家的共同努力，尽可能地发展壮大公司力量，真正把公司这块“蛋糕”做大、做强。……他越想越激动和兴奋，恨不得马上就到工地甩开膀子大干一场，脸上情不自禁地露出了笑容，不料被坐在旁边的老张看到了，老张关切地问他：“睡着啦！”

“没有，又要到新工地干活了，新工程、新环境，怎能睡得着呢！”李守仁有点按捺不住激动的心情，乐呵呵地回答老张道。

人在喜欢的人或事面前，考虑问题或做事情有时比较简单片面，甚至都很幼稚或偏激。

“我说老李，你也不要高兴得太早了，还不知前面有多少困难和问题等着你呢！”

苦，吃起来才有味儿，他对苦真不怕，不吃点苦，反倒觉得生活少了点别样的滋味。困难多，啃起来才得劲儿。李守仁就是这样的性格。

“我想困难再多，也比不上当时在青藏高原施工吧！”李守仁这样说确实低估了即将面临的困难。

“气候条件或许比那里好点，可是项目管理估计比那里复杂多了。仅从机关一下来那么多人就够你头痛的，那些人啥都干不了，你怎么管理啊！肯定够你忙乎的了。”老张接着说：“我问你，老李，你说机关的那些人下来能干啥？在哪里也是发工资，我倒觉得不如多交几个管理费，继续在机关养起来算了，下来除活干不了，长期游手好闲惯了，整天给你搬弄是非、惹是生非，甚至还胡作非为，整出事来你还得给擦屁股。你没听人家说吗，咱们公司机关的那些人心眼小、胆子大、脸皮厚、贪便宜、爱钻营，这样他们一来肯定会把项目经理部的风气搞坏，你可要注意，提早给这些人打好预防针，自己也要提防着点。”

“哎！老张，您总结得还一套一套的。”

老张没有接李守仁的话，而是接着说：“唉！我看这就是故意整你，诚心给你添麻烦，想看你的笑话。”

“老张，千万别这么说，领导也有领导的考虑和难处，那么多人没活干，整天在眼皮底下乌泱乌泱的，这样的事遇到谁心里都烦，与其这样，还不如让大家到项目经理部做点力所能及的事，锻炼锻炼，或许还能学个一技之长，以后还能配得上用场。领导这样考虑也是对的，我们还是要多理解领导的良苦用心，多体谅领导的难处,多支持领导的工作。”

“那为啥不到别的项目,甚至别的项目的人,还偏偏往你这里安排,这不诚心为难你,和你过不去吗!”

“不是其他项目没活干了吗!”

“我听说总公司决定让你当这个项目经理的时候,马经理不同意,还专门跑到总公司做工作,想要把你换下来,理由是你年纪大了,当项目经理有点不合适!干吃苦受累的活都还有啥年龄大小之分,你说这不是笑话么!”

“哈哈,老张,组织让咱干这个项目经理,那咱就老老实实好好干,不让干,干其他的也行。咱不干别人也能干,而且也能干好。对我来说,只要能让我在工地待着修路,干啥都行。”

……

车子翻过一座山丘又一座山丘,爬过一道山梁又一道山梁,傍晚时分,他们来到了工程项目所在地,与比他们早到两天的其他同志会合。先期到达的同志这两天来一直在为项目经理部选址,按理说选址是个相对容易的事情,可是这里的地理位置和自然环境确实有点特殊。由于隧道工程位于一座孤山上,整座山上几乎找不到一块大点的平整地,这座孤山的四周要么是陡峻的大山,要么是深沟峡谷,着实为难了前面来的同志。这个地方名叫“三间房”。有些事如果你不亲自试试或看看,仅凭感官或别人说,很难认清事物的本来和真相。名字叫“三间房”,谁都会联想到,那该是因有三间房子而得名的吧!其实这样理解也对,也不对!据说,过去是有过几间房子的,可是现在别说有三间房子了,就连搭建房子的一块平整地都找不到。

真正安顿下来后,李守仁得知,这里在很早的时候有一对年轻夫妇为了躲避战乱逃到这个山顶,就地取材,在山顶上搭建了茅草房,繁衍生息。现在房屋早已塌陷,山坡上只留下了一些杂草乱石。

这里上下山唯一的路就是脚下的那条羊肠小道,交通极为不便,而且严重缺水,人畜饮水只能到山下去挑;土地贫瘠,几乎没有一块平整地,农作物无法种植……甚至有不少人患了病,因下山困难不能及时救治而夭折。新中国成立后,在党和政府的关怀下,举村搬迁。斯人已去,只留下了眼前的这些乱石荒草。脚下这条路不知已经过去多少年了,仍旧是一条崎岖不平的羊肠小道,人行都十分困难,车辆行走就更困难了。

看到眼前的景况后,李守仁倒吸了一口冷气,环境的艰险程度超出了想象,当初确实低估了这里的环境和条件。看到这些,他不由得又回想起当年慕生忠将军带领人马修筑青藏公路的故事。

被誉为“青藏公路之父”的慕生忠将军当年从彭老总那里接过修建青藏公路的任务后，便带领20多人从香日德到格尔木探勘线路，300多公里的路他们走了一个多星期。在慕将军和大伙当初的想象中，格尔木应该是一个村镇，那里应该有人烟、有水喝，也应该是沿途最好的村镇了。可是当大家带着一身的疲惫来到格尔木的时候，怎么找也找不到那个在地图上标着黑点的——“格尔木”，只找到两顶孤零零的帐篷。看到当时的情景，大伙都傻眼了。大伙一边四处张望，不停地找寻，一边嘴里一直喋喋不休地追问：格尔木在哪里？格尔木在哪里？慕将军把手里提着用来当拐杖的柳棍往地上一戳，大声地回答道，我们的帐篷搭在哪里，哪里就是格尔木。将军的一句话，成就了一座年轻的现代化城市。

此时，李守仁他们与慕生忠将军当年的处境何其相似，可是他自认为自己没有慕将军那么大的魄力和本事成就一座城市，不过此时他们不能再等待、不能再犹豫了，时不我待，只争朝夕，应该抓紧安营扎寨。

李守仁喘着粗气，艰难地爬上高高的山顶，尽管身上披挂着长途跋涉的尘土，可是仍遮掩不住他刚毅、果敢、坚定、率真的内心光辉。他站在那里双手叉腰，显得信心十足，放眼望去，一览众山小。坐落在对面半山腰的村庄，大大小小、高高矮矮的窑洞，有的没有门窗敞露着，有的已经塌陷，破瓦残垣，其景象有点萧条落寞，还略显苍凉，一股酸楚再次涌上心头。隧道是东西走向，他断然决定，把房子建在北山坡上。还不忘自嘲一把，坐北朝南是很好的方向，古代帝王宫殿就是这个朝向！他情不自禁地笑出了声，便大手一挥，我们的房子就盖那里，顺手指向了北山坡半山腰处。

那里并不算平坦，是个斜坡，可是相对而言算是最平坦的了，有几棵高大的树木，也是整个山上唯一的几棵大树，那几棵大树枝繁叶已绿，应该是个不错的地方。

隧道口位于陡峭的半山腰，山脚下是一个大深沟，站在山顶一眼望不到底，从陡峭的山上望下去更是令人发怵。一直跟在李守仁身旁的老张看到这些后更是吃惊不小，“我看，这是逼着让我们学壁虎，如果没有壁虎那样的攀爬本领，别想在这半山腰顺顺利利地就能戳开两个窟窿！”老张说完低着头伸长脖子往下看了看，接着说：“老李啊！在这里修路也太不容易啦！多险呐！”

李守仁听了老张的话坚定地说：“既然选择了这条路，我们就没有退路了，老张，我们大家还是往前冲吧！”

2

省公路局下设一个公路工程建设总公司、一个公路工程监理总公司和一个公路工程设计院,公路工程建设总公司又下设四个公路工程建设公司,分别为公路工程建设一、二、三、四公司。后面我们主要介绍的就是公路工程建设一公司的事,因此为了方便介绍,我们就简称它“一公司”吧!

将近一年时间,一公司只拿到李守仁干的那一个工程项目。除此之外,就再也没拿到一分钱的工程。

公司经理马昇官很是着急,整天急得上蹿下跳,眼看公司手头那些工程,再用不了多久就要相继完工了,如果再拿不到工程,不仅完不成总公司下达的年度任务指标,而且拿不到活就等于说挣不到钱,挣不到钱就养活不了公司上下近千号人,就难以维系公司正常运转。更为严重的是,万一银行贷款资金链断了,那公司就面临着破产的危险。

马昇官不仅动用手头现有的“关系”和“力量”,而且到处托人找“关系”。他把拿到工程的赌注押在了“关系”上,自信没“关系”,可以找“关系”,坚信找到“关系”,就没“关系”了。因此,他每天的工作几乎就两件事,要么打电话找“关系”,要么请人喝酒吃饭拉“关系”。眼看时间一天天地从觥筹交错中流过,客没少请,电话也没少打,酒更没少喝,可是拉的这些“关系”都没“关系”,帮不上啥忙,工程始终没拿到。最后不得不动用这几年苦心经营起来的北京方面的“关系”,打算到北京找“关系”,让上面的“关系”给省里打招呼。

快下班的时候,公司办公室主任贾正接到马昇官打来的电话,让办公室给他订明早去北京的机票,随行人员有他和财务部部长牛[illegible]美,并准备五份土特产。对于马昇官安排的事情,贾正不敢有丝毫怠慢,立刻就行动起来了。

公司办公室只有贾正和郑静两个人,郑静是个女孩子,性格特点比较突出,最大的优点是漂亮,最大的缺点是贪玩,上班时间很少在办公室待着。平日里办公室事情也不多,郑静有时来了转上一圈就到别处玩去了,有时干脆来都不来,往往是有人的时候没事做,有事做的时候又找不到人。人常说,漂亮脸蛋出大米。可是在一公司的好多人看来,漂亮的脸蛋不仅能出大米,而且能出生产力。不知有这样看法的人是看着郑静不来干活心存嫉妒,还是别有用心,不管何种用心,遇到类似这样的紧急事情,按理说是应该由两人分头去干为对,可是郑静已有一周多没在办公室露面了,就连贾正都不知道她去哪儿了。事实上就是贾正知道郑静在哪里,也不愿意安排她让她帮着做,他总是迁就关照着她。也并不是说办公室只要有活就得把郑静拉上,非要体现公平、公正,或为了“男女搭配,干活不累”,而是说在那个人员参差不齐的公司机关里,一个年富力强,还有一定“想法”的中年男人,整天和一个相貌出众的年轻女孩待在一个办公室里,又是上下级关系,还时时迁就着、事事都甘心情愿为其效劳着,即使他们没生出点“故事”来,可是时间久了在别人看来他们肯定是有“故事”的。

当初他俩真还没“故事”,可是经常被一些爱逗乐的人拿他们开玩笑,给他们编点“故事”,一旦“故事”讲得多了、知道的人多了,虚幻小说也就变成现实小说了。后来慢慢地贾正和郑静的关系真还逐渐地变得微妙起来了,仿佛他们真有“故事”。

自大家把他俩的关系传开后,贾正就对郑静的来去更是网开一面,郑静也显得更加肆无忌惮,我行我素,来去自由。理论上贾正是办公室主任,也是郑静的领导,可是在外人看来郑静才像是领导。因为她想什么时候来就什么时候来,想什么时候走就什么时候走,想干活就干,不想干活就不干,她的所作所为比“领导”还“领导”!可是仅凭这点也千万不能小看贾正,不能认为他这个领导无能,其实他也有他的良苦用心。他看着郑静人美,打心眼里喜欢她,但这也并不能简单地理解为贾正怜香惜玉。其实更主要的是贾正在讨好郑静,想在关键时刻利用郑静的“关系”。据说郑静有一定的“关系”,她的两个舅舅都在省政府的实权部门工作,而且都是处级领导干部。贾正为了当上项目经理曾托郑静找她的舅舅帮忙,她的舅舅又托人向马昇官打招呼,可是对于人托人的事马昇官根本不买账,贾正除没当上,马昇官还在一次酒桌上当着牛饷美等人的面把贾正讥讽了一顿,弄得满城风雨,令贾正颜面尽失。因此,贾正对郑静抱有这种目的,平时总是网开一面也就不难理解了,遇到今天这样的活,就更不愿意让她去干了,他自己心甘情愿去干。

为了落实马昇官的重要指示,贾正没顾得上吃晚饭,就着急慌忙地去准备了。土特产好办,上次马昇官安排他给北京的一个领导寄了几份,都是财务部牛饷美帮着联系的,牛饷美经常买东西熟门熟路,这样的事情对她来说真是“小菜一碟”,一个电话就能搞定,因此他也就不着急去购买,先跑去订机票了。

刚才突然接到马昇官明天要去北京的电话,贾正的心里有点莫名其妙,这两天也没听牛饷美说过马昇官要去北京。突然临时决定明早要去北京,而且选在周末,不知领导又要去办啥事,要说过节送礼,现在距离哪一个节日都还比较远,难道是有啥紧要事!为了弄清为什么,贾正就一直在心里揣摩,等到了购票处后也没有揣摩清楚。其实,贾正跟马昇官这么多年了,看似形影不离,实则貌合神离,他还没有真正摸透马昇官的性格。马昇官做事一般很难让人猜透,按江湖上说的——常常不按套路出牌。贾正作为办公室主任，专门为公司领导服务，按理说接触马昇官多点，对马昇官的日常安排或生活起居，乃至性格爱好等，也应该有所掌握和了解，可是事实上并非如此。

贾正是个非常聪明的人，而且平时也爱揣摩领导的一些心思，可是不仅马昇官的柔情他永远不懂，就连马昇官的心思他也永远不懂，对于马昇官这个人，可以说他就从未猜透过他的心思。他俩一个爱揣摩，另一个更爱揣摩；一个不愿让别人揣摩，另一个就想揣摩别人，难怪贾正私底下说，他和马昇官前世就结下了“孽缘”，“八字”相克着呢！

到了售票处一问，明天到北京的航班只剩下头等舱了，而且是最早的一班，这么早的航班让他犹豫不决。

贾正呆呆地站在售票窗口犹犹豫豫拿不定主意，正迟疑着突然被售票员小姐唤醒了，催问他要不要订，并提醒他要订的话就抓紧，明天又是周末了，去北京的人多，否则的话一会儿连头等舱都没有了。

此时，贾正的心里很是纠结，他纠结的不是钱，而是时间。尽管头等舱贵点儿，马昇官也远未到享受头等舱的级别，可是他知道马昇官喜欢坐头等舱，喜欢头等舱内宽敞空间和舒适座椅，他以前偶尔也陪马昇官出过几次差，就是买的头等舱，马昇官不仅没说什么，而且看上去还很高兴。早上 5 点半飞机起飞，他估算了一下，从马昇官家到机场最快也得一小时，这样的话明早最迟也得 3 点起床。马昇官有个习惯——喜欢睡懒觉，常常睡到“自然醒”，如果没人叫醒的话，一觉能睡到中午，他的早晨一般都是从中午开始的。为了把事情办得更妥帖点，贾正还是想请示一下马昇官。

贾正连忙摸出手机正要给马昇官打电话，突然又停了下来，想起了小王先前告诉他的话。小王是马昇官的司机，贾正下午上楼的时候，在楼梯口遇到小王刚好提着一个礼品袋从马昇官办公室出来，把贾正拉到墙角悄悄地告诉他，晚上马昇官要请高副局长吃饭。他想，按照小王告诉他的，此时聚餐也该开始了，去电话请示打扰领导，况且还不是什么大事、急事，显然不是太合适。他灵机一动，便马上改变主意给牛饷美打电话。牛饷美是马昇官的“大红人”，对马昇官的一些活动安排比较了解，再说即便她有什么过错，马昇官也不会指责她。因此，他便迅速拨通了牛饷美的电话，没想到牛饷美正在陪马昇官请客，这会儿刚好下楼迎接高副局长去了，把手机搁在了桌子上。手机铃声一响，被坐在一边喝茶的马昇官听到了，马昇官一看是贾正打来的，便拿起电话就接了起来。贾正一听接电话的人是个男的，还以为是牛饷美的爱人、老同学——程凯，便毫不犹豫地开起了玩笑，大声地叫了一声“姐夫好！”

“谁是你姐夫啊?!”马昇官大着嗓门反问道。

怎么好像是马昇官的声音,难道是自己拨错号了。贾正感到很纳闷,犹犹豫豫不敢继续说下去了,正犹豫着马昇官又说话了:“你找小牛有啥事?”

这回听清楚了,就是马昇官的声音。贾正被彻底地吓蒙了,半天结结巴巴地说不出话来。最后他战战兢兢、支支吾吾地解释道:“没事的,没事的!”

“没事你找小牛,不是找事吗!”马昇官说完便把电话挂断了。

第二天,贾正因为昨晚打电话的事,见到马昇官后仍心有余悸,一直不敢和他正面对视,登机的时候便主动把座位和他们调开了,把挨着的两个座位留给了牛饷美和马昇官。

一路上贾正感到非常尴尬,头一直转向另一边,始终看着窗外。几次转过头想向他们打招呼,可是每次转过头的时候,看着马昇官那一大一小的眼睛在牛饷美的身上游离,四目对视更显尴尬,就急忙把头转了回来。

下飞机后,马昇官和牛饷美相跟着一直走在前面,贾正带着随身行李箱跟在后面,快到出口处的时候,突然一个身材高挑的女孩朝他们挥手,手里还捧着一大束鲜艳的玫瑰花。

贾正看着那女孩觉得有点面熟,可是一时又想不起来是在哪里见过,只是看着有点眼熟,也没去多想,以为她是和别人打招呼,便一直低头向前走。突然那个女孩喊道:“马哥,我在这儿。”

“小贾,你取行李,我们先出去。”马昇官头也没回迈着大步径直向那个年轻女孩站着的方向走去,牛饷美迈着徐徐缓缓的脚步迟迟疑疑地跟在他的后面。

大清早就有女孩子来接马昇官,贾正非常吃惊,不禁又多看了那个女孩两眼。突然他想起来了,前几天他在机场接人刚好遇到马昇官也在机场接人,这不就是马昇官接的那个人吗!遇事总是爱追根究底的贾正,忽然豁然开朗把问题想明白了,那种喜悦激动的心情就像那个年轻女孩是来接他的。

贾正看着马昇官那矮胖的身材,走起路来双腿呈“内八字”,一摇一晃,被两个身材高挑的女人夹在中间朝着大厅出口走去,显得很是扎眼,不禁又多看了两眼,不知是同情,还是羡慕,顿时心里酸酸的,那该是一种醋味。贾正心想,这么一个“矮短矬”男人有啥魅力吸引这么漂亮的女人,还让其甘愿奉陪。贾正眼睛直勾勾地一直看着他们走出机场大厅,以致行李转盘把行李转到他跟前都没发现,等到再次转来的时候,他才慌里慌张地把全部行李取下来。

贾正把几人的全部行李放在手推车上,刚走出机场出口,一辆白色宝马车就停在了他的身旁,坐在副驾驶位置的马昇官从车窗伸出手来向他招手示意:“小贾,上车。”年轻女孩开着车,贾正和牛饷美坐在后排。

车子刚开出首都机场，还没上机场高速，那个年轻女孩柔声细语地对马昇官说："马哥，你把安全带系上吧！这里是北京，可不是你们那里。"

马昇官把胳膊伸向那位年轻女孩，在她的肩上轻轻地捏了捏："你放心吧！安全问题，哥，时刻记在心上。"马昇官的话音刚落，坐在马昇官后面的牛饷美"扑哧"一声笑出了声。

"讨厌，就你坏，别瞎想！人家和你说正经的呢！北京这边到处都是摄像头，管得可严呢！"年轻女孩娇滴滴地提醒马昇官道。

"哦，怎么一股醋味！是不是把醋瓶打翻了？"马昇官两眼直视着前面，不动声色地说。

"要注意点影响，不要乱讲话，要专心保护好身边的美女哦！"牛饷美阴阳怪气带着醋意说，边说边掏出自己的手机，给贾正发了一条短信，上面只有两个字"小秘"。

贾正立即回了一条，更正道："二秘。"贾正发出这条短信后不怀好意地扭过头看了牛饷美一眼，牛饷美刚好也扭过头来看他，被牛饷美狠狠地剜了一眼。贾正心里明白，这不是秃子头上的虱子——明摆着的吗！牛饷美这是不打自招，刚才对他狠狠地"一剜"就很能说明"问题"。

贾正和牛饷美两人不言不语，只顾低着头你一条我一条地互发着短信调侃取乐。马昇官感觉车子里气氛死气沉沉，有点不大对劲儿，就扭过头来没话找话，想对他们说点什么，调节一下气氛，回过头来一看，贾正和牛饷美两人正笑嘻嘻地低头捣鼓着各自的手机。马昇官故意咳嗽了一声，扭头偷偷地瞟了一眼贾正和牛饷美，看见两人低着头还在嬉皮笑脸地玩弄着各自的手机，便摸出自己的手机看了看，装作想要打电话手机没电了，便说道："欸，手机怎么没电了，小贾，把你的手机拿来，我打个电话。"

贾正听了马昇官的话后，迟疑了一下，还是迅速地把手机递给了马昇官。马昇官刚拿到贾正递过来的手机，突然"丁零"一声又来了一条短信，打开一看是牛饷美发来的，上面显示"老色鬼"三个字。马昇官的耳根立刻红到了脖子根，他的这一微妙变化被坐在后面的贾正和牛饷美都看到了。

贾正的心怦怦怦地直跳，不知马昇官看到的是啥内容，他看了一眼牛饷美，牛饷美显得若无其事、不以为然的样子，什么话也没说，大家继续保持着沉默。

没多久，车子过四元桥、上三元桥，沿着三环路直奔亮马桥附近的凯宾斯基酒店。下车时马昇官板着脸头都没回，大着声命令贾正，让他把各自的随身行李带上就是了，其他东西就放车上。

上午马昇官带牛饷美出去办事，把贾正留在了宾馆。贾正一个人钻在房间里无所事事,突然想到北京还有自己的一个远房亲戚,听说那个亲戚在京城做生意,而且生意做得还蛮大的,混得也不错,神通广大,在老家有一定的声望,好多人都找他办过事。他想,反正自己待着也是待着,有这样的机会和“关系”何不抓紧联系,万一真还能为自己当项目经理助一臂之力呢!便急忙给他的那个远房亲戚去电话,约请其中午一起坐坐。

快中午的时候,他的远房亲戚来了,开着一辆黑色奔驰轿车,穿着很是讲究,脑袋四周剃得光光的,只有头顶留着短短的头发,就像戴了一个黑色的瓜皮帽,很是新潮时尚,鼻梁上耷拉着一副金框圆镜片墨镜,脖子上戴着一个大金链子,两只手腕上缠着各种颜色和材质,大小各异的珠子,身子后面还跟着一个年轻女孩。说是亲戚其实他们从未见过面,为了表示尊重,贾正便提前下楼到酒店门口迎接,见面后直接把他们带到了预订的就餐包间。

三人分宾主坐到沙发上,贾正便把服务员唤来,张罗着款待这位远房亲戚。毕恭毕敬地问他的远房亲戚喜欢喝点什么茶,他的亲戚不假思索地对服务员说:“每人来一杯‘明前’龙井!”

贾正特地嘱咐服务员:“一定要最好的哦!”

贾正的亲戚很是不以为然,显得很大方随和,回答贾正:“没事的,这里我经常来,东西不会有假。”说得贾正的脸稍稍有点发烫,感觉自己想得有点多了,未免显得有点见识短浅和小气。

两人边喝茶,边攀起了亲,其实两人应该是爷孙关系,只是因为两人的老家离得远了点,因此走动得少也就生疏了。通过互相攀谈,两人越说越亲近,也就不生分了,都有种一见如故的感觉。

聊了一会儿贾正让他的这位大爷点菜,他的这位大爷边从服务员手里接过那本精美的、厚厚的菜谱,边问他出差能不能报销,贾正学着他的亲戚那样,显得很大方慷慨,豪爽而大气十足地说,报不报无所谓,这点钱还是花得起的,难得见大爷一面,晚辈请长辈也是应该的。

这位大爷一点也不生分和客气,边点边给他介绍这道菜营养不错,那道菜做得还行,以一个长者和尊者的身份一一给他讲解介绍。一看便知是个经常出入高档酒店的人,吃惯了那些山珍海味,点了几道菜后干脆把菜单往边上一搁,对服务员小姐说:“再来一个清蒸多宝,三份参泡饭!就这些,抓紧上!”总共点了六道热菜、四道凉菜和一个汤。

贾正不禁暗暗地倒吸了一口凉气,心里嘀咕道,还说就这些,估计就这几道菜也有几千元了。他不是心疼钱,况且他这次是出差,这点费用完全可以找牛饷美想办法在公司财务处理。他只是觉得他的这位大爷真够“大爷”的,根本不把钱当成钱,说他挥金如土一点都不为过,不仅出手很是大方、阔绰,而且说话做事干脆利落很有老板的范儿,一看就是经见过世面的人。贾正很是羡慕,甚至有点钦佩。

两人只顾聊天,忘记点酒水了,贾正也不管价格贵贱,反正已经迈出了这一步,三千也得花,五千也得花,便又摆出一副豪爽大方的派头,一咬牙问服务员有啥好一点的酒水,贾正的大爷马上接话道:“也不要太好的了,就我们两人喝,简单点,来一瓶‘国窖 1573’就行了!”

贾正听了不禁在内心里啧啧惊叹,估计一瓶“国窖 1573”在这里都卖到 2000 多元了,这难道还不算太好,那好的应该几千上万了吧!

席间,贾正的大爷突然问起了他的工作情况,贾正把自己的情况说完后,他的亲戚马上开导他:“现在社会是撑死胆大的,饿死胆小的,不要那么死心眼儿,待在机关坐班死要面子活受罪,有钱才是硬道理!要向哥学习!”

贾正连说:“是,是,是。”这下真说到了自己心坎上,这也正是自己下一步想要说的,也是自己求之不得努力的方向,正要开口说话,还没等他把口张开,他的亲戚又说话了:“兄弟有什么困难告诉哥,哥给你摆平。”几杯酒下肚后,辈分也就乱了,两人便开始称兄道弟了。

贾正连忙端起酒杯:“那我先谢谢哥了,再敬哥一杯。”说着碰了一下他亲戚的酒杯,也不管他的亲戚喝不喝,便一仰脖子先喝进去了。

两人都把杯中酒喝完后,他的亲戚拿出手机就给省公路局的李副局长打电话,电话果真拨通了:“李哥啊!我是亮子!”

“我有事想麻烦哥,我的表弟在咱们省公路局下属的一公司,人不错,可是这么多年一直耗在机关,现在咱们老家那边到处都在修路,新上的工程项目不少!想麻烦李哥关照关照,让他当个项目经理什么的!”

“是的,有权不用过期作废,都是自家兄弟,能帮就帮一把,到时候小贾绝对不会忘记李哥的。”

隔了一会儿贾正的亲戚又说:“那就谢谢李哥啦!什么时候来北京一定告诉老弟,老弟一定陪哥喝好玩好。”

贾正坐在一边暗喜,听得出对方已经答应帮忙了。只要这次公司能拿到新项目,自己应该就是项目经理的人选了,那不久的将来,自己也是手握重权的项目经理,成千上万的资金要从自己的手里哗哗地流过,想到这些他的脸上飞满了甜美和喜悦。

北京,这个地方多好啊!北京——“背景”。在这里能够生存下来的人肯定都有一定的“背景”,就连自己的亲戚在北京都混出了一片天,给这个人打招呼、给那个人办事,他很是羡慕。刚才他的亲戚提醒他的话,如雷贯耳,如沐春风,也就从那一刻起，他再次鼓足勇气，下定决心，要么当官，要么赚钱，当上官，有了权，就能拿权换钱；有了钱，就能拿钱买官。想着想着，脸上不禁露出了甜甜的微笑。不过他又冷静地分析，从目前来看，当官还比较难，可是挣钱倒是比较容易点，或许就在下一秒。

贾正一激动，让服务员又上了一瓶酒，不一会儿两人就把新上的一瓶又喝完了，不知是高兴，心情好，还是酒好，贾正喝了那么多，好似一点事都没有，他把他的大爷送走后，还没返回房间，半道上就把刚才的好消息告诉了他的妻子钱朵朵，挂了电话躺到床上，激动的心情一时无法平静，在酒精的刺激下，睡了半天睡不着，便打开电视把全部频道搜了一遍，也没找到一个自己喜欢看的节目，索性把电视一关，打算到外面转转。早就听说北京潘家园有一个很大的古玩交易市场，那里各种古董玩物比较多，他想到那里看看，碰碰运气，假如运气好的话可淘个古玩字画啥的，送人既高雅又有档次。听人说，李局长就爱好收藏，平时还喜欢写字、画画，人家给自己办事，回去后肯定得去"表示表示"。

贾正一个人漫无目的地在潘家园那个偌大的古玩市场转悠了半天，看着琳琅满目的各种古玩字画，说欣赏也罢，说淘宝也罢，其实他完全不懂那些东西，也不知该买啥，而且有些老物件的价格也不菲，动辄上万元，甚至几万、几十万元的都有。

转了两三个小时啥也没买到，正打算要离开的时候，却被一块写有"割腕处理名家字画"的广告牌吸引住了。他走进这家店，店主人主动上前介绍，说自己的店里有什么齐白石、张大千、郑板桥、唐寅等大师们的字画，而且绝对是正品，只是自己这段时间出了点问题，要把这些积存的东西甩卖出去。说着就一一介绍起了每一幅画的内容和作者，以及历史年代和收藏价值等，最后贾正看中了张大千的一幅"仕女画"，和老板讲了半天价，老板早已看出了他要买的心思，讲了半天价一直不肯杀价，最后花3万元成交了。临出门的时候，老板还拍了拍贾正的肩膀，笑呵呵地说："老弟，你捡漏啦！回去送给老板，老板肯定非常满意。"贾正心里美美的，早就听说过郑板桥的字画是非常有名和值钱的，今儿算是自己捡漏了。

贾正下午给牛饷美发过几次短信，可是一直没回，从潘家园摇摇晃晃回到酒店已经是晚上10点多了，先后敲马昇官和牛饷美的房门里面都没反应，便又给牛饷美发了一条短信，还是没有回，一直等到12点多了，还是没等到他们回来，就脱衣躺下了。其实他心里也明白，自己等也是白等，马昇官有牛饷美陪着，他跟着出来根本就没他什么事，带他出来就是为了让他做个陪衬，顺便帮着提行李干点苦力活，避人耳目而已。此时他孤零零地躺在那里，心里酸酸的，怨恨马昇官和牛饷美一天多时间都不给自己来个信，好像被世界抛弃了一样郁闷难受。他也太自不量力了,太把自己当回事了,也太在乎自己的存在了,不是世界抛弃了他,其实世界本来就不在乎他。偌大的一个京城,有一个贾正无妨,少一个贾正更无妨,京城的人流照样川流不息,道路照样拥堵不堪……

贾正在睡梦中突然被隔壁的说话声吵醒,一看手表已到凌晨 2 点多了,侧耳细听,是马昇官和牛饷美的说话声,隔着墙壁瓮声瓮气的,听了一会儿也没听到啥,便在心里狠狠地骂了一句——“一对狗男女”,把灯一关又睡了。第二天早上,贾正本来醒来得就够晚的了,洗漱完后早已错过了酒店的早餐,看到马昇官和牛饷美的房间都没有任何动静,也没等他们就自个儿跑到酒店附近的小吃店吃了一碗馄饨。回到酒店刚出电梯,看到牛饷美披头散发正从马昇官的房间里走出来,他本想闪到一边不想让牛饷美看到,可是已经来不及了,被牛饷美刚好回头看到了,四目相对牛饷美倒没什么反应,他自己反倒有点害羞,竟不自然起来,不知该说啥了。

还是牛饷美先说话了:“昨晚敲你房间的门半天没反应,到哪里潇洒去了,这会儿才回来!”这一问把贾正问了个大红脸,猛不防被牛饷美这么反问一句,一时语塞,真还不知该怎么回答她了。心想这样的话万一传到马昇官耳朵里,那真是跳到黄河都洗不清。

贾正压着声带有埋怨的口吻吞吞吐吐地对牛饷美说:“不能低点儿声吗?”接着正要掰扯几句,可是又一想,也没必要在这个地方和她掰扯这些,两人心里都有鬼,再说有些事越描越黑。况且他知道和牛饷美掰扯这些,自己肯定得不到啥便宜,况且站在楼道里怎能三言两语说得清楚呢!

“做贼心虚了吧!”牛饷美真还有点得理不饶人的架势,看样子非要和他说点什么。

贾正便一把把牛饷美拉到他的门口,打算把牛饷美推到自己的房间里说话,两人正推搡的时候,不料马昇官的房门开了一大半,马昇官听到外面有窸窸窣窣的说话声,便只穿件内裤光着上身把头伸出来左右张望,他俩在门口拉拉扯扯让马昇官看到了。马昇官瞪了他们一眼,二话没说“嘭”的一声把门关上了。

贾正把牛饷美恨得咬牙切齿,重重地一把把牛饷美推开,快速转身走进自己的房间,牛饷美不仅一点都不生气,反而还嬉皮笑脸地跟着进来了。牛饷美坐到贾正的床上,笑嘻嘻地问贾正:“老弟,是不是一个人待在酒店里有点孤独,找刺激去了?”

“没有啊!习惯了,‘孤独是一个人的狂欢,狂欢是一群人的孤独’。”

“哎呀!我一直没发现,老弟境界还蛮高的,很有生活品位。”

“必须的!”

“切，看把你嘚瑟的。”

“不是嘚瑟，是心凉得哆嗦。”

“哈哈，怎么啦？快说，是不是干啥坏事让人抓到挨揍啦！”牛饷美说完“嘎嘎嘎”地笑了起来。

“我这么纯洁正派的人，能干啥坏事？”

“呵呵呵，看把你纯洁得，看你那双浑浊的眼睛。”

“那是你的浑浊反射到了我的眼睛里啦！你看我多么纯洁啊！”贾正说着睁大眼睛凑到牛饷美跟前让她看。

“你给我说，我怎么浑浊啦！”牛饷美说着用手扭住了贾正的一只耳朵。

贾正装出很疼的样子，继续狡辩道：“打死你我也不说。”

“你还敢给我狡辩，不给你点颜色，你真还不知道姐的厉害。”牛饷美说着又用另一只手把贾正的另一只耳朵也扭了起来，这样一来她的整个胸部都挨到了贾正的脸上。

贾正半天不吭声，牛饷美又加了把劲儿，顿时贾正杀猪般“嗷嗷嗷”地嚎叫着求饶。

“知道姐是谁了吧！”

“知道了！”

“知道就好！”

“姐就是巴黎欧莱雅——你值得拥有。”

“我不敢拥有。”

“没出息！不是说姐浑浊吗！难道你不想浑水摸鱼？”牛饷美用手指头戳了一下贾正的头，狠狠地说。

“是我的就是我的，不是我的就不是我的。拥有你，我怕别人打断我的腿。”

“你就贫嘴吧！不和你闹了，想不想听点好消息？”说着牛饷美张开胳膊，一下搂住了贾正。贾正既没有躲避，也没有退让，让牛饷美给了他一个熊抱。

“别卖关子了！想说就说，不想说也不勉强。”贾正把头仰得高高的，也不看牛饷美，不阴不阳地说。

“哼！就这态度，不想听是吧！不想听，那我就不说了。”牛饷美说完气哼哼地就要起身往出走。

贾正急忙改口道：“我的好姐姐，脾气怎么这么大呢！生老弟的气啦！”

“我把好消息告诉你，你给我啥好处啊？”

“姐，你怎么学得这么功利呢？”

“向你学的。”说完用手捂着嘴“嘎嘎嘎”地笑出了声。

“得了吧！像我学，你可找到高人了，我定会让你哭得很有节奏。”

“哎哎哎！现在怎么学得油腔滑调的，说话一套一套的。告诉姐，你昨天一个人出去干啥坏事啦？”

“我能干啥啊！你还不晓得，有那心，没那胆。”

“你们男人哪！都是一路货色。”

“别，别，别这样说，别一棍子打死一片，得了好处还卖乖。有的是好货，最起码在你看来是的。”

“谁？”

“隔壁。”

牛饷美从床上“嗖”地站起来，跑到贾正跟前，两个指头狠狠地捏住贾正那张肥嘟嘟仍在发烫的脸蛋。

贾正连连讨饶：“姐，你饶了我吧！千万不能给我破相哦！”

“我今天就破了你，免得让你在我跟前还显童贞。”说着两人嬉笑着扭打在了一起。

打闹了一会儿，贾正话题一转：“姐，还是说点正经的吧！你有什么好消息要告诉我！”

“你告诉我，你再敢不敢在姐跟前没大没小，放肆了？”

“不敢了。姐，我害怕你。”

“那就好，那姐继续把你当成我的小弟弟。”

话音刚落，贾正“扑哧”一下笑出了声，转而露出难为情的表情，说道：“姐！我可以做你的弟弟，但不能做你的‘小弟弟’。”

“假正经。”

“就算我假正经，也比你假不正经强吧！最起码我表露的是真实的一面。”

“哦！不错，那你就是‘贾正经’，我以后就叫你‘贾正经’吧！”

“随便叫。”贾正不耐烦地催促道，“抓紧说吧，究竟有什么好消息啊？不然一会儿隔壁的又要叫你了。”

“我才不理他呢！”牛饷美嘟着嘴说道。

“理不理是你们的事，好消息或许是关系我的事。”

“有好处我就说，没好处我就不说。”

“有，有，有，我有好事什么时候把你忘记了呢！”

“昨天上午马老板找领导协调工程的事，那位领导答应要给省里领导打招呼，估计这次拿到那两个项目问题不是太大。还听说马老板也要提拔了，要到监理总公司当总经理。”

“哦,是这么回事吗?”贾正内心中充满喜悦,只是强压内心的激动之情一时没有表露出来。

在北京待了三天,马昇官每次出去都带着牛饷美,具体还去见了哪些人、做了哪些事,贾正也不知道,他也不想再打听更多的了,因为他想知道的已经知道了。

在从北京返回的路上,马昇官突然问贾正:“小贾,这次北京之行收获不小吧!”不知领导是问贾正的收获,还是想在贾正跟前故意显露自己此行的收获,炫耀自己的协调办事能力,也还是另有他意?

马昇官突然问这样的话,问得贾正既有点吃惊,又有点莫名其妙,哑口无言,不知如何回答为好。他一闪念又意识到,该不是马昇官知道了他托人找关系当项目经理的事吧!他想了一会儿还是不知该如何回答马昇官的问话,过了好久才支支吾吾回答道:“没,没,没什么收获。”

马昇官又问牛饷美:“小牛,你知道小贾有没有收获?”

牛饷美阴沉着脸回答道:“小贾有没有收获我怎能知道?还不是领导一句话!领导让有,就有;领导不让有,就没有呀!”

牛饷美一句话又把问题踢到马昇官那里,马昇官听了后也没再说什么。

贾正不止一次地佩服牛饷美机敏的反应和随机应变的能力。果真不一般,让他再次地领教了她的那张伶牙俐齿,感觉跟她走在一条道上自己是不会吃亏的,有时还能变危机为转机,化险为夷,甚至都能逢凶化吉,仅凭这点就令他非常佩服,真有点舍不得离开她。

马昇官对贾正在出差途中的表现很不高兴,他以前就觉察到,贾正和牛饷美两人经常喜欢往一起凑,交往有点不太正常,通过这次出差让他亲眼看见两人挤眉弄眼、眉来眼去,用事实证明了两人的关系真还不一般。如果把这样的人留在自己的跟前,不仅碍手碍脚,对自己也是一种威胁,与其给他们当灯泡,真还不如把他一脚踢得远远的,眼不见心不烦。

3

一个30多年没联系的初中同学突然给李守仁打来电话,他非常吃惊和诧异,当那位同学自我介绍后,其长得啥样子他怎么也想不起来,如果不是那个同学的名字有点特殊,恐怕连那个名字都一时半会儿想不起来。一接通电话那个同学便嘘寒问暖,显得很热情,絮叨了半天突然话题一转,听说李守仁干着很大的工程,想让他帮着揽点工程干。

刚把那个同学的电话挂了，老家的一个远房亲戚打来了电话，亲戚倒是很坦诚直白，直截了当地对李守仁说，想让他帮忙给工地供点材料。

这几天来自各方的电话，不管是认识的还是不认识的，也不管是经常联系的还是几十年都失去联系的，一个接一个地打来，让李守仁有点应接不暇。不过意思都差不多，都是想通过他帮忙拿点工程干，或者给工地供应点材料。

这种事李守仁也遇到得多了，他心里非常清楚，每次拿到工程项目的时候，总会有人给他打电话，那些几十年都未联系过的人，或者陌生的人，不知他们是从哪里得到他的信息的，为之他感到很是惊讶。更让他气恼的是有些人说的话很庸俗，就在电话里明目张胆、堂而皇之、赤裸裸地允诺，如果他能帮忙拿到某项工程或某种活计的话，要给他这好处、那好处，还有的干脆提到要按几个"点"给他提成，等等。

在这些人看来得到工程或拿到活计是件非常容易的事情，是他李守仁一个人或他一句话就能办得了的事情，遇到这种情况他非常苦恼，和这些人有时还说不清、道不明，有的隔三岔五纠缠着他，有的自己出面办不了还托人打招呼，甚至有的都打着领导的旗号，每每接到这样的电话，他感到很是厌烦，大家扯得太远了，也太庸俗过分了。无论他们怎样软缠硬磨，怎么说、谁来说、说什么，他都不被他们中的任何人或任何事所左右，最后他都一一地婉言拒绝或断然回绝了。

近些年来，一些大大小小的工程施工企业或施工队如雨后春笋般出现，再加上公路建筑市场实行招投标，竞争非常激烈，要拿到工程确实不容易。一些资质等级高，技术力量和装备实力雄厚的企业竞争优势相对明显，然而那些资质等级不高的企业，或者没有资质的施工队很难拿到，生存发展面临着很大的挑战和压力。像总公司这些省属的大型施工企业，拿到工程也同样得参与招投标，和其他企业同等竞争，其竞争优势不再明显，生存发展压力也相当大。面对这样的形势和压力，那些没资质或没实力的小型企业和施工队的生存只能依附大的施工单位或企业，要么从他们那里分得一杯羹——转包或分包，要么集体给他们"打工"——参与协作。

这几年总公司所属的四个公司，除二、三公司经济效益相对好点，一、四公司的经济效益和发展形势很不乐观，长期依靠银行贷款生存，特别是一公司资产负债率很高，已经到了资不抵债的地步。

一公司的个别领导总是埋怨体制机制有问题，可是李守仁并不完全这么认为，体制机制固然存有一些弊端，可是也不能完全归罪在这些问题上，眼下也无法改变，况且像这样的体制机制全国的公路施工企业不知有多少家，有的发展得还不错，远的不说就说总公司所属的二、三公司，不也发展得还可以吗！最起码这两个公司还能够正常地运转起来，不为生存发愁。他认为最主要的还是人为因素影响较多，一方面一公司主要领导思想观念僵化陈旧，机关臃肿，包袱沉重，人浮于事，以及管理方式简单粗放，经营理念落后等，这些问题严重制约了一公司的生存发展。个别领导也还没有从较高层次上去思考公司的生存发展问题，往往还是抹不开脸，以老大自居；有的弯不下腰，不想思考和研究生存发展的问题；有的舍不得身，满足于现状，不愿改革创新；有的迈不开腿，故步自封，不敢改革创新，经常延误或错失发展机会。看似一个近千人的大公司，其实空有其表，内在就像一个臃肿的、反应迟钝的、行动困难的虚胖病人一样。磨大转头迟，某种程度来说，其管理效率和利润效益甚至还不如其他一些中小型施工企业。另一方面，严格地说公路建筑市场管理还不够科学规范、竞争不够公平合理，人为的因素较多。比如在承揽工程项目时，受政绩观的影响，要受到政府或某位领导的干预，往往是政府甚至是某个领导说了算，而不是市场说了算。一些建设方在招投标的时候不断地压低成本，降低单价，采取低价中标模式；有的在施工过程中存在监管不到位，或者缺失。一些施工方为了满足业主的愿望需求，能够顺利地拿到项目，不惜铤而走险，不问施工难度，不顾成本代价，不管效益利润，饥不择食，只要能拿到项目，再难的活都敢接，再低的单价都敢干，甚至为了拿到活一再地压低单价，表现出的是一种服从意识，有的纯粹就是一种盲从意识，完全没有达到公平竞争、合理竞争。事实上有些项目一拿到手就是潜亏项目，可是一旦拿到这样的项目，好多施工企业就采取滚动发展的模式，说得通俗一点就是“寅吃卯粮”，这个项目挪用下一个项目的资金，下一个项目再挪用下下一个项目的资金，只能硬着头皮干，走一步说一步，干到哪天算哪天，或者依赖银行贷款，就这样拆了东墙补西墙，苟延残喘地往前滚动。有的甚至还心存侥幸，期望通过工程变更、偷工减料、材料以次充好等不正当方式来获取利润，弥补亏欠；有的在施工过程中，不注重过程控制，精细化管理程度不高，不按照科学规范管理和运作，管理显得很是粗放和任性。特别是在一些关键问题和环节上想得不全、算得不细、干得不精、管得不严，拍脑袋决策、想当然做事的现象比较普遍，最终造成严重失误或损失；还有的花钱大手大脚，跑冒滴漏等浪费现象十分严重。李守仁一直认为，拿到项目还是要依靠实力和信誉，管理工程还是要采取精细化，要精在事中，严在过程，不能因一时冲动或一事糊涂酿成不可挽回的损失。

前面也说了，由于公路建筑市场竞争激烈，任何一个公司如果没有非常之举，过人之处，拿到项目都很难。一公司无论在人力、物力等方面实力都没啥过人之处，拿到工程项目也只能靠运气或死打硬缠，公司领导特别是马昇官仍热衷和坚持采用过去惯用的那一套，见庙就进贡，见佛就烧香，到处求爷爷告奶奶，整天想着找领导要一点，让熟人给介绍一点，求实力雄厚的兄弟企业分一点，可以说想尽了千方百计，费劲了千磨百折，甚至还吃尽了千难万苦。在别人看来，他确实在为公司操心出力，他的执着精神有时也确实能打动别人的心，偶尔也有领导愿意出面帮着解决点。

可是拿到工程项目了，也并不等于说就有饭吃了，有钱挣了，更不是万事大吉了，照样问题多多，困难重重。用公司范书记的话说，拿不到着急，拿到了着慌；拿到的少了愁人，拿到的多了吓人。拿不到或拿到的少了，单位的人和机械设备没活干，看着那么多人等米下锅，挣不到钱，养活不了，急着想拿到。可是一旦拿到了，或拿到的多了，装备、技术和管理力量又跟不上，干不过来，或管不过来，怕出问题，怕丢面子。领导们有时都处于两难境地，但不管怎么说，"手里有粮，干活才不慌"，不管干了干不了，先拿到手再说，这是上策。因此，这几年公司动员全部力量，使劲招揽任务，不管三七二十一，只要能拿到手，工程干不了或干不过来就雇用其他社会力量，甚至干脆就分包或转包出去。一些施工队已经和公司合作很多年了，而且有了较好地了解和磨合。他们通过这么多年的资金积累和技术、设备力量的储备，实力也明显增强了，成了公司一支不可或缺的重要补充力量。为了能够符合政策要求和经得起业主检查，这些雇用的社会力量对内统统称作协作队伍，对外一律说成是自己的队伍。这样的叫法巧妙地避开了工程不准分包、转包等有关规定。在后面的故事中，为了符合政策要求，我们也把项目经理部招揽的这些施工队都称作"协作队"！

李守仁负责的这个工程项目在协作队的选取上，马昇官早已做出了周密地安排，把两条隧道的一端给他的同学干，另一端给他的亲戚干，一座大桥、四道涵洞和一段路基给他的另一个亲戚干，一段路基业主也指定让别人干，这些指定了的工程量大、单价相对也比较高，利润也就会大点。

本来李守仁和大家商量，计划把利润大的和利润小的、容易干的和难干的分别都搭配开来，可是利润大的和容易干的都指定别人干了，剩下那些利润小的、难干的，甚至没利润，稍有不慎还有可能会亏损的项目只能项目经理部自行安排。

李守仁干其他工程的时候，也有几个协作队和他们合作过，而且合作得非常愉快，相互也都比较了解，其中有几个各方面实力还很雄厚，技术力量也不错，最难能可贵的是重信誉、讲诚信，因此他内心里还是想让这几家协作队继续与他们合作。

这几天他和项目经理部的其他几位领导一直在琢磨，如何安排剩下来的活。他知道找他们容易，让他们协作也容易，可是这些利润薄的和难干的项目，怎么才能保证让他们干了后能够赚到钱呢！协作队来干活就是为了赚钱，哪怕少赚点，通过这么多年交往建立起来的那份感情，或许还能说得过去。纯粹赚不到钱，哪个协作队甘心情愿贴钱干活，再说他们也要维系生存，也要给工人发工资，到头来协作队老板没钱发工资工人们还是要来找项目经理部，到那时项目经理部就很被动了。作为项目经理的李守仁这些问题他不得不考虑，而且还必须得考虑在前面，处理在前面，防范问题发生在后面不好收场。

按照公司的规定，对于协作队的使用，要严格审查，择优录用，并召开项目经理部党委会议集体研究确定。可是在实践中往往规定是规定，执行起来就不是那么回事了。如果按那些条条框框办，马昇官安排的那几家没有一家符合条件。项目经理部几个领导坐在一起开会商量，大家觉得既然领导已经做出了安排，没办法，也只能听领导的边干边说了。大家心里都明白，如果你不用领导安排的队伍，这不等于说你不执行领导的指示，和领导对着干，万一惹恼了领导得不到领导的支持，那后面的工程干起来一定很吃力，最终也就不会有什么好结果。况且李守仁以前就有过这样的教训。

尽管这样，大家对协作队伍的确定还是很慎重的，李守仁更是慎之又慎。他首先看的是协作队的实力和组织管理施工的经验和能力，不管谁干，你必须得把活规规矩矩干好。如果实力和能力稍弱点，但只要守规矩，有一定的施工经验，他也是会考虑的。在某些方面力量不足、实力不济，项目经理部也可以帮扶一把，如果扶你一把你都没能力和水平把活干走，那不管你是谁的关系，总不能别人帮着你干，你拿钱吧！那该清退的照样要清退掉。因此，不管是谁干，他首先设立一个底线，那就是协作队最终能把活干得了，不出问题。

李守仁刚到工地的第二天大清早，马昇官介绍的一个协作队负责人就找上门来了。来的时候手里还提着两个大塑料袋，里面装着鼓鼓囊囊的东西，腋下夹着个黑色钱夹子。

一进门，就大着嗓门自我介绍说，他叫胡运，是马昇官的小学同学。从小就和马经理在一起，关系一直非常好，马经理让他来找李经理。

李守仁把其他几名领导招来，在他的办公室和大家一起想听听胡运的情况介绍。

胡运刚坐下就侃侃而谈，自我介绍说他曾经修过某条路，架过某座桥，打过某条隧道，认识这个人，和那个人关系不错，不仅工程干得多，而且都还干得不错，胡吹乱侃了一番。

大家关心的是他有没有干活的实力和管理工程的经验能力，听了他的一番介绍后，也没有听出个啥名堂来，倒是听到了左一个马经理，右一个马经理，完全就是想显示和证明他与马昇官密切的关系，以权压人，对工程施工明显啥都不懂，你问他有啥机械设备,他不加思索便说要啥有啥。听了他这么一说,看来是只有你想不到的,没有他没有的,也没有他做不到的,一看就是个特能吹牛的主儿,把活一旦交给这样的人干,恐怕问题还在后面。因此大家对他的施工能力还是持保留和观望态度,先试试再说。

最后大家商定,为了权衡各种利弊,照顾各方关系和利益,计划吸收九家协作队一起参与干。特别是隧道工程,占总工程量的60%多,因此对隧道队伍的选择大家更为慎重。计划把两条隧道让四家协作队干,也就是说每个隧道口由一家协作队干,又把每一端的两家协作队强弱搭配。他们想着万一弱的那一家干不好,强的那一家可以就地就近把活拿过来干,假如他们各干一条隧道或各干两条隧道的一端,万一干不好中途要清退,再找队伍重新进场开始就要费好多周折和时间,而且经济上也要受很大的损失。一直跟随公司干的冯爱才队伍干了一座大桥,另一家老张队伍只干了一部分防护工程,剩下的其他活都按照业主和领导们的要求给了那些打过招呼的协作队。

协作队定下来了,内部人员也要做到人尽其才,才尽其用。

书记和总工都是公司确定的,科室负责人基本都是由项目经理部自己安排,不过有些关键岗位负责人公司领导也喜欢过问或安排。其实所谓的关键岗位无非就是那些管钱、管物、管人的岗位。项目经理部没什么大的人事权,也就是些管钱、管物的岗位,管钱的主要是财务科,管物的主要是物资材料科,以及管工程的计划科、工程管理科。这些科室的岗位确实比较重要,不仅要求有胜任本职的能力素质,而且对于大家的政治素质和思想觉悟要求也比较高,因为这些岗位经常与财物或金钱打交道,如果对自身要求不严很容易出问题,在金钱和利益面前栽跟头。事实上,这几个关键岗位都有领导先后打过招呼,有的被李守仁当面拒绝了,有的碍于面子没有当面拒绝,但也没有直接答应下来。

比如出纳这个岗位,地球人都知道,那是个管钱的岗位,项目经理部几个亿的工程,几亿元的资金都要经过出纳的手进出,如果在这方面稍动点歪脑筋,或者行为上不够检点,管不住自己的手脚,是可以捞到点好处。给协作队拨款,不用使更多的歪脑筋,只要推诿一下不及时拨付,哪怕拖后一天就会给他造成很大的损失,实在是伤不起,因此稍有暗示,协作队就会对你有所“表示”,而且远不止这些。一般没有哪个协作队敢轻易得罪这些管钱管物的人!

在李守仁来这里的时候,马昇官就让他的侄儿马龙当这个项目经理部的出纳。李守仁当时就感到费解,不知道马昇官是怎么想的。李守仁觉得,抛开那些利益关系不说,马龙刚步入社会,就在这样相对轻松又充满诱惑的岗位上工作,甚至可以说这就是给了他一个犯错误的平台,让他随时有机会犯错误,这样对他的成长,乃至今后的人生没有半点好处。再说,那么大笔的资金要经过他的手进出,他从来没有干过,能干的了吗!万一有个疏忽或失误造成损失,怎么去弥补,谁来弥补,他真要出了问题对你马昇官也没多大好处。

李守仁并不是舍不得把所谓的这些“好岗位”给别人,关键是类似马龙这样的孩子在这样的岗位上干,他确实不放心,曾有年轻人在出纳的岗位上出过事,他要吸取别人的教训,不能让大家在这样的位置上也栽跟头。

等到真正见到和了解了马龙的情况后,大家都为当初没有安排他当出纳感到庆幸。

马龙是马昇官远房哥哥的儿子,20 岁出头,勉强读完初中,高中一天都没读,那么多、那么大的财务收支数据,一个初中生、一天财务都没有干过,就想胜任,也确实把“出纳”太不当出纳了。李守仁也不禁倒吸一口凉气,多亏大家没让他干。

马龙自初中毕业后就到南方打工去了,听到让他来这个项目经理部后,他才从南方回来。他的长相细皮嫩肉,身板也很单薄,一看就没怎么吃过苦,估计也吃不了苦,工地上尽管不用搬石头、扛水泥,不过也比较艰苦。当初大家的意见是安排他学个实验或者测量,当看了他这身装扮和身架后,猜想他干实验和测量肯定也吃不消,再说文化程度也不高,学起来肯定很吃力。最后安排他到办公室先待着,适应一段时间后再安排他干别的活。

最后大家还是一致同意老严干财务科科长,从别的项目调来的一位相对年龄大点的同志当了出纳,老严是公司的老同志,快 60 岁的人了,身材瘦瘦的,脑子精精明明的,干了大半辈子财务,这样的活交给他,真有点大材小用。不过安排老严当财务科长,也可以说是照顾了他,毕竟他年纪大了,在项目经理部这样艰苦的环境中,这么大年纪的人能够坚持待下来就算不错了,大家都觉得这样的安排于公于私也都能说得过去。

副经理是马昇官老婆的弟弟海涵,当初马昇官也没和大家说海涵是他的亲戚,海涵随机关的那些人一起来了后,便主动找李守仁自我介绍说他是马昇官的小舅子。海涵人长得五大三粗、虎背熊腰,据说曾经在一个保安公司当过保安,刚好安全副经理的位置还空缺,大家便安排他补了那个副经理的位置,专门负责施工安全管理,或许放在工地上跑跑颠颠、咋咋呼呼还能做点事,这样也算照顾了他,给了马昇官面子。

计划科长由李华担任,李华是真正的科班毕业,而且是原西安公路交通大学公路学院毕业的,学的是公路工程与城市道路专业。西安公路交通大学的前身是西安公路学院,该校的公路工程专业号称“亚洲第一”,先后为我们国家培养出好多优秀的公路工程专业技术人才。李华应该就是其中之一。他毕业后一直在项目上干,先后当过工程管理科长、工程计划科长、实验室主任等,业务比较全面,更主要的是办事认真、为人实在,本来按照李守仁的意见想让他当项目经理部的总工,不知怎么回事公司领导就是不让他当。估计与他的性格不无关系,后来大家了解到,有的领导说李华做事死板,不开窍,协调能力弱、不够圆滑;还有领导说他不会喝酒,喝上一杯后就不知东南西北了,缺乏应酬能力,怕陪不好业主和监理,这样的酒量当总工显然不太胜任。大家听了这些奇奇怪怪的理由后不禁自嘲和耻笑道,要抓紧把酒量练好当总工,不会喝酒就当不了总工!难道这些真能成为缺点,都能摆到桌面上冠冕堂皇地说,作为用干部的理由,有的人倒是很圆滑,见人说人话,见鬼说鬼话,就像个溜溜球一样,敢用吗!有的人很能喝酒,半瓶不够,一瓶不多,两瓶不倒,能经得起“酒精”的考验,就像个酒仙一样,能用吗!这些人用起来能放心吗!无论是按照用干部的标准和要求,还是岗位的需要,李华当个总工应该说是最合适不过了。再说,抛开这些大的道理不说,仅在施工一线摸爬滚打这十来年,即便轮也该轮到他了。李守仁听后只是付之一笑,不管别人怎么说、怎么认为,他对李华还是比较了解的。那时李华从学校毕业没几年,还是一个项目的技术员,李守仁正负责一个工程项目的招投标,眼看交标书的时间临近,标书迟迟编制不好,李守仁带着几个人加班加点往出赶,公司那时只有一台电脑,他就让李华在电脑上负责编制。李华连续三个白天两个夜晚没睡觉,坐在那里铆足劲往前赶,编制好后,按理说也该好好休息一下了,可是李华并没有马上休息。他又主动从头到尾认认真真地逐字逐句校对,最后发现一些关键问题上还是存有错误,如果不纠正过来,在那些关键问题上出现那样的“错误”,可以说是“关键错误”,仅那些“关键错误”就会让苛刻的评标专家一下把你的标书“否决”掉,让你前功尽弃,徒劳无功。经李华及时发现和修改,避免了错误,工程顺利拿到了手。李华认真专注、严谨细致的工作作风和性格,给李守仁留下了深刻的印象,他打心眼里佩服和羡慕李华的学识和工作能力。经过这么多年在实践工作中的磨炼和锻炼,李华更成熟了,业务也更精、更全面了,他相信李华当总工完全能够胜任。李守仁让李华当总工,从另一方面讲也是想给他更好更大的平台,好施展他的才华。既然公司领导不同意他当总工,那就安排他当个计划科长,这也是个举足轻重的岗位,让这样举重若轻的人去干,也不失为一种合理的安排。

比较关键的岗位剩下的还有物资材料科、工程管理科,物资材料科有王霞,50多岁了,她的爱人在另一个项目经理部当测量员,夫妻俩前几年孩子大了,不愿意在机关里待着,便跑到项目经理部干起了工程。她是刚从别的项目经理部调来的,在那边一直负责材料,应该说物资材料科交给她还是比较放心的,一方面她干了好几年了,对业务比较熟悉;另一方面王霞干活风风火火,精明利落,完全不输于一些男同志，她自己都说自己是“爷们儿”，大家也能够感受得到，如果没有点“爷们儿”的性格，不好好在公司机关轻轻松松地待着，非要到这山沟沟里吃这些苦，要么是傻，要么是“爷们儿”性格使然。

工程管理科科长是上一个项目的工程管理科长，也干了好几个项目了，应该没啥问题。

内部管理人员基本确定下来了，剩下的人员也都分配到了各个科室，每个人都有了一项具体工作。大家也都觉得这样的安排是比较妥当的，做到了优势互补、强弱搭配、老中青相结合，应该说是一个非常科学的组合和合理的安排。大家都非常佩服李守仁的智慧和魄力，啧啧称赞他不愧为军人出身，善于排兵布阵和指挥作战。

在有的人看来，工程主要靠协作队干，项目经理部内部管理人员的能力素质高低并不要紧。李守仁可不这么认为，项目经理部也是一个小机关，上至工程项目的管理，下至日常生活中的吃喝拉撒睡都应考虑到、管到。既然是机关，那就是首脑、指挥中枢，那就要让其发挥好作用，不能以其昏昏，使人昭昭，每一个人都应该成为所负责工作的“行家里手”和领头人，“兵熊熊一个，将熊熊一窝”，首先从自身强起来，才能让单位强起来。因此对于人员的安排，不能不说不重要，也不能说大家不尽心。

把人安排好了，工程怎么干，李守仁又开始考虑了。按照当时市场情况，这个工程项目的单价并不算太好，如果管理不善，很容易出现亏损的现象。有的人错误地认为，干工程也就像投资，或者纯粹就像是靠运气赌博。既然是投资或赌博，就有输、有赢，实属正常。可是在李守仁看来，尽管单价是一个方面，但后天的管理也很重要。他一直认为，工程是干出来的，效益是管出来的。

刚安顿下来的一个晚上，他关起门坐下来独自算了一笔账，其实他一直在心里算这笔账，只是没有今天这样细算，这笔账不是难算，也就是些简单的加减乘除，应该说谁都会算，可是这么多年，大家都对这些要算的东西习以为常了不想细算，更不愿按照算了的去做，怕算得细了，管得严了，花钱就不方便了，享乐和赚钱的机会也就少了，甚至有那么一些人怕他这样细算。现在又上了新项目，他要关起门来好好细细算一下，更主要的是他想打破长期形成的惯性做法。

这一算真让他兴奋不已，更让他吃惊不小。他初步估算，全公司每年在建项目就按十个算，每个项目仅招待用的烟酒按现在的使用数量来估算，即便数量不减，只把档次降一降，把几百元一条的高档烟降到 100 元左右，每个项目每月按 15 条烟计算，平均每条烟节省 200 元，那么全公司一年就节省 36 万；再把几百元一瓶的酒降到 100 元左右，每个项目每月 10 箱酒，平均每瓶节省 100 元，那么全公司一年可节省72万，不算不得了，一算吓一跳，真还是那么回事，仅烟酒一年就可节省100多万，如果十年二十年，和干的工程项目更多点呢！如果把这些节约下来的钱发给职工呢！或者改善职工的住房，等等，他不敢往下想了。这还是粗略匡算，事实上还远不止这些，而且计算的空间也还很大，若再加上那些跑冒滴漏的，那又该是多少呢？不过有的人肯定不愿意这么算，也不愿意听他这么算，更不愿意按他算的这么做。但他觉得很有必要这么做，而且像这样做，事实上做起来也不需要费多大劲，是完全可以做到的。比如说几百元一条的高档烟，换成100元左右的中低档烟，有啥不可以的呢！几十元一条的低档烟老乡们不照样抽着！他越想越激动，觉得确实有潜力可挖，必须朝这方面努力。

突然在他的脑子里冒出"挖潜增效，精细管理"——这么八个字来。"挖潜增效"就是挖掘一切利润资源。接着他又对所担负的每一项分项工程逐一进行了分析，初步核算利润空间有多大。隧道工程是整个工程的大头，业界不是流传着"金隧银桥土路"吗，意思是说隧道工程利润最大，桥梁工程次之，路基工程相比而言最不赚钱。可是他知道，业界这么说只是单凭偷工减料说的。如果为了盈利而让他干"偷工减料"的事，他坚决不去干，即使别人干，他都会坚决制止。赚钱，他要靠精细化的管理去赚取，要靠辛勤的劳动去创造财富。他打算尽量压减一切不必要的开支，加快进度缩短工期来节约管理成本，减少或杜绝跑冒滴漏等，他逐一进行了规划和考虑。牵牛就要牵牛鼻子，打蛇就要打七寸，最主要的是他打算把隧道这个主要工程抓好，他又有了一个更大的设想和尝试。

他的设想是最好能够拿出一个隧道口来，尝试实行内部承包。这样一方面可激发内部活力，另一方面也是最关键的，为了锻炼队伍，培养出更多的管理人才，这样也不愧为一举两得的好事情。抽调几个管理经验丰富，能力强的内部人员，再从外面聘请一些各类技工，让这些人带着从机关和其他项目经理部调来的那些"闲人"干。可问题是以前没有搞过，搞起来有风险，一旦亏损了，怎么办？协作队干，他们有现成的抵押，万一自己人承包亏损了，没有现成的抵押，亏损的钱从哪里来？好在这样搞，没有违背改革的大背景，不过恐怕有违公司和个别领导的意愿，搞不好他们会说三道四，甚至在开始的时候就会阻止他们，不让他们这么做。

按照公司与他们签订的合同要求，只要按期完工，再把管理费如数交上去，他们所采取的任何做法公司是不会干涉和不同意的。合同上是这么写的，可是真要有问题或有违领导的初衷和意愿，当起真来那份合同真不如领导的一张嘴，领导认可那就是合同，如果领导不认可，那也就是废纸一张。他们这样大胆地搞领导会不会同意，说实话他的心里也没数。不过在他看来，把分析到的风险除去，这事搞起来应该是利公利私的好事，利大于弊的，只要能完成好任务，创造好的效益，也未尝不可,看中了他就想试试。他思前想后,几乎一夜没合眼,仔细地想,认真地权衡利弊,第二天早饭后,他就召集几个经验丰富的管理人员,小范围内征求大家的意见。

在项目经理部这个班子,有和李守仁一起工作过多年的老同事,有仰慕他的人品的,有钦慕他的领导水平和工作能力的,有一部分人就是奔着他来这里的。对于他的提议大家都认真负责地思考和分析,最终提出自己的看法和意见。特别是类似这样利公利私的好事,大家都非常认真高兴,坚决拥护,只是坐在一起把问题和困难想得更周全点,把解决问题的路子和思路想得更宽泛点,齐心协力,真正把好事做好。

最后大家一致认为,先看看几家协作队的实力和能力,万一不能胜任的话再采取果断措施——立即进行清退,然后自己来干,把这样的想法先搁在那里,作为备用方案。

果真不出所料,胡运的队伍确实是要技术没技术、要设备没设备、要资金没资金。一看那架势,就知不是干工程的,而且刚开始就这样那样老是“冒泡”,干得很吃力。项目经理部开会研究决定,长痛不如短痛,果断采取措施,没干几天就被清退出场了。

这下思路有了,活也有了,该是向公司汇报的时候了。

李守仁先向范书记做了汇报,范书记大力支持,并肯定和鼓励了他们的想法,让他们组织好,认真总结经验,为公司下一步发展蹚出一条新路,培养出更多的人才。马昇官既没有反对,也没有肯定,只是在电话中淡淡地说,你们看着办吧!

李守仁也没顾上琢磨马昇官说这话的用意,既然没有反对,那就大胆地干,争取把它干成功,不能辜负领导和大家的期望。

至于谁去管理,可以说眼前的这几个科长和老一点的同志都有这个能力,都具备这方面的素质,他和大家研究确定,公开竞争上岗。先提出计划目标,把条件和要求公布出来,让大家主动报名,而后竞选者在项目经理部干部大会上,谈自己的竞职打算和完成任务的办法等。最后由大家投票选出最合适的竞聘者。

在竞职大会上,大家的热情非常高,竞争也非常激烈,有六名同志参加了竞职演讲,经过角逐和大家的投票选举,最终从其他项目经理部调来的一名工程师——许超以高票当选。

许超干工程有 12 年了,而且当过计划科长、工程管理科长和总工。据说是因为在原来的项目经理部和项目经理“尿不到一个壶子里”,最后把他的总工免掉了。要说许超的工作能力和工作业绩!那真是没说的,可就是因为他自己懂得的多了,能力强了,说的话一套一套的,做的事一流一流的,曲高和寡,难道你想鹤立鸡群？难道就你一人独秀？难道众人皆醉唯你独醒，这样能让领导感到舒服吗?!能让领导看得惯吗?！谁都知道，现在一些单位的领导哪一个不是高高在上、不想唯我独大、不愿唯我独尊、不要唯我独对？都喜欢身边人听自己的话，时时围着自己转，你工作能力再强，领导不喜欢你、不用你、不支持你，甚至都排斥打压你，即使你再有本事，能力再强也发挥不出来。因此他自己干得也郁闷，领导看着也不舒服。刚好这个项目经理部要成立，他就主动提出申请来这里了。对李守仁来说，他看好的是每个人的能力素质，他心里非常清楚，哪个人能没有点缺点和不足，往往那些缺点明显的人，能力素质也更突出，甚至某一方面还很超群。李守仁他自己不也是这样，在有的领导看来，他的缺点也不少吗！有的领导也不喜欢他。

经过大家的商讨和努力，工程开工的首要任务——排兵布阵，都陆陆续续完成了，而且大家都觉得非常满意，更令李守仁高兴的是在关键岗位上都安排了放心的人，把放心的人放在了放心的岗位上，是猴子给了他们一棵树，是老虎给了他们一座山，平台和机会有了，那就让他们大胆地发挥自己的聪明才智努力干吧！

为了走好这关键的第一步，李守仁和其他同志煞费苦心认真思考和研究，付出了很多汗水，不料后来全被后面来的贾正给打乱了，与其说打乱，不如说是搅乱，当然这是后话了。

4

马昇官从北京回来不久，公司就拿到了两个标段的工程任务，尽管这两个标段的工程量加起来也就3亿多一点，可是他感到非常高兴和激动，不禁长长地嘘了一口气，感叹道：北京之行收获还是很大的，真是不虚此行呐？不仅为单位办了事，还为自己下一步的提拔又淬了一把火。这下单位的事基本确定下来了，他这次的“跑部钱进”确实有效果，可是“提钱提拔”的事还没听到有啥新进展。

马昇官从酥软的老板椅上站起来的时候，由于心不在焉，他那凸出来的大肚子不慎被桌沿剐了一下，顿时疼痛难忍，隔了好长一会儿等到不疼了才重新站了起来，伸了伸懒腰走到窗户跟前下意识地往外看，看着看着就把目光自觉不自觉地停留在了院子花坛里的那两株铁树上，那两株铁树在自己走进这个单位的时候就已经有了，据说树龄至少也有近30年了。30年对一个人来说快接近中年了，可是对千年的铁树来说，应该说还处在美好的童年时代，那该是一个多好的年龄段！他惋惜飞速流逝的美好时光，看着那两株铁树舒展着绿油油的枝条，活力四射，不由得哀叹不已，不禁盯着它们多看了一会儿。他猛然发现每株铁树的中间都长出了一个淡黄色的花柱,那不是要开花了吗！他简直不敢相信自己的眼睛,用手把眼睛揉了揉、连眨几下,再次看去,果真没错,那两个淡黄色的花柱应该都有20厘米高了。千年的铁树要开花了,这是好兆头啊！在公司早就有过这样的传说,只要院子里的那两株铁树一开花,预示着公司领导就会有好事,所谓的好事,眼下对马昇官来说,最好的事莫过于早点提拔了。可不,五年前那两株铁树突然开了花,没过多久他的前任就提拔了,为之,铁树开花的祥瑞之兆就更被一些人传得神乎其神了。为了盼到这一天,马昇官不知道多少次踱步在窗口注目凝视,有事没事走到窗户跟前看上它们一眼,有时看到它们没有半点开花的迹象,恨不得拔苗助长,或者安排人干脆插个假花。今天突然看到铁树长出淡黄色的花柱后,顿时喜上心头,用手狠狠地拍了自己的大腿一下,发出了响亮的声音,接着自言自语道:“祥瑞之兆啊!”

正在暗自高兴的时候,突然牛饷美大大咧咧地推门进来了,当她看到马昇官独自站在那里喜笑颜开的样子,便大着嗓门开口说道:“看你眉飞色舞高兴的样子,是不是被路过的美女把魂勾走了?”

马昇官极力地想掩饰住自己的喜悦激动心情,可是他那双平时就睁不大的眼睛,加上他那张堆满肥肉的脸,顿时眯成了一条缝,脸上那两堆肉堆到了一起怎么都舒展不开,留给人的是他那惯有的带有深意的笑容。听了牛饷美的话,他几次张大嘴巴想说什么可是就是说不出来,经过不懈努力最后结结巴巴地说:“我的牛部长哎！你真会说话,说别人还不忘表扬自己,这不是被你勾住了吗!”

“得了吧！整天装正经,看你衣冠楚楚,把自己打扮得像个教授一样,其实就是个衣冠禽兽。”牛饷美不屑一顾地把头往上一仰,把嘴一撇,用手把披在胸前的头发往后一摔,怪声怪气地说。这位年轻貌美的女部长,在她的上司跟前说话显得没大没小、没长没幼,肆无忌惮,可见他们的关系非同一般,如果真是一般关系那肯定不会如此放肆,能够如此放肆可见他们的关系肯定不一般。

“我是禽兽,那你是什么啊！你不是就喜欢我这样的禽兽吗!”马昇官边说,边用手把白色衬衣外面系着的紫色领带紧了紧,往正扶了扶。

“哎哟,谁说喜欢你啦！看把你美的,你就自作多情吧！活脱脱一个楚留香。”牛饷美边说边走到马昇官跟前,伸出手在马昇官的脸上狠狠地捏了一下。顿时,一团红红的指印刻在了马昇官脸上。

“我愿意当楚留香,怎么啦！身死花架下做鬼亦风流。”

“你们这些人是不是个个都很风流哦!”

“我风流不下流,喜新不厌旧。”马昇官50多岁的人了,可是此时的他在牛饷美跟前,仿佛就像一个情窦初开的少年,青春勃发,浪漫无邪,极富挑逗的言辞和动作令牛饷美在他跟前更加放肆了！

“看把你说得多么高尚似的，谁不知道你啊！不仅风流，还下流。”牛饷美用她那双水灵灵的大眼睛，把马昇官狠狠地剜了一眼。说完，一屁股坐到了马昇官的大腿上。

可能坐下来的时候用的力气太大了，压痛了马昇官，马昇官龇着牙流露出痛苦的表情，把身子扭到一边“哎呀，哎呀”地直叫唤。

牛饷美并不理睬他，看都不看他一眼，而是伸出手从茶几上拿起一个红红的大苹果就啃了起来。

隔了一会儿，马昇官装出很严肃的样子：“别闹了，说点正事。刚才我正考虑那两个新项目谁去合适，你帮我参谋参谋。”马昇官把头转向牛饷美，意思是想让牛饷美明白，自己是诚心向她征求意见，是在乎她的。

“我去！”牛饷美边说，边“嗖”的一下站起来。

“你去了我怎么办？”

“那我们一起去，怎么样？”牛饷美激动地说。

“就是给我一千万，我也不愿意去。”

“上面有人就是好。”牛饷美略带嘲讽的口气说道。

“嫉妒我啦！你上面不也有人啊！”马昇官说完，眯着眼看了看牛饷美，看了那么几秒钟，看着牛饷美没什么反应，又进一步地说，“还经常把——那人——呼之即来，挥之即去。”马昇官故意把“那人”说得重重的。其实刚才牛饷美想说的是马昇官经过找人“活动”，马上就要提拔了，暗讽他上面有人真好。她很早就听说了——马昇官根本就看不上公司这一级的领导位置，既然这样，那他怎能看得上项目部那几个领导位置呢！马昇官提拔的事是她这次陪马昇官去北京的时候，北京的一个朋友告诉她的。不料被马昇官曲解，钻了空子，占了“便宜”。

“得了吧，看把你美得。”牛饷美咬了一口苹果，边嚼着苹果边不动声色地又接着说，“我上面那人没用。”

“你不试试怎能知道他没用呢?!”说完马昇官斜着眼看了牛饷美一眼继续说，“以后谨记不要在男人跟前说‘没用’，那样很伤男人自尊的。”

“切，就往歪处想。人家又没说你在哪方面‘没用’。”牛饷美狠狠地瞪了马昇官一眼说道。

“一个女人说男人‘没用’，怎能不让男人联想到是那方面的事呢！”

“哪方面的事？”

“真不知道还是假不知道？”马昇官嬉皮笑脸地朝牛饷美看了看，看见牛饷美不说话，顿了顿又补充说，“你我之间的事啊！”

“你真坏。”牛饷美狠狠地用手使劲把马昇官的脸扭了一下，疼得马昇官“噢”地大叫了一声。

马昇官一声长叫之后，马上意识到自己声音有点高了，上班时间在办公室大着嗓门，肆无忌惮地和牛饷美在一起调笑打闹，显然有点不合适，毕竟这里是办公的地方，便马上改口道：“行了，不斗嘴了，说点正经的，给我好好参谋参谋谁去比较合适。”

牛饷美不听他的这些，装出很生气的样子，娇滴滴地说道：“你怎么这么坏啊！男人没一个好东西，都坏得很。”

“男人不坏，女人不爱。”

“女人是喜欢长得坏坏的男人，并不是喜欢长坏了的男人。”牛饷美说出口后就意识到了自己的口误，扭头看到马昇官正吃惊地盯着她看，那只本来就有点斜的眼睛不停地眨巴着，好像在对她说，这话是在矮子跟前说短，接人伤疤吧！牛饷美马上改口，顺着刚才马昇官的问话说：“我给你推荐一个人，你用——不用！用——我就说，不用——我就不说，免得浪费口舌。”

“用，用，用，我的姑奶奶，你说出的话，我啥时候没听！”

“那就让贾正去。”马昇官猜想到牛饷美会推荐贾正去，便装出严肃认真的样子。

“小贾这小子，有群众反映他不够老实，有生活作风问题，让他去大家会有反应的。”马昇官故意把“生活作风”这四个字说得重重的。

“哎哎哎，刚说出的话就不认啦？现在哪个人还敢老实呢！老实就是没用，‘生活作风’问题只是个人爱好问题，是生活小节，不必大惊小怪，上纲上线。你不也有‘作风’问题吗！”

“我那是爱——好！不是作——风问题。”马昇官故意拉长声音说。

“你的爱好也太广泛了吧！”

“广种薄收，我和你可是认真的哦！”

“口是心非，我没觉得你是认真的，倒像是在演戏，既然认真在乎我那就听我的，让贾正去！”牛饷美说完，把头转向马昇官，盯着马昇官，催促道，“演啊！继续演下去啊！”

马昇官也不看牛饷美，皱了皱眉头显得有点难为情，说道：“让小贾去，我真还得考虑考虑。”停了一下马上又问牛饷美，“你是不是得到他什么好处了，总是在为他说话？”

“别把别人想得和你一样，我可不是那种不给好处不办事，给了好处乱办事的人。况且小贾也是你身边人啊！不让他去，让别人去，这样的好机会白白地拱手让给别人,多可惜啊！只要你让贾正去,我保证让他听你的,到时肯定会报答你。”牛饷美说这话也太小看马昇官这个领导了,即使不让贾正去,他贾正敢不听马昇官的,孙悟空能耐再大,也很难逃得出如来福的手掌,不听马昇官的,他贾正还想不想在一公司混了。

“你是不是想从他那里分包工程,还是想入股分红啊?”

“这些你就不用管了,反正到时不会忘记你的好处就是了。”

“这是你说的哦！不会忘记我的哦!”

“当然不会忘记的。”

“那就一言为定。”

“哪来这么多废话,就像个老娘们儿一样,絮絮叨叨。”

马昇官面露难色,两只眼睛一眨一眨的,把头转向了牛饷美的另一边好像若有所思,突然又把头转向牛饷美说道:“小贾在我的印象中好像一直就在公司机关待着,从来没在施工一线待过,管理项目的经验一点都没有,他能干得了吗?!”

“当领导的有几个是懂行的,还不都是不懂行的管懂行的。你也同样没在项目上干过,照样当公司经理。况且不会还可以学?以前我都没干过财务呢！我的财务部长不也当得好好的。”

“那是因为你上面有人。”

“你讨厌,三句不离本行,得了好处还卖乖。你再胡说八道,我就走了。”说着站起身就要往出走,被马昇官一把拉了回来。

“好好好,我不说,行不。”

马昇官接着又说:“假如小贾去,谁来和他搭档这也是个问题。”

“搭档?什么搭档?他不是有老婆吗!”牛饷美吃惊地说道。

“你是真傻,还是装傻啊！我是说谁来配合他,当这个项目经理部的书记。”

“哦！那我给你推荐一个人。”牛饷美嬉皮笑脸地对马昇官说。

马昇官听了牛饷美这么一说,显得有点迫不及待的样子,“快说,谁合适。”

“我!”牛饷美调皮地“噌”的一下从沙发上站了起来,并把右手举得高高的。

“没个正形,去去去！你想去,我不会成全你们!”马昇官不耐烦地说。

“去就去,这是你说的!”牛饷美嬉笑着对马昇官说,并显得有点迫不及待,紧接着又说,“我明天就去报到。”

“坐下,说正事,别给我从早到晚没个正型,嘻嘻哈哈的。”说着马昇官一把把牛饷美又摁回了沙发上坐下。

马昇官也挨着她坐了下来,清了清嗓子,好像有更多的话要和牛饷美说,便用手指了指沙发:“来来来,坐近点,我们慢慢聊。”话音刚落,牛饷美一抬屁股又坐到了马昇官的大腿上。

“我说亲爱的,这是什么地方啊！怎么总是这么随便呢！真把我当成禽兽啦！坐到这儿。”马昇官边说边用一只手拍着沙发,示意牛饷美挨着他坐下来。

马昇官接着又说:“派他去,还真把我难住了,去个比他年轻、资历浅、能力弱的和他搭档,他这个项目经理或许好开展工作、能够说了算,可是他又没干过项目,两个主官管理项目的能力都弱了,万一工程上出了问题,大家都不好说。去个能力强点的吧,又怕他镇不住,驾驭不了全局,甚至被人家把他架空,辛苦一顿,到头来啥都捞不到,赔了夫人又折兵,得不偿失。”马昇官的话很直白,但在一些人看来,也确实是那么回事,应该也是马昇官的经验之谈。

“新工地本来事情多,局面能不能顺利打开,起步很关键。”马昇官又补充道。

两人沉默了一会儿,马昇官好似若有所思,突然说:“我想想,能不能换一下。”

这样一说牛饷美就不明白了,还以为要把贾正换下来,不让他去了,急切地反问道:“换什么啊?”

“我的意思是,能不能和李守仁互换一下,让李守仁到新项目去。”

“讨厌,不说清楚,我还以为把贾正换下来不让他去了,吓了我一跳。”

“这样也可以,可是关键问题还没有解决,谁来和他搭档?”与其说马昇官这会儿是在和牛饷美交流,不如说他是在自言自语,这时牛饷美的思维,远远跟不上他的节奏,弄得牛饷美总是丈二和尚——摸不着头脑,不停地张着嘴不知该说什么。

“哦,要不这样,就让他和李守仁搭档,你觉得怎样?”

“领导英明。大家都说,李守仁为人本分实在、性格直爽,干工程是专家,和他配合应该没啥问题。”

“难说,那头倔驴,人太直！你没发现吗?他整天牛哄哄的,觉得自己能耐大得很,水平高得很,瞧不上这个,看不上那个。还爱认死理,他认准的事九头牛都拉不回来！知人知面不知心,不能只看表面呐!”

“看上去他对你挺尊敬的,上次在你的办公室只是听你说,你用那样的态度对待他,给他使脸色他也没表露出啥,到时候他们真要配合你可以好好和他说说,让他多支持贾正工作。再说,人正直好啊！好相处,没有更多的心眼和想法,我听大家反映李守仁还是很好相处的,人很不错的!”

“不要小看李守仁,老奸巨猾,善于伪装,想法可多呢！那是个在大风大浪里经历过考验、老谋深算的‘老油条’。”马昇官的话意味深长,把牛饷美说得不知该说什么了。

“管他‘老油条’还是‘嫩豆腐’,只要贾正能说了算就行。”边说边给马昇官抛了个媚眼,撒起娇来。

“我看，也只能这样了。”

……

牛饷美万万没想到贾正当项目经理是如此顺利，工程没费多大劲就拿到了，自己在马昇官跟前也没费多大口舌，就把贾正当项目经理的事说成了，而且应该是十拿九稳的事了。心里想着贾正马上就要去上任了，好似她自己要上任，高兴地从马昇官办公室走出来，心情是那样激动，脚步是那样轻盈。与其说她是从马昇官办公室走出来的，不如说她是从马昇官办公室里飞出来的，因为她的心早已经飞到贾正那里了，这会儿她恨不得马上把这一消息告诉贾正。

马昇官看着牛饷美扭着腰身走出自己的办公室，内心里不禁又升起熊熊欲火，被这个韵味十足的女人撩拨着，不仅为她的美丽容颜和婀娜身材所倾倒，更为她的活泼大方所吸引，和这样的女人在一起仿佛自己也年轻了很多。他真舍不得离开这个女人，一天见不到这个女人心里就闷闷的、慌慌的，有种说不出的滋味。

牛饷美的女人味十足，有着美艳的容貌和玉洁冰清般的肌肤，以及曼妙修长的身材，马昇官经常夸赞牛饷美的肤色和身材长得很是恰到好处——增一分则白减一分则黑，增一点则肥减一点则瘦，再加上时髦得体的衣着打扮，格外迷人。据说刚来公司的时候她也并不出众，也没引起人们的多少注意，不知后来怎么回事她一天一变样，而且越来越年轻、越变越漂亮，简直就是奇特的“逆生长”，大家都为此感到吃惊。有人私下里议论说马昇官在她的身上投入了不少，曾为她的容颜不惜投入重金，还做过一些容貌修补和校正。

人的爱好用好了是优点，用不好就是弱点，甚至是缺点。

马昇官就从牛饷美的“弱点”处攻破。牛饷美的最大爱好就是喜欢穿戴名贵服饰，应该说穿衣打扮是女人们的天性，可是她显得更特别了点。尽管说她的工资收入也不高，老公程凯在一个职业技术学院当一名普普通通的老师，家里老人都是地地道道的农民，孩子还小，家庭经济条件并不算好，可是给人的感觉她的家庭很富足，出手显得很阔绰，特别是在穿着打扮上毫不吝惜，非常大方，身上喷的那些名贵香水啥时候都香喷喷的，衣着打扮时刻引领着潮流和风尚，只要看到她穿戴的啥，就知道国内甚至是国际上流行啥，一天一样的装束，而且都是些名牌很是夺人眼球，就连好多女同事听都没听过的世界级名牌服饰，也经常穿戴在她的身上，她的衣着打扮永远是公司那些爱美女性的风向标。这还不算，最招徕别人眼球的是她一年四季都喜欢穿高跟鞋，高帮的、低帮的各种款式的，黑色的、红色的各种颜色的，牛皮的、羊皮的各种材质的，国内的、国外的各种品牌的换来换去，价格越买越贵，鞋跟越穿越高，经常在楼道里“噔噔噔”地走来走去，她那高跟鞋敲击地板发出的“噔噔”声响，对男人们而言，那是倾慕的赞叹声；可是对那些步入更年期的半老徐娘们来说,那就是一声声的咒骂声,就此她也招来了她们的嫉妒,甚至是嫉恨。

有一天,她穿着一双刚从意大利买来的白色高帮高跟鞋,从楼道这头去楼道那头的办公室,在经过材料部门口的时候,突然从里面扔出一只穿旧了的红色高跟鞋,险些砸在她的身上。

那只突如其来飞来的鞋子,把她惊呆吓傻了。鞋子是从两个五十几岁的女人办公室里扔出来的,看样子就是专门砸她的。事情发生后她又气又恼,找那两个女人理论。

一个年轻女人和两个更年期女人斗,你很难斗得过她们,她们什么话难听就说什么,什么事龌龊就提什么,把牛饷美辱骂得颜面尽失。

整个楼里的人都跑来看热闹,有的还指指画画、说三道四,有的故意挑逗戏谑,不亚于把她脱了个精光,展示在众人面前。

最后她哭着跑到马昇官那里,想让马昇官出面为自己出出气,可是这种事作为领导的马昇官,真还没什么好办法帮助她或为她挽回影响,况且他和牛饷美的那种不清不白的关系,大家都心知肚明,如果他出面调和,这不就等于说是不打自招了么,更加证实了他俩那种不清不白的关系。马昇官一时真还爱莫能助,只能安慰牛饷美几句,事情也就暂时搁在了那里,待以后找机会秋后算账。

牛饷美从那以后就像有了“心病”,很少穿高跟鞋来回走动了,就是别人无意中提到“鞋子”,她听到后有时心里都会“咯噔”一下。

怎么说呢!每个人不是一点优点没有,也不是一点缺点没有。喜欢或者和你能够交往的人,往往看中的是你的优点,不喜欢或不愿意和你交往的人,其实看到的是你的缺点。为啥情人眼里出西施呢!也就是这个理。

马昇官喜欢牛饷美就是看中了她的优点。牛饷美其实还是有很多优点的,前面不是说了,她不仅长得漂亮,永葆童真,永驻童颜,更主要的是她的脑子活泛,转得比较快,说话做事干脆利落,能够上得了厅堂,也能入得了厨房。假如没有这么多优点的话,像马昇官那样的人能看得不上她吗!

5

人爱好一件事,就有种火辣辣的激情和使不完的劲,就会全身心地投入。

李守仁 50 多岁,修了 30 多年的路,可是他对修路的爱好和痴迷程度丝毫不减当年,精气神仍倍儿足。

有人说，有个好的开头等于说成功了一半。可李守仁不这么认为，他觉得这句话说得有点绝对，好的开头应该是条件和基础，可是如果只停留在开始时的功劳簿上，不能够善始善终，那后面也不会取得好的结果。万事开头难，再难他也要上、要克服，他有着“明知山有虎，偏向虎山行”的执拗性格。对于工程的一切准备工作不能不说他不尽心、不卖力。这段时间可把他忙坏了，白天要么去监理那里开会，要么到业主那里协调事情；除此之外，其他时间几乎都在工地上，一会儿在工地安排布置进场的事，一会儿查看机械设备作业情况。每天天不亮就起来了，一直熬到黑灯瞎火才回到他那窄小的既当办公室又当宿舍的家。

项目经理部人员安排好后，就及时做了分工，按照分工他主抓工程前期的协调，以及与业主、监理等方面的联系沟通。

大清早，他就到工地转了一圈，看到工地的一切工作都按计划、按步骤有序地进行着，尽管有的人员是第一次合作，特别是经过清退前面的两家队伍，剩下的这些施工班组都很认真、卖力，经过短时间的磨合，配合得也比较默契。机械、设备和人员全都陆续安全有序地进来了，而且开始了作业，他感到很满意和放心，转了一圈正要转身返回项目经理部。

刚走出几步，看见许超带着几个年轻人朝他走来，许超个头高高的，穿一身施工服看上去很是精神，走起路来风风火火，当他一眼看到是许超的时候，心里不禁涌上甜甜的微笑，想起了前几天在建管处开会的时候，建管处张处长在大会上点名表扬许超，说许超是个干事的人，这样的年轻人很是难得。刚进场的那几天许超带队伍负责修便道，他亲自指挥把路修得又快又好，平平整整的便道就像一条宽阔平整的大马路一样，还学着交警部门在路基边上设置了防撞桩和一些警示标志，不过他们设置的那些防撞桩因陋就简，用工地上废弃了的 PVC 管在里面注入水泥，在管子外面刷了油漆，外观上看起来还很像那么回事。建管处的几位领导走了一趟后都说修得不错，并夸赞许超把便道都能修成那样，那干隧道应该没啥说得，他们也就放心了。许超告诉李守仁，现在隧道已经进洞了，他打算抓紧在雨季到来之前把洞口处理好，以防洪水冲垮，并谈了他的下一步工作计划。

李守仁听了后满意地点了点头，觉得许超的考虑是对的，据当地老人们讲，再过一个月左右就是当地的雷雨季节，而且暴雨天气比较多，一旦暴雨来袭很容易出现洪涝灾害，因此在雨季到来之前把明洞口处理好，是完全正确的。李守仁心想，这小子尽管年纪轻轻，可是考虑问题还是挺周全的，就像这样稳扎稳打干下去应该没啥问题。既然这样，那就放手让这些年轻人大胆地干吧！

李守仁回到项目经理部后，打算上午抽空到县高速公路协调办公室认认门、认认人，顺便把近期需要他们帮助解决的一些问题汇报一下。

刚下山走到入村口，路边站着三四个村民，身旁还放着几个大大小小的编织袋，看样子好像是要到城里办事的。快要走到人群跟前的时候，李守仁让司机把车停下来，他打开车窗热情地与大家打招呼。

听说大伙要到县城办事，便急忙跳下车招呼大家上车，其中一位年纪稍大的老人走路一瘸一拐的，看样子身体不太好，他便把老人扶到副驾驶的位置坐下，自己和其他几个人挤坐在后面。

拆迁办的同志见到李守仁寒暄了几句后，他们要到县政府向兼任协调领导小组组长的高副县长汇报工作，硬要带李守仁一起去见见高副县长。

李守仁本来不想冒昧地打扰县领导，不料被他们带去见了高副县长，并与其他县领导共进了午餐。

在去往县城的路上他就想，拆迁办的同志这样安排其实也很对，内心里为他们的正确安排表示感谢。

既然来了见见面也是对的，一方面可把工程上遇到的困难汇报一下，另一方面其实也是他最想知道和了解到的，看看地方政府和群众对修建高速公路有什么想法和要求，他和项目经理部其他同志尽可能地帮助解决。心里想着见到高副县长三言两语把问题汇报清楚，把要求了解到就行了，毕竟高副县长也是一方领导，手头有很多事情要处理，不想耽误领导更多的时间。

高副县长见到他们后，非常高兴，特别是对自己这个不速之客非常热情，又是让座又是倒茶，给人一种一见如故的感觉。

高副县长个头不高，戴一副深度眼镜，有种儒雅的风度，非常谦和，说话不紧不慢，尽管听起来有点低沉，可是显得很浑厚。

李守仁挨着高副县长坐在沙发上，倒显得有点不自在了，喝了一口茶定了定神，从容淡定地自我介绍后，便开门见山地把项目经理部担负工程任务情况和遇到的问题困难向高副县长做了汇报，语言干练，条理清晰，问题和困难讲得都非常中肯实在。

高副县长听了李守仁的汇报后，对他非常钦佩。高副县长当领导这么多年了，应该说听过不少工作汇报，可是很少像今天这样听得认真、听得仔细，他不禁对跟前坐着的素昧平生的同龄人钦佩不已，更被他那非凡的气度所打动，仿佛从他的言谈举止中感觉到了什么。

良好的军人作风已深入李守仁的骨髓，他在言谈举止中时常能表露出军人特有的豪爽与干练气质。他的军人出身身份，仅那么短暂的一会儿工夫就被高副县长觉察到了。高副县长问他是不是曾经在部队工作过，感觉他身上有种军人的气质与魅力，并夸赞他做事雷厉风行，说话干脆利索，正直果敢，这也是李守仁的一贯处事习惯和行为方式，平时他说话做事直来直去，有什么问题都喜欢说在当面，把问题和困难说清楚、说在明处，对问题坦诚面对，对同事和朋友真诚相待，用他自己的话说，他相信理解别人，相信别人也会相信理解他的。对于求助于别人的事，他更是抱有真诚的态度，相信人家能解决的肯定会帮助解决，一时解决不了的也不能为难人家，更不能纠缠住不放，强人所难。

李守仁在向高副县长汇报的时候，他既没有讲那些不着边际的套话，也没有讲那些中听不中用的客气话，更没有遮着掩着，说那些虚头巴脑的官话套话，而是什么就说什么，把当前遇到的一些困难如实告诉了高副县长。

高副县长当即表态，施工单位来修路是好事，我们全县上下一定会积极支持好、服务好，随即吩咐与李守仁一道来的同志，一定要支持好高速公路建设，服务好施工单位。高副县长也把当地的政治、经济、文化环境和风土人情等方面情况逐一向李守仁做了介绍。高副县长介绍道，当地民风淳朴，资源匮乏，既没矿藏，也没资助产业，经济欠发达，交通不便，信息闭塞，这是当地唯一一条高速公路。

最后，高副县长也毫不忌讳地说，过去修别的公路的时候，也来过一些施工队，老乡们对他们充满信任和热情，在土地出让、道路和水源使用等方面都大力支持，他们也对老乡们不错，承诺要为老乡们办点实事，可是等到他们要撤走的时候，当初的承诺一直没有兑现，失信于老乡，为之有的老乡意见比较大。当地是当年红军长征路过的地方，老乡们淳朴热情，都有一种拥军情节和包容情怀，对外面来的施工队伍，打心眼里欢迎支持。

李守仁听了后感到很不是滋味，甚至有点羞愧，他干了这么多年工程，与很多老乡打过交道，可是从来没有在这些问题上让老乡们产生过质疑。

时间过得真快，一晃就到了吃午饭的时候。高副县长说什么都要留李守仁在他们的饭堂吃顿便饭，半开玩笑、半带认真地说，你们为我们老区人民修路做好事，我们总得有所“表示”吧！

在饭堂高副县长把其他几位领导都逐一向李守仁做了介绍，其他几位领导紧紧握着李守仁的手表示友好和欢迎。李守仁的内心里再次涌上了感激之情，最后进来的刘县长特地坐到他的旁边，关切地询问工程进展情况和遇到的实际困难，并热情地招呼他吃好。

吃完饭要分手的时候，刘县长轻轻地拍了拍李守仁的肩膀，动情地说：“老李啊！我一看您就是个踏实厚道干实事的人，这样的工程交给您来管理，我们大家一百个放心啊！相信您一定能为我们老区修出一条好路。”

李守仁能掂量到这句话的分量，这不仅是“父母官”的期望，更是千千万万老区人民的期盼！让他再次掂量到了肩上担子的份量。既然担子已经压在了自己肩上，就不能有丝毫的懈怠和退缩，只能一鼓作气往前走了。

回到项目经理部后，他就马上通知协作队负责人和项目经理部科室负责人，晚上在临时搭建的简易会议室里召开了第一次工地例会，统一大家的思想，明确目标任务，为陆续展开的施工生产奠定坚实的思想基础。

李守仁审时度势，有着非凡的驾驭全局的本领，处理任何事情总是拿捏得非常准确到位，就像范书记表扬他的那样，他总知道在什么时候该做什么，什么情况下不能干什么、要注意什么。比如在工程即将全面展开的时候，召开这样的工地例会，就像给大家打强心针一样，提了醒、做了强调，让大家知道该干什么？该怎么干？该干到什么程度？既让大家心里有数，手里有招，也让大家明白眼前还有出路。

这就是领导艺术和领导水平，这些也不是李守仁一时半会能学来的，而是经过多年的历练锻炼出来的。

不仅与此，在别人看来李守仁是军人出身，又是个技术干部，只会带兵打仗和修路，是一介武夫，有勇无谋，其实这样的认识是完全错误的。李守仁不仅感情细腻，而且考虑问题很周全，粗中有细，细中有粗，政治理论水平也很高，讲话做事都能站到一定的高度，不妨我们听听他召集协作队召开第一次工地例会时最后的即席发言。

他重点围绕如何珍惜和把握机会、珍惜缘分，与大家说了三句掏心窝子的话。第一句话：要讲诚信。常言道，诚信是金。诚实守信是中华民族的传统美德，一直以来我们把其作为立身做人的目标来追求、道德标准来评判。在座的协作队负责人，说得通俗一点都是“大老板”，但是我们不要觉得口袋里有几个钱就为所欲为，把自己抬高了，把别人看扁了，说话不老实、对人不诚实、做事不真实。因此，希望大家今后在处理问题、待人接物上一定要真诚，不仅对业主领导要真诚、对下面的民工兄弟也要真诚、对我们驻地的村民更要真诚。第二句话：要守诺言。“一言既出，驷马难追。”“一诺千金。”男子汉大丈夫，做人做事要说一不二，不要说的是一套，做的是另一套。我们担负的工程任务，我们与业主有合同关系、大家与我们也有合同关系。既然约定了，那么我们就一定要按照合同要求的去办，要履行好我们的合同，信守我们的诺言。第三句话：要讲规矩。当今是法治社会，各种法规制度都非常健全，一切工作都要以法律条规为准绳，一切行为都要受制度规定约束。在实际施工过程中，我们绝对不能目无法纪、心存侥幸、投机取巧，更不能盲目蛮干。这个工程把我们连在了一起，我们一定要珍惜这种缘分，要同甘苦、共患难、齐荣辱，做到风险大家担、责任大家挑、利益大家享。绝对不要抱以能偷一厘偷一厘、能省一分省一分、能赖一寸赖一寸的心态和方法来完成工程任务，这样是要不得的，是容易出问题的，最终就会出现赔了夫人又折兵的结局！因此，从现在开始，就要按照合同干、就要按照《施工规范》干、就要按照项目经理部的要求干，力争把我们的每一项工程都干好，努力争取好的工程质量，以优质的工程质量赢得好的社会信誉和经济效益，以自己的人格魅力赢得领导的肯定和群众的赞许。

三句话概括得非常准确恰当，而且一气呵成，给协作队上了很好的一课，为他们提了醒、敲了钟。与会者听了后都发出了啧啧赞叹声。

对在座的每一名协作队负责人来说，尽管没有李守仁考虑得这么全面、站位这么高、懂得的这么多、理解得这么深，特别是通过这样的方式进行强调和提醒，他们也能够认识到这个理。可是认识归认识、感慨归感慨、赞叹归赞叹，等到了实际施工中他们就忘乎所以了，就不是这么回事了，认识到了并不一定能够做到，做到了并不等于做好了，他们来这里干活始终追求的是经济效益，苛求经济效益最大化。

李守仁非常明白他们的这些想法和做法，可是他作为这个工程负责人，不讲又不行，而且经常讲比少讲强，讲透比讲浅好，通过这样经常反复地讲最起码能达到提醒的目的，能达到提醒的目的也就很好了。这样的提醒能够让他们始终保持一颗清醒的头脑，不能让他们心里明白，干得糊涂。他以往也和一些协作队的同志打过交道，遇到过一些问题，比如有的人刚开始拿工程的时候，他们个个就像胡运那样的说客一样，口若悬河，说得天花乱坠的，不仅能干成，而且能干成最好的，有时把人说得真不知在云里雾里，让你不得不信服他的实力和能力。可是真正把工程给了他后，就不是那么回事了。有的甚至到了最后，因为自己管理不善亏损了，赚不到钱，没钱回家了，就跑到项目经理部闹，项目经理部也只能吃哑巴亏，跟着承担相应的连带责任。因此，李守仁做足了这些方面的准备，经常给大家打打预防针，并结合实际有针对性地采取一些行之有效的对策措施。比如在安全预防工作上，可以说是一个老话题，也是一个常讲常新的新问题，因为随着施工生产的向前推进，新问题、新情况随时出现或发生，在一些人看来更是一个棘手的问题。通过以往的经验看，一些管理者对安全预防工作舍不得投入，技术人员不按技术规程指导，机械操作人员不按操作规程操作，施工人员不按规范施工等方面的现象时有发生，而且安全问题就隐藏在这些现象的背后，甚至就出在这些现象的背后。因此，在这个项目经理部他推行了安全风险金抵押制度，就比较奏效管用。工地每一名人员月工资都按20%做了抵押，若下月本人或所管理的人员、机械、车辆等安全无事故，所干的或所负责的工程无质量问题，就把上月抵押的10%发给大家，等到离开工地，或所干的或所负责的工程完工的时候，若一直安全无事故或工程无质量问题，那就把剩余抵押部分全发给大家，如出了安全或工程质量问题，那就另当别论，该处罚的处罚，该清退的清退，在安全问题上他是毫不含糊的。这一措施不仅强化了人们的安全意识和安全行为，保证了工地上不发生任何安全问题，也彰显了对人性的关怀和对每一个生命的敬重与负责。

会议刚结束，还没等大家走出会议室，几个没有参会的年轻人就闯了进来，迫不及待地打开电视，要看正在热播的电视剧《乔家大院》，李守仁立在那里看了一会儿又坐了下来，好像想起了什么，便大着嗓门说："这部电视剧好啊！很值得大家一看，里面有个叫孙茂才的人，这个人在他穷困潦倒的时候投奔了乔家，被乔家收留了他，他也确实为乔家的生意立了功。可是后来由于生意上的事与乔家意见不合闹别扭，被乔家赶了出来。他自感做生意有一套，便兴冲冲地去投靠乔家的竞争对手钱家，钱家掌柜的不但没有收留他，而且说了一句很耐人寻味的话——不是你成就了乔家的生意，是乔家的生意成就了你。据说，这个孙茂才确实在生意场上很有一套办法，可是后来落下了这么个没人要的下场。故事告诉我们什么呢！"李守仁环顾四周，看了看大家进一步地解释说，"平台很重要，有了平台你是谁，没有平台你谁都不是。尽管这是个历史故事，可是很值得我们每个人学习和借鉴！就像我们在座的大家一样，既然我们有了这个平台，那就让我们珍惜缘分，珍惜这样的机会，好好干，不要落孙茂才的下场。"几个年轻人电视也不看了，眼睛睁得大大的直勾勾地看着李守仁，当李守仁的话音刚落，大家"哗哗哗"地鼓起了掌。有几个协作队的负责人还激动地大声答应道"好"。

晚上，李守仁躺在床上翻来覆去睡不着，一会儿想起工地上的事，一会儿又想起这段时间手头要处理的事，就像过电影一样一幕幕地在脑子里过。他想这个项目应该是自己转业后干的项目中，最棘手、最重要的一个了，不过好在经过近两个月的努力，现在总算把第一关闯过了，工地也基本理顺了，随着各道工序的全面展开，下一步只要管严、盯紧，干好——问题不是太大。可以稍微腾出身来干点别的事了，不过有一件事情他还是想赶快去了解一下，能帮着办就想抓紧办了。其实，从他一踏上这片土地的时候，就萌发了帮当地群众做点事的想法，只是由于一直比较忙，没有时间付诸行动，他计划明天下午说啥也要抽空到对面的村子里转转，了解一下乡亲们的生活，为他们做些力所能及的事。

当初，李守仁一路走来的时候，所看到的一草一木、一山一水，与他想象的还是有很大的差距，特别是快到施工工地的时候，这种反差显得更大，越走越感到有点荒凉贫瘠，与心目中的新农村大相径庭。这里的土地荒芜比较严重，老乡们的居住比较简陋，转上一圈也很难找到一间装修像样点的房屋。他内心里想，这个地方在内地来说，应该是最为贫穷的地方了。他也想了好多老乡们致贫的原因，觉得最主要的应该是交通闭塞，或者是因为老乡们的思想观念陈旧。可是当他真正住下来后,才了解到致贫最主要的原因应该是因为缺水,这里严重缺水,方圆几十公里找不到一条流水的河。老乡们吃水主要靠天,每家每户院子里都有一口由政府补贴修建的水窖,主要用来储存雨水和雪水,以保证人畜常年饮用水。遇到干旱少雨没雪的年头,水窖干涸,只能到很远的地方买水吃。

水,水是问题。因为水是生命之源。因此说水的问题,也是最大的问题。

李守仁生长在农村,从小就对缺水少雨有着深刻的感受和认识,他非常明白,如果没有水,对以田养家的农村人来说就没有一切。

他刚走出门,抬头望去,天空格外蓝,蓝得一尘不染,院子里火辣辣的就像一个偌大的炭火盆一样,太阳就像一个红红的大火球一样任性地炙烤着大地,真有种要把地面晒爆了的架势。

李守仁临出门的时候,不忘看一下贴在门后面那张自制的"晴雨表",红红的太阳他已经连续描了不止30个,也就是说,最近30多天这里每天都是大晴天。

这样的天气对于工程施工来说,是个好天气,也是大家盼望的,可是对那些靠天吃饭、久旱盼甘露的农民兄弟来说,每天都是这样的大太阳毒辣辣地晒烤着大地,他们却是最不希望和不愿意看到,也最令他们熬煎。

李守仁沿着山路徒步走下山,走到半路他钻进老乡的田里仔细观察庄稼的长势,一些不耐寒的庄稼叶子已经枯萎了,头都耷拉着,看来最近几天再不下雨的话,估计这些庄稼全都要旱死,乡亲们到头来颗粒无收。

刚进村,他就看见几个老人围坐在一棵大榆树下聊天,猜想那该是村里的"文化娱乐活动中心",便凑上去主动与大家打招呼。几个老人的边上,坐着一个看上去像40多岁的中年男子。这个村子本来人口就很少,加之一些年轻人到外地打工去了,留在村里的都是些上了年纪的老年人,平时也难得见到一个相对年轻的人,突然见到一个中年男子,李守仁真还有点惊奇,就上前主动与那个中年男子打招呼。

"老弟,你怎么没干活去啊!"那个中年男子瘦小的脸盘,矮小的身材,身体显得很单薄,表情也很腼腆,看他的时候很是害羞。

还没等那个中年男子开口说话,一个头发花白的老人就抢先开口道:"老娘躺在炕上,没人伺候。"

"哦,老母亲身体不好,那你结婚没有?"李守仁关切地问。

"光棍!"还是刚才那个老人抢先回答了。

"嗐!我们这个村子什么都不产,就产光棍,村子不大,光棍不少,有十来条呢!"另一个老乡说。

"哦!这些光棍是因为身体不好找不到媳妇,还是因为别的?"李守仁关切地问。

“一个字,穷。两个字,太穷。”

“哪个姑娘愿意嫁到这里受罪,明摆着往火坑里跳吗!”

“哦!那咱们这个村里有多少年轻人在家里待着呢?”

“待不住,都跑到外面去了,他都是老娘拴着,不然的话也早跑掉了。”

李守仁继续追问道:“跑哪里去了!想不想回来就近找点事情做。”

“天南海北的哪儿都有,只要哪里有钱挣,就到哪里去。回来你让他干啥,你看看那些庄稼苗苗可怜不可怜,都快要旱死了。这年景天旱的连水都喝不上,让他们待在家干什么啊?不是想着被活活地饿死吗!”

“唉!我们老百姓苦啊!”

李守仁看着那些饱经风霜黑红干瘪的脸颊,心中不禁酸楚难过,同情怜悯起来。

“哦,老乡们受苦了。没水,怎么不想想打井呢?”

“不是没打过,我们年轻的时候打几米深就能打出水来。前几年又试着打了,打了二三十米都没打出来,钱花完了,水没打出来?”

“那怎么不再往深打打,再试试呢!”

“就那二三十米的费用都花不起,还往深打,钱到哪里找啊!”

“假如再往深打,能不能打出来?”

“当初那些外面来的领导说,打二三十米就能打出来,可是谁知道,打了一顿最后还是没打出来。”

“哦,既然说有水,那就应该能打出来,不妨再试试。”

“我的傻兄弟,谁给试啊?试是要钱的哎!”

“假如有人帮着打井,老乡们愿意不愿意啊!”李守仁进而问道。

“当然愿意啦!只是我们没钱,拿不出那么多钱来,怎么打啊!”

“哦,我明白了,以后我们大家共同想想办法。”

说着李守仁转向那个中年男子,询问起了他的家庭情况。

李守仁询问得知那个中年男子名字叫王二,不说别的,一听这名字就知道家境肯定不好,他知道那些家境不好的农村人,就连名字起得都很普通,基本都是按照排行顺序叫下来的。王二今年已经45岁了,家里有近70岁的老母亲常年卧床不起,家里无任何经济来源,生活主要靠政府救济和乡亲们接济。

李守仁压低声音用征询的口气问王二:“老弟,我可以到你家里看看吗?”

不料还是被跟前的一个老人听到了,老人连忙劝阻道:“家里穷得啥都没有,老娘常年躺在炕上,拉屎撒尿的,一进院子就能闻到臊臭味,他都不想在家待着,你去干吗呀!”

李守仁看见王二始终低着头,犹豫不决,显得难为情的样子,便进一步解释道:“老弟,没关系的,我只是去看看,我也是农村长大的。”

王二点了点头,羞怯地站起身,带李守仁朝自家方向走去。

李守仁自从出生到现在,几乎都在贫穷艰苦的地方生活和工作,可是从来没有走进过这么贫穷的家。院子没有院墙不说,就连个普通农家用木棍围挡起来的简陋围栏都没有,孤零零的两孔窑洞,歪歪斜斜,破烂不堪,一孔有门窗,另一孔连门窗都没有。走进低矮的窑洞里,外面大热的天,里面却阴冷阴冷的漆黑一片,王二的老母亲躺在靠窗户的土炕上,不时地呻吟着,一股股刺鼻的异味扑鼻而来,令人窒息。李守仁也不在乎这些,正要趴到老人跟前想对老人说什么,不料被王二拦住并提醒他,老人天生聋哑,最近几年眼睛也失明了。

李守仁看到老人盖着一床破棉被,一些棉絮都裸露到了外面,破破烂烂的,在那个土炕上再没有看到什么被褥,他又转过身揭开锅盖,一口大铁锅锅底下剩有一点小米粥,地上摆放着两个粗瓷大瓮,一个剩有半瓮水,另一个放着几个米面袋,灶台跟前堆着一些柴火,靠墙角的地方放着一个陈旧的小木柜,除此之外再也找不到任何家具了。李守仁看到眼前的这一幕,他默默地连连追问着自己:“怎么这么穷呢?”“还有这样的穷家薄业啊?”……如果不是亲眼所见,他永远也无法想象内地还有这么贫穷的人家。

李守仁的鼻子感到一阵阵地酸楚,几欲掉泪强力地控制着。他拉着王二的手说:“老弟,大哥能帮你做点啥呢?”边说边摸出口袋里的几百元钱放在王二的手里。

王二死活不肯要,推搡了半天,最后李守仁把钱使劲儿塞进他的怀里,王二看来拗不过李守仁,便什么话也没说,“扑通”一声跪下了。

李守仁急忙把他扶起来,边扶边说:“老弟,快起来!这是干啥啊!快起来,让人知道了会笑话的,你要坚强起来。咱们人穷志不能穷,为了老母亲,也为了自己,一定要振作起来。”

“大哥,这怎么好意思要您的钱呢!我有胳膊有腿,也是个正常人,这不是不劳而获了吗!”王二哽咽着说。

李守仁心里非常清楚,人在最困难的时候理解和关怀最重要,便想尽一切办法安抚解释道:“老弟,不要见外,大哥知道你现在处于困难时期,谁都有困难的时候,你收下它应应急,抽空给老母亲换换被褥,顺便再买点老人家喜欢吃的东西,尽点我们做儿女的孝心。我就住在对面山上,有什么事你可以到那里找我,我以后抽空再来看你们。”

说完,李守仁快步走出了王二家中,返回了项目经理部。

6

早上马昇官又睡了个自然醒,一睁眼已经10点多了,起来伸了个懒腰从办公室里面的套间走出来,刚冲好一杯牛奶咖啡还没坐下来,突然省公路局李副局长来电话了。

李副局长说话很委婉,开始并没有直接进入正题,先是祝贺公司又中了两个大标,带有关切的口吻说,公司一下中了两个标段很不容易,公路局为此也做了大量的工作,要求公司千万不要辜负各级领导的关怀和期望,一定要把工程干好,并关切地问马昇官公司有啥困难,尽管和他说。最后话锋一转,对马昇官提出建议,说:"这几年上面积极鼓励和使用年轻干部,我们也要落实上面的指示要求哦!你们可以选派一些年轻干部到基层施工一线当主要领导,接受锻炼。"

马昇官从电话中好似听出了什么,李副局长现在是常务副局长,又分管总公司,过去曾在一些事情上帮过一公司,马昇官只是始终装作不知晓,也没有当面或通过其他方式表示感谢,今天突然主动打电话联系自己,难道有啥事想要告诉他或找他办,马昇官便故意装作很客气的样子,这样也顺便等于说还了以前欠下的那份人情,再说现在李副局长也有实权了,万一以后真有需要他帮忙的事情好张口。李副局长这么一说,他就连忙问道:"您有没有合适的人选,我们正愁着派不出人,正要请您指示呢!"

李副局长便进一步地说:"指示没有,现在你们干的项目也多了,应安排机关里的年轻同志到项目上锻炼、挑重担,多培养和锻炼人才,为公司下一步的发展做好人才储备。"

马昇官在电话这头,不停地回答"是,是,是",显得很恭敬谦卑。

马昇官好一会儿听不到李副局长的声音了,正要挂电话,突然听到电话那头的咳嗽声,他马上接过话题说:"领导,我们也有这方面的考虑,只是还没有找到合适的人选。您分管总公司,对一公司的情况也比较了解和熟悉,您有没有合适的人选,给我们指导或推荐一下吧!"

"这个嘛!我只是宏观上说说而已,仅代表个人意见,具体谁去合适,还是你们来定嘛!不过我还是刚才那句话,建议你们对基层和机关的干部多交流,多岗位锻炼,对他们成长进步是有好处的。比如办公室、财务的同志,都完全可以下去锻炼锻炼,不会可以学嘛,我当初不也什么都不懂,从一个外行干到了局长。"

马昇官用手紧紧握着话筒，眼睛不停地眨着，脑子飞快地转着，暗暗地琢磨着李副局长说的每一句话。李副局长为啥那么多部门不提，偏偏提办公室和财务部，莫非这两个部门有他的人选，只是不明说，点到为止。李副局长以前很少给他打电话，更没有过问过类似的事情，今天突然一反常态，把公司的工作考虑和安排到了这份上，猜想他肯定是别有用意的，话里有话一定是有所指的，领导的话就是这么耐人寻味，领导一句话，得让下面琢磨半天。不过按理说，像贾正这个级别的干部，要纳入公路局长这一级领导的视线，还是有点难度。不过现在的事情也难说，有些领导越来越不像领导了，为了得到利益可以放下自己的身段，甚至都可以不顾自己的形象和声誉，抱着那些“有权不用枉做官”“不用白不用，用了也白用”的思想认识，只要有点甜头或给点好处，什么话都敢说，什么事都敢做，有时完全没有了领导的样子。再说，现在的人说话做事虚虚假假，人际关系丝丝缕缕，平时不到关键时刻你真还看不出谁是谁的“人”，谁和谁一派，都不知道谁的“水”有多深，可是一到关键时刻，拿出来的“关系”能通天，不是有句话说了么——“没关系找关系，找到关系没关系”，为了达到目的，大家都在想尽一切办法找关系、拉关系、用关系，因此说贾正要想找到李副局长也完全有可能。马昇官不禁回想起贾正这几年在自己身跟前的种种表现，觉得贾正这小子平时表面上看上去对自己毕恭毕敬，在自己跟前显得老实巴交的。其实贾正的脑子很活，心事很重，也很有想法，总觉得自己能耐大得很，待在公司办公室这个位置上憋屈得很，就像动物园的猴子一样，经不住笼子外面那些五花八门的食品的诱惑，时常背着他暗地里龇牙咧嘴、上蹿下跳，不安于和满足于现状，听牛饷美说他早就想当项目经理了，背地里到处找关系、拉关系，是不是已经找过李副局长这样的“关系”了，并做足了他的工作。

马昇官又静静地理了理刚才李副局长说的话，目前办公室就贾正一个男同志，财务部倒是有一个男同志，不过常年请假看病不上班。难道李副局长真想让贾正去。

“局长，刚才我把机关每一个部室都滤了一遍，除了办公室小贾，真还没有更合适的了。”马昇官顺着李副局长的话往下说，想把领导的话套出来。

“小贾？贾什么啊！”

“贾正。”

“哦，我想起来了，就是办公室那个小贾吧！嗯！小贾不错，看起来脑子活泛，干活蛮利索的，办公室主任专为你这个经理服务的。呵呵，身边人哦！你应该最了解他。”

“是的，我对他是比较了解，可是他毕竟是我身边的人，如果没有您的支持，我也不敢用啊！万一我提出来，别人会说三道四的。”

“这个么，你不要怕，我支持你。该大胆起用的，就要大胆起用，畏首畏尾，啥事都干不成。”

“好的，有领导这句话，那我就放心了！”

“这只是我个人意见，不代表组织，仅供你们参考。”李副局长没有了刚才的坚决果断，把球又踢到马昇官这边不管了。马昇官尽管对刚才李副局长后面的话听得有点不痛快，可是嘴上不能直说，表面上还装出爽快的样子，便连忙答道：“是，是，是，局长。我们一定按照您的指示办。”

“指示倒谈不上，不过我希望你们不管安排谁去，一定要把工程干好，赢得效益，赢得声誉。”

马昇官连连答道，“是，是，是”，并承诺一定要把工程干好。

马昇官把电话挂了后，在心里狠狠地骂道：“呸，虚伪，有话不直说，转弯抹角大半天，‘软骨头’，怕承担责任。”

马昇官心里最清楚，李副局长是省交通厅副厅长甄醭淼的小舅子，过去在甄醭淼没当交通厅副厅长还是下面一个市的副市长的时候，李副局长在六个副局长中一直排在最后一位，说话也没啥分量，平时很少管事，是个典型的“和事佬”，既然也就没啥威信，下面也很少到他那里走动。自甄醭淼当上交通厅副厅长后李副局长突然间跃过排在前面的五个副局长，当上了常务副局长，并且分管总公司。尽管如此，也仍保持着过去那种“和事佬”的处事风格，很少到总公司来，更不会关心、过问或干预一公司的事。今天突然给马昇官打电话，肯定有事找他，果真不出所料。“哼，想跟我玩！火候还差着点儿。”马昇官自语道，真为自己的聪明应对和迂回战术感到自豪和庆幸。

或许这就是领导的水平，领导当得时间长了，越当越有水平，对什么时候该说什么话、什么时候不该说什么话、什么时候该担责任、什么时候该把责任推得远远的等，都拿捏得非常好。既要把事情办了，目的达到，可是还不能表现得赤裸裸的，要不显山不露水，不能让别人抓到你的把柄，或留下话柄。该有水平的时候才能有水平，不该有水平的时候就不能有水平，把握住了什么时候该有水平，什么时候不该有水平，那才是真正的水平。这不，李副局长和马昇官就是这么两个“有水平”的领导。

美其名曰是到基层锻炼，其实大家都心知肚明，没吃过猪肉也看见过猪跑吧！都知道项目经理是个炙手可热的岗位，对公司的好多人来说，只要具备一定条件的大家都各怀心事，都想着当项目经理，想在这个岗位上捞一把。对于这样的岗位，作为在一公司一言九鼎，说一不二，特别是把项目经理的任免决定权牢牢地把控在自己手里的马昇官来说,既然不会错过或拱手相让这样的安排人的机会,早该把人选考虑好了。

事实上他自从在北京听到有领导答应协调两个工程项目给一公司的时候,就开始酝酿这两个项目班子人选了,特别是项目经理的人选他最上心。一方面,因为这个岗位是个实惠的岗位,竞争的人多,有的人为了当上项目经理,不惜一切“代价”去找他,他无论如何都不会错失这样的发财机会;另一方面,毕竟自己主抓施工生产,别的班子成员不好插手项目经理的安排,在班子里选派谁去当项目经理基本上都是自己说了算,即使当时说了不算,也一定想方设法说了算。因此,每次公司班子成员开会研究项目经理部人选,说实在话,那就是大家坐在一起认认真真走形式,大家都要看他的脸色,都是顺着他的意见举手表决。前几年,马昇官做得确实有点过,大家都对他意见很大,甚至有人写举报信把他告到了上面。后来他有所收敛,只是对项目经理过问得多点,其他岗位只要没有自己的人,他也有时会尊重大家的意见。加之,现在正是自己提拔的关键时刻,他不想激化矛盾,或者节外生枝给自己引出事端来。凡事预则立。因此为了能够得到其他领导的理解支持,或者在公司党委会上向其他班子成员解释,用自己掌握的充分理由驳倒不同意见,他必须得腾出更多的时间细细地琢磨和推敲,把可能会遇到的问题想透,把谁去当、为啥要让他当等方面的情况都要想周全,把理由想充分。特别是范昊天书记,按照分工范书记是管干部的,范书记向来为人低调直率,做事原则性强,如果在会上他有什么分歧意见,从来不含着掖着,当面就说开了,把你的错误观点顶回去,有时真不给人半点情面,让你下不了台。就干部的任用问题,曾经就有几次让马昇官下不来台,有了前面的几次,后来每每遇到这样的事情,他都事先考虑周全,做好铺垫,在上会前先主动找范书记交换意见,在他那三寸不烂之舌的说服下,和充分“理由”叙说下,以及在他那厚厚脸皮的包庇下,最终总是能得到范书记的支持和理解,两人达成一致意见后才上会。

这次与以往不同的是,因为有了李副局长的电话指示,他现在暂时不想把项目经理人选确定下来。贾正前两天曾找过他,说出了自己有当项目经理的意愿,不过那只是在他的办公室工作间歇顺便说出的,他当时并没有明确答复。他还是想再等等,一方面看看贾正的“表现”,另一方面再看看别人的反应和“表现”。

以往每次拿到工程的时候,就会有人通过各种方式和渠道找他。有的想当项目负责人,有的想承揽工程,有的想供材料,还有的想出租机械车辆等。有的是托人求情,有的干脆自个儿找上门来。当然不管通过什么方式或渠道,哪个人找他,想干什么,既然找他了,绝对不会空着手来找他,都是有所“表示”的,了解和熟识他的人都知道,在他那里空手套白狼的事是行不通的。

那些来找他的人真是无师自通，也都拿捏得非常好。比如在当项目经理的问题上，当大项目的经理有大项目经理的价码，当小项目的经理有小项目经理的价码，往往是以工程量的大小来准备“红包”的大小，当然这才是第一步。如果能够如愿以偿顺利地当上了，每当逢年过节或者马昇官下去检查工作，那些被他“关照”过或提拔的人也一定还会趁着陪他的机会对他有所“表示”。这种“表示”一般分两块儿，一块儿是以项目经理部的名义给他“表示”；另一块儿是那些人以自己私人的名义向他“表示”，这绝对是少不了的，否则的话后果“你懂的”。这些早已成为了公司公开的秘密。

这么多年，在大家的心中几乎已经形成了一个共识，尽管说项目经理部经理和书记两个主官的职务是平级，同为项目经理部的主要领导。理论上项目经理部坚持的是党委集体领导，书记是班子的“一把手”，肩负有把关定向的职责，应该说责任更大点，权力和威信也就自然而然地会更大、更高点。可是在实践中，往往就不是那么回事了，没有哪一个书记像项目经理一样，能够真正说了算的。往往书记有这么两种当法和结局，要么当一个老好人，甘愿当项目经理的副手，整天跟在其屁股后面，“举举手”，喊喊“口号”，和和稀泥，凡事都顺着项目经理，这样的话或许能够混点吃、混点喝，项目经理高兴的时候也可给点小恩小惠，或者报点小账，把自个儿的书记继续当下去；要么当个敢于较真碰硬的，坚持按制度原则办事，结果往往是两个主官搞不团结，好一点的面和心不和，有的干脆就是你干你的，我干我的，公开叫板，时间长了你这个书记就成为了孤家寡人。这种情况下，无论你书记有多大能耐，做出了多大贡献和成绩，最终倒霉吃亏或处理的一般都是你，因为你不仅影响的是项目经理的利益，而是整个“圈子”和“圈子”内那个“核心”的利益，你动了大家的奶酪，得罪了一大帮人，这帮人怎么能容得了你呢！众口铄金，寡不敌众，众人的唾沫星子都能把你淹死，不处理你处理谁，最后组织一定会把你调离书记的岗位。

大家都看到了项目主官人前的风光，其实大家没有看到书记背后的辛酸，真正不明白和理解书记的角色。当过书记的人都明白，甚至发出感慨，现实中的项目经理部书记有时是个很尴尬的角色。

有人曾主张项目经理部不要配备党委书记，为此公司也不是没考虑过，但公司领导思前想后，觉得配备还是很有必要的，于公于私都好。于公，一方面体现了党的领导，说明公司领导是讲政治的；另一方面还能起到相互监督和制约的作用。于私，多出一个岗位，就会多安插提拔一个干部，对领导和大家都好。说白了有些领导就喜欢多一个岗位，甚至变着法子争取这样的岗位。多一个这样的岗位，对他们来说也就多了一个发财的机会，何乐而不为呢！

像马昇官那样的人，他们也都知道项目经理部两个主要领导的角色是怎么回事，可是他们都在韬光养晦装糊涂，从来没有谁说穿过，更没有哪个人能为书记着想，或考虑和理解书记的难处。对于这样的境况，想扭转改变的人没这样的能耐，有这样的能耐的人又不想扭转和改变。因此，在实践工作中就把书记放在火上烤，让书记整天处于两难境地，想干点事或管点事吧！你干那么多，是什么意思；不干、不管吧，你是书记，是领导，什么都不做，啥事都不管，占着茅坑不拉屎，真不够意思，别人还对你说三道四，出了问题还要各打五十大板。在这样的境况下，也把好多书记逼上了另一条路，那就是干点意思意思。这些情况难道领导看不到、听不见吗！你能把领导当成傻子、聋子、瞎子，其实有些领导是最清楚不过了，特别是像马昇官那样聪明绝顶，眼睛一眨计上心来的高智商领导，他更是最清楚不过了。

可是他从来不说这些，更不想改变这种现状，有时迫于压力就表演给别人看，在公众场合或会上“表演”一番，对一些项目经理痛斥一顿，某个项目经理这这这、那那那，简直胆大包天、无法无天了。在外人看来他对这些事深恶痛绝，大发雷霆，做出了这样严厉的警告，其实明眼人都知道，这是他在对外发射信号。信号一发出，一些项目经理就坐不住了，便会主动上门投桃报李或花钱消灾。

为此，有些人私底下曾直白地说：像马昇官那样的人，他们的内心里就是想多出那么些岗位和机会，把这潭水搅活、搅浑，好趁机多安插自己的人，也可来个浑水摸鱼。

贾正听到牛饷美告诉他的消息后，非常激动，当晚就跑到马昇官家里找他，等到马昇官喝得醉醺醺地回到家后，他的老婆告诉他贾正来家里找过了，并在耳边悄悄地告诉他，小贾人不错，能关照就关照一下吧！

贾正这几年跟着马昇官跑前跑后，活也没少干，在别人看来，办公室主任整天服务领导，鞍前马后，一定跟领导的关系不一般，遇到好事领导既然也会想到他。可是这么多年了，他内心里感觉到，也从一些事情上看得出，马昇官并没把他当成真正的自己人，有些事、有些话在自己跟前还是有所顾忌和回避的。特别是这次去北京，他和牛饷美那些“唧唧歪歪”的事让马昇官发现了，马昇官明显表现出对自己不高兴。牛饷美也曾多次提醒贾正，凭她这么多年与马昇官相处接触，要想让他给你办事，你不花点血本，不管你是谁，他能办了的，也都不会轻易给办，建议贾正还是抽空到他家里打点一下。因此，贾正听到工程中标的消息后，便着急慌忙地去了趟马昇官家，并做了物质上的铺垫工作，自己的心里总算才踏实下来。

中标通知书马上就要到了，项目经理的人选马昇官也考虑得差不多了，贾正也来找过了，并且送上了丰厚的礼物，这时他才去找范昊天书记商量。当他快要走到范书记办公室门口的时候，听到范书记好像正在接电话，只听到范书记在电话里答应道："好的，好的，我们考虑就是了。"

马昇官急忙退后几步，想再听听范书记说什么，不料范书记的话音刚落，就把电话挂了。

马昇官大步走进范书记办公室，范书记正端着水杯站在那里喝水，连忙把水杯放下招呼马昇官道："老马，来来来，请坐，我刚才接了李副局长的电话正有事儿找您商量呢！"

等马昇官落座后，范昊天接着说："刚才电话里李副局长说他有一个亲戚在老家开了一个石料场，距离咱们的新项目比较近，想给工地供点碎石。"

马昇官不假思索显得很直爽干脆，阴阳怪调地说："那就按领导的安排办呗！领导安排的事我们怎么敢怠慢呢！"

在这些小事上，马昇官显得很是大度，其实他的心里非常明白，现在的材料竞争很激烈，利润也很小，只要材料合格了用谁的都是用，如果材料不合格，既然会有监理和业主站出来说话，况且他这样做就当作是顺水人情。他这样满口答应范昊天提出的要求，就等于说是给足了范昊天面子，在下一步他和范昊天商量他提出的"重要事情"的时候，范昊天在一般情况下也会给自己面子，这就是他一贯认为的"配合"。

范昊天轻轻地"哦"了一声。

马昇官喃喃道："领导盯得真紧呐！"

范昊天一直在沉思，没有说什么。

马昇官瞅准了和范昊天交流沟通的机会，觉得这会儿比较合适，便从口袋里掏出一盒"软中华"，动作娴熟地抽出两支扔给范昊天一支，另一支含在了自己嘴上。范昊天没有接马昇官扔来的烟，而是看见马昇官从自己的口袋里掏烟，便弯腰捡起桌子上放得半包"红塔山"，抽出一支递向马昇官。马昇官连说："就抽这个吧，都一样！"这话说的，既然都一样，那你为啥不抽"红塔山"，而是抽"软中华"呢！范昊天平时不抽烟，有时出于应酬和礼节，别人递给他不好拒绝，也就学着抽了起来，每次点上抽几口就放烟灰缸了。平日里桌子上放的烟都是用来招待别人的。

"老范，咱们是不是先把那两个新项目班子人选理一理，估计中标通知书这两天就能拿到，等拿到后就得安排人员赶快进场了。"

"哦，那是该抓紧定下来啰！"

"我也没有更多地考虑，只是李副局长给我打来电话向我建议，新项目可安排机关的年轻同志去，一方面锻炼年轻人，培养和锻炼人才；另一方面走开机关和基层多岗位锻炼的路子，丰富大家的经历。还特地交代从办公室产生，那不就是让小贾去吗！”马昇官一口气说出了领导的意见，停顿了一会儿，看了看范昊天，继续说。

“我当时和李局说，我们先商量一下再说，你看小贾去合适不合适。”

“哦，李局说的也确实有道理，现在我们公司懂工程、会管理的干部是太少了，可以说培养和锻炼各类人才迫在眉睫。如果再不注重培养，万一以后再有任务，懂工程会管理的人才就更难找了，到那时后继无人，我们的工作就更被动了。”

范昊天没有直接说谁去，只是实事求是地讲了公司的实际情况。

马昇官就更进一步地说：“我当时也给李副局长说了我的意见，告诉他小贾工作各方面是很不错，可他在办公室工作，是我们身边的人，万一让他去，别人或许会说点什么，不过李局说，要排除干扰，该使用的要大胆使用，他大力支持我们。”

马昇官故意把话挑明，他心里非常清楚，话已经说到这份上了，范昊天也不好再说什么了。

果真范昊天再也没说什么。既然没有说什么，那就意味着同意了。

马昇官接着往下说：“老范，既然让小贾去，考虑到他毕竟一直在机关工作，没干过工程，更没从事过工程项目管理，能力和经验各方面还是欠缺了点，不妨让他到老李那，一方面跟着老李好好学学，另一方面也可帮衬老李，替老李跑跑腿，减轻老李的工作压力和负担。你看怎么样！”

“哦，你是说让他和老李配合，当书记。”

“其实对小贾来说，无论当书记，还是当经理都无所谓，关键是到一线好好锻炼锻炼，也让老李带带他。”马昇官步步为营，马上又补充道，“你不是经常说老李整天在工地跑前跑后，跟前没一个好帮手。我倒觉得不如让老李当书记，小贾年轻，给他压压担子，让他当经理往前冲，老李出主意、坐镇指挥就是了。”

说起李守仁，范昊天顿生同情和崇敬之情，马昇官说得也不无道理，毕竟他已经是50多岁的人了，年龄不饶人啊！整天还像个年轻小伙一样待在工地上，条件艰苦不说，而且操心费力，长期这样身体会吃不消的，真要能给他找到一个得力的好帮手，那太好了，他完全同意。

范昊天爽快地说，这是个好主意。

就这样，公司两个主要领导很快就对一个新项目的主要领导人选达成了一致意见，另一个新项目更好说，项目经理自然而然是马昇官的外甥，他的外甥也已经干过一个项目的经理了，本来上次李守仁当项目经理的时候就已经决定让他的外甥当，不料让李守仁当了，他没当成，这回轮都轮到他了，和李守仁搭档的书记调整到马昇官外甥的那个新项目，和其做了搭档，原来与马昇官外甥搭档的那个书记被降为办公室主任。

第二天上午，在马昇官的积极张罗下，公司便召开了党委会，专门研究人事问题。其实那天上午牛饷美从马昇官办公室出来后，就把贾正当项目经理的事告诉了他，不过贾正的心里总还是不太踏实。当听说党委会通过了，他万分高兴，觉得这样的机会来得太突然了，简直让他措手不及，这事早在前几年他是连想都不敢想，尽管最近一两年做了充分的工作，也有所心理准备，可是没想到来得这么快，让他非常激动。整个上午他激动得连句话都说不出来，一个人钻在办公室里，一直傻傻地仰靠在电脑椅上，快下班的时候他才醒过来，用一只手狠狠地捏了捏另一只手虎口，感觉在发疼，原来不是梦。

下午刚上班，公司物资部部长李小军第一个来到贾正办公室："贾哥，祝贺你！晚上给哥设宴隆重庆贺一下！我已经安排好了。"

"祝贺我什么呀，老弟！"

"听说哥要当项目经理去了，老弟为哥感到高兴，祝贺哥荣升啊！都是自己兄弟，好事！"

"好什么啊？这是下放基层！"贾正尽管言语中表现的不是乐意去的样子，可还是掩饰不住内心的激动和喜悦，面带那张凝固了的笑脸，举起手来拍了拍李小军的肩膀，激动地说，"老弟，不要乱说哦！"

晚上，李小军在一家新开的"锦城第一家"海鲜酒楼为贾正荣升项目经理设宴庆贺，一起就餐的还有牛饷美，以及李小军邀请的一个供材料女老板，共四个人。人逢喜事精神爽，把酒言欢，自然少不了，贾正喝了不少酒，感觉前所未有的畅快，吃完饭后主动提出要去歌厅，彻底放松一下。

时已初秋，天气也有了几分凉意，可是城市里的喧闹气氛丝毫没有消减。当他们从歌厅出来的时候已经是午夜时分了，路边的各种烧烤和大排档生意还非常红火，人们举杯豪饮的狂欢声和猜拳行令的吆喝声交织在一起，各种茶楼、歌厅、会馆和洗浴、美容美体等休闲娱乐场所门口，花灯璀璨，霓虹闪烁，热闹非凡，大街上不时地有年轻男女来来往往擦肩而过。

借着微微凉风，贾正和李小军两人交叉着胳膊搭在对方肩上，肩并肩摇摇晃晃地走出了位于西二环边上的"人间第一春"娱乐城。突然贾正把胳膊从李小军肩上抬下来，用巴掌使着劲儿推了一下李小军的肩膀，李小军打了一个趔趄差点被推到，没等李小军站稳贾正便伸出食指指着李小军说："哥有人管，不用你管，你快回去吧，有什么事尽管和哥说。"说着把站在一边的牛饷美和李小军丢在身后不管了，扭头自顾自地走了。

贾正喝得醉醺醺的，一摇三晃往家走，嘴里还哼着小曲，晚上吃饭的时候公司人事部通知他,让他做好准备,可能就这两天马昇官要亲自带他到项目经理部报到。

娱乐城离家不算远,可是贾正摇摇晃晃地走了好久,看着那些被风吹落下来的银杏树叶,密密麻麻地洒落在人行道上,在路灯映照下金黄金黄的,就像专为他铺设了一条金光大道,顿时他的心潮澎湃,激动万分,不禁哈哈哈地大笑了起来,那沙哑沉闷的笑声在僻静的林荫道上传开来,让人听了他这一声长啸后难免会引起无限的遐想。

贾正刚走到自家小区门口,突然从树后面蹿出一个人来,猛不防把他吓了一跳,正要大喊,一声“贾哥”把他唤醒了,仔细一看原来是马昇官的司机——小王,贾正马上露出笑容,在小王肩膀上重重地拍了一下,带着关心的口吻问道:“小王,这么晚了,你还没休息!……”

还没等贾正把话说完,小王急忙从裤兜里掏出一个鼓鼓囊囊的大信封:“贾哥,这是小弟的一点心意,您就收下吧!小弟以后还需要贾哥多多关照呢!”

贾正故作推辞,边用手推,边说:“你看你,小王!说哪里了!咱兄弟都是自己人,怎么还兴这个,别人不了解哥的为人,你怎么还不了解哥呢!赶快装起来,以后有啥事尽管和哥说……”还没等他把话说完,小王便急忙把信封塞到他的口袋里转身快步离开了。

“小王,你看你,这是……”贾正正要说出口,立刻意识到自己的嗓门大了点,万一被别人听到不好。看着小王已经走远了,便转过身朝自家单元门口走,边走边还摸着鼓鼓的口袋,估摸着这厚厚一沓钱大概有多少。这时他已完全没有了醉意,快步上楼回到家里,蹑手蹑脚地走进卧室打开台灯,掏出信封一数,不多不少正好两万。

睡在床上的钱朵朵早已被贾正窸窸窣窣的声响吵醒,她爬到贾正的怀里,看到那么多的钱感到十分惊讶,吃惊地喊道:“老公,你真厉害!哪来的这么多钱哦?”

贾正忙捂住钱朵朵的嘴,小声说:“投资赚的。”

“老公,我怎么不知道你还搞投资,是不是私设的小金库!”

“我在别人家设的小金库。”

“不信,就你每月的那一点工资,还设小金库,鬼才信呢!这到底是怎么回事啊?你快点告诉我嘛!”

“别人送的,信不信?”

“我才不信呢!和你结婚十几年了,从来都是你送别人,哪有别人送你的,你不会是在说梦话吧!”

“告诉你吧！这只是一个开端哦，老鼠拉油瓶——好日子还在后头呢！你就跟着我享福吧！”

“我宁可相信世界有鬼，也不相信你贾正这张嘴。”钱朵朵不屑一顾，不耐烦地躺下了，把身子转到了一边。

“别逼我，否则我伟大起来，一发不可收拾，不给你堆个金山银山，你不知道我贾正五行是金。”贾正的心情今天特好，也不和她争辩，假如在以往，钱朵朵说这样伤自尊的话，他一定会生气的，即使斗不过她，他也会和钱朵朵争辩几句。可是这会儿他顾不上这些了，着急慌忙地弯腰打开靠近床头的保险柜，把那个信封放进了保险柜。

不知是酒精在起作用，心里亢奋，还是遇到好事心情激动，贾正整夜没合眼。回想自己大学毕业刚到单位的那几年，自己在单位装聋作哑，在领导跟前就像孙子一样，整天见谁都点头哈腰，强装笑脸，屁都不敢放一个，为的还不就是今天。就连睡在旁边的这个女人都瞧不起他，经常对他冷嘲热讽，他整天逆来顺受，把苦水往肚里咽。在单位就像个勤务员，在家就像个通讯员，任凭别人使唤。今天总算熬出了头，不仅长舒了一口气，感叹道：世事已经变了，我要飞得更高，实现我的远大梦想去！

说实在话，贾正就像马昇官说的，他早已厌烦了机关工作和生活，他心高气傲，对眼下的生活和工作很不满足。曾一度颓废，自暴自弃，每天上班磨磨叽叽的，就像上坟似得，时常哭丧着脸。可是今天他就像从里到外换了一个人似得，一改往日那蔫头耷脑的穷酸相，心情特好、特振奋，早早就去了办公室。以往最怕见到马昇官，每次见到他就像见到阎王爷一样，觉得他面目狰狞，让他头皮紧绷，全身发麻，不寒而栗。可是今天不同了，到了办公室照着镜子看了看自己的仪容仪表，感觉不是很满意，便把头发分别用左右手的食指和中指理了理，把领带往正扶了扶，把皮鞋上的灰尘擦了擦，对着镜子又仔细地瞧了瞧，才满意地走出自己的办公室，来到马昇官办公室当面面谢。

连续几天，贾正每天很早就到了办公室，到了后不管郑静来不来，便主动帮郑静倒水、搽桌子。楼上楼下遇见公司里的每一个人，不管过去和自己有没有恩怨，都主动上前和人家打招呼，脸上堆满微笑，在他的眼里——此时世界是多么美好，生活是多么幸福，人心是多么友善。他的巨大变化大家都看在了眼里，不知情的人，对他近几天来的一举一动很是吃惊，心中对他存有了一个很大的疑问，“平时脑袋瓜非常灵光的贾主任，这几天怎么啦！该不会是脑子出问题了吧！”

7

李守仁夜里睡觉的时候做了一个噩梦，梦见隧道洞口的那座山垮塌了，整整半座山从山顶一直滑到山底，隧道找不到了，正在隧道里面施工的工人和机械设备全都不见任何踪影了。当时他正在外面办事，等到赶回去看到现场的景象后被吓傻了，等他缓过神来的时候，便大声地哭喊着迅速用双手使劲地刨，一边刨一边哭喊着那些工人兄弟的名字，就在他大声地哭喊的时候，附近站着好多人，个个都面带着不怀好意的微笑好像在嘲笑他。他气得狠狠地把脚一跺，不料一跺脚从睡梦中惊醒了过来，醒来后浑身汗淋淋的，抹了一把眼睛，眼角都挂着泪滴，再摸枕头湿透了一大片，心脏咚咚咚不停地加速跳动，半天才缓过神平静下来。当他完全清醒后才意识到原来是一场梦，还是一场噩梦，把他吓了一大跳就再也没有睡着。他很是纳闷，以往躺在床上一旦睡着后死寂一般从来不做梦，怎么突然做起了梦，而且还梦到了这样的晦气事。

还没等到天亮的时候，他便从床上爬起来洗了把脸就急匆匆地到了工地，爬上隧道洞顶后果然发现有不少大大小小、长长短短的裂缝，他便立即和负责测量的小李联系，小李告诉他，他们每天都坚持进行监测，也曾发现有不同程度的裂缝，但这些都属于正常的地质沉降，而且都在沉降范围内，应该没啥大问题。可是，李守仁受昨晚那场噩梦的惊吓，他还是放心不下，又和小李细细地观察了一番，悬着的心稍微踏实了点。

在他的带领下，工地开工这几个月来隧道已经顺利地进洞了，而且正按计划安全有序地向前推进，应该说方方面面的工作确实干的很不错，已经得到了业主领导的多次表扬。平心而论，大家确实都很卖力，都想把这个工程干好，尽心尽力，尽职尽责，生怕有一点失误或落在别人的后面。整个上午他就在隧道周围徘徊着，时不时地就会想起昨晚那场噩梦，心里总是恍恍惚惚的。

突然项目经理部办公室主任张志忠打来电话告诉他，公司办公室来电话通知，马昇官经理明天要来项目经理部。

电话中也没说马经理来项目经理部有啥事，李守仁也没纠缠这些，来就来吧！可是领导要来，尽管说没啥准备的，不过大概日程和行程等方面的安排应该还是要知道的，也便于项目经理部的工作安排。李守仁接到电话没多想，随即就给马昇官去了电话，电话那边传来马昇官的声音，非常客气，与以往对他的态度截然不同，就像换了个人似的，拿腔作调，刚开始的时候李守仁还以为把电话打错了，或者怀疑电话是别人接的,完全没有听出是马昇官的声音,可仔细一听确实是马昇官的声音。电话那边的说话很温和客气,马昇官拉着长长的声音说:“老李啊!你又在工地上呐!我说,你作为我们公司的宝贝疙瘩,可要注意身体哦!项目经理部的事再大也是小事,自己的身体才是大事!有些事你就让年轻人干吧……”

李守仁听了马昇官的一番亲切关怀后,感到无比激动,有点不好意思,转业这么多年了除公司范昊天书记外,再还没有哪位公司领导这样关心同情过自己,一番嘘寒问暖的甜蜜话语让他觉得有种说不出的滋味,在电话中只是支支吾吾地应和着,不知该说些啥为好。马昇官客套了几句后,告诉李守仁他明天要到项目经理部来,并给李守仁带一个助手过来,说完便把电话挂了。

第二天,马昇官带着贾正,以及公司人事部部长杨伟、财务部部长牛饷美来到了项目经理部,并亲自组织召开项目经理部全员大会,宣布了贾正任项目经理、李守仁任项目党委书记的命令,并做了重要指示。

马昇官坐在会议桌正中间位置,正襟危坐,一只眼睛眯眯的,另一只眼睛睁得大大的,斜着眼睛向四周瞟了一眼,杨伟把事先准备好的讲稿递到他的前面看都没看,“嗯”的一声清了清嗓门讲开了。马昇官在整个讲话过程中几乎没看那个稿子一眼,可是讲得很连贯、顺畅,就像事先已经背下来了。他讲道:“公司党委做出项目经理调整的决定,是根据全公司工作大局,担负工程任务和项目经理部建设的实际审慎做出了,这样的决定是完全正确的,也完全符合总公司党委提出的走开机关和基层干部‘双向交流’的路子的指示要求,让贾正同志担任该工程项目经理部的经理完全是合适的,也是能胜任的,相信贾正同志也一定能够干得更好,不会辜负公司党委领导的信任和期望。李守仁同志提拔为项目经理部党委书记,是为了更好地发挥项目经理部党委的核心领导作用,是加强项目经理部党组织建设的需要,这也是公司党委对李守仁同志的信任,希望守仁同志发扬老同志的风格,顾全大局,多搭台、少拆台,一如既往地团结和带领项目经理部‘一班人’努力完成任务,支持好贾正同志的工作……”马昇官说“守仁同志”的时候,故意把头转向李守仁,好像是对李守仁做进一步强调——这是说给你听的。

听过马昇官讲话的人都说他的口才很好,确实不一般,很善于造势,高度也比较高。马昇官停了停,喝了一口水接着一口气讲了很多,诸如班子要团结啦、发挥班子集体领导作用啦以及如何配合啊等,讲得非常全面。不过基层的同志平时在工地上干活干习惯了,一旦坐下来学习或听领导讲话,就喜欢听点实际的和实惠的东西,如果讲得都是些空话、套话没几个人愿意听,坐一会儿屁股下面就坐不住了,精力也就不集中了。最后大家只记住了核心的东西——“三个不能变”,也就是“管理费上缴数额不能变,工期不能变,公司投入的人力、物力、财力不能变”。

最后马昇官又大谈反腐倡廉，说公路工程建筑领域是重灾区、多发地，公司领导对此非常重视，绝对不允许路修好了、干部倒下了。在这方面公司领导为大家带了好头，要求项目经理部领导向公司领导看齐，身体力行，就应该像公司领导一样带好头、做好表率，加强对人员的教育和监督管理，绝对不能出问题。并进一步解释道，这也是为什么把李守仁同志从项目经理岗位调整为党委书记的主要原因之一，也凸显了公司对加强项目经理部党组织建设和党风廉政建设的重视程度。

此时会场的气氛十分紧张压抑，犹如干柴烈火，如果要是有一点火星的话，估计立刻就能"嘭"的一声燃烧起来，一些人的怨愤和不满情绪强烈地克制着，一触即发，大家不想继续听下去了，开始骚动起来，特别是对突然调整李守仁的职务意见很大，有的窃窃私语，发出疑问："李经理为人低调随和，管理项目很在行，技术又精，干得好好的，怎么突然要调整！"

"都是骗傻子的话，大家都心知肚明。说当书记是提拔，可是人人都争着当项目经理，谁都知道当项目经理油水大，没人愿意当书记。当书记整天当人家的垫背的，出力不讨好，还受别人冷落排挤。"

坐在一边的老严接过话说："关键是工程刚打开局面，彼此认识相互了解了，各种关系也都理顺了，为啥突然要调整经理！刚进场的时候老李带着我们多不容易啊！"

物资材料科的王姐快人快语，压着她那大嗓门说："还不是为了照顾自己人，让李经理给腾位置呗！……"

坐在王姐旁边的老严轻轻地用脚碰了一下王姐，王姐就再也没有往下说什么。

顿时，大家都保持着沉默。

老张此时实在坐不住了，监理催着要隧道二次衬砌混凝土的配合比，着急回去做实验，眼看一个上午就这么白白地耽误了，几次想站起来大声叫停，却被老严摁住了，嘴里嘀咕道："说的一套做的一套，简直就是个周扒皮，就知道收'租子'，不管我们大家的死活。你在上面光着屁股干，兄弟们在下面光着膀子干，还让大家向领导看齐，都向你学习光着屁股干?！也不害臊。"

马昇官总算讲完了，最后示意贾正和李守仁也讲讲。贾正也没有推辞，马昇官话音刚落，便重重地咳嗽了一声，开始讲道："那我来讲两句，第一句，首先感谢马经理对我的厚爱和信任，让我当这个项目的经理，这既是对我的信任，也是对我的鞭策，我一定不辜负马经理的厚爱和信任，与大家……一道把工程完成好。"还没等贾正把"第一句话"说完，马昇官马上就给他纠正道，"让你来这里可不是我马昇官的决定，是公司党委的决定，你要感谢——就感谢公司党委。"不知贾正是有意说这样的话,还是无意中说出的,反正大家一听他这样的话,觉得他和马昇官的关系很不一般,好像他就是马昇官提拔的。或许他就是有意说给大家听的,想给大家传递一个信号,你们大家听清楚了,我就是公司经理——马昇官的人。马昇官明显表现出对贾正在公众场合这样赤裸裸地表述不高兴,他的插话结束后,贾正仿佛没有受到任何影响,反倒完全没有开始时的紧张局促感,显得底气更足了,便继续大着嗓门说:“第二句,在这里也向马经理做个保证。哦,不,也向公司党委保证。保证按照公司的要求完成任务,保证按照业主的要求把工程完成好,保证大家跟着我贾正干,有甜头、有奔头!”后来,贾正的这番讲话还被大家引起了歧义,便把其意引申为“一好三保”,“一好”就是当项目经理真好,“三保”被篡改为“三饱”,即上面“喂”饱,下面气饱,自己赚饱。

贾正的讲话还算可以,也看得出他是做了充分准备的,表现出信心十足的样子,想带领大家把这项工程干好。马昇官听了后非常满意,在贾正讲话的过程中时不时地点头表示肯定,并在贾正讲完后讲评道:“讲得很好嘛!听了你的发言,我就放心了!”说完把头转向李守仁,点头示意李守仁也说说!

说实在话,李守仁这会儿根本没心思说那些虚头巴脑的话,工地有好多事,他急着去安排处理。可是马昇官来项目经理部了,他再有急事,也不能丢下领导不管,那不是自己不把领导当“领导”了!况且今天是自己岗位调整的宣布大会,如果急着离开,这不就等于说是自己对调整岗位不满意,对抗组织和领导,给领导和同志们留下不服从组织安排的印象。

他一心想着会议赶快结束后,安排总工苗有水到工地看看。这几天桥梁队正在组装桥梁模板,原计划今天开始浇筑第一片梁,不料马昇官的突然到来,让他无法到工地现场指导。不知模板组装得怎么样了,面板打磨和脱模剂涂得怎么样了,其他准备工作做得怎么样了……他知道第一片梁板的预制非常关键,一定要浇筑好,这是他最不放心的。这时马昇官让他讲几句,他的心早就飞到工地去了,一点准备都没有。他也没有更多的客套话,只是做了几句简短的表态性发言,诸如支持和配合好贾正同志的工作啦!与同志们一道继续努力把工程干好啦!等等。他在讲话过程中,马昇官始终拉着脸,对他的讲话很不满意,觉得他的态度不够认真,敷衍塞责,好似带有情绪,没有把他当领导。其实李守仁就是这么个人,多年部队工作养成的习惯,最不喜欢啰里巴唆,是啥说啥,有啥说啥,说完了事,绝对不会说那些中听不中用的,更不会献媚讨好说一些阿谀奉承的话。不像有些人在领导跟前把领导夸成一朵花,没干都在那里瞎嚷嚷,生怕不被领导知道,而李守仁恰恰相反,他是干了也不说。即便他说,也是把功劳和成绩说给大家,把问题和责任留给自己。

在李守仁讲话的时候,贾正不停地向会场下面张望,想找寻到熟悉的面孔,搜寻了半天没有找到一张熟悉的脸。可是他搜寻到了一张特别的脸,那是一张憨态可掬的笑脸,他被那张憨憨的笑脸深深地打动和吸引。那张笑脸是来自第二排中间的位置,那张笑脸始终朝着自己不停地憨笑,那张笑脸是久违了的亲切、真诚,特别是那双有点发绿的眼睛直勾勾、火辣辣地直射着他。他看了一会儿实在受不了了,便露出浅浅的微笑迅速地离开了,不敢继续直视下去,生怕被那双火辣辣的眼神融化。而在他搜寻熟悉面孔的时候,有几张陌生的面孔瞪着双眼也死死地盯着他,那些异样的眼光让他很不自在,不知是不信任,还是不屑一顾,顿时先前讲话时那种自信一扫而光,他的眼睛看了一会儿实在不敢继续看下去了,必须得马上离开。

后来他才知道那双火辣辣的眼神,出自工程管理科的一名技术员,那双火辣辣的眼睛灼得他的心头一直热乎乎地,以致好长时间都不能忘却掉,最后他吸纳了他。

会议足足开了两个多小时,一散会从公司调来的几个年轻人争先恐后,推搡着蜂拥而出,马昇官从座位上站起来本来打算先走,不料几个年轻人抢在了他的前面,便拉着脸、皱着眉、瞪着眼站在那里。最后李守仁做出一个手势示意他先走,在往出走的时候他的眼睛始终看着跑在前面的那几个年轻人,由于没看清脚下的门槛一只脚不趁被门槛绊了一下险些摔倒,幸好门口停着一辆车,他的上身向前一倾一只手刚好托住了车后盖,手掌被捆绑尾灯的粗硬铁丝挂破了,走在后面的牛饷美看见马昇官的手流出了血,快步上前挤到李守仁的前面掏出一团纸急忙摁住伤口处,显得很是怜悯同情,跟在后面的人看见刚才发生的一幕顿时傻眼了,傻呆呆地站在那里看着马昇官和牛饷美。马昇官流露出痛苦难受的表情,恼羞成怒,破口骂道:“他妈的,破车!”

隔了一会儿又说:“这台破车怎么还在这里呢! 这么破了还在用,不嫌丢人,马上换新车。”

“是! 是! 是!”贾正跟在后面边点头边说。

“这台破车,早该报废了,放在这里有辱公司形象,丢我马昇官的人。开着这样的破车请业主吃饭,人家跑到饭店把饭吃了,你这破车还在路上磨叽呢!”马昇官说完又补充道,“要换就换台好点的。”

“是的,我们马上落实。”贾正内心里十分高兴,这也是它热切期望的,先前一进院子看见那两台破车的时候,心里就“咯噔”了一下,心里嘀咕不会就这么些破车吧! 以后自己怎能开得出去啊! 马昇官这样一说,别说心里有多高兴,便面带着微笑连忙应和道。李守仁跟在后面始终没吭声。

午饭吃得很简单,四菜一汤,而且都是些家常菜,既没有上那些大鱼大肉,更没有喝酒,吃过以后不知马昇官是发自内心说的,还是因为别的原因有意说的,边走出饭堂边说,今天的饭吃得实在太饱了!还是基层好啊!

趁着马昇官上厕所的机会,贾正走到老严跟前把嘴凑到老严的耳朵上,用手半遮着嘴低着声问老严:"领导来了是不是要'那个'一下?"

不知老严是没有听懂贾正的话,还是明知故问,便大着声问贾正:"哪个?"

老严大着声用这样的口吻反问贾正,贾正有点不好意思了,便吞吞吐吐地进一步解释说:"就是那个,那个——意思,意思。"

"啥叫'意思,意思'?"老严吃惊地说。

两人站在那里谁都不说话了,突然老严好像想起了什么,一本正经地连说两遍"没意思"。

贾正红着脸,强装笑脸:"哦,那就算了,以后再说吧!"

把马昇官一行人送走后,看得出贾正很有点失落和不高兴。

下午在去工地的路上老张问老严:"老严,难道你没有听出我们新来的贾经理和你说的是啥意思吗?你真不明白,还是假不明白啊!"

"遮遮掩掩、吞吞吐吐不说清楚,我知道他是啥意思!'"老严不以为然地回答道。

"人家是问你,领导们走的时候是不是该给领导们包个'红包'。"

"我才不管他的这些呢!要包拿他自己的钱包去,公家的钱让我包着送领导,你看见我啥时候干过!"

"你这样做不就把我们贾经理得罪了嘛!"

"得罪了就得罪了,我不得罪领导,就要得罪大家。"

"人家要和你'以后再说'。"说完老张哈哈哈笑出了声。

"说就说!"

"估计你在这个位置上也呆不久啦!"

"除非不让我当,让我当一天,我就这样。"

"看来,我们以后的日子真还不好过了!"

"好过也是一天,不好过也是一天。"

"哈哈哈哈,看来你已经有了思想准备。"老张轻轻地拍了拍老严的肩膀说。

……

就这样两人你一言我一语地说着话,不知不觉地来到了工地,快走到隧道口的时候,看到王伟已经站在了那里,两人突然看到王伟早早地站在了这里,都觉得有点吃惊和纳闷。他们也没顾上搭理他,便分头各忙各的去了。

饭间,贾正的电话突然又响了,自从确定他当项目经理后,突然间总有一些陌生电话打进来,他拿出手机一看又是一个陌生电话,接起电话对方告诉他——是老同学王水。这个同学自毕业后就再也没有联系过,不知这位同学怎么得到他的信息的。贾正显得很不耐烦,没有寒暄几句就把电话挂了。

挂了电话,贾正满脸的不高兴,心想当初我在办公室坐冷板凳的时候,从来没有哪个人给我打过电话,甚至从公司门前经过也没人打声招呼,主动和我联系。现在好了,刚来项目经理部屁股都没有坐热,就找上门来了,不禁"哼"了一声,自言自语道:"我都饿得没饭吃,哪有那么多钱让你来挣。"

类似这样的电话最近几天贾正接了不少,心情好的时候婉言谢绝,心情不好的情况下干脆就把电话挂了,让人家很没面子。

贾正过去在机关那个清水衙门,刚才也说到了,确实从来没有哪个人主动找过他,更不会有哪个人约他喝酒吃饭什么的;现在他刚当上项目经理,就有这么多人慕名打电话约他,真可谓"贫在闹市无人识,富在深山有远亲"。他不禁由衷地感叹道:人啊人,什么同学、朋友,狗屁都不是。你混得好,即使不好也好,你就是他的爷;你混得不好,即使好也不好,他就是你的爷。你有用的时候,屁股后面就像跟着一群苍蝇一样,你走到哪里他就"嗡嗡嗡"地跟到你哪里;你没用的时候,他们马上又变成了一条条恶狗,你走到哪里,他们就把你追到哪里,还不时地到处乱咬你。真可谓用着你的时候脸朝人,用不着你的时候屁股朝人。唉!这社会怎么啦?人与人之间很难有真正的感情,有的只是赤裸裸的利益关系,人人都很现实,使着劲儿追求"现实",却总又抱怨"现实"喂不饱自己的理想。

吃过晚饭后,贾正正仰躺在办公椅上闭目养神,突然听到有人敲门把他惊醒过来,连喊两声"请进"却没人进来,紧接着又传来"砰、砰、砰"的敲门声,贾正有点不耐烦了,走到门跟前使着劲儿把门拉开,开门一看不禁"哦"的一声,原来是昨天在会场上看到的那张"灿烂"的脸,那张"灿烂"的脸依然保持着昨天上午的那种状态,满脸堆笑,那种特有的笑一下又把他吸引住了。

贾正马上露出笑容,热情地招呼道:"请进!请进!"

这个擅用眉目传情的人前面已说过了,他就是工程科技术员——王伟。

贾正伸出右手手指示意王伟到沙发上坐下,自己也从办公桌上拿过水杯,坐在了另一个沙发上。刚坐下,贾正又把身子稍微挪了挪,起身要给王伟倒水,立即被王伟拦住了。

王伟被贾正的这一热情举动深深地打动了,激动万分,以致激动得一时语塞,不知该说啥感谢的话。

贾正也就没有站起来,只是动了动屁股,又把身子往后靠了靠说:"那你就别客气,反正都是自己人了,想喝自己倒吧!”

王伟憨憨地咧着嘴一个劲儿地笑,一听贾正这么快就把他当成了“自己人”,心情再次激动起来,连说三个“是”,说完后便马上主动自我介绍,跟贾正套近乎,说自己去年有一次到公司送资料在楼道遇见过贾正,还和贾正握过手、打过招呼。

贾正心想,我常年在机关里,在楼道遇见的人多了去了,和我打招呼的人也多了去了,我怎能想起你啊!为了不失王伟面子,也就顺着王伟的话应和道:“是是是,你这么一说我还真想起来了,有印象,有印象。”

王伟的半个屁股搁在沙发的前沿,两只手放在怀里,不停地来回搓动着,紧张局促的样子,沉默了好一会儿结结巴巴地说:“贾经理,我们大家欢迎您来这里!以后还需要您多多关照哦!”

“欢迎什么啊!我来占了别人的位置,大家嘴上不说,心里肯定有气。”贾正不阴不阳地说。

“没有啊!要有气,那也是别人,我欢迎您来当项目经理哦!”王伟显得很动情和认真。

王伟主动给贾正介绍项目经理部的情况,一会儿说某个人,一会儿说某件事,东拉西扯,尽管说得没什么主题,可是让初来乍到的贾正听了后,也听出了些名堂。贾正听得出,王伟心里对李守仁有很大的意见,甚至还流露出很大的怨气。自己初来乍到,也正愁没有一个知心的人,没想到还没等到自己真正坐下来,就有人主动上门投靠自己来了。王伟主动上门找自己聊,那说明他也是想投靠自己的,不管他这个人怎么样,最起码眼前还是一个值得托靠的人。贾正利用自己三寸不烂之舌,大加赞赏王伟看问题是如何如何准,分析问题是如何如何透,把王伟表扬夸赞得美美的,不知云里雾里,真有种受宠若惊,甚至还流露出得意忘形的样子。王伟坐在那里看着贾正的表情,面带微笑专注地听他讲,便更加激发了他想继续说下去的热情和勇气。这样,他也就啥都不管了,不管有的没的、真的假的,说啥痛快就说啥,说谁过瘾就说谁,竹筒倒豆子似的,哗啦啦地有多少倒多少,越说越激动,过了一会儿干脆把身子往沙发里一靠,跷起了二郎腿,晃起了脑袋,完全没有了刚进门时的紧张局促感。

王伟临走的时候,贾正拍着他的肩膀动情地说:“好兄弟,以后我们就是站在一条线的战友了,有什么事尽管和我讲。”

王伟万分感激,激动得差点快要跳起来,不知该叫贾正什么好,也不知该说什么好,生怕自己给贾正难以留下深刻的印象,最后连说好几个“是”,边说边就像鸡啄米似的连连点头。不过他那特有的笑容,早已深深地印在了贾正的心里。

贾正的施政方略是从饭堂开始的。

他来项目经理部也有几天时间了,突然有一天中午吃饭的时候,他坐在那里用双眼把整个饭堂扫射了一遍,便一本正经地对饭堂里的陈设逐一讲评了一番,讲评也很有“艺术性”。他说:“当初布置饭堂的人,肯定有他个人的考虑,设计布局的还不错。但是,我觉得,或许按照这样布局会更好点……”他的话很有“艺术”,“艺术”在这个“但是”上,以至后来他也一直保持和发扬他这种说话“艺术”和“风格”。他喝了一口茶,便慢条斯理地继续说道。

“这个饭堂很大、很宽敞,但是还不够气派大方,显得有点土气,不上档次。比如墙上要挂幅字,最好挂张某个领导的墨宝,这样不仅能显示出我们和领导的关系,而且显得高雅、有品位,饭桌左侧的空地应摆个大电视,再放几个沙发,饭前饭后可以坐下来歇会儿,吃饭的时候开开电视增加点气氛。再在墙角处摆放一个大酒柜,准备各种档次的酒水,以便随时招待客人。还有餐具要换成金边的比较气派,平时不管有没有招待都应把酒具摆上桌。地上再铺上红色地毯,这样显得我们热情好客……”

大家都在低头吃饭,看似没人在乎贾正说什么,只有工程科王伟一个人抬着头专注地听着,而且不时地朝贾正点头。

办公室主任张志忠低着头,不停地用筷子往嘴里塞东西,可是这样的动作丝毫掩盖不了他起伏激荡的内心,他的脸一会儿红、一会儿紫,坐也不是,走也不是,听得很不是滋味,感觉十分委屈,几次想说点什么,话到嘴边强忍着又咽了回去。他在心里默想,你贾正才来了几天,就指手画脚说这里不对、那里不合适,这个地方又不是建国宾馆,接待外国元首。你知道这个项目经理部刚组建的时候是个啥样,我们大家吃了多少苦、流了多少汗才弄到这步,弄到这一步已经很不错了。你就不问问当初是个什么样!刚来的时候,别说能坐在这样宽敞的大饭堂里吃顿饭,就连个支锅搭灶的平整地方都找不到。

坐在贾正左侧的李守仁突然说话了,他不急不缓地说:“施工单位条件有限,没那么多讲究的,平时只要擦洗得干干净净,收拾得利利索索就行了,花钱弄那些花里胡哨的东西意义不大,工程干完我们就要撤走,那些东西留下来老乡们也用不上,丢弃了贵可惜的,那不是浪费吗!招待也不是天天搞,偶尔来些客人招待一下,只要我们真诚热情地对待人家,人家也会理解我们的,更不会因为条件简陋说我们什么。”

贾正的脸一下红到了脖子根,突然“嗯”的一声,清了清嗓子,想要说什么,可是停了停,什么也没说。

大家都继续低头吃饭,再也没有谁说什么,一切都显得很安静、平静。其实大家不知道,一股暗流正在一些人的心里涌动,马上就要爆发了。

8

贾正到工地转了一圈，其实也只是在隧道外面的几个作业面看了看，大家都在埋头干活没人搭理他，他转了一会儿便悻悻地独自爬上山顶。

他站在山顶上双手叉腰俯视半山腰的工地，发现几个工人正在隧道口组装衬砌台车，远远看去，台车是那么矮小。他突发奇想，何不把台车加长呢？如果加长，不就可以大大加快工程进度，一条隧道浇筑不了几次就能完成，何愁进度上不去！怎么这么多傻瓜呢！还说什么——干工程的专家！这么简单的问题就连我都能想到，你们干了这么多年都想不到，还好意思说自己是专家，"呸"！把你们美得，狗屁都不是。假如真要按照自己的设想做出来，那不就在全线一炮打响了，甚至在整个公路工程建设领域都会产生影响，到时候自己就成了大家学习的"能人"或"专家"了，相信全线各施工单位也一定会登门请教！看你张处长还再敢小看我……贾正为自己的这一高明设想感到非常高兴和自豪，顿时情不自禁地仰天哈哈大笑起来。

还没等到激动的心情稍微平静下来，他便迫不及待地往工地返，在崎岖不平的山路上，三步并作两步，最后干脆一蹦一跳就像个撒着欢的小马驹似的，蹦蹦跳跳地往隧道口奔走。一路上始终面带着微笑，以至几名倒班休息的工人迎面碰到他，他都笑语盈盈主动上前与他们打招呼。

贾正来到隧道口，那几个工人还趴在高高的台车上组装拼接面板。他还没走到台车跟前，就迫不及待地伸出手招呼那几名工人赶快下来。工人们看到他招呼大家，便急忙从台车上往下走，有两个年轻小伙儿甚至是连滚带爬地从台车上下来，忙不迭地跑到贾正跟前。贾正命令道："赶快停下来，我要重新设计台车。"

工人们很是纳闷，他们常年为施工单位组装衬砌台车，每次都是按照隧道设计图纸设计的，而且设计理念、大小尺寸、制作工艺和材料等基本上都差不多。突然贾正要重新设计，难道有更好的设计方案，大家的内心里疑惑不解，都大睁着眼睛急慌慌地想听贾经理的高超设计方案。

贾正问工人们现在这个台车有多长，他要在此基础上再增加一倍的长度，并自豪地解释说："这样我们浇筑一模（一模指的是一个衬砌台车的长度）就等于别人浇筑两模。哈哈，怎么样？"说完还自豪地给大家打了个成功的手势。

工人们听了后感到非常吃惊，谁都没料到贾经理会提出这样的要求，大家面面相觑，目瞪口呆地站在那里，突然一名年纪稍大点的工人解释说："贾经理，这样是不可以的,12 米的长度——我们干了多少年了,这个尺寸一般都不会变。这是多年来总结积累形成的比较科学合理的长度。我们没法再加长,即使加长了,估计你们施工操作也有难度,没你想象的那么简单。”

“按你要求的长度做,我们真的没法做,要做你和我们老板联系,让他想办法。”另一名工人面露难为情的表情认真地对贾正说。

工人们这么一说,无异于在贾正头上浇了一瓢凉水。但他还是不甘心,又进而解释说:“你们不要管后面的事,我只让你们按照我的要求把台车做出来就行了。”

“贾经理,我们不是不给做,是真的做不了,做了你们也用不了。”最开始说话的那名工人又苦苦哀求着解释说。

看样子这些工人确实是做不了,贾正的情绪有点低落下来,他的宏伟设计还没等实施,就遇到了严重的障碍。可是他还是不想就此罢休,不想轻易放弃这个能让他一举成名的宏伟壮举。

他马上掏出手机给台车制作公司老板打电话,不料他把自己的想法告诉老板后,老板“扑哧”一声耻笑道:“兄弟,你是不是在说昏话呢! 你没干过隧道吧!”贾正被老板问得哑口无言,一时语塞,不知该如何回答老板的问话,老板说完后,等了半天没听到贾正说话,正要挂电话,突然贾正又说话了:“老板,只要你们按我说的尺寸做出来就行了,后面的问题不用你们管。”

老板坚持说:“做可以,可是我们做出来的东西,不仅要为我们公司的声誉负责,而且要为施工单位负责。我们干不了,你另请高人吧!”老板话音一落,便把电话挂了。这回贾正彻底失望了,站在那里傻眼了。

贾正的宏图大略没有得到大家的认可和响应,情绪受到了很大的影响,锐气也受到了打击,先前的自豪感和激动心情顿时荡然无存,挂了电话自言自语嘀咕道:“给钱不挣,是傻子。”

他总觉得台车制作公司的老板和工人们是嫌麻烦,故意不想给做,看着工人们爬上台车又敲敲打打开始干活了,他也无心继续和他们进一步地沟通,便闷闷不乐地、灰头土脸地回到办公室打开电脑找“度娘”,想从网上搜索制作台车的厂家,没费多大劲就找到了一家,便迫不及待地打电话咨询,对方的回答很爽快,而且一点都不谦虚,满口答应道:“我不仅可以给你做 24 米的,而且还可以给你做 240 米的,至于我们做出来的台车你们能不能用,那我们就管不了了。”

贾正听了对方的话很兴奋,立即告诉对方,只要按照他的要求做出来就行了,其他的不用他们管。

电话那边的老板便直截了当地告诉贾正,长度翻一倍,可是费用最起码要翻四倍,愿意做就做,不愿意做就算了,费用没什么好商量的。

贾正求胜心切,听了对方的话后,不假思索就答应下来了,告诉对方只要能按照他的要求做出来,费用不是问题,而且交货时间越快越好。

对方估摸到了贾正的迫切心理,便一口咬定,材料费、加工组装费、运输费、调试费等总共400万,少一分不做,并且要求先交30万的定金。

贾正为了一举成名,当即答应当天就把钱打过去。

挂了电话后,贾正就安排原来在同一个办公室,现已当了项目经理部财务科长的郑静抓紧给对方指定的账户打入30万。可是他万万没有想到,钱打过去后对方就再也没有了音讯,电话都打不通了,原来他上当受骗了,白白地投入30万打了水漂。

这件事情发生后没过几天,工地所有人都知道了他花400万要做一台超长衬砌台车,被骗走30万。建管处张有权处长听了后连连摇头,不停地咂着嘴连说两遍"可惜啊!"嘲讽他——理想很丰满,现实很骨感。有科学家的胆,没有科学家的本事,可惜没和牛顿生在同一个时代。

贾正刚当项目经理就接二连三地发生了几件事情,大大地挫伤了他的热情和要大干一场的积极性。

贾正一度情绪消沉低落,回想当初确定自己当项目经理时的那种激动心情,现在早已飞到九霄云外去了。也不知道是每个人都有那种不知足的欲望或者说不满足的心理,反正自己现在尽管当上了项目经理,可是不知为啥,他也说不清,总感觉事事不顺心,时时不开心。更为可气的是好像大家都有意在排斥他,项目经理部除了平时跟自己走得近的那几个,总感到其他人看他的眼神都怪怪的,说出的每一句话也好似都在暗讽他,有时甚至觉得就是针对他的,听起来很是别扭,大伙都瞧不上他,真不把他这个项目经理当领导。不知是不是因为辩证法的原理,他对大伙左看右看不顺眼,瞧不上,那反过来大家也该这样对待他,以牙还牙,以怨报怨。这几天他的内心里总好像有什么噎着,很少有顺心的事和开心的时候,整天眉头皱成个疙瘩,烦着呢!

他也很纳闷,工地就这么点工程,每天几乎都是循环往复地干着同样的活,事怎么就这么多呢!这些人的素质怎么就这么低呢!人际关系怎么就这么复杂呢!当初确定他来这个项目的时候,范昊天找他谈话还高度评价这里内外关系是如何如何融洽和顺畅,施工进度和工程质量是如何如何好,各项工作都走在了全线的前面,让他继续保持这种良好局面和势头。可是他来了后,也没感到关系有多融洽、各方面工作有多出色。最让他难忘的是,在他一脚要跨出范书记办公室门槛的时候,范书记还一再强调,这里应该是最好的地方了,让他利用好这个平台好好干,好好珍惜机会。现在他算是明白了,最好的地方,其实也是最让人头疼的地方。

说实在话,他来到这里满打满算也就两个多月的时间,可是他总觉得就像过了两年一样,甚至比两年都长。整天在项目经理部无所事事,琢磨点事吧,也琢磨不透,有时还得到别人的冷嘲热讽;上工地吧,说不上话、插不上手,显得既多余又尴尬。其实他打心眼里就不想到工地去,工地机声隆隆,机械车辆往来穿梭尘土飞扬,恶劣的环境实在令他吃不消,特别是隧道内黑漆漆、闹哄哄、阴森森、烟尘尘、灰蒙蒙……打眼、爆破发出的声响震耳欲聋,产生的各种烟尘和废气混杂在一起,闻起来让人窒息。每次钻进隧道里感觉很压抑、很危险,总是提心吊胆的,在里面一会儿都不想多待,往出返的时候恨不得拔腿往出跑,真就像做贼似的,显得很狼狈,有时候能不进去,他就尽量不进去。

这样的处境他实在无可奈何,让他力不从心,甚至都有点束手无策,也完全没有想象中那种当项目经理的快感和风光,心情一直比较烦躁,感到很是憋屈和难受,无以复加,如果再不发泄出去就会窒息。

自他当上项目经理后,工程进度一直上不去,每月的进度他一直想超过李守仁负责的那段时间,继续走在全线的前面,可是连续两月,别说超过前面几月,就是在全线都落在了最后。

前段时间为了加快进度,他擅作主张做了一件傻事,在那些有一定施工经验的人看来,那就是一件很愚蠢的事情。当时他听工人们说隧道岩石比较松软,他就想,既然岩石松软,那开挖和爆破不就更省力了吗!他便要求工人们把打眼的钻杆由3米换成5米,这样一次爆破最少也就会有4米多的进尺,可以大大加快进度。工人们一再给他解释,围岩不好更应该短进尺,要一点一点地进,而且要及时支护,否则的话很容易出现塌方。他不听大家的解释和劝说,执意让工人们,甚至是命令工人们按他说的干,不料一茬炮下来,进尺倒是有了,不仅从前面进去了,也从洞顶上进去了,洞顶塌了个大窟窿,险些来个大冒顶,仅处理那次塌方就花费了一周多时间,得不偿失,所幸人员和机械设备并无大碍,办了一件由他亲自执导的傻事。

事后,李守仁一再开导他和大家,干工程一定要尊重科学,特别是隧道工程,绝对不能随着性子、仗着胆子蛮干,凭着运气、靠着傻气傻干,更不能想当然、为出名瞎干,要一环扣一环,一道工序完成再进行下一道工序,蹄疾而步稳,否则的话欲速则不达,甚至还会造成不必要的人员伤亡或财产损失,这样做得不偿失。

这是工程进度,工程质量上也出了不少问题,一而再、再而三地被建管处张处长批评,张处长曾在全线项目经理和书记会上指名道姓批评他。对于工地上存在的工程质量问题，张处长给他打了几次电话，责令他组织力量立即进行整改，如果没有明显整改效果的话，建管处就要给公司发函，让公司法人到建管处来约谈。更令他难堪和不爽的是，有一天在建管处开会，张处长在大会上用怀疑的口吻问他，有没有"注册建造师证"，当他回答有后，还是不放心，又进一步追问他，证是不是真的，是怎么拿到的……在众目睽睽之下，一连串的质疑问得他哑口无言，狼狈不堪，最后张处长用贬视的口吻说，从你身上看到了我们国家对这些资格证的核发是多么不规范，该拿的拿不到，不该拿的拿到了。

这是工地上发生的事，就连自己亲自选定雇用的炊事员都专捡他这个软柿子捏，不拿他的话当回事，项目经理部内部的人那就更不用说了。说到炊事员与他的事，其实也没多大事，特别是在李守仁看来那根本就算不上个事，可是就那么点事却令贾正大动肝火。事情是这样的，有一天晚上因为他想喝两杯，让炊事员加几个下酒的菜，炊事员没按时把菜端上桌，他就对炊事员大发雷霆，最后炊事员顶撞了他一句，他就把炊事员辞掉了，这已经是他来这里短短两个多月辞掉的第二个炊事员了。

为这事李守仁也专门找他沟通，提醒他不应该给这些临时雇佣的老乡发那么大的火，不至于、没必要，要多换位思考，多体谅别人的难处。并提醒他想办法把项目经理部所有人的心拢在一起，而不是把身子拢在一起，大家的心在一起才能成为"团队"，如果心不在一起那只能是一个团伙，用着你的时候是一伙，用不着你的时候就散伙，这样带着功利思想、分心走神做事情，相信任何事情都做不好。常言说得好，人抬人出伟人，僧抬僧出高僧。你如果把身边的人都当成是宝贝疙瘩，那你就被宝贝疙瘩包围着，你就成为了"聚宝盆"；你如果把身边人都看成是一文不值的枯枝野草，那你就被那些没用的枯枝野草包围着，你就成为了"草包"。彼此信任、相互理解，才能行得远、走得直；取长补短，相互支持，才能把事情做好，最终走向成功。可是他不听李守仁这些善意的劝导和富有哲理的告诫，而是置若罔闻，一意孤行。

还有一些诸如几个协作队的老板消极怠工，给钱就干活，不给钱就停工，干什么都和他讨价还价，甚至他说东，他们偏偏往西，好像有意和他对着干，令他很是无奈；更令他气恼的是，听王伟讲，李守仁在他不在项目经理部的时候，经常待在工地拉帮结派，暗地里拉拢项目经理部原来的那些人，想孤立他，争自己说了算。贾正听了后尤为恼火，气得咬牙切齿，觉得大家做得太过了，一定要伺机采取报复行动，让那些人感受一下他贾正的厉害。

不知是受马昇官的影响，还是贾正也有类似马昇官那样——独断专横的性格。这几天，他实在忍无可忍了，在项目经理部动不动就会指责这个、埋怨那个，东怨西怒，觉得这个不称职、那个不胜任，经常把大家说得一无是处，就连他信任的人，有时也是翻脸不认人，逮住了想怎么剐蹭就怎么剐蹭，想怎么贬损就怎么贬损，在别人看来这个项目经理部就是他自己家的，他想干什么就干什么！他想怎么干就怎么干！他想让谁干就让谁干！

连续几天了，他整夜整夜地失眠，一直想着如何走出这样的困境。可是这些乱七八糟的事就像一堆乱麻一样，剪不断，理还乱。

他暗暗地下决心，与其这样纠结着，还不如快刀斩乱麻，赶快采取行动，让大家早日知道他贾正的厉害。不是俗话说了么，先下手为强，后下手遭殃。他必须马上采取行动，争取主动。贾正想着想着突然从他的脑子里迸出这么一句电影台词来："来吧！我们开始玩吧！"这是他前几天在电脑上看过的美国大片《天罗地网》里面一句台词。不知怎么回事，他偏偏就把这句话记在了脑子里。其实他当时也没对这句话产生多大兴趣，他感兴趣的是影片中那位足智多谋的商人，那个商人把博物馆里一幅价值连城的名画偷走后，又完璧归赵放了回去，从偷走到放回的整个过程都做得非常完美，可以说是天衣无缝，令他拍手叫绝，让他惊叹唏嘘不已。更令他惊叹的是那个商人的心态和胆魄，始终从容镇定，显得自信十足，还不时地展现出自己高超的智慧和精湛的技术，时不时地与那些警察斗智斗勇，口出狂言。期间他说了一句极富挑衅的大话："来吧！我们开始玩吧！"

此时，他脑子里突然迸出了这句话，牙关紧咬，拳头紧握，恨恨地说："那就让我们玩吧！"

一场真正的对决在他的心里已经萌发，即将开始。大家慢慢就明白了，其实这场对决，是一场规则与"潜规则"的对决，也是一场真诚与虚伪的对决，更是一场善良与丑陋的对决。

李守仁吃过早饭，路过贾正办公室门口正要上工地，突然贾正办公室的窗帘拉开了，贾正推开窗户，穿着内裤光着上身探出头来对李守仁说："李书记，我们一会儿开个会吧！"

李守仁回应他，最好马上开，开完他还要上工地。又进一步说，前几天已经约好县拆迁办的同志，他们上午要来工地解决隧道弃渣场征地的事。

贾正听了李守仁的话后，轻轻地"哦"了一声，接着说："我不知道有这么回事儿，他们来也没告诉我。"话音刚落，把窗户"哐当"一声推上了，随即又把窗帘拉了个严严实实。

李守仁没有回自己的办公室，只是在院子和大门口来回走来走去等待贾正起床开会，半个多小时过去了，贾正还没有出来。李守仁在部队长期养成的许多习惯，多年来一直没有丢掉，比如时间观念，他约定的时间，除非有什么特殊情况，一般情况下他从不会违约，过去在部队时甚至能精确到分，现在尽管转业多年了，可是那种很强的时间观念一直没有改变。

他在院子里转悠了好长一会儿，又情不自禁地看看手表已经8点半了，贾正刚才说是一会儿，也真不知道这“一会儿”是多久！一个多小时过去了，还是不见贾正出来，他就不由自主地朝贾正的办公室张望，在张望的那一刻，突然贾正办公室窗帘又拉开了，贾正在玻璃窗上向院子里四处张望。两人都看到了对方，李守仁朝着贾正招了招手，示意他现在就开始吧！

不知贾正看到或领会了李守仁的意思没有，什么话也没说，就离开了窗户。

李守仁立即召集人员到会议室，人员全都到齐后便安排办公室张志忠去通知贾正。

不一会儿张志忠回来了，对李守仁和大家说：“领导正在打电话，让大家等一等。”李守仁瞪了张志忠一眼，意思是他不该这样随便乱称呼同志。

贾正刚来的时候，很少有人称他“贾经理”，有的人就干脆避开他，尽量不和他正面接触说话，有的人甚至走在他跟前还是称李守仁为“李经理”，时间这么久了，这样的称呼还没有改过来，也不知是叫习惯了一时改不过来，或者干脆就不认可和接纳他这个经理，大家这样称呼，弄得李守仁和贾正都很尴尬。可是后来不知因为什么，几个年轻人干脆叫贾正“领导”，或称“冒号”，就这样不知不觉地在项目经理部叫开了，没过多久大家都知道叫“领导”或“冒号”就是叫贾正的，也都习惯了，拿刚才张志忠说“领导”什么的，大家听起来也不觉得有啥别扭或不入耳。可是每次李守仁听到这样的称呼后，都要斥责大家。

会场鸦雀无声，大家都保持着沉默。有的翻看着自己的会议笔记本，有的低头拿出手机看。等得时间久了，大家就不时地看看李守仁，又从窗玻璃上朝着贾正的办公室张望。过了好长一会儿，李守仁又让张志忠去催催贾正。

张志忠刚起身，贾正端着水杯进来了，看着全体人员都坐在会议室里，贾正看都不看大家一眼，边往会议桌的正中位置走边说：“怎么都参加啊！中层以上领导和牛饷帅、王伟、海涵留下，其他人该干吗干吗去，与你们没关系。”话音刚落，不参会的人就蜂拥而出。

李守仁坐在那里什么话也没有说。

“李书记，那咱们开始吧！”贾正坐下来喝了一口茶水对李守仁说。

李守仁轻轻地点了点头。

“李书记，我们开个党委会，你是党委书记，还是你来主持吧！”贾正把头转向李守仁，一本正经地说。

“哦！开党委会，研究什么啊！议题大家都不知道，怎么开啊！”李守仁感到有点吃惊,愣怔了一会儿便信口反问道。

贾正又对李守仁说:“哦,既然这样那我来主持,不管是党委会,还是办公会,反正参会的也都是这几个人!叫啥都行。”贾正喝了一口茶,停了停继续说道,“经请示公司领导同意,对项目经理部的人员岗位做微调。”

李守仁感到有点吃惊,说:“要不急的话,我们下来一起议议再上会,你看怎么样!”后面的话带有征求的口气。

贾正也没直接回答李守仁的问话,端起水杯,又抿了一口茶水,清了清嗓子,主持会议了。

按照规定和分工干部人事应该由书记分管,干部人事要在党委会上研究。贾正是党委副书记,在书记在位的情况下,一般没有书记的授权委托,副书记是不该主持会议的。再说,至于安排谁在什么岗位,也应先征求党委成员的意见,不能由某个人临时决定,更不能临时动议或宣布,这是组织原则和程序。

贾正说:“今天我们开个会,事先也没有和李书记请示,也没有和在座的各位沟通商量。其实今天的会议议题只有一个,传达公司领导的指示精神,对一些人的岗位做个微调。”

贾正端起水杯又抿了一口茶,喝过后清了清嗓子:“下面我宣布人事任免决定。工程科长李大军任总工程师,原总工程师苗有水任副总工程师,牛饷帅任计划科长,王伟任工程科长,海涵任办公室主任。”

贾正把命令一宣布,大家你看看我,我看看你,会场一片肃静,好像都在等待着下一秒即将要发生什么。贾正前后只是说按照公司领导的指示,也没有说这次调整是他还是公司领导做出的决定,就这么巧妙地搪塞回避过去了。会议稍做停顿后,贾正问大家有没有要说的,大家都保持沉默,缄默不语。

还是李守仁打破了会场的沉默:“我来说两句吧!事先我也不知道这样的调整,没有和在座的大家进行沟通,也没有征求当事人的意见,这是我书记的失职,对不起大家。刚才贾经理宣布了人事调整的决定,希望大家服从公司领导的指示要求,以项目经理部大局为重,在各自的岗位上干好本职。同时也希望新调整岗位的同志尽快适应新岗位,在座的大家支持好新调整岗位的同志的工作,业务上服从他们的领导和安排。”

说句实在话,李守仁听了贾正刚才的宣布决定后,感觉很是诧异,项目经理部人事调整是大事,应该和大家交换一下意见,沟通一下。怎么说调整就调整了呢!这哪里是公司领导的决定,况且也不能是公司领导个人的决定,也应该是公司党委的集体决定。再说,公司领导谁还能管到诸如项目经理部办公室主任这样的位置,要管,那也就是安插自己的人,给项目经理部领导打声招呼就行了,由公司直接下命令，还从来没有过。他慢慢思忖，越想越感到不对劲。不过刚才几个人的命令既然已经宣布了，为了不失信大家，也不失贾正的面子，李守仁即使有想法或者觉得不妥，也不能在会上说什么，就只能说点安抚安慰的话。

李守仁说完后，贾正朝着李大军和苗有水等人点头示意他们也说说。王伟从座位上猛地站起来，由于站起来速度过快、用力过猛，把屁股下的凳子带倒了，差点还把自己绊倒。他也不顾站稳没站稳，一站起来就激动地说："下面我来讲两句，第一，我要感谢马经理对我的关照。第二，我要感谢贾经理对我的提拔。第三，我要听贾经理的话，贾经理让我干啥我就干啥。说得不对的地方，请大家……"

最后几个字还没说完，贾正听得就有点不耐烦了："不要废话，说正事，说完没有？"

"报告贾经理，我的讲话完毕。"王伟便一屁股坐在了凳子上。他的话尽管表达得不是很准确，但态度很好，真有点像士兵回答首长问话，干脆利落，就连起立、坐下都很像那么回事。

老张笑呵呵地开玩笑道："你讲了不只两句，是两句半。"王伟的脸又红了起来。

贾正听了老张的话，重重地咳嗽了一声，不知是制止老张不要出声，还是觉得老张说的话有点意味深长。

苗有水坐在座位上，头朝着贾正的方向偏了偏，又朝李守仁的方向偏了偏，然后说："李书记、贾经理，在座的各位，我也说几句。刚才贾经理宣布了我们几人岗位调整的决定，我本人完全服从公司领导的决定。无论是当总工还是当副总工，我想都是在为项目经理部服务，换的是岗位职务，不换的是奉献。以后，我将一如既往地把工作干好，如果有什么不足之处，敬请大家批评指正。"

贾正边点头边说："很好！"

苗有水的发言结束后，贾正示意其他人也说说，可是过了好长时间都没有人发言，贾正看大家不发言，便做了总结发言，提了几点希望，会议就结束了。

李守仁刚走进办公室，张志忠就跟了进来，一进门张志忠就大着嗓门朝李守仁说："李经理，贾正欺负老实人，为什么他贾正把我的办公室主任拿掉？我觉得贾正欺负人，我要找他问明白，为什么要调整？"看上去张志忠很激动，李守仁强把他摁倒在沙发上，向他解释道："都在一个项目经理部工作，干什么都是干，有什么想不通的，年轻人多在几个岗位上锻炼锻炼，也不是什么坏事！况且你还年轻，以后机会多的是。"

"我不是想当办公室主任，只是觉得自己老老实实、本本分分干工作，不料不明不白地说拿下就拿下了，我感到冤枉憋屈，咽不下这口气。"张志忠气呼呼地说。

"李经理，我要找贾正去，让他给我说清楚，为啥不让我干了，说不清楚，我不依他。"张志忠说着便开门冲了出去。

张志忠从李守仁办公室出来，跑到贾正办公室，推门的时候贾正提着包正要往外走，如果不是贾正躲避及时，不然的话门就撞在了他身上。

贾正有点不高兴，大着嗓门问："有什么事？怎么不知道敲门！懂不懂规矩啊！"

"是，我不懂规矩，你懂规矩吗？"张志忠也没有丝毫的客气，激动地说，"你为什么要调整我的岗位，我有什么工作失误？"

贾正昂着头，不懈地说："不要问我为什么，没有为什么，工作需要。"

"好，你不说为什么，我来回答为什么！你不就是为了排斥异己，收拢权力，安插自己的人，为自己更好地、更多地捞钱提供方便。"

张志忠恨得咬牙切齿，近乎狂叫起来："你来了几天就把项目经理部搅了个底朝天，觉得这个人不行，那个人不好，这件事做得不对，那件事没做好，就你自己好，就你行。拉帮结派，还说别人没有规矩、不懂规矩，你懂规矩、守规矩吗？把项目经理部当成自家自留地，想怎么着就怎么着……"

张志忠越说越气愤，揣在口袋里的拳头握得紧紧的，强压着内心里的怒火，这事假如发生在前几年，早就拳头理论了。前几年他刚步入社会，年轻气盛，曾因此也惹过不少祸，好在遇到了李守仁这样的领导，每次都让李守仁狠狠地批评教育一番。他怔了怔冷静下来一想，自己再不能像过去那样做出格的事了，再说贾正毕竟是自己的领导，另一方面还有李守仁，他不能再给他惹事、添乱了，让他为自己操心。

大家都看到了，贾正来了后，先后把一些重要岗位的人员都做了调整，就连司机都是自己选的。有人说他是在安插亲信，为自己捞取好处扫清障碍提供方便。那些换下来的，自然而然地放在了不重要的位置，被边缘化了，这些人有的很是不服气，时常找李守仁诉苦。可是诉苦又有什么用呢！大家也不想为难李守仁，只是说说而已，发泄一下。而贾正这样做在别人看来，无形中也把项目经理部分割成了两派。一派是以他自己为首的——掌握着实权，在大把大把捞取好处；另一派是以李守仁为首的——整天在工地吃苦受累干活，在大把大把挥洒汗水。在一些老同志看来，贾正和那些人绑在一起，这样做实属正常，是一种短期行为，纯属各自利益的需要，或者说是生存的需要。可是还有几个年轻人心里一直有种怨愤，也不想加入和看不惯贾正他们那样的圈子，想改变现状或扭转局面实在是心有余力不足，只能整天乱嚷嚷。

李守仁对贾正的这些行为也不是听之任之，或置之不理，他提醒贾正，告诉他一定要以工作为重，把个人得失看得轻一点。他也能够理解和原谅贾正，贾正毕竟一直在机关工作，对施工一线的情况不是太了解，他想随着时间的推移，在工地上呆得时间长了，经见得事情多了，慢慢就会理解和明白的，也会收敛的。现在他能做得也只能是个提醒，贾正有时也不见得听或采纳他的，不管听与不听、采纳与不采纳，他还是该提醒的一定要及时提醒到位。

李守仁从来不会因为贾正做出出格的事在大家跟前火上浇油，更不会和他较真，就拿贾正几次对一些人的岗位做调整来说，李守仁觉得只要能胜任，让谁干都可以。既然贾正做出这样的调整，肯定也有他这样调整的理由。在会后，还有几个年轻人也跑来跟他说调整岗位的事，有的也很激动，要去找贾正讨个说法，都被李守仁制止住了。其实，大家找李守仁也不是想让他帮忙给自己安排什么好位置，知道他也不会为这些事违反他的做人做事原则，况且这些人和李守仁一样，也是些很正统的人，有时大家只是看不惯贾正的做法，心里存有一肚子的怨气，想到李守仁那里诉诉苦、发泄一下怨气，仅此而已。晚上李守仁专门到贾正办公室，把今天发生的事和贾正进行了沟通，提醒他凡事要从工作的角度和愿望出发，一定要积极维护项目经理部的团结。

其实不仅今天这样的人事调整大家有意见，贾正刚来没几天就把财务科科长老严换成和他同一办公室的同事——郑静，大家就意见很大。也不是因为贾正和郑静原来在一个办公室有那种暧昧的关系，关键老严是个老同志了，工作兢兢业业，业务能力又强，这么多年一直在一线干财务工作，不明不白地被拿下，遇到谁或多或少都会感到不好受，别人更看不惯。

故事讲到这里，我们不妨把贾正和郑静、牛饷美放在一起说说。我们已经知道，贾正当初在机关的时候和郑静在一个办公室，两人的关系就不一般。牛饷美是马昇官的“大红人”，也是贾正的同乡好友。据说郑静和马昇官的关系也很好，有的说她是马昇官的三秘、四秘。牛饷美和郑静在公司确实算得上是两大美人。不过两人的性格截然不同，一个属于外向型，一个属于内向型，一个做事比较张扬，喜欢明目张胆；一个做事低调内敛，喜欢在暗处偷偷摸摸。有人说她两人为了自己喜欢的男人争风吃醋，闹着别扭，迎面遇到都互不理睬。

牛饷美原来是公司的一名打字员，马昇官当副经理后分管公司财务，便调她到财务部当了出纳，后来马昇官当上了经理，牛饷美也跟着升为财务部部长。我们前面都说过了，牛饷美做事干练，说话利索，身材高挑，长得确实有几分姿色。40 岁出头了，风韵犹在，加上脑子活泛和马昇官的厚爱，自从当上财务部部长后，公司一些抛头露面的事总少不了她，手里又掌管着公司的财政大权，几乎把公司的吃喝拉撒全都管了起来，成了公司名副其实的“大管家”。大家在表面上也都对她敬畏三分，在一些事情上也都迁就着她。本来一些工作按理来说，是由其他处室来做的，只要有点好处或需要抛头露面，便都被牛饷美抢去了。比如说公司的一些重要招待活动，自马昇官当经理以后，就把这项工作安排到了财务部，起初还是办公室副主任负责工作的贾正，一段时间为此事还是很有想法的。

牛饷美当出纳的时候就和贾正来往不断，关系比较好，一直以姐弟相称。贾正有时接到上层的文件或电话等，就给牛饷美通报点上层的情况，牛饷美在财务方面尽可能地给他提供点方便，比如贾正拿一些不符合规定的票据，牛饷美也就睁一只眼闭一只眼想办法给他报销处理了；还比如贾正向公司借钱，有时来不及找领导签批，或者干脆就不想让领导知晓，牛饷美就对他网开一面，不用公司领导审批，就悄悄地直接把钱借给他了。两人同在一个机关，你帮我，我帮你，互帮互利，关系处得非常好。后来就因为牛饷美当了财务部长，把公司的一些重要招待活动抢走了，贾正走在牛饷美跟前说了些抱怨牢骚的话，牛饷美把这事私下里告诉了马昇官，最后马昇官找贾正谈话，把他提拔为办公室主任，算是一个补偿。贾正自提拔当了主任后，就再也没有为此事说什么，反倒和牛饷美走得更近了，整天一见面“牛姐”长、“牛姐”短地叫。后来，贾正有什么小事小情需要马昇官关照，也就直接找她，通过她来做马昇官的工作。平心而论，牛饷美在马昇官跟前的确也为贾正说了不少好话。在这次确定项目经理人选前，贾正就和牛饷美商定了，让她帮着做马昇官的工作，贾正还承诺，假如真当上项目经理后，该如何如何地报答她的好等，给她许下了诺言。

贾正和郑静曾在一个办公室工作过，是上下级关系，郑静学校毕业来到公司后，就一直在办公室工作。贾正来项目经理部也就把她带来了，可是郑静在学校学的专业是服装设计，毕业后又从来没有干过财务工作，好在刚来的时候有老严带。在贾正看来，项目经理部的财务并不复杂，账务也很简单，不外乎进几笔、出几笔算清楚，把钱管好，把账搞平，然后记个账就行了。事实上如果真要当好，其实并不像贾正想的那么简单，没干过的话，还真干不来。郑静果真是按照贾正说的干的，她把钱和账目搞一致了，然后进来多少、出去多少搞平了就算完事。至于工程盈亏分析啊！甚至资金预算和使用计划等方面的事她从来不考虑。反正到了多少钱向贾正一汇报，贾正让怎么花就怎么花，让给谁就给谁，因此，大家便说她是给贾正看门的“管家”。贾正很是器重她，不过别人并不会像贾正那样宠着惯着她，比如建管处要求项目经理部每周上报资金使用计划，郑静就七拼八凑胡乱地报上去，不合适打回来再重新报，每月都要报好几次才能过关。就因为这些事，建管处领导和几个部门的人对项目经理部类似郑静这些人的能力素质产生了质疑,对她们意见很大,私下里说建管处在为项目经理部培训人呢!

不知是命运,还是一种巧合,牛饷美和郑静这两个经历相似,命运也相似的女人整天缠绕在马昇官和贾正身边,一个当着马昇官的“管家”,一个当着贾正的“管家”。

贾正把项目经理部人事安排完后,第二天一大早就急匆匆地跑到李守仁办公室,说他要到省厅办事,带着郑静和马龙连早饭都没顾上吃就走了。

李守仁在去工地的路上,突然接到马龙打来的电话。马龙告诉他,贾经理的车被村民拦住了,死活不让走,让他去帮忙处理。

和李守仁一起上工地的实验室老张听到后,觉得很是不可思议,就不由自主地说道:“这么大的项目经理被老乡堵在了路上,还好意思让别人去帮着解围,不害臊,整天没事干瞎跑啥!这明明是添堵添乱!”

李守仁在去的路上想,平时大家与老乡相处得还不错,贾经理来这儿的时间也不算长,也没听说与哪位老乡有什么过结,怎么突然把他的车堵住了?李守仁赶到跟前一看,一个满脸胡子的中年人正站在路基边上,路的中央摆放了几块大大小小的石头,拦住贾正的车不让通过。贾正的车停在路的一侧,车前面停着一辆摩托车,贾正和马龙、郑静气呼呼地站在路基的另一边。李守仁来到那名中年男子跟前想问明堵路的原因,那名男子一眼就认出了李守仁,好似受了很大的委屈,便朝李守仁走来,走到跟前便迫不及待地说:“俺母亲背着柴火往前面走,这辆车子开得飞快从后面冲了过来,母亲受到惊吓跳到了路基边沟里,把脚崴了。可是车上的人也不下车看看,一溜烟就跑了。这不我骑着摩托车抄近路追了好长时间才把他们追上。”中年人说着,把手指向贾正他们。

中年人这么一说李守仁马上明白了是怎么回事。

李守仁马上想起了眼前这名中年男子的名字,他叫柳贵,是附近柳家庄村的,年龄比自己小一岁,曾经在建项目经理部宿舍的时候,在项目经理部干过活,看上去人老实本分,平时言语也不多。

李守仁紧紧握着柳贵的手,急切地问:“老人伤着没有,现在在哪里,要不要到医院检查一下?”

柳贵不住地点头:“俺谢谢您了,俺妈现在在俺家,应该没啥大事,我只是咽不下这口气,觉得他们太张狂了,把车开得飞快,人老了反应迟缓,万一躲避不及时碰伤了,那可怎么办啊!”

“老弟,实在对不住,是我们做错了,我给你和你母亲赔礼了。”说着把手从柳贵的手里抽出来,要给柳贵鞠躬道歉,却被柳贵拦住了,“李经理,您千万别这样,您是好人,您如果这样,我受用不起。”

“要不这样,老弟!让贾经理的车先走……”李守仁用商量的口气对柳贵说。

李守仁的意思是让贾正他们先走,他留下来处理就是了,可是还没等他把话说完,柳贵就激动地大声嚷道:“他还是经理,配当经理吗!在我们老百姓心里,我们只认李经理。”

柳贵显得很生气,也很激动,看得出他对贾正他们的做法很是气愤。

李守仁拍着柳贵的肩膀,安慰道:“老弟,别激动,咱们慢慢说。”

“我今天就不让你走,你必须给个说法,让你长点记性,不然的话,说不定哪天你就碰伤别人了。”柳贵狠狠地瞪着贾正,一边说,一边还用手指指着贾正。

贾正板着脸、瞪着眼,甚至连眼珠子都不转一下,恼羞成怒,气狠狠地说:“看把你厉害得,不让我走我就不走。”

李守仁看到贾正那种冷漠、麻木不仁的行为举止,早就气不打一处来,他心里明白,发生了这样的事情,在这样的场合,你站在那里不说话就是对老乡的藐视,反而还出言不逊,用这样的言语斥责老乡,他更是忍无可忍,强压心头怒火,走到贾正跟前,压低声音说:“要不这样,老贾!既然我们错了,我们就主动给老乡道个歉,我再给老乡解释解释,看能不能让你先走,我留下来处理。”

贾正把头昂得高高的,不屑一顾地说:“刁民,我有什么错,有什么好道歉的,路又不是他家的,我们又没把人碰死。”

李守仁瞪着眼朝贾正说:“老贾,你怎么这样说话呢!这就是你的不对了,我们整天施工和生活在这里,确实给老乡们带来了不少的麻烦,我们也要体谅老乡们的难处。”

“那你让我怎么办,一边让我修路,一边不让我走路,哪有这样的道理啊!”贾正自感很委屈,执拗地说。

“你看你,我们和老乡们赌什么气,他们就像我们的父母一样,该尊重的时候尊重他们,该理解的理解他们,我就不相信他们会把我们的车拦住不让走。”李守仁开始苦口婆心地给贾正做工作。

“那你说吧!你要让我怎么办?”贾正朝柳贵说。

“你不给我个说法,我就不让你走。”柳贵的态度非常坚决,看得出还很生气。

“不让走我就不走。我们都在这里耗着,看谁耗得起。”贾正把头一昂仍然摆出一副傲慢的表情。

“不走就不走,你给谁耍威风。别人可以走,我就不让你走。”柳贵也不示弱,毫不畏惧,大声地说。

“嘿,没想到,你是专门针对我来的,那咱们就骑驴看戏——走着瞧。”

“把你牛得,厉害得不行,我一个小老百姓,你能把我怎么样!”柳贵也赌气道。

李守仁一会儿劝这个,一会儿劝那个。可是他们两人谁都不肯退让半步,你一言我一语,一直僵持在那里,好像都在怄着气。

李守仁又来到贾正跟前劝道:“老贾,咱们尽管说是为国家修路,可是毕竟来到了这里,要尊重老乡,要维护老乡们的利益,这样才能得到老乡们的支持,我们的工作也才好做。本来就是我们错了,人家老乡这样做也不为过,你就主动给老乡认认错,这样问题不就解决了吗! 和这些可怜的老乡较啥劲儿!”

贾正站在那里恼羞成怒,一句话也不说,两眼凶狠狠地瞪着柳贵。

李守仁又转向柳:“柳贵兄弟,贾经理到省里办事,怕耽误了办事,要不你让贾经理先走,老哥来处理这事,你相信老哥吧!”

“李哥,看着你着急的样子,实在不想为难你,放在你的面子上,我就让他走吧! 假如你不在这儿,就是一百个、一千个贾正在这里,我也不怕他,我都不会让他走。”柳贵低着头一字一句认真地说,眼泪始终在眼眶里不停地打着转,说话的同时始终不敢抬头直视李守仁。

尽管柳贵一再遮掩,可是他眼角流出的两滴泪滴还是被李守仁看到了,李守仁的心里顿时像刀割一样难受,差点也掉出了眼泪,强忍着不让流出来。他连看都没看贾正一眼,只是把手一挥,示意他走吧!

贾正二话没说,打开车门,“嗖”地一下钻进了车,扬长而去了,又留下了一股长长的黄色尘土慢慢地腾空而起,最后弥漫开来。

李守仁始终没回头看贾正远去的车子,一直站在尘土弥漫的路上,任凭尘土侵扰他,他的双手紧紧地握着柳贵那双粗糙有力的手,难过得一句话都说不上来。

柳贵也紧紧地握着李守仁的手,看着李守仁难过的样子,先开口说道:“李哥,实在对不住啊! 我不是针对您的,也不是针对咱们项目经理部的,更不是讹诈哪个人。只是觉得他太张狂了,做事也太过了,我与他无冤无仇,就是看不惯他那种目中无人的架势。刚才真是不幸中的万幸,假如真把老人撞伤了,那该怎么办呐!”

“老弟,哥能理解你的心情,我们都有父母,也为人父母,谁不希望我们的父母健健康康、快快乐乐,谁也不愿意看到我们的老人有个磕磕碰碰和灾灾病病。特别是生活在咱们这里,大家都很不容易! 对不住你和老母亲啊!”

“李哥,是我对不住您啊! 我不该给您添麻烦,耽误您的时间。您快忙去吧! 我也回去了。”柳贵说完,便跨上摩托车走了。

李守仁目送柳贵骑着摩托车朝着村口跑去,他独自站在那里,内心无法平静,可是又不知如何是好,呆呆地站在那里,不知过了多久后才慢慢挪动双腿往回返。

9

建管处召开“大干100天”的动员大会,会后,贾正一脸的轻松。当项目经理这么久了,一直苦于没有这样的展示机会,这下总算找到了机会,不禁心中暗喜,也暗暗地叫着劲,决心大展身手,大干一场,把前面造成的影响挽回来,让别人看看他贾正的真正能耐,再不展示给他们看,都把我贾正当成“病猫”了。在会上他就向建管处领导拍过胸脯——保证能够完成任务,请领导们放心。可是李守仁一点都不轻松,他仔细盘算来盘算去,把有利条件和不利因素都分析了一遍,认为完成建管处下达的工程任务指标任务很重,压力很大,稍有点闪失或延误就完不成。他分析眼前最起码就有这么三方面的不利因素抑或困难:一个是由于施工进度紧张,大家都把心思用在了进度上,对工程质量就会有所放松,万一监管不到位,协作队出现偷工减料现象,很容易发生工程质量问题;另一个是人和机械、车辆都是超负荷作业和运转,稍有不慎和麻痹,就容易出安全问题;还有一个是由于工程任务完成得多,投入得也多,资金周转的压力大,拖欠的材料款和民工工资如果支付不及时,容易出现停工现象。

贾正对施工生产不太熟悉,表现出的是一种无知无畏。尽管他在建管处领导跟前夸下了海口,可是说归说、做归做,保证过后好像就没那么回事了,刚开始那两天还能坚持到工地转转,后来如果没有重要领导到工地的话就不去了。有人说他是遥控指挥,其实连遥控指挥都算不上,他只看隧道掘进的进度,其他的很少过问,甚至就不过问。他给掘进队下了死命令,每个掘进工作面每天的进尺要力争达到7米,必须保证200米的月进尺,每晚6点前把当日的进尺用短信告诉他。

干过隧道工程的都知道,隧道施工是一环扣一环的,哪一环处理不好或处理不及时都有可能出问题,或者造成大的质量隐患,而且最忌讳盲目冒进,万一遇到围岩不好,初次支护和二次支护又不能及时跟上,很容易出现塌方现象。因此说隧道施工最关键、最核心的是初次支护和二次支护,只有这些工序做好了,才具备掘进的条件,掘进工作也才能平稳顺利地向前推进。可是,贾正对于这些关键性工序从来不闻不问,他的这种对工程项目冷热不均的态度,一些干过隧道工程的人都很担心,每当别人和他说起这些的时候,他总是“嘿嘿”一笑,一笑了之,有时还表露出嘲笑鄙视的表情。

不知贾正从哪得来的消息,上午建管处领导要到工地,据说还是张处长亲自带队。大清早他就到了工地,亲自组织指挥各个协作队收拾现场,把该堆放得堆放的整整齐齐,该清扫的清扫得干干净净,并且到处张挂出了标语横幅,插上了红旗。尽管他来工地时间不长,可是在这些方面真是无师自通。当随后赶到工地的李守仁和老张等人看到此情此景后,有种久违了的感觉,这样的阵势以前也有过,他们也都参与过,可是这几年李守仁当了主要负责人后,就再也没有这样兴师动众大搞过。用老张的话说,这是施工队心照不宣的"惯例"——上级领导来检查,受检单位上下都要动起来,做出欢迎的样子,这样才显得单位重视,这是态度问题。更为重要的是,对单位领导来说,上级领导来检查,结果好与不好,关乎他们的政治利益;对下面的人来说,上级来检查,结果好与不好,关乎他们的经济利益。

李守仁刚走到隧道口,就找现场管理人员询问隧道里面情况,当听说隧道左洞掌子面围岩发生了很大变化,围岩破碎比较严重,根据雷达波探测结果显示附近有一个断层。他很是担心,就请求贾正和他一起进去看看,可是贾正推说在洞口继续收拾收拾,如果等会儿张处长不来的话,他马上还要到监理部办事。等到李守仁带几名技术人员进到隧道后,贾正就把几个隧道队负责人喊来,要求他们只要没有出现机毁人亡的塌方事故就尽管掘进,不要顾忌或听别人的。一个隧道队负责人对贾正说:"在我们这里,李书记应该是隧道施工的专家了,他建议我们还是要放慢速度,加强支护,确保安全,确保工程质量。我们觉得他说得有道理,还是稳扎稳打好。"贾正一听这些话,觉得该负责人的话又扯到李守仁那里去了,顿生厌烦情绪,铁青着脸大声地说:"我是经理,听我的,出了问题我负责。"说完又补充说,"李守仁谨小慎微,说得悬乎得很,哪有那么可怕。干!"

过了一段时间,李守仁从隧道里出来了,他走到贾正跟前告诉贾正,隧道掌子面围岩确实很差,必须抓紧停下来支护,万一塌方就麻烦了。

贾正听了后,仍然表现的是一副不以为然的样子,慢吞吞地说:"哪有那么多'万一'呢?告诉你就没有'万一',只有'一万',我们要拿出'一万分'的勇气和魄力和时间赛跑,再不能犹豫了,要抢进度争取拿第一。"

李守仁站在那里被贾正说得哑口无言,贾正停了停又接着说:"李书记,不必大惊小怪,没那么悬乎和可怕,即使塌方了,有啥可怕的。革命就会有流血牺牲,干工程哪有不死人的,没有付出哪有回报。"

"老贾,就现在开始把掘进停下来,抓紧组织人员进行支护,后面的各道工序只要衔接紧,也不会慢到哪里去。可是万一塌方了,出现冒顶我们控制不住怎么办,我们不能做无谓的牺牲呐"李守仁近乎哀求道。

"我分管工程,在我分管的事上,你不要掺和,出了问题我顶着,不用你管!"

"这是大家干的工程,不是你的工程,出了问题你能担得起这个责吗!"李守仁站在那里,脸涨得红红的,和贾正据理力争。

就这样一个为了安全,一个为了进度,两人站在那里争执着。跟前围站着的人面面相觑,不知他们谁说的对,谁说的错,更不知该听谁的。两人争执了几句后和大伙一样都保持着沉默。这种沉默没过多久,突然被贾正的一声呵斥把沉默打破:“站在这里不干活去!有什么好看的?”说完一赌气,折转身正要上车走,却被隧道协作队负责人拦住了。

李守仁还是不同意继续盲目掘进,要求马上进行支护,说:“隧道施工安全是头等大事,更关乎着工人兄弟的生命安全。我现在强烈要求大家要相信科学,尊重科学,要积极采取科学的施工方法,克服侥幸心理,杜绝盲目蛮干行为,一旦发生问题,谁发生问题我处罚谁。”可是他心里明白,说归说,真要出了问题不是处罚谁的问题,问题已经出了处罚人有啥用,他就怕隧道出事,更怕出现人命关天的事,真要出了人命关天的事,那是谁都无法挽回的。这样说,只是强烈的使命感和责任感驱使他通过这样的话语来吓唬吓唬别人。

贾正也较上了劲儿:“我再重申一遍,我是项目经理,也是这个工程项目的法人委托人,也是安全第一责任人,任何人都无权干涉和指责我做出的决定,安全上出了问题,一切都由我来承担?”

李守仁争锋相对,一改平日的温和态度,反击道:“一旦发生问题,你能承担得了吗?承担得起吗?他人的生命已经失去,你拿什么来承担?”

“我不说那么多,也管不了那么多,反正你们不能在掘进上受影响,谁影响进度我处理谁。”贾正近乎咆哮起来,气哼哼地说完,转身跳上车走了,走得是那样轻松。

刚才,贾正那种张狂任性的态度和蛮横无理的话语,让站在一旁的其他人实在听不下去了,几个工地负责人都在嘀咕:“怎么能这样说话呢?‘你们不能在掘进上受影响’,‘你们’是谁啊!把这个工程当成了我们的,口口声声说自己是项目经理,袖手旁观,难道你就不能进去看看和我们一起操点心,在安全上尽点责任,我们大家也别太天真了,真要出了问题也别期望这样的人能够站出来主动为我们承担点责任……”

一个男人的良心、男人的血和男人的骨头使得李守仁不得不挺直腰干站出来。其实出击也是一种很好的保护方式,既可以保护他人,也可以保护自己。可以说今天是李守仁这么多年来发的最大一次火,在人命关天的问题上,他是丝毫不会让步的。在施工一线干了这么多年,他非常清楚,如果对于每个错误,甚至都是预料之中可能会出现的错误都视而不见,甚至不以为然、麻木不仁,那么大问题或事故就必将会很快发生。或许因为他经历得太多了,每一次参与那些生离死别的战友或工友的告别仪式的时候,他的心都在滴血,实在不想看到那些孤儿寡母为失去亲人痛哭流涕,令他久久不能走出那种痛苦的阴影。因此在预防或每次处理安全事故的时候,只要能够杜绝事故的发生,或有一线可能或希望,他甘愿以金钱或时间,甚至可以以自己微不足道的地位或血肉之躯来换取战友或工友的生命。

李守仁守候在隧道内,与工人们一道在破碎带处先支护了几榀钢拱架,等到支护好后已经是第二天凌晨了,将近一天时间没有走出隧道半步。他离开隧道的时候,还不忘再三嘱咐协作队,在掘进的时候一定要短进尺、勤观察和测量,爆破后支护要及时跟上。

工人们支护好后,就接着继续掘进,可是万万没想到,一茬炮刚爆破完后,还没来得及支护,隧道果然出现了塌方,好在那几榀钢拱架起了很大的作用,只是在刚掘进的位置处出现了小面积塌方,万幸的是没有造成人员伤亡和财产损坏。

李守仁和贾正去建管处参加工程进度推进会,会议足足开了一下午,一结束贾正便着急慌忙地找到李守仁,并告诉李守仁工地监理部总监甄麒鑫要到设计院开会去,顺便让甄总监带他到设计院协调工程变更的事。

贾正整天叫喊着加快进度,可是加快进度要采取措施,必须创造和具备加快进度的条件。整天只把进度喊在嘴上,那是喊不上去的。李守仁本来想就贯彻这次会议精神和贾正商量商量,项目经理部党委要形成一盘棋,班子合力抓落实,可是看着贾正散会后急匆匆地和他打招呼,还没等把话说出口,贾正就急匆匆地转身走了,也不知他是怎么想得。

李守仁晚上回到项目经理部时早已过了开饭的时间,临下车司机问他,还是煮方便面吃吧!他点了点头,并提醒驾驶员越快越好。又让跟在身后的工程科长王伟马上通知各协作队负责人和项目经理部科长以上人员,半小时后到会议室开会。

会议结束后,李守仁招呼协作队负责人和项目经理部有关人员,来到挂在会议室墙上的隧道地质构造图前,他用笔指着当前隧道左洞的掘进位置,一再告诫大家,近来隧道掘进已经到了一个大断面,而且已经发生过一次塌方,提醒工人们施工和进出塌方带的时候一定不能掉以轻心,要继续做好支护和防护措施。

隧道队负责人说,上午他们又进行了地质检测,地质超前预报也显示,前面岩层还是不太好,断裂带还没有过去,而且岩石节理也比较发育。

现场技术员也反映,隧道右洞靠近掌子面的地方也经常有碎石掉落,他们昨天放样的时候,掉下碗口大一块石头差点把仪器砸坏。

现在两条隧道掌子面的岩石都不好,这几天李守仁的心一直是悬着的,生怕出点啥事情。可是怕什么偏偏遇到什么,他的担心还是变成了现实。

贾正陪甄馍鑫等人酒足饭饱后到附近的歌厅唱了大半夜歌，一直玩到凌晨2点多才带着郑静回到宾馆，还没来得及躺下就接到工地值班员电话，值班员的声音显得很紧张急促，结结巴巴地告诉他："隧道又塌方了。"

"不就是塌方吗！哪个隧道没有塌方，有啥大惊小怪的！"还没等值班员把话说完，贾正就把电话挂掉了。

过了一会儿值班员又打来了电话，还没等值班员说话，贾正便狠狠地训斥道："三番五次打什么电话啊！不就是塌方吗，刚才不是告诉我了吗！"说完把电话一摁，狠狠地撂到了一边。

刚把电话放下正要往下躺，不料电话又响了起来，贾正拿起电话，看都没看接起来就大喊道："还让不让人安宁啦！家里不是还有书记嘛！平时他整天都想着往工地跑，怎么不找他处理呢！"

"喂，老贾，我是李守仁。"

"哦，李书记！有事吗？"

"我说，老贾啊！刚才值班室给你打电话是我安排的，几个工人在掌子面附近喷射混凝土的时候，突然出现了塌方，而且塌方很严重，有个工人被塌方压在了下面，大伙正在全力组织抢救，我正往现场赶，估计你得赶快回来一趟。"

贾正慢腾腾地说："好，我把事情处理完回去。"也没有过问塌方严重到什么程度，下一步该注意或需要做点什么，便把电话挂了。电话一挂，骂道："他妈的，一群蠢猪！"骂完，随手把手机一关扔到一边睡去了。

李守仁都佩服贾正的淡定，人命关天的事，他能够如此淡定，着实让他佩服和惊讶。

李守仁也顾不上想这些，带着施工人员就往隧道里冲。他越往里跑，里面的空气越浑浊，他的心揪得越紧，担心出现大的冒顶塌方，那样的话施工人员在里面危险会更大。可是他隐隐嗅到空气中弥漫的粉尘气味不像是岩石粉尘的气味，很像混凝土的气味。

他边跑边对旁边的施工员说："好像是水泥的气味，不像是岩石粉尘的气味。"

"是的，我也觉得很像混凝土粉尘的气味。"

"那就好，估计塌方不算太厉害。"

当他们快要跑到塌方区附近的时候，从弥漫的粉尘中隐隐看到用来喷射混凝土的台车东倒西歪地斜躺在那里，旁边堆积着一大堆石块。

李守仁恨不得三步并作两步往前跑，当他跑到塌方处，看见几个民工正在那堆碎石里使劲用双手搬石头，他喘着粗气大声地问："人伤着没有？"

"王二毛被砸着了。"

说着李守仁来到塌方石堆跟前仔细看去,一堆大大小小的石头堆积在那里,王二毛胳膊以下几乎都埋在了乱石堆里,脑袋耷拉着。他一看这样的场景倒吸了一口气,心想王二毛完了。身子埋得这么深,而且都是从上面掉下的石头砸下来埋进去的,那还不把他的下身子扎成肉饼。他迅速跑上前和大家一起刨,应该说那么多人刨很快就能把二毛救出来,可是谁承想,掉下两块大石头刚好把二毛夹在了中间,双腿夹得死死的,动惮不得。最后没办法只能动用挖掘机把那两块大石头轻轻地挪开。王二毛被救出来后,此时的他头上身上到处都是血,已经没有了呼吸。

李守仁弯下腰抱起二毛,不停地大声地呼唤着二毛的名字。可是任凭他怎么呼唤,二毛再也没有醒来。

二毛来自贵州的大山里,因为家境贫穷,快 40 岁了还没有结婚,这几年一直跟着李守仁干,李守仁对他的情况比较了解,曾答应他只要自己干工程,无论走到哪里,就让二毛跟到他哪里。尽管看上去二毛的个头不高,身体也很单薄,可是力气很大,干活也很卖力。出事的时候他正站在作业台车的边上举着喷枪头喷射混凝土,还没干多久就突然塌方了,塌下来的石头把作业台车砸倒后,他随着台车掉下来被石头砸中。

王二毛遇难后,李守仁悲痛万分,不仅为失去这样一位好工人兄弟感到惋惜,更为自己的工作失职感到遗憾和愧疚。工地上停了两天工进行整顿。在整顿会上,他几度哽咽掉泪。贾正对他安排停工整顿不高兴,几次安排协作队继续干活,被李守仁喝令制止住了。这次李守仁豁出去了,他狠狠地说,谁要再敢拿工人兄弟的生命为代价,他就让谁付出代价!

说实在话,李守仁无论在哪里干工程或干哪一项工程,都十分重视安全工作,特别是隧道工程每当遇到围岩不好的情况,他总是时刻牵挂在心,下午他到总监办开会去了,临走时还特意安排工地值班室和隧道队负责人一定要注意安全,不料在他刚走开几小时就发生了那样的事情。李守仁每每想起二毛,感到非常惋惜和痛心,他的心就像刀扎一样,疼如刀绞。

是啊! 每一个有良知的人都不愿意看到一个鲜活的生命瞬间倒下,每一个鲜活生命的失去都值得我们去惋惜和尊重! 更值得我们惊醒。

英国诗人约翰·邓恩说过:谁都不是一座孤岛,自成一体,每个人都是广袤大陆的一部分。无论谁的死亡都使我受到损失,不要问丧钟为谁而鸣,他为每一个人敲响。

是的,这既是损失,更是警钟!

好在塌方面积并不大,否则的话处理起来更麻烦。不过就这样的塌方加固处理,也十分费时费力,足足处理了一周多,才开始继续向前掘进。

停下掘进处理塌方,贾正很是着急,一心想着要超过全线的其他几家隧道施工队,可是前后几次大大小小的塌方,进度明显慢了下来。他便经常打问相邻标段或隧道标段的进度,还是想着把进度追上来。

隧道出事后,李守仁和几个老一点的同志心情很沉重,一直闷闷不乐,而他们的不愉快并没有影响包括贾正在内的其他几个年轻人的心情,他们照样该吃吃、该喝喝、该说说、该笑笑、该玩玩。就像有个段子说的:"领导的脾气就是部属们的福气,领导的要求就是部属们的追求,领导的表情就是部属们的心情,领导的嗜好就是部属们的爱好。"平时紧跟在贾正屁股后面的那几个年轻人揣摩着他的心思,为了自己能有个好心情,就投其所好,尽量让领导有个好"表情"。这几天他们聚在一起说的最多的就是工程进度,平时只要有机会,就通过各种渠道打听相邻标段的工程进度,看似在为领导分忧。贾正每次听到别人的工程进度不算快,或者自己的工程进度又追上了别人一点点,脸上就会露出自豪的微笑。李守仁这段时间的心情一直没有好起来,脑海里经常浮现出二毛的影子,也没心情和他们闲聊搬扯这些,只是有时对于那些没边没沿的话,听起来不入耳,就插话给他们纠正或制止一下。

今天的饭桌上也不例外,那几个年轻人既然不能偏离或脱离"主题",还得继续让贾经理的"表情"好起来。

中午吃饭的时候,牛饷帅告诉大家,他上午给其他几个隧道标搞计划的人打电话,特地问了他们的工程进度也不快,按照他们告诉我的,我比较了一下,我们还是排在他们前面的。

贾正听了后,感觉他说的话明显有问题,就破口大骂:"屁话,我们左右洞前后都停了好几天了,怎么还能是我们快呢!"

牛饷帅坐在那里眼睛直愣愣地看着贾正,再也不敢吭声了。

李守仁反问道:"前几天建管处工程管理部李工到工地,说全线那三家隧道标最近进度都不错,就连刚开始进度缓慢的二标最近也追上我们了,这样的话全线四个隧道标我们也只能排在最后了。"

牛饷帅说:"我算了一下,我们的进尺比他们还多三四米的样子。"

大家听了后忍俊不禁,个个都被逗乐了,张志忠嘴里正吃着东西,听了牛饷帅的话"扑嗤"一声笑了起来,差点把嘴里的饭菜喷到挨着他的牛饷帅身上。

"我说牛科长哎!三四米还算快啊?那不就是一茬炮的事吗!"苗有水听了牛饷帅的话,觉得他的话也太有点牵强,便带着嘲笑的口吻反问道。

"哦!快一米那也是快呀!"牛饷帅认真地说。

“傻逼青年,人家就没和你说实话。告诉你实话怕我们超过他们呢!”牛桂金边往嘴里夹菜,边骂牛饷帅。

贾正扭过头来狠狠地瞪了牛饷帅一眼:“快那么一点有啥用,那不很快就赶上来了吗!”接着带着埋怨的口气说,“按月进度排的话,这个月我们肯定又垫底了,就这还要停工支护。”

几个年轻人看着贾正把脸拉了下来,顿时都保持着沉默。

大家都知道牛饷帅在这些问题上很爱较真、认死理,老是和人抬杠,也就不和他计较什么了!隔了一会儿,王伟说:“上次建管处召集大家相互检查的时候,我去了二标,他们的问题很多,无论哪方面都远远比不上我们好。”

贾正夹了一筷子菜,边吃边说:“是啊!前面基础打不牢,后面想快都快不了的。”

牛饷帅又接着说:“听说他们的围岩都不好,说不准哪天塌方了,这样的话我们就超他们更远了。”

“你就想美事吧!脑袋是不是被驴踢了,怎么把事情想得那么简单呢!”苗有水对牛饷帅经常说些没边没际的话很是看不惯,经常反诘臭骂他。

李守仁也有点听不下去了,放下筷子说:“应该想办法看自己怎么跑得快,不应该老琢磨让别人怎么慢下来。你躺在地上不动,想美事,就别怪人家踩着你。即便人家的隧道塌方了,进度慢下来对我们有啥好处,难道我们的隧道就能不打自通了?”

今天中午开始吃饭的时候几个年轻人看着贾正比较高兴,也便格外开心,甚至有点兴奋,不停地说着话,往日吃饭只要贾正坐在那里板着脸,大家的心情也就会跟着沉重起来,饭桌气氛也就会凝固起来,真有种“先天下之忧而忧,后天下之乐而乐”心忧天下的英雄主义气概,都皱着眉头,人人好似在为领导分忧。说实在话,也不是大家对贾正有多么尊重,平时看似有的人跟他跟得很紧,显得很是尊重他,其实这些人与贾正还是存有距离感的,尊重也只是停留在表面上。大家只是害怕他骂人,而且骂起人来很难听,他的厉害是骂出来的。你比如在平时吃饭的饭桌上就能看得出,只要贾正坐在那里,对于有些话大家总不知该怎么说,或者该说什么。如果一句话说不到位或者没有说到贾正的心坎上,他就会立刻把脸拉下来,甚至还会劈头盖脸地破口大骂一顿。可不,刚才牛饷帅的一句话,就惹怒了贾正,不过正要发火,李守仁接过了话题岔开了,贾正也再不能揪着不放,话到嘴边咽了回去。还有贾正的霸气专横,大家也都能感受得到,比如只要他坐在饭桌上,他的一只手始终放在玻璃转盘上,他想让转盘转,转盘就转,他不想让转盘转,就死死地摁住,即使别人想转也不敢转,他完全不顾及别人的感受。

大伙刚放下饭碗，冯爱才的儿子气喘吁吁地跑来了，看样子很是着急，也不管三七二十一，推开饭堂的门就大着嗓门对李守仁说：“李伯伯，工地正在干活，施工车被老乡拦住了。”

李守仁急忙问：“老乡为啥拦啊？千万不要和老乡们发生冲突，我们马上派人去处理。”李守仁刚把话说完，贾正也不问具体原因和经过，便朝着办公室主任海量说，“海量，你去帮着处理一下，万一不行就打。”

“这里的老百姓太坏了，穷山恶水出刁民，欠揍，收拾他几次——他就老实了。前几天把我的车子拦住，我还没来得及教训他们呢！已经欺负到项目经理部头上了。”贾正好像和所有的这些老乡都有很大的怨恨和过结，气哼哼地说。

李守仁最听不惯他的这些话，心想你贾经理作为项目经理部领导，只能解怨，怎能结怨，更不可火上浇油啊！把筷子往腕上一搁，朝着贾正说道：“老贾，话可不能这么说，我们也是从偏僻的地方出来的，难道我们的老祖宗也是刁民吗！”

贾正听了李守仁的话，明显不高兴了，把脸拉了下来，脸涨得通红的气呼呼地坐在那里，一言不发。

“老贾，我觉得我们还是去个领导，去了解一下，看究竟是怎么回事。”

“就这么点破事儿，去那么多人干吗！有必要吗？”贾正气哼哼地把李守仁的话顶了回去。海量站在那里，等着李守仁和贾正的最后决断，贾正看到海量一直站在那里不动，就朝着海量喝令道：“站在那里当枯树桩，刚才安排你干啥啦！”

一个人对另一个人有过结，不管他说得多么真诚、多么客观正确，总感觉听起来不大对劲，都好似是有所指的总会产生很多的联想。就刚才李守仁说的那几句话，贾正听得很是不舒服，其实李守仁怕海量年轻气盛，万一和老乡们说不到一起，与老乡干架，派个领导去了做解释疏导工作，关键时刻好控制局面。可是贾正不这么想，他觉得李守仁低估了自己的决断和指挥能力，有种瞧不起他的感觉。

海量他们走后，李守仁走到贾正跟前：“老贾，我们说话还是要掌握点分寸，你刚才说老乡们是刁民、欠揍，这话实在太难听了，你是不是对老乡们有啥误解，动不动遇到不顺心的事，就说老乡们素质低、欠揍啥的，上纲上线，甚至有时对我们下面的人也是这态度，这样不合适。任何事情都应该辩证地看，一方面要看他主观上是个啥样子，是故意为之，还是别有用意；另一方面，如果他主观上是好的，可是最终因为客观上的某种原因导致造成了不好的结果，对于后者我们要多包容、少指责，能容人处且容人。特别是对老乡们要多理解同情，他们找我们，说明我们有问题，我们要诚恳地接受，把问题与老乡们心平气和地协商解决好不就完了吗！我记得有一则公益广告讲得非常好，孩子犯错误了妈妈老是指责批评他，最后孩子提醒妈妈要向‘导航员’阿姨学习，给孩了改正错误的机会……”

“李书记,我不是那意思,我没有你这么高尚,也没有你讲得这么龌龊。”说完,扭头回屋去了。

李守仁回到自己的宿舍一直等海量他们的处理结果,可是等了一个多小时,去了的人一个都没回来。他担心万一争吵起来出点事,越想越着急,便独自去了现场。

到了现场后,李守仁看到一个年轻人正和海量在那里理论,他走到跟前一看,这个年轻人有点陌生,好像从来没有见过。他便主动上前了解情况,年轻人气呼呼地说,他们家的地被协作队占了,现在要在那块地里耕作,协作队不肯让出来。李守仁想这是什么时令了,还耕作?这是个拿不到桌面的理由。他进一步了解后得知,上月桥梁队冯爱才因为料场场地有限,经过协商把一些新购买的钢材放在了村民的一块空地上,其实那块空地是年轻人父母亲的耕地,不过已经荒芜了好几年,一直无人耕种。当时经老人同意后,冯爱才才把自己新购进的钢材存放在了那里,并与老人协商到时支付一定的补偿费。近来,年轻人从外地回来,看到自家的田地被施工队占用了,便立即跑到路上拦车阻挡施工。

李守仁了解原委后请求年轻人先把车辆放走,不要影响施工,具体占地补偿大家坐下来慢慢商量。可是年轻人张口索要 3 万元,放不下 3 万元别想把车开走。冯爱才的儿子听后跳了起来,就是把那块地长期征下来按照当时的补偿标准也用不了这么多,他们只是临时占用几个月就要这么多钱,这简直就是讹诈!李守仁听后也感到很是吃惊,这怎么可能呢!太离谱了,确实有困难是另一回事,不能通过这种讹诈的方式来达到自己的目的。

李守仁便让海量他们先回去了,他坐下来耐心地给年轻人讲道理,可是半天没有效果。通过这样的事,让李守仁真正感受到了在利益面前,自己讲的那些道理是多么苍白无力。那名年轻人根本听不进去,讲了半天赔偿费还是一分不少。

李守仁强压心中怒火,正当无计可施的时候,年轻人的父亲跌跌撞撞地赶来了,看着老人走路颤巍巍的样子,又顿生怜悯之心,忙走上前搀扶,老人走到年轻人跟前,开口骂道:“你这个畜生,到外面游逛了几天你就只认得钱了,不认识人了,这是李经理啊!多好的人呐!你能这样为难他,你给我丢人现眼,干起了敲诈勒索的勾当,有本事你到外面闯荡讹诈去……”老人说着扯住了年轻人的衣领,李守仁忙上前阻拦。年轻人反驳道:“老糊涂,天上哪有掉馅饼的美事,白白地让他们占便宜,有钱不挣你傻啊!”老人破口大骂:“你给我滚开!丢人现眼的畜生,你这不是在作践我吗!”说着捡起路边的枯树枝举起来正要落在年轻人的头上,被李守仁拦住了,年轻人吓得直往后退。

老人走到李守仁跟前颤抖着声音说道:“老李啊!实在对不住,我养的这个不懂事、好吃懒做的畜生，冒犯您啦！可千万不能介意啊！”边说边紧紧握住李守仁的手，李守仁安慰老人道：“老叔，您别激动，孩子还年轻，他们这代人看问题的角度有时和我们不一样，这事也不能完全怪孩子，我们的工作也有不到的地方。”

李守仁紧握老人的手，久久不肯松开，突然老人的手从李守仁的手中撤出，转身紧走几步，走到路中间把那些摆放的啤酒瓶一个一个扔到了田外面。老人的一举一动大家都看在了眼里，啥话都说不出来。老人又回到李守仁跟前说道：“老李啊！大家都说您是好人，知道您是真心为我们做好事，大伙出门在外搞工程有很多的难处，让我出力，我这个死老头子帮不上，可是我绝对不能扰乱大伙干活！”说着摇晃着身子把手一挥，让车子开走。

李守仁修了这么多年的路，也遇到过类似老乡拦路阻工等方面的问题，不过那只是极少数人为了自己的利益做出的事情，大多数人都还是能够理解支持他们。“人心换人心。”他也没有把老乡们忘记，时时处处为他们着想，甚至把他们的利益都举过了头顶。不仅于此，每当逢年过节的时候，他一定要到那些生活穷困和需要关心帮助的老乡家里坐坐、看看，并给予力所能及的帮助。

能够始终把老乡们的利益放在心上，或处理这样的事情一件两件容易，一天两天也容易，可是件件都这样，年年都这样，那还是比较难得，需要达到一定的境界的，李守仁多年来能一以贯之地坚持这么做，毋庸置疑，他有这方面的境界。

10

省交校的多功能教室里，一位满头银霜的老教授坐在那里正兴致勃勃地讲公路工程安全管理，贾正坐在那个简易硬板凳上，觉得枯燥乏味，没啥可听的，已经听了一天半的课了，下午的培训课一坐又两个多小时，看着老师仍讲得滔滔不绝，还没有结束的意思，实在是熬不住了。其实在他的内心里就没有感觉到施工安全有啥科学理论和管理方法，不外乎就是在施工的时候注点意，不就行了吗！都是那些所谓的专家教授整天没事干，故装高深，故弄玄虚，杜撰出这么些“空家伙”，你那些所谓的科学理论和管理方法在实践中屁用都不顶，该出事照样会出事。工地上那么多机械设备和车辆，出点小擦小剐在所难免，即使发生了人员伤亡也再正常不过了。如果不是因为不参加这样的培训拿不到培训证，拿不到培训证就当不成项目经理，否则即便有人花钱请他来参加这样的培训，他都不愿意来。他人坐在那里，心早已飞到了别处。上午给马昇官发短信，想请他晚上吃饭，可是一直没有回复。趁中午休息的时候他打电话问牛饷美，牛饷美告诉他马昇官一直在公司办公室，他便又给马昇官发了一条短信，整个下午他不时地看着手机等待回复，可是一直还是没回复，究竟是怎么回事为啥不回复，他很是纠结，想了很多种不回的理由，可是没有一个字或一条信息能够证明他的这些理由是准确的。眼看快到下班时间了，还是没有回复，如果马昇官不参加，他就打算请别人，再迟了约请人家，显然不是太合适。此时他的心里非常着急，心猿意马，根本没心思听那些。反而越听越烦，越不是滋味，甚至都恨起了那位老师，恨他拖泥带水讲这么久，他把头干脆转向朝窗户的一边，连看都不想看老师一眼。还没等老师宣布下课，他就把书桌上的笔记本和笔装到了那个黑色真皮文件袋里，静静地坐在那里每隔一会儿就看一下手机，突然老师宣布下课，就像屁股下面有个弹簧一样，“嗖”的一下把他弹了起来。刚站起来“叮”来了一条短信，是马昇官发来的，短信里独独的一个“好”字，令他激动万分，不亚于那是几百万的奖励。他本来也想请牛饷美一起参加，可是自上次出差被马昇官发现他和牛饷美拉拉扯扯的事后，他就尽量回避和牛饷美在一起，因此晚上吃饭他就没有邀请牛饷美。

快开饭的时候，李守仁到隔壁房间喊贾正一起去吃饭，敲门后听到里面好像有说话的声音，可是迟迟没有开门，李守仁正要转身走，门突然开了。开门的是郑静，两人都感到有点吃惊，呆立在那里愣怔了一下，郑静的脸“唰”的一下红了，两只眼睛不敢和李守仁对视，低声问道：“您好！李书记。”

李守仁不知为啥，就他那坦荡率直、从善如流的性格，猛然间遇到郑静，看着郑静紧张局促的表情，他反倒也紧张局促起来了，一脚已跨进门里，一脚还搁在门外，退也不是，进也不是，站了一会儿支吾着应道：“哦，小郑！”接着又问道：“你怎么在这里?”

听到郑静和别人说话，正在卧室了换衣服的贾正走了出来，一看是李守仁，慌里慌张地说：“哦，是李书记啊！来，来，进来！”郑静低垂着头侧过身，把李守仁让进了屋。

本来按照会议的安排李守仁和贾正两人同住一屋的，贾正说自己睡觉最怕别人吵，一旦有人吵就难以入睡，便搬到了最顶端的这间大套房。李守仁站在客厅里，看见贾正茶几上摆放着两大盒“冬虫夏草”。

“我说郑科长啊！你们这些人就是不会办事，做事不动脑子。李书记是咱们项目经理部的老同志了，也是非常值得我们学习和尊重的老大哥，你就不能给李书记也买一盒啊！这些事还用我们领导考虑和交代。不就是几个钱吗！况且给领导用，领导的身体好了，干劲就更足。以后还想不想进步，要记住李书记是管人事的哦！”说完还朝郑静挤了挤眼睛。

郑静接话道：“这么——高档——的礼品，没有你们领导的指示我哪敢随便买啊！万一领导不要，退又退不了，我可受用不起！”郑静说话的时候还特地把“高档”两字突出出来，言外之意是买这两盒“虫草”花了不少钱，在签字报销的时候就不用因为费用高给李守仁做更多的解释了。同时也告诉李守仁，这么高档的礼品不是一般人享用得起的，肯定是要送给大领导的。

贾正和郑静的对话绕来绕去，李守仁打心眼里就没把他们说的或眼前的这些东西往心里去，只是在客厅里站了一会儿，等他们说完后，便招呼贾正一起到楼下省交校的饭堂吃工作餐去！

贾正马上装出懊悔的样子，用手轻轻地拍了一下脑门，连忙对李守仁解释道：“你看我的记性怎么这么差，先前就打算告诉你呢！我已经约了公司马经理，咱们晚上一起请马经理坐坐吃个便饭，这不让郑静赶来就是安排这些事的。”

说着转过身问郑静：“郑科长，晚上吃饭的地方联系到哪儿了？”

郑静马上回答道：“‘海龙宫’已经没包间了，最后在‘海上世界’订了一个大包间。”

贾正一听责怪道：“让你办点事一点都不利索，协调能力太差了，‘海龙宫’我们去过多少次了，是老客户了，他们经理你应该也认识的！怎么不找他们经理协调一间给我们用?!”

郑静听了后觉得很是委屈，顿时脸拉了下来，贾正当着李守仁面这样数说她，好似自尊心受到了极大的伤害，眼泪在眼眶里不停地打着转，差点掉下来。

说实在话，李守仁最不爱去那些吃吃喝喝的地方，喝那些不明不白的酒，不喝别人心里难受，喝了自己肚里难受。吃那些所谓的山珍海味，花里胡哨的，一点都不实惠，还不如到街边小吃店，吃碗面条畅快过瘾。况且那些海鲜贵得很，一桌下来连同烟酒差不多要上万元，像目前干工程利润也就十几个点，还是毛利润，除去成本等，吃一桌海鲜的花销差不多等于干几十万元的工程，干几十万元的工程那得需要投入多少人力、物力和财力啊！可是已经安排好了，不去显然不合适，况且还是请领导，他真要不去那马昇官不就对他的意见就更大了吗！

当他们相跟着走进包间的时候，酒水已经整整齐齐地摆在了酒柜上。李守仁扫了一眼，看见有茅台、汾酒、“国窖 1573”，还有两瓶写着英文字母的红酒，茶几上放着两条“冬虫夏草”香烟。

两个身材高挑的服务员进来和大家打招呼，其中一个看到贾正后，热情地与他打招呼：“贾总啊！好久没见您啦！”

“想我了吧！”贾正面带那种特有的微笑调侃道。

“想啊！日日想，夜夜想。您再不来，我就要想疯了。”服务员不动声色娇声娇气地回答道。

那名服务员指着另一名服务员向大家介绍说，这是我们新来的小吴，今晚由她为各位服务。

那名服务员话音刚落，贾正就走到小吴跟前，主动伸出手要握手，小吴怯生生地只是把手伸出一点点，贾正站在那里，身体也不向对方靠近，而是把胳膊使劲往出伸，服务员的胳膊伸出来仅停留了那么一刹那就收了回去。贾正倒觉得无所谓，显得很大度从容，大声地对那名服务员说："美女好！别紧张，哥又不是什么好人。"

那名新来的服务员小吴娇羞着脸，只是轻轻地笑了一下，迅速地低下了头，并没说话。

李守仁不时地故意把眼睛转向别处，避开正眼直视他们。

"哎，贾总，您只顾忙着和我们新来的这位美女握手，忘记和我握了，是不是我们也握一下，结识新朋友不能忘老朋友哦！"那名服务员把手伸出来正要握住贾正手的时候，贾正迅速把手收了回来，把头一甩示意她和李守仁打招呼，并给她介绍道："他是我们的班长！你和他握一下吧！"

"啊！班长，你们是当兵的。"那名服务员吃惊地问。

"是，我们是最可爱的人。"贾正一本正经地说，可是说过后，心里又有点后悔，他在李守仁跟前最怕提当兵的事，有时一提到当兵的事，怕李守仁把话接过去——讲他在青藏高原施工的故事，把别人的注意力吸引到李守仁那边。说实在话，他始终觉得李守仁以及部队在青藏高原修路没啥了不起的，青藏高原他自己又不是没去过，那里有大漠雪山，多美啊！还有藏羚羊，施工的时候万一打一只，多值钱啊！让自己到那里修路他也愿意去，有啥了不起嘛！……贾正很是不屑一顾，心里嘀咕着，嘴里差点说了出来。

"我可喜欢当兵的了。我学校毕业的时候就想去当兵，可是没当上。"

"喜欢，但不能爱哦！"贾正把当兵的话岔开了。

"哈哈，万一爱上了怎么办？"

"那就领走呗！"郑静站在一边实在忍不住了，就不耐烦地突然冒出这么一句话。

"好，那今晚就把我领走吧！"贾正边说，边看了郑静一眼。

那名服务员尽管认识贾正和郑静，但毕竟也是在这里吃饭的时候见过那么几次，也只能算是一面之交，和他们显得如此熟络，只是因为自己从事这方面的工作，眼力好，嘴巴甜，来的都是客，对每一位客人都要热情大方，当贾正他们进来的时候她便一眼就认出来了。但她并不知道贾正和郑静究竟是什么关系，听到郑静"酸溜溜"带着醋意的话后，就再也不好意思和贾正开玩笑了。

李守仁站在那里站也不是坐也不是，特别是听了他们说的那些夹荤带素、酸不溜秋的话，觉得很是难堪。为了打破这种难堪的局面，便主动和那名服务员打招呼，那名服务员把手伸了过来，亲切地问候李守仁："哦，班长好！"

李守仁礼貌地回敬道："你好！"

"我不了解部队当官的级别，班长应该是个啥级别。"不知那名服务员确实不知道班长是啥级别，还是故意没话找话套近乎，便面带微笑问贾正和李守仁。

"你应该听说过吧！班长是兵头将尾。"贾正认真地给那名服务员解释道。

"啊！当兵的头儿，将军的后面，那官一定也很大的哦！"服务员激动地反问道。

"是啊！"贾正坐在一旁故作玄乎，夸大其词，一个劲儿地把服务员往沟里带。

"贾总，那他领导您？"服务员带着质疑的口吻问贾正道。

贾正听了服务员的问话，用眼睛盯着服务员，迟疑了一会儿回答道："是啊！你真聪明。"

或许服务员是看出了贾正的表情，或者是意识到自己刨根问底问得太多了，便折身给每个人的茶杯里续茶，挨个转了一圈，把茶倒好后，弯腰正要拿起茶几上的香烟，问大家："我帮大家把香烟打开吧！"

贾正连忙阻拦："别，别，别！领导还没来，千万别打开，这样就失礼啦！"

"哦！贾总挺讲规矩的，当领导的考虑问题和我们一般人就是不一样。"服务员夸赞道。

猛然间贾正像想起了什么似的，忙问一直站在一边的郑静，那几瓶茅台酒是不是和前几天喝的一起买的。停了停又进一步说，上次那酒不对劲，喝过后头痛，怀疑那是假酒。

郑静不慌不忙告诉贾正，上次的那几瓶酒按你的指示已经退了，放在桌上的是今天路上重新买的。

贾正"哦"了一声，没再说什么。

李守仁和贾正坐在沙发上，贾正不停地发着短信，收到短信还面带微笑，站在一边的郑静眼睛不住地往他这边瞅。不知她是看着自己今天刚给他买的那件紫色短袖沾沾自喜，还是被贾正自娱自乐的微笑影响了，贾正坐在那里笑，她也跟着笑。李守仁坐在一边看电视，正关注天气的变化，早在前两天就听到最近工地所处的山区有大暴雨，他正等着看地方台的天气预告。果然天气预报说，今晚山区有大暴雨，当他看到这一消息后，情不自禁地自语道："不好，果真有大暴雨。"

不知贾正听到没有，还是故意装作没听到，坐在那里没有丝毫反应，继续低头发短信、看短信。

李守仁朝贾正说:“老贾,估计工地要下大暴雨了,前几天刚挖好的那几根桩基还没有浇筑,万一洪水倒灌进大桥桩基那可就麻烦啦!”

贾正只是“嗯”了一声,什么也没说。

李守仁便掏出手机马上给项目经理部办公室和工地值班室打电话,要求做好防汛准备,特别是大桥桩基要做好防洪水倒灌工作。

李守仁正打着电话,马昇官走了进来,贾正迅速站起来迎了上去,伸出手来主动与马昇官握手。李守仁看见马昇官进来了,也站了起来。

李守仁拿着电话边说着话,边向马昇官走去,马昇官站在那里看着他正打电话,便开口说道:“老李真敬业,吃饭时间都不忘安排布置工作。”

李守仁忙解释说:“对不住,马经理!刚才电视里预报今晚工地可能有大暴雨,我给工地打电话,让他们留点心。”

“你看老李这种精神,小贾你还年轻,要多向老李学习哦!不能整天只是想着请领导吃饭喝酒,工作在酒桌外!”马昇官的话说得非常有水平,让不同的人听了,能听出不同的味道。

贾正连连点头:“是,是,是。”把头点的就像小鸡啄米似得。

马昇官在沙发上坐了一会儿抽了半截烟,突然把烟掐掉站起来说:“没别人了吧!那咱们就开始吧!本来身体有点不舒服,不打算来了,可是小贾非要让来。也难得见你们一次面,也想和你们坐坐,这边吃了我还有别的事。”

贾正忙解释:“耽误领导休息时间。能够当面听领导给我们做指示,这样的机会我们真是求之不得。”

贾正边说边伸出手做了一个请的手势,示意马昇官上座。马昇官边往主位跟前走,边说:“今天我这是带病坚持工作啊!”

李守仁坐到了马昇官的旁边,贾正站在马昇官的对面,低声地问马昇官,晚上就餐有没有别的人了。

马昇官抬手挥了挥,示意贾正坐下来,接着朝贾正说:“你们不是说想请个记者报道工地的情况吗,我给你们请了个记者,你们认识一下。”

“那太好了!让领导费心啦!”贾正流露出激动高兴的神情,急忙答话。

坐在旁边的李守仁只是轻轻地“嗯”了一声,什么话也没说。

马昇官说出这件事的同时,有意想看看李守仁的反应,刚才李守仁低沉的“嗯”那一声,马昇官听了后明显不太满意。接过服务员递来的毛巾,边擦脸边说:“现在这年头只知干活不行哦!该低调的时候低调,该高调的时候还得高调,一味低调那是虚伪,就是傲气。”

贾正认真而专注地听着马昇官的训话,并不时地点头,应声道:“那是,那是。”

说话间,电视台记者就来了,是一个女的,穿着很时髦,而且很暴露,上衣低胸露背。一进门就朝坐在主宾位置上的马昇官说道:“马哥啊!您今天好帅哦!”

看上去女记者和马昇官一点都不生分,与马昇官一见面就有说有笑的,开起这样的玩笑一点都不见外。

“我的记者同志,你这是不会说话,还是故意寒碜我呢?难道我昨天就不帅啦!”马昇官边说,边招呼记者坐到了他的旁边。

“哈哈,我不是那意思,看上去您今天更精神潇洒!”

“这话我爱听。谢谢记者同志的夸奖和厚爱,潇洒倒谈不上,精神还是蛮精神的。不过我得澄清一个事实,难道我昨天就不精神潇洒。”说着故意把腰往直挺了挺,用手拍了拍自己的胸脯。

女记者的嘴巴毫不妥协:“当领导的一般晚上精神,您一定听过那个段子吧!”

“啥段子?”马昇官嬉笑着说。

“当领导的白天文明不精神,晚上精神不文明!”

“我没听说过,这是你说你家领导的吧!记者就是厉害。”马昇官边说边咂着嘴巴。

记者也不再反驳马昇官,可是在落座的时候,看到了马昇官四周凌乱的几根头发包围着光秃秃的头顶,又开起了他的玩笑:“聪明绝顶的马总,我一个小记者哪能说得过您呢!”

“哎!美女,你这样说,是说我丑呢!还是揭我的短呢!”

“我既不敢说领导丑,也不敢揭领导的短。”

“哦!那就好,我平时只是帅得不明显。”马昇官边说边用手摸了摸自己的大脑袋,显得很自豪,又接着说,“这哪里是绝顶啊?这分明就是一个智慧的大脑。”

“是,是,是,我们大家都知道,您这个大脑袋里面装的全是智慧。”

“你没听过吗!人多的路上不长草,智慧的头顶不长毛。”

“哈哈哈哈!”记者笑得前仰后合。

贾正也跟着笑了起来,唯独李守仁端坐在那里不动声色。

一阵互相调侃之后,马昇官也不好意思过多地与记者开玩笑了,毕竟他是领导,还是要把握点分寸,注意自己的形象和影响。话题一转:“哦,我差点忘了,我给记者同志介绍两个新朋友。希望结识新朋友不要忘记老朋友。”说完面朝贾正介绍道,“这是我们的项目经理,贾经理!”

“哦!贾经理好,以后多多关照!”记者边激动地问候,边主动伸出手,要和贾正握手。

“这位是我们的李书记!”

“李书记好!”记者看到李守仁面带严肃的表情,便只是朝着李守仁点了点头问了声好,也没有握手的意思。

“和贾经理握手,为啥不和我们李书记握啊! 干脆来一个拥抱吧!”马昇官调侃道。

“拥抱,您不吃醋吗?”记者说着站起来从桌上伸出手要和李守仁握手。

李守仁也站了起来,只是点了点头,并没有伸手去握,连说:“谢谢,谢谢!”

“老李啊! 你就像个娘们儿一样,羞答答的,人家美女主动和你握手,你都不给人家面子。”马昇官看着李守仁,责怪道。

“对不住,对不住,我不是这个意思。”李守仁带着歉疚的表情连连说道。

“那是啥意思,给你一个握女孩子手的机会,你都不把握,要多向小贾学习。”马昇官严肃地斥责李守仁。

“李书记,不够意思。还是贾经理好。”记者努着嘴说。

李守仁不禁为之感叹,难怪一些老同志说,现在的女孩子,胆子大得很是不得了。今天让他亲眼看到和感觉到了,现在的女孩子确实比较大胆开放,丝毫不逊色那些大男子汉。

等到大家都落座寒暄一番后,贾正急忙催促服务员倒酒上菜,还没等服务员把每人面前的酒杯都倒上酒,马昇官就迫不及待地首先端起了酒杯,几句开场白后,一杯酒一仰脖子就喝进了肚子。

放下酒杯,对李守仁说:“老李啊! 你一直在工地上待着,见你一面不容易,我也一直想和你们坐坐,今天小贾说晚上一起和老李坐坐,这样难得的机会我很高兴啊! 这几天一直咳嗽吃药!”

“谢谢马经理厚爱,做得不到的地方请批评指正。”李守仁诚恳而谦逊地说。

贾正也不管李守仁喝没喝,一杯进去后便马上举起了第二杯,要敬马昇官。

马昇官也端起了酒杯,大着嗓门说:“小贾辛苦了! 干得不错。”

“感谢马经理栽培!”贾正听了马昇官的表扬,心情更加澎湃激动,表情更加丰富多彩,声音更加铿锵有力,说着一仰脖子就喝进去了。酒杯一放,又响亮地对马昇官说:“谢谢马经理厚爱! 小贾保证完成任务。”贾正的回答非常响亮,气沉丹田,大家听了后都会感觉到他的回答非常真诚,应该就是从心灵的最深处发出来的。特别是马昇官听了后非常高兴,便夸赞道:“这就对了,有男人的气魄。”边说边端起酒杯一饮而尽,在放下酒杯的时候他用眼斜视了一下李守仁的酒杯。

“我看你们两搭班子很合适,确实达到了优势互补。就拿喝酒来说,老李,不是我批评你,你要向小贾学习,你看小贾多爽快。人家说,酒风体现的是作风,酒品反映的是人品。”

马昇官说出后半句话的时候，觉得当着李守仁的面说出这样的话，会让李守仁听了不舒服，便进而补充更正道："尽管这句话不完全对，可是他能反映一个人的性格。"

马昇官和贾正、李守仁三人酒杯里盛的都是白酒，郑静和记者酒杯里盛的是红酒。李守仁那杯白酒始终放在那里，每次端起酒杯只是浅浅地抿一抿。说实在话他不是不能喝酒，有时为了场面上的事也能喝点，只是尽量能不喝就不喝。本来想喝点红酒应付一下场合就是了，可是先前坐在那里看着酒柜上摆着的那几瓶红酒，包装非常精美别致，酒瓶也非常精致，据说每瓶的价格不低于那几瓶白酒，李守仁别说喝过，就是见都没见过，标签上写的全是英文字母，他不认识。他心疼钱呢！能省就省点，都是自己人，话说到了，理走到了也就行了，完全没必要喝个"天昏地暗"来表达心意。再想想工地的兄弟们，没日没夜辛辛苦苦干一顿，也挣不到多少钱，怎能经得起这样大手大脚地折腾和铺张浪费呢！

"老李，咱们一起敬马经理一杯吧！"李守仁被贾正一声呼叫，才回过神来。贾正手里端了一杯酒，站起来从记者身后绕到马昇官跟前。

"老贾，我平时很少喝酒你是知道的，那我就以茶代酒敬马经理吧！"说完又进而补充道，"我们大家都随意吧！"这会儿他看到贾正和马昇官两人一杯接一杯不停地喝，比他喝茶水都畅快，这样下去肯定一瓶酒都不够他们喝，几百块钱也就这么一会儿工夫喝掉了，他看着实在是心疼。

"那怎么行呢！酒杯端起，能喝多少喝多少，心意还是要表达的吧！"贾正近乎命令似的对李守仁说。

"没关系，老李不喝酒，那就喝茶水吧！只要别把我这个领导当成水货就行。"马昇官显得很大度，满不在乎的样子。

"李书记，你好秀气哦！"那名记者插话道。

"确实不胜酒力，心有余力不足！望大家见谅！"李守仁苦笑着说。

贾正明显对李守仁没有响应自己的提议感到不爽，内心里默默地贬斥道，看你那熊样，蔫不叽叽的就像个太监一样，只是端着个破茶杯在嘴唇上轻轻地抿了一下，让你"随意"，你真还"随意"了，这是和马经理喝酒，又不是平时在项目经理部喝酒，你爱喝不喝，没人会计较你。他真想讥讽挖苦几句，可是又一想，还是算了吧！把酒杯一放，坐下后瞟了马昇官一眼，看见马昇官无动于衷，并不在乎李守仁喝不喝，贾正便想既然敬你的酒，你都不在乎，我何必还和他这头倔驴较这个劲儿呢！

马昇官便故意把话题岔开，说："酒是粮食的精，越喝越年轻。能喝就多喝点。"

“酒是伤心人的泪。”郑静半天没说话，突然接话道。

“酒是老百姓的血。”李守仁也马上对答道，你们每喝一杯，让我的心都滴一点血、疼一下，这一瓶酒喝下来要让我心疼多久啊！

“还是我们李书记境界高！我们应该向李书记学习啊！”马昇官不阴不阳地说。

“酒是情人的唇。”记者端起自己跟前的酒杯抿了一口，笑呵呵地说。

“情人的唇是什么味道？”马昇官讪笑道。

“您真不知道，还是假不知道？”

“科普一下。”贾正连忙接话，怂恿鼓动道。

“我想做实验。”记者激动地说，说着就在马昇官那张肥嘟嘟的脸蛋上轻轻地吻了一下。

“这下感觉到是啥味道了吧！”

“嗯！还没有。”马昇官笑呵呵地回答记者道。

“实验没成功，再来一次，一定要留下深刻印象。”贾正坐在一边忽悠记者道。

贾正的话音刚落，记者就把红嘟嘟、油滋滋的嘴唇凑到马昇官的脸蛋跟前，只听得“啵”的一声，重重地亲吻了马昇官一下，动作很响亮，在座的包括正在服务的服务员都听到了，大家的目光都停留在了马昇官那张肥嘟嘟的脸上，只看到他的脸上留下了一个红红的唇印，那唇印轮廓非常清晰，仿佛就像有人专门拿印章盖了一个红红的唇印。

在座的除了李守仁一本正经地坐在那里，其他人看到那个红红的唇印后都大笑起来。就连马昇官也流露出了自豪的笑容，啥话也没有说，只是连忙端起酒杯要敬记者酒。

记者也连忙端起酒杯和马昇官碰了一下，便一饮而尽。记者喝那杯酒的时候，马昇官始终含情脉脉地深情地看着她，当记者把那杯酒喝完后马昇官面露欣赏的表情，朝记者笑了笑，关切地说：“够气魄！酒能伤身哦！还是少喝点吧！”

“情比酒更能伤身！”记者朝着马昇官莞尔一笑，娇滴滴地说。

马昇官和记者两人面面相觑，笑了笑，然后马昇官用筷子把自己那份鲍汁捞饭里面的鲍鱼夹到记者的碗里，记者也没说什么夹起来就吃到了自己的嘴里。

“酒还能伤肾！”过了一会儿，贾正突然又冷不丁地冒出这么一句来。

……

看上去马昇官给人的感觉很严肃正经，其实他是一个很洒脱的人，了解他的人都知道他吃喝玩乐样样都在行，大家都说他既会玩权，又会玩钱，还会玩女人，为之，有人便私下里给他送去了一个绰号——“老顽童”。这样的绰号，马昇官倒是很不在乎,甚至把它当成了雅号,每每那些熟悉的人和他开玩笑称呼他“老顽童”的时候,他总是得意扬扬,有时还反驳调侃大家,自鸣得意地说出自己“玩”的理由,他认为不玩权,就玩不来钱;玩不来钱,就玩不成女人。要玩女人,就的玩权;玩了权,才能来了钱;有了钱,才能拿钱玩更多、更好的女人。马昇官的生活逻辑一套一套的,都说一个女人就是一所学校,不知他上了多少所学校,培养历练出这种洒脱开放的性格,总结出这么富含哲理的生活逻辑。他的性格和这些“玩法”,令不少痴男羡慕嫉妒恨,特别是像贾正之类的人,非常佩服他,假如他在这方面肯带徒弟的话,贾正一定会第一个报名,要从他身上好好学几招。

可是对李守仁来说,这样的“技能”即便别人手把手教他,不见得他能学得会,其实他也不愿意学,内心里就不想说那些浑浑素素的话,不喜欢干那些拉拉扯扯的事,舍不得喝下那杯疼得他滴血的酒,别人干那些出了格的事他实在看不惯。比如在这样的场合,表面上看他落落大方不卑不亢,其实他的内心里非常煎熬,甚至心生怨气、怒气。走吧,显然不是太合适;坐着吧,他与他们又格格不入,实在找不到什么共同语言,与其说是坐在这里享受美酒佳肴,倒不如说是在这里糟践生命。如果生活就像这种炼狱般的煎熬,那活着就如同行尸走肉,和动物有啥区别呢!进一步说,他坐在这里,并不是怕哪个人让他喝酒,更不是怕哪个人喝醉。他坐在这里就有足够的心理和思想准备,我不喝酒,你尽管说我“酒品差”,甚至可以推及到或质疑我的“人品”,也可以说我浅薄,或者说我“目无领导”或“不够意思”等,可以随便说。你们喝,喝如此高档的酒,如此豪爽,甚至张狂地喝,他实在心疼,假如喝的是低档一点的酒,或者是拿自个儿的钱买的酒,那你们就尽情地喝,尽可能地显示你们的豪爽,你们醉了,我可以陪你们到天亮;你们不喝,我也一样不仅能够体谅,而且为之感到非常地高兴。不过在酒桌上,该收敛还是要有所收敛的,当然说个笑话调节气氛也无妨,我是受不了、听不惯你们那些低级趣味的话,听了就像醉酒一样恶心,想作呕,打从心底里就不想和你们这些虚伪的人搅和在一起。这会儿饭桌上还坐着两个女同志,他们说的那些他听到后实在无颜直面她们,不管她们的脸会不会发烫,害不害臊,反正他的脸火辣辣的。

“酒逢知己千杯少,话不投机半句多”“道不同不相为谋”……老祖宗们说的这些话多好,把几百年后他的后人们想说的话都说出来了,而且说得是如此恰到好处,简直是说出了李守仁的心声。

席间,突然建管处张处长给李守仁打来了电话。张处长提醒他,天气预报说工地一带今晚至明晚间有大到暴雨,让他一定要给值班人员交代清楚,确保人员、机械设备和工程安全。与其说张处长打来电话是安排他工作,不如说是解救了他,他打心眼里感谢张处长。

李守仁告诉张处长，他已做了安排。可是转念一想，与其坐在这里煎熬浪费时间，还不如回工地上，与大家一道防汛去。接着他说，要不他连夜赶回去就是了。

张处长嘱咐他，只要安排好就行了，他回去就不必了，黑天半夜的路上也不安全，难得出来学习放松一下，没事好好休息就是啦！

挂了张处长的电话，李守仁对马昇官说："刚才建管处张处长打来电话说，工地一带今晚至明晚间有大到暴雨，要求我们注意安全，做好防洪准备。"

"领导就怕自己头上的乌纱帽掉了，有多大事嘛！"贾正边说边端起酒杯要敬马昇官酒。

"嘿嘿！张处长，没在施工一线待过，没一点施工实践经验，胆小怕事。"马昇官嘴里嚼着东西轻蔑地说，边说边把酒杯端到嘴边，又把酒杯朝着贾正的方向稍微举了举，示意着做了个碰杯的动作，便一饮而尽。

李守仁用征询的口吻对马昇官说："马经理，要不老贾留下来继续参加培训，我现在赶回去吧！万一工地上有事，连个项目领导都没有。"说完又把头转向贾正，"老贾，你看怎样？"

"也好！"马昇官连连点着头，轻轻地说。

"我没意见，你安排就是啦！"贾正回答道。

说话间，李守仁站了起来就要和大家告辞。

"那就辛苦你了，老李！有什么情况随时联系。"马昇官坐在那里看着盘子里的菜，边夹菜边说。

"实在抱歉，我先撤离了，不能奉陪大家啦！"李守仁边往出走边和大家打着招呼。

"好，我们马上也要撤啦！大家在一起坐一坐就是了。"马昇官对李守仁说，说的同时还把上身往前倾了倾，表示欢送。

李守仁一走，贾正显得格外放松，频频端起酒杯向马昇官和记者敬酒。

"还是贾经理实在。"记者说着话，端起了酒杯就要敬贾正。

"我说记者同志，不能为了讨好帅哥，打击别人哦！"

"马经理，您不要吃醋嘛！您也很帅，您不是说了吗！您只是帅得不明显。我也不知道，您哪里帅得明显？"

"记者就是记者，就喜欢刨根问底，深挖细抠，那是我的隐私，难道连我的隐私都要让你看啊！"

"您给我看，我就看。我要看到您真实的帅的一面，您不知道吗，'真实'是我们新闻报道的生命，我作为记者我要爱护我的'生命'啊！"

“那你就来个独家采访报道，怎么样?!”

“好啊！那您安排时间和地点啰!”

“没问题。”

马昇官和记者两人不断地调侃着，贾正坐在那里专注地听着，当听说记者主动提出让马昇官给安排“采访”时间和地点，要单独“采访”马昇官，他想这不是献媚巴结领导的大好机会吗，平时我帮你干一百件好事，也不如这样的关键时刻安排你干这么一件“事”，便灵机一动，笑眯眯地说：“记者同志，刚才你只说了一点，你忘记了，新闻的生命还有一点——新，新闻新闻，贵在新，那既然有了很好的素材，那为何不抓紧采访报道呢！抢时间啊!”贾正停了停，进而又说，“那这样吧！你把采访任务交给我来安排吧！吃过饭就‘采访’怎么样?”

“可以啊!”

马昇官坐在那里不说话，只是一个劲儿地咧着嘴“嘿嘿嘿”笑。贾正不好意思当着马昇官和记者的面让郑静去安排晚上的“采访”活动，便给坐在饭桌对面的郑静发了一条短信，让她马上到隔壁的五星级酒店订一间套房。不一会儿郑静就回来了，在进来的时候直接走到贾正跟前把房卡放在了贾正的面前，马昇官和记者都看到了，几个人都心领神会，可是都没说话。

整个晚上，郑静除了提议敬了马昇官一杯酒和出去订房间外，就一直坐在那里，低着头不停地玩着自己的手机，很少说话，任由他们三人胡吹乱侃。

马昇官和贾正在李守仁离开前就已经喝完了一瓶，眼看第二瓶也要喝完了，贾正便让服务员抓紧再开一瓶。

马昇官也没有任何表态，看得出他喝得很开心、尽兴。

这会儿贾正不仅和那名记者熟悉起来了，而且借着酒劲，说话也更随便了。嬉笑着端着酒杯敬记者酒的时候，还不忘告诉记者说晚上的采访活动他已经安排好了，并嘱咐她一定要“采访”好。然后主动把自己的手机号留给记者，让她最近就抽出时间一定到项目经理部采访，好好宣传报道一下工地上的情况。贾正生怕记者忘记这事，在这方面显得很认真负责。

记者当即答应如果下周台里没有重要活动安排的话，下周就可以去。接着两人天南地北地胡侃起来，喜形于色，看上去很是投缘，完全不顾马昇官和郑静的存在。

马昇官坐在那里用手不停地玩弄着桌上摆放的酒杯，不时地用眼睛的余光偷偷地瞟他们，看到他们有说有笑的很是不高兴。突然贾正清醒过来了，意识到自己这会只顾和那名记者说话，把马昇官晾在了一边显然不妥，便连忙举起杯要敬马昇官。

“小贾啊！火候还不到。”马昇官端起杯对贾正说。

“那就继续煮，继续炖！”记者也没意识到马昇官说这话的意思，便顺着马昇官的话边说边端起酒杯，要和大家一起喝。

“他就是一颗煮不烂、炖不爆的‘铜豌豆’，冥顽不化。”马昇官不屑一顾恨恨地说。

平时十分注重面子的贾正，听了马昇官的话，心里很是不高兴，极力地控制自己的情绪。贾正这几年在机关跟随马昇官耳闻目睹，在其影响下也学会了一些“为官处事”的技巧，该装的时候能装得起来，该噎的时候能噎得回去，该吐的时候能吐得出来，做到了左右逢源、上下周旋、能伸能屈，不过学的和历练的比起马昇官来还很不够，还显得嫩了点，不像马昇官那样老练世故，滴水不漏，更不是马昇官的对手。因此不爽的心情很快在贾正的脸上显现了出来，不过仅那么一会儿工夫就把自己的表情推翻了，他立即转阴为晴，脸上露出了笑容，又满脸堆笑主动斟满酒端起酒杯要敬马昇官：“小贾才疏学浅，还需要马经理多多帮扶指教！”

“不敢帮扶指教你啊！你现在有人帮，也有人扶，指教就更不敢啦！”马昇官拉着长长的声音，慢腾腾地不阴不阳地说。

贾正一仰脖子就把一杯酒喝进去了，也不管马昇官喝不喝，喝完以后说道：“先喝为敬！”

“你这是将我军啊！翅膀硬啦！会飞啦！”马昇官拉着脸朝贾正说，话语咄咄逼人。说完还觉得不过瘾，又补充道：“过去，酒逢知己千杯少，现在，酒喝千杯知己少。”

贾正顿时红着脸，坐在那里一句话都不说。

“贾经理你多幸运啊！遇到这样的好领导，批评教育帮助你，我多么羡慕你啊！”记者这会儿也意识到了马昇官讽刺挖苦贾正，令贾正不悦，马上便解围道。

贾正心里非常清楚，自己的政治前途和经济命脉就牢牢地抓在马昇官的手里，自己不能和马昇官这么僵持着对着干，为了自己的前途和利益，哪怕他当着众人的面骂自己是条狗，自己都要愉快地接受。自个儿没有尾巴，如果真要有的话，就马上蹲在那里给他摇两下，让马昇官和众人看看他贾正对马昇官是多么地忠诚。不是人家说了么，这世界不能和两种人斗，一种是女人，一种就是你的领导。和女人斗，你的名誉会很惨，和领导斗，你的仕途会很惨。因此他马上又强装笑脸，对马昇官说：“领导说得对，感谢领导的谆谆教诲。”说着把桌子上的分酒器端起来，脖子一仰全喝进去了。

喝了以后，把分酒器一放，“噔噔噔”用手指在桌子上轻轻地敲了敲，示意服务员再斟酒。

“好,小贾可教,敢于批评和自我批评！下一步在民主生活会上一定要按照今天的表现,好好自我批评。”

“永远听马经理的话,跟马经理走。”

“别,别,别!”马昇官抬起胳膊挥了一下,意思让他打住。

“不愧都是当领导的,怎么政治色彩这么浓呢!”记者插话道。

这客请得,令贾正很是不爽,领导那些不阴不阳的话,时不时地剐蹭着他,他感到很是不舒服。喝到最后实在是喝不动了,可是马昇官一个劲儿地劝他喝,他也只能打肿脸充胖子,硬撑着喝进去。喝到最后马昇官仍知道自己是谁,而贾正已经不知道自己是谁了,看得出来,马昇官要和他一比高下,故意杀他的锐气。

等到贾正第二天醒来的时候,回忆昨晚酒桌上的事,怎么也回忆不起来,出现了“断片儿”。就问郑静,郑静坐在那里不停地玩手机,不耐烦地说:“你说过的话、做过的事我怎么知道呢!”郑静生着贾正的气,不愿意把昨晚发生的事告诉他。

等到贾正起床后,他陪着郑静到商场里转悠的时候,郑静才把昨晚发生的事一五一十地告诉了他:“你昨晚喝多了？最后把马经理都惹生气啦!”

贾正听了郑静的话,不禁“啊”了一声,吓了一跳,为自己的醉酒失态感到懊恼。连忙问郑静,那“采访”的事呢!

“‘采访’你个头!”郑静恨恨地说,也不说具体安排“采访”没有。

贾正也随口骂了句:“他妈的,真不是东西!”

“你这会儿骂他有啥用,当时你为啥不骂呢！背后骂人,黑地里瞅人,算啥本事!”

“我不是骂他,我是骂酒,他妈的,酒真不是东西。”

贾正听了郑静告诉他昨晚在酒桌上发生的事后,便一直回忆昨晚自己在酒桌上说过的每一句话和发生的每一个细节,就像放电影一样在自己的脑子里过,可是前面的还能回忆得起来,后面的就“断片儿”了,就连自己是怎么回到宾馆的都不记得了。午餐他和郑静每人只吃了一个汉堡便回到了宾馆,刚躺下李守仁从工地上打来电话,说昨晚工地下雨的情况,由于大家采取了防护措施,工地没造成大的损失。不过这几天胡运的队伍由于资金紧张,连生活费都没了,几天来一直在向其他协作队借生活费。李守仁让郑静抓紧给胡运支付点生活费。

贾正听了后大发雷霆,大声埋怨道:“动不动就是钱,钱,钱,到哪里找钱呐！项目经理部又不是银行,干得了就干,干不了就走人。账上已经没一分钱了。”

李守仁反问道:“不是前几天还有 50 万,怎么就没有啦!”

贾正说那 50 万他已经安排用在别处了。

李守仁很是失望和着急,挂了贾正电话就给建管处张处长打电话借钱,还没等到给张处长打通电话，胡运便把电话打到了他的座机上，“李，李，李书记，工地出事啦!”胡运结结巴巴地向李守仁说。

李守仁一听吓了一跳，大声地问:“怎么回事啊?”

“工地上工人吃过午饭后，没过多久个个口吐白沫，躺在那里抽搐，不知怎么啦!”

李守仁一听工地出事便手提上衣，光着膀子跑出房间，让驾驶员火速送他到工地。等到到了工地一看，把他吓呆了，只看见那些工人有的东倒西歪躺在通铺上，有的躺在地上或院子里，个个口吐白沫;有的弓着腰或蹲在那里号叫着“唠唠唠”地呕吐，那场面就像打了败仗后惨烈的阵地一样。一打听都是胡运的工人，大概有 40 人，看着工人们的这些症状，他马上就看出了症结——这是食物中毒的表现。他来不及多想，迅速安排车辆把这些工人往附近医院送，并马上给医院打电话，让其做好准备。

在去医院的路上李守仁专门让胡运和他坐在一个车上，让他仔细回忆中午大家吃的啥，怎么中毒的，可是当他听胡运说，吃的东西和以往差不多，都是些普通的饭菜，也没吃剩饭剩菜，大家都弄不明白毒源来自哪里。当医生化验结果出来后，李守仁感到非常吃惊，化验结果显示是“芒硝”中毒。工地哪来的这玩意儿?难道是有人故意投放的，可是芒硝也不是剧毒，一时半会儿一星半点也不会置人于死地，那工人们又该吃了多少呢?李守仁感觉这事很是蹊跷，便找到炊事员了解情况，炊事员不算太严重，只是说自己有点头痛。当炊事员听说是“芒硝”中毒后，马上回忆起了今天中午做饭的时候，发现食盐不够吃了，便让一个经常到他那里玩耍的小孩从家里借点食盐来，难道是小孩误把芒硝当成了食盐。李守仁一听全明白了，又难过又生气。好在大家摄入的量不是太大，没什么大碍，给每个人灌肠后，又输了点生理盐水啥的，也就没事了。

工地工人中毒后，贾正才意识到自己把仅剩的那一点生活费花掉了，也没和任何人商量，大伙在工地上干活没有生活费，而且还险些弄出人命来，这事做得也太有点绝情了，便在饭桌上给大家通报解释。

“按规定本来事前是要上党委会的，可是事情发生突然，没来得及与大家商量，我就安排把那些钱花掉了。李书记不知道情况，那我来给大家通报一下吧!”

“事情是这样的，前几天马龙向我请假，说他的女朋友生病住院了，他要请假回去照顾，还听说病得比较重，可能要发生一笔很大的医疗费。当即我就安排财务，给他捐了 5 万元钱，也可以说是以项目经理部的名义，慰问我们的职工家属。同时又借给他 5 万元。”

说起这事，李守仁马上联想到了前几天郑静拿着财务票证找他签字，有几笔大额费用，他当面批评了郑静。他反问郑静："不是有规定吗！开支 2 万元以上都要上党委会的，明知有规定，怎么还要违反规定。大家都不知道这事，这个字怎么签啊？"郑静肯定把这事和贾正说了。

"哦，前段时间大家还给他张罗着介绍对象呢！怎么突然就有了女朋友？"李守仁吃惊地说。

"现在的年轻人，一见钟情的多的是，闪婚也不足为奇啦！"贾正解释说。

其他人都不说话，坐在那里好像在沉思。

"大家有没有意见，没意见那就散会。"贾正低着头，看都不看大家，说完把筷子一放，就要走出饭堂。

最后被李守仁叫住了："老贾你别走，我来说两句。"

李守仁把筷子往碗上一搁，说："我们职工家人生病住院，我们是应该给予关照慰问，无可厚非，相信大家都会理解支持的，没意见。可是这样的事情也不是个急事，马龙的女朋友具体什么病、大概需要多少钱，大家也都不知道，就这么稀里糊涂地捐出去了。按理说事前应该召集大家商量商量，议一议，最起码让大家知道有这么回事。再说我们都有财务规定，2 万元以上的费用都要上党委会研究的，不能总是以情况特殊或者时间紧为由干这些先斩后奏的事情。"

"就是，现在年轻人今天找一个明天找一个，认识几天就是女朋友了，有什么证据证明她是马龙的女朋友？我们有的职工家里也非常困难，可是谁为他捐助过？"接着老张激动地说。

"你这是什么意思，我们员工的亲戚生病住院不应该照顾吗？"

"我没有说亲戚生病不应该照顾，可是谁来证实那生病的是不是他的女朋友，这事这样处理是不是操之过急了，明显有点不妥。"

"那你说怎么处理？"

"要缓一缓，况且她也不是急着要钱，我们可以做个初步的了解，再捐也不迟。"

"你怎么知道我没有了解呢？"

"我怎么知道你了解了呢？"

"我已经了解过。"

"我们大家不了解。"

……

贾正和老张两人你一言我一语，吵了起来。李守仁实在听不下去了："不要吵了，事情的大概情况大家也都听到了。既然我们有规定，就要按规定办，不能谁说了算，也不能谁说了不算，一切让制度和大家说了算，谁借出去的，谁想办法追回来。工地上工人们辛辛苦苦干活,连个生活费都没有,做饭没盐都是问老乡们借,险些食物中毒出了群死群伤事件,作为我们领导难道就没有责任,就不该冷静地好好想想,我们的问题出在哪里了,我们是不是愧对了工人兄弟……”

李守仁说得非常激动,其实这样的事情让谁遇到都会生气的,李守仁强压心中怒火,尽量克制着。李守仁把话停下后,贾正朝他看了看,只是把头往一边甩了一下,低下了头没说一句话。贾正自回到项目经理部后,自始至终在公开场合没提及工地上民工食物中毒的事,好像那事与他自己没有任何关系。

11

李守仁参加完建管处组织的书记培训就急匆匆地往回返,经过项目经理部门口没来得及回办公室喝口水就径直去了工地。他离开工地的时候隧道掘进还在上次出现塌方的断层处,自己离开工地已经两天了,听大家在电话里说那个断层还没过去,他想亲自进隧道看看。

快到工地现场的时候,他被眼前的景象镇住了,只看到便道的两边用白灰撒了两条很是显眼的白线,每隔一段距离还插了一面红旗,一直延伸到工地现场。平日里被来往车辆碾压的尘土飞扬的便道路面,水洒得湿漉漉的,有点像古时候迎接县太爷“清水洒街,黄土漫道”的景象。老远就看到,拌和场旁边高高地竖起的那几个水泥罐上,两条鲜红的条幅从罐顶一直垂到罐底,上面金黄色的大字格外显眼,条幅分别写道:“工人群众如兄弟并肩携手贯通隧道物畅财通,高速公路似玉带穿山过岭装点老区山清水秀。”

工地隧道口路基两侧的山坡上也插了很多红旗,鲜艳的红旗迎风招展,标语横幅到处张挂在工地的显眼位置,停车场几十辆自卸车和十几台装载机等机械车辆整整齐齐停在那里,擦洗得干干净净,整个工地静悄悄的,完全没有了往日的机械轰鸣声和繁忙热闹的施工景象,好像停工了。工地收拾得干净利落、装扮得热烈喜庆就像过节一样。

李守仁来到隧道口,隧道口处宽阔的场地被打扫得干干净净,就像一个整洁的球场一样。一个扛着摄像机的中年男子和一个手持话筒身材高挑的女孩背对着他站在那里,正对贾正进行现场采访。李守仁老远看到那个话筒上贴着“省电视台”的台标,看到贾正面带微笑对着摄像机镜头侃侃而谈,他的心里也就明白了。

贾正看见李守仁朝着他们走来就像没看到一样,没和他打招呼,对着镜头继续侃侃而谈。李守仁也没有打扰他们,就大步走到隧道口的值班室,询问值班员隧道里面施工情况。值班员告诉他,为了迎接电视台的采访,隧道昨天上午就停工了。李守仁听了后非常生气,只是为了电视台采访就停工两天,整天吵着进度慢,这不又耽误两天的时间!

李守仁继续往隧道里面走,走到二次衬砌台车跟前,只看到台车上架设的灯亮着,却不见有人干活,再往里看,里面漆黑一片。看来确实都停下来了,他只好往外面走,当他走到隧道口的时候,贾正和记者们都已经不在隧道口了。

李守仁一问,贾正和记者们都已经走了,他马上找到隧道的几家协作队负责人要求复工。一个协作队负责人嘟哝着说:"李书记,为了迎接电视台记者采访我们已经停工两天了,我们实在熬不住,等不起啦!"

李守仁听了后内心里再次纠结起来,贾经理整天说进度慢,可是一方面说进度慢,为了加快进度恨不得拿鞭子抽大家,不管不顾工人兄弟生死;另一方面还安排停工,干这些务虚的事。这要把工期拖到啥时候,后面的任务还很重,就目前状况卯足劲干,恐怕按期都完不成,像这样动不动无缘无故地就停工,按期完工那更是遥遥无期。

李守仁急忙催促几个协作队负责人,让他们抓紧开始干吧!可是他们个个表现出难为情的样子,说:"我们是想干,可是没接到贾经理的通知,我们不敢干,还是等贾经理通知吧!"

还没等协作队负责人说完,李守仁就催促他们:"你们马上干,出了问题我来承担。"

协作队负责人进一步给李守仁解释说:"贾经理的脾气您又不是不晓得,没有他的同意,我们贸然行事,他知道后是不会客气的。到时我们的损失,可就不只停工造成的这点损失了。"

看样子协作队也是着急干活,只是有种畏难情绪,协作队负责人又接着说:"要不您给贾经理打电话说说吧!他如果同意了,我们马上就干。"

李守仁掏出手机就给贾正去电话,电话呼叫转接到了秘书台,没有联系上。

李守仁干着急没办法,气得直跺脚,隔了一会儿又催促道:"手机呼叫转接,打不通。你们现在就干吧!时不等人啊,因为这事出了问题我担着。"

几个协作队负责人面带难色,向李守仁说:"李书记,我们也不是不尊重您,不听您的话,我们确实没办法。"

大家也确实不是不尊重李守仁,不听他的话,上次隧道掘进围岩不好,李守仁让停下来支护钢拱架,贾正不同意。协作队为了安全便停下来支护,不料被贾正知道了,贾正不管三七二十一,不问青红皂白,当场就决定罚款10万元。最后协作队气得有苦难言。有了上一次的教训,他们也确实不敢再贸然行事了。况且他们也算账,即使停工两天,损失毛利润都没有10万元,罚一次款10万元,那可是纯利润,而且还是现金支付的,他们都各自算着各自的账。

几个人站在那里干着急没办法,突然胡运说:“要不我给贾经理发短信请示,看他会不会同意。”

李守仁点了点头,胡运马上给贾正发了短信,李守仁和大家站在那里足足等了一个多小时,贾正的短信还是没有回过来,李守仁便掏出手机继续给贾正打电话,可是还是打不通。李守仁干着急没办法,天早已黑了,他只好往项目经理部返。回到项目经理部后,早已开过饭了,几个管理人员和年轻人都被贾正带去陪记者们喝酒去了,只留下几个老同志和其他几个后勤闲杂人员。

李守仁就让炊事员给自己煮了碗面条,凑合着吃了。吃过饭刚回到宿舍,贾正来电话了。

大家都说贾正做事喜欢要点心计,说话喜欢“卖关子”,大家总结了他的一套“程序化”语言和办事风格,称作是“贾氏风格”。比如,他要找你办事,或者明显他自己理亏、做错了什么事,想得到你的理解和支持,等等。一句话,当他需要你的时候就会主动找你,而且表现得非常客气,谦恭有礼,先是嘘寒问暖,这这这、那那那一番程序化的客套话,把你的内心抚慰得暖暖的、心情熨帖得平平的,然后才慢慢地切入主题,让你于心不忍,欲罢不能。特别就像李守仁一样心肠软的人,更能正中他的下怀,让你感觉到他是真心地关心、爱护和尊重你的,你不支持他、理解他实在是说不过去,甚至天理都难容。其实这样的事经过几次后,大家都看出了他使的是“花招”,玩的是心计,暴露了他真正虚伪狡诈的一面。

当然这是大家说的,李守仁也从没在意和研究过他的这些。不过今天晚上电话中的一番客套,就突显了“贾氏风格”。

停工准备电视台采访,谁都知道这样做不妥,像贾正那种智商高的人,他肯定也会认识到这样做不妥。可是他为了把工作做得“有声有色”,因此就借助电视台的宣传报道来扩大“影响”、树立“形象”。

贾正在电话中显得很热情激动,对李守仁先来一番“关心和问候”,关切地问他“吃过饭没有啊!注意身体哦!早点休息啦”等,还用征求的语气对李守仁说,如果没有吃饭的话,就到市里来陪电视台的记者一起坐坐。被李守仁谢绝后,还没等李守仁说工地的事,贾正便说开了:“老李,事先也没来得及和你商量,上次马经理给我们联系的电视台记者,哦!对了,就是上次吃饭的时候那位记者,你见过的。前天他们通知说要到工地采访,马经理也给我打了电话,让好好准备准备,我就安排停工做准备了,他们看了我们的工地后觉得我们管理得非常好,刚才还一个劲儿地表扬我们呢！要不您和他们说两句？”

李守仁急忙说：“算了，算了，你陪他们就是了。”

贾正回答道：“好，我一定陪好他们，把你的问候转达到。工地上那就辛苦你了！”

说了半天也没说清楚工地能干不能干，贾正一番“嘘寒问暖”后李守仁差点忘记工地复工的事了。正要挂电话突然想起还有重要的事没有征询，“喂，喂，老贾”，连忙叫道，可是贾正那边已经把电话挂了，坐下来又一想还是和贾正说一下为妥，最起码可以让他知道工地在干啥，因此便又回了过去。电话中贾正非常爽快地答应了，而且显得很豁达，回答李守仁道：“这些事你安排就是了，没问题，可以干了。”

李守仁挂了贾正的电话，马上就给工地协作队负责人打电话，要求他们抓紧时间开始干，为了消除大家顾虑，吃一颗定心丸，并特地交代，这是刚才贾经理在电话中安排的。

记者到工地采访完没过几天的一个早上，大家吃完早饭正在院子里闲聊，海量通知大家说：贾正打来电话让他告诉大家，晚上中央电视台《新闻联播》后省电视台要播出记者采访我们工地的节目，要求所有人员到时到会议室收看。还说贾经理安排他，让他打电话通知工地施工人员和总监办、建管处，让他们晚上也准时收看。

海量的话音刚落，牛饷帅就调侃他道：“你还真让我激动了一下，我还以为要上中央电视台，原来是省电视台。”

“不管怎么说，你还是上了一回电视，你看那些工地上干活的工人，他们有几个能上电视。且不说一年到头奔波在外面，为了省几个钱，有时打个电话都是和家人约好时间，三言两语捡主要的说，说完就迅速地挂了，见面那就更难啦！”许超反驳道。

“他们上电视能说啥呢！不外乎记者问他‘你幸福吗？’——我姓‘曾’。这样的‘神回答’有啥用！”牛饷帅不屑一顾地说。

“这样的回答怎么啦！不要小瞧工人兄弟，我们大家有项目经理部这个平台，如果没有这个平台，也和他们一样。端一个大海碗蹲在墙角吃，挤在一张大通铺上睡，蹲在一个大坑里拉，你有啥了不起呢！有这个单位你是谁，没有这个单位你谁都不是。”苗有水对牛饷帅刚才的话，实在听不下去，恨恨地训斥他。

站在一边的李守仁听了几个人的争辩，看着牛饷帅面红耳赤的样子，他觉得很好笑，不禁脸上露出了浅浅的微笑，劝解大家不要争吵了，该干吗就干吗去，晚上按照贾经理的安排，准时到会议室看电视就是了。

吃过晚饭，大家先后走进了会议室，坐在那里等待着电视节目的开始。

还没等中央电视台《新闻联播》结束，省电视台就转到了自己的节目。报道项目经理部工程建设情况的是《建设者风采》栏目，这是一个新开办的反映全省重点工程建设的栏目，在本省收视率比较高，特别是省领导十分关注。某种程度说，在这个节目播出在省内产生的效果和影响丝毫不亚于中央电视台。因此，贾正就瞅准这样的机会和平台，不仅是为了宣传项目经理部，更主要的也是为了宣传他自己。

只看到贾正在镜头里摇头晃脑地侃侃而谈，首先讲这条高速公路的建成对国防和经济建设的重要意义，以及对老区人民脱贫致富的现实意义，等等。讲得眉飞色舞，讲到最后，贾正挺着胸脯信心十足地保证，我们全体建设者一定会尽心尽责为老区修一条良心路；在整个修筑的过程中，请业主和社会各界放心，真正把这条路修成放心路；等到公路建成后，让老区人民在上面走起来既快捷又舒适，内心里真正感受到这是一条舒心路。在播放的中间还露出了牛饷帅的影子，并时不时地穿插有马昇官的镜头，整个播出过程足有十多分钟，可是一大半的时间是两位经理的讲话和检查指导工作的镜头。

当出现马昇官画面的时候，几个年轻人不约而同地叫了起来，说电视画面“穿帮”了，马昇官检查工地的画面不是我们的工地。不知电视台是从哪里剪辑来的，一下被大伙发现了。本来贾正夸夸其谈的一番介绍就不够真实，再加上画面“穿帮”，就更显得不真实了，大家看后个个都直摇头。

老张不住地摇头，唉声叹气，自言自语道：“就瞎吹，这样的宣传有啥意思？”坐在旁边的老严听了老张的话附和道：“是啊！你我都五十几岁的人了，又不是五十几斤，有的电视节日有几句是真话啊！”

那名记者的解说词也极其夸张，具有很强的鼓动性，大谈特谈项目经理部工程管理的是如何如何正规，进度是如何如何神速，完成任务是如何如何有保证，保质保量按期完成没一点问题。差点把最后一句话——“保质保量按期完成没一点问题”说成“保质保量按期完成一点问题”，险些因丢字造成失误，闹出笑话来。

电视节目刚结束，建管处的一个部长就给李守仁打来了电话，说贾经理的整个讲话可概括为一个成语，让他猜猜是哪个成语，他为了不扫人家的兴，也就支支吾吾地应和了几句，人家就主动告诉他可以用“三心二意”来概括，李守仁听了后也不禁想了想，人家说得真还有点道理。

李守仁听了那位部长的话后，脸上不由自主地露出了苦苦的微笑，这样一宣传我们的压力就更大了，必须好好管理，必须走在前面，按期完成任务，否则的话我们就失信于民呐！

坐在李守仁后面的几个年轻人看出了他的心事,其中一个嘴里嘀咕道:“宁愿相信世界有鬼,也不能相信记者那张嘴。说得天花乱坠的,我们还能不知道是怎么回事吗!”

“好吃的,好住的,好拿的……一条龙服务满足了他们,他们能说你不好吗!”

大家都觉得确实吹得过了,老张朝李守仁这边挪了挪身子,小声说:“说的这些话你细细琢磨,其实都是些废话,只是记者说出来大家觉得好听,领导们听起来好过,对我们这些小老百姓屁用都没有。”

电视看完后,有的继续看别的节目,有的坐着闲聊。突然,马龙和郑静从外面办事回来了。两人从车上走下来,被坐在会议室门口的海量看见了,海量非常激动,大着嗓门叫道:“嘿!龙哥带着‘手机’回来了。”

大家听了后都扭头向门口张望,几个年轻人便不约而同地哈哈大笑起来。

马龙手里提着一大袋零食,走进了兼做郑静宿舍的财务科办公室,几个年轻人便不约而同地夺门而出,一哄而上,跑到了财务科。

李守仁听了大家刚才的话,看着大家哄堂大笑,有点莫名其妙,不知什么意思,又看着大家闹哄哄地蜂拥而出,就更不明白了,只是瞪着眼珠子、张着嘴巴子、梗着脖子直愣愣地看着大家蜂拥而出、一哄而上。

那几个年轻人跑出会议室后,就剩下李守仁和几个上了年纪的老同志。

老张看到李守仁瞠目结舌地呆坐在那里,便朝着李守仁哈哈大笑起来,边笑边说:“老李,‘OUT’了吧!”

老张这样一说,李守仁更感到莫名其妙了。坐在那里只是“嘿嘿”地露出善意的微笑。

老张神秘兮兮地问李守仁,想不想知道是怎么回事,想知道就告诉你。

“老张,你又不是当事人,实际情况你也不是太清楚,我给找当事人,让他亲自给李书记汇报。”王姐不让老张说。

“你们究竟是啥意思?看了一会电视,让你们把我整得一头雾水。”还没等李守仁把话说完,王姐就走出门扯开嗓门喊海量。

老张凑到李守仁跟前,低声细语地说:“老李,你没有发现吗!咱们财务科是个出故事的地方,这个故事就是从那里传出来的。”

不仅是老张,项目经理部好多人都知道,就连李守仁有时也能发现,每次马龙到外面办事回来的时候,总要买好多吃的东西放到财务科,大家不管是谁饿了,到那里总能找到吃的东西。只要你不从里面拿钱,吃的喝的可以随便拿、随便吃,在这方面马龙和郑静都显得很大方。其实大家都知道那些吃的、喝的也不是拿他们自己的钱买的,都是花公款买的,花公家的钱请客笼络人心,这样的事当然谁都愿意做。因此，看上去他们的办公室的人气最旺，那些年轻人有事没事总想往里面跑。人多的地方就有江湖，江湖里纷繁复杂，总离不开故事和传言，而且那些故事和传言总有出处，总有缘由，而且传得也很快。

海量一会儿就进来了，一屁股坐在那里就开始给大家认真地讲起了“手机”的来历，而且讲得绘声绘色，显得很真实，他讲道：“有一次，我们几个人正在财务科吹牛，郑静放在桌子上的手机突然响了，我就顺手拿起来一看，是一个陌生电话，郑静就让我把电话挂了。挂了电话，我就把手机拿在手里玩，突然翻到一条短信，把我吸引住了，觉得很有意思，我就把它转到了我的手机上，也就顺便随口给大家念了起来。”

海量说着拿出自己的手机查找那条短信，给大家绘声绘色地念了起来：“如果有来生，我不做你的红颜，不做你的知己，不做你的爱人，不做你的任何人，我宁愿做你的手机。那样的话你会每天都把我捧在你的手里，把我贴在你的脸上，把我放在你的唇边。让我知道你的一切，了解你的所有。如果有一天你匆忙间把我忘在哪里了，你会着急地四处寻找。不是我粘着你，而是你离不开我！不知这是郑静的原创，还是转发别人的，可是这条短信转给了贾经理。”

“你们这些年轻人，大惊小怪的，这有啥啊？”李守仁轻蔑地说。

“李书记，这是真的。不信您看看。”海量认真地说，边说边把手机往李守仁跟前挪，想让他看个仔细。

“即便有，估计那也是闹着玩的，你们就信以为真啦！”李守仁责怪道。

“郑静和贾经理是不是有那个关系，那我就不知道啦！反正短信是郑静发给贾经理的，这绝对是真的。”海量就像个小孩子一样，感到受到了委屈，便进一步大声地向李守仁解释。

这事经过海量的叙说，等于说越描越黑，李守仁也不能再说啥了。

后来这事被大家传开了，项目经理部好多人都知道了，有的私底下就把郑静当成贾正的“手机”来叫。刚开始的时候，郑静很是纳闷，不知道大家为啥这样称呼她，不过她自己心里清楚，称呼自己“手机”肯定不是什么好事，更不值得称羡。刚开始谁称呼她“手机”，她总要开口斥责对方，甚至板着脸用她那两只大眼睛恨恨地瞪对方，当后来知道事情的原委后，她反倒不吭声了。

因为“手机”这个不雅称呼，后来真还发生了一件事，把贾正和郑静闹了一个难堪。有一天晚上，贾正召集项目经理部全体人员开会，忘记带自己的手机了，正在开会的时候，突然想到了自己的手机，便朝坐在对面的海量说，去我的床上把我的“手机”拿来。

大家听了后，“哗”的一声笑了起来，其中不乏一些夸张的笑，贾正不知大家突然发出这样的笑声为了啥。先是愣怔了一会儿，还以为自己说错了啥，可是冷静一想，自己也没说错什么啊！对大家莫名其妙的大笑很不高兴，不过他很快地意识到大家冲着他大笑真没把他这个领导放眼里，不尊重他，便不管三七二十一，停下会议就破口大骂起来，把大家骂得狗血喷头，无任何寡廉鲜耻，什么难听就骂什么，真就像骂一群不知羞耻的动物一样。正骂着，突然从门上飞进来一只绿头大苍蝇，直接飞到贾正跟前，在他的头顶上空嗡嗡嘤嘤地来回盘旋着，贾正气得拿起放在桌子上的笔记本使劲扇拍，可是始终没有拍着，那只苍蝇好似专为他而来，故意在挑衅他。大家屏住呼吸，静静地坐着凝神注目看着贾正的一举一动，没有发出半点声响。只有贾正一个人在那里左扇、右拍，上扇、下拍，一个劲儿地忙乎着，好似在和那只苍蝇斗智斗勇，他和那只苍蝇都不妥协，展开了殊死搏斗。在座的个别同志打心眼里感谢那只苍蝇，因为它的到来让贾正分不开身辱骂大家了，是它挺身而出救了大家。贾正手里的笔记本扇动得越快，那只苍蝇的飞行速度也越快，越飞越勇，真有种赴汤蹈火、不畏生死的架势和视死如归、大无畏的英勇气概，表现出了不离不弃的革命情谊，低飞、高飞，滑翔、俯冲，再低飞、再高飞，再滑翔、再俯冲，敏捷的飞行速度和矫健的飞行技巧，无疑是一场高难度精彩绝伦的特技表演。

足足有四五分钟，那只苍蝇丝毫不示弱，仍然越战越勇、越飞越猛，可是贾正的胳膊挥动的酸痛，速度越来越慢，体力明显不支，受不了了。坐在贾正斜对面的王伟看在眼里，急在心上，“嗖”的一下站了起来，由于站的速度过快、用劲过猛，差点被屁股下的凳子绊倒，看那架势要誓为贾正报仇，也学着贾正的动作扇动手里的笔记本，贾正从这边扇，他从那边扇，就像故意把苍蝇往贾正这边赶。坐在最里面的几个年轻人不知谁“扑哧”笑出了声，贾正便破口大骂道：“笨猪！”恨得咬牙切齿，大家也不知他是骂王伟，还是骂刚才发出笑声的那个年轻人。王伟听到这样的骂声毫不在乎，以为不是骂他，仍然一个劲儿地坚持拿笔记本使劲扇动，可是无论他们怎么扇动，那只苍蝇一直没有被他们拍到，也一直没有放弃和他们斗智斗勇。最后贾正气得把笔记本往桌子上一扔，由于动作幅度太大，将放在桌子上的水杯打倒了，顿时满满一杯滚烫的开水撒在了桌子上，并迅速地漫开来，几根虫草也被水冲到了桌子上。

贾正恼羞成怒，“散会”二字一撂，扭头走了。站起来的时候，还不忘那只苍蝇，抬头看了看，但是没有看到。当他的一只脚正要跨出门的时候，那只苍蝇抢先一步，飞在他的前面“冲”了出去。

贾正前面走，郑静跟在后面也冲出了会议室，她那双红色高跟鞋踩在水泥地上发出的“咚咚”声响，并没有掩盖住大家的笑声。

牛饷帅把身子爬过来伸手从刚才洒落的那一摊水里捏起一根虫草，举到坐在旁边的老张眼前，问老张："知道这是啥？"

"茶叶！"老张连看都不看一眼，便肯定地回答说。

几个年轻人又"哈哈哈"地笑了起来，这回他们应该是嘲笑老张没认出那是啥。

"你见过这样的茶叶，我告诉你吧！你一天的工资都买不到这么一根。"

"不就是个树枝子，你就蒙我吧！"老张不禁仔细地看了看，不屑地说。

"哈哈哈！"又是一阵哄笑。

"你好好看看这是树枝子吗？"牛饷帅又把那根虫草举到老张眼前，让他仔细瞧瞧。

"哦，就是个干树枝子，不过有点像虫子！"老张带着怀疑的口吻说。

"恭喜你看出来了。这叫'冬虫夏草'，冬天是虫，夏天就变成了草，只有在高海拔地区才能挖到。"牛饷帅神秘兮兮地对老张解释说。

"怎么冬天是虫子，夏天就变成了草，听不懂你们年轻人这些。"老张完全被整糊涂了，埋怨道。

"老张，只要你每天坚持吃这么两根，保证你越活越年轻，今年53，明年35。"

"那不是返老还童的神药吗！真要有那么神，那些有钱人都吃它了，明星们想要变年轻还整啥容，天天吃几根虫草不就行啦！"

"就是，你看哪一个领导不吃它啊！你也快买点吃吧！"

"你不是说我一天的工资都买不来这么一根，我吃它，不吃饭啦！"

"听说现在好多有头有脸的和有钱人都在吃这个，有时你有钱都买不到。"

"别吹了，有那么玄乎吗？"

"不信，那你就试试呗！"

老张只是张着嘴"哦"了一声，心想这玩意儿如果真有那么贵，有几个人能吃得起，能吃得起的估计都是不用花自己的钱。

李守仁坐在那里，也在静静地听他们你一言我一语说话。对于虫草他并不算陌生，过去在高原上修路的时候，他就见过那东西，当时还没有像现在这样炒作起来，不过他也只是见过，并没有吃过。

大家闹哄哄地闹腾了一会儿，突然听到李守仁轻轻地咳嗽了一声，便都把目光齐刷刷地投向了李守仁，敛声屏气，静静地坐在了那里，等待他说话。

其实刚才的事情发展到这种地步，最难堪的还是李守仁，贾正把大家撇下不管，气狠狠、怒冲冲地一摔门走了，是不应该，他走了，他的威信已经扫地了！可你李守仁不能像贾正那样威信扫地啊！假如他也像贾正那样把大家撂下一走了之！

反正大家都清楚，事情是贾正引起的，与他没关系，那大家怎么看他。不说别的，最起码还要有点领导风度吧！两个领导开会，突然莫名其妙地都走了，把大家丢下不管，那大家还怎么看领导。

不过会议刚开始就弄了个冷场，很是让李守仁尴尬，也令他很难把这个场收好。因为这个会议是贾正突然召集的，李守仁也不知道他究竟要讲些啥内容。贾正的愤然离去，他更不知该给大家讲点啥了，只是围绕刚才的事情给大家提了要求，让大家开玩笑要注意把握分寸和场合，相互之间要尊重，等等，把大家批评提醒了一番后，也就散会了。

12

上午桥梁队桩基开始浇筑混凝土，他们的混凝土罐车从村民的庄稼地里经过，压死了几垄庄稼，村民把车子拦住要求赔偿。

本来不是啥大事，损毁东西照价赔偿不就完事了。可是桥梁队不和村民好好协商，而是着急慌忙地跑到项目经理部，让项目经理部出面协调，贾正便安排副经理海涵去处理，并嘱咐如果村民不听劝阻，执意阻拦，就带协作队的工人狠狠地把村民教训一顿。

协作队在施工或与老乡们交往的过程中，发生点纠纷在所难免，也很正常，夫妻两有时都会发生磕磕绊绊的事，况且协作队与老乡非亲非故，在一些利益问题上争吵几句也算不上什么，可是打架就不对了，特别是支持鼓励协作队去打老乡那就更不应该。

海涵是马昇官老婆的二弟，是我们前面介绍过的海量的哥哥。海涵原来在一家保安队当保安，一米八的个头，魁梧壮实的身体，往那里一站就像一堵墙一样，真还有那么一种气势，当初大家就是看上了他的这个好“块头”，力气也大，做些跑跑逛逛的事比较合适，因此便安排他一直负责项目经理部的安全管理。

海涵从项目经理部离开直接就去协作队带了 20 多个身强力壮的年轻人，有的拿着手头干活的工具、有的提着一米多长的钢筋，浩浩荡荡地朝着村民的田里走去。来到田头一看，一男一女两个头发花白的老人，佝偻着身体背对着他们正坐在施工车的前面。海涵大老远就大声呵斥道：“老家伙，是不是活得不耐烦了。老子的队伍正在施工，把车拦下来不让施工，是不是想干仗？”一嗓子把两个老人吓了一跳，两个老人相继转过了头，相扶着迅速站起来，老头先开口道：“后生，你这是说的啥话？我们是活得不耐烦了，那你来收拾吧！”

“老家伙，我看你就是活得不耐烦了，赶快滚到一边去，让老子的车过去，不然的话，我就让你站着进来、躺着出去。”海涵瞪着双眼凶狠狠地说。

“你们怎么就像土匪一样啊！损毁东西要赔，这是天经地义的事，你不赔我，反倒还有理了，脏口骂人，你不赔，我就不走……”老头不动声色地说。

海涵哪里听得进老头的这些话，还没等老头把话说完，上前一把把老头的胳膊拽住，便往田埂外面拉，老头的身体斜靠在海涵的身上，就是不站起来，死死地拽着他。海涵使劲往外拉，看着老头死死地拽着自己，便抬腿重重地踢了老头一脚。老头身材矮小不说，还十分瘦弱，年轻力壮的海涵就像提溜着小鸡一样，不费多少力气就把老人提溜到了田埂外。

一直站在那里看着海涵提溜、殴打自己老头的老太婆被吓坏了，大声地哭喊道：“孩子啊！你们有话好好说啊！不能打人呐！”

“死老婆子，住嘴，你是不是也活得不耐烦了。小心把你也一起收拾了！”海涵怒斥道。

老头哪经得起海涵使那么大的力气拖拽，当把他拽到田外的时候，他的四肢已经瘫软，躺在那里无力站起来了。任由海涵提溜摔打揉搓，老头就是站不起来。海涵认为老头是在故意耍赖，就又连拉带拽，狠狠地踢了几脚，可是无论他怎么拉和拽，老头就是站不起来。

海涵最后把老头丢下不管了，喝令司机把车开走，他们一帮人也要离开。老太婆看着自己的老头躺在那里，连忙跌跌撞撞地跑过去呼唤老头。老头痛苦地呻吟着，不说话，看着老头已经伤着了，就又返回去追海涵他们一帮人，本来腿脚就不好，经过这样的惊吓，身子摇摇摆摆，走路跌跌撞撞，走一步打一个趔趄、走两步绊一下。追了一会儿，看到海涵带着车子和人都走远了，又返回来照看老头。

项目经理部院内大伙正围站在一辆新买的进口“丰田”越野车跟前指指画画，这辆车是贾正落实前段时间马昇官的指示花了70多万元刚买回来的，不料没用几天就被撞了，贾正正指挥驾驶员用塑料胶带粘贴快要脱落的车尾灯。突然一个老太婆跌跌撞撞地走进了项目经理部的院子。一进院子，就连声问，哪一个是领导啊！你们的工人把人打死了，你们也不管管。

李守仁一听自己人把人打死了，吓了一跳，连忙走到老太婆跟前，问老人家究竟是怎么回事！

贾正看着李守仁朝老太婆走去，就喊：“李书记，你不要管这些赖皮！”

“这是啥话！老人已经找上我们的门了，我们怎能不管呢？”李守仁带有埋怨的口气对贾正说。

老婆婆哭诉着说：“你们的工人把我家老头打伤了，不知是轻是重，现在还在地里躺着呢!”

李守仁感觉事情闹大了,马上想到肯定是工地工人干的,连忙喊司机开车,把老太婆扶上车,他要亲自到现场看看。

贾正走上前想拦李守仁,走到跟前又退了回去。看得出他对李守仁的所为很是生气,边走边嘀咕道:“老百姓之所以是老百姓,就因为贱。”

不料这话被李守仁听到了,李守仁转过身紧追贾正几步,走到贾正跟前问:“老贾,你说啥啊!难道你的父母不是老百姓!你的爷爷不是老百姓!你的老祖宗不是老百姓!”

贾正也不示弱,气势汹汹、咄咄逼人地说:“我说她怎么啦!老百姓就是贱,贱人始终都是贱人,就算把他变成珍稀动物了,他也珍贵不起来。”边说边折转身朝自己的房间方向走去。

“老贾啊!我们作为单位领导,我们的一言一行、一举一动,大家都在看着我们,也在影响着大家。我们这样对待老乡,大家又该怎样对待老乡呢?反过来,老乡们该怎么对待我们呢?”贾正根本不听李守仁的这些,也没接李守仁的话,反倒步子迈得更大了,大步往前走。

李守仁折转身,上了车。

老太婆带着李守仁来到现场,只看到田埂处躺着一个老人,躬着身子躺在那里,老太婆果真说得没错。

李守仁急忙跳下车,老远就听到老人发出痛苦的呻吟声,跑上前俯下身子呼唤老人,老人断断续续地说腰疼得厉害,站不起来了。李守仁和司机一起把老人扶上了车,安排司机和海涵赶快把老人送往医院。在往车上扶老人的同时,他看到老人满脸深深浅浅的皱纹,身材十分瘦小单薄,黝黑的脸就像晒干了的核桃——皱巴巴的,瘦弱的身体就像熟透了的柿子——软塌塌的,非常可怜!

刚才在路上,李守仁听老太婆讲,工地的车子经过他家庄稼地把庄稼压死了,他们老两口拦住车讨要说法,不料老头就被打了。送走老人后,他独自步行来到桥梁协作队,找桥梁协作队了解情况,果真不出所料,就是桥梁队的工人干的,不过打人的是海涵,李守仁气得直跺脚,恨恨地斥责道,怎么能打人呢!而且打的是两个年迈的老人,能经得住你们打吗!你们有父母吗!你们的父母你忍心打吗!……李守仁越说越气愤,强压着怒火,真想上去揪住那个安排工人们去工地打架的“浑蛋”恨恨地抽两巴掌。

所幸自己听了老太婆的话,及时赶到了工地,就像贾正那样赌气把老人丢在那里不管,万一有个三长两短,那就把事情闹大了,不堪的后果谁来承担!他越想越生气,本来是很小的事,怎么就像土匪强盗似的,蛮横无理,不讲一点道理,这样一闹把事情闹大了，可是事情闹大了，却没人出面收场。更令他气愤的是拿这样的态度对待老乡，与老乡成了敌我关系，以后再怎么与老乡继续相处下去，老乡怎么看我们这支队伍。

李守仁冷静了一会儿，对桥梁队负责人说："事情是你们先挑起的，损毁东西要赔偿，没有半点理由可讲，更不应该耍赖，你们要认识到错误，由此造成的损失和后果由你们来承担。项目经理部安排海涵出面处理这事本身是好事，可是他把好事办成了坏事，他也有很大责任，你们和海涵应该各打五十大板。"

桥梁队的负责人听了李守仁的话，表现出了很委屈的样子。李守仁话音刚落，就嘟囔道："我们是找项目经理部帮助解决问题，又没让项目经理部帮着打架。"

李守仁也没心情和他们纠缠这些，不过他听出了弦外之音。

李守仁回到项目经理部后，就找贾正把刚才发生事情的详细经过说了，贾正坐在那里不阴不阳、怪声怪气地说："有多大事嘛，大不了赔点医疗费，老百姓就是欠揍，不打不老实。"

李守仁实在不想和贾正纠缠这些，该说的其实都已经和他说了，而且说得也比较严重，可是贾正还是这样的态度，他听了后又气不打一处来，他尽量克制怒火，动情地说："老贾，我们将心比心，老乡们就靠那几亩薄田吃饭，你把他的庄稼损毁了，他没有收成，就等于说断了他的三餐，他不找你找谁！再说，我们来到这里，还是给老乡们添了不少麻烦的，可是至今还没有哪个老乡找我们闹事，这个你应该清楚。我们没有怜悯之心不说，更不能与老乡们搞对立、产生敌我矛盾，看到这些老乡就该联想到我们的父母，他们和这些老乡也一样，多么可怜啊！我们要多体谅他们，多关心他们……"

贾正还没等李守仁把话说完，便咬牙切齿狠狠地说："哼！找我，我就踹他一脚。"紧接着又说，"你也不要拿这些大道理来教训我，你的这些大道理我都懂。你说吧！你让我这也要关心，那也要照顾，我拿什么关心照顾，又有谁关心照顾过我。谁能够体谅到我这个项目经理的难处。"贾正不仅有点不屑一顾，而且对李守仁的话很反感，并发起了牢骚，好似有一肚子的怨言和委屈。特别是听他这么一说，让人觉得老乡们就是在故意欺负刁难他，别人有意不配合他或给他施压。

"老贾，你我之间说说气话可以，这样的话千万不能和别人说，让我们的人听了就是怂恿纵容他们，今后再遇到这样的事会出大问题的。我也不是怕出问题，更不是怕承担责任，我只是觉得我们要用良心说话做事，要看到老乡们的不易，我们也是从农村出来的，现在有了个吃饭、挣钱的地方，可是也不应该忘记农民的苦！这是不对的，也是很危险的。"李守仁激动地说。

“我不是那意思，我只是觉得有些老乡很贱，看见你干工程眼红，你说说现在干工程有多大利润呢！在这个鸟都不拉屎的地方辛辛苦苦干一顿，最后得到啥啦！出力不讨好，最后还背一身坏名声。我觉得那些老百姓就是冲着我们来的，没事找点事，占我们的便宜，甚至还向你敲诈勒索。穷山出刁民，你也不要过分地同情迁就他们，有些刁民是不失惯的。”

“老贾，问题要客观地分析和看待，我不排除社会上有那么些内心奸诈和偷奸耍滑的人，可是你不能说人人都是这样的吧！你也看到了，就刚才那个善良可怜的老人，我们不惹她，她会找上门来说事吗，更会敲诈我们吗，你看她能做出那些敲诈勒索的事吗！”

李守仁看到贾正对群众的冷漠态度，很令他失望，也令他非常气愤。说内心话，李守仁是非常憎恨这种对群众冷漠甚至欺侮的行为。假如是自己的孩子说出这样的话，或者做出这样的事情，他一定会上去抽他两巴掌，可是眼前的这个人不是，更不能抽他巴掌，因为他是自己工作上的搭档，只有相互沟通配合和理解。

从这件事上，也再次地让李守仁认识到了贾正做事的偏激和傲慢，如果这会儿继续跟贾正讲这些道理，他是听不进去的，还不如等以后找个适当的机会再好好跟他聊聊。

可是李守仁知道，领导是这样的态度，下面的人很容易效仿，因此他觉得很有必要开个会，在会上以今天发生的事情为教训，顺便强调强调群众纪律问题，转变大家对老乡的态度，杜绝类似问题的再次发生。

在会上，李守仁没有讲什么大道理，只是把自己亲身经历过的一件事讲给大家听，想唤起大家的良知，或者说同情心，以此教育大家，转变对老乡的态度。

那是在李守仁刚毕业回到部队的时候，被部队首长安排去看望一位生病的战友。那名战友在他刚入伍的时候，就已经是一名志愿兵了，在他们连队当装载机操作手。那个战友人长得白白净净，性格憨憨厚厚，不苟言笑。可是工作没说的，技术精，人勤快，不管什么时候，总是把自己操作的装载机擦洗得干干净净，就像他那干净利落的外表一样。

俗话说：甘蔗没有两头甜。那个战友的从军路还算顺利，和那些走出农门进入营门的其他战友一样，学了技术、转了志愿兵。可以说，工作他是出色的，婚姻他却是失败的。婚后，他常年在青藏高原施工，夫妻两人长期两地生活，感情逐渐冷淡，关系疏远，最后妻子做了人家堂前的“金丝燕”，劳燕分飞。他的身心受到了沉重的打击。

那个战友由于部队工作忙，腾不开身探亲休假，两年多没见妻子了。离家后的第三个春节前，战友高高兴兴地从部队出发，赶到火车站后，想让家人早日分享到他探亲休假的喜悦，便迫不及待地给在县城工作的一个朋友打了电话，让其转告家人自己探亲的喜讯，战友的朋友在电话中无意间说出了战友的心上人已经跟别人好上了。突如其来的变故，令战友猝不及防，爱的堤坝顷刻被冲垮。由于极度悲伤难过，战友当即就气得精神失常了。从部队回老家，春节前就走开了，一路疯疯癫癫直到正月十五才到了家，还是在火车站被一位好心人安排上车托人照看，护送到家的。

那个战友生病后，部队领导非常重视，立即指派一名干部带他去看望战友。他们早上从战友老家的省城出发，到了战友家所在的县城已经是晚上 12 点多了。他们随便找了个地方住下后便向当地老乡了解战友家庭所在地乘车路线等。第二天他们又早早出发，从县城驱车到达乡里。听说从乡里到战友家还有 10 多公里的土路，没有交通工具，他们便步行往战友家赶，到了战友家已经是下午 2 点多了。

当他们走进战友家院子的时候，被眼前的景象怔住了。说是院子，其实就没有院子，更没有院墙。房子四周都长满了高高的杂草。只是房子前面被人畜踩踏出了一块很窄小的平地，给人的感觉就像是个“院子”。

为了真切地反映战友的家庭情况，李守仁便一五一十地把战友的整个家庭情况向大家做了介绍，就像一组“慢镜头”一样，把战友的整个家庭扫视了一番。两间一层半的泥土小屋，半地下的两间，一间当作牛圈，另一间当作猪圈，空气中到处弥漫着一股刺鼻难闻的味道。他们的脚踩在颤悠悠的木楼梯上，发出“嘎吱，嘎吱”的声响，一下就让他们感知到了这个家庭生活的煎熬和沉重，他们不敢同时踩在那残喘的木楼梯上，而是一个爬上去后，另一个才开始接着往上爬，当他们走进战友父母居住的屋子里，里面一片漆黑，借着从外面照射进来的光线，才能隐约看到里面的景象。“吱呀”乱响的地板到处都是缝隙，从上面能看到下面。墙壁被烟尘熏烤成了黑灰色，家徒四壁。屋子正中间是用砖头垒起来的灶台，靠灶台的地上堆放着一大堆干柴火。一张由几根木棍支起来的木床孤零零地“蜷缩”在靠里面的角落里。屋子的另一角摆放着一张四方木桌，上面的油漆斑斑驳驳的，裸露出的桌面黑油油的。墙上挂着几件歪歪扭扭、松松散散快要散架了的炊具，屋顶上掉着几个竹筐和竹篓，摇摇欲坠。除此之外，再也看不到任何东西了，更看不到一件像样点的家具。李守仁相信有贫穷人家，可是没想到还有那么贫穷的人家。他的脑子里当时就冒出“家徒四壁”和“家无担石”这么两个成语，不过用这两个成语形容也最贴切不过了。

两位头发花白、年近古稀的老人，一见到他们就哭天抹泪的，战友的母亲更是泪如雨下，一直哽咽着，半天说不出一句话来。李守仁的双手紧紧地握着老人古铜色、粗糙的双手,久久地不肯松开,仿佛紧握着的就是他父母的手,眼前的老人就是他的父亲、母亲。战友的父亲口里不停地说着左一个辛苦、右一个惊动领导啦!他们坐下后,战友的母亲双手颤巍巍地、毕恭毕敬地给他们端来了两大瓷碗白开水,客客气气地请他们喝。战友父亲的手哆哆嗦嗦地点起了“老旱烟”,坐在那里“吧嗒、吧嗒”地抽着,不时地发出哀叹声。坐了半天李守仁一句话都说不出来。他陪同的那名干部耐心详细地问询了解战友家中情况和遇到的困难。说起自己的儿子两位老人老泪纵横,鼻涕一把、泪一把,非常伤感。战友就是两位老人的精神支柱,这下柱子垮了,老人怎能不伤心难过呢!

李守仁记得那天还下着小雨,从战友家里出来后,两位老人踩着泥泞的土路,一直把他们送了很远。他们一再让老人们留步,可是两位老人就是不肯,始终在嘴里喃喃地说着先前的那句客套话。在他们的一再劝说和阻拦下,两位老人怀着依依不舍的心情,才把脚步停下来。当他们走出很远后,回头看见两位老人还站在雨中,向他们挥手。

多么淳朴善良的老人,李守仁说得很动情,说到最后几乎要哽咽起来。坐在下面的那些协作队负责人和项目经理部的同志都专注地听着他的讲述,鸦雀无声,被他所讲的故事深深地打动和感染,也心生恻隐之心。会上,海涵主动站出来检讨认错,并提出被打伤的老人的医疗费和其他赔偿费,均由他自己承担,并请求李守仁带他到老人家里主动赔礼认错。

李守仁内心里对海涵主动承担错误和赔偿的这一做法所感动,人心其实都有善良的一面,平时海涵说话听起来有点蛮横,看上去做事也是冒冒失失的,其实他也有善良的一面!

会后,李守仁就带着海涵到老人家里认错。一进门里面的灯光非常昏暗,家里的景象也不怎么好,不过看上去收拾得非常整洁利索。倒是比他在会议上讲的那位战友的家境好点,因为那毕竟是十几年前的事情了,改革开放又过了这么多年,农村也发展了这么多年,应该有所新的变化和发展才为好。不过老人家的境况也好不到哪里去,家里的陈设也极其简陋,窑洞后面的木柜上摆放着一台老旧电视,土炕上铺着一层白色编织袋,两套单薄的被褥整整齐齐地叠放在墙角。李守仁的眼睛仔细地四处搜寻了一圈,也没有看到一些值钱的家具摆设。

当李守仁说明来意后,老婆婆马上认出了他,老人显得很是不安,一再感谢李守仁,握着他的手动情地说:“今天的事真不该发生,我们老两口常年的经济来源也就靠那几亩田,现在把庄稼苗碾压死,秋天就没收成。我们确实不是讹诈。”说着说着老人伤心地哽咽起来,低沉着声音继续说道,“现在还不知道老头子的伤情怎么样,是轻还是重。”

李守仁紧紧地握着老人的手，安抚道："已经联系过了，没什么大问题，我们已经安排专人陪护，在医院里养养就好了。"

"没事就好，万一有个三长两短，把我一个人丢下那可怎么办啊！"老人喃喃道。

李守仁安慰道："大妈，实在对不住！年轻人一时冲动，说话做事莽莽撞撞的，发生了不该发生的事情，我这个当领导的有责任，没有把身边人管教好，我们专门来给您赔礼道歉。家里有啥困难就尽管和我们说，我们一定想办法帮助解决。"

"大侄子，我知道你是好人，这也不能全怪罪你们。孩子们还年轻，年轻人火气大，也不要指责他们了。事情已经发生了，你们出门在外也不容易，我们大家互相担待着就是了。"

听着老人的话，李守仁的心不停地颤抖着，眼泪不停地在眼眶里打转。

海涵也主动向老人承认了自己的错误。

最后出门的时候，李守仁把自己准备的几百元钱塞到了老人的手里。老人推搡了半天，说啥也不肯收下，无论李守仁怎么解释，老人就是不肯收下，最后没办法李守仁把钱丢在炕上，拉着海涵转身走了。

走出老人家院子，李守仁让海涵先回去，他想独自走走。他踏着皎洁的月光，不由得放慢了脚步，想静静地享受一番夏夜乡村里的田园景象，这样的景象他再熟悉不过了，小时候不知多少次在这样皎洁的夜晚，和村里的小伙伴们一起奔跑玩耍。那时多好啊！童年无忧无虑，天真无邪。尽管说他也很享受眼前的生活，可是现在的压力太大了，烦心事太多了，有时真让他喘不过气来，特别是最近的一些事，让他很是不安，他一直想走出这种困境，可是有点力不从心。

突然听到有说话声，他侧耳细听，好像不太远，他循着声音继续往前走，越走声音越清晰。他停下脚步再侧耳细听，好像是项目经理部老张的声音，他感到很是吃惊，这么晚了老张怎么会在这里，和谁在聊天呢！

他大踏步地朝着声音传来的方向走去，声音更加清晰了，果真是老张的声音，他故意把脚步放慢，蹑手蹑脚向老张他们靠近。借着月光，他看清楚了，是老张和老严。他绕到他们身后，想吓吓他们，不料他们早已发现了他。老张和老严坐在路边的一块大石头上，上面摆放着一瓶酒，几个小塑料袋。

没等他说话，老张先开口说话了："老李啊！辛苦了，坐下来我们仨喝几口吧！"

说句心里话，此时的他也确实想痛饮几杯，他没有酒瘾，可是今天也想喝几口，喝上几口为的是什么都可以不想，上床睡个痛快觉。

李守仁刚坐下来，拿起酒瓶就要喝，却被老张拦住了："老李，今天这是怎么啦！这可不是你的酒风哦！从来没看见你这么主动喝酒，咱们慢点来。”

还没等老张把话说完，老严就关切地问李守仁：“老李，从来没见你这样嗜酒，是不是心里不舒服？”

“哪有啥不舒服的，宰相肚里能撑船，遇到这么点事儿都想不开，那还当啥宰相呐！我是看到好酒摆在这里，不喝有点可惜！”李守仁说完哈哈哈地笑了起来，顺手把酒瓶拿起来喝了一大口，喝过后把嘴巴抿了抿，激动地说，“哦，这酒不错么，一定挺贵的吧！谁买的？”李守仁边说边把酒瓶往眼睛跟前抬了抬，想看看是啥酒，可是没看到酒瓶上有任何标签。

老张笑呵呵地提醒李守仁：“老李，你不用看了，估计这酒你好多年没喝过了，这可是好酒哦！”

“嗯，确实不错。”

老张装出神秘的样子，说：“是吧！老李，那这样，一瓶 300 元，给我钱我给你买去，要多少买多少。”

“可以啊！等咱们的工程干完了，您给咱多买几瓶，我请两位老哥好好喝一场。”

“谁掏钱？”老张问。

“当然是我掏啦！”

“那就算了吧！拿你的钱买的酒喝了不舒服。”

“为啥？”

“于心不忍。”

“哈哈哈，不就是几瓶酒吗，咱仨人即便放开喝，也最多喝上两瓶，五六百块钱老弟还是能花得起的。”李守仁认真地说。

“不是花钱不花钱和花多花少的问题。”

“那是啥？”

“我们想喝领导给我们买的酒。”

“哈哈哈，那您就找领导喝去吧！”

老严突然插话道：“你不承认你是领导，可是在我和老张的心中，老弟就是我们的领导。”停了停又进而说道，“我们想喝酒，是想喝项目经理部领导的酒。”

“哈哈哈，项目经理部领导的酒和我个人的酒有啥区别啊！喝谁的不一样。”

“那绝对不一样，而且大不一样。”老张露出神秘好奇的表情说。

老严说：“我们喝你买的酒，心里不舒服，憋屈。老李，实话告诉你吧！这酒也就几块钱一瓶，这是老张前天到县城看牙齿顺便买了一大塑料桶散装酒，今儿个出来的时候灌在了瓶子里。不要见外，酒不是好酒，可是心是好心。”

“老严，你就放一百个心吧！老李他不会计较这些的，假如他嫌弃咱俩不给他喝好酒，那我们也就不请他了，即使请也请不动他，他能和我们坐在一起，那说明他和我们是一个层次。”

“不对，老张，老李和我们是一个层次，可是和我们不是一条道上的。”老严拿起酒瓶抿了一口，进而解释道，“我们哥俩的境界和觉悟远远赶不上老李，老李在一个道上，我们哥俩在另一个道上；可是老李生活朴素节俭，能和我们生活在一起，生活在同一个层次上。”

“哈哈，老严，咱们也不和老李开玩笑了，我们也不能为难老李，更不能怂恿老李犯错误，绝对不能让老李拿公家的钱买酒给我们喝，即使我们提出来，相信老李也不会这样做的。汾酒、五粮液等高档酒咱喝不起，可是几十块钱的酒咱还是能喝得起。”老张因为长期在工地上干活，患上了风湿性关节炎，每到季节转换和气候变化浑身疼得受不了，每当这个时候就想喝上几口，缓解和麻痹疼痛，因此在他的床下面经常存放着一塑料桶散装白酒。

“谢谢两个老哥的盛情和理解。”李守仁认真地说。

“盛情倒是谈不上，理解倒是我和老严能够做到的。老严看到你吃过晚饭着急慌忙地出来了，其实我俩猜都能猜到你到哪里了，干啥去了，因此我们就坐在这里等你。看到你老李最近遇到这样那样的事情，人也明显瘦了，我们心里非常难过，趁着晚上这会儿功夫，咱仨坐一起喝点酒解解闷，顺便好好聊聊。”老张说。

老严平时几乎不怎么喝酒，和李守仁的酒量差不多，偶尔喝几口也完全是应付场合，可是今天他和李守仁一样，都破例了，或许这就是“酒逢知己千杯少”的缘故。老严接过李守仁手里的酒瓶就喝，喝了一口后把酒瓶递给了老张，老张没有接老严递来的酒瓶，而是神神秘秘地又从口袋里掏出一瓶来：“今晚咱仁就这俩，喝不完不回去。”

“李书记让你回去，你敢不回去。”老严故意挑衅调侃老张，说完“哈哈哈”地笑了起来。

“我敢，不仅我敢不回去，我还敢让李书记留下来陪我。”老张自信地回答。

“老张，你就别吹了，我还不知道你。你我任何时候都不能给老李添麻烦，一定要支持老李的工作。”

“是啊！我们不支持老李的工作，还让谁支持啊！今晚就咱弟兄仨，坐在一起不容易，还是说点正事吧！”

“哈哈，休息时间不谈工作！”李守仁开玩笑道。

“我们不谈工作，我们谈正事。”

三人坐在一起没说几句话，便把话题自然而然地转到了项目经理部的工作上。

说实在话，在项目经理部一些具有正义感的人都能够看得出来，李守仁为项目经理部里里外外的事操碎了心，大家都为他的处境想不通，甚至为他打抱不平。

老张和老严都是老同志了，对贾正的一些做法很是看不惯，也不止一次提醒李守仁，让他多留个心眼儿。可是作为书记的李守仁，他自己首先不在背后谈论这些是是非非，也尽量阻止大家不要说这些，更不能听大家说这些。他自己很清楚，如果听了大家的这些闲言碎语，这样下去对贾正、对单位，以及对自己和大家都不好。一个单位的两个主要领导整天工作和生活在一起，难免会产生磕磕绊绊，有了磕磕绊绊也很难评判谁是谁非，就像夫妻俩吵架一样，你说谁对，谁不对，清官难断家务事。解铃还须系铃人，只有相互理解谦让才能进一步地相处下去，不然针尖遇锋芒，你说我，我说你，整天精力内耗，哪有心思和精力干工作。只有大家的心往一处想，劲往一处使，这样才能把事情做好、做成。单位好了大家都好，单位差了或者出了问题都会受到影响，正所谓一荣俱荣，一损俱损，这一点李守仁最清楚不过了。

在项目经理部以项目经理为法人的体制下，理论上党委书记是项目党委的“班长”，和项目经理同为项目经理部的主要领导，如果两人相互支持配合和谐融洽，与项目经理一道齐心协力，书记的作用就能发挥好，能够起到一加一大于二的效果。可在现实中往往书记工作起来往往是举轻若重，其领导作用很难得到发挥，带领党委班子形成核心领导作用就更难。有人甚至认为项目经理部书记就是虚设的，有名无实。李守仁在与贾正合作的这段时间，他也能够明显地感觉到，就连他和贾正两人之间都很难形成一致的意见或行动，班子内部形成合力那更是纸上谈兵。自己经常处于一种尴尬的境地，工作开展起来非常被动，可是自己是一名老同志了，还是要从团结的角度出发，以大局为重。但他又不希望无原则的团结，以集体或他人的利益换取暂时的和谐，因此有些事情他绝对不会一味地迁就，该说的一定要说到位，该管的一定要管到位。在坚持原则的同时，尽量把大家团结起来，聚拢在一起，不然的话人心就散了，工作就会放任自流。

通过这么几个月与贾正的交往，感觉到贾正最大的不足就是权力欲太强，对手里的权力看得很重，刚开始的时候是暗中与他较着劲儿，最后干脆明目张胆地与他争权，作风专横霸道不说，还有些蛮横不讲理。遇到贾正这类人，他经常感到无论怎么推心置腹地与他交往，真诚地与他交谈沟通，可就是得不到他的理解，总好像他们中间隔着什么，有时真感到心有余而力不足。

有人说，项目经理部是小项目大社会，这话还是有一定道理的。项目经理部包含了社会的方方面面，也可以接触到社会的方方面面，如果管理不好很容易发生问题,甚至都可能会发生惊天动地的大问题。

李守仁有时也很纠结,甚至有时都感到有点担心害怕。可是他又确实很无奈、无力,这些大家都看在了眼里。他令大家非常同情,他有时也很想听听大家的意见,真想请教高人指点,理顺这种不和谐的关系。可是没有这样的高人,也没有这样的机会,每每和大家坐在一起,大家更多的是同情,指使他如何强硬地对付贾正。

“今天工地打架,你顾不上休息去处理,下午你上工地,他(他,指的是贾正)到外面潇洒去了,晚上你组织大家开会,他在外面胡吃海喝。难道项目经理部就是你老李一个人的,难道你老李天生就是受苦受罪的命,他就是享乐享福的命。”

“人家那才叫‘生活’呢!你老李这能叫‘生活’吗?”老张啧啧赞叹不已。

“我看你那只能是‘生存’而已。”

“两位老哥都知道,我不喜欢去那些地方,享不了那些福吗?!”李守仁半带认真,半带自嘲地说。

“这你就错了,老李!享福谁不会,谁不愿意享,你没听人家说么,人就是怪物,没有受不了的罪,也没有享不了的福,关键看你愿不愿意去享。”老严说。

老张没接他俩的话,继续说:“还不只这些,你说能力弱点也倒罢了!你看他不仅能力弱,而且胆子还贼大,什么都敢干。”

“那不是胆大胆小的问题,那是个人能力素质问题。人一旦能力低了,就分不清哪个重哪个轻了;一旦素质低了,就分不清哪个尊哪个卑了,因此就什么事都敢干了。你想想,人的脸皮一旦撕破,还有什么颜面可言!”老严恨恨地说。

“人家是艺高胆大,他贾正是艺不高胆大,而且贼大。你看他前面弄出的那些笑话,损失咱就不说了,造成的影响有多坏,让人家沿线的兄弟单位和建管处领导怎么看我们这帮人,好像我们这帮人就是一群酒囊饭袋。我们这些老家伙干了半辈子工程,恐怕我们的名誉就要毁在这里,不说名垂青史了,到时能平平安安、顺顺利利、高高兴兴从这个工地撤出去就算烧高香了。你们看吧!让他这样折腾下去,以后的洋相还会更多。”

“老李,你傻啊!我就纳闷,你怎么就能想得通呢?你还看不出,你在这里有什么地位,你整天忙里忙外,跑前跑后,付出那么多,可是你得到啥了!刚才说要喝领导的酒,不是我们激将你,你说你辛辛苦苦这样干,你拿过项目经理部的一瓶酒没有,我们为你感到心寒呐!谁不知道干项目经理猫腻多。你难道不清楚,你前面干得好好的,为啥把你挤兑开让他当了经理。这不是明摆着为了捞好处吗?”

“好处只管自个儿使劲捞,就这他还不满足,经常看见这个不顺眼,看见那个不满意,横挑鼻子竖挑眼,心事太重啦!年纪轻轻那么深沉,整天把自己抬得高高的，端着个架子背着手，遇到事儿推诿扯皮挥挥手，工作出现失误甩甩手。你当官的目的就是为了做事，人家当官的目的就是赚钱，你和他，真是一个在天上一个在地下。大家都说，你们俩的性格反差太大了，我看这就是你们俩最大的差别。还有，你看你老李就像一只温顺善良的猫一样，他就像一只凶恶的狮子一样，时常面露凶相，见谁都想咬一口。”

“人善天不欺。这是古话，可是在现在社会偏偏有那么些人就专拣软柿子捏，你善良，你尊重他，他就小瞧你，甚至还粗暴践踏你的善良。”

“老严，你说得一点没错。那个足球解说员黄健翔说过一段很经典的话，人为啥活得累？太看重位子，总想着票子，倒腾着房子，假装着君子，思谋着裙子，经营着圈子，放不下架子，撕不开面子，眷顾着孩子，有时还要装孙子。整天被这些个‘子’困扰着，你说能不累吗！你看他心事太重了，什么事总想自己说了算，而且不想干活，总想得到好处，什么都想得到。”

“老张，你说得一点没错。我们贾经理太在乎自己了，你从他的言谈举止、穿衣吃饭上都能看得出来，他总是把自己看得高高的，也喜欢别人把他抬得、捧得高高的。对自己是‘自由主义’，对别人是‘马列主义’。”

“不要把自己太当回事了，更不要把别人太不当回事了。把自己抬得越高，到头来摔得越狠。老张，咱们也不羡慕他，啥都不干，那是猪的生活，啥都想得到，那是讨吃要饭的人生。”

“哈哈，我看他就是个讨吃要饭的，可怜兮兮地在别人面前低三下四，让人把他训来训去，有时也怪可怜的。”

“还是老话说得好，可怜之人必有可恨之处。”

“你看他整天要么跑得连个人影都见不着，要么在项目经理部整天钻在房间里，不是上网玩游戏，就是看电视，从来不学习，不琢磨工程上的事。偶尔见了面，也是皱着个眉头，和你连个招呼都懒得打，真好像谁欠他啥的。”

“不读书，不看报，工作就是瞎胡闹。张飞买豆腐——货不硬人硬。”

“一点都没错。不懂也就罢了，能不能谦虚点，问问懂得人，或者干脆听我们老李的也行，可是他不懂还装懂，常常又不按常理出牌，不管是说话还是做事，总是硬气得很。”

“一旦工作失误或出了问题，就说自己年轻，没经验，干活出点问题、犯点错误在所难免，好像年轻就该犯错误，没经验成了犯错误的理由，说得多轻巧。”

“嗐！谁没年轻过，别再说自己年轻，怎不说自己年幼无知呢！他再说这样的话，你就问他，你老过没!?”

“老李，现在在大伙中间流传着这样的说法，‘当一任项目经理，全家小康；当两任经理，三代小康’。你也当过项目经理，你觉得这说法是真的？”

“哈哈哈哈，我干了好几任经理了，那我的子孙后代都奔小康了，那我也该和我的后代们享福去啦！”李守仁说完，紧接着又补充道，“两位老兄，别想得太复杂了，没那么厉害，干啥都一样。革命工作总得有人干，人人都争着当项目经理，那谁干别的。”

“现在干工作有什么用，你没听人家说么，‘不看水平，看酒瓶，不看抓工作的力度，只看送上来的厚度’，你老李有好水平，没有好酒瓶；有工作力度，没钞票厚度，有啥用。”

“是啊！干好工作不如和领导搞好关系，有成绩不如有人民币。”

“尽管说升官发财不是生活的全部，付出了也不是说非要有所回报，可是最起码也应该得到肯定和理解吧！如果谁干得多，谁不被理解，多寒人心！那以后还有谁再肯干活呢！”

“升官发财着实就不是咱老李的生活，老李的生活是粗茶淡饭，他的事业在工地。”

“话是这么说，可是离开工地照样能做事情，我们都期望你老李当大官。即便你当上大官了，我们不是想让你为我们做什么，而是想让你当上大官有个更大的平台，为公司做更多的好事，做成更多的好事，带领我们的公司有个好的发展前景！我们的脸上也风光风光。”

老张说完后，三人谁都不说话，出现了暂时的沉默，突然老张打破沉默，又接着说：“老李，我问你，你说像马经理那样的人，他要那么多钱干啥，生不带来死不带去，那真是负担啊！假如给我 100 万，我都发愁怎么花。”

还没等李守仁说话，老严就抢着说：“老张，看把你愁得，你就吹牛吧！给你那样的机会你都不敢贪，你到哪找 100 万，你永远就不会有 100 万。”

“哈哈，赚不到想想总可以吧！吹牛总可以吧！吹牛又不上税。”

“我说老张，咱们就不要瞎想胡吹了，面对那些花花绿绿的东西，闭着眼睛生活最幸福！你记住，莫伸手，伸手必被捉，出来混迟早要还的，只是不知明天和意外哪个先到。”

老张和老严坐在那里东一句西一句地聊着，李守仁时而拿起酒瓶喝口酒，时而静静地坐在那里，不言不语。

此时，半个月亮挂在天上，月光如银似水，凉风习习，仨人享受着这温馨而宁静的夜晚，一会儿仰头看看天空，一会儿看着对面朦朦胧胧的山村，不停地互传着手里的酒瓶，都若有所思。

突然李守仁说话了，他说：“感谢两个老哥对我的关心，对于你们的关心帮助我非常感激。人家说：‘有神一样的队员，可以帮到猪一样的自己。’我李守仁何德何能，能走到今天还不是仰靠了几位大哥和兄弟的帮衬。刚才两个老哥说的这些，有些我也看到过，也听说过，有些也意识到了。你们应该了解我李守仁，我的想法和追求或许和一些人不一样，为此有的人认为我的性格很怪，觉得我是个怪人，甚至还觉得我不好相处。我有我的做人原则、做事风格和追求。至于和老贾的相处，毕竟我们两人是这个项目的主官，我也尽量去化解，或减少冲突，但总不能针尖遇锋芒，遇事谁都不肯让谁，那工作就没法干下去了，总得有一个占主导，另一个处于服从的地位。在大原则不违反的情况下，只能配合着把工作往前推。”

李守仁手里拿着酒瓶，抿了一口接着说：“当然你们说这些都是为我好，为咱们这个小小的单位好，我非常喜欢鲁迅先生说过的一句话：‘能做事的做事，能发声的发声，有一分热、发一分光。’大家都在为单位出力、出招，这是好事，要敢于发出和听取不同的声音，这也是好事，可是不同的声音听多了，很容易混淆是非，我不是不听两位老哥的劝说，更不是不尊重两位老哥。我确实有我的想法，相信随着时间的推移我能够慢慢地处理好这些。”说着用手“蹭”的一下扯起一把小草，说，“你们看这小草，没人疼爱，照样在茁壮生长，还有这酒，没人饮用，照样在散发芳香。其实做人做事也是这么个理，做人不需要人人都赞扬，只要堂堂正正、清清白白，活出自己的骨气；做事不需要人人都理解，只要尽职尽责、尽心尽力，体现出自己的价值，这就问心无愧了。我记得在我脱下军装的时候，我说过这样一句话，‘穿上这身军装我任劳任怨，脱下这身军装我无怨无悔’。这句话不仅是我对过去20多年军旅生涯的回顾和总结，也是我转业地方和对未来工作的不懈追求与努力方向。”

说完李守仁拿起酒瓶“咕噜，咕噜”喝了几大口，喝完把酒瓶一放高兴地说：“今天的酒喝得畅快！”

老张不知是听了李守仁一番坦然自若的话高兴，还是看着他一口气喝了那么多而激动，激动而动情地说：“哈哈！这么多年，从没见过你老李向今晚这样豪饮哦！只要你老李喝畅快，我们就高兴。”

“没错，我们只想让老李高兴，只要老李高兴，我们才高兴。”老严接着老张的话说。

“哈哈，老李的表情就是我俩的心情，老李的喜好就是我俩的爱好……”老张套用一个当下流行的段子来调侃取乐。

“领导的心情不错，我们的心情也就不错，走起，回屋睡觉！”

“老严，我说你就这么点出息，天一黑就想睡觉。要向老李学习。”老张挖苦老严道。

“向我学啥呀！睡觉?”李守仁笑呵呵地反问老张道。

“能学会也行啊!”老严谦虚地说。

“好,走起,回屋向老李学睡觉去!”三人哈哈哈哈地笑着站起来,相跟着回到了项目经理部。

13

李守仁吃过午饭后,感觉头晕晕乎乎的,本想上床躺会儿展展腰再去工地,不知怎么回事今天一躺下就睡着了,而且睡得还很沉,一觉睡到了上班时间。真是岁月不饶人！即使你有火一样的干劲,甚至再加上初恋般的激情,可是岁月不理解你,不支持你,它真就像一把钝刀子一样,慢慢地不停歇地宰割你,让你身体的某些部位实在无能为力支配你的意志。

李守仁醒来后坐在那里,十分懊悔自己怎么这么困、睡得这么沉。试想,毕竟自己50多岁的人了,心理和意志上可以和20多岁年轻小伙拼一把,可是体力上绝对不如年轻人了。在工地上转上一天,每天回到房间屁股一挨到椅子上就觉得困得很,可是一旦躺到床上又被那些杂七乱八的事困扰,有时整夜整夜翻来覆去睡不着,偶尔能睡得这么沉,他都感到吃惊。

下了床便给工地值班员打了电话,了解到工地一切正常,又把每个作业面的工作做了详细交代,才放心地挂了电话。

今天工地值班员是张志忠,工作认真负责,就像他一样有种不服输的劲。尽管贾正把他的办公室主任拿下了,当时他也有点想法,可是没过几天,在李守仁的帮教下很快就调整了状态,当了安全员整天待在工地上,这里走走那里看看,及时发现每一处安全隐患和问题,而且还能够及时妥善地解决好。李守仁很喜欢他,对安排给他的事也很放心。

李守仁推开门正要上厕所,门一开看到贾正正朝着他的门口走来,他一开门被贾正看见了,贾正连忙折转身返了回去。李守仁忙问:“老贾,有事吗?”

“没事,没事!”贾正头都没回径直往前走,连连回答。

李守仁听贾正说“没事”,也就上厕所去了,等到他从厕所出来的时候,看见贾正双手背在身后,低着头还在院子里走来走去,好像有啥心事。

李守仁走到贾正跟前,说:“老贾,这会儿忙不忙？不忙的话,我想和你聊聊怎么样?”最近接二连三发生的事情,令李守仁很是不安,一直想找机会单独和贾正聊聊,觉得两个主要领导敞开心扉好好谈谈很有必要。

贾正轻轻地笑了笑,连声说:“嗯! 不忙,不忙。”

李守仁对贾正的回答没有多想,其实贾正只是说他“这会儿不忙”,并没有回答他“这会儿愿不愿意和他聊”。

说话确实是一门很大的学问和艺术,前面已经说过了,李守仁性格温和敦厚、严谨细致,那是在原则问题面前严谨细致,可是平时的说话做事总是从自身善良的一面或好的一面考虑问题,说话直来直去,其实也是一个“直性子”,没有个别人那些花花肠子和心眼儿。

在现实生活中我们也不难发现有些人,特别是一些当领导的,很在乎和讲究说话的艺术,贾正在这方面就很是在乎。举个简单的例子,比如项目经理部的人向他汇报工作或请示事情,能发短信尽量发短信,不打电话,也并不是大家怕浪费电话费,关键在电话中贾正经常责骂大家,有种畏惧感。因此大家有事的话习惯给他发短信。可是时间长了,大家发现在短信中他从来不多说一个字,只一个字“好”,而大家给他的回复必须多加一个字,变成“好的”。仅这一个字就可体现出领导的态度和下级的服从意识。

李守仁又往贾正跟前走了走,说:“老贾,有些话我一直想跟你单独说说,可是看着你整天忙来忙去的,不忍心打扰你。今天刚好我们都有点时间,我们兄弟俩好好聊聊。论年龄我比你大点,作为老大哥也该主动找你,和你聊聊。”

贾正什么话也没说,只是背着手朝大门口方向走去,李守仁跟在后面说着话,刚走出项目经理部大门口,贾正突然站住了,说:“李书记,你资历比我深,又是大家公认的管理项目的行家,工程技术的专家,贾正做得不对的地方,还需要你多多批评指教!”

贾正和李守仁说话的时候总是称他“李书记”,看似对李守仁很尊重,其实在项目经理部那个临时单位,大家都没把这些职务和称谓看得有多重,可贾正每次见了李守仁,哪怕这会儿就他们两人,他都是这么称呼,而对其他同志甚至比他年长的都是“小马”“小张”地叫。贾正的这种“毕恭毕敬”的称呼,其实好多人都觉察到了,都明白其中的“意思”,有人曾在李守仁跟前也说过类似的事,可是李守仁满不在乎,提醒大家也别在乎这些,“称呼”就像名字一样,就是一个符号,如果工作干不好,称呼啥都没用,难道称呼你“总统”,你真就是“总统”啦! 你真还入主总统府了。他不仅不在乎别人对自己的称呼,更不在乎自己那个职务的高低,不管别人怎么称呼他,他总是平易近人,和颜悦色地对待。

“老贾,今天我俩在一起聊,也可以说是咱们两个主要负责人进行的思想和工作交流,没有什么批评指教,我说的难免有不对的地方,那还得请你多多原谅哦!”

李守仁停顿了一会儿,问贾正:“老贾,上次你说这个工程是你干的第一个工程，以前从来还没在施工一线干过！通过这几个月的一线工作，可能你对干工程项目有了新的认识和体会。”

“一个字‘累’，两个字‘太累’，而且是‘心累’！项目经理部太复杂啦！干这一个我都受不了了，我可不想再干别的了！这是第一个，也是最后一个。”贾正听了李守仁的问话，好似有满肚子的怨言和委屈，显得很不耐烦，骂骂咧咧道。

李守仁接着说：“哦，我倒是比你在一线多干了几年，见得也多一些。其中的一些事理如果你在一线多干几年，经见得多了，也就慢慢地明白了。有些事其实也没有想象的那么复杂。我说这些不是说你干得不好，我比你强，我没那意思。我们以前也多次做过一些短暂的交流沟通，按理说我们两人要经常沟通交流才对。不过一方面由于工程上的事情比较多，你我都比较忙，很少有这样的机会；另一方面我也觉得你在一线干上一段时间，有些事自然而然就会有一种新的认识和理解。可是就近来里里外外发生的一些事，我还是想和你沟通一下。更主要的由于你我间沟通不够，或许你对我还有一些误解。”

李守仁正说着话，走在前面的贾正不慎一脚踩进了路边的一个小土坑里，把脚崴了一下瘫坐在了地上，看上去疼得还比较厉害。

李守仁急忙上前关切地问：“老贾，不要紧吧？”边说边搀扶贾正坐在了路边的草丛里，正要弯腰伸出手给贾正按揉，被贾正伸出的一只胳膊拦住了，“没事的！不敢劳驾，我自己来。”“你看你，老贾，你我兄弟还有什么见外的！来，我们就在这坐会儿，一边拉话，一边疗伤。”说着一屁股坐到了贾正身旁。

“老贾，你是不是对我有啥意见呢？和我说话有点不阴不阳，听起来怪怪的。总感觉你在我跟前，躲着掖着，别别扭扭的，好像我们之间隔着那么一层东西似的。还是我在哪方面、哪件事上做得过了，对不住老弟，或者我碍老弟什么事了，特别是老弟对我有什么意见，今天咱们敞开心扉，好好聊聊。我就是这么个直性子，喜欢把话说在明处，做事直来直去，不喜欢遮着掩着，说过就没事了，也不会往心里去。”

贾正的手一直按揉着自己的脚，始终保持着沉默，阴冷着脸朝向李守仁的另一边。

“老贾，你来这里，我也在多个场合表达过我的意见，今天和你再说一遍，我对你的到来没有任何意见，欢迎你，也感谢你，你来了为我分担了压力。你可能不了解我，我过去在部队，后来转到地方，这么多年都过来了，工程上的活什么都干过了，只要让我继续修路，在什么岗位干都行，我也就满足了。”李守仁停了停接着说。

“我对这个经理的位置没任何‘想法’，刚才说了，无论干什么，只要有个干事的位置就行。我会老老实实地、认认真真地把事情做好,不辜负组织的培养,不辜负党员这个称谓。我没啥出息,最大的爱好就是修路,最大的追求就是把路修好。看着自己修的路平展展地伸向远方,别说心里有多高兴和自豪!"李守仁说到修路,眉宇间情不自禁地流露出无比的激动和喜悦的心情。

贾正看到李守仁流露出自豪而激动的表情后,在心里暗暗地耻笑他,还说爱好呢!50 多岁的人了,还傻乎乎地跟着一群年轻人常年在深山峡谷里摸爬滚打修路,一天 24 小时钻在黑咕隆咚的隧道里打隧道,还好意思把这些说成是自己的爱好。少年的爱好,快要到老得爬不动了,都一成不变,也毫无建树,还自豪得意得不行,这是多么窝囊的人生啊!尽管说,爱好能成就人生,可是在他贾正看来,像李守仁这样的爱好他宁可不要,也不愿意过他这种苦行僧式单一乏味的生活,简单枯燥的人生不是他的人生。

李守仁没有被贾正的情绪所影响,不停地敞开心扉说出他的心里话:"对我个人来说,尽管以前我是经理,前期在经理位置上和大家一起干了点事情,那是我应该做的,只要不辜负组织和领导以及同志们对我的信任和期望,我也就很满足了。现在我当了书记,我还是一如既往地想把项目经理部的工作做好,想把这个工程干好。在我看来,经理和书记这两个岗位没啥区别,和普通群众也没啥区别,都是项目经理部的一员,都是为工程建设服务的,比起其他同志来,应该说我俩的担子还比他们的更重点,责任更大点。你我作为单位主要领导,我们的所作所为都是要接受群众检阅的,都是要经过历史检验的,都是对公司和职工负责的。我没有官欲,你应该还记得,在宣布你的命令的时候,我曾说过的几句话,我在这里没有安插过一个人,插手过个人的一件事,有些打招呼的'关系'我尽量回绝,对于那些确实需要照顾的,我都是和大家商量,集体研究决定的。我赤裸裸地来,再赤裸裸地离开这里。平时,我所做出的安排和决定都是在公开、公正、透明的情况下,以及上级要求下和制度规定框架内进行的,应该说是经得起历史和人民的检验的。比如,你清退的老张队伍,其实你不了解老张。老张和我们公司已经合作很多年了,一直跟着我们干,我们把活给他干,看中的是他雄厚的施工力量和诚实本分的做事方式,这么多年来他干的活,哪怕自己亏点都要把活做好。他是一个有情有义爱面子的人,干工程实实在在,与人交往本本分分,从来没有做过丢项目经理部脸的事情。我也经常敲打其他几个协作队负责人,既然我们把他们安排到了这里,来了就是客,就是我们的兄弟姐妹,就要把他们当成我们自己的队伍。自家人那就要该说的说、该管的管、该关心的还要关心。这项工程把我们大家捆在了一起,大家就应该互相信任、互相理解、互相支持把各自手头的事情做好,不应该产生内耗。如果你觉得我和老张走得近,或者说我和他之间有什么见不得人的交易,你可以调查,或者向公司反映,让公司派人来调查我。说实在话,我认识老张这么多年了,从未抽过他一支烟。哦,不对,不能这么说,这么多年不贪不腐我是做到了,可是不吃、不沾真还没有做到,有时在工作中也吃过、喝过公家的,也占过集体的便宜。比如有时财务给我桌子上放的招待烟,说实在话我不爱抽那东西,有时只是为了陪客人抽,或者坐着无聊为了解闷,顺便也就抽了,这些你可以问问财务,他们一年到头在我那里摆放了多少烟。对于这些我也意识到了,作为一名共产党员是很不应该的,可是有时碍于情面,或头脑一发热,就把党性原则丢在了一边。这很不应该,我也检讨过,以后一定要注意纠正。”

说着,李守仁转过头看了看贾正,继续说道:“老贾,我今天对你说的这些都是我的心里话,说这些的目的是想让你真正了解我。”

“组织把这项工程交给了我们大家,特别是让我们两人来管理,我觉得我们就应该携手把它管好。没有你长我短之争,没有谁多干谁少干之说,都应该多想点、多干点。就目前现状,你看前有标兵,后有追兵,我们处在这么个中下游位置,不努力能行吗!我们不该当逃兵呐!我一直想我们的各项工作应该继续走在全线的前面,可是你也看到了我们的进度和质量都不是太理想,其他方面工作也是四平八稳的,甚至还出现了问题,不进则退,慢进也是退。担子压在了你我的肩上,我们不能辜负建管处和公司领导对我们的期望,更不应该因为我们的失职渎职而让单位或我们的职工,以及我们的协作单位受到经济上的损失或政治上的影响。你我作为这个项目的主要负责人,就像一辆战车上的两匹辕马,只有一同发力,才能把这辆战车安全顺利地拉到目的地,如果哪一个懈怠了或偏离前进方向,就会产生内耗,也就很难到达目的地。因此我们要心往一处想,劲往一处使,把完成好工程任务当成你我共同的责任,一荣俱荣一损俱损。”这时贾正把按揉脚踝的手停了下来,用一只手拔起路边的一棵小草,拿在手里把玩。

“由于我天生愚笨,平时干活粗疏,也没有积累什么经验,要有的话也只能算是点粗浅的认识而已。我觉得就目前干工程而言,你说它难干吧,也没有想象的那么难;你说它简单吧,也没有想象的那么简单。要把工程项目干好,关键还是个态度问题,是你和我的态度问题,也是全体参建者的态度问题。”

突然贾正把手里的小草扔掉,又开始按揉脚踝。李守仁连忙把身子往贾正跟前挪了挪,又要伸出手为贾正按揉,贾正同时也朝着另一方向挪了挪。贾正的这一微妙动作,李守仁看到了。

“老弟,你是不是对哥有啥意见?”

“没有,没有。我能对你李书记有啥意见啊!你可能过于敏感了。”

李守仁接过话继续说:“没有最好。我们应该成为好兄弟,也可成为好搭档。

既然老弟没啥,那我这个当哥的还想敞开心扉继续和老弟聊聊。”

李守仁语重心长地说:“老贾,我也是从你这个年龄过来的,当初第一次当项目经理的时候,那时年轻气盛,也曾有过不满和抱怨,甚至感觉自己的才华没处施展,深深地体会到人活在当下,面对利益纷争、诱惑纷扰、世事纷繁的世界,深感做事难,做成事更难;当领导难,当一名称职的领导更难。在这里不妨和老弟说说我以前总结的几点体会,或许对你有所帮助和启发。当初最大的感触,首先是应酬之累。你知道我本来是不善应酬,更不胜酒力,可是你要进入那个新的圈子,融入那样的环境,融入周围的人群,你就要适应那个环境,学会到了什么山唱什么调,因此你得学会应酬,学会逢迎。为此深感焦虑,特别是在传统礼仪文化和酒文化的影响下,应逼着自己应酬喝酒,每次应酬不喝不喝,喝了;每次不醉不醉,醉了,真是‘要想客人喝好,主人先喝倒’了,不仅误时误事,也使得身心劳累,深感应酬对自己来说真是一种负担,让我应酬喝酒,还不如让我在工地上搬几袋水泥舒心快活呢!第二个是推动工作之艰。由于自己个性使然,一直坚持干事的基本原则,那就是——要么不为,要为的话一定要尽最大努力、做成最好的,即使成不了最好的,最起码也要干得像个样子,对上能对得起组织和领导,对下能对得起群众。对于有些工作,应该说出发点、想法是好的,对单位是有利的,对大家也是有益的。可是往往在干的时候,有时就会触犯到一些个人或团体的利益,轻则他们推诿、埋怨、说三道四,重则设置障碍,不理解支持你。因此要推开、执行起来有时是很难的,你也应该有所体会。还有一些人由于进取心不够,怕吃苦,怕受累,工作拈轻怕重,哪怕就是干一些很小的事情或很简单的工作,或者说就是些举手之劳的事情,是本职范围内的事情,是最起码应该做的事情,有的时候就是不愿做、做不好。殊不知,单位搞好了,不仅是领导的荣光,更是单位全体人员的光荣;更不知,干工作其实是最好的锻炼,不仅对身心有益,而且可以提高能力素质,让自己终生受益。当初我也感叹过,当领导真难啊!狭隘地认为当领导其实和干工作一样,不仅要有推手,还要有拉手,孤军奋战很艰辛!第三个是相互利益之争。人们对自身利益非常敏感,真可谓:天下熙熙皆为利来,天下攘攘皆为利往。在项目上一些同志受利益的诱惑,受私欲的驱使,有的交往功利化,人情利益化,工作情绪化;有的大利大干,小利小干,无利不干;有的拉帮结派,搞团团伙伙,暗地勾结,形成利益共同体,时刻携手维护圈子里的利益,维护圈子人的权威;有的只想要权力,不想承担责任;有的相互争位子、争票子、争面子,更有甚者还要争谁说了算,争来争去,最后结果都一样!其实,享受多少权力,就该承担多少责任;利益能拉近人与人之间的感情,也能疏远人与人之间的感情。‘利’字右边‘一把刀’,直戳人心呐!第四个是合心合力合拍之难。一个单位要有一个核心,才能形成凝聚力和战斗力，理论上说党组织就是核心，党组织的书记、副书记都是单位的主要领导，俩人要想到一起、说到一起、做到一起，事前是一盘棋，事中是一根绳，事后是一种音，每个人都应少一点私心杂念，多一点大局意识。试想达到这些多难。对每个人的能力素质提出了很高的要求。不仅要求主要领导个人要有良好的个人修养和能力素质做基础，更要有日常相互间的理解、体谅，比如职务高的、资历老的能够放得下架子，谦虚倾听年轻人的意见；职务低的、资历浅的要尊重老的，不能为了一味地尊重而放弃原则，束手束脚，该说的不说了，甘当无原则的'和事佬'，这也不对。在工作中应大胆阐明自己的观点和看法，坚持谁的对就听谁的。如果各吹各的号、各唱各的调；你不服我，我不服你，老的不服小的，小的不服老的；能的不服弱的，弱的不服能的；不知是对的服从错的为对，还是错的服从对的为对，最终结果就是两个主要领导之间相互扯皮，甚至是内斗，精力内耗，部属无所适从，大家都无所作为，单位一盘散沙。第五个是人言之畏。一个单位没有一点问题、不出一点问题是不可能的，也是不现实、不切实际的，可是若有了问题一味遮着、捂着、盖着，可能随着量的积累，小问题就会变成大问题，就不利于问题的解决。但有问题到处反映也不利于问题的解决，要通过正当途径反映，这也是我党历来所倡导的。若你不反映，当事人不把事情说清楚，不还原事实与真相，别人看不到事情的本来面目，就要瞎猜疑，就会乱传言，猜来猜去，传来传去，是非难辨，真假难分，众口铄金，金石可镂。由于项目经理部本身管钱、管人、管物的机会较多，加之远离我们公司、远离公司领导，更容易被人误解，作为上级要经常过问下级，特别是要经常过问下级主要领导，开展工作有什么困难，遇到了什么问题，发现问题及时做好调查核实工作，既不放过有错的人，也不冤枉好人；作为下级也不要有所顾忌，该讲明的要讲明白，是主观上造成的，要诚恳接受批评和处理，是客观上造成的，要吸取教训，举一反三，下不为例，尽可能地减少单位损失，避免问题的发生……"

李守仁一口气说了很多，贾正也一直在听、在琢磨，内心里被李守仁既有理论高度，又有思想深度和实践指导意义的肺腑之言所打动。过去他在机关的时候，很少听到这些，也没人和他说这些，议论最多的，听得最多的，也就是什么项目经理是个"肥差"，干过项目经理的人个个都是"大富翁"，某项目经理部哪个人赚了多少钱等，由于脑子里多年来一直装着这些，因此在没来这里之前他对此是深信不疑的。打从来了这个项目经理部后，特别是听了李守仁刚才的一席话，他的认识有所改变，他打心眼里对李守仁佩服。可是莫名地又感到，他和李守仁又有一些格格不入的东西在里面，或许就是"兴趣爱好"，还有"人生追求"。

贾正正要和李守仁说点什么，突然手机响了，拿起手机一看是马昇官打来的，急忙站起来接听,站起来的时候由于过急,身体重心不稳,差点摔倒。李守仁连忙上前伸出手搀扶,还是被贾正伸来的胳膊挡了回去。贾正在电话中吞吞吐吐地说,他这会儿和李书记在一起。说完后,电话随即就挂了。

李守仁看到贾正接电话吞吞吐吐,是不是觉得自己在跟前说话不方便。不过刚才,自己该说的也基本说完了,接下来只是想听听贾正对自己有什么意见。可是看着贾正刚才接电话的一举一动,他也不好再说什么了。贾正挂了电话后,只是淡淡地说:"李书记,我到办公室回个电话。"

说完就把李守仁抛下,一瘸一拐地朝项目经理部方向走去。李守仁心里明白,有些事情不谈是个结,谈开了是个疤。尽管自己推心置腹地说了很多,其实都是为了相互了解理解,两人携手带领大家把这个工程干好。可是通过刚才贾正的一番表现可以看得出,真正起到的作用并不大,不过自己尽心了,也尽力了,也只能以后慢慢再进一步沟通交流了。

其实马昇官找贾正,也就一句话可以说清楚的事,两人电话中还显得很神秘,非要让贾正给回过去,当贾正回过去后马昇官告诉他,让他晚饭前赶到海州市安排应酬活动。

贾正心里明白,今天又是周末了,马昇官又要带一帮子人到那里消遣娱乐,让他安排应酬活动,无非就是马昇官请客,让他帮着买单,再安排唱唱歌或者洗洗澡,打几场高尔夫什么的,反正领导喜欢干什么,他就负责花钱给安排什么。这样的活动安排,他已经安排了好几次,不过通过前几次的安排,他也总结出了经验,他认为自己给领导办这样的事情,一定要把握一个原则——活动安排得越丰富越精彩越好,领导的那些事知道得越少越好,因此他接到马昇官的电话后,也没问具体怎么安排,心领神会,轻车熟路,能不问就尽量不问。

海州距离省城将近两百公里,是省内仅次于省城的第二大城市,而且地理位置独特,有山有水,特别是海州的鳌山,四季如春,被人称作是"休闲娱乐的天堂"。一年四季游人络绎不绝。有些所谓的培训中心或休闲疗养中心不仅装修豪华上档次,而且消费高得吓人。据说当初海州的楼堂馆所建设一度成风,曾被国务院有关部门下令整顿治理了一段时间,强令拆除。但仍有个别又死灰复燃了,甚至更猖獗了。

在贾正看来,最吸引人的应该是那里的各种娱乐活动,可以说各种娱乐项目应有尽有。

贾正自当项目经理后,这应该是马昇官让他第六次到海州安排宴请了。对贾正来说,让他到海州他非常乐意去,除马昇官安排他去外,他几乎每周都会去一次。拿这一点来说,贾正就比李守仁强,有人曾开玩笑问李守仁,知道海州的鳌山上有什么好玩的,他只是“嘿嘿”一笑。

贾正去海州有时是他约请业主或监理去,有时协作队老板请他去,对于那里哪一块儿有什么玩的、哪里最好玩,他再熟悉不过了。马昇官并不是让他去当“导游”,而是让他去买单。现在钱对贾正来说算不上什么问题,给谁花、怎么花才是问题,也是他该考虑的。反正每次不管花费多少,基本都在项目经理部报销了,不花自己一分钱,不花白不花,花了也不白花,每次都还掺杂点自己的或别人给自己的费用,以招待领导的名义也就一并报销了。如果有些太敏感,不好在项目经理部处理的费用,他就交给胡运和其他协作队处理。他招待马昇官,下面的协作队招待他,他给马昇官报销账务,下面的协作队给他报销账务,就像“大鱼吃小鱼,小鱼吃虾米”一样,一物降一物,自成体系一个完整的“生物链”。

在贾正赶往海州的路上,马昇官给他打来电话,让他在“玉皇宫山庄”订晚上就餐的包间和三个套房、三个标间,活动项目让他看着安排就是了。令他为难的是,“玉皇宫山庄”不仅食宿和娱乐活动的价格贵得吓人,而且生意非常火爆,一般要提前几天预订。贾正心里感到庆幸的是,上次去那里的时候见过他们的大堂经理,并递给他一张名片,万一订不到的话他打算给那个大堂经理打电话。饭菜贵也倒好说,可是没有房间怎么办。按理说,这也不是什么大事,订不到就订别处,到时向领导解释一下也就完事了,可是贾正是个要面子的人,他一直想在领导面前留下特能办事、也特会办事的印象,因此凡事遇到这种事情,宁愿自己费力吃亏,也要想办法,甚至不惜一切代价把事情搞定。

挂了马昇官的电话,他坐在车上就开始张罗领导交给的各项活动,先给“玉皇宫山庄”前台打电话,接线小姐娇滴滴地反问他,看来先生您还是第一次吧!您还没有感受过我们这里的火爆!

贾正挂了电话,又给上次去的时候“认识”的那位大堂经理打电话,说是认识,其实也就是在大堂休息的时候,那个美女经理给他们在座的每人发了一张名片,仅此而已。电话里那个经理倒是很热情客气,说晚上的房间早已预订出去了,确实没办法帮忙。为了满足那些有头有脸的大客户的需求,山庄每天都要预留几个房间出来,专门给那些特殊客人。当然这些预留的房间一般人是拿不到的,贾正就给一位领导秘书打电话,让他给帮忙。为了订几套房子,贾正不惜一切代价动用了领导秘书这层关系。一方面看得出贾正办事是多么执着,另一方面也看得出贾正和这位秘书的关系,肯定不一般。没过多久,那位秘书打来了电话,轻易就给搞定了。房间搞定了,接下来是安排娱乐活动和购置烟酒茶以及礼品了。在普通人看来,这些也真算不上什么大事,可是在贾正看来,这也绝非小事。马昇官陪客人抽烟,一般都是抽软“中华”或者“冬春夏草”,而且抽软“中华”都要抽“1”字头的，这些在他的车上都随时准备着，让司机给保管着。他问司机还有多少、够不够，司机说两种香烟都分别还有几条，香烟应该没问题。各种名贵茶叶，在自己的车上也都有，他让司机买的时候，专门分装在小盒子里，每次给领导安排吃饭或住宿的时候各种茶叶都分别准备点，由领导们任选。酒的话，自己车上有，不过只剩茅台了。每次各种酒也都要准备点，有的领导不喝酒，但一定要准备，不仅要准备好酒，而且要准备领导好喝的好酒。上次马昇官告诉他，本省的一家很有名的酿酒厂新近推出了一款限量酒，口感还是很不错的，让他给准备点，可是至今自己还没有买到。按照马昇官告诉他的预订房间数，估计就餐人数也不会超过10位，凭他的经验，10个人吃饭一般有一箱酒就够了，关键问题是喝什么酒，有的喜欢喝茅台、汾酒、五粮液、“国窖1573”等国产高档酒，有的喜欢喝洋酒，以往的话每种酒他都要准备一箱放在车上，待领导们到齐后征求领导意见。贾正一看时间不早了，万一遇到晚高峰堵车，怕按时到不了。他就让司机马上给那家专供他们烟酒的店老板打电话，把刚才想到的各种酒烟茶叶先准备点，赶快送到“玉皇宫山庄”。

为了马昇官晚上的招待活动，贾正一路奔波，一路感慨，多少还有点沮丧，甚至是失落。

令他沮丧失落的是，每次马昇官请客，自己跑前跑后张罗半天，别说上桌与领导们一起就餐，混个脸熟，就连请的是什么人他有时都不知道，着实为自己位卑言微的处境感到惭愧。

晚上，马昇官同样陪领导在包间里就餐，贾正和自己的司机，以及马昇官的司机小王又安排在大厅里的散座就餐。贾正如鲠在喉，心里实在有点憋屈，就让马昇官的司机点菜，一方面自己确实没那心情，不想为两个驾驶员的吃喝劳心费神；另一方面让小王点，还显得自己很信任看重他，也可更进一步地拉近距离。贾正再清楚不过了，小王为马昇官服务了很多年，两人的关系非同一般，在马昇官跟前说一句话，比他说十句话都管用。因此贾正每次都把这样的机会留给了他。贾正深知他的重要，不仅于此，在逢年过节去看望马昇官的时候，也一定不忘给他带去一份礼品。特别是现在自己远离马昇官，对于马昇官的一举一动他渴望能够掌握得到，坐在身旁的这位司机关键时刻能帮自己很大忙。自当了项目经理后，他和小王的关系更近了，两人都依托对方办事，一个提供有价值的信息，一个提供能赚钱的机会，经常也是以兄弟相称，就拿今天晚上马昇官请的什么人，只要小王知道的，就全都告诉了他。当然好处也是少不了的，招待剩下的那些零散烟酒等，都装马昇官车上了，马昇官不在乎那些零零碎碎的东西，一般都不愿意收下，贾正自己又不想为了这点东西在小王心中留下小气吝啬的印象，每次都装出十分豪爽的样子，把这些东西都送给了小王。

贾正他们不喝酒,吃得自然比较快,没过多久就吃完了。贾正的司机吃完后,就主动离开自己的座位,这都是贾正言传身教影响和教育的结果。剩下小王和贾正,两人便开始聊领导的长长短短,聊公司的人人事事,最主要的是小王还给通报了公司近来发生的事情。领导们的晚餐已经进行了两个半小时,他们估摸快要结束了,贾正便给马昇官发了一条短信,请示马昇官是否可以安排后面的活动了,不一会儿马昇官回过来了,告诉他饭后先唱会儿歌。贾正便先把就餐的单买了,就又安排唱歌的事儿去了。贾正很聪明,也很有自知之明,既然领导不想让你知道他们的活动情况,那就主动避开,这样最好,因为走永远为上。他把唱歌的包间安排好,又把点心和酒水等准备工作做好后,告诉了马昇官,自己就先回房间了。

贾正回到房间后,玩了一会儿电脑游戏,感觉不过瘾,便又打开电视,也没心情看那些粗制滥造的泡沫剧,感觉一个人坐在那里实在憋屈得很,便给马昇官的司机小王打电话,要请他泡温泉去。

贾正以往在家里的时候,在钱朵朵的影响下养成了一个习惯,每天晚上睡觉前必须洗一洗澡,不洗的话身上难受得睡不着,可是自从到了项目经理部后,别说洗澡,就连喝水洗菜做饭用的都是从外面买来的桶装纯净水。他每天晚上睡觉的时候,就让炊事员给烧一大水壶纯净水,在自己房间里好好冲洗一番。一旦离开项目经理部不管到哪里干什么,只要有条件总要找地方好好冲洗一下。

洗浴中心就在院子里,这里的洗浴不同别处,费用就像食宿费一样,价格同样高得吓人。

服务员小姐递给贾正价目表,贾正看都不看便吩咐道:“给我们选个好一点的‘套餐’。”

服务员小姐妩媚地朝着贾正莞尔一笑,含情脉脉地说:“老板,我们这里的‘皇室至尊套餐’洗的人可多了,大家洗过以后都说好。给二位老板来个‘皇室至尊套餐’怎么样?”

贾正不假思索地说:“好!”

“老板,每种套餐价位不等,您看需要什么价位的。”服务员边说边把价目表再次递到贾正手里。

贾正接过价目表看了看,觉得这里的价格定得确实很有意思,每位价格从1111元、2222元……一直到9999元,“那我们就来个一般的——‘发发发发’,讨个吉利。”

“老弟,别在乎这些,咱们整天待在深山里,默默地做着奉献,也是有贡献的人,花钱洗个澡不足为过吧!”

“王司长”连连点头,还不忘夸赞贾哥会生活,活得潇洒。

其实所谓的“皇室至尊套餐”和普通的套餐差不多,价格高低主要是体现在服务员的“颜值”和“服务质量”上,这这这、那那那一番后,两人就睡着了,等到醒来的时候服务人员早已不在身边了,一看墙上的挂钟已经是凌晨2点多了。

贾正也不管马昇官他们的活动是否结束,反正自己登记房间的时候已经预付了一笔钱,估计今晚的消费应该够了。他和小王一起从洗浴中心出来,小王不住地感谢贾正,说贾正让他开眼界了,他真敬佩和羡慕贾正。

贾正拍了一下小王的肩膀淡淡地说:“老弟,睡吧!该吃吃,该睡睡,该玩玩,这才是生活。”

小王不住地点头:“贾哥,我明白啦!”

说着两人出了电梯各回各的房间睡觉去了!

周日晚饭后,马昇官把其他客人送走后,还显得有点意犹未尽,对这里的好山好水好景恋恋不舍,又让贾正安排他洗了个“皇室至尊套餐”澡才打算返回去。在返回省城的路上,马昇官拖着疲惫的身子闭着眼睛仰靠在汽车后座椅背上,总觉得这两天的时间就像两小时,很快就过去了,顿时他恨时间过得飞快,也恨自己人生岁月的飞逝。他就想,假如自己现在还是20岁出头的小伙那该有多好,情窦初开,精力旺盛,或许这个年龄自己期许得太高了,有点不切实际,自己立刻就把自己的想法否定了。可是再年轻10岁也不为过,真要能再年轻10岁那也挺好的,那他的精力就更旺盛了,人生就更精彩。可惜这样的大好机会和时光,自己人老体衰,对于有些事真是心有余力不足,有想法没做法。可是即便这样,他仍然乐不思蜀,一路上一直在细细地回味那美好的时刻。

贾正的脚现在早已不疼了,送走马昇官,他就像换了个人似的,心情倍儿好,精神特振奋,这下不仅可以自己说了算了,而且有人就像他伺候马昇官一样伺候他,自觉不自觉地重新把手背起来,昂着头哼着小曲迈着大步,迫不及待地回到胡运给他和郑静安排的房间,他要尽情地享受眼前的迷人风光。

14

大家平时有的整天在工地待着,有的在项目经理部,各忙各的,除了开会吃饭,其他时间很难聚在一起说说话,每天的饭后便成了大伙侃大山的时间,工地上的、社会上的等任由大家天高海阔、天南海北、天马行空地说个够。时间长了大家也都感觉到其实吹牛侃大山是他们这些筑路人最好的娱乐活动,既然是娱乐活动,那就要把这项活动组织好、开展好,积极鼓励全员参与。大伙常年在外施工,年轻的远离父母,成了家的远离父母和妻儿,离开时间长了难免会想亲人、思家乡,李守仁只要有空就积极参与到这项活动中,也积极支持鼓励大家每天都要胡吹乱侃一番,这样不仅有效缓解工作的疲劳,更主要的是可以释放积存在心里的情感,从而也可以加强彼此间的沟通和了解,增进大家的友谊。

海量最先吃完,把碗一放,连嘴都没顾上擦,一粒米粒还挂在嘴唇上,便激动地说:“今天的娱乐活动现在开始,首先请牛饷帅给大家说一个段子,大家呱唧呱唧!”

大伙都哈哈大笑起来,还没等牛饷帅说话,突然传来“砰砰砰”急促的敲门声,中间还夹杂着一个女人的哭喊声,李守仁手里的筷子停下来,侧耳细听:“贾正,你给我出来,你这个不要脸的畜生!你整天躲躲闪闪,是不是男人啊!”紧接着又传来了用脚狠狠踹门的声音。

大伙急忙走出饭堂,看见一个女人站在贾正办公室门口,举着双手正使劲敲击房门。

听这骂声,大家猜想肯定是贾正的老婆,可是当李守仁从她的身后看的时候,那个女人的身材显得很瘦小,看上去不像贾正的老婆。

李守仁走到那个女人跟前,那个女人也转过了身,脸上挂着两行长长的泪珠,这回他看清楚了,就是贾正的爱人——钱朵朵。以前在机关的时候李守仁也见过她,那时看上去她年轻时尚,皮肤白白净净,收拾得精精神神。几年不见,明显感觉她瘦多了,也老多了,李守仁关切地问:“弟妹,你怎么来啦?”

钱朵朵没有直接回答李守仁的问话,而是对李守仁说:“李大哥,我好苦啊!”说话间,钱朵朵的眼泪扑簌簌地往外流,好像受了很大的委屈。

“李大哥,您可要为我做主,我的日子实在没法过了!我们母子整天连贾正的面都见不上,我们的生活他从来不闻不问,更是不管不顾,我就像守着活寡,今天来找贾正,要他说个一二三,不然的话我就和他离婚去!”钱朵朵大声地哭喊道。

说着又抬起脚狠狠地踹起了贾正的门。

李守仁连忙阻拦劝说道:“弟妹,别激动,有事儿咱到房间里慢慢说。”

此时,一些工人和过路的老乡听到吵闹声也围拢到大门口看起了热闹。

看到和听到钱朵朵痛哭流涕的哭诉声,那些不明旧理的旁观者边看边开始猜测嘀咕,有的说:“这个女人好厉害,敢踢经理的门。”

有的发出哀叹声,连连感叹道:“这个女人是贾经理的老婆,她也太可怜了!一个人带个孩子多不容易哪!”

“谁是谁的老婆,都是临时工。”

“那你老婆也是你的临时工。你还给她付工钱?”

“我想给付,可是没钱啊！哪像贾经理,人家有钱,在外面养个女人也很正常。”

“一看贾经理就不是个正派人,整天头发梳的和皮鞋一样油光铮亮。”

“是的！看上去就比较虚伪,没老李实在,没想到还是个‘花心大萝卜’!”

“平时很少看见贾经理,有时遇到了你和他打招呼,理都不理你。偶尔说句话,口气大得很,真像个大领导!”

“那是钱多撑的。你没听说吗？‘男人有钱就变坏,女人变坏就有钱。’这样的男人肯定在外面包女人的呢!”

一个衣着看上去还蛮新潮的中年男人朝刚才说话的女人故意挤了一下眼睛:“哦,是这样吗?! 看你穿金戴银的,一定很有钱吧!”

“我才不喜欢钱呢!”

“不喜欢给我点。”

“讨厌,就你话多,嘚瑟得不行是吧？有本事你把贾经理教训一顿。”

……

李守仁伸出手拉钱朵朵,径直朝着他的办公室走去。

钱朵朵被李守仁拽着往前走,边走边抽泣着。

刚进门钱朵朵还没来得及坐下,就激动地说:“李大哥,您也不是外人,我就实话告诉您吧！贾正他不让我好活,我也不让他好过。我要举报他,这次我是铁定主意了,他不说个一二三,我就和他离婚,您不知道,我们母子的日子过得太恓惶了,这样的日子实在是没法过下去了……”

钱朵朵边说边哽咽着,断断续续地还没等把话说完,便又抽泣起来,最后身子一歪仰靠在沙发椅上,号啕大哭起来,而且一哭而不可收失。仿佛她有无限的悲伤、无数的感慨、无穷的委屈、无尽的眼泪,再不发泄就要爆炸,谁看了都会受到感动。

李守仁强忍着泪水,心里默默地想,前天早上贾正告诉他,家里有点事要回去处理,就急匆匆地回家了,走开已经两天了,早该到家了！怎么说还没有回去。正要问贾正的老婆,又觉得这样不妥,一旦说出真相,这样做无异于火上浇油！还是先安抚钱朵朵保持冷静,稳定情绪,千万不能做出什么傻事来。万一有个三长两短,对贾正影响很不好。

“弟妹,别激动,有什么事慢慢说,我们大家共同想办法。老贾他开会去了,我们赶快和他联系,告诉他你来看他了。”李守仁天生心肠软,特别是见到那些哭哭啼啼的心肠一下就软下来了,别人在他跟前哭泣,他实在是受不了,就像眼睛里揉进了芥末膏,眼泪止不住地也想往外流,此时尽管看上去他的眼泪还没有流出来,其实眼泪早已湿透了他的内心。

看着钱朵朵眼泪一把、鼻涕一把伤心地哭泣,李守仁不知所措,心想她这会正在气头上,让她哭一哭释放释放积压在心的委屈也好。

钱朵朵号啕大哭了好长一会儿,才慢慢地平静下来,问李守仁:"李大哥,您不能骗我,贾正他是去开会了吗?"

李守仁说:"是的,我马上和他联系,让他给你打电话。"说着把放在桌上的茶杯往钱朵朵跟前推了推,"弟妹,你先喝点水吧!"

"哦,你还没有吃饭吧?我去给你弄点吃的。"说完正要起身出去,贾正老婆气狠狠地说:"我不吃,我才不吃他这里的东西呢!"

"哈哈!你看你,傻妹子!人是铁,饭是钢,一顿不吃饿得慌,吃饱饭有精力和老贾闹腾!"

李守仁这么一说,把钱朵朵逗乐了,"扑哧"一声,破涕为笑。"你看你,这就对了么,你来我们这里是贵客,我们怎忍心让你饿肚子!再说,让老贾知道了,他会心疼你的,而且还会埋怨我们的!"李守仁说着走出房间到伙房弄吃的去了。

不一会儿李守仁亲自端来一碗热腾腾的面条,还有两个小咸菜。钱朵朵觉得很是对不住李守仁,连忙站起来客套了一番。嘴上说着不吃不吃,可是饭碗已经端在了手里,也就拿起筷子吃了起来。

刚才到伙房趁着给钱朵朵弄饭的机会,李守仁给贾正打了电话,可是贾正的电话呼叫转移到了秘书台,最后李守仁给贾正发了短信,把钱朵朵来项目经理部找他一事告诉了他,贾正看到短信后一会儿就把电话回过来了,在电话里开口就骂,而且骂得很难听,什么"臭娘们""臭不要脸""丢脸丢到项目经理部去了"等等,骂了一通,最后让李守仁转告钱朵朵,他现在在省城陪省厅领导吃饭,让她先回家就是了,他把事情忙完了,晚上回家。

李守仁看到钱朵朵把饭吃完后,心情也平静了许多,就和她随便聊开了,聊的同时顺便把刚才贾正在电话中告诉他的话转达给她,劝她早点回去,贾正不在项目经理部她这样待下来也不是个事儿。

李守仁说:"弟妹,你不要多想,老贾人还是不错的,他和我们聊天的时候,也经常提到你,说明他还是很在乎你的,也很爱你的。"李守仁停了一会儿又说,"老贾人年轻,有魄力、有远见,人聪明,脑子又活泛,工作有闯劲,有前途,你要多理解支持他……"

还没等李守仁把话说完,钱朵朵忍不住内心的激动,反驳道:"李大哥,鞋大鞋小只有脚知道,贾正怎么对待我们母子,我们最清楚,我们是怎么熬过来的,你们谁都不知道,我被他这样折磨着,实在没法熬下去了,都有过轻生的念头。"

钱朵朵顿了顿又说:“他还爱我们,爱我们不管我们的死活,不回家看我们,几个月都不给我们打个电话,更别说见面了。”

钱朵朵擦了把眼泪,接着说:“李大哥,您没听人家说,脑子活的人,感情也特别活,他就像个花心萝卜一样,处处留情,听说在外面都包养着女人。”

“弟妹,不要乱猜疑、乱讲!我没听说他在外面和别的女人有不正当的来往哦!”

“可能大家没在您跟前说,也没当着我的面说,可是我的同事们背地里风言风语说贾正‘家外有家,花外有花’。现在我还没抓到他的这些证据,假如真要被我抓到了,我肯定不会轻饶他们这些‘狗男女’。我也想通了,他不让我好活着,他也别想活得好。”

“弟妹,肯定没这回事,假如真有的话,我也会说服开导他的。”

……

钱朵朵越说越激动,最后“呜呜呜”地趴在茶几上又抽泣起来。李守仁连忙劝道:“弟妹,别激动,哭坏身子不好。”

钱朵朵趴在那里继续哭泣着,李守仁显得很无奈,让钱朵朵尽情地哭诉了一会儿,他对钱朵朵说:“弟妹,我比你和老贾都大,哥想对你说几句话,不知你愿不愿意听。”钱朵朵边哭边点点头。

李守仁清了清嗓子说:“弟妹,你或许不了解干我们这行的苦衷,常年施工在外,四处奔波,在没有路的地方修路,等到把路修好了,我们又该转移到新的工地。而且常年工作压力很大,整天想的是怎么把工程完成好,多给公司挣点钱,安全上不要出事情。照顾不到家人,愧对亲人,这是事实,我们也很愧疚,实在是对不住你们。可是我们也没有办法,自古道,忠孝难以两全。既然选择了这一条路,干了这一行,就要爱这一行、专心这一行,把这一行干好。作为你们女人,既然选择了干这行的男人,就要始终如一地爱他、理解支持他,多为他分忧,多为家庭操点心,让我们能够全身心地工作。哥也理解你们做女人的难处,既要上班,又要带孩子、照顾老人,这些还不说,有时遇事连个商量的人都没有,也确实难为你们了。在此,哥代表老贾谢谢你了。说到这些,哥比起老贾来,更愧疚,更对不住你嫂子。哥在部队工作的那几年,有时一年、两年都回不了一趟家,有时回去也是短暂的那么几天,结婚四五年了,哥和你嫂子在一起的时间加起来总共也就两三个月。当时你嫂子一直怀不上孩子,家里老人年龄又大了,一直想让我们要个孩子,没办法你嫂子独自上高原找我。我整天在青藏公路的五道梁施工,她就在驻地格尔木留守,说是到部队找我了,有时三月两月见一次面就很不错了,整天能够待在一起那更是连想都不敢想的事。后来你嫂子总算把孩子怀上了,在高原上待了一段时间后就回了老家,在生产的时候我还在部队施工,没法回去照顾她。等到我见到孩子第一面的时候,孩子已经快满一周岁了。由于怀孕期间高原缺氧,加上没人照顾她的生活,营养跟不上,最后孩子生下来的时候就患上了先天性软骨病,你嫂子为了照顾孩子,后来干脆把工作都辞掉了,带着孩子四处求医问药,一直没有彻底治愈,现在孩子已经十几岁了,可是个头和智商就像四五岁的孩子一样。俗话说,家家都有本难念的经,这话一点都不假。当初你嫂子的父母也经常数说我、埋怨我,可是我也没有办法啊!谁让咱爱这一行、干上了这一行呢!后来她们也慢慢地理解了我们这些筑路人。弟妹,夫妻贵在理解,还是要想开点、看开点,多理解和支持老贾,为了老贾,也为了家庭,千万不能赌气,更不能干那些一哭二闹三上吊的傻事。"

钱朵朵不哭了,静静地听着李守仁的诉说,不时地还点点头。李守仁说完后,钱朵朵看着李守仁,好似想要对他说点什么,可是欲言又止。李守仁便又对钱朵朵说:"弟妹今天没有别人,你有什么委屈或不满就说出来,大哥尽力帮你。"

钱朵朵擦了擦眼泪,停了一会儿说:"李大哥,说实在话,当初我嫁给贾正就是图他是个大学生,人长得精干帅气,人前人后都可以招致别人的羡慕。女人嘛,总是爱点虚荣。您知道吗,男人和女人的性格是有区别的,男人的追求和目标可以一成不变,可是女人的追求和目标是多变的,比如在谈婚论嫁和刚结婚的时候,总希望自己的爱人或丈夫守在身边,以自己或家庭为中心。可是等到有了孩子,生活压力大了,不仅要让丈夫以家庭为中心,而且还想让丈夫在事业上有出色的表现,在人群中能够出类拔萃,甚至有个一官半职,让家人跟着体体面面过好光景。可是不承想婚后多年,他在单位就像个霜打了的茄子,软塌塌的,麻绳提豆腐——没法提。说实在话,我和他都比较爱慕虚荣,我特别羡慕别的女人那种衣食无忧的生活,也想过那样的生活,看着他整天萎靡不振、蔫头耷脑颓废的样子,经常还流露出自暴自弃的言行,为此我经常和他争吵,恨铁不成钢,用言语刺激他,也曾说过一些气话和伤人自尊的话,比如我羞辱他——是男人,就要有男子汉的样子,就应挺直腰杆,鼓起勇气,去搏风击浪闯天下,难道还要家里那个瘦弱的女人为了家庭、为了你的事业去披荆斩棘,为你开辟前途?看着他这样子,作为爱他的女人,我的心里也非常难过。自己的丈夫混成这样子,他做不到这一点,但作为妻子没有理由看着丈夫一直那样自暴自弃下去,吵闹归吵闹,可是吵闹过后我也一直在鼓励他,尽可能地支持帮助他,想方设法为他出主意,竭尽全力为他创造机会。他在我的一再蛊惑和刺激下,终于振作起了精神,想搏一把,要么挣钱,要么当官。一有机会就四处找人拉关系,可是几年下来精力投入不少,事情最终还是没有办成,当时他又有点心灰意冷了。可是有一次我和他一起回家,当走到我家楼门口的时候,看见住在我家楼上的马经理的亲戚,听说当着项目经理,把车停在单元门口从车上往下卸东西,那些大大小小、花花绿绿,包装精美的礼品箱、礼品袋摆了满满一地,我们看得都发呆了,回到家后我就开始数说他,那次对他的打击很大,他发誓哪怕砸锅卖铁也一定要当上项目经理。说来也巧,那次陪马经理去北京出差,恰好联系到了他的远房亲戚,多亏他的远房亲戚找人帮忙,让他顺利地当上了项目经理。我知道项目经理是一个很实惠的岗位,有很多的好处,可是有多少好处就会有多少责任,这也是一个容易出问题的岗位,把握不好很容易栽跟头。可是我们经不住那诱惑,宁愿冒那个险,也不愿再那样窝窝囊囊地生活下去,想尽一切办法想当当,当上了就不由自主地想尽一切办法沾公家的好处。"

钱朵朵擦了一把眼泪接着说:"李大哥,说实在话,当初我们刚结婚的时候还是很恩爱的,他也对我很好,不过现在想来,他那时无钱、无权、无房,只是一个小鬼都能使唤的小办事员,不对我好点,我会跟他吗?现在我才明白,他过去在我跟前完全是演戏,我一直蒙在他的甜言蜜语中。自他当上项目经理后,我发现他逐渐地变了,与以前的那个贾正判若两人了,也变得功利了、冷漠了,最令我难以忍受的是他的专横,无理也要搅三分,和他说不到一块儿了,很是难以沟通,每次见面说不了两句话,就争吵指责起来,仿佛一夜间就变成了这样。刚开始他还每隔一段时间偶尔回家一趟,可是每次他回到家里就像是一个过客一样,有时回到家里只是换几件衣服,衣服一换就走人。即便短暂停留那么一会儿,说明他还是有这个家的,我们还能见个面,走后还有个念想。可是后来他干脆回都不回来了,有好几个月我们没见过面了。打电话要么不接,要么说是陪领导或者开会,有一句没一句的……"说着钱朵朵不禁又掉下了眼泪,最后哽咽着说不下去了。

通过刚才一席话,看得出钱朵朵是个聪明的女人,也是个有文化、开通的女人,女人们大都爱虚荣、爱攀比,这也实属正常。特别是听了她刚才的一番诉说,李守仁也认识到了问题主要还是出在贾正身上,关键问题还是要让贾正抽时间好好开导她,多和她沟通,一个女人里里外外地操持,确实也很不容易。他也想找机会好好劝劝贾正,让他平时多关心关心钱朵朵,多陪陪她,有事没事多哄哄她,夫妻之间有多大事嘛!

钱朵朵接过李守仁递过来的水杯,喝了一口水平静了一会儿接着说:"李大哥,您比我们年龄大,是我们的好大哥。听了您刚才的话,我对您更加敬重了,您和嫂子患难情深,相扶着走过这么多年,确实很不容易,我真羡慕嫂子。李大哥,我也不是非要贾正陪在我的身边,也希望我爱的人能够干出一番事业来。我知道你们干工程的难处,我也能够理解你们的工作,只是觉得他不应该忘记我们、忽略我们,平时有空的时候应该给我们打个电话,关心一下我们的温饱冷暖,这就够了。可是他……”

钱朵朵哽咽着又说不下去了,“可是”后面的话不说李守仁也能够猜得到,还是她先前说的那些,嫌贾正经常不和他们联系,不关心他们母子的冷暖。心想这个老贾,做得也确实有点过了。

李守仁说:“弟妹,大哥理解你的心情和难处,对你的处境也非常同情。可是大哥对你的一些认识和观点想纠正一下。你刚才说项目经理是个很实惠的岗位,这句话哥不赞同。哥也曾当过几个项目的经理,对这个岗位的体会应该说还是比较深的,平时也听别人说过类似的话。项目经理有一定的权力这话不假,我想这个权力只是干工作的权力,不能成为谋取私利的权力。权力是把双刃剑,如果你用这个权力做事,确实也能做点事,也能做成事。如果你把这个权力用在谋取私利、捞取好处上,应该说也有机会。可是这样做就错了,或许还要付出沉重的代价。作为老贾和我绝对不能有这样的想法和行为,作为你更不能用这样的想法指使或迫使老贾乱用权力。”

李守仁走到自己的办公桌跟前,边走边说:“大哥这里前几天抄了这么一段话,觉得说得很有道理,不妨说给你听听,或许对你也是个启发。人这一辈子,有能力,就做点大事;没能力,就做点小事;有权力,就做点好事;没权力,就做点实事;有余钱,就做点善事;没有钱,就做点家务事;动得了,就多做点事;动不了,就回忆开心的事。我们也许会做错事,但要尽量避免做傻事,坚决不要做坏事,多些知足,少些计较,想想人生也就这么回事。对我们这些人来说,尽管我们不算富有,最起码我们食有粮、住有房、穿有衣,你来的时候也看到了,你看那些沿线的老乡,他们的生活多么艰苦啊!要知足常乐,戒除贪欲。人比人没法比,要有好的心态和生活追求,不攀不比,不奢不骄。古人讲,以德治家,以廉养家。这句话是非常有道理的,单位领导也经常教育我们要常算廉政账、常吹廉政风,家廉则人廉,家贪则人贪,作为你们女人不仅要当好贤内助,而且要当好廉内助,用我们的言传身教为孩子们做好榜样。妻贤夫祸少,家有贤妻男人才不遭横事。你一定也看过那些贪官的下场,他们平时贪吃贪占、贪财贪色,有的有钱不敢花,有吃不敢吃,每天都提心吊胆,生活在极度的恐惧中,一旦东窗事发,贪的占的都交公了,一切都灰飞烟灭,有的甚至全家都进去了,更有甚者还落了个晚节不保,妻离子散。我也想麻烦弟妹多和老贾聊聊这方面的事,我们大家互相拉拉袖子,多提个醒,多交个心,洁身自好,清清白白地把组织交给我们的任务完成好,上不愧组织的培养,下不愧群众的信任,中不愧家人的支持和理解,这就够了,这样也最快乐和幸福。”

李守仁顿了顿,又补充说:“人的一生,也不外乎就这些!关键看你怎么看,怎么想!”

钱朵朵专注地听着李守仁的话，不时地点点头，看上去心情也好多了。

“李大哥，以前也听贾正说过您的情况，可以说也对您有所了解，特别是听了您刚才的一席话，更让我对您钦佩和敬重。说实在话，我也40岁的人了，工作将近20年了，可是很少见到像您这样正直善良的人，您不仅是个好领导、好丈夫，更是个好老师。贾正和您一起工作，我就更放心了。贾正就那德行，您平时还是要多批评帮助他。假如有可能的话，我也好好开导开导他。”

钱朵朵拿纸把眼角的泪擦干后，好似肚子里还憋着好多的话要说，便喝了一口水接着说道：“李大哥，随着生活阅历的增加，我也愈来愈感到人生的艰辛，特别是对我们女人来说更不易。如果把家庭比作一艘小船，那么夫妻两分别是船两侧的舵手，只有同心协力，同舟共济，这个家庭才稳固，也才能维持得长久。作为你们男人，或许应该在这个小船上，付出得更多点，应该说是主舵手，可是贾正就像一个匆匆过客，任由我们这艘婚姻的小船随风漂荡。您刚才说我看上去很刚强，说句实在话，作为女人谁都想过安稳的日子，谁都不想出头露面，当那些外强中软的女强人或者说‘女汉子’，特别是对我来说，从小家境不错，在父母的呵护下长大，内心始终十分软弱，我更需要男人的呵护。可是我能靠他什么呢？……”

聊着聊着钱朵朵又聊到了自己的不幸婚姻遭遇，又痛哭起来，见到了李守仁这样通情达理善解人意的人，总想把肚子里埋藏的委屈一股脑全倒出来。李守仁不住地点头，认真而专注地听着她的诉说。看见钱朵朵又伤心地流出了眼泪，便连忙站起来撕了一点卫生纸递给钱朵朵，并安抚道：“好妹妹，不要伤心难过，大哥能理解你的心情。经营这个家确实不容易，我找机会好好劝劝老贾。”

钱朵朵坐在那里抽泣了一会儿，很快就冷静下来了，便主动问李守仁项目经理部的工作和生活，反过来开始安慰李守仁，让他们保重身体，注意休息和安全等等。一番安慰的话让李守仁听了很是感动，他看了看表，时间也不早了，便提醒钱朵朵说：“弟妹，不是大哥不欢迎和挽留你，只是老贾刚才在电话中告诉我了，他现在已经到了省城，把事情处理完后，晚上要回家看你们，让我安排你下午就回去。要不这样，你先歇会儿喝点水，然后我安排车把你送到县城汽车站，你搭车回去怎么样。”

临上车的时候，钱朵朵露出满脸的笑容和李守仁打招呼告别，李守仁也向她笑了笑，挥了挥手，不禁自忖道：看来刚才的一席话没有白说，她还是听进去了。女人和男人果真还不一样，受了委屈就爱哭诉，得到理解了马上就能破涕为笑。

把钱朵朵送走后，李守仁就急匆匆地给贾正打电话，并开导贾正，让他回家多和钱朵朵聊聊，夫妻间争吵两句是很正常的事，想想钱朵朵也是很不容易的，要多理解她的难处。夫妻之间也没必要较真，更没必要赌气，男人要多谦让女人的不对,你谦让她,她会感激你的。并特地嘱咐他,趁这次回去了,一定多陪陪家人。贾正那边“嗯,嗯,嗯”应和着,也不说什么,好像还在生钱朵朵的气。

李守仁怕贾正一时还转不过弯来,便又接着说:“作为我们,我们既是单位的领导,要带领大家干好单位的事,而且作为儿子、丈夫、父亲,也要尽可能地处理好家里的事,多尽点应尽的责任,只有‘后院’稳定了,我们才能安心在前方打仗。”电话那头半天没有贾正的声音,李守仁“喂,老贾,喂,老贾”连喊两声,可是电话那头还是没有任何声音,贾正早已经把电话挂断了,李守仁也就不说什么了,该说的话也已经说清楚了,再说多了也没用,毕竟这是别人家的家事、私事。

15

这几天工人们急着找协作队负责人要工资,大多数协作队已经连续两个月没给工人们发工资了,最长的甚至已经拖欠了三四个月,工人们扬言,假如这两天还不给的话,他们就要罢工。

最近,协作队手头资金确实紧张,这是事实。不过也有些协作队负责人即使手头有钱都不想结清,怕万一结清了,工人们拿上钱跑了,一时半会儿再找不到干活的人,影响工程进度;还有的协作队负责人急着想把投入的钱抓紧捞回来,把本钱捞回来了至于后面能挣多少是多少,最起码不会亏本的,首先算着自己的账,想着自己的利。工人们闹事他们不怕,因为工人们一旦闹事,项目经理部自然会想办法出面处理,等于说把矛盾和问题都交给项目经理部去处理了。有几个协作队负责人也曾找过贾正,想让项目经理部帮助解决点费用,可是每次都被贾正臭骂一顿后退了出来。

贾正觉得在项目经理部待着协作队找来找去有点烦,推说家里有事又回家去了。他前脚刚迈出项目经理部的大门,便迫不及待地把手机进行了呼叫设置,只能接收到别人的来电和短信,别人打他电话打不通,听到的只是“暂无应答”的提示音。其实他还有一个手机号,是半公开的,只有郑静、马龙等少数几个跟他近的人知道。他一旦离开项目经理部,这几个人一旦有事请示或汇报项目经理部发生的事都是通过这个半公开的手机号与他联系。如果项目经理部其他人真要有事找他,那就要看他的心情和你要找他说什么事,他高兴的时候或遇到好事了给你回过来,不高兴了就不理你的电话,你再着急都没用。

这段时间也正值秋收季节和学校开学,工人们急着领取工资往家里寄,想着用工钱添补家里急需,加上工地又在大干,材料消耗量非常大,计量款一大半都用在了支付材料款上,剩下一部分也只能勉强维持生活费,根本就没有剩余的钱来支付工人工资。协作队完成的产值累计起来倒是不少,可是有些工程项目自始至终就没有计量,贾正一直在找监理和业主做工作打算变更,据说已经找过业主和监理好多回了,至今还没有一个明确的说法。

可是,工人们不管你那些,不管是按件记工,还是按时记工,他把活给你干了,你就得无条件支付他们的工资。他们索要自己应得的工资完全正确,哪怕停工表达自己的合理诉求也无可厚非。值得肯定的是农民工兄弟们的法治意识在增强,你这里不给、不理他,那他就到理他们的地方说理去,到了那里一申诉,看你还给不给。贾正回家后手机一直处于关机状态,项目经理部和他联系不上,李守仁便把工人们拿不到工资就要停工的情况发短信告诉了他,等了老半天,贾正回过来了,说他会想办法的。

每次工人们来找项目经理部,李守仁只能用语言安抚大家,让大家再等等,贾经理正在想办法给大家筹措,刚开始的时候仅凭自己的威信和信誉说服安抚大家几句,大家还能够听得进去和理解,可是已经过去一周多时间了,贾正那边还没有任何消息。李守仁再用语言安抚说服大家就不灵了,大家也就不听了,因为他们确实有困难,真要把人逼急了,他们撕破脸也就不管你张三李四啥的,该怎么解决他们自有办法。李守仁也早已经有了打算,如果贾正还是弄不到的话他要想办法,再这样拖下去怕耽误工人们家中用钱。

大清早,隧道队、桥梁队、路基队等几家队伍一下来了100多名工人,把项目经理部围攻了,要求项目经理部后天晚饭前必须解决,如果不解决的话,他们就要连夜赶到省政府上访。

掘进班班长是个大胖子,看那块头就知是个干活的料,事实确实如此,他干活非常卖力,开工的时候就来了,早被李守仁认住了。他突然从人群中挤出来,手叉着腰往那里一站,给人的感觉气势真不凡,有点黑旋风李逵的架势,说话瓮声瓮气的:“我说李书记啊!你可得帮帮我们大家!我们都是冲着你来干活的。如果你不给我们解决,那就是你们故意拖欠着不给,我们就到省政府上访。”

二次支护班的一个年轻小伙也站出来说:“李书记,人家养条狗,天气凉了主人还会给披件衣服。我们来这里干了一年多了,连续几个月的工资都没给我们结清,每人每月支取那么两三百元,连烟火钱都不够!你们这些当官的,只顾往自己口袋里面装,不管工人死活,最迟后天晚饭前,你们给个说法,不然我们就一起到省政府闹去。”

“贾经理当初承诺,假如能够完成任务,就把我们的工资结清,上个月我们不仅完成了任务,而且还超额完成了任务,怎么就不兑现了呢!贾经理就是个骗子。”

“别说他给我们兑现工资了，现在人都不敢见我们了。哪有这样当领导的，我们以后还怎么跟着他干。”

“贾经理就是个骗子，李书记不在这里的话，我们也早走了，谁都不会跟他干的。”

“李书记，我们就认准你了，我们也不找贾经理了，贾经理根本靠不住，有你在我们的心里还踏实点，总算还能看到点希望。”掘进班那个胖子近乎哀求般地对李守仁说。

……

工人们你一句我一句大声地吵嚷着，都显得很激动，根本没有李守仁解释说服大家的机会，大半天过去了，等到大家稍微冷静下来后，李守仁对大家说：“弟兄们，实在对不起啊！我也是一个女人的丈夫，一个儿子的父亲，我能够感受到你们此时的心情，理解你们的合理诉求，这样的要求一点都不过分。自古道，欠钱还钱，这是天经地义的事情。在这里我感谢你们的理解，也感谢你们对我——李守仁的信任，我李守仁说话从来都是算数的，请大家给我两天筹措时间，保证后天晚上你们人人都能领到工资，如果有一个人领不到工资，我就把我的工资给他，任由你们怎么辱骂我都行！”李守仁说得非常诚恳实在，大家也看出和听出了他的决心。

还是刚才那个胖子，举起双手，转身大声地招呼一起来的工友：“兄弟们，有李书记的话我们就放心了，我们大伙应该相信李书记，后天晚上我们大家拿不到工资再来找李书记，现在我们还是回去干活吧！相信李书记会帮我们想办法的。”

“好，我们回去，等李书记的话。”大家齐声呼叫着离开了项目经理部。

“回去好好干活，抓紧时间挣钱，家里的婆娘还等着买新衣服呢！”李守仁看着大家折转身往外面走，风趣地和大家开起了玩笑。

大伙立即推推搡搡、嘻嘻哈哈返回了工地。

总算把工人们打发走了，李守仁回到房间就给贾正打电话，贾正说他还在想办法。

贾正离开项目经理部已经好几天了，这次是专门出去想办法借钱的，可是几天过去了，还在想办法，李守仁也不知道他的办法啥时候才能想出来。如果就这样想下去，恐怕还没等他的办法想出来，工人们就跑到省政府上访去了，干脆到省政府接访算了。李守仁想到刚才那些工人来找他的情景，仍历历在目，十分同情，他不是怕工人们骂他和闹事，而是觉得那些工人兄弟也太可怜了，抛妻舍子出门在外挣那点钱也太不容易了。他太理解工人们没钱的难处了，孩子上学需要钱，老婆在家种地需要钱,父母买药需要钱……家人就等着这点钱。他说什么也要给大家把拖欠的工资凑齐,尽快发到手里。

他挂了贾正的电话,就给一个转业地方做生意的战友打电话,请求帮忙,那个战友当即答应,马上想办法给他先筹措 200 万,明天中午之前把钱打过来。

两百万也只能应应急,要把拖欠工人们的工资全部结清,差不多还得这个数。

为了给工人们发工资,他想到建管处跑一趟,亲自找张处长借钱。也不知建管处最近资金是不是宽余,反正急病乱投医,宁可碰了也不能误了,再说张处长也非常同工人们,大会小会反复讲要关心爱护工人兄弟,现在项目经理部有困难,只要有钱的话,张处长肯定会借给的。

大中午,他没来得及休息就往建管处赶,当赶到建管处后,还没到上班时间。他就在一楼大厅里等,突然工地总监甄麒鑫也来了。两人相跟着上楼,上到三楼看到工程管理部的门开着,有人在加班干活,两人便走了进去。

李守仁跟在甄麒鑫的后面,前脚刚迈进工程管理部的门,一位小姑娘俨然就像一副债主讨债的气势,朝着李守仁指手画脚,并大着嗓门噼噼啪啪竹筒倒豆子般叫嚷道:"李书记,你们项目经理部是怎么回事啊? 别的项目早把这个月的统计报表报来了,每月都是固定时间上报,每次都是你们迟迟报不来,老是拖后腿,不催个四五回就是报不上来,你看我这把其他项目报来的都弄好了,就差你们的了,我马上就要给上面报! 你们 3 点前报不来的话,我就让张处长找你们要。"

李守仁还没喘过气来,一进门猛不防就被年轻小姑娘噼里啪啦地数说了一通,看着小姑娘心急火燎的样子,李守仁一边安抚小姑娘,一边了解情况,当得知统计表每月都是固定时间由牛饷帅负责上报,便马上给牛饷帅打电话,可是牛饷帅的手机就像贾正的手机一样,处于关机状态。

李守仁又忙转身对跟在身后的总工李大军喝令道:"你们怎么回事啊? 为啥每月都是我们拖建管处后腿,抓紧想办法上报。"

李守仁知道牛饷帅已被贾正放回家去了,回家可以,无可厚非。可是走之前要把手头的这些紧急事情处理好,即使来不及处理也应该交代别人帮着处理一下,工作不能受影响。总是能拖就拖,能不干就不干,干了这么久了,还是不懂规矩,这么简单的一些事情都处理不好,让别人跟着受影响,为其操着不该操的心。

李大军马上掏出手机联系牛饷帅,也联系不上,没办法只好给办公室海量打电话,让他去牛饷帅的电脑上看可否找到,帮忙抓紧报上来。

海量我们前面已经介绍过,文化程度很低,说是初中毕业,看样子还不如一个小学毕业生呢! 平时只会写自己的名字,而且那名字写得真就像虫子爬过的一样,歪歪扭扭、四仰八叉的,从来就没看见他写过别的字,悟性也很差,交代他办点事，半天交代不清楚，即使交代清楚经常节外生枝，办点傻事出来，真让你哭笑不得。据说他来这个项目经理部之前，一直在一个建筑工地干苦力活，根本就不会用电脑，要用也只是玩个简单的游戏，对于一些文字处理更是一窍不通，来到这里后，又不求上进，不学习，不钻研，整天和马龙在一起，思摸着今天喝顿酒、明天打场牌、后天钓会儿鱼，心思根本就没有用在工作上。他在牛饷帅电脑上捣鼓了半天，电脑都打不开，其实牛饷帅的电脑设置了密码，他不知道设置了开机密码，也不问别人，就一直在那里使劲瞎捣鼓。半小时过去了，连机都开不了，李大军在这边心急火燎地等，等了半天打电话一问，才知那边还没有开机，恨得他咬牙切齿。没办法，还得找牛饷帅，可是牛饷帅的手机还是打不通。李守仁坐在那里也一直等着项目经理部的消息，可是过去了好长时间了还是没有报来，气得他实在没办法。

无奈李守仁只好找来牛饷美的电话，打电话给她，让她赶快找到牛饷帅。

不一会儿牛饷帅打来了电话，支吾了半天，说自己还没有统计，李守仁狠狠地把他批了一顿后，把电话交给了李大军。

坐在一边的甄醭鑫也有点看不下去了，半带提醒半带指责说："李书记你们也确实该好好抓一下了，这成什么样子啦！大家就知道玩，不知道干活，活干不走怎么行呐！每月都定期上报的一些简单数据你们都按时报不上来，全线几十家都报来了就差你们，这怎么能说得过去啊！"

本来把李大军带来处理工程上的其他事情，没办法只好把他安排回去处理报表的事了。李守仁把报表的事安排妥当后，独自来到张处长办公室。

一进门，张处长就热情地招呼道："哦，老李来啦！有什么事啊！是路过，还是特意来这里办事？"

"有事找您！"

"我了解您老李，舍不得离开工地半步，如果没有重要事情的话肯定不会到这里来！"张处长边给李守仁倒水边说，"我不仅知道您有事，而且还知道您找我有什么事！"

"领导就是领导哦！"

"别，别，别，您老大哥才是领导哦！"

"哪里，哪里，领导这样说，我真还不好意思坐在这里啦！"

"哈哈，言归正传。是为'钱'来的吧！"张处长凑到李守仁跟前神秘地问。

"是啊！大家谁不是为'钱'忙啊！老祖宗不是说了吗，天下熙熙皆为利来，天下嚷嚷都为利往。"

"哦，这话可不像是您老李说的哦！"

“我为‘钱’忙，但不爱‘钱’！”李守仁说得掷地有声。

“那是，那是，我怎能不了解您老李啊！不像我们有的同志，为‘钱’忙，为‘钱’亡！整天向‘钱’冲，而不向前冲。”

“现在我们公路建筑行业出了不少贪腐的事儿，有的省几任厅长前‘腐’后继，先后都落马了，教训深刻啊！刚才看到一个报道说，还有一个省交通厅的几个领导都各管一摊，利用手中的权力各自为阵，各捞各的，最后一锅端了。‘大家合伙分取政府的钱，我们的政府很有钱哦。’”张处长最后还引用了一句电影台词。

李守仁一走进张处长办公室的时候，张处长就发现他的表情凝重，心里猜想他或许还有什么心事或遇到了什么难处，也就不和他闲扯这些了，立即转入正题，问李守仁。

“老李，我知道您的难处，您现在处在两难境地，进退维艰。我曾经也想帮您说句话，可是我怕说过后，除不起作用，反而影响您，甚至会把您调离这里，说句实在话，我离不开您！这个工地也离不开您！”

“谢谢处长，处长过奖，离开谁都行。”

“老李，话可不能这么说，离开谁是能行，可是过程和结果肯定不一样。您要离开这里就不行，最起码我不放心。”

“小贾，哪里去了？不在项目经理部吧！”

“哦，这不是急着给工人们发工资，小贾借钱去了嘛！有钱男子汉，没钱汉子难。家家都有本难念的经呐！”

“哦！为‘钱’忙去了！”张处长说完“哈哈哈哈”大笑起来。

“反正有您在，我也不管他了，爱干吗干吗去！”

“分工不同嘛，一些棘手事情大家分头干，众人拾柴火焰高啊！”

“老李啊老李！您让我怎么说您呢！您这个人对人就是太好了，整天就为别人考虑，忍辱负重，就像老黄牛一样。”

“不是老黄牛，是倔驴。”

“谁说的？谁敢说您倔，让我看看。那不是倔，那是不屈不挠的个性，那是认真负责的工作态度，那是坚定的党性原则。”张处长显得很激动，动情地说。

“处长厚爱我，觉得这是个性，在别人看来，那就是‘倔’。”

“哈哈哈哈，难得啊，老李！”

……

两人就这样随便地聊了一会儿。突然张处长话锋一转，问：“老李，需要多少？”

张处长的问话李守仁没有听清，有点含含糊糊，便反问道：“处长，您刚才说什么来着？我没有听清楚。”

“我说话的声音这么高，您都没有听清楚，说明您对钱不敏感。我问您大概需要借多少钱？”

“哈哈，这回听清楚啦！惊喜总是在下一秒，好事都让我遇到啦！”李守仁听了张处长的话非常高兴，完全忘记了先前遇到的不快，坐在那里激动得手舞足蹈起来。

“应该的，应该的。”

李守仁一激动，就忘记告诉张处长大概需要借多少钱了，张处长再次催问他，他才连忙回答道：“最少200万，不过曹操用兵，多多益善。”

“那就300万吧！”

“反正都是项目经理部的钱，迟早要给的。我看了一下，项目经理部应该还有1200多万的活没计量呢！”

“谢谢处长，那太好了，太好了！”

还没等李守仁把话说完，张处长就拿起电话给财务部长打电话安排拨款的事。

电话挂了后，张处长笑着对李守仁说：“老李啊！我可不是专权独裁，这么大一笔钱我也没有权力做主啊！这是我们前几天开会研究决定的，知道这段时间各个工地工人们家里正需要钱，我们已经做好了充分准备，把分配计划都列好了。”

“不过老李啊！我不是讨好您，今天是您来了，假如小贾来，我是不会这么痛快就把钱借给他的。”

“都是为了项目经理部，谁来都一样。”

总算这几天来一直压在心底的这块石头搬开了，李守仁从张处长办公室出来，长嘘了一口气，感觉非常轻松，这种感觉近来很少有过。心想有了这些钱完全可以把前期拖欠工人们的工资一次性结清了，他拿出手机就给贾正打电话。边下楼梯，边打电话，一脚踩空险些摔倒，他的这一动作被迎面上楼的二标刘经理看到了。刘经理看见李守仁喜笑颜开的样子，轻轻地拍了一下李守仁的肩膀问道：“老李啊！看把您高兴得，遇到啥好事啦！是张处长表扬您啦！还是重奖您啦！”

“哈哈，哪里，哪里！既没表扬也没重奖，不过这比表扬和重奖都令人高兴，张处长给我们借钱应急啦！我正要把这个好消息告诉我们老贾呢！”

“老贾，老贾不就在前面的山水国际大酒店吗，我刚才看到他了！”

李守仁听了感到有点吃惊，稍稍迟疑了一会儿追问道：“哦！你不会认错人吧！老贾几天前就回省城办事去了。”

“嘿嘿，你看你，老李！我怎能认错呢！我们见面还打了招呼的，并且还看到他身后跟着几个人。”

李守仁听了刘经理的话迟迟疑疑的，中午的时候他给贾正打电话，贾正还说是正在省城找一个朋友筹措钱呢！估计还需要等几天才能筹措到，怎么可能在这里呢！

李守仁也不管贾正现在在哪儿了，这会他在哪儿都不重要了，反正他把眼前最棘手的事情解决了。在来建管处的路上李守仁的战友就告诉他，已经把200万的借款汇出来了。估计建管处的300万今天晚上也能到账，如果到银行取钱顺利的话，明天下午或者晚上就可以把钱发到工人们的手中。

刚才二标刘经理见到李守仁的时候顺便聊了几句，说好长时间不见他了，老了不少，而且头发也白了不少。确实是这样，近半年来他的头发几乎全白了，人也苍老了很多，脸上写满了饱经沧桑岁月的疲惫，脸上、额头上的皱纹深的、浅的，横的、竖的，纵横交错，杂乱地铺了满满一脸，就像管理不善的施工现场胡乱摆放的材料一样。假如他管理的施工现场成了这样，他早就收拾了，可是脸上额头上的那些皱纹都是岁月雕刻上去的，无论他再怎么勤奋敬业和努力，也无法扭转岁月的乾坤。战友的儿子武友看着心疼，前几天趁着到城里办事给他买了洗面奶、擦脸油等日用保护品，可是他嫌那些东西味道太香，香喷喷的不习惯，一直搁在桌子上没用。今天在来的路上，司机说好要带他去染发的，一次司机陪他出去办事，人家说他已经是60多岁的人了，司机听了后狠狠地把人家瞪了一眼。李守仁坐在车上还反问司机，你看我有60岁吗？司机一直劝他，让他把头发染一染。经这么一说，他觉得也该打理一下了，像现在这样老气横秋的别人看了也不舒服，再说打理打理最起码显得精神点儿。

这么一来他也没心思去染发了，他要赶紧赶回去开会安排研究给协作队拨付工资的事情。

当他回到项目经理部的时候，牛饷帅已经回到了项目经理部，他就有意问牛饷帅怎么这么快就回来了，牛饷帅支吾了半天也没说出啥原因来，他也就不想过多地刨根问底追究这些了。再细看牛饷帅眼睛红红的，萎靡不振的样子，知道这中间肯定是有缘由的。特别是联想到先前在建管处遇到二标刘经理告诉他的，他猜想到贾经理这几天就没有到省城，更没有为工人的工资操心，带着牛饷帅等人住在宾馆里又赌博去了。此时，他想起了张处长曾经说过的一句话，贾正的话，连标点符号你都不能信。李守仁当时听了后，觉得张处长说得有点过了，还为贾正蒙受这样的“不白之冤”抱不平。不过拿今天这件事来印证，张处长那样说他，完全不冤枉他，此时在他的心里也对贾正打了一个大大的问号。

贾正每次出去除带郑静外，还喜欢带牛饷帅和马龙，有时把两人都带上，有时带他们中的一个。就说牛饷帅吧！别看他搞工程计划不专业，可是赌博很“专业”，特别是每次和贾正打牌，他都能赢个盆满钵满。和他玩过牌的人都知道，他打牌很特别，非同常人，不按常理出牌，别人总是猜不透他手里有些什么牌、需要什么牌、要打什么牌，按照行家的话说就是歪打正着，再加上他的手气非常好，总是要什么牌就会来什么牌，动不动还来个自摸。有人说他不按游戏规则出牌，贾正却嘲笑他根本就不懂得游戏规则，完全就是靠“走狗屎运”。尽管牛饷帅每次都赢钱，可是贾正既不羡慕，也不嫉妒，而是心存不服气，他可以输给牛饷帅钱，但绝对不能输给牛饷帅面子，每次在赌桌上，他不仅赌牌还赌气，始终不信赢不了牛饷帅，拿在手里的牌总是算计来算计去，想方设法卡或限制牛饷帅，一会儿想出，一会儿又不敢出，迟迟疑疑，含含糊糊，绞尽脑汁算来算去，谨小慎微地打下去，不料被牛饷帅胡了，赌金押得一次比一次大，输得也一次比一次惨。

赌场无父子，对牛饷帅来说，果真是这样。在赌场上他什么话都敢说，什么事都能做得出来。尽管对他的出牌贾正很是生气，可是对他在牌桌上敢说敢做的“良好表现”，贾正非常欣赏。比如有时他们和业主或监理打牌，贾正总要把他带上，贾正有时赢了钱表面上一个劲儿地说“算了，算了”，不好意思要，可是牛饷帅却主动为他帮腔，为贾正讨要。仅在讨要赌资上，牛饷帅就帮了贾正很多的“大忙”，在这些问题上贾正从内心里对他还是很感激的。牛饷帅对贾正的利益看得比较重，对于自己的利益，那更是超过任何人和事，就连贾正他都不放过。在赌场上不管是谁欠了他的赌钱，他都敢要。

有一次牛饷帅跟着贾正和甄麒鑫一起打牌，他总是不按常理出牌，甄麒鑫和贾正算计来算计去，总是算不准，每一把都输给了他，玩了两三个小时甄麒鑫输了两万多，气得直跺脚。

玩到最后干脆要起了赖皮，输的钱都赖着不给他了。最多的时候欠了牛饷帅两万多，一直想赎回来，可是越玩输得越多，最后把牌一摔，狠狠地说没钱了，便一走了之。

第二天，牛饷帅遇到甄麒鑫后，当着众人的面就问甄麒鑫讨要赌债，令甄麒鑫十分生气和尴尬。最后甄麒鑫跑到贾正那里告牛饷帅的状，说，牛饷帅这孩子不懂事，太嚣张。言外之意是让贾正好好收拾收拾他。胳膊肯定是往里面弯的，甄麒鑫再怎么说，就为赌博的事，贾正肯定还是偏向牛饷帅的，还会一如既往地信任喜欢他的，再说关键时刻牛饷帅还能够不顾一切，为自己冲上去，仅拿这点来说贾正就不会轻易地把牛饷帅怎么着的。

李守仁看着牛饷帅熬红的双眼，精神萎靡不振的样子，本想安排他和郑静一起把各个协作队拖欠工人的工资统计清楚，做个分配计划一会儿开会研究，可是一看他迷迷瞪瞪成了那样子,也就不安排他了,知道他平时清醒的时候对这些事情都搞不清楚,现在熬成这样子了,弄出来的东西肯定和他的脑子一样也是糊着的,索性安排别人去搞了。

在李守仁出面筹措下,第二天午后就把工人们的工资发到手了,大伙便派出几个代表到县城把各自的工资往家里寄。几个代表晚上回来路过项目经理部的时候,给李守仁提来一大袋苹果,说是他们全体工人的心意,一定要让李守仁收下。一方执意不肯收,另一方执意要留下,推搡了半天都互相拗不过,不论李守仁怎么解释,那几个工人兄弟就是不听,最后追到院子里,几个工人迅速上了车,没办法李守仁只好从袋子里掏出两个留下,其他的硬是退了回去。

两个红红的苹果不知在李守仁的办公桌上放了多久,他一直舍不得吃,因为那代表工人兄弟红红的心啊!

16

转眼国庆节就要到了,天气一天比一天凉爽起来。可是工地上的干劲儿一点都没减,大伙加班加点、热火朝天地干,工程形象进度丝毫不逊色于气候一天天快速变化的速度。

李守仁整天待在工地上,这里走走那里看看,不时地为工人们鼓劲加油,看着一天天的进度变化心里感觉很踏实,照此下去完成业主下达的季度任务计划应该没啥大问题。

他在外面转悠了一会儿,不知不觉又走进了隧道里,目前隧道口距离掌子面已经有1500多米了,李守仁每天至少要从其中一个隧道里进去,从另一个隧道里出来,来来回回步行往返两三趟。他进出隧道的方式与众不同,从来不乘坐任何交通工具,不像有的人进出隧道只是为了完成某项任务,坐车或骑摩托车快进、快出。他不这样,每次进出隧道只要时间允许的话,有车他都不坐,边走边这儿瞧瞧、那儿摸摸,为的是找问题,他非常清楚,如果今天你不去找问题,明天问题就会来找你,诸如哪里有安全隐患、哪里有质量问题等,他随时发现,及时地就解决掉了。

转了一趟没有发现有什么质量和安全问题,而且各作业面正有序施工,他感到很高兴。出来后又转到材料场看了看,各种材料储存的都比较多,按目前进度估计再用三五天都没啥问题,更令他欣慰的是通过上次开会强调,各种材料首先从外观上看都很好,质量也应该没问题,堆放得齐齐整整,各种标志标牌设置摆放的规规矩矩、清清楚楚，显得井然有序，材料场就像一个大工厂一样，干干净净、利利索索的。

工程上的事相对比较少了，可是项目经理部有一项重要活动决定要在国庆节进行，打算为测量员武友举办婚礼。

武友是李守仁已故战友——武宝天的儿子，武宝天和李守仁既是同乡，又是同年入伍的战友。两人被同一节车皮拉到部队后，又分配到了同一个连队，一个当了施工员、一个当了统计员，两人关系一直非常好，有事没事喜欢凑在一起说说笑笑。只是李守仁后来上了学，又当了干部，武宝天转了志愿兵，就留在连队一直干统计员工作。

李守仁当干部的时候，武宝天已经是志愿兵了。在李守仁刚当干部的那年，部队正在藏北地区修建一条国边防公路，他们连队负责建一座石拱桥。有一天大清早，他带一名施工员和武宝天一起到工地干活，那天的天气格外冷，而且稀稀拉拉地飘着雪花，西北风呼呼呼地刮着，时值 7 月初，应该说是高原最好的季节，可是那天的天气仿佛就像已经进入了初冬。他们一起到了工地后，就马不停蹄地干活，武宝天独自进行工程量的统计，李守仁和那名施工员在放样，他们要在大部队到达之前把线放好。武宝天的活计相对简单，加上他性急，干活麻利，没用多久就干完了。而李守仁和另一名施工员一会儿拉尺子丈量，一会儿架仪器测量，桥上桥下忙碌着，武宝天便跑来帮他们。身材瘦小的武宝天就像猴子一样，有一身过硬的攀爬技术，身轻如燕，动作十分敏捷。由于风大，塔尺总是扶不稳，武宝天主动爬上拱桥的木头模板上，帮施工员扶塔尺。由于木头模板上积了一层雪，脚踩上去非常滑，就在他们完成任务往回撤的时候，意外发生了。那名施工员险些滑倒，就在他快要滑倒的刹那间武宝天一把把他拽住，使劲往里面拉，由于用力过猛，武宝天脚下失去了平衡，摔倒滑到了 30 多米深的桥下，当时就昏迷过去了。加上当时工地偏僻，交通不便，医疗条件又有限，把武宝天送到当地医院抢救了两天都没有抢救过来。武宝天没有留下一句遗言就匆匆地离开了大家。

说来也怪，那天本来武宝天是不用上工地的，一向工作严谨细致的他不知怎么回事，在统计工程数据的时候出现了一点差错，为了给机关提供准确的数据信息，连队领导便安排他上工地重新复核一下。谁都没想到，他上了工地后再也没能回来。多年以来，李守仁一直感到很是对不住武宝天，更对不住他的家人。

武宝天出事的时候，武友刚满一周岁，他的母亲带着他，母子两含辛茹苦，还要照顾武宝天年迈体弱、身体多病的父母，一家人生活在那个偏僻的小山村里，生活十分困难。李守仁每年探亲休假回家后，都要去看望他们一家老老小小，和武宝天的父母住上几天，帮老人做些力所能及的事情，走的时候把自己平时节省下来的钱留给他们贴补生活,对他们就像对待自己的亲人一般。

李守仁转业安排地方工作没几年,武友也从省城的一家职业技术学校毕业了,李守仁就把武友带到工地,让他跟着自己学工程测绘。自那以后武友就一直跟在李守仁身边,李守仁把武友当成自己的亲生骨肉,到了武友谈婚论嫁的时候,又忙着给武友张罗对象。

中午,李守仁回到项目经理部的时候,一进院子就看到武友和驾驶员一起擦洗车。李守仁不由得多看了一眼武友,他从内心里喜欢这个孩子,不禁心里啧啧赞叹,这孩子确实是个好孩子,性格和长相真像他父亲武宝天,个头不高,性格开朗,人聪明勤快又热心。跟着自己在工地干了短短几年,先后学会了工程测量、实验和汽车驾驶,和大伙的关系处得也非常融洽,经常能够看到他不是帮着实验室做实验,就是帮着司机擦洗车辆,一会儿都闲不住。每天早晚武友一有空就跑到李守仁和其他老同志的房间,帮他们扫扫地或打打水,很是勤快热情,在大家跟前一点都不生分,大家也把他当成自己的孩子一样对待。

突然李守仁又想起,再过几天就要给武友举办婚事了,不仅为武宝天的家人高兴,他的心里也十分高兴,可以说也为自己了却一桩心愿。

武友的对象——贺梅和李守仁是同村,贺梅的父亲又和李守仁是一起玩耍长大的,小时候两人形影不离,就像亲兄弟一样。后来两人逢人便自我调侃道,他们是一起玩尿泥长大的。现在孩子们长大了,作为父母都为孩子们的婚事着急。有一次两人在电话中聊到了孩子们的婚事,一拍即合,双方大人非常愿意,就主动给两个孩子牵线搭桥,最终成全了孩子们的婚事。

可以说这是一桩“亲”上加“亲”的婚姻,双方大人都比较了解,两个小年轻也非常般配,两人走在一起,大家都说是天生的一对,而且他们彼此都深爱着对方。李守仁也非常高兴,觉得这是一对完美的“组合”。

国庆这天,项目经理部也放了一天的假。一大早大伙就起了床,开始为武友的婚礼张罗,婚礼典礼现场设在了项目经理部那个简易会议室。按照李守仁的计划,婚礼花销的所有费用,包括置办喜酒、喜宴的费用都由他来承担。这事在前几天他就委托张志忠去办理,前段时间马龙请假回家后,郑静懒得去为项目经理部购买日常主副食,大家推荐让张志忠顶替马龙一段时间。因此李守仁也就把武友婚礼上需要购买的东西交给张志忠一并代办。可是张志忠干了几天,突然前天找到他,把办理婚宴的厚厚一沓钱退给他,然后气呼呼地说,他要回工地继续当他的“旁站”,购买主副食这活他实在干不了,辛辛苦苦干一顿最后还让别人说三道四。

李守仁一问才知,张志忠负责采购主副食也就 20 多天时间,可是有的人看见他买东西就眼红了,便造谣诽谤他。说他买的米是假的,买的油是假的,买的面粉也是假的等，反正没买过好东西，花的是好价钱买的东西都是次品，甚至都是些腐烂变质的劣质品，他从中吃了不少回扣，而且还说他仅这么一段时间就赚了几万元钱，自己装起一部分其他的都送给了李守仁，让他干这活儿，就是李守仁特意安排的，想让他帮着给自己捞取好处。即使马龙回来了，以后都不让他买东西了，张志忠要长期接过这活等，大家传得有板有眼有样的。

李守仁听了后非常吃惊和不解，这段时间他还时不时地听大家夸赞张志忠，说他负责的这段时间，把伙食搞得非常好，比马龙负责的时候强多了。

事后，李守仁细细品味和分析，认为张志忠的诉说应该是真的，他对张志忠还是比较了解和信任的，正因为了解和信任他，在大家的推荐下自己才同意让他在马龙离开的这段时间负责采购主副食。既然张志忠个人提出来了，在这些敏感问题上，他也不想挽留他继续干了。只是安慰了张志忠几句，就安排他回工地继续当他的“旁站”去了。

张志忠走后，李守仁气得恨恨地骂道：“一群不知好歹的废物，把你们养得白白胖胖的，还说人家吃回扣，吃到嘴里的那不是钱嘛！这段时间支出的伙食费总共也就一两万，却让他赚去了几万，这不是胡扯吗！难道买那些米面油菜不花钱，都是人家白送的，干点事怎么就这么难呢！”

为了免遭别人的议论和猜测，减少不必要的影响，他便决定武友的婚礼还是到县城举办为妥，到时他出钱租辆车，一车就把大伙拉到县城了，这样的话大家还能说什么啊！

当他把自己的这一想法告诉老张、老严等几个老同志后，他们都不同意去县城办，而且老张、老严都有他们各自在项目经理部举办的充分理由。老张觉得，一方面刚好国庆放假，也不耽误施工，另一方面在项目经理部举办，就近大家都能参加，人多热闹，就当丰富大家的节日文化生活。老严的想法更实际，他觉得如果办得洋气了费用肯定不会低，那些不必要的开支没必要花费，况且他对那些花里胡哨的洋玩意儿从心底里就看不惯，如果办得俗气了，又怕人家笑话咱这些筑路的。最后李守仁也就妥协了，听从了大家的意见，把婚礼还是安排在了项目经理部。

婚礼还没开始，不知建管处领导从哪里得到武友结婚的消息，张处长带着其他几位领导先后赶来了，相邻标段的施工队也派代表前来参加婚礼。这下可热闹了，原打算中午请项目经理部内部几十人一起吃顿饭就行了。可是谁都没料到，一下来了近百十个人，把婚礼的规模扩大了。张处长一见到面带微笑的李守仁，还不忘嘲讽他：“老李，您真抠门，‘儿子’结婚也不请我们大家喝喜酒。”

张处长把李守仁说了个大红脸：“处长，实在抱歉，项目经理部条件有限，没敢邀请大家，怕为难各位领导。”

“老李啊老李,这就是您的不对,我们相处这么长时间了,您发现我们有那么官僚吗?”

“是的,我错了。中午喝酒的时候自罚一杯。”

“哈哈哈,老李!我说您,就是小气,这不是借花献佛,我不仅想喝喜酒,而且我还想喝您买的酒。”

“处长,您这可就不知道了,今天武友发生的这些费用都是我们李书记掏的腰包。”站在一边的老严急忙解释。

“哦,是这么回事吗,老李?”

“也没几个钱,‘儿子’结婚,‘老子’不花钱谁花啊!”

“老李啊!我真佩服您。”

几个人正站在院子里闲聊着,突然武友牵着贺梅的手从会议室走了出来,端着一个盘子里面放着喜烟、喜糖和几朵红花,给张处长和其他几位领导分别敬了喜烟、分了喜糖,在胸前扎了红花。

张处长一把把武友搂到了怀里,和武友来了个深情的拥抱,动情地说:“祝福你们!新婚幸福!”

在武友和贺梅转身离开张处长的时候,张处长看着他们的背影,不禁发自内心感叹道:“多好的孩子啊!”

婚礼是由项目经理部年龄最长的实验室主任老张主持的,在项目经理部大伙都似老张为德高望重的长辈,对他很尊重,加上他平时说话风趣幽默,也喜欢热闹,又是个热心肠,让他主持这样的婚礼再合适不过了。老张说,他今年 58 岁了,一生最激动的事只有这么两次,一次是举办自己的婚礼,另一次就是给武友主持婚礼。

坐在最前排的王姐马上大声地调侃他:“那就再激动一次,抓紧离了,再找一个结一次呗!”

顿时大家哈哈大笑起来,大家这一笑笑得老张忘词儿了,不知该说啥了,大红着脸站在那里。王姐突然站起来又朝老张“开炮”:“人家武友结婚你激动啥咧!是不是先给我们大家说说你和嫂子是怎么认识的?”

王姐这么一说,反倒提醒了老张,老张顿时找到了主持的话题,信心十足地面带微笑,顿了顿慢悠悠地说:“下面请新人介绍恋爱经过……”

大家都看出来了,老张今天自始至终都很激动,主持到中间的时候差点把手里握着的话筒掉到了地上。

武友和老张在一起工作已经有 4 个年头了,两人结下了深厚的友谊,老张也就像李守仁一样,一直把武友当成自己的儿子来对待,武友也把老张当成自己的亲长辈。就连老张向别人介绍武友的时候，都把武友当“儿子”向别人介绍，在公众场合也是我“儿子”长我“儿子”短地称呼武友。今天“儿子”结婚，老张激动和高兴那是很自然的事了。

婚礼上，张处长讲了话，他的讲话饱含深情，说出了他和大家的心里话。他说：“我参加过不少婚礼，有亲戚的、同学的、同事的，可是在施工一线参加一名普通员工的婚礼还是第一次，能够参加这样的婚礼很有意义，也很难得和高兴。由于新郎官武友同志很特殊，特殊在——他是我们全线的英雄，我能够参加英雄的婚礼感到很高兴；武友同志从小失去父亲，可是他未因缺少了父亲，就缺失了父爱，他是一名人人都争着要给他当父亲，有着众多‘父亲’的孩子；武友同志是一名单亲孩子，在他的身边时常有众多亲人陪伴着他，他在成长路上不孤独；武友同志是一名普通员工，可是他却做出了不普通的事情；武友同志是李守仁战友的儿子，是英雄的后代，在项目经理部大家都把他视为自己的骨肉，他是我们大家的‘儿子’。武友同志的婚礼在工地举行，尽管条件简陋了点，但是婚礼是热烈的、喜庆的，祝福是美好的、真诚的，这样美好、真诚的祝福，我们就要送给我们的英雄、我们的‘儿子’和‘儿媳’，我们要祝福新人武友和贺梅同志喜结连理，新婚快乐，爱情甜蜜幸福！”

一个普通员工能够被建管处张处长记起，并给予高度评价，这不单单是因为他是一名英雄父亲的后代，这还得从武友身上发生的几件事说起。

就在6月的一天，武友和另一个测绘员在掌子面进行测量放样的时候，他在距离掌子面较远的地方看仪器，突然看到正在掌子面做标志的另一名测量员头顶附近，有小石块儿从洞顶不停地往下落。他发现后，一边高喊着让那名测量员赶快撤离，一边怕隧道内机器噪声太高那名测量员听不到，就迅速飞跑过去使着劲儿往外面拉，在拉的过程中一块小石块扎在了他的后背上，紧接着就是大塌方轰然而下，他被扎断了两根肋骨，另一名测量员在他的救助下却毫发未伤。当大家把受伤的武友从隧道内往出抬的时候，刚好被前来隧道检查工作的张处长看到了，张处长得知武友勇救工友的英勇壮举后深受感动，当即安排人员和医院及时抢救，并在武友住院期间亲自去医院看望。

还有一次，武友到建管处送文件，当他坐车途经一座水库的时候，突然被一个小男孩拦住他们的车，那男孩慌里慌张地哭喊着救人，说他的一个同龄伙伴到水库游泳落水了。

武友听到有人落水，平时也只能在水里简单扑腾两下的他，不顾个人安危，没有半点犹豫，迅速往水库跑，当跑到水库边上的时候，那个落水儿童在水面上露着脑袋，在水里一起一伏使劲地挣扎。武友便连忙纵身跳入水中，奋力向落水孩子身旁游去。好在孩子落水的位置距离岸边还不算太远,水位也不是太深。武友很快就游到了孩子身边,由于他的游泳技术不是很熟练,落水孩子死死地抱着他的腿,险些被拽入水底。他在站在岸边的司机扔过来的长绳的拉引下,才顺利地游回岸边,两人都幸免于难。武友勇救落水儿童的事迹被当地报纸、电视台都进行了报道,当建管处领导得知武友舍己救人的消息后,在全线进行了通报表扬,号召全线同志向武友学习。一时间武友成了全线的“名人”。

前前后后两起舍己救人事件在全线传为佳话,建管处上下都认识了武友,今天建管处领导莫名来参加他的婚礼也就不难理解了。

中午的饭菜本来是按项目经理部的人数准备的,没想到来了这么多人,李守仁很是担心,担心饭菜的数量不够大家吃不好。不承想婚礼仪式一结束,一些沿线兄弟施工单位的来人都走了,无论怎么挽留都没有留下来。张处长一行也打算要走,被李守仁挽留下来喝喜酒。

吃饭的时候张处长挨坐在李守仁旁边,酒过三巡,一对新人把喜酒敬完后,张处长突然问大家:“怎么没看见贾经理,贾经理又去哪儿了?”

李守仁回答道:“这不是过节了吗,老贾回家看看,和家人过过节,顺便到公司办点事。”

“就他有节日,您就没有节日,好像过节放假是专为他规定的。”张处长有点不客气地说。

“哈哈,我们这节日尽管不能和家人在一起,但过得也同样有意义,热热闹闹、高高兴兴的。”

张处长没有接李守仁的话,而是不紧不慢地说道:“贾正这小子,整天到处跑,心思就不在工地上,我看他整天住在公司都没用。”说完把头转向李守仁,“老李啊!非常感谢您,这个地方有您在,我和郝书记就放心了。”

“处长过奖了,我也没多大的能耐,要说有点能耐,也只会做点简单的事情。”李守仁不慌不忙道。

“这就是能耐!不是说了吗,把简单的事情做好了就是不简单。修路看似一件简单的事情,可是要把路修好,也确实不简单。”张处长认真地说。

坐在张处长另一边的郝书记,一直在认真地听着他们的交流。张处长话音刚落,便接着张处长的话说道:“这些人修公路不在行,可是修别的‘路’很在行。”

“哈哈,是的,还是郝书记说得对,有的人不会为民修公路,不过很会为自己修‘官路’‘财路’。”

“老郝啊!我昨晚上得到的信息,听说我们老李要提拔了,还是老李有能耐哦!”张处长说话神神秘秘的,他尽可能地把话压低,不想让其他人听到。

李守仁不知张处长说的是什么意思,还以为和他开玩笑:“老弟啊!您就别把老哥放热火上烤了!”

“哦,有这样的好事,还不喝酒祝贺,来我和张处长一起敬您!”郝书记说着话端起了酒杯,“来,我们两一起敬老李!祝贺您,老李!祝贺您高升!”

说完三人仰起头,把各自酒杯里的酒喝进去了。

李守仁稀里糊涂地把一杯酒喝了,都不知张处长刚才说的是啥意思,喝完以后,低着头自言自语道:“这杯酒喝得我不明不白的!”

“老李,您真不知道,还是假不知道?”张处长露出狡黠的微笑。

“张处,您就别卖关子了。别欺负老实人了,您还不了解老李,快把好消息告诉他吧!”郝书记在一边帮李守仁说话。

“老李,听说您要到公司当书记去了!”张处长把头贴近李守仁悄悄地说。

“没有啊!没有这么回事啊!”李守仁有点诧异,连忙质疑道。

范书记到李守仁负责的上一个项目经理部调研的时候,曾流露出想推荐李守仁接替自己的位置,这已经是好久以前的事了,大家也都忘记掉了。突然怎么又提到这事了,提到调自己到公司机关工作,这已经不知是多少次了,可是每次都被李守仁谢绝了。说内心话,李守仁一方面在施工一线待习惯了,不太适应机关那种务虚的工作作风,另外他想趁着自己的年纪还不算太大,再多修几年路,多修几条路。

“老李,离开这里的时候一定要提前告诉我和郝书记哦!我们给您送行,再见到您来这里或许是以上级领导的身份来检查工作啰!”

“我舍不得大家,舍不得离开这个工地哦!况且这都是传言!”

“您就等好消息吧!听说公司已经定了,报到总公司了。”

李守仁提拔的事是张处长昨晚上听公路局的人说的,他曾在公路局机关工作20多年,全省公路系统大大小小的领导他几乎都认识,这样的消息应该不会有误。

对于个人进步上的事,李守仁从来不上心,得之我认,失之我命。早在几年前,就从某领导那传出想让他当公司副经理或到总公司工作,意思是让他私底下里“做工作”,可是他无动于衷,根本没当回事儿,最后也就罢了。

没过几天,项目经理部好多人都知道李守仁要提拔的事了。有的人甚至当面对他表示祝贺,可是他一再要求大家不要乱传,提拔不提拔是公司上层的事,我们把眼前的话干好就是了。

可是这事过去半个多月了,突然有人传出他提拔的事又泡汤了,公路局没有通过,还传得有鼻子有眼的。说本来要提拔他当另一个公司书记,可是马昇官想提拔另一名项目经理。在党委会上范书记一再主张提拔李守仁,马昇官拗不过范书记,最后把提拔李守仁的报告报到了总公司,马昇官在背后找到公路局的一名领导,为了把那名项目经理的事办成,自己亲自出面,并以李守仁在一线项目经理部不听招呼为由奏了他一本,这样公路局就把李守仁提拔的事搁在了那里,那名项目经理顺利地提拔了。

还传说为了李守仁的事,范书记和马昇官闹得很僵,范书记在公司大会上不点名地批评,我们有的同志容不得别人的进步,听不进别人的意见,甚至一些领导同志的心胸狭小得就像针尖一样,眼睛里揉不得半点沙子,对某个人有意见,用一些低级下流庸俗的手段,往死里整人家。特别是在关系大家成长进步的事上,背后使坏,搞小动作,很不地道。说到激动处,范书记差点站了起来,说得马昇官面红耳赤,一声都不吭。

贾正听了李守仁提拔的事泡汤后,十分高兴,有点幸灾乐祸,私下里嘲讽李守仁太荒唐呆傻,不想花钱,还想当官,那简直是白日做梦!在这些方面他打心眼里是瞧不上李守仁的,他深谙官场之道,要想当官没有能力是不行的,可是光有能力,那也是靠不住的。

老张是在工地上干活的时候许超告诉他这消息的,当他听到后气得直跺脚,为李守仁抱不平,恨恨地骂道:"你说这是啥世道啦!干工作还有啥用,谁给钱谁好。我看轮也该轮到老李了。"

"李经理论业绩有业绩,论能力有能力,论素质有素质,整天干成那样子,都得不到提拔和重用,你说让人多心寒!从李经理身上也就看到了我们这些人以后的出路了,我们想都别想啦!"

"是啊!这哪有公平可言,简直就是一帮子土匪无赖、地痞流氓,在这个权力场上兴风作浪,为非作歹。"

"这事估计李经理还不知道,那要是知道了,肯定会伤透心的。"

"遇到这帮子人你有啥办法啊!不过你放心,老李他才不会伤心呢!要是伤心的话,早就跑到领导那里要官去了。"

"也是,我觉得李经理也不是那种把当官或权力看得很重的人,更不会为了当官去跑官要官。"

"自贾正来了后,整个项目经理部都乱了,除忙没有帮上,还到处给惹事,老李就像是个消防员一样,整天处理这样那样的问题就够他忙乎的了,哪还有心思想自己的事!"

"我们能不能帮李经理做点啥!"许超显得既同情又关切,他平时就对李守仁十分尊重,直至现在他都称李守仁李经理,有时甚至在贾正跟前都这样称呼,叫得李守仁都有点不好意思,为此也曾提醒过他,不知是他有意这么叫,还是在内心里就没把贾正当成经理。

“我们能做啥呢！要做就是把工作干好，让他少为我们负责的工作操心。”

“这个，就放心吧！我保证管好自己，干好工作，不因自己或工作给李经理丢脸抹黑。”

“好兄弟，我了解你，也相信你，你和老李一样，都是有血有肉的男子汉。”尽管老张的年龄大出许超许多，可是他喜欢与项目经理部情投意合的人以兄弟相称。

“我一直想，假如李经理能够一直干工程有多好啊！他走到哪里，我就跟到哪里，来这里我就是冲着他来得。”许超说完又接着补充道：“‘别人’要我去，我都不去。”许超故意把“别人”说得重重的，其实老张都知道他说得“别人”是谁。

“嘿嘿，李经理不在这，我们想在这待着，估计人家都不会让我们留下来的。”

“‘别人’即使留我，我都不愿意留下来。”

两人越说越生气和激动，最后商定还是抽空跟李守仁说说这事，他们不忍心让他独自一人蒙在鼓里，甚至让别人看他的笑话或嘲笑他。

其实这事李守仁自己早已知道了，也是别人告诉他的，不过他没和任何人说，当他听到后显得很淡定，又觉得这事有点滑稽好笑。

17

专注于某一项工作的人往往觉得时间过得是如此地飞快，转眼四季度已经过去了一半，仿佛眨眼功夫的事儿。尽管说三季度工程完成情况项目经理部没有受到建管处的通报批评，可是在李守仁看来，并不是项目经理部的工作就做得不错，他知道还有很多不尽完善的地方，没有达到他预期的目的和效果，决心在第四季度有更大的改进和提高。

晚秋时节的华都平原，尽管早晚的天气凉爽了好多，可是白天艳阳高照，气温很舒适。当地流传着一句俗语，华都十月的天，贵如金。这个季节，气候宜人，而且雨水很少，最适合工程外部构造物的施工，老天爷真是太长脸了，像这样的天气条件，完成业主下达的任务目标是完全有把握的。

趁着这段时间工地上事情相对不是太多，李守仁回了一趟家，在家里待了两天，就急匆匆地返回了工地，他打算抓住这一大好施工季节再大干一场，争取把任务完成得更好。

对每个个体来说时间就是效率，而对他们干工程的来说，时间更是效益。

隧道施工整天倒班作业，一到换班时间，大伙生怕迟到、少干一分钟，有时一些年轻人光着膀子边穿衣服边往出跑,争时间,抢速度。大家为了抢抓工期,为了多完成任务,加班加点,没日没夜铆足劲儿干。李守仁看着工地上热火朝天的施工场面,别提有多高兴,他和大家一样铆足了劲,想尽一切办法为一线服务。为了及时解决大家在施工中遇到的困难和问题,他又把被褥一卷,搬到工地上住了。

施工产出大,投入也大,特别是各种材料的消耗非常大,每天没有几十万的资金投入工地,是转不过来的。近来项目经理部资金非常紧张,上周项目经理部开会研究资金支付情况时,财务科通报银行账面上只剩200多万了,像这样干下去,那点钱根本撑不了几天。昨晚桥梁协作队冯爱才找他批钱,李守仁只给他批了30万,并一再解释,大家共同想办法,克服一下,先应应急,下步工程款到了后再多拨点。

第二天一大早,项目经理部大多数人还在饭堂吃早餐,突然传来一声突兀的尖叫声:"救命啊!""你这个臭不要脸的,你来这里耍什么流氓啊! 有本事你把我这个财务科长撤了!"紧接着又传来一个女人的骂声,大伙仔细一听是财务科郑静的声音。

接着是一个男人的声音,瓮声瓮气的,还有点结巴:"你……你……你给他们付……付……付,为……为……为啥不给我……我付啊!"

接着又是郑静的骂声:"我就不给你付,咋的啦! 有本事你告去啊!"

"老……老……老子,不……不……不告你,臭……臭娘儿们。"紧接着发出"啪"的一声,顿时郑静号啕大哭起来,哭喊道:"救命啊! 救命! 快来抓流氓啊!"

不一会儿,只看到冯爱才耷拉着头从郑静的宿舍走出来,边走边还骂道:"臭……臭娘儿们,看……看……看老……老……老子敢不敢收拾你……你……你……"

人群中有几个认识冯爱才的,便走到他的跟前,问他为什么吵架,有的跑到郑静的宿舍安抚郑静。

李守仁早上5点起床后就进了隧道里检查夜间施工情况,刚从隧道出来,洞口值班员便告诉他,项目经理部打架了。

李守仁吓了一跳,迫不及待地问:"谁和谁打架了? 怎么回事?"

值班员对李守仁说:"听工地的工人说,好像是郑科长被协作队的人打了。"

李守仁一听,非常生气,这还了得,一个女同志被协作队的人打了! 太不应该了。他马上就想到了冯爱才,昨晚曾找他批过钱,肯定是他一大早跑到项目经理部找财务科科长郑静。郑静平时待人傲慢,说话很冲,喜欢看人下菜,像冯爱才这样的人,别说手握重权的郑静,就连一般人都瞧不上他。冯爱才长得五大三粗,个头不高,胖乎乎的,背还有点驼,从外表根本就看不出他是个有钱的大老板,很像工地干活的工人,脚上的黑色皮鞋啥时候都像是刚从泥浆里拔出来,和泥土一个色,衣服扣子经常是老三蹿到了老二家,或者老二窜到了老三家,土里土气、邋里邋遢地,郑静打心眼里就瞧不上他,肯定是他找郑静的时候,郑静出言不逊,把冯爱才惹急了、惹怒了,两人便争执起来。

他迫不及待地问值班员:“那个打人的人是不是冯爱才?”

李守仁对冯爱才又爱又恨。爱他,爱他听话,他干活很老实,从来不偷工减料,比如他干的防护挡墙,用他那崭新的混凝土搅拌机搅拌时,本应放一包水泥就够了,可是他偏偏还要再多放点进去,业主每次检查他的浆砌工程,开玩笑说:“冯爱才砌的挡墙坚不可摧,即使用炸药都炸不垮。”冯爱才为此也非常自豪。李守仁恨他,是嫌他经常惹事,性格木讷,死板不开窍,项目经理部的同志经常反映,冯爱才不会与人交流,听不进别人的话。不过冯爱才还是很听李守仁的话,李守仁说的话他总是记在心上,而且老老实实按照李守仁说的办,昨晚他打算批 100 万,最后李守仁只给他批了 30 万,他也没任何意见。

冯爱才一天书都没念过,刚到工地干活的时候连自己的名字都不会写,后来勉强学会了,但写的总是歪歪扭扭、四仰八叉的,签名的时候经常把自己的名字“冯爱才”歪歪扭扭地写成“二马爱才”,读起来就像个日本人的名字,大家就开玩笑叫他“二马爱才”。有一次李守仁看到冯爱才的签名后,也开起了他的玩笑,说他只爱“人才”,不爱“钱财”,是个好同志。

冯爱才自己不会算账,从来也不让别人帮着算,有钱了大手大脚地花,没钱了就跑到贾正那里要。每次不给钱,就赖在贾正办公室不走,贾正有时也真拿他没办法。

没过多久,冯爱才耷拉着脑袋回到了工地,李守仁老远就看出是冯爱才,连忙向他招手,示意他到值班室来。

“李……李……李……李……李……李书记。”冯爱才半天“李”不出来,脸憋的通红通红,李守仁听着非常着急,“老冯,你就直接说吧,刚才你跑到项目经理部干什么啦?”

“那……娘……娘……娘儿们太……太……太坏……坏……坏了。”听得人又同情,又着急,冯爱才每说出一个字都是那么艰难,让人听了忍俊不止。

冯爱才的儿子跟在后面,看着冯爱才干着急说不出话来,就帮着冯爱才向李守仁解释道:“我爸一大早到项目经理部找郑科长批钱,郑科长说没钱。我爸又说:‘李书记已经批了,让我来找你。’郑科长说:‘李书记批了,你找李书记去,找我干吗?’郑科长边说边往外轰我们。我爸不走,郑科长就破口大骂往出轰我们,说我爸是流氓。就因为这,我爸打了郑科长一个耳光。”

李守仁听了后，心想，冯爱才的儿子刚才说得应该是事实，向冯爱才这样老实木讷的人，你不欺负他，他是不会欺负你的，心地还是很善良的。只是人没念过书，没经见过世面，脑子有点不开窍，难以沟通，就像个“楞头青”，你如果安排他干活的话，告诉他怎么做，做到什么程度，他会按照你的要求做得非常好。那问题还是出在郑静这边，她这不是咎由自取、自讨没趣嘛！和协作队有啥好吵闹的，况且一个女人和一个男人在吵闹，能吵出啥结果来？再说财务怎么会没钱呢？前天开会说账上还有200多万，怎么就又没钱了呢？即使没有，也要和人家说清楚，这样的态度对待人家，人家怎能不生气呢？自叹道，还是年轻哦！

李守仁一边想，一边向冯爱才父子摆了摆手，意思是让他们回去吧！该干吗就干吗去。

冯爱才父子刚走出没几步，又让李守仁叫住了：“钱确实转不过来的话和我说，我帮你们想办法，可是有一条你们得记住，无论如何不能停工，工程要稳扎稳打往前干。”李守仁不放心地叮嘱道。

父子两停住脚步，冯爱才正要张嘴说话，可是又半天没有说出来，他的儿子帮他回答道：“是，李叔叔。”李守仁听了后挥了挥手，父子俩便扭头走了。

李守仁刚才进到隧道还是发现了一些工程质量和安全上的问题，本来打算出来后马上召集工地负责人开个会，通报刚才对隧道的检查情况，并把这两天工地存在的一些其他问题也一并说一说，不料节外生枝，发生了这么一件事，差点被搅和得耽搁了。他便立即召集开会。

会议开了没多久，李守仁正在对发现的每一个问题进行通报，突然郑静披头撒发、跌跌撞撞地闯进了会议室。

一进门就哭哭啼啼大声嚷嚷道：“李书记，我这活没法干了，整天辛辛苦苦干一顿，吃苦受累不说，还要受气挨打，我的人身安全都没保证了，你要为我的人身安全负责！”

在座的几个年轻点的协作队负责人对郑静这种轻慢张狂的举动实在看不下去，大家把目光转向李守仁，李守仁铁青着脸，只是举起左手朝郑静摆了摆，示意她出去，并说道：“你先到外面去，等会再说！”说完挪了挪身子，继续他的讲话。坐在门口的一位协作队技术负责人对郑静装腔作势的样子有点看不下去，连忙站起来迅速把门打开，并伸出一只胳膊拦住不让她往里走，意思让她出去。

郑静找李守仁，本来想让李守仁找冯爱才给自己讨个说法，没想到李守仁对自己冷冰冰的，心里很不高兴。走出会议室的时候，使着劲儿把会议室的门一摔，发出了“哐”的声响，顿时大家的目光再次朝李守仁聚来，李守仁根本没当回事，二话没说，继续他的讲话。

李守仁会后走出会议室看见郑静气呼呼哭丧着脸坐在院子里的一堆乱石头上,看见李守仁走出会议室,便急忙站起来快步走到李守仁跟前:“李书记,你要为我的人身安全负责。”

“哦,人身安全,怎么威胁到你的人身安全了?”

李守仁示意郑静和他到一边说去。

李守仁先不问吵架的事,而是岔开话题,问郑静:“这个月我们项目经理部人员的工资发了没?”

“发了。”

李守仁一环扣一环地追问,郑静也不紧不慢一一予以回答:“你知道我们的工资是从哪里来的?”

“业主拨给我们的。”

“业主拨给我们的是什么钱?”

“工程款啊!”

“工程款是怎么来的?”

“我们挣的啊!”郑静理直气壮,甚至有点不耐烦了,李守仁也不管她的那些,继续往下问道。

“怎么挣得?”

“干工程挣得啊!”

“工程是谁干的?”

“当然是工人啊!”

“那工人干工程应不应该挣工资?”

“应该啊!”

“那我们把人家的工资结清了没有?”

“不是账上没钱吗!你让我到哪里找啊!又不是我克扣他们的,我和他们非亲非故总不能把我的工资给他们吧!”郑静话语中流露出了反感的情绪。

“那没有给人家结清,人家到项目经理部要钱,有没有错?”

“当然没有错啊!”

“既然没有错,那你为啥还要和人家争吵?”

“我又没和他们争吵,只是说没钱给他们,他们就赖着不走,还要流氓。”

“人家是帮助我们干活的,在你房间里待一会儿,怎么说人家是赖着不走呢!何况人家没拿到钱,你让人家怎么走啊?到什么地方去啊?人家和你讲几句话,你就说人家要流氓。那项目经理部其他人去你办公室待会儿,你也嫌人家赖着不走了,和你说句话,你也说这些人是要流氓。

“有钱就可以任性吗！怎么不好好反思反思我们自身有没有错，你看看我们的工人兄弟多辛苦，他们也是人，也和我们一样，也懂得享受啊！”李守仁说着话把手指向不远处几个灰头土脸干活的工人。

“如果没有他们，我们大家别说发工资，就连吃饭都成问题。我们项目经理部就是为他们服务的、做保障的，没有了服务和保障，活怎么干，谁来干？你想过这些没有？”

“那我就让他们白白地打了？”郑静岔开了话题，反问李守仁。

“那你还要怎么着！把他叫来你也打他一巴掌。”

“不管怎么着，反正我肚里这口气咽不下去，我干活还挨打受气，这活我没法干了。”

“你想过别人的感受没有，辛辛苦苦地把活干了，要自己的血汗钱，除钱没有要到，还受了一肚子气，人家气不气！”

“活该！我不管他们好受不好受，反正我不好受。”

“那好吧！我把冯爱才叫来，你还他一巴掌！”

“我才不打他呢！看着他都恶心。”

“那你们互相认个错怎么样？”

“我没有错，为什么要给他认错？”

“好，那是我的错。”李守仁顿时收起了刚才的和颜悦色，板起面孔严肃地说。

李守仁刚才苦口婆心做了半天工作，好像没有起到任何效果。郑静仍没有意识到自己的错，好似自己做得非常正确，李守仁每说一句，她都反驳一句，而且还理直气壮，语气生硬，态度极其不好。李守仁越听越生气，气不打一处来，“噌”的一下站了起来，指着郑静喝令道：“小郑，希望你好自为之，一个巴掌是拍不响的，难道你自己做得就很好？”

郑静毕竟心里有鬼，没想到李守仁也生气了，抬头看了看李守仁，看着李守仁那张严肃的脸，心里不禁打起了寒战，低下头愣怔了一会儿说：“李书记，不是我不给支付，贾经理上次专门告诉我们，没有他的同意是不能给任何人付钱的。”

“那为什么不把情况向贾经理说清楚呢！要你们这些财务人员干什么！”

这时郑静不像刚才那么较真了，自觉这样下去也不会有什么好结果的，就站起身说：“李书记，那我以后注意就是了，我回项目经理部了。”

李守仁早就听人反映，郑静和出纳每次给协作队付款的时候都是看人下菜，对于熟悉的人或给了好处的人都予以了及时办理，而对于那些不给好处或关系不密切的人就是另一种态度，要么说没钱，要么说没时间，或者说银行办不了，总之理由一大堆，就是拖着不给及时办，就像往出拿自己家的钱一样那么难，故意刁难人家,听说他们甚至还张口索要协作队的好处。针对这些情况李守仁曾在前段时间开会的时候也讲过,没想到他们的行为比想象的还要严重,这不就是典型的吃拿卡要吗!

李守仁看着郑静远去的背影,摇了摇头哀叹道:“年轻人呐!还是追求点高尚的东西吧!千万不要做金钱的奴隶,这样的话迟早会有后悔的一天。”

李守仁突然又想起了前段时间大家告诉他郑静炒股赚了几十万。他看着郑静远去的背影,心里很不是滋味,我们也年轻过,可是我们那时候和你们这些年轻人不一样,没有你们这么多心事。你们这些年轻人整天就琢磨自己的事,想票子、买房子、换车子,打着自己的算盘,把自己的利益看得重重的,从来不想想别人的难处或感受。自身利益丝毫不能受损,一旦受损就像刺猬一样,伸出长长的、尖尖的刺到处乱刺。炒股也不是说不让炒,这属于私事,干私事在不影响正常工作的情况下是可以的,可是工作干得一塌糊涂,就像马尾巴穿豆腐——没法提,干啥干不了啥,拿着公家的钱,不想公家的事,不为公家做事,而是一味地想着自己的事,干着自己的活,这就不对了。况且炒股那东西,不仅要谨慎,而且要量力而行,毕竟股市是有风险的,年轻轻的应该说还不具抗风险的能力和实力,只想着赚钱,不想着赔钱,万一亏了怎么办。

李守仁刚站起身,他的电话突然响了,一看是公司范书记打来的,范书记每次打来电话首先关心问询的是他的身体怎么样,家里怎么样,总要寒暄几句才说正事。今天也毫不例外,他问过李守仁这些情况后,才问道:昨天公司专门给他传了一份文件,问他收到没有。范书记主要想让他看看文件内容,然后听听他的意见。不料问得他哑口无言,不知是公司没有传,还是办公室没有收到,反正他还一直没看到,更不知文件是什么内容。

李守仁挂了范书记的电话,就急忙回到项目经理部,径直去了办公室,一进门看见几个年轻人正围成一圈在办公电脑上玩游戏,李守仁连喊了两声“小王”,都没人理会和应答。李守仁走到跟前,那几个年轻人全神贯注地玩着游戏,谁都没有注意到他。李守仁见状怒不可遏,狠狠地踹了一脚桌子,大伙才反应过来,坐在中间的小王还在专注地玩着,李守仁又大喊一声“小王”,小王才反应过来。

李守仁强压心里火气:“把昨天公司传来的明传电报给我看看。”

“哦,只收了一页就没纸了,还有几页没有收到。”小王毫不犹豫地说。

李守仁扭头看了看其他办公桌,其他桌子上面每台打印机上都搁有一摞复印纸,怎么能说没纸呢!没纸不晓得把那些纸拿过来用?

李守仁边折转身往出走,边让小王马上和公司联系,抓紧把剩下的几页收到给他。

尽管项目经理部机关比较小，其实也是个锻炼人的好地方，不仅管着几个亿的工程，而且管着近百人的吃喝拉撒和各种上传下达以及对外协调沟通等方面的事。如果把项目经理部机关当成做事的平台，应该说还是有施展自己才华的机会和舞台。特别是项目经理部办公室，尽管平时工作并不算太繁重，可是工作比较琐碎繁杂，岗位比较重要，要求大家要有较强的责任心，比如经常处理些上传下达、迎来送往的事，稍有疏忽，就会出现纰漏，而且造成的影响也比较大，工作的好坏不仅反映的是工作人员的能力素质，而且代表了单位和领导们的形象。在这个岗位上如果想干事，也不是没有事做，也能干点事。如果干得好，就像项目经理部的“大管家”一样，把各种服务保障工作做到位，把内部打理得井然有序，为领导排忧解难，让领导少操心。

这个小王，是马昇官驾驶员“王司长”的堂弟，刚从学校毕业不久被贾正带来安排在了办公室。小王到项目经理部已经工作好几个月了，平时几乎就是接接电话，发发传真，再也没有别的事。据说他来这里不单单是为了找个工作的地方，挣点工资，也是想锻炼锻炼，就像这样下去，估计也只锻炼了他玩游戏的技能，培养了他好吃懒做、游手好闲的恶习，这不是玩物丧志吗！如果照这样长期待下去，有百害无一利，最终也就把自己毁了。

人都有惰性，都喜欢玩。特别是在小王这个年龄段，酷爱玩耍也在所难免，可是任何事情都要有个度。李守仁原来也想让办公室原主任张志忠继续留在办公室带这几个年轻人，等到带出来后再调整他的岗位，可不承想贾正非要把张志忠安排到工地当“旁站”，那几个年轻人交给海量带，海量整天连自己都管不好，怎能把他们管好、带好呢！

现在，项目经理部类似小王这样由贾正带来的年轻人就有七八个，都是些“关系户”，平时一有机会就凑在一起不是玩耍，就是打闹，不干正事。有一天晚上，几个年轻人凑在一起没事干，等到大伙休息后，他们悄悄地喝起了酒，几个人喝了好几瓶白酒，个个喝得醉醺醺的，倒头就睡去了。实验室小李人老实，酒量却一般，其他几个人就使着劲灌他，最后喝得酩酊大醉，仰躺着呕吐出的排泄物满脸都是，堵塞了鼻孔，呼吸困难，多亏住在隔壁的老张听到了，急忙跑过来察看，便大声地呼唤，可是无论怎么呼唤也没有唤醒，走到跟前一看，小李满脸都是呕吐物，两只鼻孔几乎都堵死了，差点窒息。老张急忙把李守仁叫起来，李守仁带人急忙把小李送到附近医院，好在抢救及时，小李最后被抢救了过来，如果不是隔壁的老张发现及时，差点出人命了。

想干事的人永远在找机会和办法，不想干事的人永远在找理由。

不仅李守仁对那几个年轻人松松垮垮、疲疲沓沓的作风看不惯，项目经理部其他人也对他们存有微词。也不是说李守仁和那些老同志用老眼光看问题,或者说和他们已经出现了代沟。现实中也确实是这样,现在有那么些年轻人眼高手低,不爱学习、不善于钻研,总想着活少干点,钱多挣点,干啥来钱快就干啥,啥活不来钱就不干啥。

听说自郑静炒股大赚了一把后,其他几个年轻人看着眼红,也蠢蠢欲动,坐不住了!便拜郑静为师,都纷纷开了账户炒起了股。白天李守仁他们上工地后,郑静就开始在自己房间里摆开架势举办“炒股讲座”,为了壮大队伍,让大家都能尽快尝到炒股的甜头,有的手头没有多少钱,郑静就把这些人的工资预支给他们。有几个年轻人刚开始就尝到了甜头,便加大投入,可是手头又没那么多钱,就到处问别人借,想着大赚一笔。一时间在项目经理部刮起了一股炒股风,这股风来得很凶猛!如果不刹,那真不得了。万一炒赔了,年轻人心理承受能力差,干出些傻事来,因为炒股赔钱最终倾家荡产,甚至跳楼自杀的也并不鲜见,尽管他们住的都是活动房,没有楼房可跳,可是想寻短见有的是办法。

负责材料接收的李涛是马昇官司机“王司长”的亲戚,来项目经理部时间不算长,可是让人一点都不省心。他也是贾正来项目经理部后带来的,炒股没几天就赚了点钱,口袋里有了钱就烧得坐不住了,有一天私自和几个年轻人半夜跑到县城玩,到歌厅唱歌喝多了酒和当地的几个年轻人发生争执打了一架,最后还报了警,被警察把几个年轻人带到派出所关了一个晚上,第二天早上警察给李守仁打电话,李守仁安排人到派出所才把他们领回来。

贾正到项目经理部后,把原来那些人的岗位几乎都调换了一遍,各个岗位上都安排了新人,就连看门的老大爷都是他的一个“关系”,60 多岁的人了,还患有高血压,整天手里拿着个大烟袋,前段时间抽烟引燃了被褥,险些把自己住的活动板房引燃。不仅他保证不了大家的安全,大家还得为他的安全操心,每次开大门身子都打着颤,大家生怕他跌倒,很少找他开门,后来大门就干脆敞开着。有一天,建管处的几个年轻人开着车到项目经理部,大门半开着,便使着劲摁喇叭,老人家慌里慌张颤巍巍地出来开门,不慎绊了一跤,小腿骨折了,住了几个月的医院,仅医疗费就花了 4 万多。

李守仁回到自己办公室刚坐下,小王就把公司传来的文件拿来了。他接过来一看,是个加强项目经理部党组织建设方面的实施性意见,他马上就猜想到这一定是范书记思考调研的结果。在上午的电话中,范书记简单告诉了他制定这个实施意见的初衷。

李守仁在整个公司也算得上是干项目的老同志了,应该说经验比较丰富,加上人善良正直,做事没有私心杂念,一门心思想着干好工作,干什么都想着公司和群众的利益,深得范书记的尊重和信任。范书记在工作中遇到吃不准的事,都喜欢找他商量,总想听听他的想法和建议。

范书记前段时间顶着马昇官的压力,硬要推荐他接替自己的书记位置,没想到马昇官在背后做了手脚,没有弄成,内心里很是对不住李守仁。局里早已通过他到总公司任书记,可是自己这个岗位迟迟没有接替的人,因此他也就一直没有到总公司报到,他也想趁着在自己离开这里之前把这个加强项目经理部党组织建设的指导性意见拟定出来,留给后任者参考。

能够在婚姻中找到一个好伴侣,在职场上遇到一个好领导那是人生之幸事。不过这些都让李守仁遇到了,他不仅有个知书达理、温和善良的好妻子,而且遇到了范书记这样的好领导,他打心眼里为有范书记这样的好领导、好大哥感到高兴。因此,对于范书记的要求,哦不,对于公司任何领导和同事的合理要求,他都会在不违反原则的情况下,积极地支持配合好。范书记在文件的后面,还又加注了好多解释说明的内容,说出了自己的初衷和想法,范书记严谨细致的工作作风,也是值得他永远学习的。既然范书记有要求,他来不及休息,就迫不及待认真地看了起来,争取在范书记到来之前,在自己的脑子里形成一些切实可行的意见建议,好与范书记进行磋商,他不仅要对他本人负责,更要对公司和范书记负责。

18

建管处每月月底有一次例行检查,每季度末有一次大检查,并且每次都要全线排名和通报。在这个月底例行检查前三天,项目经理部就为迎接这次检查做了周密的安排部署,主要领导都进行了分工,贾正负责工地,李守仁负责内业。

为了这次检查,项目经理部首先从贾正那里就很重视,应该说大家都下了很大的功夫,投入相当大的人力物力,且不说工地停工专门进行准备,而且其他方面的准备工作也一点都不逊色于以往任何一次检查活动。那几天贾正整天待在工地,亲自抓,早出晚归,看上去对这次检查很重视,抓得也很认真细致,真有点抓不出成效不罢休、拿不到名次不甘心的架势,准备工作严格按照当时贾正在安排部署会上讲得“三个过一遍”进行,先后组织人员把在检查的时候能够看到的机械车辆,都擦洗了一遍;把场地和隧道内路面都彻底地清扫了一遍,有的地方还用水彻底地清洗了;各种用旧了的标示标牌都换了一遍,都换成了新的,而且增加了不少新的,工地上到处插着红旗,挂了醒目的标语,迎检的规格和规模都相当高。

李守仁倒是落了个轻松,他负责内业资料的准备,整天待在项目经理部处理点日常性事务，再也没有上工地。检查的当天，贾正带着总工、计划科长和工程科长、实验室主任等人员大清早就到了工地，先安排副经理海涵在路口等，其他人员和机械设备按照事先安排计划各就各位，有事的做事，没事的原地待命。按理说，检查组来就来呗！有啥通风报信的，可是贾正自有他的理由。为了检查已经停了几天工了，不干活，肯定是说不过去的，本来任务就很紧张，停下来迎接检查万一让建管处知道肯定又要挨批，可是一旦干活，有些破绽就要暴露出来，等于说几天的辛苦又白费了。没办法，便想出了这么个招，专门安排海涵在路口等着通风报信，检查组的人来了，海涵马上通知贾正，贾正再马上安排工地开始干活，给检查组形成一个正在干活的假象。

当贾正走到胡运施工的隧道口时，发生了一件令他非常不愉快的事情。本来前几天胡运施工的隧道仰拱已经基本开挖好了，可是为了迎接检查便停了下来，一直没来得及浇筑，在昨晚返回项目经理部的时候，他有点不放心那一块，就特地嘱咐胡运趁晚上的时间还是抓紧浇筑起来，等到检查的时候显得既整洁又利索。可是谁知晚上正要浇筑混凝土的时候，被现场旁站张志忠发现开挖深度还没有达到设计位置，非要让他们停下来继续开挖，这样白白地错过了一晚的时间。

贾正走进隧道，看到那一块还是乱七八糟的，非常生气，把张志忠找来狠狠地骂道："笨猪，不知道建管处来检查吗！你这不是诚心在捣乱吗?!"

"贾经理，仰拱还没挖到设计位置，是不能回填的。"张志忠睁着大大的眼睛吃惊地说。

"设计位置，设你的头。差多少?"贾正恨得咬牙切齿，恨不得上去扇张志忠两巴掌，凶狠狠地问道。

"有的地方差几厘米，有的地方差十几厘米，差的最多的地方有 20 厘米。"张志忠认真地回答道。

"就差几厘米，十几、20 厘米，那还叫差啊?! 怎么都像李守仁一样——'一根筋'。"

"这样回填是会留下质量隐患的。"

"倔驴，就这么一点还能有啥隐患啊?! 它能垮下来把你压死?!"贾正说着还伸出手比画着，意思是就那么一点深度，说完又进一步说，"什么设计位置！啥时候了，还管这些，本来进度就慢，你要磨蹭到啥时候啊！"

"那也不能为了进度留下质量隐患啊！"张志忠据理力争，一点都不屈服。

"现在基础工作已经做好了，就等浇筑了，你让我怎么办！"贾正现在确实处于两难境地，不浇筑吧！看上去有浇筑的打算，基坑还乱七八糟的，可是浇筑吧！已经来不及了。最后他命令胡运抓紧安排，干脆拉一车弃渣倒进去摊开，造成还在开挖的假象，蒙混过关。

这次检查建管处张有权处长亲自带队，一起来的还有建管处的总工、分管工程进度和安全的两名副处长，以及工程管理部部长、工程技术部部长、计量合同部负责计量的周工程师。张处长一行吃过午饭才来到工地，他们坐着车子一到工地便一溜烟钻进了隧道里。不知是没有看到站在隧道口的贾正，还是根本就不想和他打招呼，车子不仅没有停，而且速度还很快，没等贾正反应过来，车子就已经从他的身边开走了。贾正带着项目经理部的人员连忙跳上车跟在后面使劲追，到了隧道初次支护作业面附近车子停了下来，张处长一行步行往掌子面走，此时的隧道里有几名测量员正在测量放样。

张处长一行前脚来到掌子面，贾正一行也跟到了。张处长便问贾正："掌子面的桩号是多少？"

贾正急忙回答道："好像是 K22 +300。"

站在一旁的驻地监理赵工，马上否定道："贾经理说的不对，到 K22 +300 还差 24 米，现在才是 K22 +276。"

张处长听了两人的回答后，并没有就两人的回答说什么，只是接着又问："现在是几级围岩了？"

"大概是Ⅲ级吧！"贾正低声说道，说完把头转向旁边的总工——李大军，意思是让他确定一下。李大军大声回答道："应该是'Ⅲ级'了！"

张处长听了马上板起面孔训斥道："小李，你的声音倒蛮高的，你作为总工，也搞不懂是几级吗？你怎么组织施工的，我就纳闷，在你们这里怎么就有这么多的'好像''大概是''应该'！你说'好像大概是'，我看'未必就是'，真是一群糊涂蛋。自己心里都不明白，怎么可以把工程干明白呢！"张处长看似点名在批评李大军，其实也在批评贾正，贾正站在一边一会儿抬头看看张处长，一会儿又低下头。

张处长说完就把业主总工叫到跟前，让他安排人进行实地检测，看围岩和初次支护等质量方面情况。

张处长从隧道里出来后，又带着其他检查人员到料场检查，当检查完返回隧道口的时候，周工程师和牛饷帅两人正站在那里争吵，周工走到贾经理跟前说："我刚才提醒你们牛科长这次计量上报的产值数据后面小数点点错了，几千万弄成了几十万出入很大，牛科长还嫌我提醒他呢！说我大惊小怪的，谁没有出错的时候。我也没说牛科长不应该出错，我只是想提醒他回去后把错的改正过来，以免一错再错，我那边已经改过来了。"周工说得很真诚认真，看似他是说给贾正听的，不过张处长也在跟前听到了。

贾正听了后，马上转向牛饷帅，板着脸狠狠地训斥道："周工说你是帮助你，你怎么能和周工吵架呢！自己姓‘牛’，真还牛得不行了，简直就是个‘二愣子’！”

张处长带人在工地检查了一圈后什么话也没说，上车就走，贾正跟在张处长车子后面想请张处长一行晚上到项目经理部就餐，为了晚上的招待贾正前几天就做了精心安排和准备，可是心里犹犹豫豫地一直不敢向张处长发出邀请，对张处长又想亲近，又敬而远之，有时心里还恨恨的。假如张处长不是建管处处长，就刚才对自己的态度，特别是说出的那些话，他绝对不会吃他那一套，早就和他理论了，可是张处长是建管处处长，建管处是建设方——代表着甲方，甲方代表着权力，权力代表着自由，就像他一样有权就可以任性，在施工队面前总会高人一等，说话就可以大声地说，就可以随便地说，而且说出来的话不管对与错，施工队必须得听，还得照着做，他不禁暗暗赞叹——权力真是个好东西啊！贾正在路上想着待会跳下车怎么拦张处长的车子、该打怎样的手势、该说怎样的话、该流露出怎样的表情才能打动张处长等，先默默地演练了一下。等到快要到达项目经理部的时候，他深深地吸了一口气，鼓足勇气命令司机马上超过张处长的车子，司机一脚油门车子嗖地冲到了张处长的车子前面，当他跳下车的那一瞬间，脑子里一片空白，刚才在心里演练过的那一套全都忘记了，便哆哆嗦嗦地走到张处长车子跟前，双手合十放在胸前，满脸堆笑，不住地点头道歉，张处长把车窗放下来，看到贾正那样的窘相既同情又可恨，淡淡地问贾正，把车子拦住有什么事，贾正结结巴巴把其想邀请张处长到项目经理部歇会儿的想法说出后，张处长轻蔑地看了贾正一眼，不屑地说，去就去呗，但不至于这样低三下四吧！

等到了项目经理部院子里的时候，到项目经理部检查内业资料的人早已经结束了，李守仁正陪着大伙在院子里聊天。大伙看到张处长的车子开进了院子就主动避让，李守仁迎上去与张处长握手、打招呼。张处长板着脸，下了车径直也向李守仁走来，在走向李守仁的时候，张处长扭头看了看贾正已经下了车，便大着嗓门说道：“老李啊！工地你还是要盯紧点，到处都是问题，你不到工地是不行的哦！”

李守仁边点着头，边说：“好的，好的。”

“你们检查的情况怎样，工地问题还是不少！”张处长问站在旁边检查内业的人，带队的王部长回答说：“内业资料主要是李书记负责的，比较齐全和规范，没什么问题。”

“那就好。”张处长脸上略过了一丝微笑。

“贾经理，等工地检查组的人员到齐后，一会儿在你们这儿开个会怎么样？”张处长转身朝站在身后的贾正说。

贾正连连点头：“好！好！好！我马上安排准备。”

“没啥准备的，有个坐的地方就行了。”张处长吩咐贾正。

“刚才的检查结果大家都看到了，每个作业面都存在问题，合格率很低，优良率就更不用奢望了，这样的产品质量怎么能达到我们交工时要达到的优良以上标准呢！我认为，这些问题既有客观上的问题，也有主观上的问题。客观上由于近期进度加快了，质量上有所放松，但这不是理由，牺牲质量的进度是负进度，如果这样的话，我们宁愿慢下来，不要这样的进度。更多的是主观上的问题，是思想认识问题，是管理水平问题。我在这里慎重地告诉大家，要把这个工程干好，首先要解决好思想认识问题。如果这个问题解决不好，其他一切工作肯定都做不好。你们有的同志心里不明胆子大，真是‘无知者无畏’，什么样的话都敢说，什么样的事都敢做，什么样的钱都敢花，什么样的好处都敢要，什么样的饭都敢吃，什么样的地方都敢去，就是不把心操在工地上。心眼不正点子多。心里整天想的是个人的利益，眼睛里看到的总是别人家的缺点和不足，你这样怎能进步；抓进度、抓质量的点子不多，弄虚作假、偷工减料的点子不少；干正事的点子不多，拉关系、搞蝇营狗苟的点子不少。有的同志脑子不清、脸皮厚。脑子里一边装有面粉，一边装有水，一旦遇事后就糊在了一起。领导是这样，下面的人也是这样。上行下效，步调非常一致。遇事不客观地分析，认真地解决，而是一味地钻牛角尖，胡搅蛮缠，死皮赖脸，厚颜无耻，这样的态度用在工作、求学上多好，可惜用错了地方。不懂也不学，不会也不问，还不谦虚。我听说，上次检查的时候，你们排在了全线的后面，有的同志很是不服气，发牢骚、说‘风凉话’，说是建管处有人故意整你们，你们说说是哪个人在故意整你们，他整你，我来整他。可能吗！有必要吗！别有问题老是找客观，一味地推卸责任，多从自身和主观上找找原因，你一便秘就说人家炊事员给你吃得蔬菜少啦！你自己就没责任吗！你一上桌，知道肉好吃，使着劲儿吃肉，剩下那些不好吃的萝卜缨子、白菜帮子让别人吃，你当时怎么就没想到肉好吃难消化呢！肉吃多了蔬菜吃少了会导致便秘呢！”

张处长正说话间，突然马龙、郑静和办公室的几个年轻人排成一列依次端着各种水果和干果盘走了进来，逐个把那些果盘分放在桌子上，张处长把讲话停了下来，坐在那里看着他们认真地摆放着，等到他们走出会议室后，摇了摇头浅浅地笑了笑，接着说：“我在这里可以这样说，你们这些人，除了老李和几个老同志外，其他人没有几个人把心思用在这个工程上，说得直白一点就是在这里混日子，混吃、混喝、混玩，甚至还想着浑水摸鱼捞好处。我们各级都有各级的责任，各级都有各级的压力，你施工队有施工队的责任和压力，任务完不成公司要追究你们的责任；我们业主也有我们的责任和压力，我们也要对上负责。不是我们某个人说了就算的，更不是谁说你好，你真就好了，工程是实实在在地干出来的，是认认真真地管出来的。而你们有的同志热衷于搞庸俗的那一套，有问题了到处找人求情，有什么用？你贾经理整天住在我办公室，难道你的隧道就能打通，工程完不成影响全线进度和形象，我能不追究你的责任，省厅能不追究我的责任。你的整个心思都用在了琢磨着拉关系、花钱送礼、出问题拿钱摆平等这些方面，你哪有时间和精力琢磨工程上的事，这样的话，不出问题是偶然的，出问题是必然的！再看看你们的工作做到了啥程度，为了迎接建管处例行性的检查，停工准备，花那么大的代价，有这个必要吗！是不是在有意掩盖或回避什么呢！这是假重视，不是真重视，要经常抓，抓经常，工作应做在平时，不应做在'评时'。

"当然我作为建管处领导，没有权力让你哪个人干什么不干什么，可是我在这里建议你们要认真反思一下，从原来的大好局面走到今天这样的被动局面的主要原因是什么，为什么以前干得那么顺畅，现在不是这里'冒泡'，就是那里'冒泡'，按下葫芦浮起瓢，是客观上的问题，还是主观上的问题，是主观上的原因，那又是重视不够，还是管理者的能力素质不行。这是其一，其二呢，你们在技术力量上要加强，确实太弱了，年轻人压担子，加压力是好事情，可是要量力而行，我在这里打个不恰当的比喻，比如一匹马只能负重300斤，你非要给它负重1000斤，这不把它压垮，甚至压死才怪呢！说到这里，我不是耻笑你们，你们有的同志很不胜任自身的岗位，我听说，前段时间经过我们业主与设计单位，以及你们和监理几家共同商定，认为这段时间隧道围岩不错，为了加快进度，实行动态支护，工程技术标准提高一个围岩级别。你们的计划人员得到这样的消息后，就把剩余的工程量都按照提高一个围岩级别进行了匡算，还说什么，这么一变更，仅此就要亏损4000多万，你们的一些同志还跟着附和，在那里吵嚷着，甚至你们管工程技术的主要负责同志都跟着瞎嚷嚷，更为可笑的是你们为这事还到上面找人，上面又给我打招呼，说什么本身利润薄，这样一来亏损那么多，工程确实没法干了。我先不说你们托关系找人打招呼这事的对与错，我首先问你，你这样的算法有没有问题，我就问你一个概念，什么是工程'亏损'。通俗简单地说，工程'亏损'就是投入人力、物力、财力了，最后没有把投入的这些赚回来，这才可以称得上是'亏损'。你们这怎么能叫'亏损'呢！你干都没干，什么都没投入，这怎么能叫亏损呢！即使真要按照我们几方商定的进行匡算，那也只能算作是'工程量核减'而已，干了这么多年工程了，连这么简单的两个'概念'都分不清，你们怎能把工程干好，怎能赚到钱呢！说话不过脑子，说出去不怕人家耻笑你。你这样做我倒不知该怎么来评价你，说你呆傻愚笨吧！你还对利益看得很重，很积极，为了点蝇头小利动不动就上蹿下跳；说你聪明伶俐可爱吧！可是连个简单的'亏损'都搞不清楚。人们都说聪明人富有创造力，我看愚蠢的人也同样富有创造力。从中也更能够看得出，你们对个人利益看得是多么重，极端自私自利。即使让你们这样做，也是为了加快进度，确保全线能够按期通车,不能因为你们这里影响全线,这是典型的号令意识不强,大局观念淡薄的表现。只顾自己那‘一亩三分地’,可是就那‘一亩三分地’你们都没有种好、管好!眼光还是要放长远点,风物长宜放眼量嘛!不要为眼前的一些蝇头小利或细枝末节的小事纠结。我再次提醒你们,现在该静下心来好好想一想,坐下来好好算一算,蹲下来好好抓一抓,是时候了同志们,否则的话不仅误时误事,甚至害人害己。”张处长说到最后,越说越感到生气,甚至有点伤心失望,干脆把手一挥,生气地说,“算了,不说了,你们去悟吧!悟不过来就走人。”

贾正坐在张处长的对面,脸红一阵紫一阵,坐在那里如坐针毯,十分不自在。不仅贾正不自在,李守仁坐在那里也很难受,应该说为了这个工程,自己的心操得够多的了,可是最后工程干成这样,落下个这样的结局,感到很伤心难过。

张处长讲完后,示意贾正也说说吧!

贾正扭头对李守仁说:“李书记,要不你先说说,你是班长哦!”

“这你就不对了,你是分管工程的,你是第一责任人哦!我让你说,你怎么把球踢给李书记了?”

贾正的脸马上变了,显得很不情愿的样子,清了清嗓子说:“我来这里时间不算太长,前期主要是熟悉情况,工地李书记去得多点,主要还由李书记负责,至于工程管理还没有真正进入角色……”

“这是什么时候啦!你来这里多久了,工期已经过去一半了,你项目经理还没有进入角色!难道等工程完了你才进入角色,这不是笑话吗!纯粹是在推卸责任,说不负责任的话!在拿几个亿的工程当儿戏。”

张处长恨恨地说:“接着说。”

“首先,我向张处长道个歉,我们的工作确实没有做好,在这里我承认错误,愿意接受张处长的处理。”

“我没权处理你,处理与否那是你们公司的事,我只要工程进度和质量。能干得了就干,干不了就走人!”

贾正感到更难堪了,张处长当着众人的面,撂出了这样的话。

“我是想听听你们下步打算,如何整改前面的,如何干好后面的。别说那些虚头巴脑没用的。”

贾正愣在那里不知该说什么好,关键自己心里也没数。当项目经理已经有几个月的时间了,可是他真正还不知道隧道施工主要有哪几个重要环节,试想连这些主要问题都不清楚,他怎能说得清楚、干得清楚呢!

“老李,还是你说说吧!”

李守仁顿了顿说:“工程前期确实是我管理的,我没有管理好,留下了不好的基础。”

“我说，老李！该是什么就是什么哦！前期可不是这样，我们大家都有目共睹，大家一致认为你们前期做得还是很不错的，在全线还是排前面的。”

张处长说完，李守仁又接着说：“我们也感觉到工程上确实存在很多问题，责任主要还在我们自身，关键在我们领导，没有把工程管好，我们有责任。至于下一步，会后我和贾经理商量，我想主要加大几方面的投入，至于如何投入我在这里简单说说，由于时间关系就不展开说了。一是投入精力。二是投入物力。三是投入财力……”

在李守仁说完后，张处长补充道：“听了老李的这些，不管以后怎么干、效果怎么样，可是我觉得最起码他心里是有数的，是在想这些问题，主观上是想把这个工程干好的。”张处长停顿了一会儿又接着说，“我们要把每一项工程当成艺术品来打造，首先在思想上要发扬‘工匠精神’，不能‘想当然’‘大概是’，在实际施工中要精益求精、精雕细刻，只要目标认识明确了、态度端正了，我们手头的活才能做好，否则的话就会出现今天这样的结果……”张处长说完环顾了一下四周，瞅了一眼正在低头玩弄手机的贾正，说，“贾经理啊！年轻人，谦虚点，还是多向老同志学习哦！”

“是。”

“贾经理每次回答，态度都非常好，假如这种态度用在工程上，就不会出现这么多的问题了。”

……

会议不知不觉开了两个多小时，其间炊事员给海量发短信，催促抓紧吃饭，饭菜已经上桌了，海量写在纸上悄悄地递到贾正跟前，被贾正不耐烦地扭头瞪了一眼。走出会议室的时候，贾正要留张处长一行吃饭，张处长调侃他，就你干的那些工程，怕你都没饭吃，还有我们吃的？

其实张处长只是随便调侃，没有别的意思，可是听的人细细琢磨，真还能琢磨出别的意思来。

本来就爱琢磨的贾正，听了张处长的话，顿时脸通红，哑然无语。

每到关键时刻李守仁总是站出来圆场解围：“处长，这会儿已经过了饭点了，回去也要吃的，就在这里吃个便饭吧！饭已经准备好了。”

张处长听了李守仁的话后，爽快地答应：“好，那就听老李的。”

张处长好久没有来项目经理部饭堂了，一进门让他大吃一惊，觉得饭堂有了很大的变化，说里面金碧辉煌有点夸张，比那些高级酒店差了点，不过毫不逊色于那些一般酒店，显得“高端大气上档次”，一个能坐近20人的大圆桌，金黄色的桌布，细腻洁白镶金边的碗、盘、碟等，仿象牙筷子，每个座位前面的桌子边上都整齐地一字摆放着三个大中小镶有金边的水晶高脚杯和小酒杯，在最大的那只高脚杯里面插着用红布折叠的扇形方巾，在酒杯的旁边摆放着和碗盘色泽相一致的用来放擦手毛巾的盘子，靠窗户位置的酒柜上面摆放着白酒、红酒和啤酒，主宾位置正前方墙上挂着一个大屏电视，后方墙上挂着一幅大中堂，上面四个草书大字“大智若愚”。张处长驻足观赏了半天，觉得那个字体有点眼熟，可是一时又想不起在哪里见过，也想不起是哪位大师的杰作，看了半天也没有辨认出落款署名来。张处长低声念道：“‘大智苦愚’，有那么‘苦’吗？”张处长是个书法爱好者，他的字很有赵孟頫的风格，据说仅赵孟頫的“丹巴帖”就临摹近千遍，写出来的字完全可以与赵体一分高下。在这里不是张处长在嘲讽，就是不懂书法的人，也会看出那幅字的破绽，不说谋篇布局和印章的盖法等，仅看那四个字，就有一个是错字，“若”字写成了“苦”字，上面的草头由两个点连起来，下面“右”字的一撇从“草头”的中间位置直接拉下来当作了“口”的左竖，看起来很像“苦”字。本来这幅字的内容挂饭堂也有点不协调，不伦不类的，又挂在了主宾位置后面，稍有点常识的人都不会拿这样一幅字挂这个位置，李守仁起初也反对挂在这里，可是贾正执意要挂在那里。闹出这样的笑话，让他真是哭笑不得。

“看样子经理部的招待工作做得很充分，该准备的都准备了，而且服务也很专业，一看就训练有素。”张处长说完，呵呵呵地笑了起来。

张处长落座后，贾正面带微笑，小心翼翼地征求张处长的意见，看他想喝点什么酒。

“喝吧，这酒不知怎么喝，以什么样的理由喝；不喝吧，你们肯定有意见，工作没干好，酒也不喝了，这样脸面上更过不去。这样吧！就喝一瓶，分到每一个酒杯里，意思一下就行。”张处长说话间海量手里拿着一瓶酒已经来到了他的跟前要给他斟酒，他连忙挥了挥手说，“换瓶普通的白酒来，不喝这酒。”

“工作是工作，酒是酒，一码归一码，就像我们修桥铺路一样，桥和路是两码事，桥是桥，路是路。”贾正面带殷勤笑着解释说。

“贾经理确实不简单，把工作和生活联系得这么好，后生可畏。”张处长对今天检查中发现的问题很是不满意，更是对贾正和其他人对工程不上心感到气愤，贾正这么一说，更惹他不快，便暗讽道。

张处长在这里喝酒加上今天这次应该是第三次了，第一次是在项目经理部刚组建的时候，张处长在李守仁的邀请下，特地带几名建管处部门领导来认门、认人，那天酒没喝多少，可是大家喝得非常高兴。第二次就是武友结婚的时候，那天还没有那幅字和电视以及这些高档餐具等。今天，尽管饭堂更豪华了，酒桌、餐具档次更高了，酒水的规格也更高了，可是张处长怎么也喝不出前两次的气氛和味道来，两杯酒下肚后，他的心里感觉闷闷的、慌慌的。他突然把筷子一放，问贾正："贾经理，你们工地上有多少台挖机、多少台装载机？"

大家都没有想到张处长在酒席间突然会问贾经理这样的问题，贾正一听顿时心脏的跳动又加速了，脸通红通红，他平时最怕别人问他工地上这样那样的具体问题和数据，先前在工地上已经出了一次丑，让张处长不指名地批评剐蹭了一顿，现在想起都感到后怕。一听这样的问话，一时又彻底地闷了。

贾正总认为自己是领导，领导就应该抓大事，这些具体事是下边人掌握的，他也没必要过问，更不需要记在心里，因此问到这些问题他根本不知道，回答不上来也就在所难免了。不过有了前面几次，这次他不着急回答了，而是不慌不忙地端起水杯抿了一口水，从容淡定地坐在那里。反倒让大家觉得张处长不是问他似的，坐了一会儿慢腾腾地把头扭向旁边的总工，总工只顾低头吃饭没吱声。

贾正显得很尴尬，坐在那里有点不好意思，但一直无动于衷。牛饷帅此时或许是领会到了贾正的意图，便连忙掏出手机打电话，大着嗓门让工地值班员抓紧统计工地上有多少台装载机、多少台铲车……

牛饷帅高着嗓门给值班员打电话，张处长坐在那里认真地听着，到最后实在憋不住了，也听不下去了，不禁哈哈大笑起来。张处长笑他们连装载机和铲车都搞不清。

张处长这么一笑，牛饷帅并没有意识到是笑他，还自鸣得意以为张处长发笑是对他的赞赏和肯定，便故意提高嗓门，几乎大喊了起来。

坐在一边的李守仁始终低着头，实在不好意思抬头看张处长和大家，听到最后不想让他们继续出洋相了，就立刻解围道："处长，这个我真还知道，总共有自卸车 38 辆、装载机 12 台、挖掘机 8 台。"

这时贾正也已经意识到，张处长的问话是话里有话的，就主动站起来端起酒杯，向张处长解释自己甘愿自罚一杯。拿起杯子让海量把自己的酒杯加满，海量拿起酒瓶一倒，酒瓶里已经空了，贾正马上把脸拉了下来，很是生气，便大着嗓门叫道："没有酒不知道再开一瓶吗！"

张处长忙阻拦不要再开了，可是靠近酒桌边的王伟很麻利地打开一瓶，并迅速递给了海量，不知是由于紧张还是斟酒的动作过猛，酒洒在了贾正的手上，又顺着手腕流到了衣袖里，贾正抬头瞪了海量一眼，便连忙满脸堆笑，边转向张处长，边打圆场道："酒满敬人，我不喝个满杯，不足以表达我的歉意。"

还没等贾正落坐，张处长便端起酒杯站起来朝着李守仁说："老李，我敬您一杯！"话音刚落，头一仰一杯酒就下肚了。李守仁端起酒杯手有点微微发颤，也一饮而尽。大家看着李守仁喝进去的是杯酒,其实在他看来他此时喝进去的就像是一杯毒药。

海量看见张处长主动找人喝,就端起酒杯要敬张处长,并自我介绍道,他是马昇官的内弟,叫海量。张处长听了海量的介绍后,笑呵呵地说:“你这名字够霸气的,那我可不敢和你喝,你是‘海量’呐!”说完端起酒杯意思了一下,海量一仰脖子一杯酒就下肚了,手里拿着酒瓶,一边喝一边倒,要逐个敬大家,打算喝个通关。可是当转到贾正跟前的时候,海量给贾正斟满酒,又端到手跟前正要敬酒,不料被贾正狠狠地斥责道:“懂不懂规矩啊!”

“贾经理,你就意思一下!”

“和你有什么意思的!”

贾正话音刚落,海量便举杯一饮而尽,边往总工跟前走,嘴里还不住地嘟哝着说:“贾经理不够意思。”

“本来贾经理就是个‘假’经理,你却把他当成真经理了,这不是强人所难吗?”张处长调侃海量。

张处长不知道,其实贾正最怕别人说他“假”,他不止一次对自己的姓产生过质疑,觉得“贾”这个姓太不好了!无论自己怎么“真”,把“真”叫得如何响亮,可是别人总称呼他“贾”。一听到“假”,顿时他的脸又开始发烫了。

不知贾正的这一变化被张处长发现没有,反正张处长也不把他当回事,估计他就是想挖苦刺激刺激贾正,让他出出丑。其实挖苦刺激也是激励,今天让他在这个桌面上出丑,为的是避免明天他在更大更重要的台面上少出或不出丑。当然这是后来张处长私下里说的。

张处长环视了大家一圈,看来大家对今天工地上发生的问题,根本不当作问题,照样该吃吃、该喝喝,唯有李守仁坐在那里,你不主动招呼他,他就一直坐在那里,只是出于礼貌在张处长和其他几位领导不吃东西或不说话的时候主动和他们说说话。

突然贾正端起酒杯朝着李守仁说:“李书记,我和你一起敬张处长一杯。”

张处长忙摆手说道:“老李不能喝酒,就让他歇着吧!你年轻,精力旺盛就多喝点。”

贾正也不管李守仁喝不喝,自己把一杯酒一仰脖子就喝进了嘴里,那动作非常优雅娴熟,一杯酒进去就像没喝一样。张处长只是抿了抿,把酒杯又放回桌子上,说:“人与人的性格爱好确实是千差万别,就拿老李和贾正来说,老李喜欢把工作做得‘无声无色’,贾正喜欢把工作做得‘有声有色’;你再说这酒桌上也是,老李不抽不喝,贾正又抽又喝!两人在一起搭班子,也确实达到了优势互补,这样的班子配得好啊！能够搭配成这样，相信也是下了很大一番功夫的。”

整个席间坐在那里不怎么发言的建管处李总接过张处长的话说：“把工作做得‘无声无色’那是魄力，把工作做得‘有声有色’那是活力；不抽不喝那是享受生活，又抽又喝那是生活享受。”

“哈哈哈哈！”张处长大笑了起来，边笑边说，“说得好，说得好，还是李总水平高，总结得这么好。”

大家也跟着笑了起来，不管是发自内心的，还是强装笑颜的，每个人的脸上都露出了笑容。

只有贾正坐在那里不动声色，突然一本正经地说：“高调做事，低调做人嘛！”

“是说你自己？”张处长扭头看着贾正，反问他。

“是说我，但还不够，还需继续努力。”贾正认真地回答道。

“我倒觉得你应该反过来说——低调做事，高调做人，这样更贴切。”

张处长一说出口，几个年轻人又笑了起来，只是那么短暂的一瞬，大家便立刻收住了笑容，顿时都保持沉默。张处长通过这么一段时间与贾正的交往和了解，发现贾正这小子名堂很多，因此他时时处处在注意和观察贾正！比如爱慕虚荣，做事虚虚假假，经常是明里一套，暗里一套，干点事情就想让别人知道。张处长曾挖苦他，一干点儿好事儿就千方百计想让鬼知道，一旦干了坏事儿就千方百计不想让鬼不知道，这小子做事太绝了，这不是让鬼为难吗！连鬼都敢为难，这样的人还有啥不敢做的，胆子也太大了，说不定哪天真还会惹出麻烦来。张处长想着想着，后背不由地渗出了冷汗，顿感冰凉冰凉的。

他也看得出，喝这样的酒，也就是喝个醉，仅此而已，论其他的没有任何意义。这样没完没了地喝下去，肯定有人会喝多的，因此他举杯提议喝最后一杯，还不忘风趣地对大家说：“酒喝好了，一人舒坦；活干好了，大家舒坦。酒好喝，活不好干，可是我们大家走到了一起，肩上有了这副担子，我们就要把它挑好，活干好了，咱们就有酒喝，就有好酒喝；活干不好，咱们就没酒喝，更没好酒喝。”

……

送走张处长一行后，贾正转身恨恨地责骂站在身后的牛饷帅：“饷帅啊！饷帅，你小子想帅不为过，脑袋空不要紧，可是千万不能进水，关键时刻不能掉链子，别给我丢人现眼啊！”

贾正对牛饷帅和海量、马龙、王伟等几人，既爱他们，又恨他们。爱的是“关键时刻”能站在他这边，有时候还能为他做点“事”，甚至还能在一些“关键场合”替他出点怨气。除了这些时候，他很是瞧不起他们，不仅仅因为他们身上带有的那种俗气，更主要的是他们的那种傻气，说话做事没遮没拦，每当这样的时候很想上去揍他们。

“你平时那些聪明劲儿哪去了,关键时刻脑子里缺根弦。”又转向王伟骂道。

李守仁也非常气愤,真有点恨铁不成钢。他曾在会上多次讲过,有时感觉真拿这些年轻人没办法。记得自己学校毕业当技术员不到一年,就独当一面了。当初压力也很大,他变压力为动力,边学习,边工作,负责的隧道工程技术没有出现过丝毫的差错,那时测量仪器和办公设备远不如现在先进。自己一个普通技术员,每次检测人员来工地检查都是先通知他或找他,再由他向领导汇报,为之领导还开他的玩笑,说他比领导都牛,人家瞧不上领导只瞧得上他。隧道工程竣工决算的时候,在当时潜亏的情况下,实现了盈利。那时工程上也遇到过不少困难和问题,可是一旦遇到困难和问题,他就主动找项目经理部其他同志或监理、业主技术人员一起研究解决,不仅达到了解决问题的目的,也增进了彼此间的关系,更主要的是学到了东西。说实在话,那时真没有他办不了的事,克服不了的困难。经过短时间的锻炼,后来干得非常轻松、自如,没有现在这些年轻人干的吃力。他也分析过项目经理部这几个年轻人的工作能力和态度,他认为关键是不学习,工作不上心,做事不用心,不思考、不总结,做过就完事了。现在好多人都记得他总结的那些好方法,甚至还一直沿用着。当初他提出,在工程质量管控上主要把好“三关”,一个是原材料“入口关”。杜绝把不合格材料流入工地。另一个是各道工序的“自检关”。对各道工序、各个环节做好自检工作,对不合格的工序、不合格的及时加以纠正,达不到合格以上要求坚决不进行下道工序。再一个是施工过程的“控制关”。让每一位管理和施工人员都要明白“做什么”“怎么做”“做到什么程度”,每一步都严格按照设计和规范要求施做。他的这“三关”张处长曾经都表扬过,称赞这是工程施工的“三关”,与那“三观”一样重要,并在全线推广,取得了很好的效果和好评。这些事已过去多少年了,人们还在沿用或享受着你的成就。这对于一个普通的筑路者来说,特别是对李守仁来说,这不仅仅是成就,而是鼓励和鞭策。他一直在想,过去他总结的这些做法并不难!只要用心想了,谁都能够想出来,长期不就形成了一套工程管理的有效办法和经验。

现在自己有力使不上,过去当项目经理的时候,让业务人员提供点数据或分析材料,遇到不会、不准确的,他就把他们叫来,手把手地教,现在当了书记有些工作也不好插手,只能是批评教育说说而已。特别是贾正来了对人员的调整后,对于一些重要岗位的人员安置,他和贾正多次沟通过,也提了不少的建议,可是贾正没有采纳他的意见,他也不好过多地再说什么了。现在工程只干了多一半,问题就出来了,而且还不少。他很纠结为难,他想再找贾正说说。像牛饷帅,可以说他肩负着最重要的岗位,相当于项目经理部领导的高级军师,什么时候该干什么、干多少,干到什么时候和程度,以及经常性地分析工程任务形势,做好长远和短期规划,工地施工动态情况及时掌握收集后报项目经理部主要领导等,这些工作都是计划要完成的,事实上这些工作他啥都没干。有人曾说过,好的计划人员是大半个项目经理,严格地说他连半个计划人员都算不上。刚开始的时候连个图纸都看不懂,没办法最后聘请了一个老师傅带他,人家教他,他还不谦虚学习,还这这这、那那那顶撞挖苦瞧不上人家,最后老师傅一生气拍屁股走了。看上去人精精明明,可是做起事来脑子总是糊着的,你和他说话他都听不明白,自己脑子都是糊着的,怎么能把账算明白呢!明明自己不对,还爱和别人犟嘴,经常和人抬杠死犟,张飞吃豆腐——货不硬嘴硬,后来大家都知道他是这样的人,便谁都不愿意理他了。

可是贾正不这么想,牛饷帅是牛饷美的亲弟弟,一方面有牛饷美这层关系,贾正也想照顾,另一方面贾正观察到牛饷帅整天在电脑跟前趴着,看上去工作特认真,也很敬业卖力,见谁都显得很热情,经常找他报点招待业主工作人员的费用,觉得他和业主经常在一起吃吃喝喝,会处关系,关系也应该处得不错。没想到他是个爱慕虚荣,听不进一点意见的人,不会处理问题,"一根筋",就连做错事都是认认真真地往错里做。可是每次出了纰漏后,贾正骂骂咧咧地把他大骂一通后,就算完事,究竟问题出在哪里,也从不深挖细就。

贾正这样处理,可就难为了李守仁,说实在话,李守仁有时也很气愤,看到那些年轻人没有一点朝气,甚至是玩世不恭,不懂不会也不学,眼高手低,大事做不来,小事又不愿做,他经常开导提醒大家,可是大家意识不到他的良苦用心。李守仁越想越生气,这样的人不仅不干活、干不了活不要紧,还时时惹事生非。有一次牛饷帅上工地统计工程数量,自己不愿意进隧道,让一名工地现场技术员带着一名工人爬上台车检查锚杆数量和初衬厚度,不料那名工人不慎从台车上摔了下来。好在摔得还不算严重,把肋骨和一条胳膊摔断了,务工费、医疗费不算,仅补偿人家就花了好几万。

听别人讲,李守仁也观察到,牛饷帅平时还特有领导范儿,特别喜欢指使别人,什么时候都把自己摆在科长的位置上,就连打电话,一开口就"牛科长"这,"牛科长"那,生怕人家不知道他是"牛"科长。

牛饷帅私下告诉别人,他从内心里都不愿意进隧道,有时上了工地能不进去就尽量不进去,他看到隧道岩石犬牙交错的样子就感到害怕,心里总是想着万一掉下来砸在自己头上怎么办。作为管理人员你不到现场,怎么掌握第一手资料,既然干了这一行,那就要有所付出,要对这行负责,要么就不要干。这些人根本意识不到自己的问题和不足,还好高骛远,不自量力。有一天晚上,牛饷帅突然神神秘秘地来到李守仁的办公室，从口袋里掏出一个信封，硬要塞给他，并说他想让李守仁帮忙弄份“党票”。李守仁当时听了后，非常气愤，心想本来入党是件很严肃的事情，可是被牛饷帅这些人这样一弄，完全成了买卖，难怪这些人把入党志愿书叫成了“党票”。李守仁便连忙把那个信封塞给牛饷帅，毫不客气地对牛饷帅说，这个“党票”对你来说是无价的，你买不起。牛饷帅迟疑了一会儿，支支吾吾地说，他已经找过贾经理了，贾经理同意。如果这些不够的话，他再添点。弄得李守仁哭笑不得，真不知该如何管理教育这些人。

19

昨天贾正被建管处张有权处长在项目经理部剐蹭了一顿，很快就在建管处内传开了，第二天上午就有一个部长和几个工程师给贾正打电话安慰他，有的约他晚上喝酒。其实贾正心里很清楚，他们为啥要安慰自己和请自己喝酒，是看在自己手里的那点权力，想套近乎，找他得点好处，混杯酒喝，或者报两张发票。说请自己喝酒，估计是他们今晚没地方喝酒了，每次他们请客，都是他们的名，自己的钱。他现在都记得，有一次一位部长请他吃饭，花了3000多元的餐费，那位部长结完账一摸口袋又从里面掏出几张发票，还大言不惭地说，怎么还有这么多发票，不知是自言自语，还是专门说给贾正听的，便很自然地推到贾正跟前，让贾正一并给处理！这样白白地又多报销了几千元。这些人“精”着呢！道高一尺，魔高一丈，贾正也不傻，他做事的原则前面也说过了，一码归一码，他也看得很现实，知道过了这个村就没这个店了。说实在话这几天也没有需要找他们办的事，因此他也不想和这些狼一样的人坐，坐也是白坐，关键时刻他们就不会想到你的好了。

上次工地因现场管理和环境保护等方面工作做得不错，得了10万元的奖金，有好几个人打来电话表示祝贺，这个说自己给帮的忙，那个说在领导跟前帮着说了不少好话，大家的意思就是获得这个奖金是他们关照的结果。人家既然这样说了，那项目经理部也不能无动于衷，没有一点表示那怎么行，下次还想不想得奖，有事还想不想找人家了。于是贾正给张三包一个红包，给李四报几张发票，10万元都不够打点这些，最后项目经理部还倒贴了两三万。郑静埋怨说，获这样的奖得不偿失，没啥意思。贾正却不这么认为，这叫各得其所，他们得了利，我得了名，就当花钱买了一个荣誉。

贾正不知是昨晚喝酒没喝顺畅，还是对张处长的批评心存不快。早上起来一直感觉浑身上下没一点劲儿，喝了两支葡萄糖也没多大效果，蔫头耷脑地坐在那里，不时地打着哈欠。坐在他对面沙发上的郑静有种被冷落的感觉，一时醋意大发，问贾正昨晚又去哪了，半天不接她电话。

贾正半闭着眼睛冷冷地说："你就别烦我了，我好困！"

"肯定昨晚又没干好事，你看你那蔫头耷脑、萎靡不振的样子。"郑静说着凑到贾正跟前，狠狠地把贾正的脸捏了一下，继续追问道，"你给我老实交代，昨晚干么去了？"

贾正突然睁大眼睛狠狠地瞪了郑静一眼。郑静的脸"唰"地红了，感觉自己有点过了，两人的关系毕竟还没到把他"管起来"的地步，没必要在这些问题上深追细究，管他呢！爱谁谁。她的心里也非常清楚，她和贾正完全是互利互惠的关系，除此之外还谈不上什么感情，更没有达到非他不嫁，非我不娶的地步。后来郑静也明白了，自己越在乎贾正的这些事，其实是给贾正传递了一个自己很在乎他的错误信息，若此那真还把他美得，真把自个儿当成太阳了，那自己整天还得围着他转。

事实上昨晚贾正真还没干别的，只是把建管处领导送走后，感觉身心疲惫，全身不舒服，就独自开车跑到县城的一家洗浴中心泡澡，洗完后蒸了一会儿桑拿便躺在休息室的沙发上睡着了，一觉睡到天亮才醒来。

这段时间他感觉到很累，家里的事，单位的事搅和在一起，让他心力交瘁。单位的事，好在单位人多，自己不管有人管，特别是有李守仁关键时刻能给自己顶着。可是家里的事，没人顶啊！特别是夫妻之间的事让谁顶，即使有人顶也不合适啊！那不是自找没趣，闹丑闻嘛！这段时间钱朵朵搅得他心神不定，有些事和那个女人真是纠缠不清，更没法和她说清，真想和她一刀两断，可是又怕她把事情闹大。更可怕的是怕她干出傻事来，万一真到公司闹或写信举报他，较起真来那他不就完了，前功尽弃了。有时想起这些事心里就会情不自禁地打战，这几天最怕钱朵朵来电话，她那种声嘶力竭的哭诉声，和那些咄咄逼人的言语，让他不寒而栗。不离吧，看着她那张涂抹着厚厚粉霜干瘪枯黄的脸，心里就恶心厌烦起来，实在不想见她，就这样拖着不见她吧，她还经常动不动纠缠他，造成的影响很不好，真是躲又躲不过，绕又绕不开。

怕什么就遇什么，可不，他正在想着那些烦心事的时候。果然钱朵朵又来电话了，电话一接通钱朵朵就劈头盖脸地骂他，骂过以后，喝令他这几天回家一趟，如果不回去，她就来项目经理部找他。

还没等贾正反应过来，钱朵朵那边就已经把电话挂了。

贾正把电话往桌子上一扔，瘫坐在椅子上，气呼呼地坐了一会儿，把头转向郑静这边，看着坐在眼前的郑静，不由得又想起钱朵朵，她比起钱朵朵来，那简直就是古代的西施与东施，她是多么漂亮，高挑的身材，玉树临风，该凸的凸，该凹的凹，尽管在工地上待着，可是她的容颜保养得非常好，白白的、嫩嫩的、水灵灵的，犹如那刚出水的芙蓉，看着看着令他心潮跌宕起伏，顾盼神飞。还有牛饷美，尽管没有郑静这么水灵，可是比起皮肤松弛，双颊塌陷，肤色暗黄，眼角、额头等地方到处都是深深浅浅的皱纹的钱朵朵，那简直要漂亮千倍，甚至是万倍，哪怕不见其人，只闻她那银铃般的笑声犹如甘甜的山泉水滋润着他那干涸的心田，令多少男人为之神魂颠倒。他以前也并不是没有拿自己的老婆钱朵朵与郑静、牛饷美这样的身边女人做过比较，也曾在郑静、牛饷美的身上打过主意，只是由于自己有那个心，没那个胆。严格地说自己没那个资本，他知道表面上看上去她们对自己好，可是内心里她们肯定都瞧不上自己，因此每次想对她们表白点什么的时候，可是话到嘴边又咽了回去，在她们跟前总有种自卑感和失落感。对于身边的这三个女人，对郑静和牛饷美自己只能有想法，没做法，而对钱朵朵有做法，没想法。贾正一度为之很是郁闷，甚至有点委屈，时常哀叹自己的人生怎么是这样的呢。你爱的，她不爱你，爱你的，你又不爱她，这是现实的悲哀还是命运的悲哀？他时常问自己。

钱朵朵是经人介绍认识的，尽管她的身材矮小，外表也并不出众，可是她的家庭条件还算可以，她的父亲是省城的一名普通干部，当初贾正选择她的时候，毅然地把容貌和性格这些条件都放在了一边，婚前追求她，婚后宠着她，里里外外都是钱朵朵说了算。那时钱朵朵有绝对的权威，让贾正往东一步他都不敢往西半步，稍有怠慢或不周还常常受到钱朵朵的挖苦和指责，说什么生得荒唐，混得窝囊，在她跟前贾正就像是一坨臭狗屎。有时当着众人的面指责贾正，他都敢怒不敢言，咬着牙把委屈和苦水往肚子里咽，默默地承受着她的那些冷暴力。现在他总算脱离了苦海，他从内心里不会甘心情愿重返过去那种水深火热之中。

特别是自从和郑静亲近后，就自觉不自觉地喜欢拿钱朵朵和她做比较，觉得钱朵朵哪一方面都不如她，那颗受伤的心尽可能地不去想她，万不得已每次回家就像入虎穴一样，在家里和她待上一会儿仿佛时间都停滞了，气氛凝固得死寂一般，不想多看她一眼，更不想和她多说半句话。现在也轮到他指责钱朵朵了，贾正有时心想真是世事难料，我贾正还有这一天，老天长眼啊！真应了那句老话——三十年河东，三十年河西！

这时坐在沙发一头的郑静含情脉脉地笑着主动靠近他，温柔似水，微笑如蜜，娇滴滴地说："我也想到外面洗澡，你陪我去好不好！顺便带出纳一起去银行取点现金。"

贾正不由自主地把郑静往怀里搂了搂，在她的背上轻轻地拍了拍。说实在话,他也想到外面去,在项目经理部他实在不想多待,工地他不想去,其他事他又不愿干,找人聊天吧,别人他也不想和他聊,平时和自己走得近的那几个,倒是很愿意和他聊,可是每次聊也就那些事,听起来也确实有点厌烦了。

贾正眼睛直勾勾地看了一会儿郑静,轻轻地说:“以后取款你就不要陪出纳去啦!有些事他能办的就让他一个人去办,你只负责支付审批就行了。”

其实,他和郑静的事,在项目经理部早就传开了,有人嘲讽项目经理部就是个“夫妻店”,有的人还说什么——他俩人前“假正经”,人后“不正经”。还有的人说郑静的权力比贾正的权力都大,倒像是真经理,而贾经理却像个“假经理”。

隧道队老板胡运跟贾正讲过好几次,想让他出面请监理部总监甄麒鑫一起坐坐,顺便做做甄麒鑫的工作,把工程变更的事抓紧批了。今天贾正的心里有点烦躁,也无心干其他的事,刚好郑静也想出去,因此便给甄麒鑫拨通了电话。电话那边传来嘈杂的声音,好像旁边放着音乐。估计甄麒鑫这会儿肯定又在哪里玩儿呢!贾正约好甄麒鑫后,又给胡运打电话,胡运这时正在外面办事,贾正让他马上赶到市里安排好晚上的活动。胡运一听晚上要请甄麒鑫一起吃饭非常激动,连说:“好,好,好!”大家千万不要怀疑胡运脑子有问题,让他请客花钱他还激动成这样,那如果给他钱,他还不激动得要跳起来!其实在这些方面胡运一点都不傻,他早就算好了他的经济账,前段时间他找贾正商定,自己有200多万的工程变更已报到甄麒鑫那里了,可是甄麒鑫一直拖着没签字,想让他帮着做甄麒鑫的工作。他早就听贾正说过,甄麒鑫的哥哥就是省交通厅副厅长甄麒淼,分管着全省的高速公路建设,假如真要能把甄麒鑫这棵大树抱住,他要出面轻而易举就能搞定。他也早就让人帮着算过了,那个变更真能够顺利地批下来的话,净赚100多万,哪怕在甄麒鑫和贾正等人身上花去一部分,自己只要能净赚点也值,不劳而获,他怎能不激动呢!

贾正带着郑静在市里洗了澡,吃过午饭到市里最大的商场转悠了一会,买了几件两人喜欢的衣服,赶到胡运预订的酒店后才4点多。不过胡运早已经赶到了,正在酒店大厅坐着,恭候他们的光临。

看着贾正走了进来,胡运连忙站起来,满脸堆笑走到贾正跟前伸出手要和贾正握手,笑嘻嘻地说:“贾经理,感谢您给我面子。”贾正只是朝着胡运点了点头,站在那里一动不动,胡运忙伸出胳膊做了个“请”的手势,意思让贾正坐到休息区的沙发上歇会儿,贾正既不到休息区沙发上坐,也不说话,明显对胡运做出这样的安排不满意,突然问胡运晚上怎么安排的。贾正的说话底气很足,嗓门也有点大,俨然一副盛气凌人的样子,胡运连忙说:“晚上吃喝玩乐一条龙全安排在这里了。”

“吃喝玩乐你个头,你把我当成了玩世不恭的花花公子了。”贾正面带严肃的表情说道。

“我不是那意思,我只是觉得既然出来了,该放松的时候就要放松一下。”胡运毕恭毕敬地解释道。

“胡老板真会享受哦!”贾正说完把头仰了一下,接着又把头偏了偏,用嘴叼住了胡运递过来的香烟,胡运殷勤地给他点上,边点烟,边憨笑着说:“男人们,都好这一口!”

“那今天你怎么给我安排的这一口?”贾正朝着胡运不怀好意地笑了笑问道。

“那就上楼吧!”胡运自鸣得意,莞尔一笑,认真地说。说着就径自带着贾正往前走,郑静走进酒店的时候,扭扭捏捏一直离贾正远远的,等到走到电梯跟前站一边,没吱一声,一直没被胡运发现。

贾正和胡运进到电梯后,胡运正要按按钮关门,被贾正喝道:“等会儿,尾巴还没进来呢!”

胡运猛地抬头一看是郑静,马上伸出一条腿挡住电梯门,并说道:“哦! 是郑科长,差点把尾巴关外面啦!”

不知胡运是顺着贾正的话说,一时没有反应过来,还是有意在开郑静的玩笑。不过这样的玩笑开得郑静很是不高兴,就连贾正都说他不该开这样的玩笑。

郑静拉着脸走进电梯,胡运忙和郑静搭讪套近乎:“好久没见郑科长了,更丰满啰!”

“有你这样说话的吗! 你这是在夸郑科长,还是在挖苦郑科长呢!”贾正朝着胡运说。

“当然是夸郑科长哦!”

“有你这样夸人的吗?”

郑静把头抬得高高的,看着电梯顶,联想到刚才他俩说的那些话,就像喝了用先前澡堂子里的水沏的茶水一样,越品越不对味,心想自己是不是来得多余了,内心里不禁恨恨地骂道:“男人没一个好东西”!

电梯门刚打开,郑静抢先快步走出电梯,贾正紧随其后,边走边说:“尾巴跑到前面啦!”

“谁是你的尾巴啊! 你们这些男人,怎么都是这样的德行。”郑静生气地说。

“郑科长,不要生气嘛,生起气来不漂亮啦!”胡运调侃道。

“我漂亮不漂亮关你啥事啊?”郑静生气地回敬道。

贾正故作没听见,劲直往前走,走着走着突然站住了,吃惊地说:“哦,这怎么不是餐厅啊!”

“贾经理,离吃饭时间还早着呢! 我给您开了个房间,先休息一会儿吧!”说着，伸出右胳膊示意贾正向右转。胡运连忙走到前面，贾正和郑静并排着跟在后面，趁胡运掏房卡的工夫，贾正用手捏了一下郑静的手。

胡运给贾正开的是一个套房，双人沙发前面的大茶几中间摆放着一大束鲜花，一边摆放着两条“软中华”，另一边摆放着一个盛放着各种水果的大水果盘。

“胡老板有进步，想得很周到嘛！”

“这还不是跟着您学的，现学现卖，不周不到的地方请您多多指正。”

“胡老板，你也太抠门了吧！我的房间呢？”郑静阴着脸，慢腾腾地说。

“哦，我马上订。”说完又奸笑道，“要不委屈你就在贾经理这休息一下。”

“休息你个头。”

“哦，上头休息，下头不休息。”贾正嬉皮笑脸开玩笑道。

“来、来、来，坐、坐、坐。坐一会儿吃饭去。”

“我才不在这儿坐呢！”

胡运很知趣地推说到就餐的包间里看看，就离开了贾正的房间。

贾正和郑静两人一会儿就睡着了，被一阵急促的敲门声惊醒，贾正坐起来仔细听，没有了反应，他正要往下躺。突然又传来了敲门声，贾正迅速下床把衣服穿好，也不管郑静是否穿好衣服，就要去开门，却被郑静叫住了：“等会儿好不好，我还没有穿好呢！”

贾正扭头看了看郑静，看见郑静还在慌里慌张地穿衣服，就把卧室的门一关，去开门了。

开门一看，甄醭鑫和胡运站在了门口。

“贾经理，在里面干么呢？金屋藏娇！”

贾正毕竟心里有鬼，被甄醭鑫这么一说，脸还是不由得红了起来，结结巴巴地说：“没有，没有，整天在工地只认识水泥沙子，哪有时间去认识娇啊！哪个娇愿意和我们这些土包子来往啊！”

“我不相信，这么长时间不开门，肯定没干好事。”

“哪里，刚才在卫生间，没听到。”贾正边说边显得有点紧张局促。

“你看你，紧张什么啊！男人们，都好这一口。”

胡运跟在甄醭鑫后面不住地点头，附和道：“那是，那是！”

“哦，看来胡老板也有这个爱好。”

“爱好谈不上，偶尔有机会了也放松一下。”

“我总算找到知己了，人家贾经理和我们爱好不一样，人家玩高雅的，不好这口。”甄醭鑫善于插科打诨，融洽现场气氛。

“甄总监，过奖了。小贾俗人一个，有点俗不可耐。向甄总监学习，多指教。”

几句话后,贾正这会儿没有了刚才的紧张局促,也完全放开了,回应道。

“今晚我来安排,贾经理跟甄总监好好学习学习。”

贾正瞪了胡运一眼,显得很不高兴。其实这是一句很没水平的话,胡运作为一个老板,说话不够老练不说,关键自己没有摆正自己的位置。你真把眼前的这两个人当成一起扛过枪、偷过盗的兄弟了,特别是眼前的甄麒鑫,50 多岁了宽阔的脑门锃光瓦亮,有人开玩笑说苍蝇飞上他的头顶都会打滑的。20 多岁的时候就出来闯荡了,刚开始的时候带着十几二十个人当着个小包工头,干点边边角角零零星星的小工程,后来随着他的哥哥甄麒森官越做越大经过其运作突然间在工地当起了监理,最后又当上了总监,由当初被人监管一跃变成了监管别人,很是洒脱自信,再加上在江湖上混了这么多年,该见的见过了,该吃的吃过了,该玩的玩过了,可以说在这个大熔炉里已经百炼成钢,快成“精”了,十个胡运都抵不上甄麒鑫一个。再说贾正,他能走到这一步,说明他也有一定的实力和背景,你胡运算什么啊!整天夹个皮包,就算你现在干着这么大的工程,你如果不仰仗你的同学——马昇官,你能干得了吗!离开他,你啥都不是,还不照样和工地上那些工人一样,搬石头、抬水泥,有什么资格和这些人在一起平起平坐呢!还说三道四。

大家坐在那里,不约而同地端起茶杯喝了起来,顿时保持着沉默。

他们三人的每一句话都被卧室里的郑静听到了,她的内心里不由自主地也开始拿这三个男人做比较。她知道,这三个男人都比较有实力,甄麒鑫手里有权,带着一个监理组,管着五个施工标段,拿他手里的权能换钱;胡老板有钱、有关系,可以拿钱买权,拿关系换钱;贾正既有钱,又有权,还是贾正最好。当她想到这些的时候,真为自己的正确选择感到高兴,觉得投入这个男人的怀抱很值,暗自佩服自己有一双慧眼。

突然,甄麒鑫提议趁着这会儿工夫抓紧找地方玩两把。胡老板马上应答,他订的是一个豪华大包间,里面就有麻将桌,而且还有一个大舞池。

“哦!胡老板提供‘一条龙’服务。”甄麒鑫嬉笑着对胡运说,说完,又迫不及待地说,“有那么好的地方不让我们去坐,坐在这里打扰贾经理。”

甄麒鑫坐在这里要么拿贾正说事,要么说点不着调的话,贾正也无心和他说这些,关键里面还关着郑静,他恨不得他们赶快离开这里。

三个人走出房间后,贾正提醒胡运说:“打牌三缺一,胡老板也不赶快给甄总监联系个牌友。”

“你别说,我真还有一个牌友。”甄麒鑫话音刚落,便掏出手机联系自己的牌友。

胡运订的这个包间很豪华,墙上挂着一台超大屏幕电视,一排沙发正对电视摆放着,沙发前面有一个三四十平方米的舞池,旁边还摆放着一套自动麻将桌。三个人刚落座,一个看上去30多岁的女人敲门进来了,落落大方地主动坐到了甄麒鑫旁边。

"甄总监,您也不给我们介绍这位美女是谁,她和您什么关系。"贾正调侃道。

"你说一个男人和一个女人还能有什么关系啊!"

甄麒鑫不说,贾正也知道他们是什么关系,只是调侃而已。他到项目经理部后没多久就觉察到了甄麒鑫的"爱好"非常广泛,很是不安分。可是,胡运被甄麒鑫这么一绕,掉进沟里了,听得是一头雾水,究竟不知甄麒鑫说的是什么关系。

甄麒鑫在这几个人中间,打牌技术应该算是最好的了,能够根据每个人打出的牌,推算出每个人手里有啥牌,需要啥牌。贾正和甄麒鑫打过好多次了,可是从来就没有赢过,每次都让甄麒鑫赢个盆满钵满。

"和甄总监打牌,我是常败将军,屡战屡败。今天应该能够打赢甄总监哦!"

甄麒鑫信心满满地说:"未必。"

贾正调笑道:"情场得意,赌场失意哦!"

甄麒鑫不慌不忙地说:"老弟,那是说给你自己的吧!我今天可没在情场搏杀,养精蓄锐着呢!我就不相信斗不过你小贾。"说完,朝坐在下手的那个女人笑笑。

贾正显得底气十足地说:"是骡子是马,那就赛场上溜溜!"突然又补充道,"你们夫妻俩可不能合伙打我们俩哦!"

贾正和甄麒鑫不停地互相调侃着,那个女人倒是坦然自得,而胡运眼睛不是太好,加之光线不是太亮,每接起或打出去一张牌都要拿到眼前看看,这样的动作很是滑稽,也慢了别人半拍。

甄麒鑫就开胡运的玩笑:"胡老板,你是看'发财'是公母呢!"

胡运不动声色,边认真地摸牌边说:"噢,不是的!不是的!我眼睛不好,离得远看得不是太清楚。"

看着胡运吃力地看牌,又小心翼翼地打牌,这样的动作表情在一般场合对于善良的人来说,不禁会生出怜悯之心,真不忍心赢他的钱。

可是今天的场合不一样,这是真正的赌桌,赌场无父子;你的角色又不一样,你是老板,你请客,你请的客人都是掌控着你的财富的领导,你陪领导打牌,不管你有钱没钱,你不出谁出啊!既然你坐到了这里,想和他们搞好关系,那你就必须得出点血。

几个人玩的赌注相当大,胡运开始的时候给其他三人每人打了2万元的底钱,可是没打几圈,贾正不仅把底钱输光了,而且把自己钱包里带的现金输掉了一大半,胡运也输了好几万了。甄麒鑫和那个女的手气最好,赢了不少。其实对甄麒鑫来说,输并不重要,赢才重要。因为他和那个女的一分钱都没带,输了就一直欠着,赢了就赶快把钱装进兜里,只进不出,就等着空手套白狼。

贾正很是不甘心,总想把输了的捞回来,可是就是和不了牌。不仅牌差,而且打得也烂,中间还出错了几次牌,仅那几次失误造成的损失估计都有一两万。不停地吵嚷着换地方,说什么风向不对,座位风水不好。几乎把每一个座位都换遍了,可是不管怎么换,牌还是那样烂,丝毫没有半点起色。原来甄麒鑫和那个女的挨着坐,他非要把他们拆开坐,生怕他俩联合起来打他们。

“甄总监,你们夫妻俩太厉害了,我实在受不了啦!”

“那你也把你的老相好找来啊!”

“我到哪里找我的老相好哦!”

“哦,不是有小郑吗!赶快把她喊下来,你们夫妻俩打我们夫妻俩,咱们来个家庭赛。”

“不知小郑转到哪里去了?”说着把手机掏出来,正要给郑静拨电话,突然郑静推门进来了,一进门就大着嗓门埋怨道,吃饭也不叫她,让她一个人在外面瞎转悠。

“啊!惊喜总在下一秒出现。”

“小郑来了,把你激动成这样啊!”

还没等甄麒鑫把话说完,贾正就大叫起来:“和啦!清一色,大和。”

“是不一样,美女一来你就和牌。”那个女的也说话了。

趁洗牌的工夫,甄麒鑫抬头色眯眯地看了看郑静,问郑静:“小郑,你究竟是在外面转悠,还是在贾经理房间里转悠啊!我刚才好像听到你在贾经理房间里转悠呢!”

“没有啊!我确实是在外面转悠。”郑静红着脸慢腾腾地说。

郑静有时在熟人跟前,显得也比较活泼乐观,走到哪里,也能把笑声带到哪里,即使和她开玩笑过了她也不会计较,有时她都主动开别人的玩笑。

“我终于知道为啥叫您‘总监’啦!”

“为啥啊!这不就是个简单的称呼吗?”甄麒鑫吃惊地问。

郑静认真地说:“总是喜欢监视别人,所以叫总监。”

“哦,有文化的人说话就是不一样,说啥都头头是道,一套一套的。那经理呢?”

“经理就是经常说话做事没道理,所以叫经理。”

“哈哈哈哈!”郑静说得几个人哈哈大笑起来。

甄麒鑫笑过后,顺着郑静的话继续追问道:“有道理,那老板呢?”

“老板就是老是板着脸,所以叫‘老板’。”

“哦,有道理,你看我们胡老板,总是板着一张脸。”

胡老板只是嘿嘿一笑,什么话也没说,忙着摸牌、看牌、打牌,显得全神贯注很是忙乱。

“贾经理,郑科长刚才究竟去哪里转悠了,你也不管管!是不是跟别人转悠去了。”

贾正头也不抬,淡淡地说:“爱谁谁。”

郑静装出生气的样子:“就你们两坏,看人家胡老板,多老实,不多言语。”

“嘿嘿,你可别小看胡老板,他一般不说话,一旦说出话来可不一般。”

“你不要挑拨我和胡老板的关系,我没有小看胡老板的意思。”

“我知道你们的关系不一般。”贾正有点醋意,怪声怪气地说。

郑静努着嘴说:“知道就好。”

郑静的话说出后,明显看得出贾正很是生气。大家继续玩牌,顿时没有了说笑声,郑静一直坐在贾正身后看他们打牌。

突然贾正的电话响了,拿出来一看是思念打来了。思念问他,是不是在市里,她看到他的车子了。

贾正连忙站起来离开牌桌继续接电话,电话中吞吞吐吐解释了半天思念就是不挂电话,执意要来看他。

胡运尽管在生意场上混,可是不像有的生意人那么油腔滑调,有时显得有点木讷,关键时刻不知该说啥,因此整个牌桌上几乎不怎么说话,任由他们几人互相调侃。至始至终专注地表演他那“精彩”滑稽的摸牌和打牌动作,看似他专注地打牌,可是他的牌技也太差了,和贾正一样几乎每把都输,估计带的钱输得也差不多了,再这样输下去晚上的饭钱都会输掉。为了不让贾正和甄麒鑫扫信,便推说上个厕所,让坐在贾正身后一直看他们打牌的郑静帮他打会儿。

“打牌可以,可是我没带钱,输的你出,赢的归我。”郑静的话很直白。

胡运满口答应,没问题。丢下他们上卫生间去了。

甄麒鑫连忙说:“那这样,咱们干脆来个家庭赛。”

“好,你们夫妻俩和我们夫妻俩,看谁家厉害。”

“当然是贾经理厉害,贾经理年轻。”

甄麒鑫叫来的那个坐在他旁边的女人看上去比较腼腆,性格内向,不爱说话,始终坐在那里只是专注地打牌,前后也没说几句话,突然说话了:“别说这些,好好打牌好不好。”

大家真还听她的，她说完后，好长一会儿工夫都没人说话，一直专注地打牌，要说也只是说些与打牌有关的话，话题再没有扯远。

郑静坐在贾正的下手，自坐上来后，风向完全变了，不知怎么回事，每次都有吃有碰的，而且总是甄麒鑫输、她和牌，和的还都是“大和”。

没打几把，她已经赢了好几万。甄麒鑫连续输了几把后，感觉有点不对劲儿，就留心观察贾正和郑静打出的每一张牌。果然发现贾正有意把郑静要的牌打出去，让她吃，甄麒鑫看出他俩在做手脚后，很是生气，也不说破，只是牌打得急躁起来了，而且脸涨得红红的。没想到他俩仍不收敛，继续打、继续吃，甄麒鑫继续输、郑静继续赢，又连续输了几把后，甄麒鑫把牌往桌子上一摔：“不玩了！联合起来打我。”说完站了起来，离开了麻将席。

贾正和郑静也意识到了甄麒鑫突然为啥愤袖离开，贾正便连忙给郑静使了一个眼色，坐在那里啥话都没说，过了一会儿郑静拉着长长的声调说道：“甄总监，要注意形象哦！”

“赌桌上还有什么形象，谁不见钱眼开！”甄麒鑫大着嗓门说。

“这么大的总监，为输几个小钱生气，太不值得了，传到江湖上不怕人笑话。”

“你把你口袋里的钱掏出来，看那是不是小钱。”

甄麒鑫话音刚落，郑静从口袋里掏出一沓钱来，狠狠地往桌子上一撂：“你数数，这就是刚才赢的，这有多少，你好意思拿就拿走算了。”

“我都输几万了，其他的钱哪儿去啦？”

“你说你输了几万了，谁看见啦！我都输了几万都不吭声，你输了这么点就心疼得不行啦！”说着郑静用手把刚才摔在桌子上钱拍了拍。

“我就看见你没输那么多，你包里的钱是哪儿来的？”

“我包里的钱是我自己的，你能管得着吗？”

“有胆量拿出来，让大家看看那钱是哪来的！”

甄麒鑫说完，郑静犹豫了那么一会儿，也就几秒钟的时间，突然狠狠地举起包，唰啦啦地把包里的东西全倒在了桌子上。大家都把眼睛睁大看，那一大堆东西几乎都是钱，有整捆的，也有零散的，也有女人们平时用的化妆品，最后大家的眼睛都转移到了搁在最上面的那盒避孕套上。

贾正看到后，随口骂了句“神经病！”也不知是骂郑静，还是骂甄麒鑫，边骂边走到一边抽烟去了。

胡运始终站在那里一会儿看看郑静，一会儿看看甄麒鑫，一会儿又把头转向贾正。

顿时大家都僵持在那里，谁都不说话。

突然甄髅鑫从沙发上站起来:“没钱了,饭都吃不起了。”说着就要朝门口走去。

胡运连忙拦住,满脸堆笑说:“甄总监,您说得太可怜啦!我们怎么忍心让您输着走呢!要么,继续玩吧!我这里还有钱。”

“算啦!算啦!赢得起,输不起。”贾正也一点都不客气。

“多么卑鄙,两人合伙赢别人的钱,赢了钱又不敢承认。”

“谁合伙赢你的啦!你看哪张钱写的你的名字!”

“你贾正那点小聪明,谁不知道啊!你别把别人都当成傻瓜,就自己聪明。”

甄髅鑫又要走,胡运连忙拦住他不让走:“哈哈,玩牌,玩牌,就是玩,千万别当真的。”

“还当总监呢!就这么一点肚量,至于吗!”郑静又剐蹭道。

“你说得倒轻巧,谁的钱不是钱啊!”甄髅鑫斥责道。

贾正把郑静拉到一边说:“没必要和这种人计较,能玩儿就玩儿,玩儿不起就算了。”

就这样几个人高高兴兴地玩儿了一会儿,可是最后因为输赢问题闹起了不愉快,这场酒也自然而然地喝不在兴致上了,贾正、郑静和胡运三个人简单吃了点就回房间了。

20

李守仁从工地回来刚进院子跳下车,看到海量从财务科搬出一箱30年陈酿酒正要往车上放,这时海量也看到了他,海量露出不能自已傻乎乎的憨笑,咧着嘴激动地说:“李书记,今晚又有肉吃了,烧锅炉的老贺专门杀了一只羊招待我们咧!我们快走吧!……”还没等海量把话说完,已经坐上车的贾正放下车窗向李守仁解释道:“没办法,不去吧!让老贺觉得我们架子大,不给他面子。嘿嘿!老贺是给我们烧锅炉的,这个面子我们还是要给的嘛!最后我就和老贺商定,折中一下,老贺的羊肉,我们的酒,这一箱酒的价格远比一只羊贵,这样老贺也不会吃亏的。刚好你也回来了,那咱们一块儿走吧!”说完又“嘿嘿”两声。

李守仁走到贾正坐的车跟前对他说:“老贾,今天一早老贺也给我打电话说了这事,我当时谢绝了他,告诉他千万不要准备。我们怎么能去吃呢?他有这个心我们应该感谢他。老贺很不容易,老婆常年有病不能干重活,还供着两个念书的娃娃,我们吃掉他的一只羊,就等于说他在我们这少烧一个月的锅炉。”

“你的意思是我想去吃，你也太小瞧人了，好像我没吃过羊肉。你的这些大道理我都懂，不要拿你的那些老传统、老眼光看问题，更不要教育别人。你知道吗？关系是靠走动的！”贾正生着气不耐烦地对李守仁说。

“老贾，我没有阻拦你，去与不去的权利掌握在你的手里，不过我觉得我们常年挣着工资，也没有给一个老农民做点啥事，反而去吃他家的羊肉，吃他一只羊就等于他白干了一个月的活，我于心不忍……”李守仁耐心地给贾正解释，可是还没等他把话说完，贾正早没耐心和他说这些了，把车窗关上走了。

等到晚上吃饭的时候李守仁一看，基本上都去了老贺家，只剩下实验室的老张、老严、王姐等几个老同志，老张笑呵呵地问李守仁：“老李，你怎么没去吃羊肉啊？”

“呵呵！我不爱吃羊肉。”

“不是你不爱吃羊肉，是那羊肉你不能吃，你怕好吃难消化。”

“我们不去，这样一来不是明显把我们大家打入另类了吗！你是领导，高风亮节。可是，我们几个小老百姓，大家一定觉得我们不合群。”王姐接过老张的话说。

“哈哈！这么大一把年纪了，还说什么另类不另类，哪有那么多说法，这不应该是你小王自己的想法！”

“嗐！我只是开玩笑说说而已，真这么大把年纪了还怕人说这些，年轻的时候都没怕谁说过。”

“这就对啦！领袖们背后都有人说，况且我们这些人，哪能不被人说呢！”

“那是，那是！身正不怕影子斜。”

“老张，我问你，你为啥不去吃呢？”

“实话告诉你吧！如果老贺的日子过得宽裕点，吃他一只羊对他来说真算不上个事儿的话。那我和大家一起去吃也无妨，大家一起到他家里热闹热闹也挺好的。可是关键问题是老贺那样的穷光景，我真的不忍心去吃。”老张说。

“今天一天老贺给我打了好几个电话，一定让我们去。起初我就告诉他千万别准备了，留着自家慢慢吃吧！我还怕大家答应下来，专门又给海量打电话告诉他，做做老贺的工作，不要让他准备，我们大家也不要去了！”李守仁自责道。

“你没发现吗？老贾想去。”王姐说。

“哦！我觉得还是不去为好，假如老贺已经做好了，那就端一些到我们项目经理部，把老贺也请来大家一起吃，然后把钱付给人家！”老张认真地说出了一个折中的办法。

“这也是个办法，可是我还发现，贾经理在咱们灶上吃上两顿后就吃腻了，总是吹毛求疵，横挑鼻子竖挑眼，要么嫌饭菜没味道，要么嫌饭菜单调，就想着法子找理由到别处改善。”王姐又说。

“还有这,我倒没发现。还是太年轻啊!”老严吃惊道。

“你们这两个主官,一个想去,一个说不能去,这不明摆着尿不到一个壶里吗!在别人看来就是不团结。”老张把头转向李守仁的一边对他说。

“是啊!有些事很难,我也想折中一下,不想把问题搞得这么复杂。”李守仁无奈地说。

“我们大家都能够看得出和感受得到,问题不是您老李造成的。贾正太专横强势,总觉得他是项目经理,他总想说了算,谁都得服从他,您和这样的人配合实在太难太不易了。”王姐很是同情李守仁,解释开导道。

“有什么服从不服从的,谁的正确按谁的办,不就行了。”老严不屑一顾地边吃饭边说。

“你说得没错,可是他能做到吗!现在正不压邪,你看贾正带来的那几个年轻人,刚步入社会,整天想的是付出比别人少点,好处还要比别人多点。这像话吗?工作先放一边不说,你看待人处事的方式和态度,多势利!前几天,业主实验室的人来了,还是我这个老家伙出面,跑到财务科打算领包烟招待人家,那个郑科长看都不看我一眼,从牙缝里挤出两个字‘没有’。我就纳闷了,怎么就这么个态度?好像我领她们家的似的。就是要她们家的,我这把年纪了和她这样的孩子说话,不说尊重我,最起码也该客气点吧!都是贾正娇惯的,咱们也走过不少单位了,假如一个单位的风气搞成这样,那这个单位其他方面工作也肯定好不到哪里去!即使好,那也是表面上的好,是吹出来的好,这样下去迟早会出问题的。”老张动情地说。

“是啊!单位风气确实与主要领导有很大关系,主要领导是什么样的风格,下边就跟着是种什么样的处事方式。因此,我在平时很注重自己的一言一行。”李守仁接过老张的话题,也认同老张的观点,并进一步地说道。

“嘿嘿!你可千万别把自己当成主要领导!大家都在说你都没有排到前五名,前五都不是,你还是啥主要领导。”老张驳斥李守仁道。

“老张,别跟那些人在一起瞎嚷嚷、瞎议论,这样毫无意义,只能影响大家的心情和团结。”李守仁开导大家道。

“这我懂,可是大家都这么说。说一把手是贾正,二把手是郑静,三把手是马龙,四把手是牛饷帅,五把手是海量,六把手听说还是海涵,估计你最多也只能是个七把手!”老张又接着他前面的话进一步地解释道。

“哈哈哈哈,管他几把手,当好干活的一把手就行啦!”李守仁面带微笑说。

“我们大家都知道你是干活的一把手,而且还是一把好手。”老严夸赞道。

“老李，你听说‘二把手’前几天炒股挣了多少钱?”老张问李守仁。

“‘二把手’，‘二把手’是……”李守仁听了老张的问话，莫名地反问道。

“刚才还和你说的，就是我们的郑科长啊!”老张认真地说。

“哦，她还在炒股?”李守仁吃惊地问道。

“她不仅炒股，而且还赚了不少钱，听说前几天赚了 80 多万。”老严接过话说。

“啧啧，赚那么多钱，我不吃不喝得挣几十年。”王姐吃惊地说。

“她哪来的那么多钱，现在的年轻人胆子真大。”王姐又接着说。

“那就不清楚了。”老张回答道。

……

几个人边吃边聊，吃完饭也没有回各自的房间，就来到会议室打开电视看起了电视。在平时，想看会儿电视都没有这样的机会，全项目经理部就两台电视，一台在会议室放着，一台放贾正宿舍里，会议室这台是大伙儿看的，可是每天晚上都被几个年轻人追着看“韩剧”，根本没有他们这些人看其他台的机会。

老张刚搜索了几个台，突然一个电视台打出的字幕吸引住了他们的眼球，字幕显示是某省交通厅原厅长。画面上这名厅长穿着囚服耷拉着头端坐在那里，正接受记者的采访，讲述自己的成长经历，看来电视节目是刚开始，几个人就认真地看了起来。这名厅长头发苍白，精神萎靡。他讲到自己从一个偏僻的农村走出来，小时候家境贫寒，父母抚养不起他，就把他送给了一个本家，才勉强过上了吃饱穿暖的生活，自己贪污受贿累计 2000 多万，现在 80 岁高龄的养母一直独居在农村，自己出事后一直瞒着老人家，还一再请求记者不要把自己出事的消息告诉养母。他的老婆、儿子也因犯有窝藏、包庇罪和受贿罪都先后被入刑。现在弄得妻离子散，鼻涕一把泪一把，对自己的贪腐行为悔恨不已。……几人一边看，一边发着感慨，都说，这样做真是不值得，早知今日何必当初呢!

看完后，老张长长地哀叹了一声，边关电视边对李守仁说:“可惜啊！可惜！该看的，没看上，不该看的，看了。”

“这样的节目应该多演几次，让大家都看看，多受这样的教育有好处。”李守仁从座位上站起来说。

“是啊！我看，您也少操点心吧！该吃吃，该睡睡，把自己照顾好就是啦!”老严关心地安抚李守仁道。

“组织把咱放在了这个位置上，工地那么多事咱不操这个心能行吗？想不操心都难哪!”李守仁边往出走边说。

“哦！你信任组织，组织信任你吗！为啥项目经理当得好好的，组织突然不让你当了?”老张反问李守仁。

“老张，干啥都一样！”

“干啥都一样，那为啥还有那么多人要争着当项目经理。”

“老张！咱不说这些了，大伙早点睡觉吧！”李守仁走在前面，其他几个人跟在他的身后相继走出了会议室各回各的屋子休息去了。

李守仁有个习惯，喜欢早睡早起，一般没有什么事的话，他每晚最迟 10 点半就上床休息了，第二天早上 5 点准时起床。他看完电视回到房间没等大伙从老贺家里回来就上床休息了，睡梦中被院子里的说话声吵醒，吵醒后就翻来覆去怎么也睡不着，几乎一夜再没合眼。第二天起床后就直接到隧道里转了一圈，他回到项目经理部，前脚刚踏进门，还没来得及洗把脸，实验室老张就在屁股后面跟着进来了，神色紧张地告诉李守仁：“昨天，对工地上的砂子进行了抽样检测，检测结果刚出来，有好几项指标不合格，不仅含泥量高，而且粗细配比都不合格。如果把这样的砂子用在工程上，恐怕很难保证产品质量，会出现严重的质量问题。”李守仁听后，大吃一惊。

本来最近工地上事情就够多的，不料砂子又出了质量问题，李守仁坐在那里半天不说话。按项目经理部领导分工，工程质量是贾正分管的，可是大伙整天连贾正的面都见不着，即使他在家，这些事他也不愿意听，更不愿意管，就是管也管不到点上，最后还得李守仁去收场。有时大家向他汇报工程上的事，往往是没听几句他就不耐烦了，一会儿就把别人顶撞回去了，让大家讨个没趣，甚至热脸遇个冷屁股；要么说点不靠谱的外行话让大家无所适从，以后大家遇事也都不愿意找他反映了。况且这会儿贾正早已不在项目经理部了，昨晚在老贺家里吃肉喝酒，吃到一半的时候，突然说领导交代了一件重要事情，他得赶到市里，便把大家丢下，带着郑静半夜离开了项目经理部。

大家都知道李守仁对工作极其负责任，人又谦和，好交流，而且最关键的是愿意承担责任。无论什么事，只要是项目经理部的事，找到李守仁他从不推脱，积极帮助大家协调解决，因此大家一旦有事也都愿意找他。

作为领导，他绝对是一个称职的领导，大家都说他具有一名优秀领导干部的品德和素质。

李守仁修了这么多年的路，他倾其心力和精力，总想着把每条路都修成良心路，生怕有一点闪失和污点，毁了自己的半生努力。可是有些事情并不以自己的意志为转移，甚至有时还出力不讨好，更没有达到预期的效果和目的，但他尽心了、尽力了，也问心无愧了。因为，即使没有达到预期的效果和目的，最起码对得起了自己的良心，对事是这样，对人也同样是这样。

砂子有问题，这不是一般的问题。砂子是主材，要出问题，那就是大问题，他听老张这么一说,很是担忧和着急,甚至有点害怕。砂子是混凝土施工的主要材料,就好比做饭用的米一样,再好的厨师如果做饭的米有问题,他就很难做出香喷喷的饭来。“百年大计,质量第一”这样的口号,并不是挂在墙上,喊在嘴上,闹着玩的。砂子,踩在脚下它就像泥土一样,与泥土没有多大区别,可是一旦浇到混凝土中,那它就要撑起千钧重担。因此,工程质量不管别人怎么认为的,不,在他管理的团队,要求每个人对待工程质量问题就要和他一样,始终都要把质量放在第一位,谁不把质量当回事,那他就拿谁当回事来处理。在他的心中,质量就是工程的生命,甚至把它视为自己的生命来对待。

工地的砂子前面一直用得好好的,突然有了质量问题,李守仁感到很是蹊跷,也有一种难以言说的别样滋味。

当初刚开工的时候,当地有几家材料供应商给工地供应砂子,项目经理部与他们合作得很不错,可是最后这些人都被马昇官的亲戚给挤走了。

李守仁又不禁想起了当时的情景,仿佛就像昨天发生的一般,前后经过,让他记忆犹新。

那是刚开工的一天中午刚吃过饭,一辆红色宝马车开进了项目经理部的院子,从车上走下一个珠光宝气戴着墨镜的女人,开车的是一个看上去穿着阔绰,但很俗气的男子。那个女人下车后,就大着嗓门说,要找李守仁。当那个女人一见到李守仁,就主动自我介绍,说她是马昇官老婆的表妹,要找李守仁谈点事。李守仁把他们两人请进自己的房间,那个女人直截了当地告诉李守仁,跟在她身边的是她的外甥,前几年办了一个砂场,由于最近两年建筑市场不太景气,砂子卖不出去,压进去一大笔钱,资金周转遇到了困难,想让她帮忙在工地上处理一部分砂子,赚点钱,渡渡难关。

李守仁马上找来总工和实验室主任、材料科长等人,向大家介绍完马昇官老婆的表妹和她外甥的情况,便转向负责材料的王姐征询工地砂子使用情况。王姐说话直截了当,当时就说,使用他们的砂子恐怕有困难,主要因为已经有几家供应商在供应,而且他们的信誉、质量和价格都很好,最关键的是都签订了长期的供货合同。如果再使用别人的,项目经理部就单方违约了,还要承担约定的违约赔偿金,这笔赔偿金也是很高的。

李守仁当时非常为难,可能在马昇官的这些亲戚看来,这是一件很简单很容易的事情,万万没想到李守仁答应得不是那么爽快,便有点不耐烦,甚至给李守仁使脸色耍性子,顿时流露出了很不高兴的样子。

马昇官老婆的表妹拉着脸对李守仁说:“这事我已经和你们马经理说了,他让我来找你。要不要我给你们马经理打电话,让他亲自和你说。”左一个“马经理”,

右一个“马经理”，而且还故意把“马经理”说得重重的，怕别人听不到似的，大家听得很不舒服，这纯属以权压人。

李守仁连连摆手，向他们解释：“这会儿也没必要向马经理汇报，我们的实际情况领导也应该清楚和理解，以后只要有机会我们会考虑的。”

马昇官老婆的表妹觉得李守仁和项目经理部其他几个人没有明确答应，说这些话只是推托，便催促道：“李经理，你们就那么难吗？用谁的不是用，有这样的挣钱机会，为啥不关照关照自己人呢！究竟行不行，你给个明确的说法。”

李守仁苦笑着向他们解释：“我们要换位想想，假如你们供得好好的，中途把你们赶走，你们怎么想？事情没有你们预想的那么简单，让我们大家想想办法，看相邻标段的施工队需要不需要，我们可以帮着介绍。”

“这还有什么办法可想啊！能就能，不能就算了。那还用你们介绍啊！自己人都不帮，何况和人家非亲非顾，会听我们的吗？”那个女人说完起身就要走，李守仁忙挽留劝说，不料连看都不看他们一眼，恨恨地夺门而出。

最后抛下一句：“既然难办，那就算了，我找马昇官想办法。”

看着那个女人气呼呼地拂袖而去，李守仁和大家也跟着走出房间，边走边内疚地说：“实在对不住啊！我一会儿召集几个领导商量商量，再向马经理汇报。”

那个女人看都不看他们一眼，径直钻进车里，头都没回，车子快速开出了院子。

李守仁苦笑着，一句话也说不出来。

刚才在场的几个人都看到了这个女人和她外甥的做派，以及一言一行，那种强词夺理、咄咄逼人的气势，大伙实在是看不惯，强压着内心里的激愤，两人一走，马上就说开了。“这哪里是没钱人，假如穷人们都成这样，那就没有穷人了。”

“真不害臊，即便亏损了，穷得过不下去了，也不能把项目经理部当作慈善机构吧！你作为领导的亲戚心里可以这么想，可话不能这么说。难道为了自身利益什么话都可以说，什么脸都可以撕破吗！打心眼里‘佩服’这样的人。”

“这个女人也太专横了，强词夺理，一点道理都不讲，简直就是一个泼妇。”

“她不懂道理，你怎么和她讲道理，和这样的女人有什么道理可讲啊！”

“马经理怎么有这样的亲戚，有这样的亲戚也就知道马经理一家是什么样的人了！”

“嘿！物以类聚，人以群分。不是一家人，怎能进一家门呢！这些话说得一点都没错。”

“她来这里找李经理，你能说马经理不知道吗！这不明显是玩虚的，以权压人、仗势欺人吗！”

总工走到李守仁跟前说:“李经理,我看要不要她们供应,都不是什么问题了,看得出我们已经把他们得罪了。这种人,我们真是惹不起啊!她回去在马经理跟前乱说一通,马经理肯定听了不高兴,对我们项目经理部今后的工作肯定不利!肯定还会对您说三道四的。”

……

不料就刚才的问题,激起了大家很大的反响和议论,大家的心里都愤愤不平,坐在那里不停地议论着,等到最后,议论的主题早已超出了沙子的范围。被李守仁制止住了,他不让大家乱说这些。不过他对沙子的事没做任何的表态,也没和大家说这说那,只是独自站在一边沉思着。

大家看着李守仁无奈的样子,很是同情。同时也看出了他的不容易,就立即坐下来,一起认真商讨对策。

李守仁实在一时想不出个好办法来,便转身回到自己的房间,在地上不停地走来走去仔细权衡,看如何处理这件事。其实这事交给那些左右逢源的人,最好的处理方法就是“冷处理”,让事情慢慢过去就是了。可是李守仁是个实诚人,他一贯很讲信誉,做事干脆利索,至于行与不行,想当面就告诉人家,即使一时定不下来,过后他也会记在心上,很快给人家一个明确的说法。

他没有过多地犹豫,果断拿起电话给马昇官打了过去,把他亲戚来项目经理部的情况告诉了他。马昇官听了后,表现得很吃惊,带着疑惑的口气反问:怎么还有这事啊!是不是别人打着他的旗号,这事他可是一点都不知道,并重重地强调,他的亲戚也从未和他说过这事。不过后来还没等李守仁把话说完,又接着反问李守仁,项目经理部是怎么考虑的!

李守仁苦口婆心地给马昇官解释了半天,主要想把项目经理部的真实情况给领导汇报清楚,让领导真正理解他们的良苦用心,并征求马昇官的意见,看可否把他的亲戚推荐给其他标段。

不料马昇官听得很不耐烦,显得很生气,大着嗓门,近乎吼叫起来,大喊道:“你不要说这么多,我就问你一句话,你们是怎么考虑的?”

马昇官这么一吼,李守仁拿着电话,半天不知再怎么回答他了。

可是在电话中,他也能够明显地感觉到马昇官不想听他说这些,有点不耐烦了。这么多年的历练,他也遇到过和处理过一些棘手事情,总有种泰山压顶不弯腰的魄力和不畏强权的气势,甚至是宁死不屈的胆魄,只是他不会轻易去做。最后,他反问马昇官:“马经理,我想听听您的意见。”

马昇官又大着嗓门说:“你管的项目,你问我,那要你这个项目经理干什么?你是干什么吃的?难道你让我去给你当那个破项目经理。”

李守仁也不示弱,进一步地说:“马经理,话不能这么说。您是领导,我是请示您,假如我们把别人挤走,让他们供应,项目经理部仅此就亏损几百万,您看可行不可行。我只是想听听您的意见。”

李守仁的话也没有客气,直截了当地质问马昇官。可是说过后,他想毕竟马昇官是自己的领导,不能把领导逼到难处,下不来台。他便话锋一转,退一步说:“要不这样,我们项目经理部几个领导开会商量商量再说。”李守仁觉得这样互相也有个台阶下,来个缓兵之计不然的话,一直僵持着,两人都很尴尬难受。

“这是你们的事,我不管。”马昇官话音刚落,还没等李守仁说话,就把电话挂了。

挂了电话后,李守仁瘫坐在椅子上,过了一会儿他又把项目经理部其他几位领导召集到一起,通报了刚才与马昇官通电话的情况。

此时,大家的心情就像一条大坝一样,突然开了个口子,顷刻间,洪水奔涌而泄。大家内心里的怨愤和表达的诉求更强烈了,又开始叽叽喳喳地议论开了,李守仁急忙制止大家,让大家不要乱发议论,就事说事,更不要在背后说领导的长长短短。

材料科科长王姐首先发言,她说:“刚才我回去匡算了一下,按照目前合同价和马昇官亲戚提出的报价和要求,项目经理部到工程完工仅砂子这一项就可节省200多万。”说完,王姐还怕大家没听明白,进而解释道,“假如从现在开始让马昇官亲戚供应,项目经理部就要损失200多万的利润。”

大家也都围绕刚才王姐说的这200多万,发表了自己的看法,这项工程按照当初预算,想尽一切办法努力把它管好,最终毛利润也就2000多万。这200多万,那是纯利润,是在那2000多万的基础上,又赢得的利润。如果用这笔利润上交公司为职工盖一栋家属楼也够了,如果用这笔利润更新设备,可以购置好多机械设备等,大家你一言我一语,都在细算着,话题始终围绕着从哪些方面降低或节约成本,争取更大的利润,可是没有一个人再提出要用马昇官亲戚的砂子。最后大家确定在供货商没有违约的情况下,本着货比三家的原则,哪家便宜就用哪家的,如果前面的供货商违约,那就再考虑用马昇官亲戚的。再由李守仁把刚才大家的意见向马昇官汇报,说明项目经理部的情况。这样也给马昇官留了面子,也给李守仁向领导汇报留了一点余地,不至于把事做绝,把话说满,让领导更加不舒服。

这事本来也就这么过了一段时间,马昇官和他的亲戚们再也没有找项目经理部,也没有再谈这事。可是贾正来了后,没和任何人商量,就自作主张,让马昇官的那个亲戚给工地供起了砂子。为此,李守仁专门找贾正商量此事,可是贾正不屑一顾,执意主张谁的质量好、价格低就用谁的。马昇官的亲戚起初供应的时候,确实很不错,砂子的质量好,价格比前面那两家低不少。价廉物美,无可挑剔,应该说选马昇官亲戚的并没有错,让谁都能理解和接受。在当时全线大量使用砂子的情况下,货源能否长久保持住,万一到了工程的中后期,砂子供应不上,不仅价格要上涨,而且货源断掉,巧妇难为无米之炊,混凝土施工就得被迫停下来,这方面大家也有所顾虑。李守仁同样有这方面的顾虑,以前干别的工程的时候,也出现过工程中后期材料短缺,价格暴涨的现象。马昇官的亲戚在这个时候插了进来,打消了大家的顾虑,大家私下里议论了几天,看着他供应的砂子还不错,也就不说什么了,等于说默认了。谁占有了这些资源,就等于谁就占领了先机。刚开始,马昇官的亲戚各方面做得还不错,不仅砂子质量有保证,而且货源也非常充足,仿佛在和其他两家供货商暗暗地竞争,每天都有十几辆车往工地上运送,不到一个月的时间工地料场就堆积不下了,他自己主动找当地村民协调征了一块地作为存料场。自供货以来他始终没有停歇,也不管工地需要不需要、用了用不了,一股劲源源不断地往工地运,不久征得的那块地上堆积的砂子就像一座小山。

有时候你真还不能通过一两天或一两件事就断定一个人是好是坏。一个人做一件好事并不难,难的是一辈子只做好事,不做坏事。马昇官的亲戚刚开始供的时候,给大家的印象还是很不错的。尽管他有马昇官那层"关系",可是他不像马昇官老婆的表妹那样骄横蛮霸,也不像马昇官那样以势压人,咄咄逼人。他人义气,也比较听话,显得很老实,可是没过多久就露出了马脚。

事情是这样的,有一天,马昇官的亲戚主动找到项目经理部,在保证质量和数量的基础上,提出砂子要降价,目的是为打入其他标段做宣传,以量求效益。自称在原来基础上每方还可降低 15 元钱,这样的话其他供货商就接受不了,辛辛苦苦送一趟,自己赚不了钱,还得赔钱,答应只要不算他们违约,他们退出就是了。就这样原来的几家供货商都退出去,不给供应了,只留下了马昇官的亲戚。为之,贾正沾沾自喜,自认为自己非常高明,走了一步好棋,为项目经理部赚了钱、立了大功。大会小会不停地表扬马昇官的亲戚,这样一来项目经理部可获得很大一笔利润。其实大家都清楚他的这一套,他表扬别人,其实就是在表扬吹捧自己。

可是万万没想到,马昇官的亲戚玩的是个花招。没过多久,他又找到了项目经理部,说最近砂子紧缺,开始涨价了,他承担不起巨大的亏损,要随行就市,自己的砂子也要涨价。打算在原来基础上每方至少涨 30 元才能保住本。还说自己为了给工地上供应砂子,借了 2000 多万的高利贷,最近由于贷款方资金周转困难,催着还款。要求项目经理部支付拉到工地的砂子费用,材料员简单匡算了一下,不算涨价,堆积到工地的那些砂子的费用,估计最多也就 800 万。

马昇官的亲戚自供应以来,项目经理部每月都要给他支付几笔材料款,充其量就没拖欠多少,而他不管工地用了用不了那么多,一个劲地往工地运,运到后马上就找项目经理部支取了费用。当时正是项目经理部资金最紧张的时候,让大家很是为难。供应了一段时间突然要涨价,贾正听了后气得直跺脚,哭笑不得,最后找到李守仁商量对策。

贾正有种悔莫当初恨得咬牙切齿的架势,当初大家反对他这样做,说他引狼入室了。他还扬扬自得,觉得自己为项目经理部做了一件大好事。最后他主动提出,要承担错误。可是承担错误有什么用,工地正干得如火如荼,突然发生了这么一桩子事,大家都为砂子的事发愁,等于说把原来的良好局面搅乱了。

眼下项目经理部哪有那么多钱支付,拖了几天,马昇官的亲戚就指使送砂子的司机到项目经理部闹事。十几个年轻小伙拿着棍棒闯进项目经理部,又是砸又是打,先闯进会议室把电视机砸坏,然后又闯进了李守仁办公室,把他的门窗和床上用品有的砸坏,有的扔到院子里,就像鬼子扫荡一样。李守仁的肩膀上还被敲了一棒,差点被打晕过去。好像这一切都是针对他来的,问题都是他造成的,让他实在是有苦难言。

经过财务和材料两个科的人员认真计算,按照实际使用的砂子,钱已经给得足够了,就是工地上积存的那一部分也支付得差不多了,根本就不存在拖欠的问题。可是马昇官的亲戚带着那帮人不依不饶,说项目经理部几个月都没有支付一分钱,他们的工钱也已经好几个月没发了。

真是一波未平,一波又起。李守仁还在为怎么与马昇官的亲戚把砂子费用结算清而发愁。突然老张又提出砂子有质量问题,真让李守仁有点措手不及,而贾正每当遇到这些棘手问题的时候,就推说有这事那事,丢给李守仁去处理,一走了之了。

这是什么事啊! 李守仁听了老张的话后,气得直跺脚。稍微平静了一会儿后,他又更进一步地向老张了解得知,砂子的粗细程度完全和以前不一样了,不仅颜色深浅不一样,而且粗细还不均匀。他觉得这事有点蹊跷,当即决定要亲自到工地现场看看究竟是怎么回事。

李守仁到了料场一看,马上就明白了是怎么回事。他发现不仅砂子的颜色深浅不均匀,而且粗细也很不均匀,他猜测肯定是人为地把好的和差的、粗砂和细砂掺和起来了。他安排老张重新按照不同颜色和不同粗细分别取样做实验,看实验结果是什么样子。结果很快出来了,细砂不合格,而且还是海砂。海砂价格比河砂便宜近一半,关键还是明令禁止作为高标号混凝土施工材料的。

好在发现及时,工地还没有真正用那些不合格的沙子,如果没有老张这些责任心强的老同志,大家都不闻不问,埋着头用上一段时间,造成的严重后果不可想象。李守仁把马昇官的亲戚叫来，进一步了解砂子的情况，起初他死活不认账。可是他毕竟心里有鬼，经不住李守仁的质问，最后在事实面前不得不承认。他为了赚到更多的钱，把海砂以低廉的价格买来，掺和到河砂里面，再以河砂的价格卖给项目经理部。原想大赚一笔，不料偷鸡不成蚀把米，还没供应多久就被发现了，自感理亏，便主动放弃给工地供砂子。

为此，他对李守仁怀恨在心，想着要报复李守仁。最后，他捏造事实，诽谤诬陷李守仁。

对于他的这些小伎俩，李守仁很不在乎，自感身正不怕影子斜，也不怕他告。尽管说不怕，可是莫须有的话语或者横加指责，消耗人的精力，影响人的心情，在不知情或不熟悉的人那里还会被误解。要知道，瞎话连说三遍，都能变成真话。

事情没过几天，又出了一档子怪事。突然有一天正在工地上干活的李守仁接到总公司的电话，让他回总公司一趟。

他急匆匆从工地赶到总公司，纪委的人告诉他，他们收到群众举报信，反映他存有吃拿卡要问题，要求他如实交代问题。

李守仁听了后大吃一惊，“如实”地把情况向纪检部门做了交代。纪检部门把反映的情况与李守仁交代的情况拿来一分析，举报内容都是些子虚乌有的东西，纯属捏造事实，造谣诽谤。为了进一步弄清事情真相，调查人员又到项目经理部进行核查。几天后，一份调查李守仁有关问题的报告，从总公司转到了马昇官和范昊天手里。

范昊天专门把李守仁找来，一见李守仁就说：“老李啊！这事让你受惊了，很是对不住你啊！作为公司领导，上级部门要对你进行调查，一来我不能制止，二来也不能告诉你。你懂的，这是党性原则和组织纪律。相信你能够理解我，正像我理解你一样。不过通过这次调查把问题搞清楚了更好，免得别人再说三道四。”

李守仁喝了一口范昊天亲自给他沏的茶，哈哈大笑说：“大风大浪里都滚爬过来了，这算啥啊！”

“正义的理由只有一个，邪恶的理由千奇百怪。相信正义总会战胜邪恶的。”

范昊天和李守仁的性格很相似，都是有话直说，光明磊落的人。即使性格爱好志趣不同，像李守仁这样的性格和工作态度，也自然会得到理智尚存、是非尚分的人们的支持和理解。

这件事尽管也给李守仁造成了一定的负面影响，也令他难过，可是确实像他所说的，自己是大风大浪走过来的人，完全能够挺得住。他的内心里始终比较坦然和自信，因为自己活了半辈子未曾不仁不义、不忠不善、不清不正，特别是在工作岗位上，该说的话说了，该做的事做了，该担的责担了，该操的心也操了，可以说良心上是能够对得起组织、对得起领导、对得起群众的,他问心无愧了。因此他也不在乎那些长长短短、是是非非,即便被那些不明就里的人误解,或受点委屈,他相信真相从来是不怕等待的,怕得是缺席,他相信组织和领导,一定能把事实弄清楚。现在事情已经弄清楚了,真相与众,他没时间、也来不及纠结这些东西。这几天来他的心仍在工地上,心思始终在工程上,他还想再轰轰烈烈干几年。正像他和别人说的那句话一样:“开大门、走大路,开大马力往前跑!”

从范书记办公室出来,李守仁又去了马昇官的办公室,马昇官装出那种少有的客气,又是递烟,又是倒茶。对于自己的亲戚供应砂子的事和调查他的事避而不提,显得若无其事的样子,仰靠在沙发上眼睛又一直往上瞟,不时地用手摸到放在桌上的水杯不停地端起来喝水,有一次没有摸到险些碰倒水杯,东一榔头西一棒槌地与李守仁拉起了家常。

马昇官那双特殊的、不同常人的眼睛又开始极力地想睁大,可是越想睁大越睁不大,不停地眨动着,始终不敢正视坐在面前的李守仁。李守仁坐在那里坦然自定,目光灼灼。威者自威,有理不在声高,人的强大是内心的强大。即使他一言不发,也显露出了他的威严和强大,反倒衬托出坐在他对面的那个人的渺小和猥琐。

李守仁坐在那里突然想起了马昇官前几天给他打电话说过的话,马昇官在电话里提醒他,哦,不,不应该是提醒,应该是警告他。说他手头有钱不给支付材料费,大家已经把问题反映到他那里了,让他该支付的抓紧支付。李守仁在电话中也把项目经理部的实际情况向马昇官做了解释和汇报。可能是当时李守仁没有理解到马昇官的意图,只是实事求是地实话实说了,因此引起了马昇官的不满,最后马昇官很不耐烦地抛出一句:“就当我刚才对你说的话是放屁了。”气恨恨地说完就把电话挂了。

在领导们的话语中,这样的话应该是最难听、最没面子的了,稍有点素养的领导是绝对说不出这样的话,可是尽然从马昇官的嘴里吐出来了,而且是那样轻松、自然和流畅。

论年龄马昇官比李守仁大不了几岁,两个年龄相当的人,一个对另一个说出这样的话,且不谈他有没有素质水平,最起码说他没有把另一个人放在眼里。论职务在公司体制下,不管这经理、那书记,其实大多数也都是些临时性职务,没有严格的职务等级。可是在一公司,马昇官是绝对的“领导”,他的意见除了李守仁之外,其他人必须绝对地服从。马昇官原来在公路局机关工作,后来组建一公司没多久,就调到一公司当了副经理,到一公司的时间严格地说,还没有李守仁长,他的专业技术水平和管理能力也远远不如李守仁,可是在其他方面他远远超过李守仁。

据说马昇官当经理也颇费了一番周折，在公司副经理的位置上熬了好几年，几次传出来他要转正，可是就是差那么一点火候。当副经理的时候，他分管机关的后勤工作，十分专横霸道，在自己分管的那一亩三分地里不准任何人插手，为此经理对他意见很大。

也不是说马昇官就一无是处，他也有他的“强项”。无论什么时候他的屁股后面都会跟着一帮男男女女，在公司有一定的人脉关系，实力也比较雄厚，当初的经理真还拿他没办法。自他当上经理，他把权力紧紧地握在自己的手里，大事小情没有经过他，或者有违他的“旨意”，不管你是谁，他一定和你没完，直到你在他跟前甘愿认输，他才肯罢休！否则的话，今天让你坐个冷板凳，明天用言语刺激挖苦你，让你尝尽不拿马经理当“领导”的苦果。

马昇官对李守仁的隔阂应该说由来已久。李守仁为人正直，做事守规守矩，办事归办事，更不愿意搞那些庸俗的感情投资，他总认为你是领导，该请示，我请示；该汇报，我汇报；该尊重，我尊重，只要把安排的工作做好了，那就是对领导最大的支持，最大的尊重，也是给领导最好的回报。因此他很少和大家走动，即便逢年过节或机关的同志到项目经理部检查工作，各个项目经理部都有个不成文的习惯，总要到领导那里去看望或给工作组的同志送点土特产或送个红包，可是这么多年来李守仁不论是当项目经理还是书记，从来没到哪个领导那里走动过，也没给机关的哪个人送过一星半点的土特产或一文钱的红包，就连马昇官那里，他也很少去，更别说送这送那。不是他不通人情，而是在他的内心里感觉那样做很庸俗，甚至感觉很龌龊，他没有脸面做出那样的事，即便有脸面那样做了，觉得领导也会把自己看扁，弄得领导不满意，自己也不舒服。也就从自己第一次当项目经理开始，他就没有送过马昇官一分钱的礼物，即使马昇官到工地检查他也从来没有给马昇官带一分钱的土特产，就因为这些恩恩惠惠的事与马昇官结下了恩恩怨怨。他这样做没错，可是对马昇官来说，这是你李守仁看不起我马昇官，不把我当领导，就你李守仁牛，就你能干，你不干，那王守仁、张守仁照样能干，而且让他们干，相信他们绝对不会亏待自己的。况且那些王守仁、张守仁也不是轻易想当就能当上的，不给自己“表示”，没有经过他的允许，谁都别想当。上次总算把李守仁调成了书记，削弱了他的权力，不过凭着他先入为主和长期积累起来的人脉关系，马昇官总觉得他还是有点“张扬”。马昇官一看到李守仁就心生不快，觉得你李守仁白白地捡了个项目主官不说，别人逢年过节都到我这里走动，我从你那里一个“子”都没有捞到，假如人人都是这样，那我这个经理不就白当了吗；还有我安排你办点事，你总是这样那样的理由一大堆，从来就没有痛痛快快、顺顺利利地为我办过,假如别人当了,他敢这样对我吗！据传,要当项目经理得两个“六位数”,就是当书记也差不多得一个“六位数”,不按这个数字给马昇官准备,你就别想当,即便有人打招呼也不行。李守仁听到过这些传言,可是他不相信,如果真是这样那他吃这样的苦头也就在所难免了,也就不足为怪。

人们经常说:机关风气好不好,关键在领导,根本在用干部,有什么样的领导就会有什么样的干部作风,用什么样的干部就会形成一种什么样的机关风气。

马昇官是这样,上行下效,公司风气自然而然也就好不到哪里去。比如来自一线的那些项目经理和书记们被机关的同志戏称为“诸侯”,那些“诸侯”们每次到机关开会,会议结束后,多数“诸侯”就会到各个办公室窜,刚开始干项目的时候,最多也就以项目经理部的名义到每个办公室里看看大家,说些嘘寒问暖的客套话。可是后来大家不认这一套了,机关的同志也不是傻子,看得也比较现实了,这些话当时听起来好听,过后啥用都没有,全是些废话,慢慢地大家都看你的实际表现。后来这一套“客套话”行不通了,机关的同志也不认了。那些“诸侯”就改换方式,要么给大家送礼品,比如给男士们每人送一条比较上档次的皮带,给女士们每人买一套化妆品,要么干脆给每个人发个红包,当然送这些也不是人人有份、均衡平摊,往往在这些问题上也要分三六九等,要区别对待,那些有用的或手握实权的、关系密切的、走得近的部门,既然就会得到的多一点或礼品要比别人的贵重点。那些边缘岗位的人既然也就没有这方面的礼遇了。这是送礼,再说请吃吃请,每次开完会或办完事后,那些“诸侯”总会待上几天,把那些关键岗位的人请一遍,这是请吃;吃请,那些和“诸侯”关系不错的,也有主动提出请“诸侯”的,不过真要请,也几乎都是“诸侯”买单,机关的同志往往把“请吃”变成了“吃请”,他们的“名”,“诸侯”的钱。值得注意的是每当“诸侯”集中回来开会的时候,会议前后公司周边那几家高档酒店用餐、住宿的几乎都是公司的人,总会遇到自己的人进进出出,大家也都心知肚明,见怪不怪了,都知道是怎么回事。以至于公司附近的那几家高档酒店不管生意多么好,只要说是一公司的人,即使生意再好,也要把那些最好的包间、最好的房间给一公司留出来。可以说那种送礼风、吃喝风在一公司上上下下蔚然成风,简直就是一场声势浩大的“龙卷风”,久吹不散。公司上下也早已习以为常了,无论吃请的人,还是请吃的人,也无论送礼的人,还是收礼的人,大家都心照不宣。每到那几天,有的人真是忙得应接不暇,特别是到马昇官那里拜访的人,时常守候在办公室门口的两侧,一个出来另一个马上进去,像病人到医院找大夫就诊的情景一样,就连门口传达室地上都堆满了各种花花绿绿的礼品箱和礼品袋。对机关的一些重要岗位人员和领导们来说,谁请的、谁送的真是络绎不绝记不起来,可是谁没请、谁没送,会记得清清楚楚,因为这些人是极少数,李守仁就是极少数之一,在公司好多人的心目中,他是“另类”,有人说他性格孤傲,刚愎自用,不合群,不好沟通。或许在喜欢他的人看来,那是一股正气,在不喜欢他的人看来,那是一股傲气,为之公司的一些人对李守仁也很有意见。

李守仁自己也知道,在官场上,如果领导作风不正,有时谁君子谁很可能就会当冤大头,赢得的是骂声,谁小人谁就会说话一言九鼎,做事马到成功,赢得的是掌声。可是他就是拉不下他那张被风吹日晒黝黑粗糙的脸、低不下他那个正直的头颅。他是有着多年党龄的老党员了,特别是身处敏感岗位,更知道该做什么、不该做什么,该怎么做、不该怎么做,绝对不能与社会上那些不三不四的人同流合污,也不像有的人那样,把官场当成商场,把做官当成做老爷!

他在马昇官办公室坐了一会儿,也没有说什么,不是没说的,只是不想说,道不同不相为谋,话不投机半句多。李守仁只是把工程进度和安全方面情况向马昇官做了简单的汇报。马昇官坐在那里,显得很不自在,哼哼哈哈一番,推说自己有事,下了逐客令,李守仁也便主动告辞了。

走出公司大门,李守仁感觉头晕晕的,仿佛整个身体在云里雾里,更没想到自己怎么会跑到总公司接受组织调查。可是没过多久他就清醒了过来,他得马上返回工地!

李守仁被纪委叫去谈话后,大家都对李守仁表示惋惜同情,又觉得不太相信,像他那样的人,怎么会摊上这样的事呢!要真有这么回事,也一定是有人在背后栽赃陷害他。特别是以前和李守仁在一起工作过的那些人,谁也不忍心打听李守仁的真实情况,在几名老同志的带领影响下,大家一如既往按部就班地干着各自的事情。

李守仁离开工地的第四天下午,突然出现在了工地值班室,此时马昇官的亲戚屁股坐在桌子上,背对着门,正在那里和几名协作队负责人、监理聊天。李守仁一离开工地,他就把李守仁出事的消息添油加醋地传得沸沸扬扬,一会儿说李守仁已经被关起来了,一会儿说纪检部门已经从李守仁家里搜出财物仅现金就有五六百万,加上银行存款和贵重金属首饰,以及名贵字画等,少说也上千万了,说得很玄乎,甚至有点神乎其神的。这会儿,他正坐在那里又胡吹乱侃李守仁出事的事,不料李守仁走了进来,他都没发现,还在那里添油加醋地瞎编,他编的那些故事被李守仁全都听到了。

李守仁走到他跟前轻轻地拍了一下他的肩膀,“嘿嘿”一笑说:“老弟,你是在编故事吧!”

马昇官的亲戚扭头一看是李守仁,被吓了一跳,连忙从桌子上“噌”的一下跳到地上,吃惊地问:“李书记,您回来啦!”

21

年底,公司经理马昇官带一个组、杨副经理带一个组分头对各个项目经理部进行考核,贾正他们这里是由杨副经理带队。贾正从机关把杨副经理一行接上后,便直接把他们带到海州的鳌山,然后他把杨副经理安排住下来,让海涵陪着。他陪同考核组的其他三人到了项目经理部,考核组一到项目经理部便马上召开会议,通报了检查考核的内容和方法,显得很严肃认真和正规,在座的郑静、牛饷帅和王伟等人一听要检查考核那么多项内容,而且又是那么认真严格,时间又这么仓促,哪有工夫去准备,几个人当时就紧张起来了。

会后,牛饷帅和郑静相跟着着急慌忙地来到贾正办公室向贾正汇报,牛饷帅先告诉贾正,按照公司给下达的年度工程任务,项目经理部还差近500万的活没有完成,让贾正看怎么办。

牛饷帅话音刚落,贾正板起面孔,不假思索地训斥道:“笨蛋,不知道多报点吗!难道他们还去现场实际测算计量不成!如果他们要看资料,就说在监理那里,没法取回来,不让他们看不就行了吗?”紧接着又说,“多报1000万,这不就超额完成500万了吗?”

郑静马上接话道:“如果多报产值,上交的管理费也要增加。现在账上只有几万了,到哪里找那么多钱上交啊!”

“我说,你们这些人怎么这么笨呢!就不知道变通一下,汇报材料上多写点,就说完成了,而且是超额完成了,超额完成是有奖励的哎!管理费我们先把数据报上去,至于能不能交上去只有到时候再说。即使年底前交不上去,难道公司还能把我们这些人怎么地,还能不让你我回家过年!也真是的。如果要向你们了解情况的话,记住向上级汇报工作是有技巧的,教你们一个‘万能公式’——把做法当成绩汇报,把问题当形势汇报,套‘公式’,准没错!谁都难不住你。”

对于牛饷帅和郑静两人的担忧贾正很不在乎,大大咧咧地仰靠在老板椅上喷云吐雾抽着烟把两人指责和耳提面命了一番。接着又向他们开导解释说:“啥叫‘考核’,考核就是‘靠喝’,只要把考核组的人服务好、照顾好,工作上的事都是次要的,伺候服务好了,我就不信他们在领导跟前不帮我们‘说话’。”

其实就在几天前,牛饷美已经把公司考核组来考核的事告诉了贾正,贾正早已对考核组的食宿等方面做了周密的考虑和安排。中午他专门从县宾馆请来一个大厨和两个年轻貌美的服务员到项目经理部服务,另外还请来一个烤全羊的师傅，带着家伙给烤了一只全羊。午餐吃的都是当地有名的野味或特色饭菜，一餐饭吃了四个多小时。考核组的人酒足饭饱后要开始工作，贾正连连相劝，吩咐他们还是先休息一下！路上舟车劳顿太累了，休息好才能工作好。考核组的人在贾正的殷勤劝说下，也就半推半就钻进了早已等候在门口的车里。贾正陪着他们带着两辆车一溜烟跑到了县城。到了县城海量早已等候在了那里，给他们在县宾馆订了最好的套房，每个房间里都摆放了花篮和果盘、香烟等，听说为了那几个花篮，海量安排胡运专门到市里买了一趟。由于中午喝了不少酒，考核组的三个人一觉睡到晚上八九点钟，起来继续喝了一场便开始打麻将。贾正先让郑静在每个人面前放了 2 万元的赌金。说来真有点邪门，不知怎么回事，贾正在今天的赌桌上手气格外好，他自己都感到很是纳闷。为了让考核组的人尽可能地多胡牌，不让他们扫兴，他总是随心所欲地乱打，可是乱打乱和牌，每把牌他都早早地停牌，而且停的都是大和，他总是克制着不轻易和牌，几乎是打两三圈后和一把，而且雨露均沾，有选择地和他们的牌。他心想反正在这种场合自己不输钱就行了，陪着他们玩，他们玩儿高兴了，自己的目的也就达到了。就这样，他怀前那厚厚的几沓钞票始终都有增无减。当有人手头输光的时候，他就吩咐坐在旁边的郑静马上再递上一匝，几个人连续作战一直玩到第三天早上才恋恋不舍地离开牌桌，因为他们一大早就要赶到海州集合，还要到别的项目考核。考核组的三个人一见到杨副经理，便当着贾正的面不住地夸赞项目经理部的工作非常棒，是如何如何地出色，贾正听得乐滋滋、喜洋洋的。杨副经理听了也非常满意和高兴，连说两句"小贾不错"，并允诺中午喝酒的时候要好好和贾正喝几杯。杨副经理人很随和，工作没啥能耐，人老实厚道，加上是个副职，大家在他跟前没啥拘束的，很随意和放松，都乐意和他在一起，偶尔还和他开些荤荤素素的玩笑。杨副经理在公司分管施工生产，平时在机关里没啥事，有的人本来自己想到基层转转，便找理由或怂恿杨副经理带着大家一块去，因此他一年四季几乎都在基层转悠。杨副经理与马昇官同岁，看上去却比马昇官老很多，平时不善修边幅，显得邋里邋遢的，啥时候裤腰口的拉链都是敞着的，一些年轻人看见他的拉链没拉，便经常半带提醒半带取笑他说："杨经理的门又没有关好！"他听到后总是"呵呵"一笑，有时会顺手拉上，有时也就根本不当回事，开就开着呗！反正不会丢什么，更没有那种"窘迫"的样子，照样该干啥干啥，就连马昇官看到后，也有时会开他的玩笑，不过马昇官说的话水平要高点，说什么——"关好门，看好人""要看管好部下"，等等。

这次公司的考核贾正自我感觉很满意，一方面由于自己自始至终陪着考核组的人，没有让李守仁插手，凡事都是自己亲自安排、亲自部署、亲自陪同，安排得很周到，照顾得很周全，吃喝玩乐一条龙都服务得很全面到位，临走的时候又给每人都包了一个大“红包”；另一方面考核组也没有深入实际、摸实情，只是泛泛地听了一下他的汇报，具体工程上的事估计他们也没有掌握到，而且还多报了1000多万的产值，他心里非常高兴，只等着公司的奖励就是了。

考核组来的那几天李守仁整天吃住在工地上，只是汇报工作的时候和考核组的人见了一次面，散会后他就立即跑到工地盯冬季施工的准备工作去了，本来晚上打算回去和考核组的人好好坐坐，不料等到他回去的时候人家早已经走了。

考核组走了没几天，办公室突然接到建管处发来的通知，要求上报春节值班安排。海量把通知拿给贾正，贾正只是用眼睛的余光瞟了一眼，便让海量拿给李守仁安排。

海量一只脚刚迈出门，贾正提醒他：“以后类似这种事情，直接拿给李书记处理，人事安排不属于我管。”

其实李守仁前几天就已经考虑过这事，因为这些事事关大家的切身利益，他作为领导应该提早考虑，尽可能地安排好。大家常年在工地上很辛苦，抛妻离子在外将近一年时间了，能走开的尽量都安排回去，回去看看家人也是常理之中的事。这下刚好也收到了建管处的通知，他便拿着那份通知急匆匆来到贾正办公室，一进门，看见贾正正站在那两个大铁皮柜前，收拾里面的东西。贾正扭头一看是李守仁进来了，吓了一跳，顾不上和李守仁打声招呼，就连忙把头转回去着急慌忙地继续收拾东西，把东西不管三七二十一使着劲往里面塞，往里塞的同时，有好多东西掉了出来，几条软中华和几个包装精美的饰品盒洒落在了地上，急忙弯腰去捡，由于里面的东西塞得太满，不料放进去这个，那个掉出来，慌里慌张地忙乱了好一阵子。

李守仁看见贾正慌里慌张的窘迫样，觉得完全没这个必要搞得这么紧紧张张，其实他根本就没把这些当回事，待贾正把洒落地上的东西捡拾得差不多了，便若无其事地说：“老贾，忙着呢！春节休假的事想和你商量商量，这会儿你能不能腾出点时间来，我们先碰碰？”

贾正背对着李守仁，只是“哦”了一声，没说别的。

李守仁开门见山地说：“老贾，是这样的。刚才办公室收到建管处发来的通知，要求上报春节值班安排。咱们先碰碰，看谁留谁走，然后上会过过，定下来后赶快报上去！”

贾正只是一个劲儿地忙着弄他那些东西，淡淡地回答道：“这事你定就是了，没必要和我商量。”说过后，又接着补充说，“谁家里有事就回去，没事的回去干吗？留下来就是了！”

李守仁呵呵一笑：“老贾，我们这些人常年在外，都有一个家，谁家里能没点儿事！出来这么久了也该回去看看。”

贾正不假思索，背对着李守仁说：“我春节要回老家看老母亲。听说财务科的那两个，家里也有事，要回去。”

“哦！我们工作再忙也不能忘了娘，你回去吧！老人常年独自生活在农村，我们这些做儿女的平时又没时间陪他们，趁着春节回去看看，陪老人过个春节，尽点孝心，这样很好。”说到这些李守仁不免也有点心酸，自己的老父亲常年在家由妻子照顾，还有自己的岳父母，这几年的身体也大不如前，一年到头难得见上几次，多亏他那贤惠的妻子，里里外外操持着，靠着柔弱的身躯，既要上班又要照顾几位老人，很不容易。他已经有好多年没和他们在一起过春节了，每当说到和想到这些，他的内心中就有一种强烈的愧疚感。

最后两人商定，春节在项目经理部留守的，可趁着春节前还有一段时间，先回家看看，节前赶回来替换春节回去的。李守仁也和贾正商定，春节贾正回去他留守，他节前先回家看看，回来后贾正再回去。

还没到天黑的时候，贾正急匆匆地从监理那里返回项目经理部，直接跑到了李守仁的办公室，表情凝重，满脸严肃，李守仁吓了一跳，还以为工地发生了啥事儿。看着贾正的眼圈都是红红的，气喘吁吁地告诉李守仁，老家来电话说，他的母亲发生车祸去世了。

李守仁听后连忙安抚贾正：“你赶快回去吧！单位的事有我呢！你就不用操心了。”又关切地安慰道，“有啥困难就尽管说，我们大家一起想办法。”

说完走到贾正跟前，轻轻地拍了拍贾正的肩膀，哽咽着说：“老弟，节哀顺变！”

贾正小时候家境不是很好，父亲早逝，打从他记事起，“父亲”二字对他来说，只是属于别人的专利，从来没有属于过他，看着别的孩子经常被其父亲牵着、抱着或背着，那种父子亲情，他很是羡慕，为之在他的童年里就留下了自卑的种子。他的上面有一个姐姐和一个患小儿麻痹症的哥哥，母亲带着他们相依为命，苦苦地煎熬，最后供他上了大学。无论是读小学、中学，还是大学，他的个头在班上算是最矮的，经常受人欺辱。大学四年从来没有回过一趟家，工作后也只是在新婚的时候带着新婚妻子钱朵朵回了一趟老家，钱朵朵那时年轻，加上生长在城市里，打扮也比较时髦，皮肤白白净净，显得也还有几分姿色，引来了左邻右舍乡亲们的称羡。自那以后就再也没有回去，这么多年了他的母亲先后到他的家里住了两次，每次都是匆匆地来匆匆地就走了，一方面由于老人的一举一动，他那从小在城市里长大的媳妇总是看不惯，动不动给老人使脸色，甚至指桑骂槐，老人受不了，往往还没等适应下来就不想待下去了。另一方面放心不下他那患有小儿麻痹的哥哥。尽管说他的哥哥生活勉强还能自理，但走路摇摇晃晃的，干活很是吃力，她离家时间长了总是牵挂在心,在外待着也不踏实。因此每次来也匆匆,去也匆匆。

贾正的老家地处沙漠边上,不仅经济条件落后,信息闭塞,而且人们的思想观念也非常落后,改革开放这么多年了,也才勉强解决个温饱问题。乡亲们宁愿守着自己那两亩薄田苦度时日,也不愿意走出大山到外面闯荡。他每每说到自己的家乡,总是自嘲说自己的家乡为全国人民奔小康拖了后腿。贾正在他们那个不大的小山村来说,应该算是混得不错的了。既然是村里数一数二的"人物",那他母亲的丧事办得也应是数一数二的,一定要体体面面,争取办成最好的、最气派的。

贾正走后没过多久,海量两只胳膊抱着一个空纸箱站在院子中间,召集大家为贾正捐款,大着嗓门说道:"贾经理母亲死了,大家献点爱心,每人捐款至少500元,上不封顶。"大家听到他的叫喊声后,都从房间里走了出来。

第一个捐款的是牛饷帅,只看到他急匆匆地从财务科走出来,手里还捏着一沓厚厚的崭新的百元大钞,边走边把手里捏着的钱摔得"啪啪啪"地响,嘴里嘀咕着:"下个月的工资又透支了,又要白干一个月。"走到海量跟前,正要把钱往箱子里面扔,突然把抬起的胳膊收了回来,"我把下月的工资都捐了,够意思了吧?"

"献的是爱心,懂吗!爱心不能用金钱的多少来衡量。"

"那好吧!我捐一块,它代表我的爱心。"牛饷帅边说话,边从裤兜里摸出一元钢镚儿扔进了捐款箱,正要折转身走,却被海量一把拉住了,海量压低声音对他说:"你是第一个,给哥带个好头吗?"说完还给牛饷帅使了个鬼脸。

海量话音刚落,牛饷帅就把手里攥着的一沓钱扔进了捐款箱,扔进去后马上意识到自己过于草率了,没弄明白具体情况就稀里糊涂地捐了,便连忙问海量:"我捐这么多,贾经理知道吗?"

"牛饷帅,你怎么回事啊?为贾经理捐点钱怎么这么多废话呢!磨叽啥!不想捐把你的钱拿走。"海量气狠狠地说,边说边把手伸进捐款箱,要把牛饷帅捐的钱取出来。

"哥,哥,我不是那意思。我只是觉得捐这么多钱,不明不白的,贾经理最后都不知道是谁捐的。"

"那把你的名字写在钱上,贾经理数钱的时候就会看见,这样总可以了吧!"

"那万一贾经理不数呢!"

"猪脑袋,贾经理是那样的人吗!他那么爱钱,能不数吗!"

"去去去,下一位。"海量不耐烦地催促牛饷帅,边说边把手伸进箱子里一把把钱抓出来,塞到牛饷帅的手里。

站在牛饷帅身后的是王伟,手里也捏着厚厚一沓崭新的百元大钞。

"这是我的,2000元。"说着便把一沓钱扔进了箱子里。

海量迅速从箱子里捏出一张举起来让围在周围的人看，并大声地说："大家就像王伟这样，把自己的名字写在上面。"

"那钱上面只写一个'王'字，鬼知道是'王'啥哩！还以为是'王八蛋'呢！"不知人群中谁这样嘲讽道。

海量把刚才王伟扔进箱子里的钱拿出来仔细地看了看，果真上面用黑色碳素笔只写了一个大大的"王"字，马上纠正道："王伟这样不行，大家要写全名。"

一会儿工夫王伟便在每一张钱上都写上了自己的名字，扔进了箱子，朝海量使了一个鬼脸。

接着是牛桂金捐款，走上前二话没说"噌"的一下把手里攥着的钱扔进了纸箱里，就迅速地离开了，包括海量在内，大家都没有看到牛桂金大概捐了多少钱。

等到中途的时候，捐款的人稀稀拉拉地半天来一个，海量实在没那耐心等了，干脆把纸箱往旁边的台阶上一撂，站一边抽烟聊天去了，也不管谁捐多捐少。几个老同志都留在了最后，大家把手里攥着的钱往箱子里一扔，也都不说捐了多少，便急匆匆地离开各忙各的去了。

捐款活动持续了三个多小时才结束，自始至终大家谁都不知道，也没问这是谁安排的，就稀里糊涂地把钱捐出去了。捐款结束后，海量把箱子里的钱往地上一倒，把马龙喊来，帮他数钱。捐款容易，数钱并不容易，海量和马龙蹲在那里，你数过，我数，我数过，你再数，如此往复，数来数去，两人的数字总是对不上，互相埋怨指责，不停地大声争吵着。物资材料科王姐路过他们的时候，看到两人蹲在那里争争吵吵，感到他俩真有点滑稽好笑，不想看他们的笑话，便蹲下来帮他们数，没过多久便帮他们数清了，总共 33601 元。

数好后王姐把钱往地上一搁，问海量："这是谁安排的？"

"为领导做好事，还用别人安排吗？自作主张的。"海量笑呵呵地自鸣得意地说。

贾正母亲去世的消息很快就传到了工地，有几个协作队负责人连夜就跟随贾正跑到了他的老家，管理人员一走，工地上乱套了，工人们就像放羊了。李守仁在第二天上工地的路上遇到工地的工人，三三两两相跟着打打闹闹往山下走。

当时李守仁还不知是怎么回事，到了工地后就急忙找协作队负责人了解情况，可是找了好几个都没有找到，最后才知道那几个协作队负责人都跑到贾正老家去了。协作队负责人都离开工地，工地没人管，这样一来，工程进度和质量势必要受影响。李守仁便急忙召集各个工区负责人开会强调工地任务。驻地监理也凑上前来，对此很是不满意，满肚子怨言，嘟嘟囔囔地说："大家互相关爱的心情可以理解，可是不能把工地丢下不管，能干干，不能干就走人。"刚开始那名监理的说话还算客气,可是当他了解到昨天下午他亲自交代贾正和几个工地负责人需要整改的质量问题,那几个协作队负责人有的说不知道有这么回事,有的说还没有整改完成,有的说了一堆的困难,没有一个协作队按期完成。那名监理便气不打一处来,破口大骂道:“你们还是负责人,简直就是头猪!亲自交代的事情你们都完不成,你让我这个监理怎么当啊!”

李守仁站在一边劝他不要生气慢慢说,可是那个监理越说还越厉害了,吹胡子瞪眼睛,甚至有动手的架势,也不知他是生贾正的气,还是生李守仁或那几个协作队负责人的气。

那个监理是刚从学校毕业不久的年轻娃娃,到工地的时间也不算长,平时也很少管事,有时到了现场也只是站在一边不吭不哈的,不知今天突然生这么大气,发这么大火,几个协作队负责人都感到有点莫名其妙,也真没把这个刚出校门的小监理放在眼里。李守仁倒不这么认为,大家齐心协力抓是好事,该说的就要说,该抓的就要抓,都不说,都不抓,那迟早是要出问题的。

李守仁中午回到项目经理部后,马龙、牛饷帅两人相跟着来到他的办公室找他请假,说贾经理来电话了,让他们到他的老家帮忙。李守仁知道眼前的这两个年轻人,整天喜欢往一块儿凑,做事毛毛糙糙的,害怕他们走在一起把控不好,惹是生非,万一惹出事来,对谁都不好,因此出于这样的关爱,平时他就对他们盯得比较紧。今天又遇到这样的情况,按理两个年轻人去肯定不合适,可是也不知贾经理怎么想的,是不是真让他们去。李守仁觉得很为难,在这样的时刻,他觉得还是稳妥谨慎一点为好,也怕给贾经理带来负面的影响,关键得看贾经理的态度。

李守仁想到,这会儿贾正也早该到家了,自昨晚走开后,他还一直没顾上给贾正打电话问候其家里的情况,趁着这个机会也想问候一下贾正,顺便把马龙和牛饷帅的事说说。

李守仁便拿起电话拨通了贾正的电话,关切地询问起贾正家里的情况。贾正告诉他,他的母亲是被邻居的小孩开着拖拉机撞伤后,没有得到及时抢救而死亡的,他的邻居对他母亲被撞概不认账和负责,并告诉李守仁已经报案了,警察正在调查。

李守仁听了后感到非常惋惜,便安慰道:“既然事情已经发生了,要正确面对,保持冷静,一定要照顾好家人,保重身体。遇到这样的问题可以通过法律途径解决。”还告诉他,他的一个战友在贾正老家所在的城市开了一个律师事务所,若需要法律方面咨询或援助的话,可以让他的战友帮忙。说到最后,李守仁提到马龙和牛饷帅来找他请假,两人打算到贾正的老家。刚开始贾正推说不要去了,可是转而又说,如果项目经理部能走开的话,可以让他们来帮着跑跑腿。

挂了贾正电话后，李守仁便安排马龙、牛饷帅到贾正老家去了，并一五一十地交代了旅途注意事项，特地嘱咐他们一定要坐火车去，不准开车。马龙拍着胸脯向李守仁保证："李书记，您放心！我们保证听您的，我们怎么去怎么回来！"李守仁也就放心地让他们去了。

看似马龙和牛饷帅平时都不言不语，老实本分，可是做事十分张扬，悄悄地干"大事"，性格很相似，果真是"物以类聚，人以群分"。两人都在项目经理部的重要岗位上，说白了都在管钱管物的岗位，加上私欲的作梗，权力欲的膨胀，用大家的话说，很是"嘚瑟"。而且两人的"能耐"都很大，只有想不到的事，没有办不到的事，贾正也比较喜欢他们，高兴的时候便"老弟长，老弟短"地把他们呼来唤去，显得很是亲切。

尽管他们嘴上向李守仁答应得好好的，请李守仁如何如何地放心，保证按照李守仁安排的去办，可是双脚刚跨出李守仁的门，就把李守仁交代的事情忘得一干二净了。

不知两人是通过协作队老板，还是找材料供应商给他们准备了两辆越野车，一人开了一辆洋洋自得地往贾正老家赶。

据说这两小子平时就和几个老板走得很近，喜欢让老板们带他们到外面玩，附近的一些吃喝玩乐的地方他们几乎都去遍了，费用就不用说了，肯定都是老板们给提供的。李守仁平时有觉察，但没有掌握到具体真实情况，也只是泛泛地说说他们，让他们一定要严格要求自己，注意影响。说实话对于如何与协作队和村民，以及业主等处理关系李守仁在大会小会上讲得够多的了。这么多年过来了，他也看到或听到一些单位的年轻人，经不住诱惑，把控不好自己，和一些协作队或与项目经理部有业务来往的"老板"私下密切往来，最终陷入难以自拔的深渊或出了问题。前段时间在建管处开会的时候，就听张处长说有个年轻出纳因为迷恋赌博，挪用公款，后来携款跑掉的案例，听起来让他感到吃惊和后怕。他真心不希望他们两人往一起凑，更不希望他们和协作队走近乎。其实李守仁也想过，打算让办公室海量代表项目经理部全体同志去贾正老家吊唁，不打算让他俩去。既然贾正想让他俩去，李守仁也就不好再说什么了。

在路上，马龙走在前面，牛饷帅跟在后面，因为车况好，车子开得飞快，他们恨不得插翅高飞。两人开着车子就像脱离了轨道的两颗流星，在宽阔平展的高速路上疾驰而过，不时地相互超越，一会儿马龙在前，一会儿牛饷帅又跑到了前面，你超我、我超你，与其说是一种速度的超越，倒不如说是一种生死超越。两人很是兴奋，感觉潇洒自如，超越对方的时候还不忘把车窗摇下来扭头调戏对方。走在前面的马龙手机突然响了起来，拿起手机查看，一不留神，车子撞在了前面的小车上，把前面的车撞出 100 多米远，最后撞到防撞栏上才停了下来。走在后面的牛饷帅赶到后，差点和马龙的车子撞到一起。当他把车停稳后，看到马龙的整个上身趴在方向盘上，撞晕过去了，险些把他也吓瘫在地，呼唤了半天才听到马龙的声音，最后救护车把马龙送到医院检查诊断，马龙还算幸运，只是小腿骨折了，其他部位受了点皮外伤，并无大碍。

牛饷帅被这突如其来的横祸吓呆了，不知如何是好，也不敢给别人打电话，只好把电话打到了牛饷美那里，把发生车祸的事情告诉了牛饷美，牛饷美指使牛饷帅先不要和任何人讲，她来安排。

牛饷美挂了牛饷帅的电话，就给一个老板打了电话，让他派人去照顾马龙。牛饷帅按照牛饷美的吩咐，等到牛饷美派来的人到后，就把马龙丢下，自己又驾车往贾正老家赶。

后面的路越来越不好走，而且加上前面发生的车祸，牛饷帅一直心有余悸，没有了先前那种“超音速”。当他赶到贾正老家所在县城的时候，已经是第二天晚上了。

贾正母亲的丧事办得非常隆重热闹，出殡的那天大大小小的车有三四十辆，排的就像一条长龙似的，有项目经理部去的、有贾正亲戚朋友的，还请了鼓乐队和当地的艺术团，鼓乐阵阵，歌舞翩翩，爆竹声震天，场面显得很壮观气派。

不知这事怎么传到张处长耳朵里了，张处长对工地协作队负责人丢下工地，大张旗鼓、明目张胆地去吊唁贾正母亲的做法非常生气，本来对贾正不管不顾工地上的事就有点不满，这下把工地丢下回家为母亲大操大办丧事，就更不满意了。

等到贾正返回工地后没几天，张处长就带人到工地上检查，一到工地就径直开车进入隧道，发现正在铺设的中心排水管曲里拐弯，而且高低不平，像那样铺设的话，真正有水的话排出去非常困难，并且很容易造成涌堵，一旦涌堵，水就会流入路基里，造成路基浸泡塌陷很难保证工程质量和道路运营寿命。

张处长看到后非常生气，把在现场负责的总工劈头盖脸地骂了一通，当即下了停工通知书，并责令公司领导到建管处约谈。

这时，贾正正在房间里睡觉，他回来后李守仁就回家去了，打算在家里待上几天后返回来春节留守。睡梦中贾正接到总工的电话，总工把张处长检查的情况告诉他后，心里非常紧张，连忙起床连脸都顾不上洗，就急匆匆地跑到工地。当走到半路的时候，迎面遇到了张处长的车，他大老远就停下来打算和张处长打招呼，不料张处长的车子“嗖”地开过去了，理都没理他。

正在休假的李守仁接到马昇官的电话，马昇官在电话中生气地斥责他，你们个个休假回家过年，工程干成那样，难道让公司领导去帮着干？建管处找公司领导约谈,领导的脸往哪里搁。最后,马昇官要求项目经理部抓紧整改,再这样下去的话,建管处批评公司领导,公司领导就拿项目经理部领导开刀。

接了马昇官的电话后,李守仁连夜赶回工地,到了现场发现已铺设200多米的中心排水管,确实存在严重的质量问题,但工程停在那里还没整改,也没人干活。这条隧道原来是项目经理部自己干的,贾正来了后,就把这条隧道交给胡运干了。胡运从来就没有干过隧道工程,借用张处长的话说,把这样的话交给他无疑是拿工程当儿戏。

李守仁看到工程干成这样,心里很是生气,立即决定停工整顿。当他把自己的想法打电话告诉贾正后,贾正半天没说话,最后吞吞吐吐地揶揄,意思让李守仁看着办吧!并告诉李守仁他这会正陪着甄总监在县城呢!打算一会儿往项目经理部赶。

李守仁回到项目经理部便把所有管理人员召集在一起,一直等到贾正回来,会议才正式开始。会上李守仁首先通报了建管处张处长检查情况,紧接着他狠狠地批评协作队:"我们有的协作队负责人和现场管理人员不琢磨施工,不学习工程技术,信奉关系学,不信奉科学,整天琢磨如何与业主、监理套近乎,拉关系,学如何交际,甚至还学起了《厚黑学》,琢磨怎样偷工减料,领着人盲目蛮干,这样既害人又害己。只要工程质量和安全上有问题,不管业主和监理那里能不能过去,我这里首先过不去。

"工程质量如同人的身体,有个好身体才能站得起来,才能行得远,工程质量好了,形象才好,才会招人喜欢,以后才能更顺利地拿到任务。因此,我们不仅要注重内部质量,外观也是质量,外观出形象,也出效益。"李守仁说得很动情,越说越激动。

"就这样还有的人给公司领导反映,说我整天在工地上待着,想当项目经理,不务正业,种了别人的地,荒了自己的田,该管的不管,不该管的瞎指挥。同志们,说实话,我在工地待的时间是长了点,经常出现这样那样的问题,不待着能行吗!大家知道我们把活拿到,本来不应该交给协作队干,可是我们不交给协作队干,自己干又干不过来,有些活甚至我们都干不了。特别像这样大的工程,我们无技术、无设备、无资金,怎么把工程干完,干好就更无从谈起了,如何兑现我们投标时的承诺。不接揽这么多任务,我们得不到那么多管理费,公司那么多人谁来养活。不得已而为之啊!现在我们把活交给这些无资质、无实力、无牌证的'三无'协作队,大家都撒手不管,我们能放心吗!万一出了问题,不仅他们有责任,我们的责任更大,我们对不住这个岗位,对不住领导,对不住群众啊!唯有我们大家携起手来,相互配合,共同努力把任务完成好,最终才能达到双赢。"

李守仁喝了一口水,继续说道:“业主看中的是我们的信誉,如果把信誉丢掉了,就等于说丢掉了市场,丢掉了我们的饭碗;看中的是我们的能力,你如果连这点活都完成不好,甚至都完成不了,怎么对得起业主对我们的信任。业主一直支持我们让我们在全线领跑,除我们没有领跑大家,现在是让兄弟单位拽着我们跑,这样实在对不住业主。”

李守仁不忘从自身找原因:“我一直说,金无足赤,人无完人。我知道我身上有很多缺点和不足,急性子,直筒子,安排工作和布置任务不考虑大家的承受能力,做事喜欢把事做完美。”

他特地强调,最近各个协作队混凝土施工质量也有所下滑,为了确保质量,他仅从专业技术的角度讲到混凝土施工外观上要做到“四个一”,也就是要注意做到一个面,平面要平整,曲面要平滑;一种色,尽量保持混凝土自身颜色,不污染,不涂抹;一条线,直线要直,曲线要顺畅;一个棱,棱角要符合要求,不缺棱少角。

李守仁是名务实型领导,无论工程大小,他都把工程质量放在第一位,他把工程质量看得就像自己的颜面一样重要,一分力也不惜,一分工也不偷,一点质量问题都不留,总想着把他负责的每一项工程都干成优良工程。

在工程一开工的时候,他就要求各协作队坚持“首件认可制”,对于每一项分项工程,都要求先做出首件产品,对于存在的瑕疵和问题及时整改,最终得到大家的认可后,再进行后续的大量施工。这样既能及时发现问题,又可避免大面积返工,减少损失,而且更主要的是能够进一步总结经验,吸取教训,把工程质量做得更好。他的这一做法也得到了全线施工队的广泛应用。

贾正始终坐在那里,静静地听着李守仁的讲话,一句话也不说。不过,他听了刚才李守仁的一席话,真正意识到了自己在工程管理方面存在的不足和差距,直到最后他才简单说了几句,而且是向大家道歉的,其实也是向李守仁道歉的,只是在这样的场合泛泛地说,没好意思指名道姓说是对谁致歉的。不过那几句讲话听起来显得很谦虚和诚恳低调,没有了往日那种盛气凌人、居高临下的态度和咄咄逼人的语气。他也表态说,自己要在工地上待着,好好抓一抓工程进度和质量。

可是,贾正在工地上仅仅待了两天,就又跑掉了,把李守仁留了下来,春节在工地留守。

22

大清早,李守仁接到部队老首长发来的短信说,他已到省城了,想约个时间和李守仁见个面。老首长电话中还不忘开他的玩笑，调侃他道："你不去看我，我来看你了。"

好在老首长是在电话中说的，假如当面说这话，肯定会让李守仁很不好意思，弄个大红脸。

记得自己刚当项目经理的那年春节，他利用春节前还没有正式开工的机会，抽空带着家人到北京看望老首长，老首长执意要带他到恭王府看看，那次给他留下了最为难忘的印象。

记得，那天的天气很冷，而且刮着很大的风，老首长顶着寒冷刺骨的北风，带着他一处一处看，一句一句耐心地给他讲解。

在去的路上老首长认真地告诉他，北京有好多名胜古迹，我没有带你到其他地方去，偏偏把你带到这里，这里是古时候贪官的典型代表——和珅的府邸，不是让你来学习和珅如何贪腐，而是让你吸取他的教训，给你上一课，想让你在地方上干干净净好好干。你现在管着那么大的工程，手里有了权力，一定要经得住权钱的诱惑，要做一个清官、一个好官。和珅当初富可敌国，最终还不是被杀头，那些钱财生不带来死不带去，最后也就不了了之了。其实对于和珅其人其事，李守仁早在上学的时候就对其贪腐行为有所了解，只不过那时他对啥是贪腐，啥是贪官，没往心里去，更没有深入地思考。当老首长带着他边看边聊的时候，他对和珅有了更进一步的认识。

和珅小时候家境清贫、发奋读书，后来幸识君王、连升三级、侍君如父、位极人臣，能说会道、左右逢源，做事精明干练，性格阴险狡诈，爱财如命、贪得无厌等。李守仁自小家境贫寒，立志走出深山，于是发奋苦读，后来参军考上了军校，当了干部，这一路走来自己所经历的那些人人事事真还有点与和珅相似。

他陪着老首长边走边聊，也不断地思索，和珅当初真可谓是一人之下，万人之上，曾经的辉煌和不可一世，现在只留下了这些亭台楼阁和山水树木。人生也不过如此而已。整个"恭王府"素有"万福园"的美誉，什么蝠厅、蝠池、福字碑，一个"福"字道出了人生的真谛。最后，他们来到"福"字碑前，老首长摸了摸那块石头，笑呵呵地让李守仁也摸一摸，沾点福气。并介绍说那个"福"字是当年康熙皇帝专为其老母亲的生日写的，康熙把"福"字一气呵成写下来，送给其老母亲后，老母亲非常高兴。那个字确实写得非常巧妙，就连康熙自己都感到非常满意和欣赏。那个字富含了很多的寓意，表达了劳苦大众对多子、多福、多寿、多财、多田的祈求和向往，到那里参观游览的人都要去看看、摸摸，想沾点福气。

在返回的路上老首长提醒并告诉他，到这里游览了一圈，应记住两个字——"贪"和"福"。后来他牢记这两个字，而且仔细地琢磨其内涵，其中确实饱含了很多人生哲理，他也不禁为我们祖先高超的造字技法称赞叫绝。比如“贪”字，他把他拆开来理解，上面是“今天”的“今”，下面是“宝贝”的“贝”，古人也把“贝”当作“钱”，那么“今”和“贝”组合起来的意思是，贪得的那些钱财今天才是你的，明天就不是你的了。和珅贪得那么多钱财，只是他代为保管了一阵子，过后还不都交公了；还有那个“福”字，有“衣”有“田”，寓意“有衣穿，有田耕”才“幸福”，多么形象生动。

这次老首长又莫名而来，难道是听到了什么，还是觉得我做得不够好，特意来帮助我。

想起老首长，李守仁觉得很是对不住他老人家，自己转业到地方后，由于常年在外面施工，很少能腾开身去看望老首长，不过老首长总是牵挂着他，要么隔三差五给他打电话，要么就亲自来看他，令他感动不已，时常还有点愧疚。

有一年老首长到附近城市开会，绕道专门来看他，可是那段时间他正在工地组织施工大干，工地离不开他，未能和老首长见面。在老首长离开的时候，特意给他留下一封信，字里行间无不流露出老首长对他的关心和厚爱，信里还是不断地提醒和鼓励他，身处那个高危行业，一定要经得住金钱的诱惑，经得住美色的考验，多做对国家和人民有益的事。他的双手捧着老首长的信，一口气读完后，心情久久不能平静。

可以说，这么多年来他自己如履薄冰，认认真真地做事，清清白白地做官，大的原则问题没有发生过。可是，身处这样的敏感行业和岗位，也做过些有违自己良心的事。比如，在工作中有时参与一些应酬活动，喝了一些不该喝的酒，吃了一些不该吃的饭。看了老首长写给自己的信，他非常自责和不安，不断地反思自己。

老首长不顾年事已高，冒着严寒，带着家人特地来看他，他说什么都要见上一面。前几天贾正休假回家把仅有的一辆越野车开走了，项目经理部只剩下一辆跑工地的破车，要留给大伙上工地用，他把工地安排好后，便搭乘一辆往工地运送物资的货车，就急匆匆地往城里赶。

见到老首长后，其他战友和老首长早已坐在一起等候他了。老首长见到他，亲切地用双手紧紧地握着他的手，嘴里不住地说：“老了，老了，脸还是那么黑，和在西藏的时候差不多哦！”

和李守仁同年入伍的那批战友有 100 多人，他们大多数都来自农村，后来也几乎复员转业回到了原籍，留在省城的不是太多，这几年李守仁常年待在工地，和战友们联系的也少，见面就更少了。这次趁着老首长来看大家的机会，李守仁嘱托另一个战友，让他把能联系上的战友都请到了。晚餐地点选在了一家叫“老百姓菜馆”的农家饭馆，尽管餐馆档次低了点，可是饭菜比较可口、实惠，都是些普通的农家菜。席间,老首长还不住地夸赞大家,吃饭的地方选得好,吃点农家菜,吃好就行,觉得大家还保持过去那种朴素作风,心里感到很是踏实。

大家把酒杯握在手里欲敬老首长酒,可是老首长不停地给大家讲人生故事。并一个劲地告诫在座的战友们,你们还年轻,趁年轻要多做事,我已到了这岁数,进入了人生的快车道,正像人们所说的,孩子工作了,老人走了,工作干不了了,只留下两个老家伙,在家一盏灯,离家一把锁,整天电视响,电视一关,坐在那里总想回忆点往事,想念过去和自己交往过的那些人。趁着这几年行动还算方便来看看你们,以后走不动了,想看你们都来不了了。

老首长说得有点忧伤,不过人生也本就如此。

老首长原来在部队一直做思想政治工作,一直干到退休。李守仁他们当兵的时候,老首长那时是他们团政治处主任。说到这儿,大家一定会问,一个团政治处主任,如果没有一定的机缘或巧合,怎能和一群新兵建立起如此深的战友感情。这就得从当初的一件事说起。

那年,他们 100 多名新兵从新兵连下到老兵连后,已经是 3 月初了,高原的 3 月依然是滴水成冰,可是部队就要到地处唐古拉山脚下修筑青藏公路了。往年的新兵第一次上山的时候,战士们的高原反应非常严重,并且都有伤亡事件发生。看着那些年轻的鲜活的生命瞬间就被高原无情地掠夺走了,老首长非常伤心难过。工程进度受到影响可以加班加点弥补,可是战士的生命只有一次,一旦失去就无法弥补了。

李守仁他们那批新兵到部队后,老首长与团里的其他几位领导商量,决定把新战士先留在基地,适应一段时间后,再上山。

说来也巧,那段时间李守仁被临时抽调到团政治处当了通讯员,那时老首长的腿受伤了,行动不便,李守仁便经常搀着老首长换药锻炼。就在新战士们要上山的时候,老首长想把他留在机关,当时征求李守仁的意见的时候,他执意要到施工一线去。能留在首长们身边工作,那是许多新战士梦寐以求的事情,可是李守仁有了这样的机会却拱手退让给了别人。他的这一反常举动给老首长留下了深刻的印象。自从那以后,老首长就一直关注着他。

老首长为人谦虚随和,而且口才极佳,李守仁非常钦佩,自觉不自觉地把自己当成了老首长的忠实“粉丝”。

“我要敬我们李大书记一杯,下次有事找你可不要拒绝老战友!”突然坐在李守仁对面的王强端起酒杯,朝他走了过来。

王强是李守仁当新兵的时候睡在旁边的战友,当了三年兵就退伍了,退伍后买了几台机械在工地上跟着别人干活,赚了点钱后,自己就单独搞起了工程。由于自己施工管理能力不够、经验不足，干到最后一结算，钱没挣到，还亏进去很多。王强不服气，总认为是别人啃他了，就到处上访闹事，最后把那家转包给他工程的公司弄得很狼狈，在当地公路建筑市场造成了很不好的影响。听说还弄得那家公司被权威机构列入了不讲信誉的黑名单。

大家都知道王强的境况，喝酒喜欢酗酒，逢酒必喝，逢喝必醉，逢醉必闹。本来今晚吃饭没人喊他，可是偏巧在路上遇到了，最后也就把他带来了。

王强酒量特大，而且显得很豪爽，已经和大家喝了一圈了，突然端起酒杯走到李守仁跟前，还要和李守仁喝。

李守仁哪里是王强的对手，双方实力悬殊太大了，按他的量今天应该喝到了上限，可是老战友端起酒杯了，非要敬他，不喝吧！让人家觉得你瞧不起人家，喝进去吧，估计这一杯酒进去后，自己也就该找地方休息了，把老首长和大家丢下不合适，真是为难他了。

李守仁苦苦解释，战友感情不是用喝酒来衡量的，只要心里有这份战友情喝啥都是酒。王强就是不依不饶，而且说话尖酸刻薄，讥讽激将他，看样子他的心里有怨气，就是想拿渴酒来失李守仁的面子。“说什么，想当初，你和我都在一个被窝里睡过，现在你当领导了，就不认一个被窝里钻过的兄弟了。当了个项目经理部破书记，有啥了不起……”

遇到这种死缠烂打的人，真还没办法。李守仁正要举起杯和王强碰杯，被旁边的战友拦住了：“王强，话可别这样说，每个人都有每个人的难处，过去是过去，现在是现在，守仁也不是不念战友情。现在他不是给我们当领导，他没有这个义务和权利照顾我们。按你这样说，如果每个战友都要他照顾，那他的工程还干不了了。凡事都应设身处地为别人想想，不能只想着自己那一亩三分地。”

“啊！你们这些当领导的，都站在一条线上说话。我们这里有几个战友，有几个干工程的，又有几个人找过他啊！”王强提高嗓门，理直气壮地说。

“能帮就帮一下，能缺损你们什么啊！你们不就是觉得我们没有给好处，或者怕帮了忙，把你们的好处忘记了！别在我跟前装正经！”听得出王强确实对李守仁不帮他干工程有意见。

“你不要那么庸俗，你也不要在我们跟前总拿你那一片江湖来说事！更不要拿你的庸俗低贱贬损别人。”

“尽管说有腐败，有吃拿卡要的现象，请你相信那绝对不是守仁和我。”

“得了吧！官场上的事儿，我早看明白了，现在那么多又贪又占的，看把你们说得多清白，好像说这话还冤枉你们了。”

“王强，你不要拿世俗的眼光看战友。”

“我没必要和你扯这么多,能关照就关照一下,不想关照也就算了,我们也不是靠你们过。没有你们的关照,我们生活的不也挺好的么！李书记,你也不要假正经,官场上拿腔拿调的话我听得多了,和我们这些人打官腔、玩手腕儿,我算看透了,没意思。你也不要给我装斯文！我们都是从穷山旮旯出来的,只是你的运气好,提了干当了官,我没你那狗屎运,假如我当初花钱找找人,我也能当个一官半职,而且当得比你们这些人称职和滋润。”王强嘴上还是不依不饶,继续说道。

“玩啥手腕儿,胡扯！大家都有难处,理解万岁！理解万岁！”

突然一个战友冲王强说:“王强,我们大家不关照你实在对不住你,你口口声声想要干工程,不给你介绍个工程情何以堪。”这位战友说完诡秘地笑了笑,接着说,“我给你介绍个工程,你干不干?”

王强马上折转身走到这名战友跟前,毕恭毕敬地站在那里,认真地听着。

“就这一大杯酒,你把它喝完我告诉你。”那名战友边说边指着桌子上那个盛满酒的高脚杯,示意王强把那满满的一杯酒喝掉。

“为了拿到工程,喝就喝。”王强说完端起杯,一饮而尽。

“好吧！你说吧！我已经把酒喝了,那工程一定得让我干,不能忽悠我!”

“放心,绝对让你干,关键看你干了干不了。”

“你放心,我王强干不了你那点活,就不姓王。”

“好,大家都听清楚了。”说着夺过王强手里的高脚杯,又往里面倒了满满一杯酒。

“好,我也不让你改姓了,姓了这么多年‘王’了,改成其他姓,我们大家叫你一时半会儿都改不过口来,还是喝酒吧！我也不为难你,如果我介绍的工程你干不了,那就把这杯酒喝完,怎么样?”

“没问题。”王强信心满满,迫不及待地回答道。

“好！你是干大的,还是干小的?”

“当然是大的啦！越大越好。”

“好,那就给你介绍个大的,在珠穆朗玛峰上建一栋摩天大楼,怎么样,够大的吧!”

王强听了后,眨了眨眼睛,难为情地说:“你这不是开玩笑嘛！谁往那上面建楼呢!”

“那你的意思是太大啦！你干不了,那就给你介绍一个小的,怎么样?”

“还是来个小点的吧！那么大的工程让人怎么干啊！珠穆朗玛峰我都没上去过,你忘记了当年我们翻唐古拉山的时候,高原反应差点把我的命要了,干不了,干不了。”王强摇着头说。

“哈哈哈哈”,大家哄堂大笑起来。王强也不管不顾大家的嘲笑,催促着那名战友赶紧说。

“那就给你介绍个小的,你在蚂蚁洞穴口架座钢筋混凝土桥。”

大家又一阵大笑,王强不动声色地站在那里,好似大家不是在嘲笑他。

“你这些工程都不靠谱,要么太大,要么太小。你这是忽悠人,哪有这样的工程,大的太大,小的太小。”

“王强,你刚才说过,假如干不了,要怎么来着?”

“不就是一杯酒嘛！我干不了,喝了不就行啦!”

王强倒是很自觉,说完端起那杯酒又一饮而尽。这时大家都一个劲地朝着他笑,王强意识到了这名战友是在故意取笑他。再也不说揽工程的事了,可是还没忘记给李守仁敬酒,又端起一小杯酒走到李守仁跟前,说道:“守仁,我敬你,你喝不喝,不喝拉倒。”

李守仁端起酒杯,不慌不忙地说:“老战友,不要想得太复杂了,我没有别人说的那么高尚,也没有别人说的那样卑贱,我有我的做人原则。咱们战友一场,感情还是有的,我不是借酒说酒话,这么多年过来了,只要别人求我帮忙办事,只要不违反原则,在我能力范围内,能办的基本上都是满腔热情地去办,办不了的也是想方设法牵线搭桥。你说我打官腔、玩手腕儿,实话告诉你,我这人,政治觉悟不高,有点儿;打官腔,不会,说话喜欢直来直去,有啥说啥;玩手腕儿,一点儿没有。吃,请过,不过都是自掏腰包;请吃,没去过。吃过公家的饭,喝过公家的酒;自得其乐过,没到娱乐场所玩儿过;贪污和行受贿,没干过;逢迎拍马,没学会;阿谀奉承,学不来,也不愿意学！头脑简单,生活也很简单。”说完一饮而尽,放下酒杯一屁股坐了下来,双手合十道,“相互理解,理解万岁!”

“谁不知道你们这些人,说得一套一套的,你说的这些谁信?”王强接着把一杯酒喝了进去,喝完边往自己的座位跟前走,边自言自语地嘀咕道,“天会黑,人会变,三分感情,七分交情,路还长,别太牛,以后指不定谁靠谁。”

“王强,你就不用做梦了,活着做梦谁都会,关键看你做的梦靠不靠谱,能不能实现。梦实现了,那才是美梦,实现不了,那是白日做梦!”

“骑驴看唱本——咱们走着瞧!”

……

李守仁喝完王强敬的那杯酒后,一直坐在那里不动声色,真有金庸笔下描写的那种“他强由他强,清风拂山岗;他横由他横,明月照大江”的超然境界。

不过坐在旁边的老首长实在听不下去了,对王强说:“小王,话可不能这么说,现在社会上有你说的这些人和事,但不见得人人事事都这样,同学、战友经常走动走动,坐在一起聊聊,相互有什么困难帮帮这很正常。可是让人帮忙,也要看人家有没有这个能力,即使有这个能力,那还得把握一个原则和底线,不能为了帮助同学、战友而丧失党性原则,突破道德底线,这样既败坏社会风气,也影响了战友。这么个道理,你这么大年纪的人了,应该明白。大家每个人都有每个人的难处,包括你。我知道你这几年也很不容易,还处在创业初期,哪个大老板在创业初期不是白天当老板,晚上睡地板。别把当老板想得太简单了,不简单哪!人要认识自己,认识自己尽管有点难,可是我们要经常反思自己,成功在哪里,失败在哪里!你这几年不如意,失去了一部分朋友帮助,包括一部分战友的联系或帮助,我倒觉得这是好事,最起码让你看到了哪些是你真正的朋友,那些失去了的本身就不是你的朋友,完全不足以惋惜。"老首长语重心长说出这样一番话,这不仅是对王强说的,也是对大家说的。

坐在一边的其他几个战友听了王强刚才说的一番话,感觉很不中听,他们心里非常明白,王强是在暗讽李守仁!他们也多次听过王强在背后贬损李守仁,说什么李守仁不仁不义、太清高、架子大,等等。

其实,在座的除了王强,其他战友也都理解李守仁。大家都知道他的为人,他不仅人缘好,而且又热心,有时宁愿自己吃亏,也从来不让战友们吃亏。只要他能办到的事,他一定会帮的,并不是王强说的那种绝情的人。

在这些事上,李守仁也是有过教训的。

那是他转业到地方干第一个项目的时候,有个战友找到了他,战友自称退伍回来后一直在干工程,而且无论技术上,还是施工力量上,都已经具有了一定的实力,想让他帮忙在工地找点活干。当时项目刚开工,也确实需要一些施工队,李守仁便把他推荐给了项目经理部领导。领导们觉得是自己人推荐的,应该没什么问题,因此没有过多地去考察和了解,就把一些最简单的活交给那位战友干了。

可是令大家没想到的是,那个战友把工程拿到手后,好长时间进不了场,最后逼急了,就从社会上随便召集了那么几个人,把他们带到工地就开始干活。可以说他一没设备,二没技术力量,三没资金,只有傻大胆。而且人还心高气傲,心思不往工程上用,把工程交给别人管理,他整天今天想搞个这,明天想搞个那,到处找任务、谈项目,马不停蹄地到处乱跑,却荒了工地的活。工地上留的那几个工人,因为没人管理、没人组织,更没人监督,任由他们想怎么干就怎么干,说得直白一点就是盲目蛮干,挖方路基边坡为了施工方便,不顾边坡的美观和下一步挡墙的砌筑,挖得乱七八糟的,拿当时项目经理部经理的话说,就像狗啃了似的。他把那么简单的活干成那样,无形中就增加了很多的工程量,工程成本也明显增加了。当时大家都说他管理工程不积极,不是内行,可是要钱很积极、很内行。

这还不说，按照正常情况的话，估计几个月就可以干完的活，他却拖拖拉拉干了两年多，就因为他的那点活，而影响了项目经理部的整体进度。

干到最后的时候，因为工程进度和质量都有问题，加上资金紧张，实在干不下去了，他每隔几天就会跑到项目经理部要钱，活干得不多，可是项目经理部给他的钱不少，但他死咬着项目经理部还欠他的钱。达不到自己的愿望，就到处找人求情，甚至捏造事实，以项目经理部不给支付工程款为由，到处打电话诉苦借钱，想尽一切办法诋毁项目经理部的人，说这个领导故意不给钱，那个领导有意克扣他，找“关系”给项目经理部施加压力，其所作所为就是一种扒皮无赖的行为。李守仁为此很是生气，当初战友找上门来，看在战友的分上想帮帮他，工程任务没完成好不说，就像一个烫手的山芋一样，给项目经理部带来了不必要的麻烦和损失。

因为是李守仁战友干的工程，又是他推荐的，让他在中间左右为难，哭笑不得，他一直开导那个战友，与其动那么多的心思花那么大精力找人求情，何不在工地上多待会儿，把工程管紧、管好！李守仁确实没办法也无能为力帮他后面这些忙，因此他不仅“得罪”了战友，而且领导对他介绍这样的队伍很不高兴。后来那个战友还到处指责他，说他不近人情，觉得他对战友不够意思。甚至还说他当领导了，人变了，忘记了当初同生死共患难的战友，不关心大家。明白人都知道，其实不是李守仁变了，是那个战友变了，变得没有战友间那种真情、友情了，心里只装着赤裸裸的金钱和利益。

李守仁有他的做人原则，熟悉和了解他的人都知道，他绝对不会因为徇私情而让公家财产受到损失，也并不在乎别人间的那些流言蜚语，他始终奉行那句经典的话——走自己的路让别人去说吧！

事非经历不知难。干了这么多年工程了，李守仁深深地体会到了其中的难处。能帮的他肯定还会继续帮，帮不上的他也不勉强，不帮只能说他李守仁不够意思，可是万一帮了，干不了，或干不好，让单位蒙受损失和影响，这样的事他再也不会干了。他作为一名受党教育多年的老党员，无论干什么都有自己的原则和底线，不能给领导添乱、给单位抹黑这是最起码的原则底线。

王强的一杯酒喝下去后，李守仁马上联想到了曾经的那位战友，他们的行为几乎如出一辙。他不在乎和计较王强怎么说他，正派人心中的天平永远是平的。可是因为自己的这种正直坦率，在某些人眼里，他有点“愚”，有点“一根筋”，而在老首长眼里，他展现的是一个共产党员的气节和军人不变的本色。

老首长很欣赏李守仁的这种性格和为人，他知道李守仁对于这些经见得多了，也见怪不怪了。可是通过在一起交流，他也看得出，大家转业地方后，重新打拼很不容易，可以说人人都有本难念的经，来自工作、生活和家庭的压力都很大。

坐在跟前的这些部属正处在人生的关键时期，也还是干事创业的时候，遇到些磕磕绊绊是难免的，一定要正正派派地把这些人生路上的磕磕绊绊顺利地走过去，因此他还是想以一个过来人的身份给大家提提醒。

老首长说："有人说生活就是一个变压器，我经常琢磨这句话，觉得生活确实是这样。当你遇到大事、难事和不愉快的事的时候，就要想办法把它变小；当你遇到乐事、喜事和幸福的事的时候，就要想办法把它变大。这样生活就过得简单了，也就没有那么多烦忧了。"老首长说得意味深长，既形象生动，又富含生活哲理的话，不仅让李守仁难以忘却，也让每一位战友听了后很受教育和启发。

战友们觉得老首长说得确实有道理，一位战友不禁举起杯，提议大家一起敬老首长一杯，并赞叹道："读万卷书不如行万里路，行万里路不如阅人无数，阅人无数不如名师指路。我们当初有幸能够在老首长的带领下工作，是件非常值得自豪的事情，多年来我们也从老首长身上学到了很多东西。"

老首长把大家敬的酒喝了后，又端起茶杯，喝了一口茶，慢条斯理地说道："这些你们应该多向守仁学习，他样样都是我们学习的榜样，特别是他那种处变不惊和宽容大度的性格，是别人修炼不来的。"

"是的，守仁去年还被表彰为优秀军转干部，他不仅是我们大家学习的榜样，也是我们每一名复员转业人员学习的榜样！"

"何止是名优秀军转干部，你问问他，从入伍到现在获得多少荣誉了，他几乎是干一行，就能取得这一行的最好成绩和最高荣誉，被树为这一行的先进典型或榜样。"

"唉，可惜守仁这样的优秀人才，没提拔当大官！"

"哈哈！这样也好，果真要是官当大了，怕我们请都请不来。"

"今天都是因为有老首长在这里，我们才有幸和他在一起，这么多年了，平时我们谁能见得上他的面啊！"

"我就想不明白你得那么多荣誉有啥用，就连小偷都看不上你那些。老李，你还是少卖点力吧！"

"你这说哪儿去了，你怎么知道小偷看不上啊？一块奥运冠军金牌可值钱啦！"

"这你就不知道了吧！还是让守仁告诉你是怎么回事吧！"

"那都是多少年前的事了，惭愧，惭愧，还是别提了！"

"哈哈，你不说，那我帮你说！"

"那年守仁的媳妇杜娟到部队看他，半夜里两人正缠绵的时候，小偷钻进他们的房子里把家里的东西扫了个遍，他们都不管不顾。那小偷也真狠心，就连半袋大米都没给他留下,可是他的那些荣誉证、奖状和奖品,却被扔得满屋子都是,人家都看不上,没拿走一件。”

“哈哈！还有这事,我怎么没有听说呢!”

“嘿嘿！没那么邪乎,那是我上工地后家属不在家的时候,小偷进去干的。”

“老李,不管怎么说,有这么回事吧?”

李守仁苦笑着,点了点头。过了一会儿他说:“那都是过去的事了,荣誉确实也算不上啥！我也没有刻意地去追求那些！大家都过奖了,我哪有大家说的那么优秀,那么全面,今生只会做一件事——就会修路,除了修路啥都不会。”

“人一生把一件事做好了,那就是不简单。况且修路搭桥是造福子孙后代,功德无量的事。”老首长夸赞道。

“你说你只会修路那是谦虚的话,我还不了解你,干啥像啥,能干好啥。”一位战友插话道。

“不像我语言的巨人,行动的矮子,只会动嘴不会动手。”老首长自责道。

“老首长指挥着千军万马,靠动嘴就够了。”

“哪里啊！现在不是提倡‘复合型’干部吗,不仅要会说,也要会做,站起来能讲,坐下来能写,蹲下来能抓。”

“是啊！我们离要求还有很大差距。”

“你小李！干什么都有一套自己的方法和见解,天生就是当主官的料。我当初把你放在连长的位置上没错吧!”

“首长过奖,是首长厚爱我。”

老首长大概怕大家不了解当初的具体细节,又进而解释说:“不要说这些客套话,我是非常了解你小李的。当初本来你当技术员当得好好的,我发现你不仅个人素质好、专业技术精,工作思路清,经常提出一些独到的见解,而且有很强的号召和组织指挥能力,这是一名领导者必须具备的素质和能力。因此,我就推荐把你提拔当了连长。”

“老首长过奖了,不过这么多年过来了,经历的也多了,有时候就胡乱地想点事,也想发表点自己的看法和观点。有时为了一个观点和人家争来争去,被人家误以为我自以为是、自命不凡,不好交流沟通。更有人说我,这么多年变了,变得冷漠了,变得傲气了。其实并不像大家所说的那样,不管在生活上,还是在工作中我还是比较好沟通的。”

说完,李守仁看了看老首长,意思是自己还想继续说下去。老首长看出了他的心事,便鼓励他道:“好啊！真理越辩越明,继续往下说。”

“只是他人用自己的价值取向和观点来看问题,评判分析你,比如说吧！别人找你办事,给你点好处你收下了,人家觉得很正常,是乐意给办;如果你不收,人家倒觉得不正常了,就是推托不想给办。可是我心里总觉得,东西是东西,办事是办事,一码归一码,不应该收人家的礼,收了就不正常了。”

老首长打断了李守仁的话,说道:“是啊!我知道你没变,你还是你,只是因为你的地位发生变化,因此你在别人心目中的分量也就发生了变化。”

“没有永恒的战友,只有永恒的利益。”王强突然插话道。

“脱了军装有几天啊!你就这么势利,不是战友你来这干啥!凑什么热闹!”另一名战友斥责王强。

“我是来看老首长的。”

“难道老首长不是战友?说话做事不要那么绝对,还是要给自己留点退路,给你点好处,给你个笑脸,你就认人家是爹,不给你好处就斥责贬损人家,怎么一点骨气都没有,没有一点男人的气魄。在‘商场’里爬了几天,就把你变成这样,当初部队那样锻炼你,还没有把你身上那些肮脏的东西磨掉。”

王强在“商场”上混了几年,确实沾染了不少江湖习气,比如喝酒的时候,就能看出他的江湖习气,他宁愿把自己喝趴下,也都不认输,再加上嗓门大,几杯酒下肚后说话就没遮没拦了,不分场合,随随便便地想起什么就胡吹乱侃什么。

……

战友们坐在那里,对于王强胡吹乱侃的那些,也都没往心里去,也没有认真地去听,只是你一句我一句聊着别的,老首长这会儿只是坐在那里静静地听,他心里明白,这样敞开聊聊,也是挺好的,最起码让大家知道谁是怎么想的,互相提醒,或许还能纠正一些错误的认识,若真是这样,那今天战友们聚会的目的也就达到了。

23

正在工地现场转悠的李守仁突然接到公司党委书记范昊天的电话,范书记说后天他带党委办的人来项目经理部调研。这个项目经理部组建以来,范书记还一直没来过。

晚上回到项目经理部后,李守仁想把范书记来调研的情况告诉贾正,可是听大家说,贾经理下午睡起来后就出去了,大家都不知他去哪里了。李守仁在工地上转悠了一天,尽管说没干啥苦力活,只是这走走、那看看,可是转悠一天感觉很困,等到10点多,还是没等到贾正回来,便上床睡了。

第二天吃过早饭后,李守仁一直等贾正起床,可是等到9点多贾正还没有起床。李守仁知道贾正的生活习惯,昨晚从外面回来得晚了,如果没人叫他的话,就一直睡着,直到有人把他叫醒。他就在贾正窗户外把范书记来项目经理部调研的事儿告诉了他。贾正躺在床上哼唧了半天,站在外面的李守仁也没听清他说了些啥。李守仁也没说什么,就上了工地。

整个上午李守仁一直在思考,范书记这次到项目经理部调研有关项目经理部党组织建设情况,他该怎样介绍点基层的实际情况,为范书记调研决策提供第一手材料。其实自昨天接到范书记电话后,他就在想这事。范书记作为公司党委书记,他在公司的角色和自己在项目经理部的角色差不多,在公司法人制的现行政策体制下,范书记在工作中也遇到了很多难处,存在很多的苦处,这么多年与范书记相处,他非常了解范书记的为人,范书记不仅工作严谨,而且工作经验也很丰富,平时善于思考和总结问题。多年来一直在干工程或管工程,在基层和机关都待过,而且干党建工作也干了好几年了,每次见到他总让他多总结点党建方面的好经验和好做法,尽可能地在加强基层项目经理部党建工作方面采取切实有效的办法,真正发挥好党组织的集体领导作用。

自己一直忙于施工,尽管说对这方面也有思考,可是总结提炼得还很不够,让他一下说个一二三,一时真还理不出个头绪来。这几天整天在工地上跑来跑去,晚上回到宿舍屁股一挨到椅子就犯困,睡下后又因为心里有事,老是睡不着,几乎一宿没合眼,一直在思考这些问题。

范书记到了后首先召开了项目经理部干部会议,说明自己此行的目的,趁着他与大家个别谈话的机会,专门为大家思考他提出的问题预留了时间,待大家思考得差不多了,他再召集大家座谈讨论,听取大家意见。

范书记这次出来,主要任务就是调研,为了搞好这次调研,他还是留足了时间,想真正腾出一定的时间专门到基层看看,多了解点基层的实际情况。

这几年来,特别是在他当公司党委书记的这几年,他在基层党组织建设方面,以及制度建设方面还是想了点办法,做了一些努力,可是从内心里讲,力度还是不大,成效也不是很明显,甚至可以说在某些方面几乎没有取得一点成效,很不尽人意。一方面由于公司上下长期形成的一些“惯性思维习惯”一时还难以打破或纠正,另一方面要打破一些既得利益个人或集团的利益,仅靠他一个人的力量也很难。有些事只能看准时机,采取循序渐进的办法,逐步实施。

这也是他一贯的作风,有些事要么不做,要做的话就稳扎稳打把它做好。李守仁能够理解他的良苦用心和工作的不易。

这次范书记瞅准了中央提出加强党组织建设这个政治大背景,乘势而上,把公司的党组织建设工作往前推一推,这个时候借风使舵相对容易点;另外也听说马异官整天忙于自身提拔的事，对这些事不闻不问，无暇顾及，他这个时候主张推开，或许阻力相对小点，也容易点，同时也为他的后修者打下一个好的基础。

范书记来到李守仁的办公室，两个老同事紧紧握着对方的手，他看着李守仁满头的白发，额头和眼角、脸上深深的皱纹，黑瘦的身体，心里很不是滋味。

“老李啊！我在这里盯几天，你回家看看，歇几天吧！”范昊天关切地吩咐道。

“谢谢老哥，这怎么能劳驾您呢！家里一切都好，家属已经辛苦了这么多年，就让她再辛苦几年吧！等再过几年，我退休了整天陪他们！”

“哦，老李，如果我没有记错的话，我们俩的生日都在同一月，而且前后只相差一天，你比我小两岁，也早奔五啦！”

“没错，您记得这么准确。”

“我们都50多岁的人，也都离退休不远了。业未成身先衰，眼下还有好多事情需要我们去做，最起码应该把公司的一切关系都理顺，让它走上健康发展的轨道，这样我们才有资格把这个接力棒交给年轻人，交出去我们也才踏实放心！”

“是啊！这也是我们这代人义不容辞的责任！可是有些事说起来容易，做起来难！我连这么个小项目都管理不好，何况您管理一个近千人的大公司，管理难度可想而知。”

“老李，其实就我们这样的公司，大小都一样。关键是要找准建设发展的有效路径，对症下药，这样才能取得事半功倍的效果。”

范书记喝了一口水，接着反问道：“老李，您在基层干了这么多年，特别是最近几年基层的一些新情况、新问题掌握的肯定比我多点，您觉得目前干工程的困难究竟在哪里？”

李守仁不假思索地说：“主要是体制机制上的问题。”

“哦，那您说说，我听听。”

“在体制上，像我们这样的公司，说是企业，让我说，其实就是个‘四不像’单位，企业不像企业，行政单位不像行政单位，施工单位不像施工单位，民工队不像民工队。是企业，市场说了不算，而是上面领导说了才算，完全没有按照现代企业的管理模式去运作和管理，没有完全市场化，比如一个很简单的事情——录用一个协作队，上面都要打招呼插手；是行政单位，又不稳定或者固定，任务不稳定，人员不固定等；是施工单位，施工力量、施工技术和装备等都不足，有些方面甚至都不具有施工能力；是民工队，可是还隶属于政府行政单位的领导，没有固定的民工队伍。”

“在机制上，现在我们的项目管理实行的是项目经理负责制，项目经理是法人，法人为项目负责，大家又为法人负责，因此一切工作都需要维护法人的权力和利益，这样无形中就会助长项目经理的权力。这是其一。其二，像我们这样规模的公路工程建筑公司，全国有成百上千家，每年的公路工程建设都是有限的，说通俗点就这么大一块蛋糕，这么多家企业分着吃，竞争的激烈程度可想而知。有的地方领导受政绩观作祟，只注重公路通车里程，讲工程进度，不注重工程质量，有的为了多修路，捞政绩，恨不得一分钱掰成两半花，一再降低工程造价，给施工企业预留的利润很少，有的甚至就没有利润。可是我们有的单位为了生存，就只好硬着头皮，不管干了干不了先拿到工程再说。拿得多了自己干不过来，就出现了转包、分包等现象，层层分解利润，实际利润又有限，相信哪家施工队都不会亏着去干，更不会搭钱去干，都想着多挣点。要想挣到钱，那就只能靠偷工减料来实现，这样不仅不利于企业的发展，而且还埋下了工程质量的隐患，‘豆腐渣’工程也就既然而然地出现了。说白了，那些业主单位只顾了眼前利益，从长远而言，并没有节省投入。其三，现在公路建筑市场管理还不够规范，施工队良莠不齐，真正有能力干的不一定有资质，有资质的不一定有实力，有实力的不一定能拿到工程。这样的话，建筑市场就混进了一些建筑水平低、管理能力弱的队伍。还有就是项目经理部的监督制约机制跟不上，有效的监督管理还很不够。一线项目经理部身处基层，管理着几个亿的工程项目，人人手里都有一定的权力，如果不严格管理，不严肃追究责任，很容易出安全问题和各种违纪问题，甚至会发生腐败问题。

……

李守仁说话的时候，眼睛一直直视着范书记，言语间流露出了他的真诚和直率。他那真诚直率的话语从他的嘴里流出，就像一股清泉甘露一样流进了范书记的心里。

来这里之前范书记已经去过几个项目经理部了，掌握到了一些最鲜活、最基层的情况，也听到了一些群众的反映，有的反映他听了后很令他吃惊和不安。

范书记听了李守仁刚才一番话，显然他听得还不是很过瘾，他还想听李守仁继续讲下去，他目不转睛，双眼始终看着李守仁，放射出了睿智、真诚和善良地光芒，流露出了热切地期待，仿佛是在鼓励李守仁，你继续大胆地往下说吧！

顿了顿，李守仁接着说："其实说到底，还是思想观念问题。首先要解决好思想认识问题。"

"解决思想认识问题这是个复杂的问题，可以说这些问题既有历史的问题，也有现实的问题；既有上层的问题，也有最基层的问题；既有社会的问题，也有项目经理部自身的问题。要解决这些方方面面的问题，不是一时半会儿，也不是仅靠公司的力量就能够彻底解决了的，但是不解决又不行，甚至有些问题解决慢了都不行，很可能某一天、某一方面或某一环节就会给你出问题。这几年，我们一味地追求经济效益而放松和削弱了党的领导,我觉得当前最紧要的,也是最有效的就是加强党的领导,充分发挥其核心领导作用,加大监督和管理的力度。应该说这几年公司党委很注重制度建设,出台了方方面面的一系列制度规定,依靠制度管项目,这是个好主意、好办法。可是为啥还存在这样那样的问题呢! 制度的生命是执行。谁来执行,执行得怎么样,谁来监督,监督了没有,监督发现问题没有,发现问题处理了没有等,刚有制度只能说是做了上篇文章,下篇文章才是关键的关键。举个简单的例子,其实这个例子很普遍,公司要求重大物资采购和采购物资要货比三家,可是您检查中发现了,党委会议记录里都有这方面的记录,说明都上会研究了,或者说是集体研究决定的。可是真正上会没有,上会了又是不是真正按照党委会议程序和步骤研究的,会上大家是怎么讨论研究的,研究的结果怎么样,是不是按照会议研究的执行的等,看似记录得清清楚楚,我觉得在您的脑子里需要打一个大大的问号,包括我在内。一个项目班子成员就那么几个人,有的很年轻,干业务工作是新手,进班子更是新手,党委会议又是实行的少数服从多数,往往是谁在单位说了算,大家表决的时候就站在谁的一方,或者投谁的赞成票。如果是这样,您说开这样的会还有啥意义? 我倒觉得除了起不到任何实质意义,反而把选边站队更加公开化了,与其这样,不如不开,某个人一人说了算了。一人犯错误不可怕,可怕的是集体犯错误。打着制度的幌子,不严格按制度办事,不执行制度,执行制度走了过场或者流于形式,这样的制度制定有何意义,也只能是写在纸上、挂在墙上的摆设而已! 真正没有落实到行动中去……”李守仁不假思索一口气滔滔不绝地说了很多。

其实李守仁前面说的那些问题范书记在其他几个项目经理部或多或少也听到了点,但没有李守仁说得全面,他听了后感到非常吃惊,此时他急于得到解决问题的方法对策。可是李守仁必须把这些问题给范书记说清楚,怕他过于把这些问题想得简单,怕他被表象遮眼,或者简单地认为是某一方面、某一个单位、某一个人的事。

“老李,您说的一点都没错! 我对您说的后面的问题很感兴趣,说明您也意识到、找到了问题的症结。没有了党的领导就好像我们的手指没有了手掌的把控,无论您这几个指头如何发力使劲儿,也永远攥不成有力的拳头。”

“老哥,您这个比喻很生动形象,一个健全的党委班子就是一只有力的手,班子成员就是这只手的指头,只要这只手健全,各个关节活动自如,这只手才能自由伸展,活动才有力量。”

“过去我们把这只手丢了,没有设党组织,是独臂上阵,前几年把他捡起来了,设置了党组织,有的作用发挥得不够好,还有的作用纯粹就没有发挥,中看不中用。”

“其实，我们单位的双重领导体制，就像人的两只手一样，只要这两只手都健全，才能互相协调配合发挥作用。作为我们的项目经理部，只有项目经理部成员和党组织班子成员这两只手齐发力，才能把项目经理部所担负的工程建设任务完成好，项目经理部也才能建设好。”

“哈哈哈哈，说得太好了！”李守仁一个形象生动的比喻把范书记说得哈哈大笑起来。

“老李，我前段时间听到这样一个‘段子’，反映我们的一些项目经理部的现实情况，我听了以后总是不太相信，我给您说说，您帮我分析分析是不是真还存在这样的问题，或者确实是存在的，可是真有这么严重吗？”

“这个‘段子’是这样说的——施工生产靠帮，工程质量靠嘴，利润效益靠偷，安全生产靠天，征地拆迁靠打，品德修养靠装，思想教育靠哄，对上面靠蒙，对下面靠唬，对业主靠骗……您觉得这样说是不是有点过了，有这么严重吗？靠这些，能靠得住吗？老李，我很担心哪！”范书记一直对这样的说法持有怀疑态度，连连问道，流露出期待的眼神，看得出此时的他是多么期望李守仁给个否定的回答。

“毛泽东主席早就告诫我们，群众的眼睛是雪亮的。群众是有智慧的，群众也是最聪明的，谁也别想欺骗群众。既然群众能够这样说出来，那就说明是存在的。”李守仁的回答并没有满足他的期望，而是实话实说了。

“唉！你说这哪里是一个团队，完全是一帮土匪，充其量也就是一个团伙。”范书记痛心疾首，痛斥道。

“我一直觉得书记岗位是个举足轻重的岗位，书记应具备举重若轻的素质和能力，而现在书记是举轻若重。现在，我们配备的一些书记往往都是能力偏弱的，老实听话的，有的甚至从来没有在施工一线干过，凑数的。对一线项目经理部的情况和施工生产什么都不知道，这怎么能肩负起抓班子、带队伍的责任。”

李守仁轻轻地咳嗽了声，接着插话道：“还有我这样老弱病残的。”

“不能这样说，我们的这些项目的党委书记，如果都能够像您这样素质过硬，那我这个书记整天就可以高枕无忧睡大觉了。”

……

就这样两个老同事坐在李守仁那个已经塌陷了的沙发椅上，一直聊到很晚才休息。第二天早上，范书记吃过早饭后，又找项目经理部的其他同志进行座谈了解。

范书记是一公司的老同志了，项目经理部一些老一点的同志都认识他，而且对他很钦佩，因此大家和他没有那种距离感，一些藏在心窝里的话也很想跟他说说。

范书记首先找的是实验室的老张，老张和范书记曾经在一起工作过，因此老张说话一点都不生分、不拘谨，直截了当，显得既坦诚直率，又自然随和。

“老范，我不是因为我们一起工作过，见到熟人随便说，更不是看你范书记的位子，向领导反映问题，告别人的黑状。再过12天，我的党龄就40年了，以一名老共产党员的身份向你保证，我说的每一句话都是为组织负责，为单位负责，为同志负责，如果有不实或捏造事实的，我愿意接受范书记以及公司领导的任何处理。”老张的说话显得很真诚认真，也很激动。

“哈哈，老张，说哪里去了，严重了，不要上纲上线，这么多年了我还是很了解你的哦！”范书记动情地握着老张的手说。

“老范哪！现在在下面越来越难干了！我要批评你，不要太官僚，要常到下面多走走、多看看，多听听大家的反映。你要好好抓一抓了，不抓会出问题的。这么多年大家一把汗水、一把泪水建设发展起来的一公司，怕要彻底毁在这些人手上了。”

范书记认真地听着老张的话，不住地点头。

“现在的风气不正！正气压不住邪气，好坏不分了。”

范书记听了不由倒吸一口冷气，觉得老张的话里有话，便关切地问：“那老李和小贾配合得怎么样？”

“还能怎样？老李的为人你又不是不清楚，忍气吞声惯了，整天趴在工地上，为工程操碎了心。即使他的本事再大，责任心再强，毕竟他是书记，有些事也不能管得太多了，插得太深了，就这样有的人还对他有意见。”

“小贾是项目经理，应该主抓工程，他怎么不把工程管起来？”

“你觉得他是真正管工程的人吗！想管又能管得起来吗！平时我们连个面都见不上，今天到市里，明天到省里，有时候一走就是半月十天，大家都不知道他干啥去了，他走得倒是很自由坦然，来得也很轻松自然，完全就是个上级领导来这里检查工作的做派。再说了，工程上的事他什么都不懂，想管也管不好！不是老李在这里顶着，工程早就停在那里了，而且胆子还贼大，啥话都敢说，啥事都敢干，把项目经理部当成了自家的，我有时真为他担心。”

“就这他还不高兴、不满足，对老李很是不服气，意见很大，经常还挤兑他，此地无银三百两，还说老李排挤挤兑他，有意和他对着干。你说老李是这样的人吗？”

“哦！那他俩的关系不是太融洽？”

“啥叫融洽，啥叫不融洽！一切都由他，把别人都当作是聋子、瞎子、傻子，让别人装聋作哑,那就融洽了。我告诉你吧,老范!两个主官中,只要一个坚持按照原则制度办事,另一个如果存有私心,那这两个主官的关系肯定融洽不了,最多也只能是面和心不和。忠臣不和,和臣不忠哪!”

“现在人心不稳啊!除了几个老家伙外,其他人都各怀各的心思,就没有把心思用在工作上。有些同志过去在老李的带领下,无论工作,还是其他方面都是很不错的。可是,他一来就把过去的局面搅乱了,给大家当头泼了一瓢凉水,一石激起千层浪,带着那几个年轻人没有一点寡廉鲜耻,给奶就是娘,给点好处就认爹,彻底把大家带坏了。你猜他平时给大家灌输啥!说什么——成绩千千万,不如领导一句话。干好工作不如和领导处好关系。他在大会小会上公开都讲——‘一切能拿钱解决的问题,都不是问题。’还有啥‘不跑不白跑,跑了白跑’。”

老张激动地一口气说完后,觉得最后一句没说对,连忙“噢”了一声,接着说道:“不对,后面一句不是这样说的,‘不跑白不跑,跑了不白跑’。你看我这一激动,差点把话的意思说错了,闹出笑话来。你说他这是啥话啦?”

“哈哈哈哈,老张!没关系的,我能听明白。”

“老范,你说说!抱着这样的思想认识和工作态度能把工程干好吗?这样的领导作风能把单位带好吗?唉!”

老张越说越伤心,说到最后说不下去了,稍做镇定后,右手摸索着从裤兜里掏出一个字条,递给范书记,说:“这是几个年轻人编的顺口溜,我怕记不住,就专门让他们写在了纸上,想让你看看!”

范书记急切打开一看,边看字条边把上面写得内容念了出来,“害了老实肯干的,苦了没权没位的,累了按章办事的,富了胆大皮厚的,乐了飞扬跋扈的,这样干迟早会出问题的……”

范书记哆嗦着手,连忙把字条装进口袋,动情地握着老张的手说:“老张啊!难为大家了,我理解大家,是我的工作没有做好,我回去后一定想办法。”

送走老张后,范昊天几乎瘫坐在了椅子上,心中就像打倒了五味瓶一样,五味杂陈,很不是滋味。静静地坐了一会儿后,他还想找大家再聊聊,便又找了许超。

我们前面也说过,在刚开工的时候许超通过竞争,承包了一个隧道口的工程任务,他任负责人,可是正当他干得非常起劲儿的时候,贾正把他们弄解散了,他负责的隧道工程给别人干了。当时贾正告诉大家说,这那个拿走他工程的人是省政府一个领导介绍来的,公司领导让把工程给他干。后来听马龙说,那个人不是什么省政府领导的关系,是马昇官的亲戚。许超负责的活让别人干后,就整天在工地当起了“旁站”。顾名思义,所谓“旁站”就是旁边站着。有点责任心的“旁站”,也能做点事,可以经常在工地现场走走看看,发现工程质量问题或安全隐患及时地反映或现场解决,如果没有责任心的“旁站”,那纯粹就是个摆设,凑人数而已。

许超在项目经理部干了几年了,对于项目经理部情况都比较了解,认识问题也比较全面,加上人实在,又善于动脑筋思考问题,因此该说啥心里都比较清楚,而且表达也比较准确到位,范书记对他的谈话非常满意。最后他还建议范书记:“我们应该有我们的一套管理办法,尽管说公司也一再做这方面的努力,在积极地探索,但是我们的管理还不够科学规范、精干高效,显得很粗放,特别是在工程管理、资金使用管理和人员安排上尤为突出。”

范昊天在机关的时候,尽管也听到很多基层项目经理部管理上存在的问题,以及对一些管钱管物的人有这样那样的反映,甚至还收到了一些群众的举报,可是他万万没有想到问题有这么严重,这次出来听了大家的反映后,真让他感到责任的重大,问题的严重,他必须果断采取措施。如果再不及时采取措施,别说误国误民了,就连自己肩负的这个岗位责任和大家对他的期望都对不住,也说不过去。

与一些同志谈完话后,他立即召集大家召开了干部大会。一方面想通报一下公司情况;另一方面还是要点一点、提一提,把那些已经走到悬崖边的拽一把,给那些有“想法”的人醒醒脑、敲敲鼓,让他们该收敛的要收敛,给那些老实肯干的鼓鼓劲,不能让大家泄气,因为工程还没有完成,即使完成后面还会有任务等待着大家。

“我在这里想把这次一路走来听到的一些反映与大家交流一下,这不仅是代表党委书记在这里说的,更是代表一名经过多年组织培养的老党员在这里向大家说的肺腑之言。”范书记一开始就开门见山点名态度,他的心情很激动,看得出有一种难以抑制的激情在里面。

接着他又说:“现在中央一再强调,要从严治党,加强党组织建设。作为我们项目经理部,它也是我们党的一级组织,它处在我们党的最基层。常言道:基础不牢,地动山摇。如果我们基层党组织功能弱化了,人心涣散了,那我们就失去了强有力的根基,就缺少了凝聚力和战斗力,这样不仅损害党的形象,而且影响我们党的执政地位。

“通过这次到几个项目经理部调研,也听到了一些反映,有的反映的问题很突出,特别是反映我们的个别党员和干部的事情,真是令人发指,这些党员和干部已经到了很危险的地步,我在这里讲并不是危言耸听。我到了一个项目经理部遇到一位年轻技术员,我找他谈话他开门见山、毫不客气地向我反映,现在在一些人身上存有这么几种现象,一种是理想信念动摇的可怕,第二种是制度和规矩意识淡化得可怜,第三种是道德修养败坏得可悲,第四种是群众观念冷漠得可恨。同志们，我觉得这几种现象都十分可怕，无论出现了哪一方面的现象都不得了，这些现象在有的人身上还不只是一种，可以说有的人已病入膏肓了。”范昊天说完向四周看了看，稍做停顿后接着说。

“我始终认为，一个单位的风气好不好，关键在主官。领导的领导方式，影响着大家的工作和生活方式，领导的道德品行和行为方式直接引领着单位的风气。我还听到这样一段‘顺口溜’，我听了以后感到汗颜，真有点无地自容。在这里不妨说给大家听听，希望大家能够对号入座。这段‘顺口溜’是这样说的，施工生产靠帮，工程质量靠嘴，利润效益靠偷，安全生产靠天，征地拆迁靠打，品德修养靠装，思想教育靠哄，对上级靠蒙，对下级靠唬，对业主靠骗。大家都是干工程的，应该能听明白，我在这里也不妨给大家简单地解释解释，比如说工程质量问题，百年大计，质量第一。扪心自问，有多少人、有多少事，把质量放在了第一位，我们有些单位所干的工程能不能经得起看、经得起测、经得起量、经得起敲、经得起挖……它不是挂在墙上的，更不是用嘴吹出来的，它是实实在在地干出来的。我们干工程自己不愿干，干不了；自己不愿干，还不积极支持协作队干，瞧不起人家，不把人家当人看，使脸色、耍手段，甚至吃拿卡要，多寒人心哪！还有安全问题，不重视安全生产、不抓安全生产，凭侥幸、靠运气，听天由命，不出问题是偶然的，出问题是必然的。我们的施工生产主要依靠协作队来完成，离开协作队，试想一下我们还能干什么。还有的不靠科学的管理创造利润，而是整天想着偷工减料，或者靠变更，靠虚报冒领；不主动靠上去做群众的工作，动不动就在老乡跟前吹胡子瞪眼睛，靠拳头应对老乡的合理诉求，难道你是泰森，动不动用拳头说话。对同志虚虚假假、哄哄骗骗，整天装模作样，人前一套人后一套，说的是人话，办的不是人事。大家思想上有疙瘩不去做思想工作，而是靠许诺，靠哄骗，等等。这段‘顺口溜’尽管有些方面有点夸张，也不尽准确，可是在我们的一些单位里肯定能够找到它的影子。群众的眼睛是雪亮的，群众也是有智慧的。谁低估群众，必将会被群众所抛弃。还有一些同志给我反映，现在一些项目经理部的现状是：项目经理的岗位是关键的，书记的岗位是虚设的，思想工作是苍白的，开会是做样子的，管钱管物的是实惠的，各种表面上的东西都是应付检查的，上级检查是走马观花的。”

……

“还有一些反映，总的感觉这些反映都奇奇怪怪的，我听了后感到非常震惊。同志们，我在这里并不是危言耸听，也不是在批评大家，可是有些事情我想讲给大家听听，希望那些执迷不悟，迷途忘返越走越远的同志该回头是岸了，那些夜郎自大的人，也该低头看路了，或许我说的有点严重，有的人不愿意听，可是我宁愿今天听到大家的骂声，不愿明天听到大家的哭声。”

范书记越说越激动,最后落脚点落到具体问题上,与其说是在具体问题上提醒大家,或者说要求大家,不如说是手把手心贴心教大家。范书记也是干工程、管工程的老专家了,对于一线施工很在行。

他说:“干一项工程,重要的也就这么几个环节,假如把这几个主要环节抓住了,那么你就抓住了根本,抓住了实质。比如,在工程质量上,施工规范怎么要求的,你就怎么干,绝对不会出大的问题;在工程进度上,严格按照投标文书有关要求,把任务和时间安排好,一项一项地干,一个节点一个节点地完成;在安全生产上,不抱任何侥幸心理,更不能存有麻木不仁的思想和盲目蛮干的行为,该投入的一定要舍得投入,时刻把安全挂在心上,不是挂在墙上,写在纸上;在经营管控上,要科学管,该花的花,千金不惜,不该花的坚决不花,锱铢必较;在对外关系上,对待管理我们的业主和监理人员,首先要尊重,端正一个观点,要靠我们出色的工程进度和优良的工程质量取信于人,不是靠花钱送礼收买和笼络人心。对待人民群众,一定要厚爱三分,把他们当成我们的父母兄弟姐妹,切不可动不动想用武力解决问题,我们与群众是鱼水关系、不是油水关系,明白水能载舟,亦能覆舟的道理。还有在保全集体利益的同时,首先要保全职工正当合理的个人利益,不能以牺牲职工利益追求集体利益的最大化,我们创造的效益和价值,归根结底是要让群众得到实惠。

“管理一个项目,也不外乎就这么几个方面,只要这几方面做好了,说明这样的项目经理部党委就是一个有战斗力的班子,这样的队伍就是一支能打胜仗的队伍。”范书记喝了一口水,接着说道。

李守仁听了范书记的一席话,内心里不禁啧啧称赞。范书记一步一步从基层一线走到公司领导岗位,不知道吃了多少苦难,才磨炼出了他料事如神、洞察秋毫的本事。

范书记这次出来调研,听到了群众的好多反映,他也感受到问题出在基层,可是根子都在领导、在公司党委机关和项目经理部党委班子。比如有的群众反映一些项目领导不注重学习,不注重自身世界观的改造,不钻研业务,说话低俗,办事庸俗,追求媚俗,热衷于走上层路线,热衷于吃吃喝喝,热衷于拉拉扯扯,热衷于做表面文章;有的在项目经理部搞起了“自由王国”,玩独裁政治,拉帮结派,搞团团伙伙,想个人说了算;还有一些党组织的集体领导软弱无力,有的甚至就没有发挥作用,班子如一盘散沙,单位没有一点团队精神,就像一个有职级称谓的“团伙”。有的同志当项目经理时拍胸脯保证,当上了拍脑袋决策,出问题了拍屁股走人。“规则战胜不了潜规则,风骨战胜不了媚骨”,有的有制度规定却不遵守制度、不遵从规则,权大于“法”,我行我素,盛行和遵从“潜规则”;有的有生活作风问题,手里有了点权、有了几个钱，就看不起自己的糠糟之妻，喜新厌旧，家外“养花”。风成于上，俗形于下。问题出在基层，可是也反映了机关的问题，一些机关的同志到项目经理部检查工作，不严格要求自己，没有机关干部的样子，胡说八道，胡吃海塞，胡作非为，甚至孤假虎威，耍威风，摆“派头”，小酒一喝红包一拿，就把原则问题丢在了脑后，回去汇报工作的时候成绩一大堆，说什么项目经理是能干的，书记是配合的，班子是团结的，思想是稳定的，问题是客观存在的，主观上是努力的，各项制度的执行是坚决的，内外关系是融洽的，业主反映是很好的，效益是可观的，工程质量是肯定的，安全工作是没问题的等等，一好百好。

这些问题说了多少年了，抓了多少年了，每次开会都要强调，每次下去都要抓，可是昨天的问题直到今天还是问题。晚上躺在床上，范昊天的脑子里就像过电影一样，把这些问题一个一个地梳理了一遍，一直想找到症结在哪里。后来他想，说一千道一万，最大的问题还是机制不够健全，最大的困难还是管理人才素质不够过硬、能力不够强，最大的障碍还是“惯性思维”习惯在作祟。

突然他的脑子里，蹦出两个字“改革”，是的“改革”，必须“改革”，不改革，或许只有死路一条。

这当然是后话。

24

筑路者为他人追逐梦想开辟坦途，而自己追逐梦想的道路永远坎坎坷坷。不知这话是谁说的，不过说的就是筑路者生活真实写照。

初见李守仁的人都会觉得他有儒雅风度，是个儒将，其实当真正熟悉了解他后，就会明白他看上去儒雅，其实他的内心很刚烈，外表体现的是他的涵养。对于那些看不惯的人和事，他敢于直言，敢于较真。在刚烈背后，才是他柔和的性格，他心地很善良，心肠特别软，“闻其饥寒为之哀，见其劳苦为之悲”，有时甚至看见别人伤心掉泪，一个大老爷们也能跟着掉出泪来。这或许与他的身世有关系。他生在黄土高原腹地的一个穷苦家庭，是家里的长子，在他母亲去世的时候他才 14 岁，身后还有三个弟弟，一个未满周岁的妹妹，大弟叫守义，二弟叫守礼，三弟叫守智，妹妹叫守信。家庭非常困难，父亲带着他们兄妹五人节衣素食，他几度辍学。多亏他有个知书达理的爷爷，想尽一切办法供他把书读到高中，其他几个弟弟妹妹也在爷爷和父亲的供给下，个个都上了学，成了有文化的人。他的爷爷给他们兄妹起这名字的时候，就是期望他们长大后能够成为知书达理、有涵养、守信誉的人。据说他的爷爷小的时候家境殷实,读书不少,在全国刚解放的时候任过他们县革委会主任,因“文革”受陷害被免职,后来组织给他平反,安排他到地区任职,老人已革职在家务农多年,成了一个真正的农民,说啥也不肯离开他那熟悉的土地,就一直待在农村务农。他的部下已在中央任大官了,就在李守仁转业地方的那年,刚好那个老部下到他们那里视察,还专程到他家看望他的爷爷,听说当时来了大小车辆足足有二三十辆,有省里的、市里的和县里的,当地大大小小的领导前呼后拥,站满了本就不大的农家小院。那位老部下临走时,一再嘱咐老爷子有什么困难尽管说,并对陪在身边的省市县领导交代,要多关心照顾老爷子。可是性格耿直倔强的老人啥要求也没提,也从未向任何人提到自己的困难,没给任何领导添过麻烦。李守仁善良、正直、执着的性格完全和他爷爷一样,如出一辙。

李守仁始终有他的人生目标和价值追求,现在都50多岁的人了,可是他就像一个追梦少年一样。

他一生的最大梦想就是能够修更多的路,造福更多的贫苦大众。

没有目标,哪来劲头!

他从内心里感谢每一次带他走向成功的经历,往事如烟似梦,令他激动,使他难忘,也让他始终饱含有一种忘我的工作激情,因为他知道,希望还在前方——梦还很远、路还很长。

活得充实比活得成功更重要,这是李守仁最欣赏的一句话。他时常告诉人们他不是一个成功者,但他是一个精神充实、幸福的人。不过在大家看来,他就是一个成功的人,不仅在部队干过,而且到地方后工作同样干得很不错,风生水起,干出了不少成绩,尽管对他也有不同的“声音”和“说法”,甚至是非议,可是那些都不足以阻挡他追梦的脚步,也都通过时间和实践有力地驳斥了他人的那些非议或说法。与他交往时间长或了解他的人都知道,无论他在哪个单位和岗位都留下了骄人的成绩或亮点,乃至离开“江湖”若干年后,“江湖”上仍有他的“美丽传说”,看到那些成绩或亮点,大家都会情不自禁地联想到——那就是李守仁留下的,大家都会为之称赞。更令大家羡慕的是,他有一个贤惠的妻子。特别是自贾正的妻子钱朵朵到项目经理部大闹了一场后,大伙时常自觉不自觉地拿两个主要领导的妻子做比较。让大家认识到了,“每个成功的男人背后,必定有一个默默付出不求回报的女人;每个任性的女人背后,必定有一个百般娇宠她的男人”。

李守仁的妻子杜娟应该就是那个默默付出不求回报的女人,而贾正的妻子钱朵朵应该就是那个曾经被贾正百般娇宠的任性女人。这句话概括总结得多准确啊!大家也都说,用在李守仁和贾正身上最合适不过了。

李守仁的妻子杜娟是他在读大学的时候认识的,至今他都记得,当时在学校里流行着这样一个段子:“自古交校无娇娘,残花败柳满学堂,犹抱文凭半遮面,无奈嫁与修路郎。”当同学们看到他找到一个漂亮的妻子,人人都很羡慕,用今天的时髦话说,他“捡漏”了。其实自己的妻子不仅有娇美的容颜,更主要的是她还有一颗美好善良的心灵,更不是什么“残花败柳”。

他们由相识、相知到相爱,到最终走到一起,多年来,尽管两人一起在家待的时间总共也没多久,可是他们的心始终在一起,相濡以沫,互敬互爱,都有着共同的爱好和追求,妻子在家一边工作一边抚育孩子、照顾老人。刚结婚那几年,他常年在高原施工,一年到头难得和家人见上一面,家里家外全靠杜娟一个人操持,特别是自己的儿子出生后,杜娟肩上的负担更重了。有一年他在高原上施工,老父亲患了重病,瘫卧在床,杜娟既要照顾不满周岁的儿子和老人,还要上班,抽空还得照顾弟弟妹妹。老父亲大便干燥,每次都需要药物缓解,每次都是她帮忙把药水挤到里面去。年底他休假回家后,躺在病床上的老父亲紧握着他的手,老泪纵横,苦苦哀求着对他说:“守仁啊!你媳妇多好啊!他对我比亲闺女还亲,你快回来吧!整天端屎端尿那不是她干的事儿。她一个人里里外外操持,会累坏的!你不回来我都死不瞑目的。”

李守仁听着老人的话,不住地点着头,眼泪也不住地在眼眶里打转。

每次休假回家看到家人,看着家里的境况,令他非常心酸难受,自己的家是这样,还有老战友武宝天的家境,也让他牵挂在心。他把武宝天的父母和妻儿当成自己的亲人一样照顾,每次短暂的假期,他都分开两头跑。两大家子人没有一个身强体壮的男人来照顾,那怎么行!

一旦回到部队,他就把全部的精力和心力投入工作中,把家事和亲人搁在了一边。可是休假的时候,亲人就在身边,每当看见亲人们,看到他那个不完整的家,他总是整夜整夜地失眠,翻来覆去睡不着。一天晚上睡在床上他把自己想要转业的决定告诉了杜娟,杜娟听到后“噌”地坐起来,你不是在说梦话吧?怎样突然提出转业呢?你是不是犯啥错误啦?

杜娟说出后半句的时候,感到非常后悔,认识李守仁这么多年了,她对自己身边这个修路的男人一百个放心,在自己的心里他是最优秀的,觉得他绝对不会干那些对不起组织和同志的事,可是她心里隐隐还是有点不放心。不是人家说了,男人有钱就变坏,女人变坏就有钱。他现在在部队管着工程,对于花钱手头也有了一定的支配权,是不是在外面养着别的女人,被别的女人缠上了,凭着他对李守仁的了解,这一点又绝对不太可能;那么是不是工程上出啥事了,现在电视上、报纸上经常报道这个干工程的出事了,那个贪污入刑了,人在江湖走,日久天长哪有不湿鞋的,做到清清白白、堂堂正正那要多大的定力呐!李守仁心善,经不得别人的死缠烂磨，他自己能做到不贪不腐，可是万一别人把他盯上，非要把他拉下水。……

他真要有个三长两短，这个家怎么办，现在他在部队即使一年到头见不上一次面，但毕竟心里还有些许的期盼。

她不敢过多地想了，越想越后怕。

她爬到李守仁的耳边，轻轻地问："你怎么突然提出转业？是不是……"

"你别瞎想啦？怎么会有那些事！"李守仁苦笑着说。

"你不说清楚为啥！我就不让你转业。"杜娟努着嘴，坚定地说。

李守仁用手轻抚着她的脸，说："你瘦了！"

"没有啊！我都嫌我胖呢！你们男人都喜欢女人苗条吗，瘦了多好，免得减肥啦！"杜娟撒娇道。

"我不想让你变瘦，胖胖的才美呢！"李守仁心疼地说。

"你傻啊！可惜你没有生在唐朝。"

"我穿越到唐朝。"

"你就穿越吧！还不改你的赖毛病，思维一点都不切合实际，要么怀旧，要么超前。"

"我不是怀旧，是思考过去，总结吸取点经验教训，以便更好地走向未来。你没听说过么，看得清多远的过去，才能看得清多远的未来。再说，人总得有点思想和精神追求，要经常思考和琢磨点事！整天不思不想，无异于行尸走肉，苟延残喘地活着，那有啥意思呢！"

"活一天，过好一天，就是了，你整天不想点眼前现实的，想那么远的事累不累？"

"我想眼前的你，也想未来！"

"讨厌，人家不是在你跟前嘛！还想，是不是想哪个老相好呢！"

"胡说！我想我怎么为你分担点家务。"

"这么多年我们不也过来了，我也习惯了现在的生活，感觉挺好的啊！现在孩子大了，也不用过多地操心了，老人身体逐渐恢复。我身子累点，可是心里很满足，有种成就感。"杜娟紧紧地搂着李守仁的脖子认真地说。

"我亏欠你们的太多了，我不能再这样下去了。有家才有国，我连家人都照顾不好，谈何为国尽忠呢！"

"我不能因家事让你分心，好男儿就应该横刀立马，闯荡四方，整天围着女人转的男人有啥出息，况且你走到了这一步，部队培养你这么多年，正是为部队干事的时候，你一转业，不是辜负组织的培养了吗？"

杜娟怕一时说服不了他，就拿部队需要来安慰他，知道他时刻想的是部队和组织，对部队和战友们有深深的感情，一说到部队和战友他就会妥协的。

可是这回她错了，他铁定主意要转业。

杜娟便故意把话题岔开，问李守仁："你觉得我漂亮吗？"

"漂亮，在我的心中你就是公主。"

"那你就是白马王子。你这是夸我，还是夸你自己？"

"都夸，在我心中你就是公主，在你心中我就是白马王子。"

他紧紧地搂着她，又把话题绕了回来，坚定地说："我年底还是转业吧！转业后回来好好陪你。"

"我这么大个人，能跑能动，还用你陪，说出去不怕人家笑话。"

"我不陪你，才有人笑话呢！陪你是合情合理合法的哦！"

"得了吧！少贫嘴！"

"这么多年，经历的世事太多了，我现在也看开了，只要家在，家人健康，就是最大的幸福。至于工作，只要有一颗奉献的心，走到哪里都是奉献。转业地方同样也可以奉献，奉献不分岗位。特别是处在现在的和平年代，我作为一名修路的军人，部队有我没我无关紧要。"李守仁坚定地说。

……

等到年底，李守仁果真转业了。

转业地方一晃就12个年头了，李守仁一直没回过老部队，也很少和战友们联系，可是他的心里时刻装着部队、装着战友，他多么渴望能见到曾经的老战友，想亲眼目睹老部队现在的变化。

机会终于来了。

就在李守仁他们担负的工程项目快要完工的时候，发生了5·12汶川特大地震，全国人民都尽全力支援灾区。按照省政府的指示，要求省交通厅组织一支50人的救援队伍，并带20台大型机械，必须在两天之内赶赴灾区，执行道路抢通任务。

省交通厅把这一任务交给了公路局，公路局又把这项任务安排给了一公司。马昇官任救援突击队队长，李守仁任副队长。总公司领导把这次救援任务作为一项政治任务，也作为展示自身实力的机会，非常重视。本来马昇官是要带贾正去的，可是公路局在审批上报名单的时候，临时把贾正换成了李守仁。

刚开始的时候，马昇官要求机械车辆都从项目经理部抽调，李守仁坚决不同意。工地距离震区近2000公里，就工地那些机械设备，估计跑不到灾区都就散架了，那不是去抢险救灾，完全是去添堵。

李守仁建议马昇官向上面汇报，说明情况，争取省厅出面协调，抽调性能最好、安全有保障的机械车辆。可是马昇官犹犹豫豫，半天下不了决心，站在一边的李守仁万分着急，在这人命关天的时刻还犹犹豫豫，早去一分钟抢救，那些伤者或许就多一分生的希望。最后李守仁找到已升任总公司党委书记的范昊天，让他出面和省厅沟通。

在范书记的积极支持下，省厅出面协调省里的机械、车辆生产或销售厂家，抽调了 20 台崭新的工程机械和 15 辆平板车，而且性能完全有保障，厂家还安排了两名维修工程师带上修理工具和配件全程保障。

机械车辆的问题解决了，可是驾驶和操作人员还没有确定下来，马昇官安排贾正抽调工地的操作人员去，大伙一听说要到几千里外的灾区去，谁都不愿意去。本来马昇官心情就不是太好，他不是不想去救灾，而是不想让李守仁和他一起去，另一方面在开始的时候，因机械车辆的事李守仁就抢了他的头功，他很是不爽。因此，贾正向马昇官汇报说明情况后，贾正狠狠地被马昇官骂了一通。最后还是让贾正从工地协调解决，没办法，贾正只好苦苦哀求那几个协作队负责人帮忙。那几个协作队都是他安排的，按说在关键时刻应该听他的，给他撑面子，可是那几个协作队负责人心里都打着自己的小算盘，知道这是无偿服务，耽误工地施工不说，关键还得给那些人发工资，因此说还是钱在作怪。最后那些协作队负责人指使工人们跟贾正讨价还价，说只要工钱合适他们就愿意去。

贾正当即表态，工钱不是问题。

那些操作人员要求先预付工钱，贾正一听很生气，可是又没办法，来不及和他们讲价还价了，马上答应支付。

付钱好答应，关键是没钱，项目经理部账上只有二三十万现金了，他马上让财务拿出来兑现，自己又给凑了 20 万现金。

就在装车准备出发的时候，本来从厂家弄来的那几辆平板车完全可以把要去的大型机械装载得下，可是马昇官非要把不知从哪里弄来的一辆破平板车，也分装点东西，和救援队一块儿走。

好不容易组织好了，他们就昼夜急行军，车队过了都江堰后，进入灾区的道路险象环生，越来越难走，走在前面的司机怎么说都不愿意往前走了。最后几个司机凑到一起商量，要往前走就得再加钱，否则的话，他们就把车子丢下不管了，要往回返。

在出发的时候，李守仁就有点担忧，觉得这些驾驶人员不是太可靠，万一中途撂挑子，把他们几个丢下怎么办，让马昇官一定要做好这些人的思想工作。现在走到这里不走了，这不是闹笑话吗！闹笑话？笑一笑也就过去了，可是，这是人命关天的事啊！从全国四面八方来了那么多兄弟救援单位和人员，我们把那几台机械丢在去往救援现场的半道上，多丢人哪！这不是来抢险救援，这是真正来“添堵”了。你还等着党和国家领导人来接见你，不把你一脚踹到滔滔江水里就不错了。当初出发的时候，贾正拍着胸脯向马昇官保证的情景顿时又浮现出来了，贾正举起右拳，显得非常有力，重重地锤了一下自己胸脯，大声地说：“绝对没问题。”

顿时，气得马昇官直跺脚，牙齿咬得嘎嘣响，束手无策，恨不得把那几个捣蛋的司机拉下来，扔到滔滔江水里。他恨恨地说：“在战场上这种行为就是逃兵，是要枪毙的。”

坐在最后一辆车上的李守仁得知这一情况后，心想已经到了这份上，只要把任务完成好，大家要多少也就认了吧！总不能跑到这里还讨价还价。也就不管三七二十一，当即拍板，让大家开个价，到达抢险现场后马上支付一部分，等到完成任务后支付剩余部分。李守仁经常待在工地，这些参与救援的人员大都认识他，他们平时还是对李守仁的为人有所了解的，他这么一表态，大伙也就不闹了，其中一个站出来说：“我们有李书记的这句话就够了，哪怕冒死我们也要完成任务。”说完带头爬上车继续向前走。

车队还没有到达汶川县城，拉着一台装载机，走在车队中间，由马昇官安排的那辆平板车，突然“趴窝”了，修理工捣鼓了半天，最后发现是零件老化损坏了，跑到这里到哪找那些零件，没有零件修理师傅没法修，车子趴在那里动不了。

那辆汽车还刚好停在一处狭窄路段，一侧是滚滚的江水，另一侧是高高的大山，不时地还有滚石落下，加上余震不断，犹如进入了一片死亡地带。车子坏在半路，挡住了后面的车辆行驶，没过多久后面就堵了很多救援车。李守仁迅速下令随车的挖掘机挖出一个平台，把装在那辆平板车上的装载机卸了下来，果断把平板车推到了江里，道路总算疏通了。

救援队跑了两天一夜，总算按期赶到了灾区。

他们领受的是打通一条上山的道路，由于山体垮塌，唯一的一条上山道路被阻断。山顶上建有一个工厂，工厂的工人和山上住的近千名群众的生活物资完全靠人工运送，道路并不算长，可是山高且陡，随时都有山体垮塌的危险，再加上余震不断，经常会出现塌方或泥石流。

在开始干的时候马昇官和李守仁的意见就发生了分歧，马昇官的意见是干一段成型一段，这样的话看起来美观、好看，而李守仁的意见是先修一条毛路，抓紧把路打通，后面的机械再进一步拓宽整修，这样的话不仅作业面也更多点，不会窝工，而且救援物资和人员能尽快送上山。马昇官毕竟是总指挥，李守仁也不能违抗，因为这是救灾，救灾就是战斗，既然是战斗，那就像战士们上战场一样，违抗指挥员的命令轻则处分,重则是要杀头的。刚开始按照马昇官的意见实施了,可是这样的进度太缓慢了,很快就被震区抢险指挥员发现了,并狠狠地把他们批了一顿。人命关天的事。你们还在这里磨蹭,那么多机械闲置在那里,又不是来凑数和看热闹的。最后那名指挥员亲自出面调整施工方案,其实指挥员提出的施工方案和李守仁起初提出的意见完全一致。李守仁站在最前面,也是最艰险的地段,亲自指挥,先由挖掘机挖出一条简易的便道,再由后面的机械拓宽平整压实,大大提高了效率和进度。马昇官跟在后面很是懊恼,不知该如何是好,整天闷闷不乐,心情很是不爽。

李守仁带领大家加班加点地干,经过几天时间的酣战,终于打通了。而且完成的相当漂亮,抢险指挥部又命令他们火速赶往茂县驰援。

到了茂县后,刚好分配他们和李守仁的老部队一起打通一条救灾道路。当李守仁见到了久违了的老部队、老战友,别说心情有多激动。以前做梦都没想到能和老部队联手抢险,这是多好的学习机会。

老部队来的比他们早好几天,已经把几块硬骨头啃下来了,这次来这里啃这块硬骨头,是抢险指挥部钦点的,是对他们过硬的专业实力的充分肯定和信任。更令他没想到的是这次老部队参与抢险,担任总指挥的就是和他同在一个营当连长的张国柱,那时两人所带的连队就不分上下,施工场上他们是生死较量的对手,可是在平时生活中,他们是非常好的兄弟。本来在来这里之前,李守仁想到在这次救灾中,老部队肯定会参与的,打算与老战友打电话联系的,可是由于走得匆忙,加上老部队抢险道路是主力部队,不敢打扰他们。没想到在这里遇到了,他乡遇故知!令他激动万分。

两人一见面就激动地拥抱在了一起,短暂的拥抱后,两人的心情非常激动,离别的话都不知从何说起。由于重任在身,由不得他们在这里寒暄,几句问候后便分头投入各自的抢险战斗中了。

李守仁他们和他的老部队抢通的是同一条公路,分别朝着两个方向迎面抢通。难得见到老部队和老战友,李守仁多么想早点和老战友坐在一起叙叙旧。要见面那只有加快进度,早日把路打通与老战友相会。

对于灾区特殊的地质环境,马昇官从来没有遇见过,整天心惊胆战的,加上他并没有多少施工经验,有了上一次的指挥失误后,他到了指挥现场心里总感到发憷。可是作为指挥员不去一线指挥又不合适,前面有李守仁指挥,他就跟随在机械车辆后面找个开阔安全的地方站着。对李守仁来说,这样的地质环境很像当年部队在高原施工时的境况,所不同的是这里余震不断。由于施工场地有限,所有机械车辆上来没有足够的施工场地,他就安排轮班作业,这样也就有了人员休息的机会和机械车辆保养维修的机会，也确保了人员和机械车辆在最好的状态下工作。仅用了四天时间道路就彻底打通了，而且比救援指挥部下达的完成时间还早两天。

晚上刚撤回临时驻地休整的时候，老战友联系李守仁，说是要来看他。晚上来了六七个老战友，有的是他带的兵，有的是和他一起上学一起共事的战友。“老友新朋重聚首，把盏论剑数风流。”既然是少不了的，不知老战友们从哪里弄来一塑料壶羌族老乡酿造的老酒。李守仁完全没有了几天劳累的困意，精神劲头很足，和大家聊得很开心。

一晃离开部队十多年了，那些曾经和他一起共事的战友明显老了，其实他最关心的是老部队的变化情况和担负任务情况。当得知老部队这几年无论部队建设还是完成工程任务都有很大的变化，而且部队建设又上了一个很大的台阶，施工机械化率越来越高。

就在那天看到老部队那些精良先进的装备后，李守仁打心眼里羡慕和自豪，不禁感慨万千。在他的脑海里不时地闪过，部队正规化管理的影子。他想到现在好多有影响的大企业也都开始走军事化管理的路子，义不容辞地担负起社会责任。像他们那样的公司也完全可以按照军事化管理，加强应急救援力量等方面的建设。他们那么大一个省，地处内陆，自然灾害频发，万一真出现一些大的自然灾害，需要他们上去的时候，他数了数真正能够上得去，干得了的施工企业还真没几家，他们应该义不容辞地承担起这样的责任。他是军人出身，骨子里就有了一种军人情结和担当精神，从他内心里，也十分渴望能够打造一支过硬的地方施工队伍。

不由地让他冉次回忆起了最近几天来亲眼目睹了灾区的情景，面对疮痍满目、面目全非的城市，面对那些家破人亡的灾区群众，面对那些滚滚飞落的巨石，等等。人类的力量是多么微小，多么微不足道，越是这样就越要认识和改变它，一种强烈的责任感和使命感驱使着他，必须打造一支过硬的抢险救灾队伍。

在救援总结表彰大会上，安排李守仁作为先进代表在会上介绍救援经过，他用很短的时间谈了救援的经过，重点谈感想，他说：最近几年自然灾害频发，我们作为全省较有影响的专业化的施工队伍，应该成立一支专业化的救援队伍，确保在关键时刻能够上得去、完成得了……

坐在台下的几位领导对他的发言非常感兴趣，特别是公路局领导对此非常重视和支持，会后便立即请示了省交通厅，也得到了省厅领导的大力支持和赞扬。总公司马上开会研究组建方案。最后确定由李守仁具体牵头负责。

其实就从进入汶川地震灾区那时起，李守仁就一直在思考这个问题，为了进一步地把自己的想法说明白，他专门将自己的想法形成书面报告，呈送总公司领导和局领导。

他在报告中着重强调，5·12汶川特大地震发生后，公司加入了救援的行列，通过实战演练，也暴露出了公司在抢险救援方面存在的问题和不足。面对频发的自然灾害，公司能否胜任，在关键时刻拉得出、上得去、完成好，是摆在公司领导面前的一个重大课题和考验。

李守仁在报告中结合当前公司实际，建议要分“三步走”。第一步，不求我有，但求我需。就是根据遂行多样化任务的需要，本着需要什么学什么、缺什么补什么的原则，加强“软”“硬”件建设，内强素质、外树形象。进一步加强人才的培养储备，按照融合式发展的要求，借助各方力量进行传帮带，培养公司各方面、各门类专业技术人才。同时，把具有发展潜力的优秀技术人员送出去培训，提高专业技能。第二步，不求我需，但求我能。公司自行组织施工，把那些培养出来的专业技术人才安排到相适应的岗位上，进行岗位锻炼，达到能够独立完成施工生产任务的能力和水平。第三步，不求我能，但求我精。在全公司有重点地培养几支过硬的“拳头”队伍，通过应急演练、岗位练兵等形式，锻造过硬的专业技术，培养遂行任务的过硬本领，造就一大批懂技术、会管理、能指挥的“复合型”优秀人才和能攻坚克难的“尖兵”。在关键时刻再把这些“尖兵”召集起来，形成自己的救援队伍。

这不能不说，是个很好的建议，有思路、有方法、有步骤、有目标，只要领导有信心、有决心，实现这样的目标应该说难度还不是太大。看了报告后，领导们非常激动和兴奋。

事实上，自确定成立应急救援队后，总公司党委“一班人”高度重视，未雨绸缪，秣马厉兵，以时不我待的紧迫感和寝食不安的责任感，为尽快提高公司的自行施工和抢险救灾能力，争取早日建成一支过硬的“拳头”队伍进行周密谋划，精心准备。

既然领导有决心，又把任务交给了他，那他也有了用武之地，那就迈开大步干吧！最近刚好公司又拿到了一个新项目，他抽调了20名政治素质过硬的年轻人，安排到这个新项目上，跟随那些老专业技术人员学各种技术，打算这些人把技术学成后，就让他们带领其他人一起干，这样一带十，十带百，通过两年时间带出一支基本能够胜任一般工程任务的队伍，然后再由这些人组建一个工程项目干，进一步练就过硬技术和本领。

这样的话，利用两年左右时间，技术人员也可以通过这样的形式和途径解决，可是有技术人员还不行，巧妇难为无米之炊，还必须有机械设备，这才是关键。而且只有一般的机械设备肯定还不行，就目前情况下购置最先进的肯定也是不现实的，可是最起码性能上绝对不能有什么问题，关键时刻掉链子，那不仅要闹笑话，而且要付出沉重代价的。

他躺在床上，想着那些“铁疙瘩”的事，几乎一夜未合眼，不过一夜未合眼也值，他想出了一个两全其美的好办法。现在那个新项目，不是还没有定施工队么！干脆这个新工地自己管理，技术人员派自己的人，一切机械设备都从租赁公司租赁，这样的话，不仅租赁公司的机械设备有活干了，而且项目部也有了“自己”的机械设备，关键时刻这些机械设备也能派得上用场。

他激动地“噌”的一下坐起来，用手拍了一下大腿，自言自语道：“好主意，就这么定了！”

25

抗震救灾结束后，救援队的出色表现得到了抢险指挥部的充分肯定，李守仁被表彰为“全国抢险救援先进个人”，出席了“汶川地震灾后恢复重建总结表彰大会”，并受到了党和国家领导人的亲切接见。

回来后，直接提拔当了总公司纪委书记，关键在纪委书记后面还有个“括弧”，括弧内的东西很有含金量——“副处级”，很令人羡慕，那是多少人梦寐以求的啊！不料让他“轻而易举”地得到了，以前他想都没敢想会有这样的事情，在有些人看来他得到这个“括弧”确实太“容易”了，但了解他的人都知道他付出的心血和汗水太多了，给他这个“括弧”其实一点都不过分，实至名归。

马昇官和贾正对李守仁的提拔，很是有想法。特别是对他任职命令后面那个“括弧”，马昇官又爱又恨，爱“它”，因为他已经追慕了好多年了，恨“它”，不该落在李守仁头上，哪怕落在别人头上，也不该落在李守仁头上，曾多次找局领导诉说自己的“苦衷”。他总觉得自己是那次抢险救灾的总负责人，功劳和成绩应该比李守仁大，理应提拔他。贾正觉得本来那次抢险救灾该他去，最后被换下来了，总认为是李守仁在背后做了手脚，这种出名挂号的好事，让李守仁占了便宜、抢了功。

在李守仁看来，那个令人羡慕的“括弧”其实更是一种责任，当得知要提拔他当总公司纪委书记的时候，自感责任很大，压力也很大，与一名纪委书记，特别是与一名处级领导干部的标准要求还有很大的差距，他曾找过总公司主要领导，把自己的想法向领导做了汇报。“老李，仅拿你获得的那些荣誉我们也该推荐提拔你，你以为提拔你是让你在这个领导岗位上来享福了，只是给你提供了更大的平台,压了更重的担子,为的是充分发挥你的作用,为公司做更多的事,这个位置上责任更重。你知道为啥偏偏选你当总公司纪委书记?我们看中了你的忠诚、干净、担当,不是别人不愿当,是当不了,不具备这个条件和素质,当上了我们也不放心。在当前这种环境下,我们把你请出来,想让你配合总公司党委抓一抓党风廉政建设和反腐败工作,重典治乱哪!再不抓紧抓,是要出大问题的,甚至都会出毁灭性的问题。这是公司党委班子集体给你压的担子,你就挑起来吧!"范书记把总公司真正提拔他的意图向他说了。

李守仁坐在那里,只是静静地听,范书记说完后,王总经理接着说:"老李,就算你帮我和老范的忙吧!相信你有这个能力和水平胜任这个岗位,也一定能够干好。前段时间老范和我交流,现在一些同志很不像话,特别是一些领导同志,胆大妄为,把单位当成自家的自留地,想怎么耕作就怎么耕作,不把组织和他人当回事。这哪是一级企业,你说如果再不抓照这样下去,我们不就成历史的罪人了。"王总经理停了停接着说,"不管别人怎么做,你老李和我们要继续守好这一方净土,我们的政府是有钱了,可是我们不能人人都去挖政府的墙脚啊!我们的政府还有许多事情要做。"

既然两位主要领导已经把话说到了这份上,李守仁再也不好说什么,也只能愉快地接受了。

李守仁在离开项目经理部前,公司范书记也已提拔到总公司当了党委书记,新来的一公司党委书记对下面的情况又不了解,一切都是由马昇官安排,因此公司就再也没有给贾正的项目配书记。李守仁提拔走了,贾正尽管一人大权在握,可是也无心待在项目经理部,几乎整天都待在省城住在宾馆里,上午睡觉,下午约几个男男女女打牌,晚上找同学、同事、朋友或领导喝喝酒、打打牌、唱唱歌啥的,"忙里偷闲"瞅机会再运作自己下一步的事。

说内心话,贾正对他现在的处境很不满足,更对干了个半拉子项目不甘心,他要争取干一个大项目。朋友,有这样的想法其实是很危险的,也是很可怕的,这么个项目的担子也就够重的了,干好了也不容易。再说,假如每个人都有这样的想法,那还了得。贾正对自己的未来期望也太高了,公司有近千人,毕竟能够当上项目经理的也就那么几十人,还是少数,为啥让你贾正当呢!那公司的其他人都像你贾正一样只想当项目经理,不想从事其他职业,那这个公司还能生存下去吗!没有公司还有项目经理吗!没有项目经理能有你贾经理吗!有这样想法的人其实是很幼稚的。

贪欲就像吸毒一样,一旦上瘾后就一发而不可收拾,想要戒掉就十分困难。贾正刚当项目经理,就尝到了当项目经理的甜头,他怎么会就此善罢甘休,割舍得下呢！因此，他此时正雄心勃勃，打算豁出去，再轰轰烈烈地大干一场。

前几天听说最近公司又在投标，也不知有没有中标的希望，便决定晚上请工程投标处的人一起吃顿饭，顺便探听点中标信息。贾正心里非常清楚，人脉就是资源，信息就是价值。投标处是公司的一个业务处室，常年专门负责招揽工程任务，掌控着全公司上下的“饭碗”。公司下一步能不能中标，他们起着很大的作用，信息也最灵通。

贾正以前在机关的时候就和投标处的人待在一个楼里，加上后来又干上了工程，大家都是干工程的，平时工作中少不了工作和业务联系，关系应该比较密切。可是他和投标处的人联系得很少，和他们的关系也很一般。因此，刚开始的时候，他为请这顿饭还是纠结了一阵子，可是转念一想，只要能够从他们那里得到点有价值的消息，知道了——那就是价值，那这顿饭请得也值。

投标处的张处长书生气比较重，典型的技术干部，架一副深度近视眼镜，总是耷拉在鼻梁上露出半个眼珠子，看人的时候低着头眼睛向上瞟，给人的感觉很专注，好似他在认真地研究你。性格也有点内向，不过业务非常精通。平时很少和机关的人来往走动。贾正在办公室当主任的时候，曾因一点小事还与张处长发生过争执，当时确实是他自己做得有点过。不知张处长还记得那事不，会不会给自己面子。

贾正为了提早得到投标信息，也就不避前嫌，打定主意晚上就请大家，便主动给张处长拨通了电话，把晚上请他们吃饭的事说了。张处长感到很是纳闷，心想贾正突然打电话请他们吃饭，很是有点吃惊，甚至不可思议，原来贾正在机关的时候上楼下楼遇见连个招呼都不打，很是清高、牛气，现在当项目经理了，更是牛气的很。今天突然请他们吃饭，一定是有什么事有求于他们，便推托说，最近手头这事那事比较多，领导催得紧，实在没时间出来应酬。

既然张处长这么说，贾正也就不好再说什么了，便礼节性地寒暄几句就把电话挂了。心想张处长可能还是没有解开与自己的过结。那还是自己刚当办公室主任的时候发生的事了，当时公司的办公用品统一由财务部采购，采购回来后交办公室统一管理，各个处室使用的时候到办公室领取。投标处业务量大，办公耗材自然消耗的多。有一次张处长去办公室领取办公用品，那时张处长还没当处长，贾正发现他们领取没多久又要领，就没领给他们。张处长一再解释他们近来招投标工作业务量大，耗材使用快。贾正不管这些，让人家自己想办法，最后张处长一气之下找到了马昇官，马昇官把贾正恨恨地训了一顿，骂他死板、不开窍，当办公室主任还欠火候。本来也就没事了，可是那时贾正年轻气盛，咽不下这口气，从马昇官办公室出来就跑到投标处找张处长，两人在投标处办公室吵了起来，差点动起手来。当时机关上下都知道了，“炒作”得沸沸扬扬，马昇官执意要撤贾正的职，还是牛饷美在背后做马昇官的工作，才把贾正的主任位置保住。

事情已经过去好几年了，贾正都能记起，想必张处长也一定没有忘记。

晚上吃饭的地方选在了一家川菜酒楼，投标处除了张处长外，在牛饷美的斡旋下，其他6人都来了。来的这些人，都是牛饷美邀请的，她要给这些人面子，亲自作陪，还没到下班时间就提前赶到了。贾正在省城请客几乎每次都把牛饷美喊上，一方面他俩的关系确实不一般，有人说他们已超出了一般同事关系；另一方面牛饷美能言善辩，能活跃酒桌气氛，更主要的是从她那里，能够及时了解到马昇官的活动情况。

在酒桌上听他们讲，最近省里的一条高速公路要开标，而且都是大标，省厅领导透露要给一公司一个标，因此中标的可能性很大。

贾正听了后万分激动，从饭店出来后，就迫不及待地把自己的想法发短信告诉了马昇官，马昇官回信“收到”，贾正的心凉了一大截，知道这事有难度，还需要进一步做工作。贾正多年在领导跟前鞍前马后跑，也了解到一些领导们说话或做事的风格和技巧。就拿领导们回短信来说，就体现了领导们的说话技巧。如果你求领导办事，若领导回信“收到”，那说明这事办起来有难度，或者说领导干脆就不愿意办，办成的可能性很小，还需要添柴加火，或者等时机；若领导回信“知道”，那说明领导在考虑你的事，领导在给你使力，办成的把握性要大一些；若领导回信“好”，那就说明领导已经答应了，并且这事肯定能帮你办成。

贾正盯着手机频幕上那“收到”二字，心情极度难受，心里拔凉拔凉的。回想自己这么多年来，特别是自从当上办公室主任后，就把自己当成马昇官的身边人，不管是工作上的事，还是马昇官的私事，总是实心实意帮他做，有事没事到他家里走动走动，真心诚意地与他交流，把马昇官当成神灵一样供奉着。可是说归说，做归做，送归送，他发现不管他如何“贴近”马昇官，但始终得不到马昇官的认可，总觉得他和马昇官中间有一种说不清的障碍，不知是马昇官打心眼里就看不上他，没把他当成自己的身边人，还是有意防备着他，他不止一次地反问自己，这是不是前世修来的“孽缘”啊！贾正有时很困惑，也很纳闷，他对于马昇官就差早晚三炷香，晨昏三叩首了，哪怕就是供奉一尊神灵也会有开恩显灵的时候，他始终不知道马昇官属于哪一路神灵。

贾正跟了马昇官这么多年，可是他始终没有摸透马昇官的性格。马昇官的性格总是变化无常，他的思维永远也跟不上马昇官变化的节奏。比如在完成马昇官交代的某件事情，你认真了，他嫌你呆板、磨叽，你及时完成了，他又嫌你马虎，态度不端正。每次把自己搞得灰头土脸的，显得出力不讨好，甚至弄得自己里外都不是人。回想这么多年过去了,反正交办的事情令他满意的并不多,曾经还有那么几件事,没有达到马昇官想要的效果,当时就很生气,大发雷霆,一定要把他的办公室主任拿下,也是在牛饷美的一再劝说下,马昇官才放了他一马。贾正也深深地感觉到,自己在他身边工作,不仅身累,心也累,吃苦受累不说,还得不到他的信任,心里很是憋屈,真是又爱又恨。

不仅贾正这么认为,其他人也觉得,马昇官人比较"阴",经常是说的不做,做的不说,让人捉摸不透;还有说话做事很令人费解,嘴上说他去东边,其实到西边准能找到他,大家跟着他干活感觉很累。还有大家每次见到他的时候,他总是面带深意的笑,那种笑让人觉得很不舒服,也不知他是发自内心的,还是另有它意。特别是他那两只一大一小的眼睛,大的一只经常瞪得大大的,小的一只总是眯着的,眼皮耷拉着,睡眼惺忪的样子。看人的时候就更明显了,好似既清醒又迷糊,两只眼睛给人的感觉截然相反。那些和马昇官初次见面的人,一定会觉得他在用一只眼睛看你,让你不知所措,更摸不准他的心思,不知是傲视,还是确实睁眼困难。或许他自身也有不同的感觉,大的一只让他看到的世界大,小的一只又让他看到的世界很小。不过只要你细细端量,就能看得出,其实他也力争想改变自己的形象,想把那只眼睛睁大点,可是不管他如何地去努力,就是睁不大。或许这也就是古人所讲的"相由心生"的缘故吧!要想改变面容,首先得改变内心。马昇官的那一双眼睛,让人读懂了他的内心——既有光明,也有阴暗,也从他的身上看得出一颗阴暗灰色的心,是永远也托不起一张阳光灿烂的笑脸的。

贾正自从当上项目经理后,他手头阔绰了,便改变策略,在马昇官身上加大投入。不仅逢年过节要去看望马昇官,就是平时每次去马昇官的办公室或者马昇官到下面检查,他也是给马昇官两份礼物,一份是代表项目经理部集体的,另一份是代表他个人的。至于礼物的厚薄,是由贾正确定的;有时以"土特产"的名义相送,说是土特产,其实不单单是"土特产","土特产"也只能是包装和噱头,往往在"土特产"的里面还隐藏有更好的、更丰厚的"特产"。

贾正是个聪明人,在这些方面他也算他的账,他绝对不会做什么亏本买卖。他知道,他能够当上项目经理,没有马昇官的答应,他是当不上的,在这件事上马昇官确实帮了自己的忙,出于对马昇官的感谢这样做也是应该的。可是后来他一直能够坚持这样做,是因为他坚信只要马昇官在一公司一天,他的感情投资或许就不会白投资。今天把基础打好了,或许以后的好处就会源源不断,就像买股票一样,找准"潜力股"在"熊市"或低开的时候使劲买进,等到牛市到来后抛出去,就可以大赚一笔。

贾正也有他的人生目标和规划,这是他干的第一个工程项目,主要是打基础、建立人脉关系，为此交点“学费”也很正常。他也明显感觉到，他的基础很不牢固，特别是在管理工程的经验和能力上比起李守仁来差远了，如果没有马昇官的关照，公司任何一个领导稍微动点脑筋，就能在他身上找出很多问题，就都能轻易地把他从这个位子上拿下。因此，他必须紧靠马昇官这棵“大树”，做出一些令他感动的事，让他知道他贾正是个讲义气的人，是个有良心的人，是个懂得知恩图报的人，是个重情谊的人，最关键的是要让他知道，我贾正就是你马昇官的人，我也和你绑在了一起，咱们应该是一荣俱荣一损俱损，甚至可以同生死共患难，是一根绳上的蚂蚱。为了达到这样的目的，他就投其所好，努力用金钱来感化马昇官。

从中也可以看出，贾正在某些方面不仅执着，甚至还有点偏激，自从他当上项目经理后，表现得更为突出。只要他看中了的事，他都会不惜一切代价想方设法把它办成。在他看来，办不成，只能说明钱还没有花到位，现在他财大气粗了，在自己看来一切能拿钱解决的问题都不是什么问题。因此遇到这样的好事，他是绝对不会放过任何机会的。

贾正和牛饷美先前已经约定好，打算吃完饭后请大伙一起再去唱歌，给大家留下一个——能和大家玩得到一起的印象。以此来进一步消减前嫌，拉近他与大家的距离。可是收到马昇官的短信后，贾正完全没有了兴趣，便请牛饷美给他出主意，牛饷美让他直接到马昇官家里去找。令贾正高兴的是，经过进一步的“经营”，现在他和牛饷美关系更上了一层楼，可以说形成了利益“同盟”，对于他委托牛饷美的事，牛饷美真是把他的事当成自己的事来办，很是上心，召之即来，挥之即去。他心里不禁暗喜，钱这个东西，真是个好东西，不仅可以买到东西，还能买到人心。因此每次在马昇官那里遇到一些棘手问题，他总是想听听牛饷美的意见，经过牛饷美的指点或斡旋，让他知道堡垒应该从哪里攻破，确定下一步的“攻关”计划。

酒席间，贾正溜出来悄悄地给马昇官的司机小王打电话询问，马昇官的活动安排，听小王讲，马昇官这会正在外面吃饭，估计快要结束了，结束后告诉他。

从饭店出来后，贾正突然改变主意，不打算唱歌去了，推说有事，把投标处的人丢下不管了。他急匆匆地要返回宾馆，刚上车郑静来电话了，问他这会在哪里。郑静这几天一直在公司搞财务上的事，白天在公司，晚上就到宾馆和贾正住在一起。贾正正在实施下一步的行动计划，需要再从郑静那里拿点钱，便告诉她赶快回宾馆等他，他马上就到。车子到了宾馆门口刚停稳，思念来电话了，那个娇柔的声音让他听得身上软软的：“贾哥，你来了也不给我打电话，难道你不想我吗？”

贾正心里有事，有点不耐烦，正要骗她，他不在省城，思念又说话了：“贾哥，你猜我这会儿在哪呢？”思念在电话里边说边“嘎嘎嘎”地发出了笑声，笑了一会儿又接着说:"贾哥,你信不信,我就在你旁边!"

贾正这会儿实在没心情和时间与她胡扯这些,他正等着小王的电话,生怕把今晚这项重要活动耽误了。

他边接电话,边走出车子,刚下车,不知思念是从哪里蹿出来的突然站到了他的跟前,一下扑了上来,让他来了个措不及防,差点被思念摁倒在酒店门口的大理石台阶上。

贾正吓了一跳,一把把思念推开,大声呵斥道:"也不看看这是啥地方,怎么这么随便呢!"

"贾哥,你今天怎么啦!这么严肃,是不是遇到不开心的事啦!……"思念关切地问道,还没等她把话说完,突然看到牛饷美从车上走了下来,急忙上前要和牛饷美打招呼,惊叫道:"这是嫂子吧!嫂子好漂亮哦!"说着伸出了右手。

牛饷美站在那里,没有和她握手的意思,只是淡淡一笑,轻蔑地说:"谁是你嫂子啊!你认错人了吧!"

"哦!对不起,我还以为您是贾哥的爱人呢!"

"我要做他的——情人,不做他的——爱人,爱——谁谁谁!"牛饷美把每个字都说得响响亮亮、清清楚楚的,生怕站在跟前的思念和贾正听不清。

思念倒是显得从容大方,既没有吃醋,也没有对牛饷美用这样的冷冰冰态度对待她感到生气,只是顿了顿发出礼节性的邀请:"姐,我请您和贾哥到里面喝会儿茶吧!"

牛饷美不耐烦地说:"你是谁啊!我为啥要让你请我喝茶?"

思念脸上始终带着甜甜的微笑,站在那里,再也没有说话,一会儿看看贾正,一会儿看看牛饷美。

贾正独自径直往大厅里面走,也不管思念和牛饷美,牛饷美也跟着走进了大厅,思念站在那里犹豫了一会儿,随后也跟着走了进去,一直跟到电梯口,贾正实在不想让思念到他的房间凑热闹,一来怕郑静一会儿赶到,这下三个女人凑到一块儿,更有好戏了,另一方面他要赶快回去准备准备。他在车上就一直在想,去的时候该带点什么为妥,到马昇官办公室倒是好说,直接带点"硬家伙"就行了,可是到他家里就不是那么简单的了,每次去必须给马昇官的老婆海粟准备点东西。说实在话,海粟对贾正的印象还是不错的,海粟的性格与马昇官截然相反,没有马昇官那么多心眼。她从小生活在农村,几乎没有念过几天书,说话比较随便,性格大大咧咧,办事干脆利索,不像马昇官那样城府深。平时爱占点小便宜,喜欢得点小恩小惠,不管东西贵与贱,只要意思到了她知道的会全盘告诉你,她能帮到的,也会全力去帮你。记得他刚开始报考"建造师证"的时候,他趁给马昇官送文件的机会，顺便把自己的想法说了，当即就被马昇官给否决了，理由很简单，他在机关工作，不符合条件，先满足施工一线技术人员报考。可是晚上他就跑到马昇官家里“活动”，当时马昇官不在家，就海粟一个人在家，他把礼品一搁，把来意一说，海粟当即答应，没问题，这事包在嫂子身上。就这么干脆，果然第二天马昇官就批准他报考了。自那以后，逢年过节不管马昇官在不在家，他都去看望海粟。因此，一来二去慢慢地也就和海粟熟悉了，说话也就随便起来了。刚才和小王通话后，他就打算直接去马昇官家里，可是他又觉得有点不妥。听小王说，海粟最近和马昇官两人吵闹得很凶，有一天两人吵架半夜里被左邻右舍都听到了，楼上楼下都是一公司的职工居住，一旦哪家有个三长两短，消息便传得很快，他们这样一闹腾，整个公司机关几乎都知道了。这几天他们夫妻还处于冷战时期，在这种情况下，万一和海粟说了，她不告诉马昇官，或者告诉他又不起作用怎么办，那不就等于说东西打水漂了吗！更主要的是还有可能错失良机。他越想越觉得不妥，还是见见马昇官当面送上为妥。

这时贾正站在电梯口，牛饷美和思念都跟在后面，进也不是，不进也不是。贾正最后推说，他到大厅打个电话，还没等他拿出电话，电话就响了，还以为是小王打来的，看都没看，拿起就接，原来是他的老婆钱朵朵打来的，正要挂电话，只听到钱朵朵已经说话了，钱朵朵问他：“贾正，你这会儿在哪里？”

“我在哪里，关你什么事？”

“你不要整天躲躲闪闪、哄哄骗骗了，我早知道你在哪里，而且还知道你和谁在一起，在干什么！”贾正一听脑子“轰”的一声，差点瘫倒在地，女人怎么都这样呢！怎么都喜欢跟踪别人呢？这不自己成什么人了，整天被这些人盯着，连一点隐私和自由都没有了。

贾正凶狠狠地说：“哼，知道又能怎么样，现在在哪里和谁在一起，与你没有半毛钱的关系。”

“好，没关系！那咱们就骑驴看场本，走着瞧！”钱朵朵大着嗓门边说边从宾馆门口走了进来。

贾正面无表情，马上示意牛饷美和思念离开，可是刚才三人相跟着走出电梯来到大厅的一举一动都被钱朵朵亲眼看到了。钱朵朵跑步上前伸出一只手就要撕扯牛饷美的衣服，另一只手又要撕扯思念，边撕扯，边骂道：“臭不要脸的婊子们，勾引这个没良心的男人。”牛饷美和思念吓得一直往后躲，牛饷美差点被茶几绊倒，贾正追上去“啪”的一声给了钱朵朵一个耳光，顿时几个人扭打在了一起。这时大厅里已经有好多人围了过来看热闹，几个门童迅速冲上来，摁住贾正。郑静这时从人群中冲了进来，看到贾正被几个门童摁着，大声地呼唤：“贾正，你怎么啦!”

“你们放开手,要干什么!”郑静大声呵斥道。

钱朵朵坐在地上号啕大哭,突然听到郑静的大喊声,睁眼一看,又来了一个女人,不过这个女人好像有点面熟,她马上想起来了,这个女人和贾正原来在一个办公室,贾正到项目经理部,也把她带去了,并且让她负责财务,早就听说贾正和这个女人的关系不正经,可是一直也没有抓到他们有啥见不得人的事,不料在这里遇到了。钱朵朵顿时气不打一处来,也不管贾正和牛饷美、思念了,快步冲到郑静跟前:“你是哪个林子飞来的鸟,臭不要脸的婊子。”边骂边伸出手撕扯郑静的衣服,被周围的人拦住了。

钱朵朵哭喊着:“好啊! 贾正,你好厉害,背地里养了这么多女人,还有没有了,你快让她们来啊!”

“领导怎么培养了你这样的干部,道德败坏,吃喝嫖赌无恶不作,你配做人吗!”钱朵朵指着贾正大声责骂道。

“我今天就看看,你到底养了多少女人,有胆量都叫出来! 你让大家看看,你有多大能耐。”

贾正耷拉着脑袋,被两个门童死死地抱着,几次使劲挣扎,想冲到钱朵朵跟前,却没有得逞。

牛饷美、郑静和思念三人站在那里,不走,也不说话,这会儿,看上去她们三人就像亲姐妹一样,都是同样的表情、同样的举止,猜想也应该是同样的心情。

不知是谁报的警,突然两名警察来了,此时看热闹的客人里三层外三层地围得水泄不通,把酒店大厅挤得满满当当。两名警察一边劝说看热闹的客人们往后撤,一边来到贾正他们跟前,警察问穿制服的门童怎么回事,一个门童松开手,指着贾正说,他打人。

“我没有打人,是她先打的。”贾正恼羞成怒,用手指指着坐在地上号啕大哭的钱朵朵怒斥道。

警察问贾正:“我问你,你打没打?”

“是她先动手的。”贾正又指着钱朵朵狠狠地说。

警察也不听他的这些,一把把贾正拉住,指着地上坐着的钱朵朵说:“走,一起到派出所。”

警察带着他们正要走的时候,人群中突然有人说:“还有那仨女人。”

警察回头看见牛饷美、郑静和思念站在那里,一字排开,便朝着她们问:“你们是干什么的?”

钱朵朵指着她们仨说:“她仨是他的情妇。”

“走，一起到派出所。”警察向她们招了一下手说。

到了派出所，警察做了询问笔录，每个人都说了自己的情况，对于这种事没有足够的证据，警察也是无所适从，也不能当场说谁是谁非，只是教育了大家几句，就要放他们走。

“警察同志，你们不能放走他们，他和她们通奸，你要救救我啊！”钱朵朵哭诉着，大声叫嚷着向警察求助。

“你有证据吗！”

“我没有证据，可是我知道他和她们通奸。”

“你空口无凭，我们怎么相信你呢！”

说着贾正和牛饷美、郑静、思念相跟着就要往出走。钱朵朵又躺在了地上，警察看到钱朵朵躺在那里，知道这事还是比较棘手，估计她不会轻易就会离开，躺在这里他们也没办法。一名警察快步跑出去把贾正叫了回来。把贾正拉到一边，叽咕了几句。贾正走到钱朵朵身边：“走，我们回家说去。”

钱朵朵一听回家，有了心情，觉得在这里再怎么闹，警察也解决不了啥问题，便马上站了起来，跟着贾正走了。

刚走出派出所的大门，贾正的电话响了，他猜想是小王打来了。果真是小王打来的，小王告诉他马昇官已经回家了，让他要去的话就抓紧时间去，听说马昇官明天可能还要到外地出差。

贾正一边让钱朵朵纠缠着，一边急着到马昇官家里。

贾正对钱朵朵说：“你先回家，我去办单位的事，一会儿就回去。”

“不行，我就要让你说清楚，我们的事儿怎么办，你说不清楚，哪里都别想去。”

“你让我说什么？”

“我们的事情。”

“我们有什么事啊！你过你的，我过我的。你想离咱们马上离，不想离咱们就这么拖着，井水不犯河水。”

“你说得倒轻巧，那儿子怎么办，我这么多年跟着你吃了那么多的苦怎么办！我的青春损失怎么办！”

“你说怎办？”

“离婚可以，把这些问题解决了，马上离。”

“儿子你养，家里的所有财产都给你，可以了吧！”

“不行。”

“不行就法院见。”

突然钱朵朵近乎咆哮起来，指着贾正的鼻子大骂道：“贾正，我告诉你，没有那么轻松,你不让我好好活着,你也别想活得好!”

此时的贾正实在没心情和她在这里无休止地纠缠这些了,可是走又走不了。在无可奈何的情况下,他突然想到自己的小舅子钱佑佑,想让他劝劝他姐。钱佑佑前段时间往工地上供了一些水泥,自己关照着也挣了点钱。他便躲到一边给钱佑佑打电话,把他一会儿要到马昇官那里争取再上一个项目的事告诉了他,钱佑佑听后非常高兴,就让他把电话给他姐,他要亲自和他姐——钱朵朵说话。

贾正把电话递给朵朵,可是无论贾正怎么解释朵朵就是不接。没过多久,钱佑佑把电话打到了钱朵朵手机上,姐弟俩唠叨了半天。贾正故意避开,站在远处,可是一直看着朵朵坐在那里无动于衷,半天没有站起来的意思。贾正真想跑掉,这会儿跑的话肯定能够跑得脱,可是跑得了和尚跑不了庙,那下一步万一她把事情闹大怎么收场。

“你看这是什么?”钱朵朵突然从口袋里掏出一沓纸,在贾正面前抖了抖,贾正“噌”的一下抢了过去,看都不看一眼,用劲三下两下就撕了个粉碎。

“你撕吧!我看你能撕得完。”钱朵朵说完又从另一个口袋里掏出一沓。

贾正再次抢过来,这回仔细地看了几眼,不看不知道,看了真还把他吓了一大跳。原来钱朵朵写的是举报信,开头署名是“省纪委”。再往下看,上面写的是举报他的一些线索,比如贪污公款、行贿受贿等,而且具体时间地点金额等都写得非常详尽,贾正不由倒吸了一口冷气,幸亏发现得早,假如让她把这些信件寄出去,那不就彻底完了吗!别说再干一个工程了,就连这个工程能不能干完都难说。

看过举报信后,贾正过去紧紧地把钱朵朵抱住:“朵朵,你傻啊!我是在考验你呢!我是为你好呢!你怎么能这样呢!”钱朵朵被贾正突如其来的拥抱,吓了一跳,想推开他,可是被贾正紧紧地抱着。

“朵朵,咱们回家吧!”贾正苦苦哀求道。

钱朵朵刚才那种坚如铁石般的心肠和贾正先前欲断决断的决心,顿时被这个久违了的拥抱融化了。

钱朵朵紧紧地抱着贾正,放开声痛哭起来,并不停地抽搐,而且哭声越来越大。哭了一会儿,贾正便搀着钱朵朵朝回家的方向走去。

走到半路的时候,贾正央求钱朵朵:“朵朵,你先回去,我去把单位的那件事办完就回来。”

“那不行,要去,我和你一起去。”钱朵朵撒娇道。

“你去不合适,你就在家等,我办完就回去。”

“我不相信你,你骗过我多少回了,再也不上你的当了。”

看来这回是真脱不开身了,贾正非常着急,怕马昇官已经休息,便央求道:“我的好媳妇,听话,我办完就回来,谁骗你是小狗。”

“你已不知当了多少回‘小狗’了,看来当‘小狗’还没当够,告诉我,你让多少女人宠着当‘小狗’了。”

本来想表达自己改正错误的决心,不料被钱朵朵套住了,被她牵着走。

贾正正无计可施的时候,突然小王又打来了电话,问他去过没有,贾正刚好有了借口,说他马上去。

这回钱朵朵是听到了,有人找他有事,心一软,便不再纠缠他了,紧紧地抱住贾正说:“那你就快去快回,你真要骗我连狗都不如!”

贾正摆脱了钱朵朵的纠缠,飞一般地向马昇官家里赶去。一进门看见马昇官正坐在客厅里看电视,老婆海粟不在跟前,贾正暗自高兴,本来要给海粟买点什么,可是因为先前突然发生的事情,便没来得及准备。看上去马昇官的心情还不错,贾正坐下后,马昇官看都不看他一眼,眼睛一直盯着电视,面对着电视问他有什么事。

贾正把自己的想法告诉了马昇官,马昇官只是淡淡地说:“想去的人不少,争取吧!”

既然这样说,那说明马昇官已经把自己也纳入了考虑的范围,这样就好办了。相信自己的这份厚礼一定能够打动他,应该问题不是太大了。

过了三四个月后,果真如大家所说的,公司拿到一个3亿多的大项目,贾正也如愿以偿,顺利地当上了这个工程项目的经理。

贾正非常高兴,非要单独请牛饷美庆贺一下,两人选在新近开业的一家高档海鲜酒楼,菜品都是选的最贵的,吃喝享用极尽高档奢华。

席间,牛饷美举杯祝贺贾正“捡了个漏”。

贾正有苦难言:“我的姐姐,你还说我捡了个漏,为了当这个项目经理,我差点砸锅卖铁啦!”

“看把你说得,有那么可怜吗!”

“再不赶快挣钱就要到你家要饭了。”

“哼,你到我家要饭,我一棒把你打得远远的。”

“哈哈哈哈!哎,你怎么说我捡了个漏啊?”

“马老板提拔的事泡汤了,据说他找的那位领导直接找他谈话,说他的事非常难办,并提醒他再也不要想提拔的事了,能在这个岗位上一直干到退休,就算组织照顾他了。”

“哦!不是说要到监理总公司当总经理去么,怎么就变了呢?”

“也是,想当总经理的人多的去了,上面领导也要权衡,不能好处让你一个人占尽，又捞钱，又升官。说良心话，这几年老马在这个位置上除了没做出什么成绩来，还把单位搞得乱七八糟的，特别是风气很不好，听说总公司领导，甚至公路局领导都对他意见比较大，因此说他能够继续在这个位置上干下去真不错了。"

"哦，那我们也完了，树倒猢狲散。他那个专横霸道的处事方式谁都对他有意见，那种高傲蛮不讲理的处事态度谁都接受不了，还有那种虚虚假假，人前一套人后一套的处事行为谁都看不惯。他走到今天完全是他自己造成的。"贾正说完，接着埋怨道，"咎由自取，谁都帮不了他啊！"

"马老板很是不甘心，当时就和那位领导吵了一架，有什么用呢！自那以后，他不但没有收敛，反而更疯狂，甚至是变本加厉，而且胃口越来越大，不管什么事，只要送到位了他都敢给你办，抱有一种破罐子破摔的思想。"

"据我分析，马老板肯定也送出去不少，那他得赶快捞回来啊！过了这个村就没这个店啦！"

"那倒也是，叫谁都会这么做的。"

"不一定，李守仁就不会这么做。"

"他受贿只是你没发现。"

"我和他一个项目上待了那么长时间，我还能不知道他吗？这一点李守仁确实做得不错，那真是一个点水不沾、糖衣炮弹都打不倒的怪人！"

"送个美女给他。"

"未必要！"贾正认真地说。

"那也不能说明他不沾女色，或许他身体有毛病——不能沾女色。"牛餉美说完"嘎嘎嘎"地笑出了声，"现在哪还有这样的人，李守仁就傻。"

"傻人有傻福，被提拔到总公司当了个纪委书记，还是个副处级。"

"估计他也送了，不然的话不跑不送能当上，鬼才相信。"

"当官有那么好吗？"

"你看怎么样！"

"当官多累啊？"

"你看累不累？"贾正喝了一口茶又接着说，"累都抢着当，不累，那不都抢着碰破头了。"

"那你当官是为了啥？"

"我当官就是为了享受。"

"你也别绕了，告诉姐，你在马老板身上总共投入了多少？"

"前后不少啰！你问这干吗？我给他投入，他给你投入，归根结底还不是投入你这里了吗！你可赚大发了，最终你才是真正的赢家。"

“你胡说,他给我投入什么啦?你看到啦!”

“那是你们的隐私,我能看到吗?即使看到能说吗!”

“我以前怎么没看出来,你怎么这么坏呢!一肚子坏水。”

“喝进去这么好的酒,怎么是坏水呢!你算算如果平摊的话,这一杯酒最少也要100多元吧!这么一小杯100多,你还能说它不好。”

“当官就是好。”

“看到当官的好处了吧!”

“你别说,真还是这样,你不说不觉得,这样一算真还是不得了,一个老农民辛辛苦苦在工地上干一天的活,连这么一杯酒都挣不到,人与人真没法比呐!”

“人与人本来就不平等,为啥要分三六九等呢!为啥都使着劲赚钱和当官呢!你别看那些老农民,只是他没这样的机会,如果你给他这样的机会,他也会这样享受。”

“那不一定,人与人还是有差别的。”

“我再问你,那李守仁当官是为了啥?”

“他那头倔驴,一根筋,现在社会还有几个像他那样,就知道干活。”

“现在人心怎这样了呢?你认真了,别人说你死板,较真;你干得多了,别人说你傻。多干或干得好,不见得说你好,反而有时还会看你的笑话,甚至落井下石;你不干,别人倒是说不出你什么,最多也就说你工作不够积极主动。我倒觉得,现在‘工作不够积极主动’成了大家经常挂在嘴上的褒义词啦!冠冕堂皇地摆上桌面了,在哪里说、谁来说、说给谁,听起来都不是什么过错。你们都说李守仁‘一根筋’,这有啥不好,‘一根筋’用在工程施工上,那不就是‘工匠精神’;用在婚姻家庭上,那不就是从一而终。多好啊!”

“有进步,总算开窍啦!理是这么个理,可是在现实生活中能行得通么!谁不想工作轻松点,官当得大点,钱挣得多点……人都是有欲望的。唉!不说他了,来,喝酒,再喝他个100进去。”

“老姐,记住,在现在社会干得好,不如混得好。领导说你行你就行,不行也行,说你不行就不行,行也不行,不服还不行。”贾正说完,佯装着几分醉意哈哈哈大笑起来。

“刚才你叫我什么来着?喝多了吧!你想想,你今晚喝进去几个100啦!”

“叫你老姐啊!管他几个呢!不喝白不喝,喝了也白喝。”

“我有那么老吗?”

“那总不能叫你小姐吧!”

“你才是小姐,就你坏,我打你的头。”

“来来来，不说啦！喝酒，喝酒！”贾正今晚确实有点激动，不停地劝牛饷美喝酒，不知不觉两人把一瓶酒喝进去了，都不分高下，喝完后问牛饷美要不要再来一瓶！牛饷美毫不示弱：“喝就喝，反正是领导请客，不怕花钱。”

“你也太小瞧领导了，哪个领导请客花过钱、怕花钱。服务员，再开一瓶。”

服务员马上又给开了一瓶，给两人倒上，贾正问牛饷美，接下来怎么喝？

牛饷美不假思索地说：“来，我敬领导一个。”话音刚落，举起杯就要和贾正碰杯。

正当两人喝得很是尽兴的时候，突然马昇官给牛饷美打来电话，问牛饷美这会儿是不是在酒店，是不是和贾正在一起，是不是在喝酒……牛饷美挂了电话后，感到很是吃惊，马昇官怎么知道我们在一起？

“你小瞧领导了吧！领导身边能没有几个‘眼线’，不仅他知道我和你在一起，在什么地方、干什么，而且还知道我们说什么话。”

“他有这样的本事，也太神了吧！”

“不信你明天问问他知道不知道！”

“我才不问他呢！他马上退的人了，也管不着我了。”

“可不能忘恩负义哦！马老板可是一往情深的。”

“我要跟你，你年轻帅气有前途。”

“你这不是吓唬我吗！”

“我就是要考验你，看你老实不老实，果真不老实，虚伪得很。”

两人边喝边你一句我一句调侃着，不知不觉第二瓶酒也快喝完了，时间也不早了，贾正心里一直很激动，甚至说处于亢奋状态，本来不想结束，还想继续喝下去，可是看上去牛饷美有撤离的打算，就主动提出换个地方继续战斗。

两人又转移到一家酒吧继续喝。第二天醒来的时候贾正脑子里又是一片空白，不知道怎么回到酒店的。可是，他的激动心情丝毫没有因为昨晚的一场酒浇灭，他感谢老天爷垂青他，在马昇官临退休的时候，还从他那里拿到一项大工程，不管是“捡漏”，还是花钱买的，反正下一步又有了挣钱的机会，每每想起这些他就激动万分！

贾正当初真没想到自己当得是这样顺当，一直自嘲自己的运气不错。也确实是，这几年他的运气的确不错，人有的时候就是这样，运气来了，走在路上一不留神都会被金元宝绊倒。上天真是垂青我贾正哦！他把他能够拿到新项目归结为自己的运气好，而万万没有想到是自己在马昇官那里打点得好。

在来新项目的时候，他把平时跟他近的人——郑静、马龙、王伟、牛饷帅等也都带来了，“团团伙伙”一大帮，个个都怀揣着各自的梦想，雄心勃勃地打算再大干一场。

新项目主要是一条特长隧道，工程也比较单一，贾正便把工程的一多半交给了胡运干。胡运这个人我们前面也介绍过，他是马昇官的同学，既没经济实力，也没技术实力，关键是没干工程的能力，就是一个“皮包公司”。贾正当上一个工程项目经理的时候，把原来的协作队挤走后才让他干了一个隧道口，那个隧道工程他干得一塌糊涂，给贾正出了不少洋相，不过也给贾正带来了不少的收入，那个隧道工程把他俩结成了利益同盟，胡运也经常跑到马昇官那里把贾正美言几句。这次贾正把一多半活交给他干了，还没等真正干的时候，他就惹出事了。

干工程胡运是外行，可是财大气粗，说话做事有时也比较张扬莽撞。胡运拿到工程的第二天，就把一台挖掘机开到了工地，急着开始干活。在开通去往隧道口的便道时，没经任何人同意，一夜间将便道上一大片大树连根拔倒了，毁坏的是国有林地上的树木，第二天就有村民举报了，县林业局稽查人员来到项目经理部调查，调查人员说问题很严重，被砍伐的树木属未征先占，林地受国家法律保护，已触犯了法律，并出具了停止违法行为的告知书，让项目经理部配合调查，走的时候一定要把当事人带走。

贾正一再解释说这是修高速路，而且是国家重点工程，已经把这块地征过了。稽查人员根本不管你修什么高速路，什么国家重点工程，你违法了我就要处置你，这是自己职责所系。没办法，胡运惹了祸，就应由他自己接受处理。最后在马昇官的协调下，胡运被省林业厅公安处拘役了一周多时间，罚款 5 万元，事情也就算了结了。

出师如此不利，贾正尽管顺利地当上了项目经理，正当他高兴得劲儿的时候，工地上就发生了这样的事，让他感到有点晦气，再也高兴不起来了。其实令他不快的远不只这事，最令他不安的是最近一段时间总是做梦，而且都是些奇奇怪怪的噩梦，经常被噩梦惊醒。昨晚睡到半夜的时候他突然又被噩梦惊醒过来，浑身都是汗，他侧耳细听墙上挂的闹钟在“嘀嗒、嘀嗒”地走动着，再睁开眼细看办公桌上的电脑也还在一闪一闪的，这才确信自己是睡在自己的床上，刚才又做梦了。他梦见自己被两名纪委的工作人员带走了，而且自己是戴着头套带上车的，黑黑蒙蒙地走了很久，也不知带他到了什么地方……自惊醒后就再也没有睡着，好不容易熬到天亮，起床后一拉窗帘一只黑乌鸦“哇”地惊叫了一声，从他的窗台上飞走了，大清早怎么有只乌鸦在窗台上，这种不同寻常的诡异现象更增添了他的不安和恐惧，连续几天都让他失魂丧魄、闷闷不乐，总有一种不祥的预感，果真不出所料，没过几天项目经理部又发生了一件事情，险些把事情闹大，收不了场。

26

正当贾正踌躇满志打算在新工地大干一场的时候,项目经理部接二连三地发生了几件事情,其中有一件事险些收不了场,严格地说应该是一起“案件”。

出纳马龙携款跑了,具体携款多少,当时大家都在猜测,有的说500万,有的说300万,还有的说1000万。按理说,应该有两个人是能够说清楚的,一个是财务科长郑静,另一个是项目经理贾正。因为按照有关要求和程序,每次出纳到银行办理取款或转款手续都要经过他们的同意,并且在票据上还要分别盖他们的印章。

这起事件说意外也不意外,说偶然也不偶然。为啥这么说呢?

马龙出走的那天早上,他和郑静说要去看个亲戚,想请两天假,郑静就让他去了,第三天没回来,到了第四天假期早已到了,马龙也早该回来了,可是没有回来。郑静就给马龙打电话,打了半天每次都是关机,第四天下午,她再次给马龙打电话还是关机,郑静冥冥之中感觉到出问题了。急忙拿出电话想给贾正打,可是刚拿起电话马上意识到万一马龙一会儿回来呢!这不是虚惊一场吗!仔细思量还是先不向贾正说,况且她已经多次领教过贾正的骂人,他如果真要生气了,骂起人来,不管不顾别人的存在,什么话都能从他的嘴里出来,让人听了那些话无地自容,恨不得马上跳到河里死了算了。这样的事一旦向他说了,肯定又会被他骂个狗血喷头。

第五天吃过早饭后,郑静急匆匆地来到小李书记办公室,给小李书记汇报马龙出走的情况,并给小李书记回忆了这段时间以来马龙的种种反常表现,感觉前几天马龙确实有点不太正常,老是找她提款盖章,而且每次都是几十万,理由都是贾经理打来电话让他给这个协作队支付20万、给那个协作队支付30万,前前后后总共找她大概也有十来次了,她印象最深的有那么几次,一次是20万,一次是30万,最多的一次是100万,其他的她也记不清了。至于那些提款手续都被马龙锁进了保险柜里,就按每次20万推算,少说也有300万。

小李书记听了郑静的汇报后,吓得傻呆呆地站在那里,半天都缓不过神来,等到缓过神来的时候又一时不知所措,更不敢给贾正报告。但又不知如何是好,便立即召开会议想听听大家的意见,没料到把征求意见会开成了情况通报会,马龙携款出走的事情这样一来被大家都知道了。散会后,小李书记安排郑静继续联系马龙,并搜集和掌握马龙的行踪和线索,让其他人原地待命,办公室主任海量马上给派出所打电话报案。

贾正这次离开项目经理部少说也有半个月时间了,大家都不知道他这会儿在哪里。小李书记每隔一会儿就跑到郑静房间里,问郑静联系到马龙没有,有没有马龙的消息,可是马龙的电话始终打不通。郑静在那里磨蹭着,不敢给贾正打电话,直到海量报案后警察来到项目经理部,她才向贾正报告。

贾正一听火冒三丈,开口便骂道:“他妈的,一群窝囊废!你这个财务科长是干什么吃的,就知道吃……”气汹汹地骂了一通,也没说下一步如何办,骂完后便把电话挂掉了。

贾正本来这段时间心里就够烦的,突然听到马龙携款跑掉了,更是火上浇油,一肚子火气没处发泄,不料郑静打来了电话,把几天来积存在肚子里的烦恼和怨气一股脑地宣泄出来,不管三七二十一,扯开嗓子破口大骂了一通。

昨天贾正被钱朵朵叫回家后,他提出离婚,钱朵朵倒是很干脆,没提任何条件,只是不紧不慢地恐吓他道,你要离婚,可以,我明天就去纪委举报你。这样的恐吓,近两年来他听过好多次了,知道钱朵朵也就这么点出息,他显得很不在乎。通过前面几次,他现在早已明白了她说这话的用心,知道她举报是假,要钱是真。前面几次,每次闹过之后,都向他索要钱,留不下钱就扬言要到纪委举报他。贾正早已揣摩到她的心思了,现在他纠结的是如此这样下去,何时才是个结束啊!就这样闹腾一次给几万,那不等于他赚到的钱都给人了吗?离婚,贾正早做好了准备,只是想再拖拖,等到他再干上一段时间后,实力更雄厚了,和马昇官的关系更牢固了,到那时她再怎么告他,都无法撼动他稳固的地位了。为了以防万一,防止钱朵朵真去举报他,他现在只有忍气吞声,又给她丢下5万元,他才总算逃离了“虎口”。

贾正的心情一直没有好起来,整个上午他开着车在外面转悠,想找个有新鲜花样好玩的地方,请总监甄麒鑫好好玩玩。在干上一个工程的时候,尽管两人在合作的过程中也出现了些磕磕绊绊、吵吵闹闹,但总的来说还不错,尽管自己包括几个协作队负责人在甄麒鑫身上投入了很多,可是甄麒鑫也帮着自己和协作队做了很多的事情,基本实现了大家“抱团取暖”互利共赢的预定目标。不知是巧合,真还是缘分,不知怎么回事这次他们又走到了一起,他继续当项目经理,甄麒鑫继续当总监,有了前面的基础,他想继续再好好合作一把,因此便投其所好,他上了新项目,那也就找点新鲜花样让甄麒鑫玩玩。突然接到郑静的电话,完全没有了兴致,便返回宾馆,一进门看到思念和她的几个小姐妹正在房间里打牌,屋子里烟雾弥漫,烟草的味道和小姐妹们脸上化妆品、身上香水的味道掺和在一起,尽管自己也抽烟,也喜欢女人们身上喷洒的香水的味道,可是现在心情不好,闻到那样的味道感到很是刺鼻，在房间里待会儿就有种窒息的感觉。贾正看到眼前的一切很是生气，一忍再忍，最后实在受不了了，还是发火了，一顿脑羞成怒的怒骂把思念的几个姐妹都轰走了。

思念对贾正把自己叫来的姐妹们轰走非常生气，二话没说，姐妹们前脚走，她后脚狠狠地把门一摔，也跟着出去了。

郑静再次打来电话的时候，贾正正独自一个人在房间里上网玩游戏。今天手气还真不错，一会儿工夫已经把几个对手打败了，赢了不少，自叹真是情场失意，赌场得意啊！正玩得起劲儿的时候，突然接到郑静打来的电话，非常扫兴，把郑静的电话挂掉后，方才认识到问题还是比较严重的，便完全没有了兴致，站起来在宽大的会客厅里踱着步走来走去，想着怎么去处理这事，可是一时又想不出更好的处理办法。眼前不时地浮现出马龙那瘦小的身影，恨马龙不争气。若马龙在他跟前的话，他肯定会上去恨恨地扇他两耳光，可是现在他不在自己跟前，就连项目经理部他都不在，全项目经理部的人都不知道他现在在哪里！大家都在找他。想着想着，贾正下意识地从茶几上拿起手机拨马龙的电话，语言提示——“您所拨的用户已关机，请稍后再拨！”

“稍后再拨个锤子，我找人找得都快要疯了，还让我稍后再拨！”贾正破口大骂一声后，把手机摔到了一边。

拨电话的时候，贾正还是抱有一线希望的，心里暗想，平时马龙接自己的电话从来不敢怠慢，即便当时漏接，过一会儿很快就会回过来。因此刚开始的时候，他还是抱有一线希望的，可是今夕非往昔，既没有打通，也没有等到他回过来。就在他等待的过程中，突然小李书记打来了电话，正要发火觉得有点不妥，小李书记毕竟是和自己搭班共事的同事，是平级，在言语沟通上还是要把握点分寸，不能像对待郑静、马龙那样的粗野。不过小李书记是他推荐的人，年龄又比自己小，因此他在小李书记面前相对更强势，在有些方面他打心眼里就瞧不上小李书记，平时小李书记也总是谦让担待着他，甚至有时表现的是逆来顺受，这样就让贾正说话做事更加肆无忌惮了。贾正拿起电话便不耐烦地说：“找我什么事？”小李书记颤抖着声音急忙回答道：“警察已经到项目经理部了，打算申请手机定位查找马龙。”

贾正一心想着马龙奇迹般地出现在自己身边，或者突然地给他打来电话，他生怕电话占线，敷衍了小李书记几句就把电话挂了。

现在他仍抱有一线希望，等待马龙的电话。假如这会儿能联系上马龙，他想对马龙说，甚至会哀求马龙，我保证不会责骂你，求你赶紧来我这里，我在这个五星级酒店设宴款待你，和你喝这里最高档的酒，你想吃燕窝我就给你点燕窝，你说吃鱼翅我就给你点鱼翅，绝对让你吃好喝好。如果你能完璧归赵，哪怕我给你 10

万、20 万都行，我求你了，马龙！你不要给我把事情闹大了，到时我都收不了场。

在项目经理部马龙住在贾正的隔壁，贾正每次见到他的时候，马龙总是低垂着头，眼珠子偷偷地往上瞟，看上去对他恭恭敬敬。马龙每次到他的办公室签字或办事，又显得话特多，总是说长道短，说这人对你有意见，那人对你有说法，这人干了什么，那人拿了什么……啰里啰唆的，有时觉得他很幼稚，他的那些话明显不太靠谱，是在搬弄是非，就是赤裸裸地巴结讨好他，可是他又不能扫马龙的兴，不想打消他的积极性，还是想听听，生怕万一真有什么情况没人和他说，如果没有了类似马龙这样的“天线”，那他不就接收不到外界的信号，不就抓瞎了吗？想着想着，气就不打一处来。

你叔叔曾对我说，你还是个娃娃，没什么社会经验，让我好好帮帮你。我也年轻过，也见过别的年轻人，可是没有像你这样子的，什么都干不了，而且还装模作样，人前一套，人后一套，两面三刀。且不说这些！就是让你干些简单的活，你都干不好。让你管材料，你半夜起来收材料，人家也就来了三四辆车，那三四辆车不卸货，而是沿着料场兜圈子，过一个车你就过一次泵，开一张票。你笨啊！你不看车牌，不看驾驶员，总共来了几辆车，卸了几车的货，你看不见、数不清啊！你白白地多开出几车的票，多付了人家几车的钱。

你说你有没有脑子，干得啥马虎事！你平时马虎也就罢了，你在这么重要的位置上还给我马马虎虎，能行吗？马龙，你知道吗？那损失的是谁都想要的钱哎！是谁都不嫌多的人民币哎！我曾奉劝你改名叫“马虎”更贴切，你还得意洋洋、大言不惭地告诉我，你的弟弟就叫“马虎”，现在正在上高中，我怀疑他的高中是怎么考上的，相信他和你也差不了多少，我再次奉劝你还是让他赶快回家老老实实种地去吧！祸害土地挨饿的只能是自己的肚皮，假如让他步入社会大环境，祸害社会、伤害他人，那罪责就更大了，你们老马家的罪恶也就更深重啦！

你虽不安分，也该守纪啊！这下你给我捅了这么大个娄子，你让我怎么收场啊！假如你那当经理的叔叔在跟前，我好好和他说说，你是个什么东西啊！

呸，你老马家就没一个好东西，你马昇官也不是什么好东西，整天装模作样，玩深沉。爱财如命，恨不得钻到钱眼里，每次求你办点事，哪怕鸡毛蒜皮的小事，都要先把好处送上，否则的话不管是公事还是私事，都推诿着不愿办，不给好处不办事，给了好处乱办事。难道这些都遗传呐！我告诉你，如果你马龙真出了问题，我就把你推给你叔叔，看他怎么法办你。唉！我当初真是瞎了眼睛了，看错人了，怎么和你们一家扯上啦！

贾正越想越生气，可是，想这些又有什么用，关键看马龙现在在什么地方，有没有音讯。

随即，他拨通了郑静的电话，本来想问问郑静有没有马龙的音讯，可是拨通电话后听到电话那头的郑静不停地抽泣，又气不打一处来，破口大骂道："你还有脸哭，还不去死啊？你管的什么人啊？整天就想大腿根的事情，不想工作上的事，出这么大的事，你怎么给我收场……"贾正越骂越来气，也不管郑静听没听，一个劲地破口大骂，好像这事郑静也是参与者，甚至就是她指使马龙干的。最后干脆大喊了起来，以致惊动了隔壁几个房间的客人和服务员，大家都聚集在门口听，最后服务员敲门他才反应过来，自感确实也太过了，把电话一扔，瘫坐在了沙发上。

坐下后又情不自禁地想起了马龙。你小子平时得点小恩小惠也就罢了！还不是我包庇袒护着你，我对你做出的出格事睁只眼闭只眼，也没说你什么，有时李守仁实在看不下去，曾多次告诉我，让我严加管教你，不要过分迁就你，我有时还驳斥他，为你辩护，袒护着你。我平时迁就你，还不是看在你是马昇官侄儿的分上，常言道：不看僧面看佛面。打狗还得看主人呢！你这个不失惯的家伙，这回你给我整出事来了，我这就告诉你叔叔，看他怎么收拾你。

贾正想着想着就拨通了马昇官办公室电话，电话响了几声没人接，就急忙挂了。此时的贾正又想让马昇官接电话，又不想让他接电话，尽管这事是马昇官的侄儿——马龙所为，可是毕竟这不是什么光彩的事，怕一旦电话接通了自己又不知该如何和他说这样的事！

贾正心里越想越不是滋味，甚至有点害怕。马昇官把自己的亲侄儿交给自己，现在人都找不到了，怎么办？脑子里浮现出当初马昇官让他关照马龙的情景，当时他还没有到上一个项目经理部报到，有一次到马昇官办公室送文件，马昇官满脸堆笑，笑呵呵地拍着他的肩膀告诉他，到了项目经理部后要多关照一下马龙并进一步地对他说，马龙还小，家境也不好，平时要多关照。当时他听了马昇官的话，觉得马昇官的话里有话，他也确实是按照马昇官嘱咐办的，也够照顾的了。马龙跟了自己两年多时间，自己平时很少说他什么，没想到就是由于自己疏于管教，最后让他私欲膨胀，为所欲为，把自己滑向了监狱的边缘。这怎么向马昇官交代啊！不由得又狠起了马龙，破口骂道："小兔崽子，王八羔子，贼娃子……你这不是害我吗！平时我是经理你就像经理助理一样，难怪有人私下叫你马经理，派头比我都大，想怎么花钱就怎么花，想怎么整就怎么整，这下不整了吧，把自己整进去。哼！简直就是一头笨猪。"

马龙前几年刚从省交校毕业，是马昇官哥哥的孩子，就在项目经理部刚组建的时候，马昇官就有意让马龙当出纳，后来李守仁没按他的意愿办，为此马昇官很不高兴，心里就记恨了李守仁一笔。当时李守仁的主要理由是出纳这个岗位是个特殊的岗位，必须把放心的人放在这样的特殊岗位上，李守仁也不是说对马龙不放心、不信任，毕竟马龙还小，还很年轻，刚从学校毕业的娃娃，还需要锻炼，如果真能胜任，这样的机会以后还会有，最后让马龙在办公室呆了一段时间。可是贾正来了后，没过多久就让马龙当上了材料员，后来又让他当了出纳。

贾正正生马龙的气的时候，突然电话又响了，是李守仁打来的："喂，老贾吗？听说马龙携款跑了，真有这么回事吗？"

"李书记，具体携款没有还不是太清楚，只是这两天一直联系不上他。我现在还在外地，具体细节我也不是太清楚。"

"老贾啊！这就是你的不对了，我要多说你两句，作为项目领导，项目经理部出了这么大的事都几天了，你还不清楚！怎么能用'不清楚'三字就能搪塞得了呢？难道你是局外人。我听说警察已经住进了项目经理部，开始调查了，影响多大啊！当事人犯错，他咎由自取，可是我们单位领导脸上也不光彩啊！我们要为单位负责，要降低损失和影响，你还不抓紧想办法，赶快发动群众寻找，还在外地干啥……"听起来李守仁很是为自己着急，说话也一点都不留情面。

贾正突然接到李守仁的电话，倒没对李守仁的电话感到反感，倒觉得他说得有道理，自己作为单位主要领导，确实得抓紧想办法了，尽快找到马龙，降低影响和损失。

他马上给思念打电话，思念被贾正赶出宾馆后没事干，一个人在宾馆附近的王府井商场转悠，看见是贾正打来的电话，忙拿起电话撒起娇来，柔声细语地对贾正说："贾哥，我给你选了一件内裤，你一定会喜欢的！"

"喜欢你个头，少废话，马上把车开到宾馆门口。"没等思念回话，贾正就已经把电话挂断了。

贾正又给项目经理部小李书记打电话，小李书记在电话中告诉贾正，警察已经把郑静控制起来了，怀疑她和马龙合伙所为。

贾正急忙把贵重行李收拾好，刚坐下思念就打来了电话，他没接电话直接提着他的贵重行李往楼下走，刚出电梯，就看见思念把车停在门口坐在车里伸着脖子向他招手，他三步并作两步钻进车里。"开车，送我去项目经理部。"贾正命令道。

思念今天开的是一辆白色丰田"红杉"越野车，车子高大，可是思念人瘦小，净高也就一米五多点，开着那样的车子一旦上路很容易被警察误认为是无人驾驶，遭到拦截。不过思念的驾驶技术非常熟练，别看她才20岁出头的小姑娘，驾龄可不算短。从小家里就有好几辆车，而且都是些高档车，那时年龄小没法考驾照，她就偷着开，喜欢哪辆就开哪辆，凭着自己的车况好，想到哪里就到哪里，爬山淌河，玩得是心跳刺激。她的父亲是一个非常成功的商人，据说家产近10亿，她是真正的“富二代”,对她来说钱不是问题,关键问题是怎么把钱花出去,玩得高兴刺激。

贾正和她认识纯属偶遇,一次贾正就站在这个酒店的门口等人,看着思念开着一辆黑色“路虎”从酒店大门口进来了,隔着车窗看去只能看到她的头顶,贾正心里嘀咕,这么小的姑娘开这么大一辆车,肯定不是“二把刀”,也是不怕死的“大傻帽”。看着她要往停车场开去,他就站在那里想看她的笑话,看她怎么把车停进那窄小的停车位,令他万万没想到,思念不费吹灰之力就把车稳稳当当地停好了,而且停得恰到好处,不前也不后,不左也不右,娴熟的倒车技术把他惊呆了。他立刻朝思念竖起了大拇指,不知当时是有意,还是情不自禁,竖起的那只大拇指被思念看见了,思念朝着贾正浅浅地微笑,露出两个美丽的小酒窝,并甜甜地说:“谢谢哥!”“一声哥”叫得贾正半天回不过神来,傻傻地站在那里,思念看着他傻傻地站在那里很是好笑,便又主动与贾正搭起话来,最后两人互相留了电话。

自俩人认识以后,贾正一有空就主动约思念一起喝茶、打球或干点别的娱乐消遣活动,一来二去就熟识了。

思念当初就告诉贾正,与他交往一不图他的钱,二不图他的利,三不图他的名,就是为了认识一个哥,和哥一起玩。他们一个爱玩,另一个想找人玩,这样刚好满足了彼此的需求。

思念看上去属于那种小家碧玉型的,长相甜美俊丽,衣着极其朴素,既不戴那些贵重的首饰,也不穿那些名贵的衣服,就像邻家小妹妹一样,很是清纯可爱,着实令人心疼。可是思念的骨子里有股子野劲,从开车就能看出她那种野性,平时不管到近处,还是到远处,她都喜欢开高大的越野车,几年时间自驾车从祖国的西边跑到东边,从北边跑到南边,最远到过西北边——新疆红其拉甫口岸、西南边——西藏樟木口岸、南边——中缅边境瑞丽口岸、东边——抚远口岸、东北边——绥芬河口岸和北边——内蒙二连浩特口岸,几乎跑遍了祖国的名山大川和风景名胜,仅自驾游去西藏就去过两三回。她打算自驾车用两年的时间把我们国家的所有国门口岸和AAAA级以上景区都走遍。

他们认识不久后,她听说贾正是修公路的,便缠着贾正一定要带她到工地,她很想到隧道里面看看。突然贾正让她送他到工地,非常兴奋。

“贾哥,你带我去你生活和战斗的地方啊!”

“去,我生活和战斗的地方不在那里。”思念听了贾正的回答,一时没有听出是啥意思,反问道:“怎么,那里不是你生活和战斗的地方啊?”

“笨蛋,我生活和战斗的地方就在你这里。”贾正边说边用手指着思念,思念听了贾正的解释后,“嘎嘎嘎”发出轻盈甜美的笑声,一不留神险些撞上了停靠在公交站台的公交车。

“注点意,好不好,我还想继续战斗呢！你难道就这样让我以身殉职。”

“这个时候殉职,那应该算是因公牺牲吧!”思念是那种嘻嘻哈哈、大大咧咧的性格。不料自己随口说出的话,令贾正听了后很是不舒服,觉得思念说出这样的话有点晦气,便不耐烦地说道,“废话,你给我老实点,特别是到了那里别给我再胡说八道。”

思念听了贾正的话瞬间便把脸沉了下来,嘟着嘴说:“你说啥都可以,我说啥都不行。”

贾正坐在车上没心思理会思念,只是对思念说,把车开好,我睡会儿,便闭着眼睛仰躺在座椅上。

思念也不管贾正睡着没睡着,突然打开音响,超级震撼的 DJ 音乐顿时响了起来。

等你的爱等了太久
被你左右失去自由
你总是有很多理由
你说我还不够温柔
曾经的奢求现在已不想拥有

给你的爱你不接受
恋爱季节不是时候
没人了解我的感受
看着你闪泪的双眸
双唇在颤抖最后还是要远走

你别等我离开才说爱我
这样的话你说得太多
你一次一次对我许诺
又一次一次背弃承诺

别等我离开才说爱我
这样的话我听得太多
爱一点一点慢慢复活
又一点一点被你挥霍

……

这是歌手孙嘉敏演唱的《别等我离开才说爱我》，不知思念是随意，还是有意选了这支歌唱给贾正听，或许还想对贾正表达点什么。

思念听着音乐开着车，不时地随着音乐摇晃着头，两只手吃力地紧握着方向盘，看她那架势，不禁让人顿生一种怜悯之心，相信不仅仅是怜香惜玉，肯定还有被欺凌弱小的感觉。

贾正仰靠在座椅上，双手合十放在肚子上，说是要睡觉，其实这个时候他根本睡不着，这样超级震撼的音乐，再加上自己心里有事，脑子非常乱，一直思忖着怎么才能找到马龙。突然他的脑子里闪过一个人，马昇官老婆的外甥——牛桂金，平时他就了解到马龙和牛桂金走得很近，尽管没有血缘关系，可都是马昇官家的亲戚，两人又都在同一个项目经理部，也有相互利用的地方，因此就既然而然地走在了一起。

牛桂金或许知道马龙的出走，牛桂金做过几年倒卖羊毛和羊皮的生意，赚了点钱，迷上了赌博，不料越陷越深，把赚到的钱都输出去，家徒四壁，最终走投无路，没办法来到工地干活。牛桂金的脑瓜子非常灵活，做事也比较老练，因为和马龙经常在一起，大家就经常拿他俩人做比较，有人说：十个马龙也顶不住一个牛桂金，牛桂金把马龙卖掉，马龙都不知道因为啥。而且牛桂金还有一个特长就是特能吹牛，吹起牛来脸不红、眼不眨，什么都敢吹，吹得还有模有样的，不得不让人相信，虚荣心极强，喜欢炫耀，比如无论见到项目经理部的谁，每次都会说昨晚又去应酬了，又和哪个领导在一起吃饭了，给哪个大领导打电话了，炫耀自己有能耐、有背景。曾经也对贾正说过，以后有什么事就找他，他认识省里或市里的某某领导，可以给摆平某某事，等等。不了解他的人感觉此人来头肯定不一般，让你觉得他和那些领导的关系也肯定不一般，真好像那些领导就是他的亲戚，甚至都是他提拔起来的，都会听他的。初次接触他或心地善良的人见到他很容易被他的“真诚”忽悠所打动。

贾正联系到牛桂金后，牛桂金说他这几天在省城陪他母亲看病，好几天没和马龙联系了，还反问他找马龙有什么事。贾正也不是等闲之辈，就连蒙带吓牛桂金道，我找马龙你最清楚，我已经报案了，把你和他的银行账户都冻结了，你老实告诉我马龙到哪里去了。在电话那边的牛桂金听贾正这么一说，说话开始有点吞吞吐吐了，断断续续地说：“贾经理，我也不知道马龙去哪里了，只是听说他携款跑了。”

贾正继续唬道：“他跑到哪里了，现在回来还不晚，否则的话后果你是知道的。”说完便把电话挂掉了，贾正明白牛桂金的为人，他绝对不会因为这么几句吓唬他的话，就轻易能从他的嘴里得到马龙的下落。

不过在刚才的通话中，贾正隐隐感觉到牛桂金或许知道马龙的下落，也许前几天他就知道马龙有携款逃跑的动机，甚至就是他在幕后一手策划的。

贾正的眼前顿时一亮，急忙给马昇官的老婆海粟打电话，电话马上就通了，在电话中海粟告诉贾正，牛桂金前两天还给她打了电话，并告诉她，他最近要陪朋友到深圳，要到那里买车。贾正听到这些就初步断定，这两个兔崽子肯定在一起，而且是带钱到深圳买车去了，悬着的心总算稍微落下点。他马上又给牛桂金打电话，继续采取连唬带诈的办法，最后牛桂金还是说出了自己和马龙在一起，并且让马龙接听贾正的电话，马龙在电话中也承认了卷款逃跑的事实，总共卷款380万，现在已经到了深圳。

贾正马上往城里返，动用自己的关系，找到在公安厅当处长的朋友，请教如何处置。最后他连夜赶往深圳，在深圳机场公安的配合下，在机场把两人拦住。说来也巧，如果再稍晚两个钟头，两人就跑到澳门玩去了。

尽管在派出所已经算是立案了，可是通过贾正、马昇官全面做工作，马龙把剩余的钱全部退了出来，两人共挥霍26万元，最后把赃款全部补交了，两人关了一周时间就都被放了出来。

27

星期六的上午，纪委的人没有通知公司任何人，就把贾正和郑静从他们住的宾馆直接带走了。据说当时纪委的人打开贾正住的房间房门的时候，贾正和郑静还赤条条地躺在床上，当时贾正就瘫软在了地上，郑静死活不走，纪委的几名同志费了很大的劲才把她连拖带拽和贾正一同带走。当时马昇官并不知道贾正和郑静被带走，而是在他们带走后的第二天上午，总公司召开会议宣布甄醭森副厅长严重违纪正在接受组织审查，会议期间一位朋友私下里告诉他贾正和郑静也被带走了。

当马昇官听到这一消息后显得很淡定，会议结束后他哪里都没去，连饭都没吃，便直接返回到自己的办公室，静静地坐在那把酥软的老板椅上一坐就是一下午，看似他的表面心静如水，实则内心翻江倒海，心情海啸山呼，思绪波涛翻滚，一股暗流在他的内心里开始涌动着，甚至蓄势待发。

今天，同样是星期六上午，假如在以往的话，在这样的节假日，马昇官或许又约几个老板带牛饷美等人去打高尔夫球了，每当走进那偌大的高尔夫球场，心潮顿时就澎湃起来，真是流连忘返。他特别喜欢在空旷的绿色草坪上挥杆击球，仿佛有种征服的欲望。可是今天他什么地方也不想去，他知道甄麟森已经进去了，贾正也相继跟着进去了，下一个又该是谁呢？或许……他不敢继续往下想了。他静静地坐在那里，仿佛是在等待那一刻的到来。突然从窗外传来一阵阵刺耳的警笛声，把他惊醒过来，他猛地从椅子上站起来，准确地说，应该是跳起来的，快步走到窗户跟前向外看去，看见一辆警车闪着警灯向远处疾驶而去了。

待回过神来后，他的眼睛不知不觉地又停留在了院子花坛里的那两株铁树上，铁树的枝条曼妙地舒展着，在秋日的阳光照耀下散发着油亮油亮的亮光，仿佛又在孕育着新的花蕾。贾正已被纪委的人带走整整一星期了，他预测自己也很快就会被纪委的人带走，反正再也等不到那些黄色的蕊柱长出来了。他非常清楚，贾正进去后很快就会把他供出来，纪委的人迟早会找上门来的，就他摊上的那些事和遇到贾正那样的人，他不会抱以任何侥幸心理，距离自己进去也不会太久了，也许就在今天，也许就在明天，此时的他是多么伤感。看着院子里那几株高大的银杏树，树叶已经凋落了很多，露出了枯枝，一只小鸟在树枝间飞来飞去，是那么自由，又是那么安详，多么安逸快活；窗台外面落了片片银杏叶，金黄金黄的，一片、两片、三片……这些树叶的颜色十分漂亮诱人，可是他今天看到这样的颜色觉得很刺眼，再也不想去沾它、碰它，想躲开它，他从心底里由衷的害怕这种颜色。正要转身离开的时候，突然又有一片银杏树叶落在了窗台上，他的心莫名地被什么东西揪了一下。秋风秋景愁煞人，假如在往日，他一定会对如此美好的秋色大赞一番，真是今秋好个秋。可是他今天没有那样的心情，或许再也没有那样的机会和心情了，待明年秋色正浓的时候，自己或许……此时，他的内心里"咯噔"了一下，仿佛背后伸来一双有力的大手，把他的肩膀往后搬了一把，笨重的身躯差点仰躺在地。

自从得知贾正被纪委带走后，马昇官就再也没有离开办公室半步，连续几天几乎没有吃东西，就在那个星期天的晚上，他从办公楼上跳下自杀了。

马昇官的自杀，全局上下震动很大，为了稳定人心，不出问题，责令总公司妥善处理此事，尽可能减少负面影响。总公司党委做出决定，委派总公司纪委书记李守仁到一公司主持全面工作，兼任公司党委书记，并代理公司经理。

正在一线调研的李守仁接到总公司紧急召回的通知后，坐了七八个小时的车连夜从外地往回赶，当赶到总公司机关已经是马昇官出事的第二天凌晨 2 点多了，一跳下车就径直爬上六楼的党委会议室，此时总经理王明远和党委书记范昊天还一直坐在会议室等着他。

他一走进会议室，王明远和范昊天便连忙站起来，王明远迎上来紧紧握住李守仁的手，连声说："老李啊！实在对不住，辛苦您啦！把您从大老远召回来，这是我和范书记的决定，我们还是想请您出山救火哪！”王明远整个面部表情显得很严肃和难受，停了一下接着说：“一公司出事了，您听说了吗?!”李守仁感到很是吃惊，正要张口说话，王明远继续说道：“贾正被‘双规’了，马昇官自杀了！此事在一公司上下震动很大，现在人心惶惶，思想很不稳定，我们想请您去坐坐阵、压压惊，关键还想请您出马解解困。您看怎么样？如果可以的话，我们想请您今天中午前就进驻一公司。等会范书记还要向您具体交代。”

范书记开门见山地说：“老李，我们昨晚临时召开了党委紧急会议，就一公司当前现状形成了这么五项决议。第一，总公司上下要积极配合纪委的调查；第二，一公司所担负的各项工程任务不能受影响，一定要按要求保质保量地完成好；第三，尽量减少贾正‘双规’、马昇官自杀所带来的负面影响和损失；第四，一公司党委书记、经理在这个关键时期都由您挑起来，公司一切工作服从您的安排，总公司不会过多地干扰您的工作；第五，明天您派一名可信任的、懂工程管理的同志到贾正所在的项目经理部，代理项目经理。等到一公司人心稳定后，您要亲自去那个项目经理部一趟，全面细致地了解一下项目经理部的实际情况，人员该换的换、该撤的撤，并召开一次思想教育大会讲明情况，稳定人心，尽量减少损失和影响。对不住啊，老李！这事我们事先也没来得及征求您的意见，您看怎么样?！有什么问题和困难没有，有的话现在就说出来，我和王总想办法帮助解决。”

范书记刚说完，李守仁在两位领导跟前就表了态，他说：“感谢两位领导对我的信任，我坚决服从，全力完成好任务。具体困难和问题待我去了把情况了解到后，再向二位领导汇报。”

“好的。那就辛苦您了，老李！至于什么时候撤回，等过了这阵子我们再商量。”王明远最后补充说。

“好!”李守仁坚定地说，说完正事三个人又寒暄了几句，李守仁正要站起来准备离开，范书记和王总也不约而同地站了起来，范书记走到李守仁跟前，握着他的手关切地问：“老李，最近身体还好吧？那只手怎么样了，在工地待了一段时间不抖了吧?”

“领导放心，好多了。老毛病，偶尔抖一下，成不了气候。”

“哦，那也要注意，不能掉以轻心，该治治，该吃药吃药。”

“哎！关键问题是您那老毛病不是因为缺酒，假如真是因为缺酒的话，我和范书记请您好好喝几杯。”

“哈哈！老李，让您辛苦啦！那这样，等您撤回后，我请您和老王一起到我家里喝酒。”

……

李守仁从会议室出来后，已经是凌晨4点多了，他没来得及躺一会儿，就马不停蹄地往位于市郊的一公司赶。到了一公司后，只见那两扇陈旧的大铁门紧锁着，院子里死一般的寂静，他敲了半天大门，看门的年轻小伙子睡眼惺忪地、慢悠悠地从办公楼后面走出来，当他要进去的时候，那名小伙子怎么也不给他开门，不让他进去，说上面有要求，没有经过公司领导的同意谁都不能进入。

李守仁由于走得匆忙，什么证件也没带，司机跑了一晚上的长途，回到总公司后他就安排休息去了，自己还是打出租车来的一公司。没办法他只好给公司保卫处负责人打电话，可是电话打过去后，手机处于关机状态，又给公司办公室负责人打电话，电话也是关机，半天联系不到公司的人，他只好站在大门外面等。时已入秋，凌晨的温度已很低了，加上接到总公司电话后，他立即就起身了，没来得及带任何行李，身上穿的衣服有点单薄，冻得瑟瑟发抖，好不容易熬到吃早饭时间，附近的餐馆开门营业了，他便钻进去吃了点早餐后，接着站在大门口继续等。在门口等了三个多小时，总算熬到上班时间了，等待着遇到熟人把他带进去，上班已经半小时过去了，可是还没有一个人来。又过了一会儿，突然看到龚良才从大老远处吃力地蹬着自行车来了。他感到有点纳闷，在他的印象中，龚良才就住在办公楼东边公司家属院内，他怎么大清早从外面回来了。这时龚良才也看到了他，就快速地蹬着自行车朝他走来，走到跟前连忙跳下车，还没等车子停稳就伸出手和李守仁握手，自行车斜靠在自己身上马上要倒的样子，李守仁连忙把手从龚良才的手里抽出来，帮他扶起自行车，龚良才握着李守仁的手，吃惊地问道："老李，您怎么这么早就站在了这里！快进去，快进去！"假如没有重要工作任务，李守仁真想继续等下去，看看究竟这一天有多少人来上班，可是现在他顾不上那么多了。他跟在龚良才后面正要进去，门卫又把他拦住了，龚良才连忙解释道，这是总公司纪委李书记。可是门卫不管龚良才说的这些，大着声说，没有保卫处的电话通知，谁都不允许进去。龚良才把自行车一丢马上给保卫处打电话，还是没人接，正拨着电话保卫处处长嘴里叼着烟慢悠悠地朝大门口走来了。龚良才马上上前解释说，这是总公司纪委李书记，他在这里已经等了好几个小时了，赶快让他进去吧！那名保卫处长歪着头把李守仁上下打量了一番，带着怀疑的口吻问道："总公司纪委李书记，我怎么没见过啊！龚老头你可要听明白了，万一把坏人放进来后果你来承担！"说着示意门卫把大铁门打开，放李守仁进去了。

李守仁边走边和龚良才开玩笑说："一公司的门现在真难进。"

"哪里啊！这不是非常时期嘛，平时可没这么严，就像是个自由市场一样，谁都可以进的。再说即使不让别人进，还能不让您老李进！”

“老龚，我印象中，你不是就住在公司院子里的公寓房吗？”

“那是好几年前的事了，那都是住的人家的房子，人家不住，我就借住了几年。你又不是不知道一公司的情况，这里面的房子倒是不少，两百多套，按说分给公司职工基本上成了家的每家都可以分得一套。可是已经十多年了，就没有分过，谁抢到谁住，从来没人管，有的一家占着好几套，自己不住亲戚朋友住，有的甚至都出租了。现在这里面住的什么人都有，可杂了，经常还有失窃偷盗现象发生。乱哪！大家都在浑水摸鱼。”

李守仁听了龚良才的话，什么也没说，看着眼前这个干瘪瘦小的老头，在这个单位工作了30多年，是单位的老人了，把自己的美好青春年华都奉献给了这个单位，应该说也为一公司做出了贡献。干了近半辈子，连套公寓房都没有分到，至今一家三代人还在外面租房子住，居无定所，让这些功臣们流血又流泪，多寒人心，哪一个有良知的人内心里能不感到痛心和悲哀！

两人走到楼门口，李守仁突然停下脚步，用眼睛环视着整个院子。站在那里，一句话都说不出来，仿佛陷入了对过去的回忆和对未来的沉思之中。

龚良才与李守仁有很深的交情，在他回机关工作之前，一直和李守仁在一个项目上工作。在龚良才30多年的修路生涯里，仅干测量工作就干了20多年，经常早出晚归，饥一顿、饱一顿，冷一顿、热一顿，患上了好多慢性病。特别是有那么几年连续干隧道，时常要呆在隧道测量放样，吸进去不少的粉尘和废气，患上了慢性矽肺病，一旦咳嗽起来要持续好久，李守仁看着他病成那样，常年在施工一线呆着身体实在是吃不消了，挣的钱都不够买药花，就多次向公司马昇官反映，马昇官给李守仁的答复是，公司机关养不了那么多闲人，让再坚持几年就退休了，也没必要一会儿基层一会儿机关来回折腾了！最后他找到范昊天才把龚良才调回公司机关。龚良才也没把李守仁当外人，没有那么多客套，和他说话行事显得很随便。进的楼来，龚良才就直接把李守仁带到了位于四楼自己的办公室，一进办公室就急忙提着暖瓶到外面打水，把水打回来后，又从抽屉里找出一个简易热水棒插进暖瓶里烧。李守仁看到这一切后，马上联想到了工地，前几年工地上一直使用这种简易的热水棒，这种东西烧水是方便，可是很不安全，用它烧水都出过事，后来他专门安排人购买了饮水机，淘汰了这些简易产品。他便对龚良才半开玩笑半提醒，还不忘“老传统”，发扬“老传统”是好，可是有些“老传统”也需要改改！这样烧水很不安全。

“哈哈！习惯了，没事的。要想喝到开水，也只能自己想办法。原来整栋楼只有二楼有台饮水机,已经坏了一年多了,也没人管,这个简易热水器都是别人扔掉,我把它捡回来修了修!”龚良才把水烧上走到李守仁跟前,挨着李守仁坐下来说,“能烧水还算不错的了,等会儿你到卫生间看看,那才叫恶心呢! 简直没法进去,原来雇的一个保洁员负责打扫卫生,每个月只给人家挣几百块钱,工资多少年了没涨一分,人家嫌挣得少不干了,这不丢下没人打扫。现在几层楼的卫生间有人用,没人打扫,我们这层我经常帮着打扫还好点,你到其他楼层看看,便池都被堵上了……”龚良才不想继续说下去了。

李守仁马上联想到刚才上楼的时候闻到的怪味,想必那应该就是从卫生间里面散发出来的。他坐在龚良才的座位上,环顾着整个房间,房间不大,好几处墙皮已经脱落,看上去已有多年未修整了。靠窗户位置摆了两张桌子、三把椅子,而且有一把椅子的背靠松散着耷拉下来,快要散架的样子,靠近门口的位置摆放着一个漆皮已脱落的斑斑驳驳的茶几,上面搁着一摞发黄的报纸,整个办公室就这么点东西。

李守仁回想自己当年到这里报到的情景,在机关待了近半年时间,或许因为他刚从高原上下来帐篷住惯了,高原的办公条件太简陋,一下子到了城市里的机关,感觉机关生活环境很惬意,办公设备虽然陈旧了点,可是也还整洁干净,工作环境还不错。可是没想到几年过去了,这里没有丝毫的变化,要有的变化就是原来的那些设备变旧了,甚至变得破烂不堪了。

李守仁自离开这里后,很少回公司机关,有时偶尔回公司开会办事,也是来去匆匆,最多到公司两个领导的办公室坐坐,看着马昇官那高大气派的办公室,范昊天原来在公司的办公室尽管没有马昇官的大和气派,可是收拾得非常干净利落,因此在自己的脑海中形成了机关办公条件还保持得不错的印象,可是没想到当他踏进龚良才办公室门的时候,眼前的一切让他感到吃惊和寒心。同样是公司一员,可是生活和工作的环境竟然有如此大的差别,至于“别的”那就更不用说了!龚良才告诉他,他们办公室里领工资的有五个人,平时只有他和老王来上班,其他三个人,一个是马昇官的大舅子,自他来后也就见过那么两三回,还是人家来机关办个人的事,他在楼道遇到别人告诉他的,他都不认识人家。另外一个是马昇官同学的女儿,来这里待了一个月后,就生孩子去了,已经有两年多没见面了,还有一个据说是马昇官老婆的表姐,一直没有见过。

范昊天提拔走后,公司就一直没有书记,马昇官跳楼自杀后,两个副经理、总工和办公室主任、财务部长等人都被纪委带走接受调查了,只剩下了办公室副主任负责守摊子,看样子一公司现在已经彻底瘫痪了。

在龚良才的办公室坐了一会儿,李守仁一看手表已经不早了,他让龚良才帮着找一下办公室副主任,让办公室通知机关的全体人员到会议室,他要召集大家开个会。

机关干部职工有200多人,到会的只有60多人,就这些人中有一大部分是听说李守仁回来了,便从外面的家里赶来,住在公司院内的人反倒来得很少。大家都觉得,今天能来这么多人已经很不错了,平时组织活动就从来没有召集到这么多人。开会或组织其他活动是这样,可以想象得到平时上班更是大家想来就来,想走就走,是多么地散漫,无所事事,真可谓苦苦地、不知不觉地、一无所获地把今天熬成了昨天,甚至有的人都把黑发熬成了白发,李守仁为大家今天的处境感到惴惴不安,对于大家明天的处境他不能坐视不管。

"说实在话,我很想念大家,这么多年一直想和大家坐在一起叙叙,可是我不想以这样的身份和这样的时机回来见大家。今天回来看见我们一公司的现状,我的心情很难受、很复杂。十几年前我从部队转业到公路处,也就是我们现在的一公司,从那时到我到总公司工作前,这么多年我就再也没有离开过一公司。也就是从那时起,我李守仁与大家结下了不解之缘,可以说这么多年来,我始终把一公司当作我的家,把大家当成我的亲人,我把我的一切都交给了一公司,一公司兴旺发达我感到高兴,看到一公司衰败我难受,真心地希望我们的一公司不断地发展壮大,我们的兄弟姐妹们能够过上好日子。"

李守仁从口袋里掏出手帕擦了擦额头上的汗,动情地说:"现在这么多年过去了,情如从前,爱似当年。曾记得我们刚组建的时候,从一个无设备、无资金、无技术的'三无单位',不断地发展壮大起来。那时,我还是一名工程技术员,连我总共加起来只有四个技术员,公司编制第一份标书,我们四个人加班加点整整花费了近两个月的时间才编制完成,等到把标书送给人家,人家早已开标了,错失了投标的机会。这件事对我们大家的教育触动很大,大家没有气馁,更不轻言放弃,而是认真总结经验吸取教训,不断地学习和完善,等到编制第二份标书的时候,编制得非常成功,套用当时评标专家的话说——'施工方案科学,技术可行,报价合理',至今我都记着这几句话。当时在众多强手的激烈竞争中,我们一公司脱颖而出,一举中得了近6个亿的工程。拿到6个亿的工程,在当时来说那是一个很了不起的成绩了。公司当时的处境和现在的处境很相似,拿不到工程着急,拿到工程干不了更着急。6个亿的工程,两年时间就要完成,包括炊事员、司机从公司只抽调了16个人,组成了项目经理部,我任工程技术部部长。就那16个人中,还有好多同志从来没有在施工一线干过,技术力量严重不足,机械设备没有,车辆一台,就是现在公司大门右侧停放的那台212吉普车,这些就是当时的家当和施工力量。可以说,要设备没设备,要技术没技术,要资金没资金,施工困难重重,怎么办！好不容易拿到工程了,总不能毁约说自己干不了吧！要干,那就得从头学起,当时的项目经理就是现在的总公司王明远经理,王总带着我们大家,边学边干,平时只要一有时间就坐下来组织大家学习交流,及时分析存在的困难和问题,提出解决方案;施工间隙带领大家到兄弟单位的施工现场参观学习。那项工程就是我们大家边学习边干出来的,最后干得还不错,得到了业主的好评。在干的同时让我学到了很多,也认出了一个理,只要有信心、有决心,勤学习、肯钻研,就没有干不了的活,就没有完成不好的任务。现在我们公司老一点的技术人员几乎都是从那个项目经理部走出来的。”

李守仁话音刚落,坐在前排的几名老职工不约而同地站了起来,大着嗓门说:“李书记说得没错,我们就是从那里成长起来的,也为曾经有那么一段难忘的历史感到自豪。”

几个年轻人不禁啧啧赞叹,坐在后面的老王激动地说:“那时单位风气正,没有歪风邪气,领导一门心思想着怎么把单位建设好,职工们精诚团结,一心想着怎么把活干好。施工现场像工厂,加工场地像车间,工人像白领,领导像公仆,这一点也不是吹的。当时我们的目标口号就是‘施工机械化,设备现代化,技术专业化,职工职业化,场地工厂化,指挥科学化……’”

李守仁接着说:“我相信,我们大家谁都不愿意看到一公司一天天地变成今天这个样子,又回到从前那个——一无设备、二无技术、三无资金的‘三无单位’。事已至今,已经无法挽回,痛定思痛,只能正确地面对,从头再来。我相信我们大家能够毁坏一个一公司,同样也能建设一个新的一公司。

“不管过去在部队工作,还是现在转业地方工作,我也当过一些所谓的大大小小的‘领导’,自己深知不是一个好‘领导’,但是我打心眼里想当一个好领导。当领导这么多年了,让我深深地感受到要想当一名好领导是很不容易的,特别是对我们从事施工生产经营的施工企业来说,当好一名好领导很难,这么多年来也让我从中悟出了一些浅显的道理。在这里不妨和大家说说,与大家共勉。我把他概括了这么十条,一是当好领导千万别把自己当领导,自己不把自己当领导,别人才会把你当领导;当好领导别把自己的‘事情’当回事,自己不把自己的‘事情’当回事,别人才把会你交给的事情当回事。二是当好领导对事要讲原则性,对人要讲灵活性。三是当好领导不仅自己要好,而且要有人说你好,而且说你好的人要好。四是当好领导传言不可信,越传越相信。相信,传言止于智者！五是当好领导既要有想法,又要有做法。有想法、没做法等于没想,有做法、没想法等于瞎做。六是当好领导既要有个性,更要有党性。个性要服从党性,党性要约束个性。七是当好领导既不轻易相信一件事,更不轻易否定一个人。轻易相信一件事可能会延误了一件事,轻易否定一个人可能会伤害了一个人。八是当好领导多一分理解,就会少一分误解。九是当好领导将心比心,心更亮;换位思考,路更宽。谨记:人人都有难处,谁都不容易。十是当好领导要多积存信心,多施与信任。信心可以给人以力量,信任同样可以给人以智慧和动力。”坐在下面的每一个人都认真地听李守仁讲,甚至屏住呼吸,生怕漏掉每一句话。李守仁边讲边朝会场内巡视,看着空荡荡的大会议室,稀稀拉拉地坐着这么几十个人,他并不为只有这么点听众而扫兴,而是讲得既认真,又中肯,尽可能地把那些深奥的道理给大家讲透、讲清,讲到大家的心坎里,让这些领导机关的同志真正明白——当一名称职的领导和一名机关干部也并不是一件简单、容易的事情。

坐在主席台下面的同志明显看到李守仁的眼眶湿润了,大家也都低下了头,有的用手在擦拭眼泪,有的眼睛不敢直视李守仁。坐在后面的同志有的低下头互相窃窃私语:“李书记看上去憔悴得很,几年不见,老了很多。”有的说:“李书记和我们一公司有着深厚的感情,与大家处得都不错。时时处处还是想着我们一公司!想让我们一公司好,想让大家好!可惜这么多年公司被折腾成这样子,真让人心疼!”

面对公司一年一年地衰败,以及近来接二连三地发生的事情,李守仁怕大家泄气,便不断地给大家鼓劲加油,他的内心里也相信,只要有在座的这些人在,就像有魂魄在一样,魂魄在,希望就在。他顿了顿又接着说:“兄弟姐妹们,既然事情已经发生了,我们也不要过分难过,要清醒地看到不足,我们有双手,我们还能再造一个新的一公司。我们大家挽起袖子再加油干,相信再过几年我们公司还会向过去一样兴旺发达。”

最后,他从口袋里掏出范书记交给他的——马昇官留给儿子的遗书的复印件,双手哆哆嗦嗦地打开,清了清嗓子便给大家念了起来。

吾儿:你好!

首先请你原谅爸爸所犯下的错误,当你拿到这封信的时候,爸爸已经不在这个世上了,爸爸走到今天完全是自己所为,随着我的离去,希望你能把我忘记掉,专心学习、踏实做人。

这几天爸爸如坐针毡,坐立不安,每每听到外面传来脚步声,心里都会咯噔一下,想着是不是警察找上门来了。爸爸的所作所为,实在无以面对世人,无以面对家人,无以面对社会,只有以死来谢罪和解脱。

爸爸在你这个年龄的时候,也是一个有志青年,也想着将来能有点出息,干点事情。爸爸从一个放羊娃走到今天这个位置,不能说不是自己努力的结果。经过自己的努力走上仕途,一时成了家人的骄傲,邻里乡亲都非常羡慕,曾梦寐以求想在官场上拼搏一番。刚涉入官场的时候,工作勤勉,作风严谨,也做出了一定的成绩。可是,随着手里掌握了一定的权力,就被乱花眯眼,金钱遮眼了。开始私欲膨胀,腐化堕落,看不见缺点,听不进意见,容不得劝告,为所欲为。正如人们所说,权力是把"双刃剑",用好了能成事,用错了就坏事。爸爸把手里的权力当作捞钱的工具,了解到大家都争着想当项目经理,便把项目经理和项目经理部的一些主要领导岗位明码标价,抓住调整或安排这些岗位人员的机会,大着胆子收受他们的好处,可以说没有我的同意谁也别想当项目经理。一方面我频繁调整干部,谁送,谁上;谁不送,谁下;谁送的多,谁先上;另一方面利用下基层的机会,享受高规格接待、高标准待遇,检查工作走马观花,解决问题蜻蜓点水。平时说的一套,做的又是另一套;表面一套,背后又是另一套,看人下菜,厚此薄彼。经常以检查工作为名,游山玩水,玩得是高档的,用得是高档的,住得也是高档的,自己的工资从来不动,自己的衣物从来不买。物欲横流,心灵逐步扭曲,思想逐渐变质。

连日来,爸爸不断地深刻地反省自己,反省自己的婚姻、家庭、工作和人生,以及人际关系。可以说爸爸的一生,是平庸的一生,是龌龊的一生,是失败的一生。作为丈夫我缺乏忠实,作为父亲我缺乏责任,作为党员干部我缺乏担当,作为公职人员我缺乏忠诚。"性格决定命运"这句话在爸爸身上得到了证实,这命我认了,这话我信了。亲爱的儿子,你还年轻,你要牢记:一个思想境界低下的人,讲不出什么高远有见地的话;一个没有使命感的人,别期望他有什么责任感,更不会做出有担当的事;一个心胸狭隘的人,绝对不会容忍别人的意见建议,更不会倾听别人的批评。

爸爸走到今天,固然与体制机制上的漏洞和监督的缺失有关系,但更主要的还是自己思想道德上出了问题,人生观、世界观、价值观偏离了方向,贪欲占了上风。贪欲就像吸毒,一旦有了"第一次",就想着有第二次、第三次……直到你真正上瘾,一发而不可收拾。钱乃身外之物,生不带来死不带去,现在想来要那么多干什么,唉!悔之晚矣。你也不要同情爸爸,爸爸所犯下的错误就由爸爸来承担吧!

……

李守仁几度哽咽,当念到一半的时候,一句话也说不下去了。他边擦拭眼泪,边抬头看了看会场，大家都低头哭泣，有的甚至肩膀一耸一耸地抽泣起来。

至此，李守仁不想再继续念下去了。他知道此时大家流出的眼泪很复杂，他静静地坐在那里，想让大家尽情地释放，这么多年来或许大家压抑在内心的苦楚太多了，也太久了。

那就让眼泪尽情地流吧！让眼泪冲走过去，让眼泪带来新的希望。

28

没过多久，法院就对贾正的违法犯罪事实进行了审判。

坐在审判席上的贾正明显瘦了，他不顾审判长的严厉警告，几次回头张望庭审现场，想找到熟悉的面孔。可是每次转过头来他都流露出了失望的神情。曾经与他耳鬓厮磨并海誓山盟今生彼此不离不弃的人——钱朵朵没有来；他的亲骨肉——贾钱正朵也没有来；他那患有小儿麻痹的哥哥——贾付坐着轮椅来了，坐在第二排过道的位置；那些有着美貌容颜、姣好身材——曾让他神魂颠倒的情人们没有来，几个和他在一个项目经理部共事的同事来了，其中几个和他“走得”近的也来了，不过他们是被传唤到庭做证的，他们为了减轻各自的罪责，不断地在庭审席上检举揭发他的种种罪行。法官当场就进行了宣判，贾正犯有行贿受贿、贪污、挪用公款和失职渎职等多项罪名，数罪并罚，决定执行有期徒刑 12 年，剥夺政治权利两年，并处罚金 200 万元。在法警押解着贾正走出审判庭的时候，贾正看到了坐在最后一排的李守仁，他想扑到李守仁跟前，可是被两名法警使劲拽着胳膊，李守仁向他招了招手，然后双手抱拳有力地举起来，像他做了个告别的手势。

法院对贾正宣判后没过多久，李守仁就到监狱去看望他。

当他见到贾正的时候，看到贾正又瘦了一圈，脸色蜡黄，那个自命清高的贾正不见了，那个啥时候都把头发梳得光滑顺溜、乌黑油亮，皮鞋擦得油光铮亮的贾正不见了，眼前出现的是精神萎靡、神情恍惚，不修边幅，邋里邋遢的贾正。

贾正一见到李守仁就低着头痛哭流涕，痛哭道：“老李啊！我实在对不住您，当初我心高气傲一意孤行不听您的劝说，走到了今天，全怪我自己啊！”

李守仁听了贾正的诉说，心又软了下来，不敢用眼睛直视贾正，听着贾正断断续续的哭诉，过了好久，在狱警的提示下，李守仁才回过神来，安慰贾正道：“老贾，你也不用自责了，事情已经发生了，你要悔过自新，加强学习和改造，出来我们还是好兄弟,家里的事我尽量帮忙照顾,以后我有空就来看你,等你出来的那天我一定来接你。”

贾正哽咽着一句话也说不出来,只是不住地点着头。和李守仁告别的时候,贾正颤抖着手把自己写给总公司领导的信交给了李守仁。

李守仁在返回的路上,心情非常难过和沉重,回忆起当初和贾正在一起工作的日子,真没想到他滑得这么远,最后落下这么个下场。他也后悔当初没有更多地对贾正的错误言行站出来制止和纠正。

说实在话,在与贾正相处的时候,他也不是没有发现贾正的一些错误言行,也让他产生过质疑,可是毕竟两人在一起相处,更是一起搭班共事的同事同级,有时碍于面子或为了工作对于一般性的问题他只能是点到为止。当初,他也觉得贾正还比较年轻,在施工一线没有工作过,随着时间的推移和年龄的增长,以及阅历的丰富,对于项目上的一些事会慢慢地明白的,也会逐渐收敛的,对权力和金钱也会看开的、看淡的。因此自己一门心思把主要精力放在了配合他完成好工程任务上,整天心里想的几乎全都是工程上的事。事实上作为一个施工单位的主要领导,也只有把主要心思和精力放在工程任务上,带领大家把工程任务完成好,这样单位才有形象,才能出效益,如果工程任务完不成或完成不好,其他方面再好,那也都等于零,一切都无从谈起。为之,只要工程任务能够顺利地向前推进,李守仁也就没有过多地参与其他方面的事。况且,革命工作有分工,各有各的分工,自己参与得多了、掺和得深了,贾正也不好开展工作,甚至还会不高兴,这样也会影响到同志间的团结。如果为此两人的心中都有了隔阂或分歧,那两人就很难配合了,配合不好最终还是要影响到工程任务的完成和项目经理部的形象。因此,在大原则不违犯的情况下,他也就尽量谦让着贾正。

不过有几件事,贾正做得确实有点过了,或想法太多、想得太幼稚了,李守仁发现后也多次提醒过他,甚至据理力争,没留半点情面。特别是对贾正当初的一些错误观点和认识,只要有机会李守仁就不厌其烦耐心地和他交流沟通。比如贾正总认为干工程就能挣钱,不是靠严格的管理,而是整天想着投机取巧,甚至靠偷工减料、拉关系赚钱;还有出了问题总想着拿钱摆平,觉得能拿钱摆平的问题,都算不上问题;还有在对待村民和民工的态度问题上,贾正从心底里就瞧不上他们,嫌他们土气、俗气,对他们的态度一贯恶劣蛮狠,处理问题简单粗暴,等等。他对贾正的这些行为和想法很是看不惯,甚至很反感。可以说为了这些,他曾多次提醒贾正,让他要学会换位思考,干一项工程有成百上千人,人人都有分工,个个都有责任和压力,大家都有难处。对于业主领导,上级把这个工程交给他们建设管理,最后完不成或出了问题,上级就要追究他们的责任,他们肩上的责任也很重,因此把工程干好就是对他们最好的回报和尊重,是送给他们的最好礼物！而贾正却对这些问题看得肤浅、想得简单。还有,贾正作为单位主官,最大的缺点是私心太重,做事专横霸道,不够民主,总觉得自己是领导,走到哪里都会摆出领导的派头,趾高气扬,说话颐指气使,行事高调,想怎么着就怎么着,不管他自己说得或做得对与错,谁都得听他的,无条件服从和执行,还有就是喜欢拉拉扯扯搞小团体……

失去监督的权力,必然导致腐败。假如贾正当初能够悟出这句话的深刻道理,敬畏权力,慎重用权,自觉接受组织和同志们的监督或提醒,或许他也就不会走到今天这步。

李守仁颤抖着手展开贾正写给总公司领导的信,认真地读了起来:

尊敬的范书记、王总、李书记:

你们好！实在对不起三位领导多年来对我的信任和栽培,我现在身陷囹圄,一失足成千古恨,此时只想求得你们的谅解。

我出生在一个偏僻的农村,经常被人嘲讽我从小穷得连个父亲都没有,在我很小的时候父亲就去世了,母亲用瘦弱的肩膀含辛茹苦抚养我和患有小儿麻痹的哥哥。由于家境贫寒我几度辍学,多亏邻居大妈大叔和老师们的关心资助,才使得我顺利地完成了学业,并考上了大学。

在大学时我勤奋学习,积极参加学校组织的各种活动和比赛,曾经为班级乃至学校都争了光,是老师心中的好学生,是同学眼中的佼佼者,四年的大学生活让我学到了很多东西,毕业时我的各门功课全优,被评为优秀学生和优秀学生干部,期间我光荣地加入了中国共产党。大学毕业后我凭着优异的成绩顺利地进了省直机关工作,也就是现在的省公路局,留在了省城。那是多少同龄人梦寐以求的地方,也是年轻人实现理想、放飞梦想的地方。

刚进公路局机关时,我感到非常自豪和幸运,当初也立志要努力工作,本分做人,靠素质立身,凭业绩进步。那时我的直接上级,还是办公室主任的王明远总经理,对我厚爱有加,经常教育帮助我,使我成长进步很快。后来经人介绍,让我认识了我的妻子——钱朵朵,有了一段美好而难忘的婚姻和爱情,让我过上了幸福的家庭生活。在我人生低谷的时候,她没有抛弃我,与我苦熬岁月,令我感动。不过在她的身上,也有女人们特有的天性,比如她爱慕虚荣,在吃穿上总爱和别的女人攀比,她打心眼里不想过那种平平淡淡的生活,嫁给我感觉很委屈。有时当着众人的面奚落我的无能,我就极力地想抓住任何发财或升官的机会,证明给她看。

等到我在仕途上有了转机,也就是我当上了项目经理后,手头有钱了,就以怨报怨,以牙还牙,瞧不上她了,脾气也更大了,动不动无端地横加指责她,对她和孩子的生活不管不问,为了她和孩子的生活,她找我要钱,我就时常躲着她、防备着她。我没有始终如一地珍惜那段难忘的婚姻生活,后来我喜新厌旧,把昔日的糠糟之妻抛弃了,背叛伤害了她。有人说,亲人之间,谈钱就伤感情,情人之间,谈感情就伤钱。这话是有一定的道理的。现在想来她们是多么地不容易!我是多么卑鄙可耻!

回想当年,利欲熏心,官欲强烈的我不听王总的挽留和劝说,执意去一公司当了办公室副主任。到了一公司后,我本该老老实实地在公司机关干点业务工作,本本分分地过平常人的生活,可是天生不安分的我经不住别人的蛊惑和诱导,自不量力,到处托人找关系,通过不正当渠道当上了工程项目经理部经理。在我心里,一直认为那是一个炙手可热的岗位,权力大、来钱快,活得也潇洒。在一切以经济效益为目的的工程项目经理部,项目经理这个岗位确实是个集财权、物权,甚至人事权于一身的重要岗位,加之我主观上对自己要求不严,贪图享乐,客观上又缺乏有效的监督制约机制,致使我欲壑难填,在工作中为所欲为,没有组织,没有纪律,没有他人,独断专行总想个人说了算。可以说这两年多来,我几乎是想干什么,就干什么;想怎么干,就怎么干;想让谁干,就让谁干;不想让谁干,就不让谁干。想和谁在一起,就能和谁在一起;不想和谁在一起,就不让谁和我在一起。干第一个工程项目我是中途到任的,前期以李守仁为项目经理的“一班人”做了大量的工作,为工程建设开了好头,打下了好基础。可是我没有把握那样的大好机会,更没有珍惜那样难得的学习机会,而是一到任就烧了三把火,把项目经理部和协作队做了重新调整,可以说对前面大家所做的工作予以了全盘否定,在重要岗位都安插了自己所谓信得过的人,把单价好的、好干的和能够赚钱的工程项目都交给那些所谓的“关系户”干。可是我对他们的信任没有换来他们对我的理解和支持,他们整天围着我转,工作不上心、干活不用心,唯独捞钱很上心,我帮他们找到了位子,挣到了票子,可是他们时时给我捅娄子,事事给我掉链子,处处给我失面子,造成的影响很不好。幸运的是我遇到了一个好搭档,就是现在总公司纪委书记——李守仁,他和我搭档近两年时间,他迁就我、照顾我、扶持我、关照我,时时照顾我的面子,事事维护我的位子,甚至处处充实我的里子,帮我提高能力素质。可是我感情用事,正像我妻子钱朵朵讽刺挖苦我的一样,时而不靠谱,时而不着调。对李书记的好,我却不屑一顾,对他的谆谆教诲和热情帮助,非但不听或接受,甚至还不服气,存有抵触情绪,粗暴对待,总认为他倚老卖老,有时还认为他是我升官和发财路上的“拦路虎”或“绊脚石”。比如在用人上,他也多次和我真诚地交流过,告诉我应把“德和能”放在第一位,要人尽其才、才尽其用,把合适的人安排到合适的岗位上,这既是人之常情的事,也是开展工作的需要。可是我没有按照李书记的话去做,当初我在清醒的时候,也想到他让这样做是为单位好,也是为我好,可是我怕掌控不了局面,为了树立自己的威信,增强自己的“力量”,反而变本加厉,党同伐异,顺我者昌,逆我者亡,大刀阔斧地清肃“异己”,最后把项目经理部搞得人心惶惶,鸡犬不宁。

现在每每想到这些感觉很是对不住李书记。李书记是一个非常好的同志,是一个好搭档,也是一个好领导,他有严谨的军人作风和正直善良的性格,对同志非常关心爱护,多亏他的鼎力支持和帮助,否则的话我可能滑得还会更远。他对人循循善诱,做事谦卑有礼,乐于助人,群众威信很高,时至今日他的那些经典口头禅还在我的耳边回响——“不该看的就不要看,不该说的就不要说,不该听的就不要听,不该想的就不要想,不该做的就不要做!”还有,“年纪轻轻,不学习、不奋斗,留着青春做什么”“靠实力说话,不靠关系说话”等,多么励志!这些都是他经常教育年轻人的话,很富有人生哲理和启迪意义,我会永远牢记在心。只恨自己年轻无知,感情用事,没有把握住向李书记好好学习的机会,没有听他的谆谆教诲,现在一切都为时晚矣。哎!每一个失败的今天,都有一个不争气的昨天;每一个幸福的今天,都有一个刻骨铭心的昨天。有些事只有经历了,才能看开、看淡,就像人们所说的,人生的那几个阶段,从“看山是山”到“看山不是山”,再到“看山是山”,那得是一个过程,更是一种历练和境界,这样的历练和境界李书记完全具备,我望尘莫及。假如有可能再次与李书记搭档的话,我会倍加珍惜机会,可是这只能是假如,现在我已成为一名犯罪分子、一个阶下囚,一来没有那样的机会了,二来即使有也怕玷污了李书记的高大形象。

今天我锒铛入狱,分析我走上这条不归路的真正原因,尽管原因是多方面的,但主要还是我思想在作怪,一方面由于自己放松了学习,放松了世界观的改造,私欲膨胀,利欲熏心,经不住金钱、美色、权力的诱惑,荒芜了“主业”,迷恋上了“副业”,不好好为民修路,而是忙于经营自己的财路、官路;另一方面自己刚愎自用,总认为自己科班毕业,文凭比别人高,能力水平也一定高人一筹。因此在这些不健康心态的使然下,为人自负,为官自傲,平时不能够深入生活、深入群众,不能与他们平等沟通,心贴心交流,听不进也听不到不同意见。还有就是自己交友不慎,古人讲“禽择良木而栖,人择明主而仕,”近朱者赤,近墨者黑,在我的手里有了一定权力的时候,想和我交友的不少,但我没有把控好自己,轻易地接纳了他们,与他们一道经常出入一些不三不四的场所,参加一些不三不四的应酬,结交一些不三不四的人，甚至还交了一些不三不四的女人。我现在真正明白了，这些不三不四的女人喜欢的是我贾正手中的权力和金钱，并不是喜欢我贾正，女人喜欢你的时候你就是什么，不喜欢你的时候，你就不是什么，和这些不三不四的女人玩感情，她会让你哭得很有节奏。把我推上项目经理位置的马昇官，我感谢他，也憎恨他，感谢的是他对我的帮助，给了我在项目经理这个岗位上学习锻炼的机会；憎恨的是他贪得无厌，对我求他办的事，只要把钱送到了、送足了，他就会想方设法帮我。这几年，我在他的身上花的钱真的不少，每次都是来者不拒，甚至就连他"泡妞"花销的费用都让我帮着处理。为了填饱他的肚子，求得他的满足，我不得不捞取更多的钱财去满足他。就这样非但我没有主动离开他，而是极力地靠近他，与其"同呼吸、共命运"。

回顾当项目经理的这几年，我享着不该享的乐，捞着不该捞的钱，干着不该干的事，整天处在温柔乡里，浑浑噩噩，思想麻痹，精神麻木，做了很多对不住组织、对不住领导、对不住群众的事，更对不住生我、养我含辛茹苦九泉之下的父母。尽管我的家庭遭遇对我来说是不幸的，冥冥中又感到我是幸运的。因为在我人生的每个阶段都会遇到关心我、爱护我的好领导、好同事，可是我走到今天这地步，完全辜负了他们对我的期望，很是对不住他们，也包括你们。

尊敬的范书记、王总、李书记，现在我终于明白了古人说的"君子不寄人以篱下，不食无功之禄也"这句话的道理。人生最宝贵的，还真不是什么豪车洋房和金钱美女，而是丰富的学识、过硬的能力素质和高尚的人格魅力。身在职场，当求奋进，学无止步，艺无止境，不求功成名就，但当问心无愧，事在力为，功在评过。假如我当初就按照这样的道理要求自己，按照这样的要求去做，大路直行，不误入歧途，也就不会堕落到今天。在此，也奉劝有和我过去的想法一样的人们，或者正在一步一步地滑向深渊的人们，特别是作为我们有着七尺身躯的男儿，一定要不忘初心，不忘本真，清心寡欲，洁身自好，千万别跟错了人、别上错了床、别把钱装错了兜。跟错人，会后悔一生；上错床，会悔恨一生；把钱装错兜，会痛苦一生。现在一切都晚了，假如今天我还能为组织做点事的话，我愿意把我的这些教训公之于众，为反腐倡廉提供反面教材。希望我的这些能够对那些还在迷途的路上的人有所教育和帮助，迷途知返，回头是岸，否则我的今天或许就是他们的明天！

此致

敬礼

不争气的贾正于狱中

李守仁边读边擦拭着眼泪，等到把信读完后眼泪差点把信笺纸浸湿透。此时他不由得又回想起了与贾正搭班共事的日子，和贾正严重的犯罪事实，非常自责和难过。令他万万没想到的是贾正经不住诱惑，背地里干了那么多见不得人的龌龊事，走向严重腐化堕落的深渊，而且陷得如此之深，他非常吃惊！

尽管说贾正的问题主要还是后来到了新项目发生和揭发的，但是作为自己曾经的搭档出事了，李守仁觉得脸上也很不光彩，不仅痛惜，而且痛心。回想当初与贾正搭档的时候，自己整天待在工地，一门心思，想着把工程干好，按照分工贾正主抓施工生产，应该在工地上待得时间长点，管工程花的精力多点，可是事实上贾正整天就管着项目经理部的那点钱，对那些进进出出的钱管得很死，没有贾正的同意，一分钱也别想花出去。而工地上一些棘手问题都是他出面处理的，就连贾正信得过的那几个协作队老板，除了钱以外，一旦有别的事也都找他解决。社会上曾一度流行“有困难，找警察”，可是在工地上大家都说“有困难，找书记”。确实是这样，对于工程上的事监理和业主从不找贾正，他们每次一到工地就找他，一旦看不到他，就会问别人李书记哪里去了，李书记在不在工地等，仿佛工地上一刻都离不开他，一旦离开他，工地真好似转不过来了。大家看着他那么大年纪了，在工地上就像个十八九岁年轻小伙子一样，跑来颠去很辛苦，操心费力，人也憔悴了很多。不说别的，他从工地回到项目经理部有时连口热饭都吃不上，连续几个春节在工地留守和工人们一起干活，更不用说捞什么“好处”了。也真证实了社会上流行的那几句话：“无私奉献，吃苦多；坚持原则，意见多；拉拉扯扯，朋友多；吃吃喝喝，好处多。”可是那样的苦他吃了，那样的气他受了，一心支持贾正、帮助贾正，与大家一道努力把工程干好，正像他自己所说的，在这里我任劳任怨，离开这里我无怨无悔。

他听到贾正出事的那段时间，连续好几个晚上彻夜难眠，他想了很多。贾正走到今天原因是多方面的，一些外界因素或者某些诱导、诱因使贾正迷恋、迷茫，甚至迷途忘返，这是一方面；更主要的还是贾正自身的原因和问题，是理想信念出问题了，是思想道德滑坡了，从贾正的身上他也看到了当今社会一些人信仰的缺失和道德的滑坡的可怕。

他认为信仰的缺失和道德的滑坡，是一个必然联系的整体。如果一个人理想信念丧失了、信仰缺失了，必然会导致道德的滑坡，长期没有信仰的支撑，无异于行尸走肉，最终也就没有了道德底线，作出无底线无原则的事情来。像贾正这类人，他们有着鲜明的共同的特点——他们唯独信仰金钱和权力，甚至美色，这样势必会造成思想道德的滑坡和人格的扭曲；他们唯我独尊，利益至上，在任何时候都被那些诱人的东西迷惑着,任何好处都想得到,任何有利的机会都不想失去,凡事都想让别人谦让着自己,对于别人的谦让自己反倒不屑一顾,甚至粗暴对待。当自己遇到挫折或失败的时候,又不反躬自省,不从自身找原因,而是一味地埋怨社会、指责他人,甚至还诬陷或打击报复;他们当面一套,背后又是另一套;说的一套,做的又是另一套,典型的"两面人"。他们说的那些话或做的那些事,不知情的人或不熟悉他们的人乍看起来或听起来好像没什么,甚至都还觉得可亲可敬,很有几分道理,可是日子久了或刨根究底慢慢分析,就不是那么回事了,觉得有些话或事其实是话里有话、事里有事,长期以往就给人留下虚假的印象,让人不信任,与其交往总是别别扭扭、心里不舒服。信仰的"信"由"人"和"言"组合而成,就是提醒人们要说人话,别人才会相信,也才能得到他人的敬仰。

这是李守仁在长期的实践中思考和研究出来的"理论成果",他当初概况出来的时候也不知这样的结论准确不准确,可是通过贾正印证了他的这些"理论成果"还是正确的,有一定的道理的。后来他自己形成的这些理论和实践认识成果与总公司范书记交流过,也得到了范书记的认可,还夸赞他的认识有很高的理论高度。他作为一名普通的项目组织者和管理者,既不是理论家,也不是思想家,常年身居深山僻壤,与那些身处社会最基层的民工打交道,能够有这么高的理论水平和思想认识,实在是难能可贵。事实上他的理论认识和思想境界确实达到了一个很高的高度,他的许多认识就来源于长期实践工作的体验,来源于他平时的认识思考。难怪好多人都喜欢他,说他是解疑释惑的心理师,是传递正能量的思想家,是大家的精神导师。

不仅于此,他还善于运用那些抽象的哲学观点来认识或解释、解决现实中遇到的问题,坚持在实践工作中提炼理论观点,又用理论观点指导自己的实践工作。比如在他的脑子里,时常会琢磨如何看待自己的优缺点、如何做一个好人、如何当一名称职的领导、如何对待群众、怎样才能把事做好等,他把这些具体的实际问题与所学的哲学观点结合起来思考。经过他的认真思考,一些问题还是被他找到了答案,他思考总结的这些问题同样既有理论高度,又有现实针对性和实践性。比如,他认为任何事都是相互联系和辩证统一的,但凡看自己的长处多了,看自己的不足就会少了;想个人的事多了,想公家的事就会少了;弄虚作假,形式上的东西多了,真抓实干,务实的劲头就会打折扣,等等。这些现象或问题看似表面的或经常遇到的或不鲜见的,其实都蕴含着深刻的哲学问题。还比如,他和贾正都出身在贫寒家庭,从小都吃了不少的苦。有的人把贫寒当成一杯浓烈的酒,也有的人把它当成一杯苦涩的咖啡,而李守仁既把它当成酒,也把它当成咖啡,他醉过、苦过也拼过，而贾正只是把它当成了酒，醉过了也就忘记了。看似这是因两人的不同性格产生的结果，其实这里面也蕴含有一个深刻的哲学问题，是物质和意识的关系问题。

据说，就在贾正刚接受组织调查的时候，他的认错态度极其不好，甚至可以说是极端恶劣，他的话语咄咄逼人，把在他身上发生的问题都归结到组织和领导那里。他曾三问纪委办案人员，一问，他不是公路工程专业毕业，也没有从事过公路工程施工或管理，当初为啥让他报考并获得了建造师证？二问，他一天工程都没干过，当初为啥让他当上了工程项目经理？三问，他干第一个工程项目的时候，就发现他有问题，当初为啥还让他继续干第二个工程项目？这三个问题，问得纪委办案人员都哑然失声，不知该怎么从正面来回答他的这些问题。当李守仁听到后，觉得这就是典型的政治上不成熟、幼稚的表现，就是思想认识肤浅、理论知识匮乏的表现，就是金钱物质第一的表现，就是内外因关系模糊的表现……他的问题固然与制度缺失、组织管理教育和监督缺位等有关系，但他作为一个正常的社会人，最起码能明白什么该做，什么不该做，要有寡廉鲜耻，要有道德底线等，更何况他还是一名党员干部，更应该自觉地、模范地遵守党纪党规，带头执行制度规定，不应该出了问题把责任全推给组织或社会或他人，这种思想认识是多么可怕。像贾正这样的人必须教育引导其找回或重新建构坚定正确的信仰，人一旦失去坚定正确的信仰无异于失去了扎根的根基，因为李守仁就是一个有着坚定正确信仰的人，他始终相信信仰的力量。

对于社会上有人说的“老实人吃亏”，他偶尔也吃过老实的亏，对这样的问题他也多次思考过。想过今后该不该当老实人，当老实人真的吃亏吗？他就拿他自己做比较，用他经历的人人事事来说服安抚自己。这么多年了，他始终坚持为人老老实实，做事本本分分，付出的不少，得到的也不少。得到的这些，既有物质的也有精神的，当然得到的精神层面的东西更多点，人本来就是靠精神来支撑的，因此他得到了那么多精神层面的东西，并没觉得吃亏，应该说还沾了老实的光，或者说沾了老实的便宜。假如当初在部队不老老实实地工作，就不会被组织和战友推选他报考军校；假如转业地方后，不老老实实地干活，就没有他的今天，等到快要退休的人了，还赶了一趟末班车，被提拔当了一名处级领导干部。可以说每上一个台阶都增加了一分精神动力，这些动力支撑和驱使着他按照自己的做人做事原则目标努力向前。但他心里很清楚，追根溯源，这些动力源还是来源于组织，因此，他也十分感谢组织，对组织常怀感恩之心，没有组织的培养，就没有他李守仁的今天，他对他的今天很满足，他还打算把老实人一直当下去。

他从部队到地方，干了这么多年工程，人家都说公路建筑市场是个高危行业，主要是说诱惑太多，容易犯错误、栽跟头。对于这些诱惑李守仁也确实看到了，也感受到了，可是这么多年来，他能够继续待在这里，而且始终还能够站得笔挺，不被那些糖衣炮弹击倒或被诱惑迷倒，固然有他的原因。就比如通常人们说的请客送礼，和什么“不给好处不办事，给了好处乱办事”这些说法或做法，从他的内心里也是非常反感的，行动上他也是坚决抵制的。这么多年他也遇到一些事，也办了一些事，可并不完全是人们所说的那样，或所信奉的那样，凡事都要靠请客送礼或者给点好处方可把事情办成，有些事情没有那样做也照样办了，而且办得还很好，最后还令方方面面都比较满意。有那样想法的人其实还是由于他的底气不够足，内心不够强大。他又不禁拿自己所干的工程来打比方，比如你干的工程进度没问题，质量没问题，安全没问题，哪个业主领导会故意刁难你，该给你的钱不给你。关键还是我们自身有问题，心里虚，底气不足，怕干得不好说不过，怕问题隐患通不过，用好处堵别人的嘴，用金钱遮别人的眼，花钱买平安、保平安。当然也不是事事就那么一帆风顺，也有人不认可或接纳他的那些“规则”，偶尔也遇到过一些推诿扯皮的人或事，但在这些人或事面前他始终不妥协，坚持自己的原则立场，不搞庸俗的那一套，最终靠着自己的人格力量征服了对方，“规则”还是战胜了“潜规则”。这是其一。其二，好多人缺乏换位思考的意识。比如，有的人常常看到的是领导外表的风光，没有感受到领导肩上的压力和责任。还比如，对待驻地老乡的问题，贾正他们经常说他“迁就”老乡们，他一直也不理解怎么叫“迁就”，按照原则立场办事，怎么就成了“迁就”？这样说来，不知情的人真还以为他和那些老乡有啥利益交换或交情，得了老乡们的好处，在为老乡们说话。他有他的处事原则，他认为与老乡们相处没有什么技巧，更没必要讨巧，他就是站在老乡们的角度看问题和分析问题，设身处地地为他们着想，捧着一颗真心与老乡们交朋友、建感情，说掏心窝子的话，办暖心窝子的事。能办了的他会及时办，办不了的就给老乡们说清楚原因，求得理解。将心比心，人心都是肉长的，即便有些事老乡们当时不理解、不答应，可是你所做的工作让老乡们了解得多了，你的真诚让他们感受到了，他们也就慢慢地会理解。因为老乡们是最淳朴的，也是最善良的，更是讲感情的，在当今社会下，他们还是弱势群体，理应得到大家的尊重、谅解和照顾，更不能欺凌辱骂。他的这些做法和认识得到了好多人的赞赏，为之还曾获得过一些诸如“群众工作先进个人”等奖项，随着获奖越来越多，他的名声也就越来越响了，先后有一些单位或领导邀请他到他们单位给大家讲一课，传授他的这些好经验、好做法。

在大家看来,李守仁已经做得很不错了,可是在他自己看来,他做得还很不够。他始终认为,处事是一门大学问,必须活到老学到老,他不是一个十全十美的人,可是他打心眼里想做一个有用的人,一个高尚的人,一个老实本分的人,因此平时十分注重学习和提高个人的修养和能力素质。

贾正出事也再次地提醒他,特别是自己现在又走上了总公司纪委领导岗位,必须认真思考和研究公路建设领域中该如何有效地预防腐败问题,真正构建"不敢贪、不能贪、不想贪"的长效机制。当初在一线的时候,他也曾就此做了一些调研和思考,就一公司目前现状,他认为,确实存在许多漏洞和风险,管理上也有很大的难度。如果不从制度体制等根本问题上解决,又不能对自身严格要求,今后或许还会有一个、两个,甚至十个、二十个贾正出现,一个、两个苍蝇不可怕,万一苍蝇成"气候"了,其对国家和社会的危害不亚于"大老虎"。还有作为领帅的公司机关,他看到了这个领帅机关的机体已经出现了严重的问题,有些零部件已经被磨损或锈蚀,有些被虫蛀,损毁得非常严重了,可以说已经到了不能正常运转的地步。

改革,必须改革。

改革现有管理体制和模式,治病树、拔烂根,治疗目前"病态"的机关、改变工程分包或转包的模式,从源头减少或杜绝各类腐败问题的发生,等等。

有些方面他已经想好了,比如,在预防贪腐问题上,他的初步设想是设立廉洁风险金,绩效待遇与廉洁挂钩;管理人员实行竞争上岗,其他人员实行聘用制,打破"大锅饭"等等,进一步激发内在活力。同时,积极吸收有实力的企业参与入股,以工程项目为单位实行股份制,吸引注入资金,发展壮大技术和装备实力,进一步增强内在动力和实力。他先打算在一公司试点,试点成功后再向总公司推行。

此时,外面电闪雷鸣,暴雨倾盆而下,雨水夹带着地面上那些垃圾浊泥一并冲进了马路边的窨井里。马路上积存的雨水在路灯的映照下,明晃晃一片,不时地泛起大大小小的水泡,发出透亮透亮的光,金灿灿、银闪闪的,不过只是昙花一现,很快就破灭了。李守仁站在窗户跟前凝视了一会儿后,折转身坐回到办公桌前,又静静地修改公司建设发展改革方案。前段时间,他起草的公司建设发展改革方案征求意见稿,得到了总公司班子成员的一致肯定,也得到了公路局领导的认可和支持。他深知制订方案容易,执行起来实在太难了,特别是要拿掉既得利益者的利益,打破既有利益集团的格局,牵一发而动全身,但既然确定了改革,选定了目标,那就要改下去、走下去,即使赴汤蹈火也在所不辞,他已做好了在这样的疾风骤雨夜蹚水前行的准备。

又熬了一个晚上,他站起身伸了个懒腰,走到窗户跟前,此时暴风雨早已停歇。他轻轻地推开窗户,深吸了一口新鲜空气,放眼望去,遥远的天际间泛起了鱼肚白,一轮红日即将蓬勃升起。